김문수 소설집

만취당기

만취당기

초판 발행 2004년 2월 10일

지은이 | 김문수
펴낸이 | 권오현
펴낸곳 | 돈을새김
기획부 | 이헌석 · 임춘실
편집부 | 차현숙 · 김동섭
마케팅 | 이종근

주소 | 서울 종로구 효제동 13번지 정화빌딩 2층
전화 | 745-1854~5   팩스 | 745-1856
등록 | 1997. 12. 15 제 1-2262호

필름출력 | N.com(2635-2468~9)
인쇄 | 한일 프린테크(2635-2461~2)

ISBN 89-88601-42-4 03810

값 9,000원
 · 잘못된 책은 구입하신 서점에서 바꾸어 드립니다.

김문수 소설집

만취당기

돋을새김

차 례

소설은 이야기를 중심으로 출발하지만, 소설의 가치는 이야기의 중요성보다 그 이야기의 진실성에서 찾아야 할 것이다.

김문수의 소설이 우리에게 주는 감동은 바로 이 이야기의 진실성에 있다. 그것은 그의 소설이 '그럴 듯하다' 는 뜻이 아니라 그 이야기의 전개과정에서 드러나는 작가의 시점이 끊임없이 어떤 진실을 추적하고 있기 때문이다.

- 송재영(문학평론가 · 전 충남대 교수)

만취당기(晚翠堂記)

1

그믐밤이긴 했으나 양옆으로 논 밭을 거느린 곧은 이차선의 포장도로였으므로 그럭저럭 길을 죽일 만은 했다.

나는 생각나는 대로 이것저것 유행가를 흥얼거렸다. 그러나 전혀 편한 마음이 아니었다. 전인미답의 세계에라도 든 듯한 불안감 때문이었다. 그런 내게 적잖은 위안이 되어 주는 것은 동녘의 샛별이었다. 샛별은 훌륭한 길동무가 되어 주었다.

내가 서울을 떠난 것은 어젯밤 자정이 가까운 시간이었다. 그 마지막 하행열차가 채 서울을 빠져나오기도 전에 나는 열차 속에서 오늘을 맞게 되었다.

나는 기차에 오르기 전, 매점에 들러 이홉들이 소주 한 병과 오징어 한 마리를 샀다. 잠자리를 바꾸면 아무리 편한 곳이라 해도 통 잠을 이룰 수 없는, 바늘 끝 같은 내 못된 신경을 죽이기 위해서였다. 그러나 정작 나는 그 소주병의 마개조차도 따질 못했다. 노인들 셋이 앞자리와 옆자리에서 나를 포위하듯 앉아 있었기 때문이었다. 그들이 나누는 얘기로 미루어

서울 사람이 된 한 고향 친구의 고희 잔치에 참석했다가 내려가는 길인 모양이었다. 그들이 진한 영남 사투리로 잔칫집의 푸짐했던 음식과 그 집 자손의 번창함을 부러워하고 있을 때, 나는 무심코 담뱃갑을 꺼냈다가 얼른 주머니에 되넣고 말았다. 그러한 내 행동을 지켜본 맞은쪽의 노인이 입을 열었다.

"젊은이, 어데 가능교?"

내가 하차할 역을 대자 그는 잠시 입을 다물고 있다가 마치 선심이라도 쓰듯 목청을 돋우었다.

"노소동락이라카는 말또 있으이까네 담배도 피우고 마 그라시소!"

"듣자 하니 충청도 양반인 모양인데, 충청도 양반은 그기 아잉기라. 택도 없다카이."

옆자리의 노인이 끼어들었다.

"요새 어디 양반 상놈 찾는 시대가? 아까 호테루에서 몬 봤드나? 쌔파랗게 젊은 것들이 늙은이 민전에서……."

"그래도 충청도 양반은 그기 아이라카이 저카네."

나는 속으로 쓴웃음을 지으며 등받이에 등을 붙이고 눈을 감았다. 그들의 도마에 더 이상 올라 있고 싶지 않아서였다. 나는 아버지의 얼굴을 떠올렸다. 만약 아버지가 고향에 내려가 계신다면 지금 어디에서 묵고 계실까 하는 생각이 오랫동안 내 머리를 어지럽혔다. 그러나 내가 어릴 때 살았던 고향집밖에는 떠오르는 곳이 없었다. 나는 마음으로 도리질을 하여 그것을 지워버렸다. 그 집에 묵고 있을 턱이 없다는 생각이었다. 그러자 이번에는 숲정이가 눈앞으로 펼쳐졌다. 흰 새가 눈처럼 덮여 있던 숲이었다. 그 숲정이 이름이 서림(西林)이라는 것과 숲의 나무들이 눈처럼 이고 있던 흰 새가 왜가리였다는 것은 서울에서 철이 든 뒤 아버지에게 들어서 안 것이었다.

아버지는 그 밖에도 고향에 관한 얘기를 많이 들려주었다. 특히 숲정이와 우리가 살던 집에 관해서는 귀에 딱정이가 앉을 정도로 지긋지긋하게 들려주었다.

아버지의 얘기로는 그 숲정이를 조성한 이는 우리의 중시조가 되는 어른이라고 했다. 그 어른이 그곳에 터를 잡아 살면서 심은 나무들이 자라서 그토록 큰 숲이 됐다고 했다. 필시 바람막이 숲으로 조성한 것이겠지만 전해 내려오는 말로는 마을의 서쪽이 허하면 인물이 나지 않는다는 풍수설에 의해 심어진 나무들이라 했다. 그리고 서쪽에 있는 숲이어서 서림이라는 이름이 붙여진 것이라 했다.

그렇게 숲정이에 이름을 붙여 부르듯 사람들은 옛날 우리가 살았던 집에도 이름을 붙여 불렀다고 했다. 그런데 아버지로부터 그 집 이름이 '만취당'이라는 말을 듣는 순간 나는 웃음보를 터뜨리지 않을 수가 없었다. 내 유년 시절의 기억 속에 늘 술에 절어 지내던 아버지의 모습이 생생했기 때문이었다. 그래서 아버지가 웃는 까닭을 물었을 때 서슴없는 대답을 줄 수가 있었다. 아버지가 늘 만취 상태였기 때문에 그것을 놀리느라고 지어 붙인 이름이 아니냐고. 그 대답은 아버지를 크게 노하게 했다. 나는 아버지가 그렇게 화를 내는 것을 그때 처음 보았다. 그날 나는 종아리에 피가 맺히도록 심한 매를 맞아야 했다. 어른 얘기에 버르장머리없이 굴었다는 게 죄목이었지만 나로서는 참으로 억울하기 짝이 없는 벌이었다. 그런 일이 있은 지 며칠 뒤, 학교를 파하고 돌아오자 해서(楷書)로 쓰여진 한시 액자 하나가 나를 기다리고 있었다. 병풍 한 폭의 절반쯤 되는 그 액자에는 '지지송간반울울함만취(遲遲松澗畔鬱鬱含晚翠)' 라는 시가 두 줄로 단정하게 올라 있었다. 서울에 올라와 있는 동향이자 같은 문중인 친척의 글씨라 했다. 아버지는 내가 책가방도 내려놓기 전에 나를 불러다 그 액자가 걸린 벽 앞에 꿇어앉혀 놓고 시를 풀이하기 시작했다.

'저 시냇가의 소나무는 더디고 더디게 자라지만 무성하고도 늦도록 푸르도다' 라고 풀이했다. 또 아버지는 천자문에 나오는 '비파만취(枇杷晚翠) 오동조조(梧桐早凋)' 라는 시구도 알려주었다. '비파는 겨울철에도 푸른 잎이 변하지 않지만 오동나무는 그 잎이 일찍 시든다' 는 뜻이라 했다. 그러고 나서 아버지는 본론을 꺼냈다. 이 시에 있는 만취나 천자문에 나오는 만취나 둘 다 똑같은 뜻잉겨, 즑(겨울)에두 잎사귀에 푸른빛이 변하덜 않는단 뜻이란 말여. 그러니께 우리 고향집 이름 만취당은 바루 이 만취에다 집당짤 붙인 거란 말여. 뭔 말인지 알지? 나는 아버지가 화를 냈던 까닭을 조금은 알 것 같았다. 진작 이렇게 가르쳐 줬으면 좋았지 않느냐는 생각 때문에 오히려 아버지에 대한 나의 반항심은 한층 더 부풀어올랐다. 아버지가 늘 술에 절어 지냈기 때문에 놀리느라고 '만취당(滿醉堂)' 이라 했겠지 설마 그런 고상한 뜻으로 '만취당(晚翠堂)' 이라 했겠느냐 싶었다. 아버지는 내 마음속을 꿰뚫기라도 한 듯 엄한 눈길을 내 얼굴에 꽂고는 입을 열었다.

그렇지, 너는 핵교두 들어가지 않았을 때니께 잘 모를 티지만 고향집 사랑채에는 누(樓)가 달려 있는데 거기에 만취당이라는 당호를 새긴 편액이 걸려 있거덩. 그래 사람덜이 우리 집을 만취당집이라구 했던겨. 애비 얘길 알겠냐?

나는 그 얘기를 이해는 했지만 아버지에 대한 반항심이 계속해 깊은 속에서 꿈틀대고 있었으므로 볼 부은 소리로 한 마디 던지지 않을 수가 없었다. 내가 그때 한 말은, 어째서 오래 전에 남에게 팔아 넘긴 집을 아직까지도 내 집인 양 우리 집이니 고향집이니 하느냐는 것이었다. 예상대로 그 말은 아버지의 분통을 터뜨려 놓았다. 인석아, 팔긴 누가 팔어! 판 게 아니라 내가 그눔헌티 당한거. 그 도적눔헌티 뺏긴겨! 도대체 누가 그따우 주둥아릴 놀리데? 느 에미가 그러디? 격한 아버지는 주먹까지 부르르 떨었다. 나는 굳게 입을 다물었다. 바른대로 입을 연다면 어머니가 아버지에게 호되게 당할 것이 뻔했기 때문이었다. 그러나 다행하게도 아버지는 더 이상 추궁하지 않고 천장이 찌렁 울리도록 고함만 질렀다. 당장 나가! 꼴두뵈기 싫응깨! 나는 잡혔다가 풀려난 토끼처럼 잽싸게 밖으로 튀었다. 그 뒤에 안 일이지만 우리가 고향을 떠나기 직전, 아버지는 고리채에 쪼들리다 못해 그 차용증서와 집문서를 에끼다시피 해 그 집을 날린 것이었다. 그래서 아버지는 그 자를 날강도 했으며, 무슨 수를 써서라도 그 날강도를 내쫓고 다시 그 집을 찾아야만 한다고 이를 갈았다. 눈에 흙이 들어가기 전에 꼭 되찾고야 말겠다는 것이었다.

노인들의 목청 돋운 영남 사투리는 아직도 지칠 줄을 몰랐다. 나는 담배 생각을 더 이상 찍어누르고만 있을 수가 없어 통로로 나왔다. 막차여서인지 군데군데 빈 자리가 눈에 띄었다. 그래서 객실 밖으로 나갈 작정을 허물고 출입구 가까이에 있는 빈 자리를 향해 다가갔다. 객실 밖 바람받이에 서서 도둑 담배 피우듯 하느니 이왕이면 자리에 편히 앉아 느긋하게 한 대 피우는 것이 낫겠다 싶었던 것이다.

빈 좌석 맞은편에는 부부 사이로 짐작되는 젊은 한 쌍이 ㅅ자 꼴로 서로 기대어 잠에 떨어져 있었고 빈 좌석 옆 창 쪽에는 점퍼차림의 청년이 마치 거울이라도 들여다보듯 창으로 고개를 돌린 채 넋을 놓고 있었다.

"실례합니다. 빈 자립니까?"

내 물음에 청년은 깜짝 놀라며 창유리에서 거둔 눈으로 나를 치켜다보았다. 그리고는 힘없는 목소리로 말했다.

"아직까진 빈 자립니다만."

그는 목소리뿐만 아니라 얼굴까지도 맥이 없어 보였다. 그러나 나이를 짐작하기에는 어려움이 없었다. 스물 대여섯쯤 나 보였다.

"앉으십시오. 아직은 자리 임자가 없습니다."

청년은 내가 자기 말을 알아듣지 못했다고 생각했는지 아니면 자기 얼굴에 꽂혀 있는 내 시선이 부담스러웠는지 아까보다는 좀 힘이 들어 있는 목소리로 말했다. 나는 청년에게 실례를 범하고 있는 눈길을 급히 거두고 그의 옆에 앉았다. 내가 앉기를 기다리고 있다가 청년이 물었다.

"어디서 타셨는데 좌석표를 끊지 못했습니까?"

"저쪽에 내 자리가 있어요. 그런데 노인네들과 같이 앉게 된 자리라 담밸 필 수가 있어야죠."

"말하자면 잠시 피노 오신 셈이로군요?"

청년의 웃음에도 역시 힘이 없었다.

"피노라니요?"

"난리를 피하는 게 피난이니까 노인을 피하는 건 피노 아닙니까?"

"그러고 보니 그렇군요."

내가 말끝에 웃음을 달자 그도 씨익 입웃음을 지었다. 이 친구가 보기와는 달리 유머 감각이 제법이구나 생각하며 나는 담뱃갑을 꺼내 그의 턱 밑으로 내밀었다.

"전 담밸 안 합니다."

청년이 고개를 흔들었다. 나는 담배에 불을 붙이고 나서 혼잣말처럼 그러나 청년을 겨냥해 한마디 했다.

"내 담배 연기 때문에 피연 가는 사람이 안 생길지 모르겠군요."

내 말에 청년은 그냥 입웃음만 날렸다.

"혐연권을 행사하지 않는다면 그냥 앉아 있고 그렇잖으면……."

나는 그의 속을 알 수가 없어 다시 입을 열어야만 했다.

"그깐 담배 연기쯤이야 문제도 안 됩니다."

나는 청년의 말 뜻을 헤아릴 수가 없어 의아한 시선으로 그의 얼굴을 훑었다. 그러자 청년은 지체없이 내 궁금증을 풀어주었다.

"전 말입니다. 만 오 년 동안이나 독가스 속에서 살았습니다. 공기를 마시고 산 게 아니라 독가스를 마시고 살았다 이겁니다. 그리고 그 독가스를 마시는 대가로 월급이라는 걸 탔었지요."

청년은 잠시 쉬는 입에 그 독특한 웃음을 올렸다. 나는 청년의 얘기로 그가 지금 처한 입장을 어렴풋하게나마 짐작할 수 있었다.

"포스겐 가스라는 게 뭔지 아십니까?"

나는 고개를 저어 보였다.

"한마디로 말해서 독가숩니다."

청년은 포스겐 가스에 대한 설명을 시작했다. 그의 말에 따르면 포스겐은 인체에 아주 해로운 강력한 질식성 가스로 유기합성의 원료·독가스 등으로 쓰이는 무색 기체인데 그 농도가 약할 때는 마른 풀에서 나는 냄새를 풍기는 정도지만 농도가 짙을 때는 질식사까지도 하게 되는 무서운 것이라 했다. 또 아무리 농도가 흐리다 하더라도 그것을 장기간 맡게 되면 순환기 장해를 일으키게 되며 폐수종(肺水腫)을 앓게 되는 경우도 있다고 했다. 그의 얘기는 계속되었다.

"전 플라스틱 공장에 다녔었습니다. 제품 제조 공정에서 그 가스가 생기게 마련입니다. 그런데 문제는 그 가스의 냄샙니다. 인체에 해로운 가스니까 그 냄새도 고약해야 하는데 그게 그렇질 않다 이겁니다. 그놈은 농도가 약하면 그저 건초 냄새를 풍기는 정돕니다. 그런데 우린 여태 그 건초 냄새가 그렇게 해로운 건질 전혀 몰랐다 이겁니다. 그래 결국은 그놈의 건초 냄새를 만 오 년 맡고는 병원에 입원하는 신세가 됐지 뭡니까. 병원에서 하는 말이 그 포스겐 가스 때문에 폐수종에 걸렸다는 겁니다."

"저런…… 산재보험에는 들었었나요?"

"들긴 들었었지요. 그래 산재보험의 혜택도 받았고 생계보조금이라는 것도 탔지요. 그러나 병원에서 산재보험 환잘 어떻게 취급하는지 압니까? 또 생계보조금이라는 것은 병아리 오줌만도 못하다 이겁니다. 아십니까?"

그의 얼굴은 흥분으로 들떠 있었다. 나는 더 이상 담배 연기를 내뿜을 수가 없었다. 내가 담뱃불을 끄자 그가 말했다.

"공연히 신세타령이 심했나 봅니다. 포스겐 가스를 만 오 년이나 맡은 몸이니까 그깐 담배 연기쯤은 아무 것도 아니라는 얘길 하려다가 그만 선생님 담배맛만 떨어지게 했습니다."

"아니, 다 태우고 끈 거요. 그러나저러나 이제 완치가 됐나요?"

"완치요? 전 병원 생활에 넌덜머리가 났습니다. 아니, 병원도 병원이지만 서울이라는 데가 죽도록 싫어졌다 이겁니다."

그는 또다시 입웃음을 흘렸다. 나는 그의 핼쑥한 얼굴을 오랫동안 바라보았다. 청년의 얼굴빛이 시찮던 어머니의 얼굴을 떠올려주었기 때문이다.

그 무렵 어머니는 어쩌다 고향을 두고 서울에서 죽게 되는 신세가 되었는지 모르겠다는 말을 입에 달고 있었다. 그러나 어머니는 결국 당신이 그렇게도 싫어했던 서울에서 헤어나지 못한 채 저세상 사람이 되고 말았다. 마치 서울을 떠나지 못할 바에야 더 이상 서울에서 숨을 쉬지 않겠다는 듯이.

청년의 서울 얘기는 끝이 없었다. 그에게는 내가 모르는 서울 얘기가 너무나도 많았다. 사실 나는 그 청년보다도 곱쟁이가 넘는 세월을 서울에 살았으면서도 내가 아는 서울 얘기를 그에게 들려줄 수가 없었다. 내가 아는 서울 얘기는 서울 얘기가 아니라 썩은 얘기라는 생각이 들었기 때문이었다. 열심히 살다가 지쳐버린 사람에게 그 썩은 얘기를 들려줄 수는 없는 노릇이었다.

빈 자리의 임자는 내가 내릴 때까지 나타나지 않았다.

2

시오릿길이 왜 이다지도 멀기만 할까. 나는 다시 불안해지고 말았다. 혹 길에 홀린 것이나 아닐까 싶어서였다. 이제 내게는 낡은 유행가를 흥얼거릴 여유마저도 없었다. 동녘 하늘의 샛별이 길잡이를 해주건만 이제는 그 샛별조차도 믿을 수가 없었다. 별에만 의지해 아군의 진지를 찾아가는 낙오병의 심정이 꼭 지금의 내 마음과 같을 것이라는 생각이었다.

나는 후회하기 시작했다. 역 광장을 빠져나올 때 네댓 명의 여인들이 내게 미끼를 던졌었다. 그 미끼는 '따뜻한 방'과 '예쁜 아가씨'였다. 그때 '따뜻한 방' 하나를 덥석 물지 못한 것이 아무리 생각해도 후회막급이었다. 아니, 고향 읍의 이름과 함께 합승요금이 오천 원이라고 외쳐댄 택시 운전사의 그물을 피했어야 옳았다. 역에서 고향 읍까지는 택시가 아무리 기를 써도 미터 요금 오천 원 미만의 거리였다. 그렇지만 심야 운행이라는 그 한 가지 이유만으로 택시 운전사는 네 명을 태우고 한 사람 앞에 오천 원씩의 요금을 받아냈다. 사실 나는 그 택시를 타지 말았어야 했다. 그런데 한 사람만 타면 떠난다고 외쳐대는 운전사의 말에 나는 그 빈 자리를 남에게 빼앗길까봐 잽싸게 차에 올랐다. 잠이야 어디서 자건 마찬가지가 아니냐 싶었던 것이다. 까마귀도 고향 까마귀가 반가운 법이라고 했는데 이왕이면 한 발짝이라도 고향 가까운 곳에서 자는 게 좋지 않느냐는 생각이었다. 그러나 막상 택시로 고향 읍에 닿고 보니 그곳에서는 잠자리를 마련할 수가 없었다. 여관이나 여인숙은 말할 것도 없고 공공기관의 숙직실들까지도 사람 사태가 나 있다고 내가 들른 여관주인이 말했다. 나는 이 사람이 도대체 무슨 잠꼬대를 하는가 싶어 따지듯이 그 까닭을 물었다. 그러자 선잠으로 게슴츠레해 있던 여관주인의 눈이 똥그랗게 커졌다.

"댁은 뭐 때미 온 사람유?"

"볼일이 있어 서울에서 왔습니다만, 왜요?"

나의 볼멘 소리에 여관주인은 어이가 없다는 듯이 입을 봉한 채 한동안 내 행색을 훑어보기에 여념이 없었다. 다행하게도 그의 눈에는 내가 수상쩍게 비치지 않은 모양이었다. 그는 턱짓으로 여관 사무실 맞은편 벽에 붙어 있는 포스터를 가리켰다. 상쇠가 꽹과리를 치는 장면이 클로즈업된 포스터였다. 군(郡)대항 농악경연대회의 포스터였다. 그야말로 가던 날이 장날이었다.

"볼일루다 오셨다니 누가 있을 게 아뉴. 일가면 일가, 친구면 친구가."

포스터 위의 대회 날짜에 눈길을 박은 채 낭패해 있는 내게 여관주인이 귀띔을 해주었다.

"실은 이 읍내에서 볼일이 있는 게 아니라 동촌에 볼일이 있어 왔습니다."

"그럼 동촌으로 가면 될 거 아뉴. 읍내는 증말루 잘 데가 읎슈."

"하지만 이 밤중에…… 어디 좀 끼어 잘 수도 없겠습니까? 숙박비는 제대로 내겠습니다."

나는 재빨리 지갑을 꺼내 만 원권 한 장을 뽑아 그의 잠옷 주머니에 찔러 넣었다. 남들이 흔히 쓰는 수법을 흉내낸 것이었다. 그 수법은 안 되는 일을 되게 만드는 수법이었다.

"숙박비는 숙박비대로 따로 드리겠습니다."

돈으로 안 되는 일은 없소, 하는 뜻의 웃음을 나는 여관주인에게 날렸다.

"아니 이냥반이! 이란다구 읎는 잠짜리가 나오는 줄 아나배."

그는 내가 넣어준 돈을 꺼내 내 파카 주머니에 찔러넣었다. 참으로 상상도 못했던 일이었다. 그렇다고 냉큼 물러설 수도 없었다.

"숙박비는 숙박비대로 따로 낸다니까요."

아무리 돈값이 똥값이라 해도 하룻밤 끼워 재우고 그만한 돈을 받는다면 시골 여관의 주인으로서는 횡재라 할 수도 있는 일이었다. 그러나 그의 태도는 끝까지 분명했다.

"이냥반이 증말루 답답한 양반이네. 돈 아니라 대통령을 시켜준대두 안 되는 거야 안 되는 거유."

"안될 일도 아니잖습니까!"

"읎는 방을 워띠키 맨들란 말유? 그라지 말구 얼렁 동촌으루 가유. 동촌이면 예서 시오릿길인데 글루 가서 주무슈."

"이 밤중에 어떻게 사람을 깨운단 말입니까!"

실은 동촌이 내 목적지이긴 했지만 그곳에 친척이나 친지가 있는 것도 아니면서 나는 화가 치밀어 퉁명을 부리고 말았다.

"증 그렇게 사람 깨우기가 미안하거들랑 맘대루 하슈. 그 동넨 숲이 좋으니깨 그 숲속에 들어가 한둔을 하든지…… 좌우간 우리 집에선 얼렁 나가슈. 나두 인제 눈줌 붙여야 하닝깨."

여관주인은 현관문을 밀쳐 열고 선 채 내가 나가기를 기다리고 있었다. 나는 더 이상 진피부릴 수가 없었다. 진피부려서 될 일도 아니었다. 나는 현관문으로 다가서며 동촌으로 가는 길을 물었다. 내가 그에게 도움을 받을 수 있는 일은 단지 그것뿐이었다. 여관주인은 한 푼 장사에 두 푼 밑져도 팔아야 장사인데 재울 수만 있으면 왜 손님을 받지 않겠느냐고 자기 입장부터 밝힌 뒤 자세하고도 친절하게 길을 일러주었다.

길을 일러준 쪽이나 그 길을 가는 나나 실수가 있을 수 없었다. 그렇게 뻔한 길이었다. 그런데 지금 그 뻔한 길이 나를 초조하고 불안하게 만드는 것이었다. 아무리 걸어도 끝이 없는 것 같았기 때문이었다.

초조감과 불안감은 한 걸음 한 걸음 옮길 때마다 점차로 심해졌다. 밤새도록, 아니 몇 날 몇 달을 걸어도 목적지에 닿을 수가 없을 것만 같았다. 아니 어쩌면 평생토록 이렇게 밤길을 걸어야만 될 운명에 처한 것인지도 모른다는 생각이었다. 그런 마음으로 걸음을 옮기고 있는데 홀연히 샛별이 사라지고 말았다. 샛별뿐만 아니라 그 언저리에서 깜빡거리던 별들까지도 일시에 사라지고 만 것이었다. 마치 보이지 않는 거대한 괴물이 어딘가에 숨어 있다가 한껍에 덥썩 동녘 하늘을 베어먹은 느낌이었다. 나는 걸음을 멈추었다. 멈추었다기보다 나도 모르는 사이에 그렇게 몸이 굳어버린 것이었다. 나는 뒤돌아서고 싶었다. 사람이 있는 곳으로 가고 싶었다. 그런데 그때 나는 별들을 삼킨 아가리의 정체를 알게 되었다. 괴물의 아가리가 아니고 숲이었다. 한 발짝 한 발짝 다가선 내 걸음에 숲은 키를 키웠고 그 숲에 동녘 하늘이 가리게 된 것이다. 서림이다! 나는 반가워 소리지르고 뛰었다. 숲 특유의 냄새가 물씬 코끝으로 몰려들었다. 그 동녘 숲이 좋으니께 그 숲속에 들어가 한둔을 하든지……. 여관주인의 목소리가 귓전을 때렸다. 숲속으로 들어가 남은 밤을 지새울 수밖에 없는 처지임을 내게 일깨워주는 소리였다.

나는 조금은 여유가 있는 걸음을 옮길 수 있었다. 포장된 이차선의 국도는 숲 앞에서 오른쪽으로 급히 휘어져 있었다. 그 길이 숲을 외면하고 달아나듯 나는 이제 그 길을 버려야만 했다. 숲 뒤에 웅크리고 있을 동촌 마을이 내 목적지였고 국도는 그 마을을 통과하지 않았기 때문이었다. 포장도로가 휘어진 지점에서 나는 어렵잖게 한 가닥의 조붓한 길을 찾아 낼 수 있었다. 비를 피할 수 있게끔 세워둔 콘크리트 구조물의 정류장 덕택이었다. 하기야 그 지점에서 숲을 관통하는 샛길이 시작된다는 여관주인의 자세한 설명의 덕이 그에 앞서는 것이긴 했다. 그의 말로는 정류장에서 갈라져 들어가는 숲길이 끝나면 그곳이 바로 동촌마을이라 했다.

나는 숲길로 들어섰다. 동굴 속처럼 캄캄절벽인 그 숲길 들머리의 한 돌부리가 느닷없이 나를 고꾸라뜨렸다. 숲은 처음부터 나를 그렇게 환영하지 않았다. 나는 라이터로 불을 일으켜 시계를 본 뒤 주위를 살폈다. 한둔할 자리를 물색하기 위해서였다. 넉넉잡아 네 시간만 고생을 하면 햇볕을 쪼일 수 있었으므로 나는 한층 더 느긋한 마음을 가질 수 있었다. 그리고 그런 마음가짐 때문인지 어렵잖게 한둔할 만한 자리도 물색할 수 있었다. 등을 기댈 만한 바위가 박혀 있는 곳이었다. 그 바위를 등받이 삼아 앉으면 바로 코앞이 숲길이었다. 나는 자리를 잡고 앉아 화톳불을 피우기로 했다. 숲바닥에는 검불이며 제풀에 부러져 떨어진 삭정이며 또한 마들거리 등이 지천으로 널려 있었다. 불을 밝힐 필요도 없었다. 팔을 뻗어 더듬기만 해도 얼마든지 그런 땔감을 마련할 수 있었다.

화톳불을 피우자 바람을 탄 연기 때문인지 마을의 개들이 짖어대기 시작했다. 그 개들 중에 만취당 개도 끼어 있을지 모른다는 생각이 들었다.

만취당은 내가 태어난 집이기도 했다. 그 집터는 정승 셋을 나게 하는 명당이라 했다.

화톳불의 기세 좋은 불길과 함께 전설 같은 얘기가 피어올랐다.

내 5대조 때의 실화라 했다. 그분은 딸 하나에다 그 밑으로 아들이 형제였다. 그런데 그 고명딸이 출가해 첫아이를 낳으려고 친정으로 오자 그는 딸의 가마를 대문 안에 들이지도 못하게 하고 쫓다시피 시집으로 되돌려 보냈다.

만취당에서 외손자가 태어나는 것을 바라지 않았기 때문이었다. 정승 셋이 난다는 명당 만취당에서 그때까지 이미 정승 둘이나 났으므로 이제는 정승자리가 하나밖에는 남아 있지 않는데 그 한 자리가 외손자의 몫이 될까 저어했던 것이다. 만약 외손자가 만취당에서 태어나고 그 아이가 자라서 집터의 음덕으로 정승자리에 오르게 된다면 결국은 사돈네 가문에다 그 벼슬자리를 내준 꼴이 되기 때문이었다. 그런데 첫아이를 해산하러 친정에 왔다가 가마에서 내리지도 못하고 쫓겨나다시피 되돌아가던 그 딸은 마을을 빠져나와 서림에 이르렀을 때 갑자기 산통이 일어 가마를 세우게 되었고 급기야는 숲속에서 분만을 하게 되었다. 그러나 삼 가르기도 전에 태아뿐만 아니라 산모까지 일을 당하고 말았다. 그 일로 정승자리는 사돈네 가문에 빼앗길 염려가 없게 되었지만 딸과 외손자(태아는 사내였다)를 잃게 되었고 사돈네 하고도 척을 지게 되고 말았다.

그때 그렇게 지킨 정승자리가 아직도 남아 있다는 아버지의 얘기였다. 아버지는 내가 그 정승자리에 오르기를 고대하고 있었다.

'만취당'이라는 당호가 품고 있는 뜻을 내게 일러준 그날 이후, 아버지는 하루에도 몇 번씩 내게 정승이 되어야 한다고 말하곤 했다. 느 에미나 느 누이가 왜 이렇게 고생을 하는지 그걸 알아야 하능겨. 너 하나 잘 되는 걸 볼라구 그라능겨. 그라니께 넌 죽어라구 공부만 햐. 공부만 열심히 하믄 반다시 정승자리에 오르게끔 되어 있응께. 넌 만취당에서 태어났단 말여. 공부만 열심히 하믄 정승이 되는 건 틀림없는 사실여. 그렇게만 되믄 그게 바루 느 에미나 느 누이한테 보답하는 질(길)이 되능겨.

아버지의 정승타령은 노상 입에 붙어 있었다. 더구나 술이라도 한잔 걸쳤다하면 그 정승타령은 도무지 끝이 없었다. 반복되는 녹음 테이프와 다름이 없었다. 또 평소와는 달리 술 취한 아버지는 꽤나 너그러워지기 때문에 나는 아버지의 정승타령에 쐐기를 박을 수도 있었다. 제발 그만 하세요. 정승은 옛날 벼슬이라구요. 아무리 태어난 집터가 좋대두 정승이라는 벼슬이 없는 세상인데 어떻게 정승이 된단 말예요. 내가 쐐기를 박으면 아버지는 머리부터 흔들고 나서 정색을 하며 말했다. 인석아, 넌 중학생이여, 핵교서 그런 것두 안 갈치냐? 옛날 정승 벼슬이 지금은 뭔 벼슬인지 그런 것두 안 갈치냔 말여. 니가 공부만 잘 하믄 옛날 정승하구 맞먹는 요즘의 벼슬자리에 오르게 된단 말여. 내 얘기가 뭔 얘긴지 몰라? 이쯤 되자 나도 순순히 물러서고 싶지 않았다. 그렇지만 그 집은 십 년이나 지난 옛날에 남의 집이 됐잖아요. 그러니 그 동안 그 집에서 태어난 사람이 어디 한두 사람이겠어요? 그러니까 제 말씀은 그 사람들 중에서 그 명당 집터의 음덕을 입어 장관 혹은 국무총리가 될 사람이 없으라는 법이 없단 말예요. 누가 알아요? 대통령감이 태어났는지도. 아버지는 또다시 고개를 힘차게 젓고 나서 언성을 높였다. 인석아, 명당터에서 태어났다구 누구나 다 정승자리에 앉는 게 아녀. 가문하구 명당하구 궁합이 맞어야 하는겨. 우리 선조들께서 대대루 그 집을 지키구 살아오셨는데 그 동안 그분들이 부린 종이 얼마나 많았겠냐. 그런데두 그 집에서 태어난 종놈의 자식들은 종 노릇배끼 못했다 이런 말여. 명당에서 태어나두 가문이 드러우면 맬짱 헛일이라는 얘기여. 그러게 내 얘기는 지금 지간 눔이 우리 만취당을 차지하구는 살아두 맬짱 헛일인거. 정승은커녕 정승 발뒤꿈치를 구경할 수 있는 눔두 태어나덜 않는단 말여. 내 말이 뭔 말인지 알아? 내가 맥이 빠져 입을 봉하고 있으면 아버지는 다른 방법으로 정승타령을 해댔다. 내가 자야 니가 공불 한다아 그 말이냐? 그렇다면 자야지! 암 자구 말구. 내가 자야 니가 공불 하구, 니가 공불 해야 정승이 되닝깨 내가 자야지. 아암 자야 되구말구. 그러나 인석아, 이거 하나는 명심해야 햐. 뭘 명심해야만 하는고 하니 정승이 됐다구 해서 이 애빌 우습게 보지 말란 말여. 사실은 말여, 내가이 지경만 안됐어두 정승은 니 차례가 아니라 내 차례였어! 늘 그러듯이 아버지는 이 대목에서 미간을 잔뜩 좁혔다. 울음을 짜내려는 것이었다. 이제 그만 주무세요. 아버지 말씀 명심하겠어요. 그러니 어서 주무세요. 나는 아버지의 눈물이 이 세상에서 가장 싫었다. 그러나 아버지는 기여코 눈물을 쏟아내야만 잠자리에 들었다. 눈물과 함께 털어놓는 그 푸념은 어린 애의 잠투정과도 같은 것이었다. 내가 이 지경만 안됐어두 정승이 되는 건데. 내가 어쩌다 이 지경이 돼가지군 신세를 망쳤는지. 이 지경만 안됐으믄 집두 안 날리구……. 아버지는 당신의 오른손을 눈앞에 갖다대고 펑펑 눈물을 쏟았다. 그 손은 손가락 다섯 개가 모두 잘려 나간 조막손이었다. 휴전이 되던 바로 그 해, 논두렁에 굴러다니던 수류탄을 주워와 분해하다가 그 지경이 되었다는 것이다. 나는 어머니로부터 그때 이후에 일어난 아버지의 얘기를 자세하게 들을 수 있었다.

그때 중학 삼 학년이었던 아버지는 학교를 작파하고 집 안에만 틀어박혀 지냈다. 그것은 할아버지의 뜻이기도 했는데 할아버지는 2대 독자인 아들이 남들의 놀림가마리가 되는 것을 두고 볼 수가 없었다. 그러나 한편 할아버지는 아들에게 전답이며 임야 등 많은 재산을 물려줄 수가 있는데다 당시 휴전이 됐다고는 하나 언제 전쟁이 터질지 모르는 때였으므로 외아들이 조막손이가 되어 군대에 뽑혀갈 염려가 없게 된 것을 오히려 다행스럽게 생각하고 있었다. 그리고 아버지는 물려받을 재산이 많고 남부럽잖게 좋은 규수를 아내로 맞을 수가 있었다. 아버지가 결혼한 것은 열여덟 살 때였다. 그러나 할아버지는 그렇게도 기다렸던 손자를 보지 못하고 세상을 뜨고 말았다. 만약 여든까지 수하셨다 해도 손녀만 셋을 볼 뻔했다. 어쨌든 아버지는 할아버지가 세상을 떠나기 바쁘게 밖으로 나돌기만 했다. 때문에 해가 갈수록 상속받은 재산이 차츰차츰 줄어들기 시작했고 내가 일곱 살이 되던 해에는 집까지 남에게 넘기고 말았다.

아직도 남아 있는 내 기억으로는 그 무렵 우리 집에 왕고모의 출입이 잦았었다. 그럴 때마다 어떻게 왕고모가 오는 것을 미리 알아내는지 아버지는 용케도 몸을 피하곤 했다. 그러면 왕고모는 혹시나 하고 며칠씩 묵으며 아버지를 만나고 가려 했다. 하지만 왕고모는 한 번도 뜻을 이루지 못했다. 이렇게 번번이 허탕을 치고 돌아갈 때마다 왕고모는 늘 똑같은 내용의 탄식을 하곤 했다. 그놈이 정승감이었는데 정승은커녕 조막손이가 돼가지구설랑 이렇게 패가망신을 시키다니! 내 이렇게 늙도록 조막손이가 달걀 도독질 한단 소리 들었어두 조막손이가 화툿장 만진단 소린 듣두 못했는데, 아이구머니나! 저승에 계신 우리 오라버님만 불쌍하시지. 우리 오라버님만 딱하셔. 나는 왕고모를 배웅하는 어머니의 등에 업혀서 하얀 새가 나무마다 눈처럼 뒤덮여 있는 것을 보며 왕고모의 탄식을 듣곤 했다. 그리고 신작로 저 멀리서 버스가 뽀얗게 먼지를 피우며 오는 것이 보이면 왕고모는 합죽한 입으로 내 뺨을 부비며 울먹이는 소리로 말했다. 이 사람아, 이제는 자네가 정승일세. 우리 정승 튼튼하게 잘 크시게! 왕고모는 버스가 앞에까지 와 서야만 내 뺨에서 입을 뗐다. 그러고는 어머니의 부축을 받으며 비척걸음으로 버스에 오르는 것이었다. 그러면 어머니는 버스가 눈에서 보이지 않을 때까지 그 자리에 못박힌 채 속울음을 울었다. 어깨로, 등으로, 온몸으로 소리 없는 울음을 울었다.

나는 그때 그 어머니의 모습을 떠올리려 했으나 화톳불 위에 어른거리는 것은 병석의 그 핼쑥한 얼굴이었다. 사람들은 직업병이라는 걸 대수롭잖게 생각한다 이겁니다. 나도 입원하기 전에는 그랬습니다. 그런데 직업병동에서 한 일 년 지내보니까 살기 위해 제 살 뜯어먹다가 죽게 된 사람들이 모인 곳이더라 이겁니다. 중추신경 이상으로 입원한 빙과공장 아가씨, 이십여 년 동안 일산화탄소를 마시고 무력증에 걸린 주철소 아저씨, 나처럼 폐수종을 앓는 유리공장 아가씨…… 이루 헤아릴 수가 없다 이겁니다. 진시황은 늙지 않으려고 불로초를 구했다는데 지금 우리나라에는 그날그날 목숨을 부지하기 위해 독가스 속에서 묻혀 지내는 사람이 얼마나 많으냐 이겁니다. 어디 진시황뿐입니까? 하루라도 더 살려고 온갖 보약을 다 먹고 저 멀리 제주도 산골짜기에서 나오는 무공해 생수를 비행기로 날라다 먹는 사람은 어떤 사람입니까? 바로 그 사람들이 돈을 긁어모으기 위해 강물을 오염시키고, 공기를 오염시키는 사람들이다 이겁니다. 기찻간에서 만났던 그 청년의 얘기는 나에게 어머니의 죽음도 폐수종 때문이었을지 모른다는 생각을 갖게 했다. 청년의 얘기로는 유리공장에서 공원들이 맡게 되는 유독가스도 포스겐이라는 것이었다.

어머니가 세상을 떠나기 몇 달 전까지 돈을 벌었던 곳은 유리공장이었다. 어머니는 조막손인 아버지와 그 아버지가 정승자리에 앉히고야 말겠다는 나 때문에 당신 자신은 물론 나이 어린 누이들까지도 그 공장에 넣어 벌이를 시켰고 병이 들어 죽을 때에는 돈이 아까워 약 한 첩도 먹지 않고 가쁜 숨을 헐떡이기만 했다. 어머니의 얼굴에 병색이 깃들기 시작한 것은 서울 생활을 시작한 지 칠 년째 되던 해였다. 그때 나는 중학교에 갓 입학

했었는데 어머니는 그 이듬해 세상을 뜨고 말았다. 병원에 가 본 적이 없으니 병명이 무엇인지조차 알 길이 없지만 거품 섞인 가래와 호흡곤란으로 고생했던 것만은 지금도 기억에 생생했다. 당시 어머니의 얘기로는 다른 공원들도 그런 증상으로 공장을 그만둔 사람이 몇 있다고 했다. 그러나 어머니는 공장측에 자신의 그러한 증상이 알려지면 목이 잘릴까봐 몇 년을 숨기고 근무했다는 것이었다. 화톳불은 어머니의 모습과 청년의 얼굴을 계속해 피워 올렸다.

3

온몸이 으시시했다. 나는 모아놓은 땔감 중에서 불땀이 좋을 것 같은 놈들을 골라 사위기 시작하는 화톳불 위에다 얹었다. 그리고 여태까지 까맣게 잊고 있었던 소주병과 오징어를 파카 주머니에서 꺼냈다. 불이 붙은 삭정이를 한쪽으로 동개어놓고 잉걸불을 펴 그 위에 오징어를 얹었다. 그런 다음, 아버지가 언제나 그러듯이 나는 이빨로 마개를 따서 뱉고 병나팔을 불었다. 아내가 이런 꼴을 봤더라면 분명 한마디 내쏘았을 것이다. 아버님은 한 손을 못 쓰시니까 그러신다지만 당신은 도대체 왜 그러세요? 언젠가 한 번 이빨로 병마개를 땄더니 아내가 질색을 했었다. 그때 아내의 그 놀란 표정을 떠올리며 나는 오징어다리를 떼어 씹었다.

아내는 내가 막차 타는 것을 극력 반대했다. 실은 막차든 첫차든 그게 문제가 아니라 내가 고향에 내려간다는 그 자체가 못마땅했던 것이다. 아내는 내가 아버지를 내세워 만취당을 되사들이려 한다고 생각했고 그래서 자기 모르게 많은 돈을 아버지에게 주었다고 믿고 있었다. 한 달쯤 전,

아내는 그 문제를 가지고 내게 따지고 들었다. 당신 여태까지 아버님께 드린 돈이 모두 얼마예요? 당신이 대답하지 않아도 난 다 알고 있어요. 도대체 지금 우리가 시골에다 집을 사둘 형편이에요? 한 푼이라도 아껴서 서울에다 집을 늘여 사야지, 시골에다 집을 사면 어쩌겠다는 거예요? 시골로 내려가 살겠다는 거예요? 난 죽으면 죽었지 시골로는 안 내려가요. 당신도 그렇잖아요. 시골 가서 뭘 해먹고 살겠다는 거예요? 어디, 얘기 좀 해보세요. 흥, 정승이 태어나는 집터라구요? 집터만 좋으면 그냥 정승이 되는 거냐구요! 나는 아내의 여러 질문에 간단히 대답했다. 용돈은 자주 드렸지만 달리 드린 돈은 없다고. 그것은 거짓 없는 대답이었다. 그러나 아내는 믿지 않았다. 아버님께 직접 들은 얘기에요. 통장에 들어 있는 돈이 정확하게 삼천이백만 원이래요. 삼천이백만 원! 아내의 말에 나는 깜짝 놀라고 말았다. 그것이 사실이라면 그 돈은 내가 대학을 졸업한 뒤부터 모은 것이었다. 내가 학교를 마치기 전까지 아버지가 빚더미에 올라앉아 있었다는 것을 나는 누구보다도 잘 알고 있었다. 어머니가 세상을 떠나자 아버지는 동네 복덕방에 드나들기 시작했다. 처음엔 마음을 잡기 위해 장기판이나 화투판에 끼나보다 했는데 나중에 알고 보니 중개업의 요령을 터득하기 위함이었다. 그리고 결국 몇 해 뒤에 아버지의 직업은 복덕방이 되었다. 그러나 그 직업으로는 먹고 살기에만도 벅찼다. 그런 형편에 두 누이를 시집보냈고 나를 공부시켰기 때문에 빚을 지지 않을 수가 없었던 것이다. 그런데 그 빚을 갚고도 삼천이백만 원의 돈을 모았다니 놀랄 수밖에 없는 노릇이 아닌가. 참으로 대단한 집념이구나 싶었다. 나는 아내로부터 그 얘기를 듣고 아버지가 하루 속히 만취당을 되찾게 되길 진정으로 빌고 또 빌었다. 아버지의 평생 소원이 이루어지게 된다는 것은 나로서도 크게 기쁜 일이었다. 눈치 빠른 아내가 그러한 내 속을 모를 리 없었다.

아무 말도 없이 나간 아버지가 날이 밝아도 연락이 없자 아내는 나를 의심했다. 아버님께선 지금 고향에 내려가 계신 게 분명해요. 당신 생각은 어때요? 나도 아내와 같은 생각이었으므로 고개를 끄덕여 대답을 대신했다. 당신은 미리부터 알고 계셨죠? 나는 화가 치밀었으나 꾹 참고 아버지의 방으로 들어갔다. 선반 위를 더듬어보았으나 통장은 나오지 않았다. 아버지가 통장을 두는 자리는 선반 위였으나 나는 혹시나 싶어 방 안을 샅샅이 뒤져보았다. 통장은 아무 데에도 없었다. 그 집 때문에 고향에 내려가신 건 분명한데 그렇다면 아무런 말씀도 안하실 리가 없잖아요. 안 그래요? 아내의 말에 나를 의심하는 빛이 역력했으나 나는 그 말의 겉만 받아들였다. 그러게 말야, 혹 모르지, 무슨 딴 일이 있으신지도. 아내는 계속 나를 의심했다. 딴 일이라뇨? 아버님께서 숨겨둔 여자가 있을 리도 없잖아요! 나는 더 이상 화를 누르고만 있을 수가 없어 버럭 고함을 지르고 출근길에 올랐다. 그날 업무가 끝나는 대로 아버지의 행방을 알 말한 사람들을 찾아보았고 거리가 먼 곳은 전화로 알아보았으나 아무도 아는 사람이 없었다. 나는 아버지가 고향에 내려간 것으로 단정하고 23시 50분발 마지막 기차표를 끊었다. 공기 좋고 물 좋아 살기 좋다는 고향에 내려가 내가 태어났다는 만취당도 둘러볼 겸 아버지의 행방을 확인하기 위함이었다. 내가 자정이 가까운 시간의 기차표를 끊은 것은 집에 들러 이것저것 준비를 하고 역으로 나가면 시간이 그렇게 되었기 때문이었다.

등산용 파카를 찾아 입는 등 부산하게 여행준비를 하고 있는 내게 아내가 말했다. 정 내려가시고 싶으면 내일 새벽에 떠나세요. 김씨한테 전화할까요? 낼 새벽에 차 가지고 오라고요. 나는 세차게 고개를 흔들었다. 왜요? 찰 가지고 내려가시면 아버님 모시고 올 수도 있고 좋잖아요. 김씨한테 전화할게요. 김씨는 나라에서 내게 배당한 승용차의 운전사였다. 나는 아내에게 역정을 냈다. 공무로 출장가는 게 아니잖아! 거 말도 안 되는 소리 하지 말고 양말이나 달라구! 아내는 양말을 가지고 와서 또 종알거렸다. 당신이 그런다고 누가 알아주기나 하는 줄 아세요? 당신 혼자만 깨끗⋯⋯. 나는 급히 아내의 입을 막았다. 쓸데없는 얘기 말랬잖아! 길 떠나는 사람한테 웬 설교가 그렇게 심해! 나는 다시 볼멘 소리를 지르고 현관을 향해 돌아섰다.

나는 아내 생각을 지우며 계속 병나팔을 불었다. 병이 바닥났을 때는 빈속에 마신 술이 고스란히 전신으로 퍼져 알근알근했다. 그런 술기운과 아침부터 한밤중까지 누적된 피로가 화톳불에 녹아 흘렀다.

시끄럽기 짝이 없는 새소리에 잠이 깨자 숲을 뚫고 온 햇귀가 눈을 쏘았다. 그리고 잠시도 이를 물 수 없도록 턱이 떨렸다. 이렇게 추운데도 용케 잠을 잤었구나. 화톳불은 불씨도 남겨놓지 않고 완전히 꺼져 있었다. 검불을 긁어다가 다시 화톳불을 놓았다. 화톳불은 이내 괄게 타올랐으며 그 불기운이 다시 내 눈꺼풀을 처지게 했다. 고막을 쪼아대는 듯한 새소리도 차츰차츰 귀에서 멀어졌다.

얼마쯤 지났을까. 이번에는 인기척이 겉잠을 깨웠다. 눈을 떠보니 마을 쪽에서 예닐곱쯤 되는 아이들이 와자하니 떠들어대며 다가오고 있었다. 학생들이었다. 그들도 나를 발견하고 일시에 떠들기를 멈추었다. 그들이 경계의 빛을 가득 담고 내 곁을 지날 때 나는 짐짓 여유를 보이기 위해 먹다 남은 오징어를 질겅거리며 말을 걸었다.

"벌써 학교에들 가는구나. 여긴 학교가 어디에 있니?"

내 질문에 한 학생이 읍내에 있다는 짤막한 대답을 보내왔다. 무리 중에서 제일 키가 큰 학생이었다.

"혹시 너희들 중에 만취당에 사는 학생이 있니?"

내 두 번째 질문에 학생아이들은 서로 눈길을 나누기에 바빴다.

"만취당에 사는 학생이 없느냐구."

나는 그들이 내 말을 알아듣지 못했나 싶어 다시 물었다. 그러자 아까 그 키 큰 학생이 대답했다.

"여긴 동촌리유. 만치당이란 데는 읎어유."

"동네 이름이 아니라 집 이름이야. 만, 취, 당!"

키 큰 학생이 일행을 휘둘러보자 그들은 모두가 모르겠다는 뜻으로 고개를 저어 보였다.

"우린 모르겠어유."

학생들이 멈췄던 발길을 옮기기 시작했을 때 나는 문득 왜가리 생각이 나서 그들의 등에다 대고 물었다.

"어째서 왜가리가 안 뵈지?"

"왜가리 사진 박으루 오셨나유?"

키 큰 학생이 되돌아서며 대답 대신 물었다.

"아냐, 그냥 물어본 거야. 이 숲에 왜가리가 많았잖니."

"많았쥬. 하지만 지금은 읎어유. 삼 년 전부터 오덜 않아유."

"삼 년 전부터? 왜?"

나는 필요 이상으로 놀란 목소리를 내어 물었다.

"저 우에 공장이 들어섰걸랑유. 그래서 냇물이 썩었지유. 그리구 농약 때미 논바닥에두 먹을 게 읎구유."

그때 무리 중에 누군가가 버스가 온다고 소리를 질렀고 그것을 신호로 학생들이 일시에 국도변의 정류장을 향해 달음박질을 치기 시작했다. 그 동안 화톳불이 다시 사위기 시작했으므로 나도 그들에게서 눈길을 거두어 부지런히 삭정이를 꺾어 얹었다. 삭정이들이 제 몸에 불꽃을 달기 위해 피워대는 연기가 길찬 숲을 누비며 흘러퍼졌다. 그 연기를 지켜보며 나는 중얼거렸다. 짜식들, 만취당을 모르다니. 정승을 둘씩이나 태어나게 한 그 유명한 집을 모르다니. 내 눈앞에 아버지의 모습이 떠올랐다. 등뼈를 꼿꼿하게 세우고 앉아서 좌필(左筆)로 계약서를 작성하고 있는 모습이었다. 비록 좌필일지라도 아버지는 달필이었다. 그 달필로 계약서를 작성하고 나면 아버지는 언제나 담배부터 뽑아 물었다. 나는 아버지가 그토록 맛있게 담배를 피우는 모습을 볼 수 있을지도 모른다고 생각했다. 아니, 어쩌면 어제 이미 계약을 끝냈을지도 모를 일이었다. 혹 아버지가 이곳에 내려오시지 않았을지도 몰라. 나는 흔들리는 내 믿음을 꼿꼿하게 세우기 위해 도리질을 했다. 아버지가 통장을 가지고 집을 나갔다는 것은 평생 소원인 만취당을 되찾기 위해 이곳 고향에 내려왔음을 뜻하는 것이지 달리 생각할 일이 아니라고 못을 박았다. 아버지가 그런 큰 일을 계획하고 집을 나가면서도 아무런 말이 없었다는 것이 수상쩍기는 했으나 따지고 보면 그것도 이해할 수 없는 일은 아니었다. 순전히 자신의 과오로 남의 손에 넘긴 집이니 어느 누구의 도움 없이 자신의 힘으로 되찾고 말겠다는 그런 오기 때문이라고 이해할 수도 있는 일이었다. 아버지는 오 년 전, 내가 행정고시에 합격하자 마치 천하라도 얻은 듯이 기뻐하며 말했다. 거 봐라. 이젠 니 앞길 확 튼 거여. 넌 장관두, 총리두 될 수 있능겨. 그게 바루 정승벼슬 아니냐. 그게 다 니가 만취당에서 태어났기 때문잉겨. 그 명당자리 집터 음덕잉겨! 아버지는 여간 흥분해 있는 게 아니었다. 그러나 정작 당자인 나는 왠지 무언가 귀중한 것을 잃은 기분이었다. 보석을 빼앗기고 그 대가로 모조보석을 받은 기분이었다. 그런 내 마음속을 꿰뚫고 있다는 듯이 아버지는 내 어깨를 치며 계속해 입을 열었다. 요새 세상은 어떻게 돼먹은 세상인지 환쟁이두 떼부자가 되는 시상이라더라만 환쟁이하구 정승하구는 델 일이 못 되는겨. 어떤 세상이든간에 벼슬을 하믄 돈은 저절루 굴러오능겨. 아버지는 내가 아직도 그림에 대한 미련을 버리지 못하고 있나 싶어 이렇게 쐐기를 쳤다. 하지만 나는 고등학교 진학할 때 이미 그림을 포기해 버렸다. 행정과나 정치과를 고집하는 아버지에게 순종을 한 것이라기보다 그림공부를 할 경제적인 여건이 되지 못했기 때문이었다. 나는 나 때문에 고생만 지지리 하다가 세상을 떠난 어머니와 오직 나 하나만을 정성스레 키워 벼슬자리에 오르도록 하겠다는 아버지의 원대(?)한 계획에 의해 어린애 땟국을 벗기 무섭게 공장에 들어가 숱한 고생을 해온 누이들을 생각해서라도 내 고집대로 그림공부를 할 수가 없었다. 나는 결국 아버지가 뜻한 대로 세칭 일류대학이라는 곳에 입학하여 행정학을 전공하게 되었다. 그러나 그 동안 나는 돈 때문에 중도에서 학교를 그만두어야 할 위기를 몇 번이나 맞았었다. 그때마다 아버지는 서예학원을 차려 택택한 생활을 하는, 동향이자 친척인 아저씨에게 도움을 청했다. 그의 뛰어난 붓글씨 솜씨는 우리 할아버지로부터 물려받은 것이었다. 때문에 그는 언제나 마다 않고 도움을 베풀었고 또 도움을 청하지 않아도 이따금 쌀가마니며 연탄 따위를 들여놓아 주었다. 그 덕에 나는 무사히 대학을 마칠 수 있었으며 졸업하던 해에는 행정고시에 합격할 수 있었다. 그러나 나는 그것을 행운으로만 여길 수가 없었다. 왠지 잘못 든 길의 저쪽 어딘가에 숨어 있을 불행이 예감되었던 때문이었다. 그런데 인생이란 참으로 묘한 것이어서 불길한 예감일수록 적중률이 높았고 따라서 나의 그 불길한 예감도 맞아 떨어졌다. 지난 여름의 일이었다. 나는 시쳇말로 괘씸죄에 걸려 하마터면 모가지가 잘릴 뻔했다. 헛기침만으로도 하늘의 새를 떨굴 수 있다는 어떤 세도가의 지시에 불복했기 때문이었다. 그 지시라는 게 크게는 나라에 흠집을 내는 일이었고 작게는 당자를 옭는 올가미가 될 수도 있는 그런 일이었다. 물론 법으로도 금하는 일이었다. 나는 목이 잘릴 각오로 법을 지켰다. 아직은 목이 붙어 있지만 실은 붙어 있는 목이랄 수가 없었다. 나는 그 내막을 아내에게 말하지 않을 수 없었다. 하루가 다르게 배가 불러져 아내가 직장을 그만둘 작정을 세우고 있었기 때문이었다. 아내가 직장을 그만둔 뒤, 내 목이 잘린다면 그야말로 낭패인 것이었다. 이 년 동안 맞벌이하여 모아둔 돈으로 전셋방에서 조그만 아파트로 옮겼고 그러느라고 단돈 한 푼도 저축이 없었기 때문이었다. 그런 판이라 둘 다 직장이 없게 된다면 살아갈 방도가 막막했다. 그래서 내 처지를 밝히고 당분간 사표내는 것을 보류하게 했던 것이다. 그리고 아버지에게는 비밀로 하라고 신신당부했었다. 그러나 아내는 '소더러 한 말은 안 나도 아내더러 한 말은 난다'는 옛말이 틀리지 않음을 증명해 보였다. 아내로부터 내 얘기를 전해 들은 아버지가 날 불러 앉혔다. 내가 너한티 을매나 말했니! 모난 돌이 정 맞는 뱁이라구. 그런디 도대체 어떻게 처신을 했으믄……. 그도 그렇지만 우리 모두 을매나 고생을 했냐 말여. 그런디 그 벼슬자리에 앉아 보지두 못하구 모가지 걱정을 해야 하다니! 너두 니 5대조 할아버님 꼴이 되구 싶으냐? 그분께서두 바른 소릴 하시다가 조정에서 쫓겨나 낙향하신겨. 처신만 잘했으믄 정승자리는 식은 죽 먹기였다는겨. 그래설람 낙향해 가지구 오동남구 잎사구마냥 일찍 벼슬자리에서 떨어진 당신의 신셀 한탄하믄서 당신은 이왕에 그렇게 됐지만서두 자손들만은 즘꺼정 푸른 솔잎마냥 되라는 뜻으루다 만취당이라는 당호를 지어 붙이신겨. 나는 아버지의 그 터무니도 없는 얘기에 터져나오는 웃음을 참을 수가 없었다. 만약 내가 어렸다면 한 차례 종아리를 맞았을지도 모를 일이었다. 아버지는 노여운 기색이긴 했으나 입을 다물고 있었다. 나는 아버지의 낯빛을 살피면서 노여움을 돋우지 않으려고 애를 썼다. 그리고 조심스럽게 입을 열었다.

아버님 말씀대로 만취당의 만취가 겨울철이 돼도 솔잎의 푸른빛이 변하지 않는 걸 뜻하는 말이긴 하지만 그건 노후에도 그 굳은 절조가 변하지 않는 사람을 비유한 말이에요. 내 말에 아버지는 미간을 찌푸렸다. 그리고는 억지를 부렸다. 요새 세상은 옛날하군 달러. 절조를 지키구 살다간 웃음거리가 되는 볍여. 시류에 맞추어 살아야 하능겨. 만취당은 그런 뜻으루다 진 당호란 말여. 그런디 니가 아까 한 말, 대체 누가 그러디? 아버지의 물음에 나는 대답을 할 수가 없었다. 내게 그 얘기를 해준 것은 서예학원을 경영하는 아저씨였다. 물론 아버지도 그 아저씨로부터 만취당의 내력을 들은 것이었다. 그런데도 만취당의 정확한 내력을 내게 말해주지 않았다. 그것은 다분히 의도적인 것이었다.

아버지는 내 목이 위험하게 됐다는 것을 아내로부터 들은 뒤부터 눈에 띄게 불안해 하고 초조해 했다. 절조를 지키느라고 벼슬자리를 잃게 된 5대조처럼 내 신세가 그렇게 될 것이 뻔했기 때문일 것이었다. 달포 전, 아버지는 나와 아내를 불러 앉히곤 자못 엄숙하게 말했다. 용이 물 밖에 나면 개미도 침노를 하는 볍이여. 어쩌다가 그런 실수를 했냐? 실수가 아니라 법을 어기는 일이기 때문에 소신껏 처리한 일이라고 대답하자 아버지는 화를 벌컥 냈다. 치성 드려 낳은 자식이 눈먼 꼴이여. 야, 이 녀석아! 니가 이 애비 생각을 조금이라두 하는 눔이냐? 두말할 필요 읎이 며늘애기 너는 만취당에 내려가 애 낳을 작정해라. 내 말 알겠지? 나는 아이를 낳으러 가다가 숲속에 이르러 해산을 하게 되는 아내의 모습을 연상하며 쓴웃음을 날리지 않을 수 없었다.

화톳불은 끊임없이 아버지의 환영을 피워올렸다. 나는 아버지가 만취당을 되찾는데 성공했기를 빌었다. 그리고 이제 어디로 가야만 아버지를 만날 수 있는지 또 어떻게 찾아야 될지, 그런 것들을 궁리하기 시작했다.

4

오토바이 두 대가 읍내 쪽에서 기세 좋게 달려오고 있었다. 어찌나 속력을 내는지 마치 오토바이 레이스를 보는 듯했다. 정류장 앞에 이르러 오토바이들은 속력을 줄이고 앞서거니 뒤서거니 하며 조붓한 숲길로 들어섰다. 동촌 마을로 가는 사람이겠거니 하고 있는데 오토바이들은 내 앞에 이르러 멈추어 섰다. 점퍼차림의 두 사내가 오토바이에서 내렸다. 그들은 각각 삼십대와 사십대로 보였는데 둘 다 점퍼에 가리다 남은 권총집의 끝을 오른쪽 엉덩이쯤에 붙이고 있었다. 나는 그것을 보는 순간 아까 등교하던 한 떼의 학생들을 떠올리지 않을 수 없었다. 그들이 읍에 도착하자마자 숲속에 수상한 사람이 있다고 경찰에 신고한 모양이었다. 그들이 나를 이상한 눈길로 관찰했던 것은 알고 있었으나 경찰에 신고까지 하리라고는 예측하지 못했던 일이므로 나는 적잖이 당황하고 말았다.

"여기서 뭘 하는 거야?"

한 발 앞서 내게 다가온 사내가 물었다. 둘 중 젊은 쪽이었다. 대답이 궁해 냉큼 입을 열지 못하고 있자 그는 한층 더 거칠게 나왔다.

"누가 여기서 불을 피우라고 했어!"

누구의 지시에 의해서 화톳불을 놓은 게 아니므로 나는 또다시 대꾸를 잃고 말았다.

"당신 벙어리야?"

그제야 나는 아니라는 대답을 줄 수가 있었다.

"그런데 왜 대답이 없어? 당신 뭐하는 사람이야?"

나는 화가 났다. 자연 말투도 곱지 않았다.

"당신 신분을 짐작은 하겠는데 그렇다고 아무한테나 반말을 해도 되는 거요?"

의외의 반응에 사내는 멈칫했다. 그러자 나이든 쪽의 사내가 격식을 차려 말했다.

"우린 경찰이오. 이 숲속에서는 불을 피울 수가 없소. 보호림을 훼손시키면 어떻게 되는 줄이나 아시오?"

"보호림인질 몰랐습니다."

"신분증 좀 봅시다."

나는 지갑 갈피에서 신분증을 뽑아내어 그에게 내밀었다. 그는 그것을 받아들고 들여다보다가 문득 표정을 굳혔다. 그의 얼굴을 그렇게 굳힌 것은 내 근무처와 직위임에 틀림없었다. 그는 신분증의 사진과 내 얼굴을 한번 더 견주어보고는 부동자세를 취하며 정중하게 사과했다.

"죄송합니다. 몰라뵈었습니다. 본서 정보과 이 경장입니다."

나는 신분증을 받아 넣으며 잠시 그의 얼굴을 살펴보았다. 아직도 그의 눈에는 어떤 의혹의 빛이 깔려 있었다. 그의 의혹은 아마도 내가 직위에 어울리지 않게 너무 젊기 때문에 생긴 것일 게다. 그는 긴장한 목소리로 자신들의 출동 경위를 보고 형식으로 내게 말했다. 짐작했던대로, 학생들의 신고를 받았다는 것이었다.

"죄송합니다만 어떻게 이런 이른 아침에……."

이 경장은 말끝을 흐렸다. 그러나 그 말은 나를 수상쩍어 하는 그의 뜻을 충분하게 전달하는 것이었다. 나는 웃으며 말했다.

"실은 여기서 밤을 새웠소."

"여기서요?"

그는 깜짝 놀랐다.

"우선 담배나 한 대씩 피웁시다."

나는 담배를 꺼내 권했다. 젊은 쪽의 사내에게도 권했다. 그리고는 화톳불 앞에 쪼그리고 앉았다. 그러자 이 경장은 엉거주춤 따라 앉으며 젊은 쪽을 향해 지시했다.

"어이, 김 순경. 여기 불 좀 피워야겠어."

우리가 담배에 불을 붙이고 몇 모금 빠는 동안 김 순경은 재빠른 동작으로 땔감을 한아름 안고 와 이 경장의 옆에 쪼그리고 앉더니 다 사윈 화톳불을 살리기 시작했다.

"여간 춥지 않으셨겠습니다."

"고생 좀 했지요."

나는 웃고 나서 그의 궁금증을 풀어주기 시작했다. 이곳 동촌마을에 볼일이 있어 서울에서 막차를 타게 됐다는 것과 읍에 도착된 시간 그리고 읍에서 잠자리를 구할 수 없어 어쩔 수 없이 이 숲으로 와 한둔을 하게 됐다는 등의 얘기를 비교적 소상하게 밝혔다. 내 말을 듣고 그들은 고개를 끄덕였다.

"각 군 대항 농악경연대회가 저의 읍에서 열리게 되어 잠자리 때문에 난리가 났었습니다. 하지만 군청이나 저희 서에 전화를 하셨다면 고생을 면하셨을 텐데 그랬습니다."

"여관주인이 그럽디다. 대통령이 오셨대도 없는 방을 어떻게 하느냐고. 옳은 얘기 아닙니까."

"무슨 여관입니까?"

"그 사람도 그렇게 말할 수밖에 없었겠지요."

"어쨌든 죄송하게 됐습니다. 저희들이 대신 사과드리겠습니다. 그 자도 누구신질 몰라뵙고 그랬을 겁니다. 행사 때문에 각 군에서 사람들이 몰려들어 읍이 발칵 뒤집혔었습니다. 방칸이나 지니고 있는 민가도 그랬고 저희 숙직실도 여관방이 됐습니다. 하도 비좁으니까 유치장에 들어가 편히 좀 잘 수 없느냐는 얘기까지 나왔었습니다만. 그런데 동촌리 어느 댁에 오셨습니까?"

나는 대답에 앞서 동촌 만취당에서 내가 태어났다는 얘기를 한 뒤, 아무 얘기도 없이 출타한 아버지를 찾아왔노라고 말했다.

"실은 아버지께서 여기 내려오신 걸로 짐작만 하고 왔는데 어떻게 알아볼 방법이 없겠습니까?"

내 얘기에 두 사람은 난처한 표정으로 잠시 눈길을 나누더니 자리에서 일어나 저만큼 떨어진 곳으로 가 뭔가 한참 동안 의논을 했다. 의논을 끝내고 이 경장은 내게로 왔고 김 순경은 오토바이 옆으로 가 서 있었다. 이 경장이 내게 물었다. 지금 읍내에 있는 모든 식당들이 행사 때문에 몰려온 사람들로 난장판일 테니 농촌 밥이지만 동촌리에서 아침식사를 하는 게 어떠냐는 것이었다.

"그게 좋겠군요. 하지만 동촌에 그럴 만한 곳이 있습니까?"

"식당은 없습니다만 이장한테 부탁을 하겠습니다."

"민폐를 끼칠 생각은 없어요."

"민폐는 무슨 민폅니까. 다만 귀한 손님을……."

"그러면 오히려 내가 불편하니까 평소에 차리는 자기네 밥상처럼 차리라고 해주세요. 식대는 섭섭잖게 내겠소. 두 분도 아직 아침을 안 자셨을 테니 우리 같이 먹읍시다. 얘기도 나눌 겸, 어떻소?"

"그러잖아도 그럴 생각이었습니다."

이 경장은 말을 마치고 팔을 올려 김 순경에게 동촌마을을 가리켜 보였다. 그 신호로 김 순경은 부리나케 오토바이를 몰아 숲길을 빠져 나갔다. 그가 떠나자 이 경장은 화톳불을 끄기 시작했다.

"우리 부친께서 틀림없이 이 동촌리에 오셨을 텐데…… 이장집에 가면 확인할 수 있을지 모르겠군요."

"실은……."

이 경장은 불단속을 하느라고 굽혔던 허리를 펴고 잠시 멈췄던 얘기를 잇기 시작했다.

"어르신네께서 내려오셨던 건 확실합니다. 이짜, 택짜, 회짜 쓰시는 어른 아닙니까?"

"아니, 어떻게 이름까지……."

나는 그의 말에 깜짝 놀랐다.

"제 이름과 똑같아서 욀 수가 있었습니다만, 실은 어르신네께서…… 저희들이 어제 어르신네를 연행했던 일이 있었습니다."

"지금 뭐랬소? 연행이라고 했소?"

나는 내 귀를 의심하지 않을 수가 없었다. 그가 나를 놀래켰기 때문에 혹 헛들은 것이 아닌가 싶었던 것이다.

"실은 어르신네께서 어제 약주가 과하셔가지고 군청에 들어가 군수 비서실에서 행패를……. 군청에서 연락해 오길, 행패를 부렸다는 겁니다."

"행패라뇨? 무슨 행패를 부렸단 말입니까?"

나는 나도 모르게 언성을 높였다.

"그보다 먼저 아셔야 될 게 있으십니다만, 실은 만취당이 헐리게 됐습니다. 만취당뿐만 아니라 동촌리에 있는 모든 집들이 헐리게 된 겁니다."

"그건 또 무슨 얘깁니까?"

"거기에 농공단지가 들어서게 된 겁니다."

이 경장의 설명은 주민들에게 이미 이주비가 다 지불되었고 이주가 완료되는 다음달부터는 공사가 시작되게끔 돼 있다는 것이었다. 그의 얘기는 계속되었다.

"어르신네께서는 그 사실을 아시고 홧술을 잡수신 끝에 군청에 들어가셔서 군수를 만나시겠다고 했는데 비서실에서 약주가 잔뜩 취하신 분이라 군수를 만나게 해주질 않았다는 겁니다. 그러니까 어르신네께서 화가 나셔서 비서실 전화며 의자를 집어 던지는 소동을 일으키신 겁니다."

경찰에 연행된 아버지는 술이 깬 뒤 조사를 받게 되었는데 그 결과 그렇게 행동하게 됐던 까닭을 알게 되었고 또 이곳 태생의 노인이기도 해서 군청과 타협해 훈계 방면했다는 것이었다.

"아마 모르면 몰라도 어제 밤차로 올라가셨지 싶습니다만. 어젯밤에 내려오시고 올라가시고 길이 엇갈리신 모양입니다. 이장집에 전화가 있으니 가서서 댁에 전활 해 보시지요."

나는 일시에 맥이 탁 풀리고 말았다. 아버지를 찾으러 왔다가 길이 어긋났다는 점도 맥빠지게 했지만 그보다도 이제는 만취당을 영원히 되찾을 수가 없게 됐다는 실망감이 결정적으로 나를 그토록 맥빠지게 한 것이었다. 내가 이런데 아버지의 심정은 그야말로 어떠했겠느냐 싶었다.

우리가 도착했을 때, 김 순경은 이장댁 사랑방을 말끔히 치워놓고 있었다. 이장도 김 순경과 함께 우리를 기다리고 있었다. 이장은 내 또래의 젊은이였고 복장이며 태도가 농촌사람답지 않게 세련되어 있었다. 이 경장의 소개로 나와 이장은 수인사를 나누었다.

"김 순경에게 자세한 말씀을 들었습니다만 만취당에서 사셨었다구요?"

"살았다기보다 거기서 태어나 일곱 살까지 자랐지요."

"어쨌든 그 집이 헐리게 돼서 여간 서운하시지 않겠습니다. 실은 우리 고장에서는 드문 고택이고 해서 문화재로 지정받으려고 노력을 했었습니다. 그래 문화재위원인가 하는 분들이 서울에서 내려오기까지 했었는데 워낙 옛날 집인데다가 또 그 동안 살았던 사람들이 관리를 잘 못해서 집이 많이 상했다고 합니다. 다른 곳에다 옮겨 세울려고 해도 살릴 수 있는 재목이 얼마 안 된다는 겁니다. 그러니 도리가 있어야죠."

"그 집은 건물보다도 터가 명당이라는 건데……."

나는 건물에 대한 것보다도 집터에 대한 애착 때문에 혼잣말처럼 중얼거렸다. 이장이 내 말을 받았다.

"거기까지는 몰라도 한때 얘기가 많았습니다. 만취당에 사는 사람 중에서 정승이 셋 나오게 돼 있는데 둘은 이미 옛날에 났고 나머지 하나가 남았는데 박 아무개다라고요."

"그 사람이 누굽니까?"

"얼마 전까지 살았던 그 집 맏아들인데 국회의원에 나왔다가 형편없이 낙방한 사람입니다. 이런 말씀을 드려서 좋을지 모릅니다만 이런 시골에선 여당 공천을 받으면 대개는 당선이 되는 법이거든요."

이 경장이 이장의 말에 꼬리를 달았다.

"아니할 말로 우리도 많이 밀어줬는데 참패를 당했지요. 그 아버지 되는 사람이 워낙 인심을 많이 잃었거든요."

이번에는 이장이 토를 달았다.

"말이야 바른 말이지만 당자도 학벌만 번드름했지 인심을 많이 잃은 모양입니다. 사람이 거만하다고. 어쨌든 그 사람이 떨어지기 전엔 우리 동네에 큰 인물 났다고 야단이더니 떨어지고 나니까 이번에는 정작 만취당에서 난 인물은 서울에 있다고들 야단이지 뭡니까. 면전에서 죄송합니다만 선생님을 두고 하는 얘기들이었습니다."

나는 그의 얘기에 실소를 금할 길이 없었다. 내 웃음에 이장은 자신의 말에 조금도 거짓이 없다는 것을 강조하기 위해 정색을 하며 다시 입을 열었다.

"정말입니다. 고로들의 입에서 나온 얘깁니다."

나는 쑥스러운 화제의 주인공으로 더 이상 머물러 있고 싶지 않아 화제를 바꿀 겸 이장에게 물었다.

"서울에 전화 좀 걸 수 있겠습니까? 부친께서 도착하셨는지 확인을 하고 싶어서……."

"그 어르신네께선 아직 여기에 계십니다."

"그래요?"

나는 깜짝 놀랐다.

"그럼요, 명색이 이장이고 해서 어제 즈 집으로 모실려고 했는데 그 어른께서 어찌나 고집을 피우시는지……. 그래 결국은 만취당에서 주무셨지요. 몸도 자유롭지 않은 분이고 해서 제가 사람을 시켜 군불까지 지펴드렸습니다만 워낙 여러 날 비워둔 집이라 그래도 좀 추우셨을 겁니다."

"학교 가는 애들한테 물어봤더니 만취당을 모르던데 그 집이 어디쯤입니까? 어릴 때 살던 집이라 통 기억에 없습니다."

"여기서 아주 가깝긴 하지만 산모퉁이 저쪽이라 뵈진 않습니다. 애들은 만취당이라면 못 알아듣습니다. 정승집이라구 해야 알지요."

나는 더 이상 자리를 보전하고 앉아 있을 수가 없어 벌떡 일어섰다.

"왜요? 만취당에 들르시려구요?"

"네, 아버님부터 뵈야지요."

"하지만 지금 안 계실 텐데요."

"네? 거기서 주무신댔잖습니까!"

나는 무의식중에 목청 높인 반문을 던지고 말았다. 도대체 어찌된 셈인지 도시 종잡을 수가 없었기 때문이었다.

"제가 직접 뵌 게 아니라 집사람 얘깁니다만, 한 한 시간쯤 됐을까 어르신네께서 구판장에 들러 소줄 사가지고 뒷산으로 올라가시더랍니다."

"……?"

"전 어르신네께서 어디에 가 계신지 짐작할 수 있습니다. 뒷산에 올라가면 중턱에 두레반처럼 편평한 바위가 있습니다. 우리 마을 일대를 한눈에 내려다 볼 수 있는 곳입니다. 혹 아실지도 모르겠습니다만, 선생님 문중의 중시조 되시는 어른께서 거기에 올라 풍수를 보시고 만취당, 물론 그때는 만취당이 아니었겠습니다만 어쨌든 지금 만취당 자리에 집을 지었다는 그런 얘기가 있는 곳이지요. 아마 지금 그 바위에 앉아 계실 겁니다."

김 순경이 모처럼만에 끼어들었다.

"이장, 당신은 사뭇 타관살이만 하다가 작년에 낙향한 사람이 모르는 게 없소."

"명색이 이장 아니오. 동네 어른들이 그럽디다. 우리 동네에선 유명한 얘기기도 하고. 그뿐인 줄 아시오? 서림에도 전설 같은 재미난 얘기가 있지요."

나는 이장의 얘기가 끝나기도 전에 밖으로 나와 신발을 꿰었다. 길 안내를 하겠다는 이장을 억지로 떼놓다시피 하고 그가 일러준 대로 구판장 골목을 지나 산으로 오르기 시작했다. 한 십 분쯤 산길을 걸어 이마며 겨드랑이에 땀이 배기 시작했을 때 아버지의 모습이 나타났다. 이장의 얘기대로 아버지는 산중턱의 너럭바위에 올라앉아 있었다. 나는 반가운 나머지 '아버님'을 가쁜 숨에 얹어 연발했으나 아버지는 힐끗 한 번 쳐다보고는 다시 산 아래로 눈길을 박는 것이었다. 바로 옆에 가 섰어도 역시 그 눈길을 거두려 하지 않았다. 눈동자가 풀려 있는 것으로 보아 아버지는 벌써 술이 많이 취한 모양이었다. 나도 하릴없이 아버지처럼 산 아래로 눈을 주었다. □자 꼴의 옛날 기와집 한 채가 삼태기에 담긴 듯 산자락에 싸여 있었고 그 앞에 펼쳐진 논 밭을 지나면 국도를 끼고 폭넓게 흐르는 냇물이 있었다. 풍수지리에 캄캄한 나였으나 좋은 집터라는 것을 짐작할 수 있었다.

"애야, 난 어떻게 죽어야 하니? 선조 대대로 물려온 집을 지키지 못했으니……."

아버지의 말이 축축하게 젖으며 끝을 잃고 말았다.

"이제 그만 잊어버리세요. 나라에서 하는 사업을 개인의 힘으로 어떻게 막습니까!"

"아무리 나라에서 하는 일이지만 저 명당에 공장을 세우다니……."

"이제 그만 잊으시라니까요."

"이녀석아, 난 니가 처신만 잘했어두 이렇게 가슴 아프진 않았을껴. 저 집에서 손자만 볼 수 있게 된대두 이렇게……."

"글쎄 그만두시라니까요. 어서 내려가서서 아침 잡수세요. 지금 이장집에다 아침을 시켜놓고 오는 길이에요."

"야, 이녀석아. 넌 지금 아가리에 밥이 들어가냐?"

아버지는 화를 벌컥 냈다. 나는 입을 다물고 어떻게 아버지를 위로할까 궁리를 하기 시작했다. 그러나 아무리 생각해도 궁리가 나서질 않았다. 아버지의 그것에 비할 수는 없지만 사실 나도 만취당을 되찾지 못하게 된 것을 가슴 아파하고 있었다. 그때 문득 아까 한 학생에게 들은 얘기가 떠올랐다. 그 얘기가 내게 힘을 주었다.

"아버님, 아무리 집터가 명당이래도 사람이 살 수 없는데 무슨 소용이 있겠어요. 공장 폐수 때문에, 농약 때문에 왜가리도 삼 년 전부터 날아들지 않는대요. 집터만 좋으면 뭘해요. 새도 날아오지 않고 물고기도 씨가 마르는 곳인데 아무리 집터가 좋아도 사람이 살 수가 있습니까?"

나는 말을 마치고 아버지의 입에서 터져나올 호통을 기다렸으나 정작 아버지는 아무 말도 없이 조용하기만 했다. 한동안 그렇게 침묵만을 고집 하고 있던 아버지가 드디어 무겁게 입을 열었다.

"아무리 생각해두 다른 방법이 읎어. 너 말이다, 이걸루다 그 사람한테 빽을 써라."

아버지는 양복저고리 안주머니에서 농협의 적금통장을 꺼내 내게 내밀 었다.

"누구한테 빽을 쓰란 말입니까?"

"인석아, 니 모가지를 틀어쥐고 있는 그 사람 말여! 돈 아까운 생각일랑 말란 말여. 그라구 그게 모자라면 또 돈을 만들어줄께. 어제 저 집에 가서 만취당 편액을 떼냈다. 서예학원 하는 느 아저씨한테 전활 넣어 봤드니 자 기 기억으루는 그게 한석봉 글씰 새긴 것으루 아는데 만약 자기 기억이 맞 는다면 그것두 꽤 돈이 된다드라. 그것두 돈으루다 바꿔 널 줄 테니까 지 발 모가지만이라두 붙어 있게 하란 말이여. 내 말 알겠냐?"

나는 옳다구나 싶어 속으로 쾌재를 올렸다. 썩은 물에서 하루 빨리 빠져 나올 수 있는 기회야. 끝까지 싸워보는 거야. 그러다 모가질 당하면 구멍 가게라도 차리는 거야. 감투 때문에 썩은 물을 버리지 못하면 내 인생이 썩는 거야. 만취당 편액을 간판으로 내걸고 술장사라도 하는 게 낫지. 만 취당 주점이라, 거 참 근사하구나!

"인석아, 애비가 말하는데 왜 웃는겨?"

나는 나도 모르게 흘리던 웃음을 황급히 굳히고 힘찬 목소리로 대답했 다.

"아버님 말씀대로 하겠습니다. 고맙습니다. 하지만 만취당 편액은 팔지 마십쇼. 그것만이라도 지니고 있어야 조상님께 면목이 서잖습니까! 제발 그것만은 잘 보관했다가 자손 대대로 물려주는 게 좋겠습니다. 이 통장에 있는 돈만으로 그자하고 한번 붙어볼 수가 있습니다!"

나는 나도 모르는 사이에 가지껏 흥분되어 있었다.

"아버님, 어서 내려가세요. 밥상을 봐놓고들 기다리고 있을 거예요. 꼭 아버님 말씀대로 하겠습니다."

나는 아버지를 일으켜 세우며 신바람나게 거짓말을 해댔다. 여태까지 그렇게 거짓말을 한 기억이 없었다. 나의 그런 태도에 아버지도 약간 힘이 나는 모양이었다.

내 부축으로 일어선 아버지가 다시 산 아래로 눈길을 보냈다. 그 눈길을 따라간 내 눈에 푸른 솔숲이 보였다. 국도변 냇가에 펼쳐진 그 솔숲은 주위 잡목들의 누렇게 시든 가을잎 때문에 한층 더 청청하게 보였다. 그것을 보고 있자니 내 방에 걸린 액자의 '지지송간반(遲遲松澗畔) 울울함만취(鬱鬱含晚翠)'라는 시구가 떠올랐다. 저 시냇가의 소나무는 더디고 더디게 자라지만 무성하고 늦도록 푸르르구나. 나는 속으로 이렇게 읊조리며 저 소나무 숲을 조성한 분이 바로 만취당의 당호를 지은 분일 것이라고 생각했다. (1989)

심씨의 하루

버스에서 내린 나는 전동차를 타기 위해 부지런을 피우며 걸었다. 집에서 직장까지는 버스로 30분, 다시 전동차로 바꿔 타고도 20분이나 걸려야 했다. 그러나 다행하게도 버스 정류장에서 지하철역까지는 2백 미터가 채 못 되는 거리였다. 그 길을 걷고 있는데 느닷없이 아내의 얼굴이 눈앞에 펼쳐졌다. 밥상머리에서 짓고 있던 바로 그 소태 씹은 얼굴이.

"금년에도 거지 동냥 주듯이 떡값이랍시구 몇 푼 집어 주고 말겠대요?"

아내의 목소리에는 가시 같은 짜증이 돋아 있었다. 아내의 짜증은 직장에서 벌써 3년째나 '불경기 때문에' 상여금 지불을 제대로 이행치 않는데에 그 원인이 있었다. 설에도 추석에도 그저 떡값이라는 명목으로 몇 푼씩 지급해 왔다.

"이번 추석에도 떡값이라구 몇 푼 집어 주고 만다더냐구요!"

나는 입에 든 밥알을 조심하면서 아직 그런 얘기가 나돌지 않아 잘 모르겠다고 대답했다.

"내일이 추석이라구요, 내일이!"

아내는 직장의 경영자에게가 아니라 이제 내게다 짜증을 내고 있었다. 나는 아내의 말에 반사적으로 달력 쪽에 눈길을 보냈다. 달력 위에서는 두 명의 타작꾼이 마주 서서 개상질을 하고 있었으며 아이와 노인은 볏단을 나르고 있었다. 그리고 타작 마당 한쪽 모퉁이에서는 네댓 마리의 닭이 낟알을 훔치느라 정신이 없었다.

"재수 옴 붙었군."

나는 달력에 꽂았던 눈길을 거두고 다시 숟갈질을 했다.

"왜요?"

"하필이면 추석날이 일요일이니까 하는 소리야."

"지금 그게 문제예요? 상여금이 제대로 나오느냐, 떡값이라고 거지 동냥 주듯이 몇 푼 집어 주고 마느냐 그것이 문제지요. 안 그래요?"

나는 그렇지 않다고 말하려다 꾹 참고 말았다. 나라는 인간도 잠에서 깨어나 출근하여 일하고, 일한 뒤에 퇴근해서 잠이나 자느라고 행복이라는 것을 모르며 살고 싶지는 않다는 말을 하고 싶었던 것이다.

나는 더 이상 수저를 잡고 있을 기분이 나지 않아 상을 물리고 일어섰다. 그리고 서둘러 옷을 갈아입기 시작했다. 아내가 다시 잽입을 놀렸다.

"나도 당신처럼 솥에서 밥이 끓고 있는지 죽이 끓고 있는지 생판 모르고 살았으면 좋겠어요."

"건 또 뭔 소리야?"

"집 안엔 지금 동전 한 닢이 없다구요. 명절 밑이라 누구한테 돈을 돌려 쓸 수도 없구요."

"아니, 월급 타다 준 게 언젠데!"

나는 넥타이를 매고 있었으므로 거울에서 눈을 떼지 않은 채 말했다. 잘못하면 바쁜 시간에 풀어서 다시 매야 하는 경우가 생기기 때문이다.

"언제긴 언제예요, 보름 전이지!"

"한 달 살 돈을 보름 만에 다 쓰다니, 그것도 말이라구 하는 거야?"

"아니, 이이가 점점…… 내가 데려온 새끼가 있어요, 아니면 친정이 있어서 친정으로 돈을 빼돌린단 말예요? 또 그도 아니면 당신이 살림을 살만큼 풍족하게 돈을 줘 봤어요?"

나는 왼손의 엄지와 검지로 매듭을 잡고 다른 손으로는 넥타이의 안쪽 가닥을 당기며 죄다가 아내의 그 소리를 듣는 순간 야릇한 압박감을 느꼈다. 마치 보이지 않는 손이 있어 그것이 내 목을 서서히 조르는 듯한 그런 느낌이었다.

내가 아내의 환상을 떨쳐 버릴 수 있게 된 것은 개찰구 앞에서였다. 그런데 이번에도 목에 이상한 압박감을 느끼기 시작했다. 넥타이의 탓은 아니었다. 나의 눈길은 나도 모르는 사이에 주위 사람들의 목을 관찰하고 있었다. 굵은 목, 긴 목, 큰 울대뼈의 목, 늙어 주름이 깊은 목…….

그때, 나는 발바닥을 통해 전달되는 아주 미약한 진동을 느꼈다. 잠시 후 확성기를 통해 전동차의 진입 신호가 울려 퍼지며 바퀴 소리가 점점 드높아졌다. 모든 사람들의 얼굴이 소리가 나는 쪽으로 돌려졌다. 나도 고개를 돌렸다.

별빛 같던 헤드라이트가 점점 커지다가 이윽고 그 육중한 모습을 드러내기 시작했다.

홈에 육박하는 전동차를 보는 순간, 나는 그 차체를 향해 몸을 날리고 싶은 충동에 사로잡혔다. 아침에 일어나서 출근하여 일하고 퇴근하고 잠자고 다시 일어나서 출근하고 일하고……. 나는 짐을 벗어 던지고 싶었다.

그때 나는 내 구두가 노란 색 안전표지선을 넘어가고 있음을 볼 수 있었다. 그와 동시에 전동차가 강한 바람을 일구며 내 앞을 지나기 시작했다.

머리칼이 파도처럼 밀렸고 넥타이는 낚시에 걸린 고기가 되어 파닥거렸다.

얼마 후 나는 물살에 휩쓸려 물고의 통발에 든 한 마리 잡어처럼 인파에 밀려 차 안에 갇히고 말았다. 문이 닫히고 차가 서서히 움직이기 시작했을 때 나는 비로소 이마며 등짝에 땀이 내밴 것을 깨달을 수 있었다. 차 안은 그야말로 송곳 하나도 꽂을 틈이 없을이만큼 초만원이었다. 호흡마저도 곤란한 지경이었다.

직장에서 가까운 곳에 추탕으로 이름난 집이 있었다. 3대째 대를 이어 왔다는 그 집 소문이 널리 퍼져 자가용을 몰고 오는 손님도 많았다. 어떤 사람들은 추탕 값의 몇 배가 되는 차비를 들여서까지 다녀가기도 했다. 그런데 그 집 여주인의 엉덩이도 추탕 못잖게 유명했다. 옛날 어떤 여자 코미디언의 엉덩이가 하도 넓어 '5천평'으로 불린 것을 아는 사람들이 그 여주인에게 그와 똑같은 별명을 붙여 놓았다. 때문에 '풍천옥'이라는 당당한 옥호가 걸려 있었지만 모두들 그 집을 '5천평집'으로 불렀다.

어쨌든 그 '5천평'은 언제나 식당 입구의 계산대 앞에 앉아 있었고 그 맞은쪽에는 그녀의 엉덩이를 대여섯 개나 합쳐야만 겨우 덮을 수가 있을 정도의 커다란 자배기가 놓여 있었다. 자배기 안에는 언제나 미꾸라지가 바글바글했다. 바글거리는 그 무수한 미꾸라지들이 떠오르며 내 속을 메스껍게 했다.

언젠가 과원들이 과장의 꽁무니에 붙어 추탕을 먹으러 간 일이있었다. 과장은 자기의 실수 때문에 억울하게도 전무의 기합을 받느라 점심 때를 놓친 우리 부하들의 입을 추탕으로 막을 심산이었다. 내 입도 그 중의 하나였다. 내 앞에 서서 과장의 뒤를 따르던 김인식이 자배기 속을 들여다보며 투덜댔다.

"대한민국의 미꾸라지들을 다 모아 놓았군. 에이, 징그러워. 아무리 시장이 반찬이라지만 추탕맛 우라지게 없겠구나!"

입바른 소리를 잘하기로 호가 난 그의 말을 '입바른 소리'로 알아듣지 못한 과장은 가지껏 뽐내며 그 말을 받았다.

"어허, 모르는 소리. 우리 식도락가들은 말일세, 저놈들이 저렇게 바글거리는 걸 직접 봐야만 입맛이 돋는단 말일세. 난 말일세. 보신탕을 먹을 때에도 강아지가 꼬릴 잘래잘래 흔들어 대는 걸 연상하네. 그래야만 제 맛이 나거든."

나는 과장이 너털웃음을 쏟는 동안 속으로 뇌까렸다.

'에이 여보슈, 말 좀 새겨들으시우. 김인식 씨 얘기는 당신이 사는 추탕이 우리들의 입막음이기 때문에 그래서 맛이 없겠다는 얘기유.'

나뿐만 아니라 모두들 속으로 그렇게 과장을 비웃고 있음이 역력했다. 우리들끼리 은밀히 나눈 쓴웃음이 그것을 증명했다. 그러나 과장은 계속 으스대기에 바빴다. 추탕을 제대로 끓이려면 쇠고기 · 두부 · 버섯 · 고사리 · 무 · 생강 · 고춧가루 등을 알맞게 넣고 밀가루를 걸쭉하게 타야 한다며 자신이 식도락가임을 강조했다. 과장의 얘기는 좀처럼 끝날 줄을 몰랐다.

"미꾸라지를 어떻게 씻는지들 알기나 해? 미꾸라지는 말일세, 소금물에 들어가면 죽자사자 요동을 치며 해감을 다 토해 내게 마련이란 말일세. 기왕에 얘기가 나왔으니 내 기가 막힌 미꾸라지 요리 한 가지 더 알려 줌세. 맹물에다 두부를 통째로 넣고 그 다음에는 말일세, 해감을 토해 낸 산 미꾸라지들을 넣는단 말일세. 그리군 어떻게 하는지들 아나? 물을 끓이기 시작한단 말일세. 물이 뜨거워지기 시작하면 해감을 토해 낸 끝이라 기진맥진 사경을 헤매던 그놈들도 정신을 번쩍 차리게 된단 말일세. 그러나 제

놈들이 어디로 도망을 치느냐 이런 말일세. 쑥쑥 두부 속으로 파고들 수밖에 다른 방법이 없거든. 그러면 두부 속으로 파고든 그 놈들이 완전히 익을 때까지 설설 끓이는 거야. 그리고 적당히 저며서 양념을 얹어 먹는단말일세. 햐아, 그 맛이야말로 둘이 먹다가 하나가 죽어두 모르지. 암, 모르구말구."

"과장님, 그렇잖아도 맛 없는 점심인데 이제 그 징그런 말씀 그만하실수 없습니까?"

김인식이 또다시 입바른 소리를 했다. 그러나 과장은 아직도 김인식의말뜻을 알아차리지 못했다. 그는 자신의 얘기에 스스로 취하여 전혀 깨어날 줄을 몰랐다.

그의 입은 쉴 새가 없었다.

"자네들은 아까 그 자배기 속에서 바글거리던 미꾸라지를 본 후로 모두들 비위가 상한 모양이네만 사내들이 그렇게 비위가 약해서야 쓰나! 이건우스갯소리네만 말일세, 만약에 식인종이 서울에 와서 출퇴근 시간에 만원 버스를 탔다고 치잔 말일세. 숨 막혀 죽는다고, 팔이 부러진다고, 밟힌발이 오징어가 된다고, 배가 터진다고 아우성을 쳐 대는 사람들을 보고 어떤 생각을 하겠냔 말일세. 식인종은 그 아우성 소리를 들으며 제 먹이가아주 싱싱하다는 것을 느낄 게 틀림없단 말일세. 내가 아까 그 자배기 속에서 꿈틀거리는 미꾸라지를 보며 입맛을 다시게 되는 거나 똑같은 이치가 아니냔 말일세."

어느 역인지는 알 수 없으나 멎었던 바퀴가 다시 구르기 시작했다. 차에속력이 붙자 나는 다음 역이 어딘가를 알기 위해 안내 방송이 흐르기를 기다리고 있었다. 그 귀의 뒤에서 팽팽한 목소리가 들려 왔다.

"꽃소식은 남풍에 실려 오고 단풍은 북풍을 타고 물든다는 말이 있지.

다음 주에 가 보면 알지만 단풍이 기가 막힌 곳이야. 게다가 계곡 좋지······.”

“술맛 한번 끝내 주겠군. 취한 걸음으로 시냇물의 달을 밟고 돌아갈 제, 새도 사람도 없이 나 홀로구나. 이게 누구 시인 줄 알아?”

“야, 아직도 일 주일이나 남았어. 벌써부터 기분 내지 말라구.”

내 눈앞에는 바람에 쓸리는 낙엽들이 가득했다. 귀 뒤의 얘기들은 계속되었다.

“여하튼 서울이란 곳은 참으로 신기한 데야. 모래알같이 많은 사람들이 이 좁아 터진 땅 덩어리에 붙어 마치 전쟁이라도 치르듯 살고 있으니 말야.”

“그러자니 사람들이 악밖에 남는 게 없는 거라구.”

“자칫 잘못하면 살아 남을 수가 없으니까.”

나는 문득 죽은 물오리 한 마리를 떠올리게 되었다. 그것은 마치 땅 속 저 깊은 곳에서 우연히 발견해 낸 값진 유물과도 같아서 나는 스스로 놀라고 말았다. 참으로 경이로울 따름인 아득한 기억의 조각이었다.

내가 자란 고아원은 큰 방죽을 낀 산 밑에 있었다. 국민학교 3학년 때의 겨울이었다. 그날 웬일인지 삼촌(원장아버지의 친자식들이 그렇게 불렀으므로 우리 원생들도 그 호칭을 썼다)이 스케이트를 가르쳐 준다며 방죽으로 나를 데리고 갔다. 방죽에 도착하자 삼촌은 우선 자기가 타는 것부터 구경하라고 했다. 삼촌은 그가 다니는 고등학교의 빙상 선수였다. 스케이트 구두를 신고 있는 삼촌 옆의 빙판 위에서 죽은 물오리를 발견한 내가 외쳤다.

“삼춘, 물오리가 죽어 있어!”

“나도 봤어. 불쌍한 녀석이다.”

삼촌은 구두끈을 죄며 담담한 목소리로 말했다. 내가 물었다.

"왜 죽었을까?"

"먹이를 찾아서 왔다가 방죽이 꽁꽁 얼어 있으니까 먹이를 얻지 못한 거다. 배는 고프지, 날씨는 춥지, 게다가 다른 곳으로 먹이를 구하러 떠날 힘은 없지. 그러니까 쓰러져서 굶어 죽고, 얼어 죽은 거다."

삼촌은 마치 그 물오리가 죽는 것을 처음부터 끝까지 지켜보기라도 한 듯이 말했다. 나는 삼촌의 말을 믿을 수가 없었다. 그러나 삼촌은 나의 의아한 눈길엔 아랑곳도 없이 구두끈을 다 죄고나서 빙판 위에 섰다.

"어떻게 살릴 수 없을까?"

삼촌은 내 물음을 무시하고 죽은 물오리에게 힐끗 눈을 주고 나더니, 손가락 집게로 내 언 볼을 집어 흔들며 말했다.

"힘이 없으면 다 저런 꼴이 되고 마는 거다, 사람이나 짐승이나. 이 세상은 힘있는 자만이 살아갈 수 있는 거다. 임마, 내 말 알아듣겠어?"

삼촌은 집었던 내 볼을 풀고는 휙휙 바람을 일으키며 힘차게 힘차게 방죽을 돌기 시작했다.

차체의 속력이 떨어지는 것을 느낄 수가 있었다. 그와 동시에 차가 멎게 될 역의 이름과 홈의 방향을 알리는 안내 방송이 시작되었다. 내가 내려야 할 역이었다. 그곳은 생산업체들이 밀집된 지역이었으므로 대부분의 승객들이 하차하는 곳이기도 했다.

나는 사무실로 들어서며 버릇이 되어 버린 눈길로 벽시계부터 바라보았다. 두 바늘이 예각을 이루며 여덟 시 반을 가리키고 있었다. 아직 업무가 시작되려면 30분이나 남아 있었다. 그러나 간부들을 제외한 대부분의 직원들은 출근해 있었다. 우리 과의 동료들도 거의 다 자리를 채우고 있었다. 그들은 자동판매기에서 빼온 종이컵을 하나씩 들고 앉아 잡담을 즐기고 있는 중이었다.

내가 자리에 앉았을 때는 어제 일어난 살인 사건이 도마 위에 올라 있었다. 애인의 변심에 눈이 뒤집힌 한 탈영병이 무고한 시민들을 무차별 사살한 사건이었다.

"결국 죽은 사람만 억울한 거야."

"아, 참으로 시시한 일생이었다고 한탄하며 눈을 감을 바엔 차라리 일찍 죽는 것도 괜찮은 거야."

"그거야 다 살아 봐야만 아는 거 아냐!"

"어쨌든 이런 대형 사고가 자꾸 일어나서 인구가 대폭 감소돼야 해. 식량 문제·주택 문제·교통 체증·실업자…… 어느 것 하나 인구 문제와 관련 없는 게 있느냔 말야. 인구 과잉 때문에 사람 값이 자꾸만 떨어지구 그래서 사람 귀한 줄 모르니까 그런 사건이 자꾸만 생기는 거란 말야."

현관에서 출근 카드에 도장을 찍다가 만나 나와 함께 올라온 김인식이 그 얘기판에 끼어들었다.

"하룻밤 사이에 모두들 데라우찌가 되어 버렸군."

데라우찌는 전무의 별명이었다. 그 별명은 금년 시무식 때의 방언(放言) 때문에 붙은 것이었다.

'여러분, 자전거를 타고 페달을 밟지 않으면 어떻게 되겠습니까. 자전거는 쑤셔박히고 맙니다. 그래서 우리 회사는 불황기에도 계속 기계를 돌리는 것입니다. 만약 여러분이 이러한 회사의 경영 방침을 무시하고 급료나 상여금 또는 노동 시간 따위에 불평 불만을 갖는다면 회사측으로는 그런 사람을 그냥 둘 수가 없습니다. 왜냐하면 그는 자전거의 페달을 밟지 않는 사람과 마찬가지기 때문입니다. 여러분, 여러분들도 잘 아시다시피 요즘은 많은 인력이 남아 돌고 있습니다. 때문에 얼마든지 사람을 데려다 쓸 수가 있다아 이겁니다. 다시 말해서 우리 회사의 임금에 만족하고 멸사봉공하겠다는 인력이 얼마든지 남아 돌고 있다는 것을 명심해 달라는 것입니다. 끝으로 근무에 태만하지 말 것을 부탁드립니다. 이상!'

누구의 입에서 나왔는지 시무식이 끝나기 무섭게 데라우찌라는 말이 나와 입에서 입으로 번졌다. 데라우찌는 군국주의 시대의 일본 육군 대장을 지낸 사람이었다. 그는 중일 전쟁 때 석가장(石家莊) 전투에서 많은 병정을 잃게 되자 '병정은 얼마든지 모집해 들일 수가 있다. 비록 이번 전투에서 많은 병력을 잃긴 했으나 그 정도는 괜찮다.' 며 껄껄댔다는 위인이었다. 사실 그때는 병정 1개 소대보다도 말 한 필이 훨씬 더 값나가는 때였다. 병정 한 사람의 값이 1전 5리로 계산되던 때이기도 했다. 1전 5리짜리 엽서에 소집명령서를 인쇄해 띄우면 병정들은 얼마든지 끌어 모을 수가 있다는 뜻이었다.

전무에게 데라우찌라는 별명이 붙게 된 까닭을 모르는 사람은 이미 그날로 아무도 없게 되었다.

추석 떡값이 나온 것은 점심 시간 직전이었다. 떡값을 받은 후 우리는 실비집으로 몰려가 칼국수로 땀을 뺐다. 내 맞은편에 앉은 최정택이 땀을 닦으며 투덜거렸다.

"젠장, 마누라 볼 면목없게 됐구먼."

"글쎄 말야, 언제나 마누라한테 큰소리 좀 땅땅 치구 살게 될지 원."

옆자리의 조윤형도 한탄 끝에 긴 한숨을 내뿜었다.

"거 떡값 봉투가 얇아서들 그러는 거지?"

김인식이 물었다.

"말하면 잔소리지."

"거, 자전거 쑤셔박을 소린 아예 하지들 말라구. 우리 회사의 임금에 만족하고 멸사봉공하겠다는 인력이 얼마든지 남아 돌고 있다는 것을 명심해 달라는 것입니다. 이상!"

김인식의 전무 흉내에 우리는 모두 와 웃음을 내쏟았다. 그 웃음 끝에 최정택이 나를 향해 입을 열었다.

"이봐, 괴테. 꿀 먹은 벙어리마냥 입만 다물고 있을 게 아니라 문학적으로 한마디 하라구. 우리가 다 같이 위안을 받을 수 있는 뭐 그런 얘기 없냐구."

괴테는 나의 별명이었다. 가끔 시집도 읽고 에세이도 읽고 하는 나를 놀리자는 것이었다.

"돈 많고 권세 높은 사람들이 장미꽃이라면 우리네 가난뱅이는 이름도 없는 들꽃이야. 화려한 장미는 그 꽃이 질 때 무참하기 마련이지만 이름없는 들꽃은 그렇지가 않아. 가련하게 피었다가 아무도 모르게 지지만 그래도 조그만 열매를 맺는 충실성이 있거든. 한평생을 조용하고 평범하게 그리고 겸손한 마음으로 살아가는 우리네 가난뱅이의 삶이야말로 가장 충실한 삶인 거야. 이건 내 말이 아니라 며칠 전에 어떤 책에서 읽은 걸 도둑질한 거야."

최정택이 호들갑스럽게 손벽까지 치며 말했다.

"역시 괴테는 괴테다. 그런데 그 실력으로도 마누라를 휘어잡을 수가 없어?"

"휘어잡긴커녕 오늘도 아침에 한바탕 긁혔다구."

"왜? 또 그 지렁이 잡으러 가자는 성화던가?"

최정택은 물론 모두의 눈길이 내게로 쏠렸다. 그들이 궁금해 하는 것은 내 아내가 그것을 포기했는지 아니면 아직도 그것을 끈질기게 고집하는지에 관한 것이었다. '그것'은 '지렁이 잡으러 가는 것'이고 '지렁이 잡으러 가는 것'은 '이민'을 뜻하는 것이었다.

내가 아내를 얻은 것은 3년 전 봄이었다. 그 무렵 아내는 홀어머니 한 분을 모시고 있었다. 집은 건평이 20평에 불과했지만 두 모녀가 각기 한 칸씩 차지하고 또 한 칸은 창고처럼 온갖 허접쓰레기를 넣어 두어도 건넌방 하나가 남았다. 공교롭게도 복덕방 영감이 내게 소개한 방이 그 건넌방이었다.

내가 그 집의 데릴사위가 된 것은 그로부터 1년쯤 뒤인 봄이었다. 그러니까 정확히 말한다면 아내와는 남남으로 1년을 한집에서 산 것까지 합친다면 4년을 함께 살아오는 터였다. 어쨌든 내가 데릴사위가 된 것은 장모에게 아들이 없어서가 아니었다. 외아들(아내에게는 오빠가 되는)이 있긴 했으나 캐나다에 이민을 가서 살고 있었다.

나는 결혼 후 장모를 친어머니 이상으로 섬겼다. 그것은 고아로 자란 내가 뒤늦게나마 어머니의 정을 맛보기 위해서였을 수도 있겠으나 그렇다 하더라도 그것은 전혀 계산된 행위가 아니었다. 그런 나에게 장모는 틈만 나면 입버릇처럼 말하곤 했다. 사위도 반자식이라는 옛말이 있으나 자기에게는 친자식보다 더 귀하다고까지 했다. 그런데 아내는 장모가 내 칭찬을 할 때마다 쌍지팡이를 들고 나서곤 했다.

"사기꾼 사윌 그토록 침이 마르게 칭찬하는 걸 보니 강도를 사위로 삼았으면 벌써 입이 다 닳았겠어요."

"아니, 저것이 입이라고 아무 말이나 다 해도 되는 줄 아는 모양이지?"

"누가 뭐 못할 말 했어요?"

"그래, 어디 한번 따져 보자꾸나. 네 남편이 어째서 사기꾼이냐? 심서방이 학력을 속였니, 가문을 속였니? 그도 아니면 우리 모녀의 돈을 잘라 먹었느냐?"

"쥐꼬리만치 받는 월급을 쇠꼬리만치 불려서 날 속인 건 사기가 아니구 뭐예요? 차라리 학벌이나 가문을 속였으면 이렇게 두고두고 속상하지 않는다구요. 매달 월급 때만 되면 속이 뒤집힌다구요."

사실 아내의 말이 전혀 근거 없는 것은 아니었다. 혼담이 오고 갈 무렵, 나는 장모가 될 분으로부터 월수입에 대한 질문을 받았었다. 형편없는 박봉이어서 잠시 대답을 망설이고 있는데, 그녀는 무슨 생각에선지 당시 내가 받는 봉급의 세 배쯤 되는 액수를 내세우며 그쯤 되느냐고 물었던 것이다. 나는 상대를 속인다는 마음에서가 아니라 실망을 주기가 뭣해서 그저 그 정도라고 얼버무렸었다. 그것이 내가 두고두고 아내에게 사기꾼 소릴 듣게 된 전부였다.

"여보게 심서방, 저애 얘긴 그냥 귓가루 흘려 버리게. 아직 나이가 어려서 그렇겠거니 하라구. 원, 내 속에서 나왔지만……."

장모는 아내가 소박 맞고도 남을 주둥이질을 할 때마다 내게 간곡히 부탁했다. 나는 그 장모를 작년 가을에 잃고 말았다. 뇌졸중이었다. 캐나다에서 아들이 와 장례는 남에게 빠지지 않게 지낼 수가 있었다. 그는 장례가 끝나자 상속자로서의 권리를 빈틈없이 행사했다. 그는 화장한 고인의 골분까지도 캐나다로 가지고 갔다. 그가 떠난 후 아내는 어린애처럼 나를 졸라 댔다.

"우리도 캐나다로 갑시다아. 만약 일자리를 못 얻으면 낚시밥 지렁이만 잡아도 풍족하게 살 수 있대요, 네?"

"이런 딱한 사람 봤나! 왜 내 나라에서 얼마든지 할 일이 있는데 그 먼 남의 나라에 가서 그 고생을 하느냐구."

"가 보면 알게 될 테지만 거긴 너무너무 살기가 좋대요. 뭐하러 그간 월급을 받으며 고생을 하느냐구요. 거기 가면 지렁이만 잡아도 풍족하게 살 수가 있다는데, 안 그래요? 지렁일 잡아도 풍족하게 살 수 있다니까 여기서처럼 다른 일을 열심히 하면 얼마나 잘 살 수가 있겠느냐구요, 안 그래요?"

"지렁일 잡든 빈대를 잡고 살든 말이 통해야 할 게 아니냐구!"

"우리 오빠두 처음엔 벙어리처럼 손짓 발짓하며 살았대요."

"난 우리 나라를 떠날 수가 없어!"

나는 아내의 부탁을 단호하게 거절했다. 처음으로 대하는 나의 그 완강한 태도에 아내는 깜짝 놀라기까지 했다.

"왜 못 떠난다는 거예요?"

"나는 찾아야 될 사람이 있어!"

나는 전쟁통에 갓난쟁이로 고아원에 맡겨져 이제 서른다섯의 나이가 되었지만 그래도 언젠가는 부모나 혈육을 만나게 되리라는 희망을 버리지 않고 있었다. 그것은 장성하여 품게 된 막연한 생각이지만 결혼하던 해 여름, 여의도 만남의 광장이 통곡의 바다가 되는 것을 직접 또 텔레비전으로 본 후로는 그 생각이 확신으로 변하고 말았다. 그러므로 내가 한국을 떠나 다른 나라로 이민을 간다는 것은 그 희망을 버리는 행위인 것이었다. 그러나 아내는 '무지무지 살기 좋은 나라'에로의 이민을 단념하지 않았다. 아내와 나의 그 줄다리기는 달이 거듭되어도 끝나지 않았다. 그때 나는 나의 괴로운 심정을 술자리에서 동료들에게 털어 놓은 적이 있었다.

최정택이 재차 내게 물었다.

"자네 마누라 이민병인지 지렁이병인진 아직도 고치지 못했냐구."

"그 병은 불치병이야. 하지만 오늘 긁힌 건 그게 아니라 자네들처럼 떡값 때문이었어."

"빌어먹을 놈의 떡값, 곳곳에서 말썽도 많구나. 그건 그렇고 자전거 타러 갈 시간 다 됐다구!"

김인식이 자리에서 일어서며 말했다. 우리도 그 뒤를 따라 실비집을 빠져 나왔다.

토요일의 업무는 네 시까지였다. 그러나 추석 전날의 토요일이었기 때문에 두 시에 끝났다. 잠시 신문을 뒤적이는 동안 사무실은 금세 텅 비고 말았다. 나도 더 이상 사무실에 남아 있을 일이 없었다. 앉았던 의자를 책상 밑으로 밀어 넣다가 전에 땜질한 조각의 한쪽 끝이 떨어져 있는 것을 발견하게 되었다. 어떻게 되어 생겼는지 모를 밤톨만한 구멍이 자꾸만 커지며 속을 채운 넝마 조각들을 뱉어 내기에 이르렀으므로 내가 월여 전에 땜질을 했던 곳이다. 색깔이 비슷한 헌 수첩의 비닐 커버를 명함 크기로 잘라 접착제로 꼼꼼하게 땜질을 하고 있는데 조윤형이 그 꼴을 보고 말했다.

"그래 봐야 아무 소용이 없다구."

"왜?"

"심형, 작년에 말야, 우리 형님께서 돌아가셨잖아. 그런데……."

나는 조윤형의 밑도 끝도 없는 말에 땜질하던 손을 멈추고 그의 얼굴을 바라보았다. 내 눈길을 받자, 그는 서글픈 웃음을 흘리며 담배를 뽑아 물었다. 어려서 부모를 잃은 그는 맏형 내외를 부모처럼 모시고 살아왔다. 때문에 우리 동료들은 그 장례 때 밤샘을 해 가며 일을 도왔었다. 그때 나는 고인의 친구들이 흥분하여 언성을 높이는 것을 볼 수 있었다. 그들이 흥분하는 까닭은 회사에서 고인을 너무 혹사했으며 그의 성실성을 인정하지 않았다는 데에 있었다.

"그런데 그 일하고 내가 의자에 땜질하는 거하고 무슨 관계라도 있다는 거야?"

내 질문을 받은 조윤형의 입가엔 또 한차례 서글픈 웃음이 번졌다. 그가 말했다.

"형님의 퇴직금을 타러 형님이 다녔던 회사엘 찾아갔었어. 장례를 치른 이틀 후였지. 그런데 말야, 형님이 앉았던 바로 그 자리가 벌써 찼더란 말야. 형님이 앉았던 자리에서 다른 사람이 일하는 걸 보니 기분이 묘하더군. 나는 사무실을 한 바퀴 휘둘러보았지. 형님이 살아 계실 땐 의논할 일이 생기면 으레 찾아갔던 곳이었어. 형님은 내가 가면 으레 자기 옆에 의자를 놓아 주고 날 기다리게 했어. 형님이 하던 일을 마치고 날 상대해 줄 때를 기다리며 나는 무료한 시선으로 사무실을 둘러보곤 했는데 그때마다 사무실 곳곳에서 형님의 분신 같은 것을 발견할 수가 있었지. 캐비닛의 관리책임자로 붙어 있던 형님의 명패에서 혹은 월중 행사를 적어 놓은 형님의 독특한 백묵 글씨에서, 옷걸이에 걸린 여러 옷 중에서 소맷부리가 닳아 보풀이 인 형님의 웃도리를 보면서 나는 우리 형님의 분신 같은 것을 강렬하게 느끼곤 했다구. 아니 사무실 안이 온통 형님의 냄새로 가득 차 있다는 느낌이었어. 우리 형님은 그 사무실에서만 이십오 년을 근무했거든. 그런데 그토록 오랫동안 근무한 형님의 흔적이 깡그리 없어진 거였어. 아무리 살펴보아도 형님의 흔적은 아무 데도 없더란 말야. 형님의 냄새조차도 맡을 수가 없더란 말야. 나도 모르게 눈물이 왈칵 치솟더군. 한 인간의 생애가 이토록 덧없는 게 인생인가 하는 생각 때문이었지. 모든 세상사가 비정하게만 느껴지더군."

그는 잠시 사이를 두고 결연한 어조로 덧붙였다.

"만약에 말야, 심형이나 내가 무슨 일로 이 직장을 떠난다구 치자구. 이 사무실에서의 우리네 애락도 그렇게 아무런 흔적이 없이 물거품처럼 사라져 버리고 마는 거야."

사무실을 빠져 나와서도 나는 내 의자의 땜질 부분을 머릿속에서 지워 버릴 수가 없었다. 그 환상은 나를 괴롭히지는 않았으나 적어도 불편하게 는 했다. 그것은 마치 이빨 깊숙한 사이에 음식 찌꺼기를 끼우고 있는 듯 한 불편함이었다. 그런 불편을 잊게 해준 것은 금은방의 진열장이었다.

'난 떡값 받은 걸로 마누라 선물을 왕창 사 갈 테야. 그럼 제까짓 게 별 수 있어? 대추씨 같은 입이 함박만해지지. 내 아이디어가 어때?

나는 걸음을 멈추고 금은방의 진열장 속을 들여다보면서 김인식의 말을 생각하고 있었다.

'여자라는 족속들은 대체로 선물에 약한 법이거든. 안 그래?

나는 고개를 끄덕였다. 진열창에 담긴 내가 고개를 끄덕이고 있는 것을 보고 나는 스스로 무렴해져 피식 웃음을 흘리고 말았다. 그리고 반사적인 눈길로 진열장 저쪽에 서 있는 주인을 바라보았다. 상점 안에서 나를 관찰 하고 있던 주인은 내 시선을 받고는 친절한 미소를 지으며 정중하게 고개 를 꺾었다.

"손님, 들어오셔서 구경하십시오."

유리를 뚫고 나온 목소리답지 않게 크고 분명했다. 그리고 그 목소리는 나를 그냥 돌아설 수 없게 만들었다.

내가 상점 안으로 들어서기가 무섭게 주인은 무엇을 쓰실 거냐고 역시 정중한 말로 물었다. 말투는 정중했지만 나를 읽는 힘이 있었다.

"목걸이 좀 보여 주십시오."

나는 목걸이를 잃어 버렸다고 하던 아내의 얼굴을 떠올리며 말했다. 며 칠 전의 일이었다. 그날 아내는 열두 시가 다 된 시간에 들어왔다. 아내의 얼굴은 술기로 벌겋게 달아 있었다. 동창회가 있어서 나갔다가 맥주 몇 잔 마셨다고 했다.

"무슨 놈의 동창횔 오밤중까지 해!"

"동창횐 일찍 끝났죠. 남들은 다 몇 백씩 하는 목걸일 하고 있는데 나만 촌스럽게 금목걸일 하고 있을 수가 없지 뭐예요. 그래서 슬그머니 벗어서 핸드백에 넣었는데 글쎄 그게 없어졌지 뭐예요. 다방으로, 중국집으로 우리가 간 데는 다 찾아봤지만 영 나오질 않는 거예요. 아마 중국집에서 회비를 낼 때 빠진 모양이에요. 그래 다시 중국집엘 갔지요. 그랬더니 문 닫을 때까지 기다리라는 거예요. 문 닫고 대청소를 할 때 홀을 쓸면 자기네 집에서 떨궜는지 어쨌는지 알 수 있다면서요. 언젠가두 누가 반지를 잃었다가 그렇게 해서 찾은 사람이 있었다나 어쨌다나, 그래서 늦은 거예요."

"그까짓 촌스런 목걸일 뭣하러 찾아? 잃어 버려서 속이 후련했을 텐데!"

"촌스러워두 결혼 예물이잖아요. 왜 사람 부알 돋구죠?"

아내는 들고 있던 핸드백을 방바닥에 탁 메다꽂았다.

금은방 주인이 계속해서 내 앞에다 목걸이 케이스를 늘어놓았다. 그러나 그 모든 것이 내 주머니 사정으로는 만져 보기조차 어려운 것들이었다.

"값이 싼 것은 없습니까?"

나는 내 목소리에 주눅이 들어 있음을 느낄 수가 있었다.

"얼마쯤 예상하시고 계신데요?"

"어쨌든 제일 싼 걸루……."

"십사 케이로는 이만 원짜리도 있습니다만, 싼 게 비지떡이란 말도 있듯이……."

"하지만 그것두 금이잖습니까?"

"합금이지요. 오십 팔 점 오 프로가 금입니다."

나는 금 반 돈짜리 14K 목걸이를 아내의 선물로 샀다. '떡값' 3분의 1에 해당하는 돈이었다.

깜찍하게 세공된 콩만한 복숭아가 달린 목걸이를 사 가지고 나오는데 누군가가 내 옷소매를 잡아당겼다. 깜짝 놀라 돌아다보니 용도계장이었다. 직속은 아니지만 그는 나의 상사였다.

"미스타 심, 바쁜 일 없으면 우리 술이나 한잔 하세. 오늘 떡값도 타고 했으니."

용도계장이 양복 저고리 가슴께를 툭 쳐 보이며 말했다. 속주머니에 떡값 봉투가 들어 있다는 뜻이었다. 그러잖아도 나는 외상값도 갚을 겸 '함경도집' 으로 가는 길이었다. 그러나 나는 그와는 술자리를 함께 하고 싶지가 않았다.

"술값이 나왔다면 모르지만 떡값 탄 걸로 술을 마실 수야 없잖습니까?"

"거 자네 말에 가시가 있군 그래. 그러지 말고 우리 어디 가서 간단하게 한 대포씩만 하자구."

"전 바쁜 일이 있습니다."

나는 단호하게 거절했다. 어느 누구라도 나처럼 거절했을 청이었다. 사실 우리 회사에서는 그와 술자리를 같이할 사람이 없었다. 어쩌다 술자리에 그가 끼기라도 하면 모두들 이런저런 핑계를 대고 앞을 다투어 꽁무니를 빼곤 하는 처지였다. 술자리에서 뿐만 아니라 식사 때라든가 심지어는 다방 같은 데서도 그랬다.

그는 어떤 자리에서나 먹고 마시고 떠드는 데에는 기를 써왔지만 자리가 끝나 계산할 때에는 늘 뒷전으로 돌곤 했다. 남이 계산을 마칠 때까지 능장을 부려 대며 구두끈을 맨다든지 화장실엘 간다든지 혹은 자리에 눌러앉아 엽차로 꿀럭꿀럭 입을 헹군다든지 하는 것이었다. 열 번이면 열 번을 그런 다라운 작전으로 돈을 굳히곤 했다. 그래서 회사 안에서는 자린고비로 통하는 터였다.

지난 여름, 생산과에 볼일이 있어 내려갔다가 나는 그곳 사람들이 나누는 농담을 듣고 배꼽을 잡은 일이 있다. 어떤 직원 하나가 코맹맹이 소리로 말했다.

'여름 감기는 개도 앓지 않는다는데 벌써 두 주일째나 이 고생이야.'

'그 독감 뗄 수 있는 좋은 처방을 가르쳐 주지 용도 계장한테 소주 한잔 얻어 먹으면 직방이야.'

'예끼, 악담 말아! 날더러 평생 독감을 앓으라는 얘기잖아!'

니는 그들의 얘기를 떠올리며 픽 실소를 하고 말았다.

"이 사람이, 실없이 웃긴…… 자아, 가자구."

"아닙니다, 전 바쁜 일이 있습니다. 그럼 추석 잘 쇠십시오."

나는 그에게 등을 주고 잰걸음질을 쳤다. 그리고는 그의 끈적거리는 시선을 등에 매달고 마치 경보 선수처럼 속력을 냈다. 그렇게 50여 미터쯤 걷다가 잽싸게 '함경도집' 으로 뛰어들었다. 순대국이 전문인 그 집은 내 단골집이었다.

나는 술청으로 뛰어들긴 했으나 자리를 잡고 앉을 수가 없었다. 용도 계장이 내 뒤를 밟아 금방이라도 들이닥칠 것만 같았기 때문이다. 나는 문간에 붙어서서 고개를 내밀고 밖을 살폈다.

"왜, 손님 기다리우?"

"누굴 따돌리고 피해 왔는데 혹 그 자가 뒤 밟고 있지나 않나 싶어서 그래요."

"그럼 방으로 들어가구랴. 게 섰다가 들키지 말구."

주모가 턱짓으로 방 쪽을 가리켰다. '함경도집' 의 유일한 그 방은 주모가 거처하는 곳이었다. 그 방문 앞에 샌들 한 켤레가 'ㅅ' 자를 그리고 있었다. 마치 그 신발이 '들어오세요' 라고 말하는 것 같아 나는 피식 웃고 말았다.

"한차례들 다녀갔는데 심썬 왜 늦었수?"

"그렇게 됐습니다."

"심씨가 따돌렸다는 그 사람 혹시 무슨 계장인가 하는 그 사람 아니우?"

주모가 일손을 재게 놀리는 채 내게 물었다.

"어떻게 아셨습니까?"

나는 깜짝 놀라 눈을 키웠다.

"심씨네 회사 사람들 모두가 그 사람이라면 뱀 피하듯 합디다 뭘. 어서 들어가우. 그러구 섰다가 들키리다."

"방에 누가 있는 모양인데요."

"아따, 어서 들어가기나 하시우."

나는 더 이상 주저할 필요가 없었다. 내가 방으로 들어서자 윗목 경대 앞에 앉아 있던 여자가 거울을 통해 나를 바라보았다. 거울 속에 담긴 그녀의 넙데데한 얼굴은 30대 초반으로 보였다. 그녀는 거울 속에서 내 눈길과 마주치자 어딘가 좀 모자라 뵈는 듯한 웃음을 흘리더니 경대와 나란히 놓인 텔레비전 화면으로 급히 눈길을 돌리는 것이었다.

잠시 후, 주모가 앞치마에 물손을 닦으며 들어서더니 내게 물었다.

"왜들 그 사람을 뱀 보듯 하우?"

40대 중반을 넘어선 지긋한 나이임에도 그 나이값을 못하고 제 욕심만 차린다는 것이 그를 미워하는 모든 사람들의 공통된 의견일 것이었다. 하기야 불혹(不惑)의 나이값도 못하고 자린고비짓만 한다는 것은, 공자가 아니기 때문이란다면 그뿐일 수도 있었다. 앞이 뻔한 이 세상을 살면서 모아놓은 재물이 없어도 초조하거나 공허하지 않을 사람이 과연 몇이나 될 것인가.

아무것도 이루어 놓은 것이 없는 빈 쭉정이 같은 인생을 돌아보게 된다는 것은 공자의 시대가 아닌 지금에 있어 오히려 당연한 노릇인지도 몰랐다. 현대에 있어서는 40이라는 나이가 유혹(有惑)의 나이일 수도 있었다. 그러므로 단순히 재물에 연연한다고 해서 용도 계장을 기피할 만큼 아둔한 사람도 우리 회사에는 없을 것이다.

다만 모두들 그를 '뱀 피하듯' 하는 것은, 그가 자기 돈을 아끼듯이 그렇게 남의 돈이 귀한 줄을 모르기 때문이었다. 자기 돈을 아끼기 위해서 남의 돈으로 먹고 마시자는 그 뒤틀린 정신상태가 못마땅한 것이었다. 그러나 나는 그런 것을 주모에게까지 설명할 필요는 없다고 생각했다.

"세상에는 미운 사람도 있는 법 아닙니까."

"왜 아니우. 부처님 말씀에두 있잖수, 싫은 사람 보는 것처럼 괴로운 일두 없다는. 저년두 따지자면 그래서 남편을 버렸다우."

주모의 말에 나는 급히 경대 쪽으로 눈길을 보냈다. 그녀는 거울 속에서 히힝 하고 말처럼 웃었다.

"저년이 웃기는! 텔레비 좀 그만 보구 술상이나 봐 와. 제육 한 접시하구 소주다."

주모의 말이 떨어지기 바쁘게 그녀는 발딱 일어났다. 청바지에 무명 천의 흰 블라우스 차림이 꽤나 세련되어 보였다. 그녀가 밖으로 나가기를 기다려 내가 물었다.

"아주머니도 이제 본격적으로 돈벌이 하실 모양이군요. 색씨까지 두신 걸 보니."

"색씨? 저런 반편을 색씨로 뒀다간 당장에 거덜이 나게?"

"반편입니까?"

"속이 없어서 법두 필요 없는 년인데, 요새 세상엔 그게 반편이지 뭐."

주모는 내 담뱃갑에서 한 개비 뽑아 물며 수다를 떨어 댔다. 그 얘기를 한마디로 간추리면 '약지 못하고 야무지지 못하고 악착스럽지 못한 천성 때문에 신세 조진 년'이라는 것이었다.

"아주머니 친척인 모양이죠?"

"아냐, 오 년 전 직업소개소를 통해서 우리 집 식모루다 들어왔었다우. 그런데 재작년에 우리 바깥 양반이 위암으루다 세상을 뜨구 집안이 풍지박산이 되는 바람에 나는 이렇게 술장수가 됐구, 저년은 시집이라는 걸 갔는데…… 불쌍한 년이지."

마치 때를 맞추기라도 한 듯이 그녀는 주모의 얘기가 끝나자마자 방문 앞에서 나직이 말했다.

"엄마, 상 왔어요."

피우던 담배를 재떨이에 찧듯이 눌러 끈 주모는 엉덩걸음으로 다가가 방문을 열었다. 그리고는 술상을 받으려다 말고 마치 불에라도 닿은 듯 깜짝 놀란 소리로 외쳤다.

"에그머니나, 글쎄 이년이 이런다니까! 무슨 놈의 고길 이렇게 많이 썰어 담았냐? 아무래두 네년이 나 망하는 꼴을 못 봐 환장을 한 게야!"

"아따, 고기 몇 점 더 왔으면 어떻니까!"

내가 주모의 입을 막을 양으로 한마디 던졌다. 그러나 냉큼 입을 다물 주모도 아니었다.

"한두 점이 더 없었어야 말을 않지, 이렇게 담으면 돼지 한 마리루 다섯 접시 내기두 어렵다구! 얼씨구, 이년아. 웃음이 나오겠다!"

주모는 계속해 흰창으로 그녀를 흘겨보고 있었다.

"그만 하세요. 안주값을 더 쳐 드릴 테니."

"그럼 반 접시값만 더 내실라우?"

"금방 하신 말씀은 통돼지의 오분의 일이나 되는 분량이랬는데 그 돈만 받아도 되시겠습니까?"

그제서야 주모의 입가에 웃음이 번졌다. 그녀는 그 웃음을 지우며 말머리를 돌렸다.

"이것아, 밖에 손님이 오셨으면 얘길 해야지, 이런 맹추 같은 것!"

주모는 방을 빠져 나가며 그녀의 팔뚝을 꼬집었다. 그제서야 그녀는 깜빡 잊었었다는 듯이, 그러나 웃음을 잃지 않고 말했다.

"엄마, 저분들 식사 손님들이에요. 난 순대국밥은 잘 못 말겠더라."

"이년아, 방에 들어가 술시중이나 들어. 네년한테 국밥 말랬다가는 솥째루 갖다 바칠라."

주모는 그녀가 방으로 들어서자 탕 소리가 나게 문을 밀어붙였다. 주모의 험구에도 그녀는 노여워할 줄을 몰랐다. 노여워하기는커녕 오히려 칭찬받은 철부지처럼 입가의 웃음을 지우지 못하고 있었다.

"사람이 살면 얼마나 산다구…… 선생님 그렇잖아요?"

나는 그녀의 얘기에 깜짝 놀랐다. 혹 아내가 둔갑을 하여 이렇게 엉뚱한 여자로 변해 있는 것이 아닌가 하는 생각이 들었기 때문이었다. '사람이 살면 얼마나 산다고……' 라는 말은 아내의 입버릇이었다. 부엌에 나가야 될 일이 있다든지 빨랫거리가 쌓였다든지 방을 치워야 될 때는 으레 그런 소리를 입에 달고 다녔다. 어떤 때는 텔레비전 앞에 앉아서도 수없이 그 말을 되풀이했다. 화면에 패션 쇼가 소개된다거나 바다 혹은 계곡 같은 경승지가 비친다거나 고급 레스토랑에서 식사를 하는 연속극의 장면이 나오면 아내는 여지없이 땅이 꺼질 듯한 한숨을 앞세우고 사람이 살면 얼마나 산다고 이 고생을 하느냐며 한탄을 해 댔다.

사람이 백 년을 살아도 고작 3만 6천 5백 일밖에 살 수가 없는 것인데,

무슨 팔자를 타고 태어났기에 호강 한번 못해 보느냐는 것이었다. 아내의 소원은 돈을 물 쓰듯이 써 보고 죽는 것이었다. 그러나 아내는 돈을 모으겠다는 생각이 털끝만큼도 없는 여자였다. 잘살아 보고 싶다는 생각뿐이지 잘살아 보려는 노력은 눈곱만큼도 하질 않았다. 좀 거창한 표현이 될지는 모르지만 아내에게는 개혁 의지가 전혀 없었다.

나는 그러한 아내의 그릇된 생각을 고쳐 주려고 무던히 애도 써 봤지만 늘 실패였다.

'나랑 똑같은 월급쟁이 마누라가 두 아이를 기르고 저축을 해서 집도 마련하는데, 당신은 어째서 늘 적자 타령이야?'

'나는 죽으면 죽었지 그 짓은 못한다구요. 지금 이 고생도 지겨운데 더 이상 어떻게 고생을 하라는 거예요? 사람이 살면 백 년을 살아요, 천 년을 살아요?'

'사람이 산다는 게 다 그런 거야. 앞날을 위해 고생하며 저축도 하고…… 당신도 아일 가지면 생각이 좀 달라질 거야. 그러니 이제 우리도 아이를 갖도록 하자구. 우리가 결혼한 지도 벌써 삼 년이나 됐어.'

'삼 년이 아니라 삼십 년이 되어도 당신 수입이 늘지 않음 난 아일 낳지 않겠어요. 우리 두 내외 사는 것도 이렇게 지지리 궁상인데 거기다 애까지 있어 봐요. 도대체 뭣하러 그 고생을 사서 하자는 거예요?'

'이보라구, 내 나이 벌써 서른 다섯이야. 고생을 해두 젊을 때 해야지, 앞으로 점점 세상살기가 더 어려워진다구. 그리고…….'

'그리고고 뭐고 듣기 싫어요. 당신 말대로 점점 살기가 힘든 판인데 게다가 애까지 있어 보라구요! 당신은 그 알량한 돈벌일 한답시고 맨날 밖으로 나다니니까 모르지만 집 안에서 밥해먹구 빨래하구 청소하구……. 여자가 무슨 죄순 줄 아세요? 더구나 애까지 낳아 묶이라구요? 아니, 사람이 살면 몇 백 년을 산답디까?

"갑자기 무슨 생각을 그렇게 하세요?"

그녀의 물음이 내 눈앞에 가득 펼쳐진 아내의 환영을 지워 주었다. 이번에는 내가 그녀에게 물었다.

"뭐라구 불러야 됩니까?"

"조민숙이라 해요."

"미스 조……."

"미스가 아녜요."

그녀는 또 히잉 웃었다.

"어쨌든 미스 조 얘기는 말이오, 천 년을 살 것도 아니고 만 년을 살 것도 아니니까 되는 대로 살자, 이런 얘기요?"

"잔을 주셨으면 술도 주셔야죠. 그런데 선생님은 제 얘길 오해 하셨나 봐요."

"오해?"

조민숙은 내가 따라 준 술을 단숨에 털어 넣고 말했다.

"제 얘긴요, 사람이 살면 얼마나 오래 산다구 그렇게 아둥바둥 사느냐 이거예요, 그저 눈만 뜨면 돈벌 궁리나 하구. 그래 가지군 서로들……. 특히 서울 사람들이 그런다구요. 제 생각은요, 이왕에 이 세상에 태어났으니 뭔가 좀 좋은 일을 하다가 죽구 싶어요."

나는 그녀의 입에서 흘러 나온 의외의 대답에 당황하지 않을 수가 없었다. 따지고 보면 그것은 누구나 입에 발린 소리로 내뱉을 수 있는 진부한 얘기일 수도 있었다. 그러나 조민숙의 입을 통해서 흘러 나온 그 말은 마치 아침 이슬과도 같은 신선감으로 내게 전달되었다.

조민숙의 주량은 보통이 아니었다. 그 이상이었다. 술기운이 돌자 그녀는 자신의 과거를 숨김없이 털어놓았다. 그러나 그것은 술에 취하여 자신의 감정을 헤프게 드러내 보인 처사는 아니었다. 그녀는 다만 내 질문에 성실하게 답변했을 뿐이었다.

그녀가 고향을 등지게 된 빌미는 형부에게 처녀를 잃고 또 그의 아이까지 갖게 된 데에 있었다고 했다. 스물둘의 꽃다운 나이에 그 꽃도 피우지 못하고 시들게 된 자신이 가련했을 뿐만 아니라, 언니는 물론 집안 식구들을 대할 낯이 없었던 것이라고 했다. 그때로서는 자신이 취할 수 있는 길이란 오직 한 가지, 약을 먹는 일이라고만 생각되었다고 했다. 그러나 그것도 실패하여 병원에서 눈을 뜨게 됐다는 것이었다.

"말하자면 병원에서 다시 태어난 셈이에요. 그때 그 병원의 수간호원인 나이 지긋한 아주머니가 이런 얘길 들려 줬어요. 외국에서 있었던 실화래요. 중노동의 종신형을 받은 한 죄수가 뭍에서 멀리 떨어진 섬으로 실려 가기 위해 배를 탔대요. 그 섬에는 평생토록 중노동을 해야 하는 죄수들만이 모여 산대요. 그런데 거기에서는 아무리 건강한 사람들두 일 년만 지내면 해골이 된다는군요. 그러니 그 죄수인들 무슨 희망이 있었겠어요. 그런데 그 죄수가 죽음의 섬으루 끌려가던 도중에 바다 한가운데서 배에 불이 났더래요. 불이 나자 간수가 그 죄수의 쇠고랑을 풀어 줬대요. 힘이 센 그 죄수는 몸이 자유롭게 되자 자기 몸을 돌보지 않고 불 속에서 십여 명의 승객을 구출해 냈구 불을 끄는 데에두 큰 공을 세웠대요. 그런 공로루 그 죄수는 특사라는 걸 받게 되었다지 뭡니까. 그러니까 결국은 죽은 거나 다름이 없던, 아무런 희망두 가질 수가 없어 자포자기했던 그 죄수는 이 세상에 다시 태어난 거지 뭡니까. 그 얘기를 들은 후부터는 여러 가지가 생각되어지데요. 그리구 무언가 막연하게 기다리는 마음이 생겼어요. 지금도 내가 기다리는 그것이 뭔지는 나두 잘 모르겠어요. 그러나 분명한 것은 그 죄수에게처럼 나한테두 무슨 좋은 일이 생길 것이라는 생각이에요. 그래서 그런 막연한 기대를 품구 매일매일 열심히 살구 있는 거예요."

나는 별미 음식의 맛을 오래도록 혀에 간직하려는 사람처럼 끈기 있게 그녀의 얘기를 머릿속에 잡아두고 있었다. 그때 문득 내 가슴속에 갑작스런 물결이 이는 것을 느꼈다. 그것은 무엇이든 그녀를 위해 힘이 되어 주고 싶다는 충동이었다. 그 충동은 막연했지만 또한 강렬한 것이었다. 그러나 당장 내가 그녀에게 베풀 수 있는 것은 술밖에 없었다. 아니, 그것밖에는 달리 떠오르는 것이 없었다. 나는 조민숙에게 술잔을 권했다.

"술이 강하신 편입니다."

"이건 술하고 관계가 없는 얘기지만요, 전 풀처럼 강하게 살기로 했어요. 그래서 지금은 풀처럼 강한 여자예요."

"풀처럼?"

"네, 어떤 책에서 읽었어요. 풀이라는 게 형편없이 약해 보이지만요, 모진 바람이 불고 난 뒤에야 풀이 강한 것을 알 수가 있대요. 그렇잖아요?"

나는 계속 잔을 비워 그녀에게 주었다. 이렇게 술잔을 나누는 동안 나는 그녀가 상대의 마음을 편하게 해주는 이상한 능력이 있는 여자임을 깨닫게 되었다. 뿐만 아니라 그녀에게는 상대로 하여금 편한 마음으로 가슴속을 열어 보이게 하는 마력 같은 것도 있었다. 나도 그녀가 내게 보여 준 것처럼 내 가슴을 속속들이 보여 주고 싶었다.

그녀와 마주하고 있는 시간은 마치 오랜 방황 끝에 돌아와 있는 시간과도 같은 것이었다. 그것은 3년이 넘게 한솥엣밥을 먹고 같은 잠자리에서 무수한 밤을 함께 한 아내에게서도 전혀 느낄 수 없던 기분이었다.

밖에서는 해가 기울기 시작하고 있었다. 그러나 나는 아직도 술을 더 마실 수가 있었으며 가게문이 닫힐 시간도 아니었다. 그런데도 주모는 내가 돌아가기를 채근했다. 주모는 추석을 쇠기 위해 수원에 있는 큰집엘 내려가야 한다는 것이었다.

"가겔 비울 수가 없어 걱정했는데, 글쎄 저년이 날 봐 주느라고 때맞춰 나타나질 않았겠수? 그래 저년한테 가겔 맡기구 갈참인데, 여자 혼자 있는 집에다 술 손님을 두고 갈 수야 없잖우?"

"그렇다면 내가 한 시간이라도 더 앉아 있어 주는 게 미스 조 편에서는 든든하고 좋지 않습니까!"

"아따따, 고양이 쥐 생각하시는구랴. 그런 히떠운 소리 그만하구 어서 집에나 가우. 추석 뽀나스 다 까먹지 말구."

주모가 옷을 갈아입겠다고 설쳐 댔으므로 나는 더 이상 진피를 부릴 수 없었다.

내가 '함경도집'을 나왔을 때는 얼굴의 주기를 감추기에 알맞은 어둠이 밀려와 있었다.

출근 때와는 반대로 나는 전동차로 20분쯤 가다가 내려서 버스로 바꿔 탔다. 나는 차 속에서 내내 조민숙만을 생각했다. 아무리 생각해도 그녀는 참으로 사람을 편안하게 해주는 묘한 힘이 있는 여자였다.

내가 그녀의 생각을 떨칠 수 있게 된 것은 버스에서 내려서였다. 버스에서 내려서자 느닷없이 아내의 환영이 복병처럼 기습해 왔다. 아내의 배후에서는 탄식과 포악과 야유와 불만이 불꽃처럼 치솟아올랐다.

나는 술 냄새를 감추기 위해 껌을 사서 질겅대며 골목으로 들어섰다. 그 막다른 골목 왼쪽 끄트머리에서 두번째 집이 내가 세든 집이었다.

대문 앞에 멈춰 선 나는 잠시 심호흡을 했다. 체내에 있는 술냄새를 일시에 내뿜기라도 하려는 듯이. 그리고 나서 철문의 왼쪽 상단부에 눈길을 꽂았다. 날은 이미 어두웠으나 그곳에 장치된 초인종은 열나흘 달빛을 받아 또렷하게 보였다. 똑같은 모양의 벨 두 개가 유방처럼 나란히 붙어 있었다.

어느 할 일 없는 손이 그 두 개의 벨을 유방으로 삼아 여자의 나체를 그리느라고 철문의 페인트를 깊이 긁어 놓았다. 지금은 위에 페인트가 덧칠되었으나 가느다란 허리의 상하에 강조된 풍만한 가슴과 둔부의 윤곽은 제법 또렷하게 남아 있었다.

나는 그 나체의 왼쪽 유두를 살며시 눌렀다. 그것이 셋방을 든 우리의 벨이었고 다른 하나가 주인집의 것이었다. 벨을 누르고 한참 동안 기다렸으나 아내가 나오는 기척이 없었다. 나는 벨을 연거푸 눌러 대고 아내가 나오기를 기다렸다. 그래도 역시 아무런 기척이 없었다. 몇 번을 그렇게 반복했어도 기척이 없기는 마찬가지였다.

아무리 텔레비전에 넋을 빼앗기고 있다 해도 이처럼 오랫동안 벨을 울리게 할 아내가 아니었다. 아내의 그 참을성 없는 성격으로 시끄러운 벨소리를 견뎌 낼 수가 없는 것이었다. 물론 잠이 들어 있을 시간도 아니었다. 나는 아내가 집 안에 없다고 단정했다.

나는 주인집 벨을 누르지 않을 수가 없었다. 주인집에는 미안한 노릇이었지만 그렇다고 월장을 할 수도 없었다.

"뒷방 새댁이우?"

두번째의 벨소리가 채 끝나기도 전에 현관문이 열리며 주인 아주머니의 늘어진 목소리가 밀려 나왔다.

"죄송합니다. 우리 집사람은 어딜 간 모양이죠?"

"아니, 그게 뭔 소리우?"

슬리퍼를 직직 끌며 와서 빗장을 따 준 주인 아주머니가 내 얼굴을 빤히 올려다보았다. 그러면서 다시 내게 물었다.

"오늘 새댁 안 만났수?"

그녀는 아내가 아직 아이를 낳지 않았다는 그 점 때문에 꼬박꼬박 새댁이라는 호칭(지칭)을 썼다.

"아뇨, 전 지금 퇴근하는 길입니다."

"쯧, 이거 뭐가 잘못 돼두 단단히 잘못 된 모양이구랴! 그럼 집은 어찌됐수?"

놀란 채로 굳은 주인 아주머니의 얼굴이 달빛을 받아 어떻게 보면 괴기스럽게까지 느껴졌다.

"집이라뇨? 그게 무슨 말씀입니까?"

"정말 이거 보통 일이 아니구만. 여기서 이럴 게 아니라 들어가서 얘길 합시다."

주인 아주머니가 망연자실하여 서 있는 내 옷소매를 가볍게 잡아 끌며 앞장을 섰다. 그녀는 목련이 서 있는 모퉁이를 돌아 우리 방이 있는 뒤채로 향했다. 나는 그녀의 뒤를 따르며 필시 아내가 무슨 일을 저지른 게 틀림없다는 확신을 갖게 되었다.

역시 우리의 방에는 불이 밝혀져 있지 않았다. 방문 앞에까지 앞장 섰던 주인 아주머니가 걸음을 멈추며 말했다.

"어서 들어가서 불 좀 켜 봐요."

내가 방에 들어가 전등 스위치를 올리자, 그녀도 뒤따라 들어서며 질문 공세를 폈다.

"정말 새댁한테 아무 말두 못 들었수?"

"아아뇨."

"새댁 얘기가, 오늘 열다섯 평짜리 아파트에 입주하는 날이라구 했는데, 그렇다면 그게 말짱한 거짓뿌렁이었구랴!"

"아파트요? 전 도대체 무슨 말씀이신지 알 수가 없습니다."

"정말 딱한 노릇이구먼!"

주인 아주머니는 몹시 들뜬 목소리로 자초지종을 낱낱이 밝혔다.

그녀는, 군대에 나간 큰아들이 한 달 후면 제대를 하게 되어 있어서 약 보름 전에 아내에게 다른 곳에 방을 알아보라고 했다는 것이었다. 원래 우리가 세든 방은 그 큰아들이라는 학생이 썼던 방이었으나 그가 군대에 나가 있는 3년 동안 그냥 묵혀 두기가 뭣해서 우리에게 세를 놓은 것이라 했나.

그런 얘기를 아내에게 했더니, 아내는 1주일 전에 15평짜리 서민 아파트를 계약했기 때문에 중도금을 내야 하겠으니 전세금 7백만 원 중에서 우선 3백만 원만 달라고 했고, 그녀는 의심할 일도 아니고 해서 그 돈을 만들어 주었다는 것이엇다. 그리고 오늘 아침에 잔금을 치르는 날이라며 나머지 4백만 원을 마저 달라고 해서 마련해 주었노라고 했다.

"새댁 얘기로는 오늘 자기가 택시편으로 운반할 수 있는 짐 몇 덩어리를 실어다 그 아파트에 갖다 놓겠다구 합디다. 그리구선 점심 나절에 큰 짐 가방 세 개와 텔레비를 택시에 싣구 나갔어요. 그러면서 나한테 뭐랬는지 아우? 남은 짐두 있구 또 새로 이사가는 아파트에서 명절을 맞는 것보다 살던 데서 명절을 쇠는 게 낫겠다는 거예요. 내 생각두 그게 좋을 듯싶어 그리라구 했지 뭐유. 당장에 써야 될 방두 아니니 우리 큰애가 제대할 때까지는 눌러 있어두 된댔지요. 그랬더니 색시가 뭐랬는지 아우? 참으로 인정 많으신 아주머니라며 오늘 저녁 남편하고 저녁을 사 먹구 들어오면서, 내가 켄터키 치킨을 좋아하니까 그거 사다 드리겠다구, 글쎄 그런 말까지 하구 갔어요. 그런데 심씨는 벌써 보름 전부터 있었던 일을 새까맣게 모르구 있으니, 글쎄 이게 무슨 난리예요?"

주인 아주머니의 이야기를 들으면서 나는 방 안을 살펴보았다. 텔레비전과 옷장 위에 올려져 있던 트렁크 등이 없어진 것을 알 수가 있었다. 경대 위에 잔뜩 널려 있던 화장품들도 깨끗이 없어져 있었다. 그리고 그 위에 흰 종이로 접은 학 한 마리가 덴그마니 놓여 있었다.

아내는 자기가 집을 비울 때는 자기가 전하려는 메모를 꼭 그렇게 학으로 접어 놓곤 했다. 나는 급히 그 종이학을 펼쳐 보았다. 거기에는 단 두 줄의 사연, '나를 찾지 마세요. 그것은 소용없는 짓이니까요' 라고 적혀 있었다.

"뭐라구 써 있수? 전셋돈 다 받았다구 써 있죠?"

"……."

아내의 얼굴이 눈앞에 둥실 떠올랐다. 나는 나도 모르게 전신의 힘을 모아 펼쳐 들고 있던 종이 쪽지를 두 손으로 구겨서 움켜 쥐었다. 전신이 후들후들 떨렸다.

"그거 갖다 뵈 드릴까? 돈 주구 받아 둔 영수증들이 있는데……. 심씨 명의루 됐다구 합디다. 도장두……."

나는 간신히 평정을 되찾을 수 있었다.

"아, 아닙니다. 그러실 필요 없습니다. 편지에 그렇게 써 있군요."

"정말이우?"

주인 아주머니는 아무래도 마음이 놓이지를 않는 눈치였다.

"아주머니, 방은 추석 쇠고 나서 곧 비워 드릴께요. 걱정을 끼쳐 드려서 죄송합니다."

"죄송하긴……. 그런데 이게 무슨 날벼락이람!"

나는 더 이상 그 방에 있을 수가 없었다. 그대로 있다가는 가슴이 터질 것만 같았다. 나는 떼밀린 사람처럼 밖으로 뛰쳐나오고 말았다. 주인 아주머니가 내 뒤를 따라나오며 전등의 스위치를 내리고 방문을 밀어 닫았다. 그러면서 그녀가 내게 물었다.

"처갓집은 서울이우?"

주인 아주머니의 질문을 받는 순간 지렁이를 잡고 있는 아내의 모습이 떠올랐다. 그러나 나는 마음속으로 도리질을 했다. 아내는 그럴 여자도 못 되었다. 남이 지렁이를 잡아 돈을 벌면 그 돈을 아낌없이 쓸 수 있을 뿐인 여자였다.

"혹 짚이는 데라도 있수?"

"글쎄요, 찾아봐야죠."

"그럼 조심해서 다녀오우."

나는 골목을 빠져 나오자 곧장 찻길로 향했다. 찻길로 나오기는 했으나 막막한 심정이었다. 갈 곳이 없었기 때문이었다. 한참 동안 찻길에서 서성이다가 나는 가까운 다방으로 들어섰다. 차라도 마시며 마음을 가다듬어야 하겠다는 생각이었다.

'왜 도망을 쳤을까?'

나는 계속해 담배 연기를 아내의 얼굴로 뿜어 댔다. 그러자 아내는, 잃은 목걸이를 찾느라고 늦었다며 술 냄새를 풍기던 그날의 모습으로 되살아났다. 순간, 퇴근길에서 산 목걸이에 생각이 미쳤다. 나는 그것을 윗도리 속주머니에서 꺼내 보았다. 알록달록한 색동 무늬의 포장지에 싸인 목걸이 케이스를 들고 있는 손이 부들부들 떨렸다. 눅일 수 없는 배신감 때문이었다.

'나를 찾지 마세요, 그것은 헛일이니까요.'

돈 많은 늙다리와 농탕 치는 아내의 모습이 떠올랐다. 나는 목걸이 케이스를 다시 속주머니에 간수하며 속으로 외쳤다.

'그래, 이 개 같은 년아! 이 알량한 선물로 널 기쁘게 해주려했던 내놈이 밸빠진 놈이었어!'

나는 내 자신이 미워 견딜 수가 없었다. 그때 느닷없이 조민숙의 얼굴이 떠올랐다.

'그래, 그리로 가자!'

나는 급히 다방을 나왔다. 서늘한 가을 바람이 몸을 옴츠리게 했다.

내가 '함경도집'에 도착하였을 때, 시계는 아홉 시 반을 가리키고 있었다. 술청엔 이미 불이 꺼져 있었다. 출입구인 미닫이 유리문도 닫혀 있었다. 그러나 방에는 아직도 불이 밝혀져 있었다. 나는 용기를 내어 탕탕탕, 문틀을 두드렸다. 두르르두르르, 창유리들이 진저리를 쳤다.

"오늘은 영업 끝났어요."

안에서 조민숙의 목소리가 흘러 나왔다.

"납니다, 아까 다녀간 사람이라구요!"

나는 목청을 돋우어 소리쳤다.

"어머나, 아직 집에 안 가셨어요?"

조민숙은 다행하게도 내 목소리를 기억하고 있었다.

"문 좀 여세요."

"잠기지 않았어요. 열고 들어오세요."

나는 미닫이를 힘주어 밀쳤다. 너무 힘을 주었기 때문에 문이 필요 이상으로 많이 열렸다. 조민숙도 방문을 열고 술청으로 상체를 내밀어 나를 맞았다.

"집 지키는 사람이 문도 잠그지 않고 집을 봐요?"

"그러잖아도 이제 막 문단속을 하려던 참이었어요. 어서 들어오세요."

그녀가 상체를 내밀어 막고 있던 방문을 터 주었다. 내가 방으로 들어서

자, 그녀는 내 얼굴에 눈길을 꽂으며 물었다.

"왜 아직 집엘 안 가셨어요? 혹 뭐 잊고 가신 게 있었나요?"

나는 고개를 흔들어 대답을 대신했다.

"아이들이 추석 선물을 기다릴 텐데……."

"난 아이가 없습니다."

"아이가 없음 부인은 더 지루하게 기다린다구요."

"마누라도 없습니다."

"어머, 남자들은 툭하면 그런 속뵈는 거짓말을 잘하더라!"

조민숙이 샐쭉 눈을 흘겼다.

"맹세코 거짓말이 아닙니다!"

나는 당당하게 거짓말을 할 수가 있었다. 조민숙의 입가에 웃음이 걸렸다.

"그렇다면 속보인다고 한 얘기 취소하겠어요."

조민숙이 말끝에 히힝 하는 웃음을 달았다. 웃음이 터져 나오며 입김에 실려 온 치약 냄새가 코 언저리에 잠시 머물다간 사라졌다. 아마도 이제 막 양치질을 마친 참인 모양이었다.

나는 속주머니에서 목걸이 케이스를 꺼내어 그녀에게 주었다.

"이게 뭐예요?"

"풀어 보면 알게 됩니다."

"어머머, 내게 주는 선물이란 말예요?"

나는 고개를 끄떡이고 나서 그녀를 채근했다.

"어서 뜯어 보라니까요."

그제서야 조민숙은 포장을 풀기 시작했다. 그러고는 알몸이 된 케이스를 열다가 깜짝 놀라 온몸을 굳히는 것이었다. 그녀는 한참 후에야 입을 열었다.

"이거 금목걸이잖아요!"

"십 사 케이라고 합디다. 금이 반 돈쯤 되나 봐요."

"어머머, 이런 걸 왜 내게 주시죠?"

조민숙의 눈에 짙은 의혹의 빛이 담겨져 있었다. 그러나 나는 그녀의 그 의혹에 찬 눈길을 풀어 줄 방법이 없었다.

"이 비싼 걸 왜 주시느냐구요."

"미스 조한테 술 한잔 얻어먹고 싶어서요."

"그렇담 그냥 제가 술 대접을 하겠어요."

"제발 부담 갖지 말고 받아 줘요. 그냥 주고 싶어서 주는 겁니다."

나는 조민숙의 손에 들린 케이스에서 목걸이를 꺼내 그녀의 목에 걸어 주었다. 그리고는 '사랑해, 사랑해' 라고 속으로 말했다. 내 눈에는 나도 모르는 사이에 눈물이 괴어 있었다.

어디선가 귀뚜라미 한 마리가 외롭게, 외롭게 울고 있었다. (1986)

지문(指紋)

홍정표(洪正杓) 내외는 맞벌이 부부였다. 맞벌이 부부라니까 혹 어떤 사람은 그들 내외가 아침 상을 물리기 무섭게 만원 버스에 시달리며 각기 자기네 직장으로 달려가 일하고 그렇게 일한 날들이 쌓여 한 달이 되면 정해진 날에 월급을 타오는 그런 봉급쟁이로 생각할지도 모르나 그들 내외는 그런 맞벌이가 아니었다. 그렇다고 한 달에 몇 번씩 무슨 단체나 회사에 나가 그곳의 기획에 참여한다든지 자문 역할 같은 것을 해주고 거기에 상당한 사례금을 타오는 그런 고급스런 맞벌이도 아니었다. 홍정표는 미장이었고 그의 아내는 동네의 온갖 허드렛일을 도맡아 하며 돌아다니는 여자였다. 남편 홍정표가 미장이 노릇을 해 들여오는 수입이 시원치 않았기 때문에 그의 아내가 이집 저집 불려다니며 이불 빨래도 해주고 김장도 거들어주며, 혼사집이나 초상집 같은 데에 가서 부엌일이나 바느질을 거들어주는 등 하여 품삯을 받아오게 되니, 따지고 보면 역시 맞벌이 부부인 셈이다. 혹 그들의 이런 집안 사정을 잘 모르는 사람들은 가끔,

"내외가 그렇게 억척스럽게 돈을 긁어모아대니 이 동네도 곧 새 부자가

나타나겠는 걸."

이런 농담을 걸어오기도 하지만 그런 소리를 들을 때마다 그들 내외는 무슨 약속이나 된 듯 그저 사람 좋은 웃음만을 흘릴 뿐 별다른 변명도 않는 것이었다. 이러한 그들 부부에게 언제 누가 붙여준 별명인지는 모르나 '개미부부'라는 별명이 붙어 있었다. 개미처럼 부지런한 부부라는 뜻일 테지만 그들 부부에게 붙여진 그 별명 속에는 낭비와 사치를 모르는 검소한 부부라는 뜻도 은근하게 포함되어 있는 것이었다.

가을이 깊어지면서부터 홍정표는 집에 들어앉아 있는 날이 많게 되었다. 집을 짓는 일이 뜸해졌기 때문이었다. 게다가 이제는 구들을 다시 놓는 사람들도 드물었다. 집을 수리할 사람들은 이미 날씨가 선선해지기 전에 서둘러서 해버렸지 지금까지 미루어두고 있는 사람이 없었다. 그러나 미장이인 남편과는 달리 그의 아내에겐 매일같이 품삯을 벌어들일 일거리가 생겼다. 때가 때인만큼 혼사집도 늘어났고 겨울 준비를 하기 위한 크고 작은 일들이 늘어났기 때문이었다. 요즘같은 상태로라면 김장철이 지날 때까지 그녀는 계속 품팔이를 할 수 있을 것이었다.

그날도 홍정표는 아내가 품팔이를 나가자 자기집 부엌아궁이를 뜯어 고치기 시작했다. 사실 금년 겨울은 손을 보지 않아도 그냥저냥 날 수가 있는 그런 아궁이였지만 아무런 하는 일도 없이 하루 온종일을 방구석에 처박힌 채 보낼 생각을 하니 손이 심심해서, 반은 일부러 일거리를 만들어 하는 꼴이 되었다. 이렇게 소일거릴 일부러 꾸민 일이라 시간이 오래 걸리는 일은 못 되었다. 일을 마치고 흙손과 흙칼 등을 씻고 있는데 누군가가 대문을 두드려댔다.

"누구세요?"

"납니다."

홍정표는 대문 밖에서 들려오는 말소리를 듣고 그가 반장이라는 것을 알 수가 있었지만 짐짓,

"나라뇨?"

하는 반문을 보냈다. 그의 그런 반문은 대문 밖에 선 사람이 반장임을 확인하는 반문이라기보다는 물 묻은 손을 마른걸레로 대충 훔친 뒤에 대문을 열어주어야 했기 때문에 시간적 여유를 벌기 위한 수작이었다.

"나요. 나 반장이오."

"웬일이십니까?"

홍정표는 마른걸레로 물 묻은 손을 훔친 다음에 대문(쪽문이라 함이 옳다)의 빗장을 끌러주었다. 그러면서 다시,

"웬일이십니까?"

하고 되풀이해서 물었다.

"오늘은 일을 안 나가셨군."

"네, 요즘은 일거리가 뜸해져서……."

"벌써부터 그렇습니까?"

"불경기 불경기 하니까 집 매매도 없고 그러니 자연 우리 같은 미장이야 별 볼일이 없어진 거죠."

홍정표의 그런 말에 반장은 그냥 고개를 끄덕이는 것으로 대꾸를 대신하며 옆구리에 끼고 온 서류 봉투에서 무언가를 골라 뽑느라 손이 바빴다.

"또 무슨 세금이라도 나왔습니까?"

홍정표는 서류 봉투 속에서 무언가를 골라 찾는 반장의 얼굴로 시선을 꽂은 채 달갑지 않은 목소리로 물었다.

"세금고지서는 아니니 안심하시우."

"그렇다면 다행이지만 요즘 같은 때에 세금고지서라도 받으면……. 우

리 같은 사람은 정말 살맛이 안 납니다."

"엄살은…… 홍씨 엄살은 알아줘야 한다니까."

"엄살이라뇨?"

"엄살이잖구. 이렇게 집까지 지닌 사람이…… 엄살이지 뭐요."

"이게, 어디 집 축에 끼는 집입니까? 사람이 살고 있으니 집이란 말이 붙지. 이게 어디……."

"그럼 집이 아니구 돼지우리란 말이유?"

반장은 한참 동안 서류봉투 속을 뒤적이고 나서 누런 카드 한 장을 뽑아내더니 홍정표에게 이런 퉁과 함께 건네는 것이었다. 반장의 퉁을 받은 그는 이제 더 이상 아무런 대꾸도 않고 그저 그 사람 좋은 웃음을 흘리며 반장이 내미는 카드를 받아들고 그 위로 눈길을 떨구었다. 그것은 주민증 발급 신청 카드였다.

"이 집 아주머니 이름, 뭐드라?"

"이복순이요. 복 복자. 순할 순자."

"음, 여기 있군. 이 집엔 주민등록증 할 사람이 두 사람뿐이죠?"

반장은 물으나마나 한 이런 한마디를 던지더니 서류봉투에서 또 다른 카드를 꺼내주며 덧붙여 말했다.

"우리 동네는 월요일이 주민등록 하는 날이요. 이 카드에 사진을 붙여가지구 동회로 가면 되는 거요."

"이 카드만 가져가면 됩니까?"

"거기 사진 붙이는 칸이 있죠? 거기다 사진을 붙여가지구 가야죠. 여자는 왼쪽에다, 남자는 오른쪽에다 붙여야 해요. 사진들은 찍어뒀겠죠?"

"사진이야 벌써 박아놨죠."

"그럼 됐어요. 그걸 붙여가지구, 거기다 적어넣을 걸 적어서 동회로 가져가면 동회에서 지문을 찍어가지고 거둬들이게 되는 거니깐."

"여기 원적은 뭐고 본적은 또 뭐지요?"

"앗따, 이 양반. 원적도 모르고 본적도 모르는 모양일쎄. 홍씨 본적이 어디요?"

"충청북도죠."

"그럼 원적을 기입하는 칸에는 아무것도 쓰지 말고 본적이라는 칸에만 적어넣어 가지구 가라구요. 아주머니는 본적이 어디죠?"

"나랑 마찬가지죠."

"그럼 아주머니도 원적 칸은 그냥 두고 다른 것들만 적어넣어 가지구 가라구요. 카드 앞면 맨끝에 써넣는 요령이 자세히 나와 있으니까 그 카드를 쓸 때 자세히 읽어보고 써넣으시오. 자아, 그럼 난 갑니다."

반장이 휙 몸바람을 일으키며 사라지자 그는 다시 대문을 잠그고 방으로 들어갔다. 방으로 들어간 그는 반장이 일러준 대로 카드 앞면 맨밑을 보았다.

※표가 된 난에는 기입하지 말라는 등 여섯 가지의 주의 사항이 인쇄된 것을 두 번이나 읽은 다음 별 달리 할일도 없어서 그 자리에서 아내와 자기의 주민증 발급 신청서에 기재사항을 적기 시작했다. 본적을 적어넣던 그는 잠시 볼펜을 멈추고 오랜 옛날의 일을 떠올려보았다. 그러면서 그는 자기도 모르는 사이에,

'그땐, 되민증이라고 어지간히 괄시를 받았었지.'

라고 중얼거렸다.

사실, 그는 지금 자기가 카드 위에 적어넣은 본적지에서 아내와 눈이 맞아 야반 도주하여 서울로 올라왔던 것인데 이 서울이라는 곳에 발을 들여놓으면서부터 촌놈이라는 뜻이 담긴 '되민증(도민증道民證)' 딱지가 붙어

공연한 핍박(?)을 받아야만 했었다. 그로부터 십여 년의 세월이 흐르는 동안 시민증과 도민증 제도가 없어지고 그 대신 주민증 제도로 바뀌고 그것은 다시 새로운 주민증을 발급받아야만 되기에 이르렀으니 홍정표로서는 감회가 깊지 않을 수 없었다. 이렇게 세월이 흐르는 사이에 어느덧 '되민증'이었던 자기나 아내가 옛날식으로 따진다면 거의 완전한 '시민증', 그것도 '서울 특별 시민증'으로 바뀌었으니 은근히 자랑스럽기까지 했던 것이다.

"당신, 왜 잠을 못 자구 그러우?"

밤이 깊을 대로 깊어졌건만 잠을 이루지 못하고 이리 뒤척 저리 뒤척, 몸을 뒤채는 남편에게 아내가 나직히 물었다. 그러자 홍정표는 아내의 그 물음에 슬며시 무안스러운 기분이 되어,

"내게 왜 잠을 못 자느냐고 그러는 당신의 그 말은 잠꼬대로 그러는 거야?"

농으로 대꾸를 보냈다. 지금 잠을 이룰 수가 없을 지경으로 달떠 있는 자기의 기분을 아내가 눈치채고 있다는 것을 직감했기 때문이었다. 사실 홍정표는 지금, 마치 소풍 전날 밤의 아이들이, 날이 밝으면 떠날 즐거운 소풍길에 마음이 달떠 잠 못 이루듯, 바로 그와 똑같이 달뜬 마음 때문에 잠조차 이룰 수가 없는 것이었다. 지금 그의 마음이 이렇게 달떠 있는 까닭은 내일 아침 아내와 두 아이를 데리고 나들이를 한다는 기쁨 때문이었다. 나들이래야 집에서 나가 동회까지 가는, 그것도 주민증을 바꾸기 위한 그런 나들이일 뿐인 것을 가지고.

"누가 잠꼬대랬어요!"

어린것을 끼고 자던 아내가 자기 쪽으로 돌아누우며 대답하자, 홍정표는 슬며시 아내의 젖무덤 위로 자기 손을 갖다 붙이고 슬슬 쓸어대며,

"당신은 왜 안 자?"

하고 물었다.

"잠이 안 와요. 공연히……."

"공연히?"

"네."

"사실은 나도 공연히 잠이 안 와서……."

"당신 동회 사무실 어딘지 알아요?"

"그럼, 지난 여름 장마비에 동회 사무실 벽이 무너져서 내가 그 벽을 발라줬는걸."

"멀다면서요?"

"버스로 다섯 정거장인가 가야 하니까 여기선 꽤 먼 셈이지."

"당신 낼 무슨 옷 입으실래요?"

"와이샤쓰 빨아놓은 거 있지?"

"있죠."

"네꾸다이를 해야지."

"나두 낼은 한복을 입을 거예요. ……우리 이렇게 온 식구가 같이 나가는 건 이번이 첨이죠?"

홍정표는 아내의 이런 소리를 듣자, 아내도 내일 있을 나들이 생각 때문에 잠을 못 이루는구나 싶어 문득 콧날이 찌잉 저려짐을 느꼈다. 그의 기억엔 아무리 더듬어보아도 맨 처음 서울로 도망쳐올 때 아내와 먼길을 같이 온 기억 외엔 동부인하여 대문 밖을 나간 기억조차 전혀 없었다. 억지로, 정말 억지로 갖다 붙인다면 여섯 살박이인 큰아이가 세 살 먹던 해 갑자기 경기를 일으켜 한밤중에 들쳐업고 병원에 같이 간 일 정도밖에 없는 것이었다. 때문에 홍정표나 그의 아내가 그런 극히 사무적인 외출을 하게 된 것을 가지고 무슨 놀이라도 즐기러 가듯 이렇게 가지껏 부풀어 있는 것이었다.

"애들 나들이옷은 있나?"

"나들이옷이 어딨어요. 언제 나들이를 다녀봤어야죠. 애들이야 늘 입는 옷을 입히면 되잖아요. 어디 놀러가는 것도 아닌데……."

"왜, 우리라고 놀러가지 말란 법이 있어? 내일은 동회에서 일이 끝나는 대로 애들 데리고 창경원에라도 갈 작정이니까 그러지!"

"정말이에요?"

아내가 놀란 목소리로 되물었지만 그는 대답 대신 아내의 젖무덤 위에 붙이고 있던 손아귀에 지긋이 힘을 주었다.

따지고 보면 홍정표가 잠을 이루지 못한 것도 바로 그런 생각을 하느라고 그랬었다. 남들은 철철이, 그 철에 맞게 행선지를 바꾸어가며 나들이를 하곤 했지만 그는 먹고 사는 데만 골몰하여 그 흔하게들 가는 창경원 한번 식구들을 이끌고 간 적이 없던 터라, 내일 동회에서 일이 끝나는 대로 아내와 두 아이를 데리고 동물원 구경이나 해볼 작정을 세우고 있었던 것이다.

"나도 당신과 같은 생각을 하고 있었어요."

"그러니, 내일 아침 일찍 일어나 김밥이라도 좀 마련해놓으라구. …… 며칠 굶는 한이 있더라도 낼은 꼭 창경원엘 데리고 갈 테니까."

"하지만 돈이 있어야죠."

"맨날 그놈의 돈 때문에 떳떳한 나들이 한번도 못한 게 아냐! 그러니까 낼은 눈 따악 감고 하루쯤 즐겨보는 거야. 그깐놈의 돈, 어떻게 보충 못 려구."

"그럼 그러시구려. …… 낼은 아침 일찍 일어나야 하니까 이제 어서 눈 좀 붙이세요."

아내는 속삭이듯 말하고 나서 자기 가슴 위에 놓여 있는 남편의 손을 슬그머니 밀쳤다. 그러나 홍정표는 그러한 아내의 손짓에 냉큼 응할 수가 없었다.

"여보 미안해! 사는 게 뭔지, 원!"

홍정표는 아이들 쪽으로 돌아누우려는 아내의 몸을 와락 끌어안으며 자기 품안으로 바싹 끌어당겼다.

"이 양반이, 이러다 아이들이 깨겠수!"

아내의 입에서 조심스런 말이 튀어나왔다. 그러나 그런 말과는 달리 그녀도 남편의 억센 팔힘에 의해 몸이 바스라져버릴 듯 안겨 있는 게 싫지는 않은 모양이었다. 싫기는커녕 이제는 오히려 아내 쪽에서 더욱 적극적이 되어 갔다.

"여보, 정말 당신 고생이 많았어."

"이 양반이 새삼스럽게……. 다 먹고 살려고 하는 고생 아녜요. 또 우리가 이렇게 고생고생하며 산 덕분에 이 볼품없는 집이라도 지니게 됐구요."

아내의 목소리가 가볍게 흔들리고 있음을 깨달은 홍정표는 더 이상 입을 열지 못했다.

"당신 창경원에 가봤수?"

"가보긴 언제 가봐. 당신이나 나나 다 똑같은 신세지."

"들은 얘기로는 별의별 동물이 다 많다는데……."

"낼 가보면 알겠지."

"동회에서 그 손도장 찍고 하는데 시간이 오래 걸릴까요?"

"쉬이 끝나진 않을 거야."

"금방 끝났으면 좋겠는데……."

"금방 끝나지 않는다 해도 창경원에 갈 시간이야 있겠지."

홍정표는 아내를 껴안은 채 영 잠을 이루지 못하고 있었다. 아무리 잠을 청해도 잠이 오질 않았다. 내일 아내와 아이들을 데리고 동회로, 창경원으로 돌아다닐 생각을 하니 마냥 가슴이 설레었다. 홍정표의 머릿속에는 오래 전에 본 창경원 앞 풍경이 사진 박혀져 있었다. 어느 해인가 벚꽃 철에 창경원 앞을 지나친 일이 있었는데 그때 딱 한 번 본 창경원 앞의 복작대는 풍경이 지금 느닷없이 그의 머릿속에서 되살아났던 것이다.

한 손에는 빨간 고무풍선을 쥔 아이가 다른 한쪽 손은 제 어머니인 듯한 부인의 손에 잡힌 채 딴전을 피워대며 걷기도 했고, 울긋불긋한 나들이 옷차림의 군중들 앞에 목이 긴 기린을 커다랗게 만들어 세운 간판이 서 있는가 하면 수통과 음식이 든 가방끈을 ×자 형으로 양쪽 어깨에서 늘인, 수학여행 온 시골 학생들……. 홍정표는 그런 수많은 군중 속에서 자기와 자기 아내가 자기들의 두 아이를 데리고 매표구 앞에 서서 차례가 오기를 기다리는 환영을 보았다.

"왜 진작……."

그는 자기도 모르는 사이에 한마디 중얼거렸다. 진작에 그런 즐거운 나들이를 했어야 했다는 후회의 중얼거림이었다.

"뭐라구요?"

"아냐, 내 혼자 얘기야."

"어서 주무세요. 낼 아침에 일찍 일어나야 하니까……."

"그래, 어서 자라구. 낼 아침 나들이 준비도 해야되구 하니까."

그는 아내에게 말하고 나서 눈을 감으며 다시 잠을 청했다. 그러나 오라는 잠은 냉큼 와주질 않고 쫓으려는 잡생각들만 끈덕지게 몰려오는 것이다.

얼마 후, 간신히 잠이 든 그는 꿈을 꾸었다.

자기 아이들이 풍선을 둥둥 띄우며 앞장 선 뒤를 자신과 아내가 뒤따라 걷는 꿈이었다. 그들이 걷는 길은 가도가도 끝이 없는 푸른 잔디밭 길이었다. 얼마를 그렇게 걷던 홍정표는 자기의 발이 땅에 닿아 있지 않음을 느꼈다. 자기뿐만 아니라 아내도 또 아이들의 발도 모두 땅에서 떨어져 있었다. 공중에 둥둥 떠 있는 것이었다. 가만히 살펴보니 자기의 아이들이 가지고 있는 그 풍선의 힘 때문에 그런 것이었다.

홍정표는 밤새도록 자기와 자기가 거느리고 있는 모든 식구들이 그렇게 하늘로 떠다니는 꿈을 계속해서 꾸고 있었다.

그날은 티없이 맑고 드높은 늦가을의 하늘이었다.

홍정표 내외는 간밤에 잠을 설쳤는데도 그날은 새벽부터 자리에서 빠져나와 부지런을 피워댔다. 홍정표는 아까부터 자기의 낡아빠진 구두에 약칠을 하여 윤을 내기에 바빴고, 그의 아내는 아내대로 반닫이 속에 소중히 넣어뒀던 남편의 양복과 자기의 한복을 꺼내어 다림질을 하는가 하면 아이들이 입고 나설 옷가지들을 고르느라 여간만 부산스럽지 않았다. 그들 내외가 이렇게 수선을 떠는 바람에 두 아이도 잠이 깨어버렸다. 작은놈(그들 부부는 막내라고 불렀다)은 이제 겨우 네 살밖에 되지 않아 제 아버지와 어머니의 태도를 이상스럽게 느낄 정도로 약진 못했으나 여섯 살짜리 큰놈은, 그렇게 이른 아침부터 수선을 떨어대는 제 아버지와 어머니의 태도에서 이상한 낌새를 느낄 수가 있었던 모양으로, 연신 제 아버지와 어머니 사이를 왔다갔다 하면서,

"엄마, 왜 그래? 아빠, 왜 그래?"

질문을 연발했다. 그러나 홍정표도 그의 아내도 어린것이 궁금해 못 견디겠다는 투로 연신 물어댔으나 대꾸조차 못할 정도로 각기 자기네들이 하고 있는 일들에만 정신이 팔려 있었다.

"아빠 말해봐."

큰놈이 또다시 때때거렸다. 그제서야 홍정표는 구두에 광을 올리던 손을 멈추고 그 아이 쪽으로 눈길을 보내며,

"뭐?"

하고 물었다.

"왜, 이렇게 구두만 닦고 있어?"

큰놈의 눈에는 전에 없이, 자기 아빠가 이른 아침부터 구두짝을 붙잡고 씨름을 해대는 것이 이상하게만 보인 모양이었다.

"음, 우리 장근일 데리고 좋은 데에 구경갈려고……."

"좋은 데가 어딘데?"

"창경원."

"창경원이 어디야?"

홍정표는 자기의 어린것들에게 창경원에 관한 재미있는 여러 얘기들을 들려주었다. 물론 그가 말한 것들은 자기도 모두 남에게 귀동냥으로 얻어들은 지식일 따름이었다. 그러자 그 얘기를 호기심 어린 초롱초롱한 눈망울을 굴리며 듣고 난 큰놈이 부엌으로 달려가,

"엄마, 우리 오늘 창경원에 간다. 코끼리도 있고 호랑이도 있대."

아주 자랑스럽게 늘어놓았다.

"그래, 그래서 엄마가 지금 이렇게 창경원에 가서 맛있게 먹을 김밥을 만들잖니!"

아내도 즐거움이 가득 고인 목소리로 말했다.

"엄마, 그 김밥 코끼리도 줄까?"

어린것의 순진한 한마디에 집 안은 다시 즐거운 웃음으로 가득 찼다.

홍정표와 그의 아내가 대문을 나선 것은 아홉 시가 조금 지났을 무렵이었다. 홍정표의 머리는 기름이 지나치게 올라 반지르르 했다. 말끔히 면도도 되어 있었으며 쿨렁한 양복 차림에 넥타이도 매어져 있었다. 그러한 그의 오른쪽 손에는 큰아이의 손이 잡혀져 있었고 다른 한쪽 손에는 창경원에 가서 펼칠 김밥 꾸러미가 들려져 있었다. 그러한 남편의 뒤를 따르는 연분홍 한복 차림인 그의 아내 얼굴에는 여태 한 번도 볼 수 없었던 짙은 화장이 올라 있었다. 입술도 칠해졌으며 눈썹과 눈가장에도 까만 칠이 올라 있었다. 그러한 그녀의 한쪽 손에는 작은아들의 손이 잡혀져 있었고 다른 한 손에는 커다란 핸드백이 들려 있었다. 이러한 일가족의 외출을 눈여겨보던 동네 미장원 아가씨가,

"어머 촌스럽기도 해라. 원, 일부러 저렇게 촌티가 철철 흐르게 꾸미려고 애를 써도 따라 할 수가 없겠네."

라고 종알대며 배꼽을 움켜잡았으나 누가 자기네 행색을 흉보리라곤 꿈에도 생각하지 못하는 홍정표 내외는 차라리, 거드름을 피워대며 길을 간다고 표현함이 옳을 정도로 아주 자랑스럽게 걷고 있었다. 하기야 홍정표 마음 속에도 또 그 아내의 마음 속에도 지금 이렇게 몸치장을 하고 가족 동반하여 외출하는 모습을 누가 봐주지 않기 때문에 생긴 안타까움이 철철 넘칠 정도로 가득히 고여져 있는 것이었다. 그들이 자랑스런 걸음걸이로 골목을 빠져나와 큰길로 나섰을 때였다. 저만큼 떨어진 곳으로부터 빈택시 한 대가 기세 좋게 그들이 있는 쪽으로 달려오고 있었다. 순간 홍정표는 '택시!' 하고 고함을 질러대며 점심 보자기가 들린 손을 번쩍 들어올렸다. 그러나 그 택시가 그들의 앞에까지 와닿게 되려면 아직도 시간 여유

는 많았다.

"왜요? 택시를 타려구요?"

아내는 급한 소리로 물었다.

"기분이니까, 모처럼만에 한 번 타보는 것도 괜찮다구."

아무런 주저도 없이 말하는 남편의 얼굴을 바라보던 그의 아내도 순간,

'오늘 같은 날, 그깐 택시비 아껴서 뭘 하누?

라고 생각을 고쳐먹고는 혹 택시가 자기들 앞에서 서질 않으면 어쩌나 싶어 자기의 남편처럼 핸드백이 들려 있는 손을 번쩍 추켜올리며 '스톱! 스톱!'을 연발했다.

그들의 이런 행동을 처음부터 자세히 지켜보고 있던 이층 사진관집 총각은 바로 자기 코밑에 있는 홍정표 부부를 향해 결코 작지 않은 목소리로,

"원, 쪼다 같은 것들! 택시 한번 요란하게 세워보는군! 젠장 왕년에 택시 안 타본 놈 있어?"

욕설을 끌어부었다.

홍정표도 또 그의 아내도 다 똑같이 바쁜 눈길을 이리저리 굴리며 사방을 휘둘러보았다. 그러나 지금 막, 택시를 불러세운 자기들을 바라봐주는 동네 사람은 한 사람도 없었다. 동네 사람은커녕 누구 하나 낯선 얼굴조차 그들에게 돌려 바라보아주지도 않는 것이었다. 으스대던 마음에 찬물이 끼얹혀졌다.

"탈려면 어서 타요!"

차 안에서 운전사의 퉁이 튀어나오자, 홍정표는 당황해진 손으로 얼른 차문을 열어 아이들과 아내를 태우고난 뒤 자기도 서둘러 택시 안으로 들어가 앉아 문을 닫았다.

그들 부부는 금세 동회 사무실 앞에 도착할 수 있었다. 그러나 벌써, 숱한 사람들이 줄을 지어 늘어서서 자기들의 순번이 돌아오기를 기다리고 있었다.

홍정표 내외도 주민증 발급 신청 카드를 꺼내들고 줄의 맨 꽁무니에 붙어섰다.

"아빠, 여기가 창경원이야?"

"아냐, 조금만 더 참아. 창경원엘 데리고 갈 테니까."

홍정표는 계속해, 큰놈과 이런 입씨름을 하며 줄에 서 있었으나 그 줄은 좀처럼 줄어들질 않았다.

홍정표 내외가 지문을 찍기 위해 담당계원 앞에 선 것은 집을 나선 지 꼭 세 시간만이었다.

"손에 힘을 빼세요. 손에 힘을 주지 말라니까요!"

홍정표는 지문을 채취하는 담당계원에게 몇 번씩이나 이런 핀잔을 받으며 양쪽 열 손가락으로 그 계원의 지시에 따라 지장을 찍어댔지만 어느 한 손가락도 지문이 제대로 나타나질 않았다. 카드 위에 찍힌 것은 그저 시꺼먼 잉크 자국일 따름이었다. 그토록 지문이 나오지 않자 담당계원은,

"당신 직업이 뭐요?"

하고 마치 무슨 죄인이라도 다루듯 물었다.

"미쟁입니다."

홍정표는 다 기어들어가는 목소리로 대답했다.

"손가락들이 모두 매끈매끈하게 다 닳아빠졌으니 지문이 나올 까닭이 있냐 말요!"

"죄송합니다."

홍정표는 정말 무슨 죄라도 진 듯 허리까지 굽혀 사죄를 했다. 그리고

어떻게 봐줄 수가 없느냐고 사정도 했다.

"허어, 이런 딱한 양반 봤나. 고슴도치 몸에 가시가 없어봐요. 누가 그걸 고슴도치라고 하나. 마찬가지로 지문이 없는 손도장을 어떻게 지문이랄 수 있겠소?"

주위에 있던 사람들이 까르르 웃어댔다. 얼굴을 붉혀가지고 지문을 채취하는 계원 앞을 빠져나온 홍정표는 뒤돌아서서 지금 자기에게 무안을 거침없이 퍼붓던 계원 앞으로 가는 아내를 바라보았다. 아내가 그 계원에게 다가서며 새까만 잉크칠갑이 되어 있는 손을 내밀고 있었다.

그 계원은 냉큼 아내의 손을 잡고 지문을 채취하기 시작했다. 그러던 그 계원은 일손을 멈추고 아내의 지문이 찍힌 곳을 들여다보며,

"어허, 이 아주머니도 새까만 먹통이군!"

하고 한심스럽단 투로 소리쳤다. 지문이 전혀 나타나지 않는다는 뜻이었다. 홍정표는 더 이상 그 자리에 서서 그런 광경을 바라보고 있을 수가 없었다.

"아주머니도 한 일 주일 푹 쉬고서 지문이 새로 자라나면 그때 다시 오시오."

"선생님, 우리는 그날 벌어 그날 먹어야 하는 사람이에요. 그런데 이 손도장 때문에 쉬란 말예요?"

비실비실 그 자리를 피해 달아나다시피 하는 홍정표의 귀에 풀 죽은 아내의 소리가 들려왔다.

그에게는 그 소리가 마치 무슨 고함소리처럼 느껴지기만 했다.

맥이 풀려 집으로 돌아온 홍정표 내외는 나들이옷을 벗어놓을 염도 않고 언제까지나 그렇게 넋을 잃은 사람처럼 벽을 지고 앉아만 있었다. 손가락이 닳아빠져 지문이 나타나지 않을 정도로 일을 해야만하는 자신들의

신세가 오늘처럼 처량하게 느껴진 날도 일찍이 없었다. 그들 부부는 잔뜩 풀이 죽어 한숨만 쉴 따름이었다. 그러한 제 아버지와 어머니의 눈치 같은 건 볼 필요도 없는 두 아이가 방바닥 한가운데다 창경원에 가서 먹겠다고 준비했던 점심 보자기를 풀어놓고 앉아서, 생전 처음으로 먹어보는 김밥의 맛에 홀려 '창경원에 왜 안 데려가느냐' 던 떼부리기를 까맣게 잊고 있었다.(1976)

온천 가는 길에

한데가 아닌 것만은 분명했다. 밀폐된 공간, 먹방이었다. 전후, 좌우 그리고 상하 어디에도 두터운 칠흑의 어둠뿐이었다. 아무런 근거도 없으나 나는 지금 내가 있는 곳이 감옥, 감옥 중에서도 독방이라는 생각을 떨쳐 버릴 수가 없었다. 여태까지 감옥 근처에도 가본 일이 없지만 왜 그런 생각을 지워 버릴 수 없는지 모를 일이었다. 나는 의자로 짐작되는 데에 앉아 있다. 손발을 놀려 보았다. 자유스럽게 움직일 수 있다. 일어서 보려 했다. 뜻대로 되지 않았다. 내 상체가 의자라고 짐작되는 것에 묶여져 있다는 것을 알 수 있었다. 빛 한 오리 스며들지 않는 먹방, 나는 감옥에 갇힌 것이 틀림없다고 생각했다.

'여보세요! 여보세요!'

나는 분명 크게 외친다고 외쳐댔으나 그것은 소리가 되어 나오지 않았다.

"자네는 갇혀 있는 게 아닐세."

소리로 되지 않는 내 말, 생각을 알아듣는 사람이 있는 모양이었다. 그가 내 목을 틀어막았다는 생각이었다.

"이 사람아, 목을 틀어막으면 어떻게 숨을 쉬나?"

괴기한 웃음이 말 끝에 매달렸다. 확실히 내 생각을 정확하게 알아듣는 누군가가 있었다.

'그런데 어째 내 말에 소리가 나질 않습니까?'

내가 물었다. 역시 소리 없는 말이었다. 나는 계속해 질문을 만들었다. 이곳이 어디며 도대체 내가 왜 이런 먹방에 갇혀 의자에 묶여 있어야만 하는지를.

"그런 궁금증들은 차츰 풀리게 되니까 성급하게 굴지 않는 게 좋아. 그리고 말을 하려고 애쓸 필요가 없네. 나는 자네 생각을 하나도 빠뜨리지 않고 알아들을 수 있는 능력을 지니고 있으니까. 말을 하려고 들면 자넨 그만치 힘을 잃는 거야. 사람 몸에서 힘이 몽땅 빠지면 어떻게 되겠나? 자넨 힘을 아껴야 해. 그래야만 살 수가 있거든."

'당신은 귀신입니까, 뭡니까?'

그는 소름 끼치게 하는 웃음을 흘린 뒤 말했다.

"그런 생각도 들겠지. 귀신이라기보다는 신인이라는 게 더 옳겠군. '귀신 신' 자 '사람 인' 자 신인."

참으로 답답한 노릇이었다. 나는 이곳이 어디라는 것만이라도 알았으면 싶었다.

"정 그렇다면 귀띔은 해줄 수가 있지. 그러나 자네 스스로 생각해야 하네. 말하는 것보다는 훨씬 힘이 덜 빠지네만 실은 생각하는 것도 힘을 빠지게 만들지. 자넨 지금 되도록 힘을 아껴야 할 처지에 놓여 있다는 걸 명심해야 해."

나는 잠자코 신인의 다음 말을 기다렸다.

"지금부터 자네는 자네가 왜 그 자리에 있는지, 그 자리에 있기 전에 무슨 일이 있었는지 조용히 생각해 보게. 내가 허락하는 것은 그 생각이 아무리 깊어도 힘이 빠지지 않으니 그 점은 안심해도 되네."

나는 생각을 짜기 시작했다. 맨 처음에 떠오른 것은 국장 옆에 앉아 있는 내 모습이었다. 차는 내 차였지만 운전은 국장이 하고 있었다. 우리는 겨울 바다를 앞에 하고 회를 즐긴 뒤 온천욕을 하는 등 1박 2일의 연휴를 보낼 작정이었다. 그것은 국장이 세운 계획이었다. 숙박비는 물론이려니와 식비·술값·기름값까지도 몽땅 자기가 부담하겠다고 했던 것이다. 내게는 빈 몸으로 차만 몰고 나오라고 했다. 국장은 그의 모친 삼우제를 마친 이튿날, 그러니까 꼭 1주일 전에 나를 조용히 불러 그런 제안(어찌 생각하면 명령에 가까웠지만)을 했던 것인데 그것은 내가 그 장례식의 호상이 되어 헌신적으로 애쓴 것에 대한 일종의 보상이었다. 나는 그 제안을 극구 사양했다. 나를 두고 몇몇 사람은 국장의 충복이라고, 더 심하게는 충견이라고까지 쑥덕댄다는 것을 알고 있었기 때문이었다. 그러나 나의 사양은 으레 한번 해보는 그런 사양으로 끝나고 말았다. 그는 나의 직속 상관이었으며 무슨 일이든 일단 계획을 세웠으면 끝까지 밀어 붙여 관철시키고야 마는 성격이었다.

서울을 빠져 나온 우리는 첫번째로 나타난 주유소에서 급유를 하게 되었다. 차에 기름을 채울 때마다 나는 묘하게도 요의를 느끼게 되는데 그날도 예외가 아니어서 화장실에 다녀와 보니 국장이 운전대를 잡고 있는 것이었다. 안전 벨트까지 매고서. 내가 깜짝 놀라 말했다.

"국장님께서 운전하시면 제가 송구스러워서 편칠 않습니다. 제가 몰겠습니다."

"온천하고 회 먹으러 가자기에 따라갔더니 기사 노릇만 직사하게 시키더라고 욕하려고?"

"국장님도 원, 별말씀을…… 어서 벨트 푸십시오."

"아냐. 내가 좋아서 하는 일이야. 난 이상하게도 내 차만 몰다가 남의 차 몰면 새로운 맛이 나더라고. 마치 마누라가 아닌 딴 여자를 즐기는 기분이라고나 할까, 자넨 안 그렇던가?"

어쩔 수 없어 내가 운전석 옆에 오르자 국장은 액셀러레이터를 밟으며 큰 소리로 웃어댔다. 왠지 그 웃음 속에 '자네 마누라와 즐기는 기분이야'라는 뜻이 들어 있는 것같이 느껴져 기분이 상했으므로 나는 따라 웃을 수가 없었다. 그가 술좌석 같은 데에서 곧잘 내 아내를 입에 올리곤 했기 때문일 것이다. 그는 내 아내가 보기 드문 미인이라고 추켜세우고는 으레 성적 매력이 그만이라는 등 듣기 거북한 말을 덧붙이곤 했었다. 아니나 다를까, 그는 웃음 끝에 또 내 아내를 입에 올렸다.

"자네도 수고했지만 자네 부인께서도 이번에 여간 수고가 많지 않았어. 자네 부인은 언제 봐도 미인이더군. 그렇게 부인이 미인이니까 딴 여자는 눈에 뵈지도 않나 보지?"

"미인은 무슨, 겨우 박색을 면한 얼굴을 ……."

"그럼 자네도 딴 여자 생각을 한단 말이야?"

"…….."

"난 이렇게 집을 떠나면 여자 생각이 더욱 간절해지더라고. 그래서 ……."

내가 급히 국장의 말을 잘랐다.

"사모님을 모시고 오실걸요."

"아니, 이 사람아, 식사 초대받아 가는 사람이 도시락 싸들고 가는 거 봤나?"

"국장님도 참, 누가 들으면 외도 파티에라도 초대받아 가는 줄로 알겠습니다."

"초대받은 외도는 아니지만 도처에 홀미끈한 아가씨들이 널려 있는데 그냥 올 수야 없잖은가. 명분 있는 외박이겠다, 이런 기횔 왜 놓쳐? 안 그래?"

"제가라도 사모님을 모시고 오는 건데 잘못했습니다."

"이 사람아, 아직 사십구재도 안 지냈네. 남의 눈도 있잖나. 사십구재도 지나지 않았는데 부부 동반 여행이나 다닌다고 ……. 자네, 날 매장시킬 일이 있나?"

나는 국장의 옆얼굴을 훔쳐보았다. 그러면서 속으로 '자기 말마따나 탈상은커녕 사십구재도 넘기지 않은 상제가 이거 원' 했다. 그의 걸쭉한 얘기는 끊일 줄을 몰랐다.

"떡 본 김에 제사지내더라고 자네나 나나 이왕에 허가받은 외박이니 이번엔 싱싱한 계집 좀 품어 보자고. 계집값까지 다 계산에 넣은 여행이니까 마단 말은 절대로 하지 말라고. 내가 회를 사겠다고 한 그 말엔 두 가지 뜻이 다 들어 있었던 거야."

"예?"

"허어, 이 사람 참. 생선회도 먹고 숨쉬는 육회도 즐기잔 얘기야."

내가 '국장님은 상제십니다' 하는 눈길로 쳐다보았으나 그의 입은 솜체로 닫힐 기미가 아니었다.

"이 세상에 자네 같은 사람만 있다면 몸 파는 여자들은 다 굶어죽네, 이 사람아!"

나는 '그럼 이 세상에 국장님 같은 사람만 있으면요?' 하려다 그냥 웃음으로 대신했다.

"자네도 내 나이가 돼보게. 사람 사는 재미가 뭔가?"

"국장님, 차관 영전설이 있던데요?"

"내 차라고 국장역이 종착역일 순 없잖은가?"

"그야 물론이죠."

"인사 문제는 미리 발설하는 게 아니지만 거의 확정적이니까 얘긴데 곧…… 장·차관이면 심심찮게 신문에도 이름이랑 사진이 실리고 텔레비전에도 나오게 되잖나. 그땐 오입질을 하고 싶어도 못한다고. 애들 말마따나 쪽팔리는 일이지. 안 그래?"

어느결에 화제는 또 원점으로 돌아가 있었다.

"장·차관이 되시면 그간 외도가 문젭니까? 영전설이 뜬소문이 아니라니 전 정말 기쁩니다. 축하드립니다."

"아직 축하받긴 이르네. 자네니까 털어놓은 얘기니 당분간은 자네만 알고 있게."

"여부가 있습니까, 걱정 마십시오."

"그건 그렇고, 계집을 고를 땐……."

"국장님, 잠깐만요."

나는 국장의 얘기를 서둘러 끊고 준비해 온 카세트 테이프를 찾아 끼우고 버튼을 눌렀다. 쇼팽의 피아노 소나타 제3번이 흐르기 시작했다. 이 〈장송(葬送) 행진곡〉은 음악 애호가인 친구가 골라 준 것이었다. 내가 국장과 여행을 하게 된 얘기를 하며 그 여행 분위기에 맞는 곡을 부탁했던 것이다. 그는 '시정과 함께 피아니스틱한 아름다움이 전곡을 일관하고 있으며 쇼팽이 부친의 사망 소식을 듣고 충격을 받아 병상에 누워야만 했는데 폴란드에서 달려온 누이와 14년만에 재회한 뒤부터 기운을 되찾아 쓴 곡'이라고 설명했다. 그리고 그가 덧붙이기를 '육친을 잃은 슬픔을 지닌 이에게 도움이 될 것'이라고 했다.

"이게 뭐야?"

"쇼팽입니다."

"자네한테는 쇼팽인지 모르나 나한테는 소음일세."

나는 친구의 '자네 같은 부하를 둔 상사는 행복하겠네. 역시 자네 아부는 격이 있어'라는 말을 떠올리며 쓴웃음을 흘렸다.

"나한텐 쇼팽이 아니라 소음이라니까."

"예, 알겠습니다."

나는 피아노의 선율을 지워버리고 말했다.

"저 잠깐 눈 좀 붙여도 되겠습니까? 그러고 나서 제가 몰겠습니다. 실은 어젯밤에 잠을 못 잤거든요."

"왜, 겨우 일박인데도 그걸 못참겠다던가? 그래서 부인에게 봉사를 하느라고……."

"국장님도 참."

"현명한 부인이야. 낭군께서 딴맘먹지 못하게 예방을 했으니. 딴맘을 먹기는커녕 이렇게 계집 얘기조차도 들리잖게끔 만들어 놨으니 그런 현처가 또 어딨나?"

나는 '참으로 집요하구나!' 하고 감탄하며 말했다.

"맘대로 생각하십시오. 뭐라고 놀리시너라도 전 눈 좀 붙여야겠습니다."

나는 눈을 감았다. 청하는 잠은 오지 않고 국(局) 내외에 무성한 국장의 칭찬들만이 귀를 어지럽혔다. 그 무수한 칭찬들은 금욕(禁慾)과 양질(良質), 두 단어로 압축되어 그의 직함을 수식하고 있지만 그 금욕 국장·양질 국장을 더러는 금욕(金慾)·양질 국장(兩質局長)이라 빈정댔고 내게까지 충복·충견의 오명을 뒤집어씌웠다. 그런데 국장은 오늘 계속해 자신의 이중성을 드러내고 있으며 그것은 내게 양질(良質)과 양질(兩質) 사이에서 갈등을 겪게 만들었다. 그러나 결국 나는 마음속으로 세차게 도리질을 했다. 30대에 홀몸이 돼 온갖 고생을 다하며 자식들을 길러낸 어머니를 잃고 허탈한 가슴이 되어 저토록 아무렇게나 지껄여대는 것이라고 그렇게 이해하기로 했다. 그러나 '맛 좋은 횟감' 고르는 방법에 대한 설명은 사양하기로 했다. 상행선을 질주하며 씨융씨융 내질러대는 차량들의 소음에만 귀를 모았다. 얼마 동안 그러고 있자니 졸음이 오기 시작했다. 나는 어깨에서 힘을 빼어 늘어뜨리고 무릎에서도 힘을 빼 다리를 뻗었다. 나의 생각은 더 이상 펼쳐지지 않았다. 그 뒤, 곧 잠에 빠진 모양이었다. 아니, 여태까지 더듬어 본 것은 실제로 있었던 일이 아니라 꿈이 아닌가 싶기도 했다.

"천만에, 꿈이 아닐세."

'그럼 운전했던 분은 지금 어디 있습니까?'

내 질문은 역시 소리가 되어 나오지 않았다. 이번에는 신인의 대답도 없었다. 나는 국장이 나와 가까운 곳에 있는데도 이 칠흑의 어둠 때문에 서로 모르고 있는지도 모른다 싶어 '국장님!' 하고 고함쳐 보았다.

바로 그때였다. 그 소리 없는 고함에 대한 응답이기라도 한 듯 까마득히 먼 앞에서 콩알만한 무엇이 번쩍 빛을 냈다. 강한 형광(螢光) 물체였다. 그런데 그것은 빠른 속도로 몸집을 부풀리면서 내게로 다가오고 있었다. 탁구공만하게, 정구공만하게, 축구공만하게…… 그것은 매우 빠른 속도로 부풀으며 내게서 한 5미터쯤으로 짐작되는 허공에 매달린 듯이 멎었을 때는 지름이 1미터도 넘는 대형 형광구가 되어 있었다. 그런데 전혀 이해되지 않는 것은 그처럼 커다란 공을 이루고 있는 빛이 주변의 어둠을 조금도 몰아내지 못하고 있다는 점이었다.

　그 이상한 형광구가 엄청난 속도로 자전(自轉)하고 있다는 것을 나는 느낌으로 알 수 있었다. 마치 가로 지름대에 꿰어 있는 것처럼 아래에서 위로 회전하는 것 같았다. 나의 그런 느낌이 틀리지 않았다는 것은 회전 속도가 점차로 떨어지면서 확인되었다. 마치 선풍기의 프로펠러가 정지 직전에 자신의 형체를 판별할 수 있게끔 드러내 보일 때의 속도처럼 형광구의 회전 속도가 급격히 떨어졌으며 그 일정한 회전 속도는 계속 유지되었다. 잠시 뒤, 엷은 구름이 달을 스치고 지나가듯 형광구에 얼룩이 어리기 시작하더니 그것은 인화액 속에 든 감광지에 상이 잡히듯 이윽고 또렷한 풍경으로 바뀌었다. 한눈에 보아도 빈동(貧洞)임에는 틀림없으나 서울 냄새는 풍기지 않았다. 읍 단위 시골의 한 변두리 동네로 짐작되었다.

　"자네 짐작이 맞네."

　'저 동네와 내가 무슨 관계라도 있습니까?'

　신인이 대답을 주지 않아 나는 슬며시 무안해졌으므로 구형의 화면에서 해답을 찾기로 했다.

　동네를 관통하는 골목이 클로즈업 된다. 승용차들이 간신히 비켜갈 수 있는 정도의 너비다. 그 골목으로 눈에 익은 승용차 한 대가 천천히 구르고 있다.

　'아, 국장님 차잖아?'

　나는 반가워 소리쳤다.

　승용차의 뒷부분이 화면의 중앙에 비쳐진다. 번호판이 보인다. 틀림없는 국장의 차다. 국장의 차는 서행으로 골목을 5백미터쯤 뚫고 나가다가 멈춰 선다. 그리고 차의 앞문이 양쪽에서 열린다. 오른쪽에서는 과일 바구니를 든 국장의 부인이 내리고 왼쪽에서는 국장이 내린다. 차의 문들이 양쪽에서 쾅쾅, 거의 동시에 닫힌다. 부인이 차 앞쪽을 돌아 열쇠 고리를 오른쪽 검지에 걸고 뱅뱅 돌리고 있는 국장에게로 다가선다.

"당신 내가 시킨 대로 해야 돼. 알았지?"

국장이 다가선 부인에게 말하나 그녀는 대답이 없다. 얼굴에도 별다른 반응이 나타나지 않는다.

"엉뚱한 말을 한다든지 하면 절대로 안돼. 내가 시킨 대로만 하면 만사 오케이야. 알았지?"

"알았다고요."

"그럼 가자고."

국장과 그의 부인이 어깨를 나란히 하고 차 앞쪽의 샛골목으로 접어든다. 그들의 걸음이 멈춘 곳은 그 샛골목의 오른쪽 세번째 집 앞이다. 오른쪽 문설주에 혹처럼 붙어 있는 벨을 누른 것은 국장이다. 벨 위에 붙어 있는 문패의 이름은 국장과 성씨가 같고 돌림자가 같다.

"형님이 끝까지 고집을 부리면 큰일이야."

"이 세상에 당신 고집을 꺾는 사람도 있어요?"

국장과 부인이 나직한 소리로 말을 나눈다. 곧 이어 빗장 벗기는 소리가 나고 대문(실은 쪽문이라고 해야 옳다)이 열리며 환갑 나이로 뵈는 여인의 모습이 나타난다. 나이 차이도 차이려니와 입성을 비롯한 차림 차림이 국장의 부인과는 천양지판이다. 가난에 전 모습이다.

"아이고, 서방님!"

여인이 오른손으로는 국장의 손을 잡고 왼손으로는 부인의 손을 잡으며 대문 안으로 끌어들인다. 웃음으로 깊게 파인 주름 탓에 금세 나이가 한서너 살쯤 더 들어 보인다.

"형수님, 고생이 많으셨지요?"

"자주 찾아뵙지도 못하고, 죄송합니다."

국장과 그 부인이 한마디씩 한다.

"고생은 뭔 고생. 서울살이에 어떻게 자주…… 언제 떠났는데 이렇게 일찍 닿았어요?"

"어젯밤, 전화 받고 나니 영 잠이 와야죠. 그래 날이 밝자마자 서둘러 떠났지요."

"아이고 딱하지. 빈 속에 그 먼 길을……."

여인이 연신 혀를 차대며 곧 밥을 안치겠다고 한다.

"아침은 휴게소에서 먹었어요. 걱정 마세요."

"사먹는 밥이 오죽하려구."

아침을 사먹었다는 부인의 말에도 여인 얼굴에서는 걱정이 풀리지 않는다.

"형수님, 저희들 걱정은 마십시오. 어머님은 어떠세요?"

"어젯밤보담은 좀 차도가 있으시지만 그래도 어디 맘을 놓을 수가 있어야지. 그건 그렇고, 그럼 점심이나 빨리 해야겠구먼."

여인의 얘기가 끝남과 동시에 화면이 사라지고 형광구의 회전 속도가 빨라졌다. 내가 '국장님 모친께서 살아 계실 때로군' 이라고 속말을 하자 신인이 그렇다고 대답했다.

'국장님의 어떤 형님 댁이죠?'

"맏형네 집이지."

신인이 내 궁금증을 풀어 주었다.

나는 국장과 닮은 얼굴을 기억해 낼 수 있었다. 국장의 좁은 이마에 비하면 시원하달 정도로 넓은 이마긴 했으나 다른 데는 누구라도 '씨도둑은 못한다' 는 속담부터 떠올리게끔 닮아 있었다.

'상제가 그것도 맏상제가 술주정을 하다니…… 그것도 이틀밤이나 꼬박 새운 호상한테. 나 원, 기가 막혀서!'

나는 국장 모친 장례 때 그에게 받은 술주정을 생각하며 속으로 한마디 했다.

"그때 그 사람은 그 사람대로 자네에게 서운했던 거야. 술은 좀 했었지만 주정이 아니었네."

'아니 그게 주정이 아님 뭡니까? 주정받은 건 바로 납니다. 도대체 신인이 뭡니까? 어디 그 모습이나 한번 봅시다!'

나는 나도 모르게 외쳐댔다. 그렇게 외쳐댔는데도 그것이 외침이 되지 않아 나는 더욱더 화가 치밀었다.

"다시 한번 말하겠네. 자네는 지금 자네 체내에 있는 힘을 조금이라도 아껴야만 할 처지야. 이 암흑 속에서 헤어나려면 힘이 필요하니까. 그런데 쓸데없이 힘을 낭비하면 무슨 힘으로 이곳에서 빠져 나갈 수가 있겠는가?'

'……'

"이곳의 일 초는 자네가 가진 시계로 하루가 될 수도 있고 그보다 훨씬 더 길 수도 있네. 무슨 얘기냐 하면 저 화면을 통해 여러 가지 잡다한 장면을 다 보게 될 것인데 그걸 자네 시계로 따진다면 엄청난 시간이 되지. 그러나 이곳 시계로는 불과 몇 초, 길어야 몇 분이란 얘기야. 그러니까 조금도 조급하게 생각하지 말고 특히 흥분하지 말게. 모쪼록 내 말 명심하게나."

나는 신인의 말을 거역할 생각이 없었다. 그만치 그 말에 위엄이 서려 있었던 때문이었다.

형광구가 다시 화면으로 바뀌었다.

국장 가족들은 병석에 누운 노모를 가운데 두고 빙 둘러앉아 있다. 국장

내외가 병석의 왼쪽에, 그 맏형 내외는 오른쪽에 자리하여 마주보고 있으며 남편들과 동행하지 못한 두 딸은 발치에서 무릎을 세우고 앉아 있다.

"만약 둘째 형님이 오셨더라면 제 의견에 찬성하셨을 겁니다."

"걔는 네 의견이 아니라 내 의견에 찬성했을 거야."

국장과 그의 형은 계속해 입씨름을 벌인다.

"글쎄 이 비좁은 집에서 어떻게 큰일을 치르시겠다고 고집을 부리시는 겁니까? 더구나 요즘 같은 겨울철에!"

국장의 언성이 높아지자 그의 형도 언성을 높인다.

"이가 없으면 잇몸으로 산다는 얘기도 있다. 비좁으면 비좁은 대로, 일을 당하면 다 치르게 마련이야. 그러니 어머님을 모셔갈 생각일랑 말란 말이다."

"이가 없으면 물론 잇몸으로도 살 수야 있지요. 그러나 이가 있는데 왜 잇몸으로 삽니까? 형님이 뭐라 하셔도 전 이왕 내려 온 김에 꼭 어머님을 모시고 가겠습니다."

"거 말도 안 되는 소리 그만해. 성한 사람에게도 차 타는 일이 여간 피곤한 일이 아닌데 공연히 길에서 일을 당하려고 그러냐? 네가 잘 몰라서 그렇지, 어머님이 지금 어떤 상탠지 알고나 하는 소리냐?"

"알지요. 상태가 아주 안 좋으시니까 그래서 한시라도 빨리 서울로 모시고 가겠다는 겁니다."

"글쎄 안 된대도!"

"찰 곱게 몰면 괜찮습니다."

"어머님 계신 데에서 왈가왈부하는 것도 죄스런 노릇이니 네 얘기는 없었던 걸로 하고 이제 다른 얘기나 하자꾸나."

"딴 방으로 옮겨 매듭을 지어야죠."

국장이 맏형의 옷소매를 잡으며 일어선다.

"개미 쳇바퀴 도는 꼴이지. 뭔 얘길 더 하자는 게냐?"

"형님 뜻을 따르든, 제 의견을 좇든 일단 나온 얘기니 결정을 봐야잖습니까?"

국장이 맏형에게 얘기하고 나서 형수 쪽으로 얼굴을 돌리더니 다시 입을 연다.

"형수님, 귀찮으시겠지만 저 방에다 찻상 좀 봐주시겠습니까?"

화면이 형광구로 바뀌었다가 살아나자 국장 가족들의 모습이 보였다.

병석의 노모를 제외한 조금 전의 가족들이 찻상을 가운데로 하고 꽃잎처럼 다닥다닥 붙어 앉아 있다.

"어머님 앞이라 까놓고 얘길 못했다만 지금 어머님께선 어떤 상태냐 하면 언제 어떻게 될지 모르는 그런 상태야. 보면 모르겠니?"

맏형이 얘기를 끝내고 찻종을 들어 입술에 붙이며 국장의 얼굴을 살핀다.

"왜 모르겠습니까. 저도 눈이 있는데……."

"그렇다면?"

"그러니까 더욱 서두는 겁니다. 이 비좁은 집에서 일을 당하기 전에 …… 돌아가실 때라도 좀 편안하게 돌아가시게 해드리고 싶은 겁니다."

국장의 말을 받아 부인이 맞장구를 친다.

"만약 형님 댁에서 큰일을 치른다고 해보세요. 장정 네댓 명만 들어앉아도 꽉 찰 텐데 어떻게 그 많은 손님을 받겠어요? 더구나 날씨라도 추워 보세요. 아까도 잠깐 얘기가 나왔지만 이 양반 손님이 오죽 많아요? 아무리 적게 잡아도 삼백이 넘는다고요. 대충 계산해 봤더니만 오백에서 육백 사이더라고요. 그런데 그 손님들을 교통도 불편한 이 촌구석까지 내려오게 할 수가 없잖아요. 부엌일만 해도 그렇지, 형님네 부엌에서 어떻게 음식을 장만하고 상을 차리고 설거지를 하고 합니까? 아까 찻상 차릴 때도 좀 도와드릴려고 했더니만 들어설 자리가 없더라고요. 그런 판인데……."

국장이 부인의 말끝을 급히 채뜨린다.

"우리 주방이야 운동장이지요. 게다가 누님 두 분도 서울 가까운 데에 사시니까 제 집에서 큰일 치르는 게 편하시고요. 안 그래요?"

국장이 두 누님을 번차례로 바라보며 동의를 구했으나 그녀들은 얼굴에 난처한 빛만 나타낼 뿐 말이 없다.

"제수씨, 우리 입장도 생각하셔야지요. 남들이 뭐라겠어요? 오늘 낼, 오늘 낼 하는 노친네를 아우에게 떠넘겼다고 욕들을 하잖겠습니까?"

"그동안 아주버님이랑 형님께서 그 어려운 병수발을 도맡아 해오셨으니 이제부터라도, 얼마를 사실 줄은 모르나 사시는 동안만이라도 저희가 모시겠다는 거지요."

여태까지 잠자코 있던 형수가 입을 연다.

"형제간에 부모 모시는 일을 서로 떠넘기는 요즘 세상에 자네 말만 들어도 고맙지만……."

"말만이 아니라 오늘 모시고 가겠다고요. 저희는 내려올 때 이미 그렇게 작정을 하고 왔어요."

"내 말은 그렇게 되면 욕을 먹는 건 우리보다 동서네란 얘기야. 남 말하기 좋아하는 입들이 뭐라겠어? 모실려면 진작 모실 일이지 다 돌아가시게 되니까……."

국장이 형수의 말을 자른다.

"다 돌아가시게 되니까 며칠 모시고는 생색내고 효자 소리 들으려고 했다고 욕들을 한단 말씀이지요? 남들이야 뭐라든 무슨 상관입니까? 사실 전

단 며칠만이라도, 어머님 살아 계실 때 효도 한번 해보고 싶은 겁니다. 남의 입이 무서워 효돌 못한단 말입니까? 형수님도 참⋯⋯."

맏형이 대신 나선다.

"그게 효도냐? 효돈 계시던 데에서 편하게 돌아가시게끔 가만 놔두는 게 효도야."

형수가 덧붙인다.

"의사 선생님도 그랬어요. 오래 사셔야 앞으로 보름 안팎이라고, 그래 그런 분을 지금 서울로 모시고 가겠다니⋯⋯."

맏형이 다시 받는다.

"네 말대로 서울로 모시고 간다고 치자. 돌아가시면 어차피 되모시고 내려와야잖니."

"물론 되모시고 와야죠. 선산이 여기 있으니까. 그게 뭐 힘드는 일입니까? 사실 우리 선산이 여기 있지만 이곳이 타향이나 뭐가 다릅니까? 형님이 사업에 실패하셔서 선산이 있는 이곳으로 내려오셨지만 형님에게도 여기가 타향이나 마찬가지 아닙니까?"

"왜 내 사업 얘기가 나오니? 그래 좋다. 우리 애긴 백날 해봐도 그 얘기가 그 얘기니까 쟤들 얘기 좀 들어 보자꾸나, 쟤들이라고 무슨 수가 있겠냐만⋯⋯ 늬들 생각도 좀 말해 봐."

맏형의 눈길이 두 누이동생의 얼굴을 번차례로 쓸어댄다.

새 같은 눈으로 오빠를 바라보며 큰딸이 먼저 입을 연다.

"우리야 어디 말할 처지가 되나요?"

"출가외인이라 유구무언이다, 그 말이냐?"

"그것도 그렇지만 여태 한번도 딸 노릇을 하지 못한 제가 이제 와서 무슨⋯⋯."

큰딸이 코맹맹이가 되어 말끝을 맺지 못하자 작은딸이 그 말을 잇는다.

"저도 언니랑 같은 생각인데요…… 전 큰오빠 말씀이 옳은 것도 같고 막내오빠 얘기에도 일리가 있는 것 같고…… 전요, 엄마가 너무너무 고생을 하셔서…… 긴 병에 효자 없다는 말이 있지만 큰오빠랑 큰올케 언닐 보면 그 말도 다 헛말이라는 생각이 들어요. 그래서 효자·효부한테 계시다 임종하시는 것도 좋다고 생각해요."

국장과 부인의 키운 눈이 그녀의 얼굴로 쏠린다.

"네 말대로 우리가 효자·효부는 못되지만 그래도 어머님께선 우리한테 계시다가 임종하시는 게 좋겠지?"

"하지만 오빠, 엄마가 우리 땜에 평생 고생하신 걸 생각하면 돌아가신 뒤에라도 좀 호강하셨으면 싶기도 해요. 막내오빤 그래도 국장님이시니깐 문상객이 한 사람이라도 더 올 테고 조화가 들어와도 더 들어올 테고……. 전 어떻게 하는 게 더 좋은지 모르겠네요."

환해졌던 맏형 내외의 얼굴에 그늘이 지는 것과는 반대로 국장 내외의 얼굴에는 희색이 감돌았다.

그때 갑자기 화면이 사라지며 형광구가 쾌속으로 회전했다. 그러나 이내 형광구는 다시 화면으로 바뀌었다. 고속 도로를 달리는 국장의 승용차와 도로 양쪽에 펼쳐지는 황량한 들판 그리고 듬성듬성 눈으로 얼룩진 야산이 화면을 채우고 있었다.

'모친을 모셨다면 저렇게 달릴 리가 없는데 결국은 그 고집도 꺾이고 말았군 그래' 하고 내가 생각했다.

"천만의 말씀."

'그럼 모친을 모시고 간단 말입니까?'

"물론이지."

신인의 얘기가 끝나길 기다렸다는 듯이 화면에 국장의 모습이 비쳤다.

"졸지 좀 마. 당신이 꾸벅꾸벅 졸아대니까 나까지 졸리잖아."

국장이 운전대를 잡은 채 오른쪽 팔꿈치로 부인의 왼쪽 가슴을 툭 치며 말한다.

"어머! 휴게손 지났어요?"

"조금만 더 감 돼."

"그럼 커피 좀 마시고 가요."

"물론이지. 당신 벨트를 풀고 어머님 좀 잘 살펴봐."

"곧 휴게소라면서요?"

"그럴까, 그럼 휴게소에서 살펴보도록 하자고."

화면이 아주 잠깐 끊겼다가 되살아났다.

국장과 부인이 휴게소 식당 앞에 서 있다.

"졸립다면서 식살 하면 식곤증 때문에 더 졸릴 거 아녜요?"

"형님하고 입씨름을 한 게 무려 다섯 시간이라고. 입씨름을 하느라고 점심도 제대로 못 먹었단 말야."

"그래도 그렇지, 좀 참아요. 커피나 마시고요."

"어떡할까?"

"식산 서울 가서 해요."

"집에 가서?"

"누가 집에 가서 하쟀어요."

"그럼?"

"당신 침이 마르도록 자랑해쌌는 그 집 있잖아요. 마장동에."

"아, 암소 갈비집! 그래, 그게 좋겠군."

국장과 부인은 식당 앞에서 발을 돌려 커피숍으로 향한다.

차 탁자를 사이에 두고 마주앉은 그들은 느긋하게 커피를 즐긴다.

"아무리 생각해 봐도 어머님을 모시고 온 건 백번 잘한 일이야. 암, 잘한 일이고말고."

국장이 담배 연기를 길게 내뿜는다.

"난 자꾸만 겁이 나요. 잘못되면 어쩌나 싶기도 하고요."

"잘못될 일이 뭐가 있어. 어차피 돌아가실 분인데, 만약 형님 댁에서 돌아가서 보라고. 그러면……."

"이제 그 얘긴 그만하세요. 귀에 딱쟁이가 지겠다고요. 그리고 당신은 어머님께서 곧 돌아가실 경우만 생각하고 계신데 그렇지 않을 경우도 있잖아요! 그럴 경우, 당신이 모든 걸 다 책임지는 거죠?"

"글쎄 그런 쓸데없는 걱정은 하지 말랬잖아. 나야말로 당신의 그런 걱정 때문에 귀에 못이 박히겠다고. 자아, 그런 쓸데없는 걱정으로 공연히 아까운 시간 낭비하지 말고 어서 가자고."

국장이 담배를 재떨이에 눌러 끄면서 자리에서 일어선다.

바뀐 화면에 새로 비친 장면은 식탁 양쪽에 마주앉은 국장과 부인의 모습이다. 그들의 식탁은 빈 석쇠와 빈 그릇 그리고 수북하게 쌓인 갈비뼈 등으로 에넘느레했다.

"더 잡숫겠어요?"

"우리가 먹은 게 몇 인분인 줄이나 알아?"

"사 인분이지만 난 그 중에서 딱 두 대밖에 먹지 않았다고요."

"살찐다고 안 먹은 게 누군데? 갈비 뜯잔 얘긴 자기가 꺼내 놓고서……."

"내가 갈비 먹고 싶댔어요? 당신이 배고파 죽겠다니까 당신이 좋아하는 이 집엘 오쟀지요. 그러나저러나 어머님께선 괜찮으신지 모르겠네요."

부인의 말에 국장은 입에서 빼낸 이쑤시개를 아무렇게나 식탁 위로 던지며 대답한다.

"괜찮지 않으면? 정신도 못 차리는 양반이 도망이라도 갔을까봐?"

"그래도 차 안에 너무 오래 혼자 계시게 했잖아요."

"어머님이 지금 혼자 계신다고 심심한 걸 아서, 서운한 걸 느끼서? 그런 걱정은 말고 형님 댁에 전화나 좀 걸고 와."

"전환 왜요?"

"그 꼬장꼬장한 양반이 마음이 안 놓여 집에 전화라도 걸면 곤란하잖아, 아무도 없는 빈집에. 조심해 찰 모느라고 이제야 서울에 도착해서 집으로 가는 길이라고, 집에 도착하는 즉시 또 전활 하겠노라고. 계산도 좀 하고."

국장이 지갑에서 수표 한 장을 뽑아 부인에게 건넨다. 그리고는 화면이 지워졌다.

바뀐 화면에 잡힌 장면은 국장의 집 차고였다.

차에서 내린 국장이 뒷문을 열고 담요 자락을 잡아올리다가 깜짝 놀라며 놓치고 만다.

"여보!"

국장이 다급하게 부인을 부른다. 트렁크 속에서 짐을 꺼내다 말고 부인이 국장에게로 급히 다가선다.

"왜 그래요?"

"……."

국장이 대답 대신 담요 자락을 젖힌다. 해골과 다를 것이 없는 노인의 창백한 얼굴이 화면 가득 확대되었다가 서서히 작아진다. 국장의 손바닥이 노인의 이마에 얹힌다. 이마에서 뗀 손이 코끝으로 옮겨진다. 국장의 왼쪽 팔을 잡고 서 있는 부인의 몸이 와들와들 떨리고 있다. 마치 진동이 심한 기계 위에 올라 서 있는 꼴이다.

"도, 도, 돌아가셨지요?"

"돌아가셨어."

국장이 한풀 꺾인 목소리로 대답한다.

"아이, 무서워."

"쉿! 아직 돌아가시지 않은 거야."

국장이 오른쪽 검지를 세워 입에 붙여 中자를 만들어 보인다.

"무슨 소리예요? 돌아가셨댔잖아요!"

"돌아가셨지만 아직은 돌아가시지 않은 거야."

"아니, 이이가! 도대체 뭔 소리예요?"

부인의 얼굴에 짜증이 가득 인다.

"내 얘긴 오늘 돌아가신 걸로 하면 안 된다는 얘기야."

"그럼 언제 돌아가신 걸로 해요?"

"지금 그걸 생각하는 중이야. 여기서 이럴 게 아니라 들어가서 차근차근 따져 보자고."

국장이 부인의 외투 소매를 잡아 끌며 정원으로 통하는 문을 빠져 나간다. 그들은 정원을 가로질러 현관 앞에 이른다. 핸드백에서 꺼낸 열쇠로 현관문을 따고 있는 부인에게 국장이 묻는다.

"애들은 지금 용평 스키장에 가 있는 게 확실하지?"

"즈 외삼촌이 오늘 데리고 갔냈어요. 왜요? 애들을 불러들일려고요?"

부인이 현관으로 들어서며 반문한다.

"불러들이긴! 오늘 밤에라도 돌아오면 어쩌나 싶어 물어 본 거야. 이천 댁은?"

"아침에 당신도 들었잖아요. 친정 조카 결혼식이 낼이라 낼 밤에나 돌아올 수 있다고 하잖았어요."

"맞아. 내가 깜빡했어. 그러고 보니 미리 알고 짠 일처럼 일이 척척 잘 맞아떨어지는군."

"일이 척척 잘 맞아떨어지다뇨? 지금 돌아가신 어머님이 차 안에 계신데……. 당신은 참 속두 편하우."

"편하잖으면? 어머님은 사실 만치 사신 거야. 인생 칠십 고래희라 했는데 그 칠십에서 자그마치 십 년이나 더 사셨어. 자식으로서 할 얘기는 아니지만 호상이야."

"그러나저러나 언제 어디서 숨을 거두셨을까요? 마장동에서도 괜찮으셨는데."

"지금 그거 따질 때가 아냐. 당신 이리 와서 좀 앉아."

국장이 거실 소파에 푹 소리가 나게 앉자 부인도 그 앞자리에 따라 앉는다. 그리고는 따지듯 묻는다.

"당신 큰댁에 면목이 없어 오늘 돌아가신 걸로 하면 안 된다는 거죠?"

"그것도 그렇지만 그보다 더 큰 이유가 있어."

"그게 뭔데요?"

"오늘이 일요일인데다 지금이 몇 시냐 하면 네 시가 다 됐다고. 요즘 일요일에 집에 붙어 있는 사람이 몇이나 돼? 연락이 된대도 문상 올 사람이 몇이나 되겠냐고. 오늘 하루를 공치면 모레가 발인이니까 낼 하루밖에 조문객을 받을 수가 없잖냔 말야. 그래서 내일 새벽에 돌아가신 걸로 하잔 얘기지. 그러면 내일 모레 이틀 동안 조문객을 받을 수가 있잖아. 안 그래?"

"그럼 결국은 사일장이 되는 셈인데 사일장이 어딨어요? 오늘 돌아가신 걸로 하고 오일장으로 하는 게 낫지. 안 그래요?"

"그런데 이 사람이 왜 이렇게 말귀를 못 알아듣지? 이 딱한 사람아, 지금 내가 어떤 처지에 있는지 그걸 생각해야지. 그러잖아도 저놈이 뭔가 꼬투리 잡힐 일을 하지 않나 하고 눈들을 잔뜩 키우고 있는 판인데, 그래 내가 오일장으로 어머님을 모셔 보라고. 가정 의례준칙을 어겼네 어쨌네, 난리들을 칠 게 뻔하잖냐고."

국장이 담배를 피워 물고 계속해 입을 놀린다.

"그러니까 내 얘긴 어머님이 내일 돌아가신 걸로 하면 삼일장이 된단 말이야. 오늘 밤 열두 시만 지나면 내일인데 몇 시간 늦게 돌아가신 걸로 하면 어떠냐 이거야. 문상받는 시간이 길수록 이게 더 쌓일 게 아니냐고."

국장이 오른손 엄지와 검지 끝을 맞붙여 동그라미를 만들어 보인다.

"어머님 덕에 상납금을 만들자 이거잖아. 아침에도 어머님 모시러 갈 때 그야말로 귀에 딱쟁이가 앉도록 얘길 했건만……."

"그걸 못 알아들어서 하는 얘기가 아니잖아요. 난 어머님이 오늘 이렇게 돌아가실 줄은 정말로 몰랐다고요."

"그러니까 당신은 잠자코 내가 하자는 대로만 해. 그러면 그게 곧 어머님과 당신이 날 차관으로 만드는 일이 되니까."

"그럼 어머님은 차 안에 그대로 모셔 놓을 거예요?"

"그럴 수야 없지. 그러잖아도 지금 내 서재에 모셔다 놓을 작정이야."

"그래도 사일장이라는 건 없는 건데……."

"사일장이 정 당신 마음에 걸리면 오일장을 삼일장으로 만드는 방법도 있어. 내일, 모레 그러니까 화요일에 돌아가신 걸로 하면 실제로는 오일장이지만 삼일장이 되는 거지."

"그럼 그렇게 해요. 외려 그게 낫겠어요. 여보."

"오일장이든 사일장이든 어머님부터 모셔다 놓고 결정을 하자고."

"아이고, 전 무서워요."

"걱정 마. 나 혼자 모셔올 테니."

"혼자서 어떻게요?"

"아까 형님 댁에서 차로 모실 때 안아 보니까 어찌나 가볍던지, 그야말로 속 빈 강정이 따로 없더라고."

국장이 자리에서 벌떡 일어섰으며 그 모습은 이내 사라졌다.

착잡한 마음으로 회전하는 형광구에다 눈길을 꽂고 있는 나에게 신인이 물었다.

"자네가 그 장례식의 호상을 맡았었으니 묻네만, 그래 며칠 장이었나?"

'삼일장이었습니다.'

"그건 바깥에 알려진 거고 실제로는 며칠 만에 장례를 치렀느냐 이 말일세."

'아까 본 대로라면 그 어른이 일요일에 돌아가셔서 수요일에 발인을 했으니까 사일장입니다.'

"이제 조금만 기다리면 자네는 자네 모습도 볼 수가 있네."

신인의 괴기 서린 웃음이 한참 이어졌고 그 웃음이 끝나자 화면이 다시 살아나기 시작했다. 처음에 화면을 채운 것은 국장의 2층 양옥이다. 그리고 정원을 비롯해 집 안 곳곳이 차례로 소개된다.

빈소로부터 비롯된 조화의 행렬이 대문 밖까지 이어져 있다. 그것은 그릇에서 넘쳐 흐른 음식물을 연상시킨다.

거실에는 석 대의 전화가 마련되어 있고 전화기 앞에는 우리 직장의 젊은이들이 붙어 앉아 있다. 그들은 부음을 전하랴, 상가의 위치며 차편, 발인 날짜와 장지 따위를 알리느라고 정신을 못차릴 지경이다.

빈소 입구의 접수 테이블을 맡은 사람들은 또 그 사람들대로 잇따라 밀려드는 조위금 봉투 때문에 진땀을 빼고 있다.

내 모습이 화면에 비치기 시작한다. 나는 연락·접수·안내 등의 일을 지시한다. 주방에서도 내 지시를 따른다.

내가 분향소에서 나온 50대의 사내와 얘기를 나누고 있다.

"보아하니 막내아들이 모친을 모셨던 모양이군요. 그렇죠?"

내가 그를 빈 자리로 안내하며 대답한다.

"예, 우리 국장님께선 삼 형제 중 막냅니다."

내가 그에게 술을 권한다.

"형님이 둘씩이나 있는데 어째서 막내가 모친을 모셨나요?"

"그만치 효심이 두터웠다는 얘기가 되겠죠. 이십 년을 넘게 모시고 살았답니다."

담배를 피우고 있는 맏상제가 내 얘기에 귀를 모으고 있다. 그러나 나는 그를 볼 수가 없다. 내 뒤에 서 있기 때문이다. 사내가 권하는 술잔을 받으며 나는 계속 얘기를 한다.

"그러면서도 아무한테도 그런 내색을 않았지요. 저희들도 이번에야 비로소 그 사실을 알게 됐습니다."

"요즘 보기 드문 효잡니다."

"요즘 뿐만 아니라 막내가 부모를 모시는 일은 옛날에도 드물었잖습니까? 우리 국장님께선 오 년도 넘게 모친의 대소변을 직접 받아내시고……"

내가 잔을 비우고 사내에게 권한다. 그리고 나서 끊었던 얘기를 잇는다.

"긴 병에 효자 없다는 말도 있지만 우리 국장님께선……"

뒤에 서서 벌레 씹은 얼굴을 하고 있던 맏상제가 내 등덜미를 움켜쥐고 일으켜 세운다. 나는 그 느닷없는 폭력에 놀라 뒤를 돌아보다가 한층 더 놀랐다. 폭력의 주역이 다른 사람도 아닌 맏상제였기 때문이다.

"아니, 왜 이러십니까?"

"야, 이놈아! 대체 네 놈이 누군데 우리 집안 사정을 그렇게 잘 알아?"

"……."

나는 영문을 몰라 호통치는 맏상제의 얼굴만 멀뚱멀뚱 쳐다보고 있다.

"너 이 녀석, 어제부터 계속 헛소리만 지껄여대는데 오늘 한번 맛 좀 볼테냐?"

"전 국장님을 모시고 있는……."

"야 이놈아! 찢어진 아가리라고 아무 얘기나 함부로 지껄여도 되는 줄 알아?"

"뭔가 오해를 하신 모양입니다."

주위에 있던 문상객들은 물론 우리 사무실에서 나온 직원들까지도 그냥 구경만 하고들 있다. 내가 뭔지 맏상제를 화나게 한 모양이라고 생각하는 표정들이다. 그제서야 비로소 국장과 둘째 상제가 빈소에서 뛰어나온다.

둘째 상제가 맏상제를 끌고 가며 말한다.

"상복 입은 처지에 왜 이러세요?"

국장은 나를 끌고 밖으로 나간다. 대문께까지 끌려 나온 내게 국장이 말한다.

"미안하네. 자네가 좀 참게. 우리 큰형님께선 상을 당하고 보니 어머님을 못 모신 죄책감이 드시는 모양이야. 그래 못하시는 술도 한잔하고 그러다 보니 엉뚱하게 자네에게 화풀이 하게 된 모양이야. 이젠 내가 어머님 병구완한 얘기 같은 건 안하는 게 좋겠네. 무슨 얘긴지 이해가 되나?"

"국장님 말씀을 듣고 나니 이해는 됩니다만……."

"술이 취하셨어. 내가 대신 빌겠네. 화를 풀게나."

"하지만 맏형님께선 뭔가 절 오해하고 계신 것 같습니다. 그 오핼 풀어

드려야만……."

국장이 난처한 얼굴로 내게 말한다.

"자네한테 뭔 오해가 있겠나. 술이 취하신 거야. 이제 오늘 밤만 지나면 발인 아닌가. 혹 우리 형님께서 자네한테 서운한 애길 하시더라도 '나는 벙어리요 귀머거리입니다' 하고 꾹 참게. 물론 나도 우리 형님에게 신경을 쓰겠네만. 제발 부탁하네."

"알겠습니다."

국장이 내 등을 툭툭 치곤 안으로 들어간다. 나는 화를 삭이지 못한 얼굴로 어둑신한 대문간에 선 채 담배를 피우고 있다. 내가 연거푸 내뿜어대는 담배 연기 탓이기라도 한 듯, 화면이 뿌옇게 변하기 시작하더니 곧 형광구로 바뀌었다.

"자네가 자네 모습을 보니 기분이 어떤가?"

'글쎄요. 한마디로 말해서 부끄럽습니다.'

"자네 모습이 계속해서 나오네."

'이제 그만 볼 수는 없습니까?'

"봐야만 하네. 그래야만 여기에서 나갈 수가 있거든."

형광구의 회전 속도가 급격하게 떨어지기 시작하더니 이윽고 화상(畵像)이 어렸다.

국장이 운전을 하고 나는 그 옆에서 잠에 빠져 있다. 그런 채로 얼마쯤 지나자 운전대를 잡은 국장이 꾸벅꾸벅 졸기 시작한다.

'국장님! 졸지 마세요!'

나는 가슴이 조여 끝내는 버럭 소리를 질렀다. 물론 밖으로 나오지 않는 소리였다.

아니나 다를까 차는 중앙 분리대를 향해 달린다. 그러나 다행하게도 중앙 분리대를 들이받기 직전에 국장은 졸음에서 깨어난다. 당황한 그가 핸들을 홱 꺾는다. 그 바람에 차체는 빗금을 긋듯이 갓길을 향해 질주한다. 이번에는 차체가 브레이크를 밟을 틈도 없이 갓길을 벗어난다. 그러고는 마치 자동차 묘기라도 연출하듯 도랑 위를 날아 밭 위로 떨어져 달리다 멎는다. 밭은 고속 도로면보다 2미터쯤 얕다. 다행하게도 가깝게 뒤따르던 차량이 없어 충돌 사고는 일어나지 않았으나 사고 현장을 목격한 뒷차들은 나몰라라 하고 쓩쓩 그냥 달린다. 그리고 그 뒤에 오는 차들은 사고가 난 것을 모르기 때문에 또 그냥 지나가 버린다. 내 승용차는 밭에 이랑처럼 긴 바퀴 자국을 파놓긴 했으나 얌전하게 주차해 놓은 듯이 정상적인 모습이다.

한 10분, 아니 20분쯤 지났을까. 차 앞문이 열리며 국장이 굼뜬 동작으로 나오고 있다. 겉으로 보기에는 전혀 상처를 입지 않은 멀쩡한 모습이다. 그는 열려 있는 운전석 쪽의 문으로 상체를 들이민다. 차 안에 있는 내 모습이 보인다. 내가 벨트에 묶인 채 죽은 닭처럼 축 늘어져 있다. 국장은 그런 나를 한동안 바라보다가 내 몸에서 벨트를 풀고 운전석 쪽으로 잡아 끈다.

'국장님! 오른쪽 문을 열고 그쪽으로 끌어내세요!'

나는 다시 소리질렀다. 내 귀에도 들리지 않는 그 목소리가 화면에 전달될 리가 없다는 것을 뒤늦게 깨닫고 나는 한숨을 쉬었다. 답답해 미칠 노릇이었다.

"이 사람아, 흥분하지 말게. 저 장면은 이미 돌이킬 수 없게 된 과거야."

신인이 내게 말했다.

'그럼 전 이미 죽은 목숨입니까?'

"아직 그렇게 말할 수는 없지."

'그렇다면 저는 살아날 수도 있다는 얘깁니까? 지금의 제 목숨은 어떤 상태입니까?

"계속 자네 모습을 지켜 보게나."

나는 신인이 시키는 대로 할 수밖에 없었다.

국장은 안간힘을 써 나를 운전석까지 끌어다 옮겨 놓는다. 그리고 벨트로 나를 묶는다. 국장이 내 오른쪽 뺨을 네댓 번 찰싹 찰싹 갈겨댄다. 그래도 나는 깨어나지 않는다.

국장이 오른쪽 다리를 끌다시피 절어대며 깊이 파인 바퀴 자국을 따라 밭을 지나고 도랑을 건너 갓길로 기어오른다. 가까스로 갓길에 올라선 국장이 양팔을 하늘로 뻗어 올리고 마구 흔들어댄다. 그러나 열 대쯤 되는 차량들이 그냥 지나치곤 한다. 그래도 그는 끈기 있게 팔을 흔들어댄다. 이윽고 봉고차가 그의 구원 요청에 응하기 위해 저만치 앞에서부터 갓길로 들어서며 속력을 줄인다. 국장이 열린 창으로 고개를 디밀다시피 하며 뭐라고 지껄여댄다. 그러나 그 소리는 질주하며 뿌려대는 차량들의 소음 때문에 들리지 않는다.

봉고차에서 세 명의 청년들이 내려와 민첩하게 밭으로 뛰어내린다. 그들은 차로 달려간다. 한 청년은 나를 벨트로부터 해방시켰고 또 다른 한 명은 내 가슴에 깊숙이 손을 꽂았다. 그가 손을 꽂은 채 크게 외친다.

"살아 있어! 심장이 뛴다구!"

"그럼 빨리 옮겨!"

두 청년의 뒤에서 나를 넘겨다보던 사내가 말한다. 두 청년이 나를 끌어내 그 사내의 등에 업히게 한다. 나를 업은 사내가 가쁜 숨을 쉬며 뛰다시피 하여 봉고차로 향한다.

내가 봉고차 뒷좌석에 눕혀진다. 봉고차 옆에 주저앉은 국장도 그들의 부축으로 운전석 옆에 올라 앉는다.

나를 업고 온 사내가 시동을 걸고 차를 전진시킨다. 나머지 두 사내는 누워 있는 나를 돌볼 수 있게끔 의자 등받이를 반대편으로 젖혀 놓곤 앉는다. 그들은 한결같이 걱정스런 표정으로 계속 나의 용태를 관찰하고 있다.

운전석의 젊은이가 국장에게 묻는다.

"어쩌다 그렇게 됐습니까?"

"글쎄 난 모르겠소. 저 친구가 운전을 했고 난 잠이 들어 있었거든요. 눈을 떠보니까 차가 밭 가운데 있는 거예요."

"다리는 좀 어떻습니까?"

"부러진 것 같지는 않고 심하게 삔 모양이오."

"뒤엣분도 심장이 뛰고 있다니 천만 다행입니다."

"기적이지요."

"사고가 난 지는 오래 됐습니까?"

"정확하게는 알 수 없지만 내가 깨어난 게 한 이십 분 전이오. 구원을 청해도 그냥들 달아납디다. 참, 세상 인심……."

'아닙니다! 그게 아닙니다!'

나는 또다시 나도 모르게 고함을 질러댔다. 그런데 여태까지와는 달리 나는 내 목소리가 목구멍을 넘어 나오는 것을 느낄 수 있었다. 비록 고함은 아니었어도 조그맣게 들리기까지 했다.

그때였다. 화상을 잃은 형광구가 내 눈앞에서 쾌속으로 회전하며 차츰차츰 멀어지고 있었다. ……축구공만하게, 테니스공만하게, 탁구공만하게, 그리고 콩알만하게 작아지더니 저 멀리 까마득한 곳으로 사라지고 말았다.

나는 신인에게 말했다.

맨 처음에 주유소에서 급유할 때의 장면을 다시 한 번 볼 수 없느냐고. 그 장면만을 녹화(錄畵)해서 내가 가질 수는 없느냐고.

"정신이 드는 모양이야. 뭐라고 웅얼거리는데 무슨 소린지 영 알아들을 수가 없어."

내게 들린 것은 분명 그 신인의 목소리가 아니었다. 마치 잠결에 듣는 옆 사람의 목소리 같았다.

"야아, 눈을 떴어! 눈을 떴다구!"

내 가슴에 손을 넣어 심장이 뛰는 것을 확인했던 바로 그 청년이 소리질렀다. 나를 묶고 있던 안전 벨트를 풀어 준 사람이 그 옆에서 활짝 웃고 있었다. 나는 고개를 들었다. 나를 업었던 청년의 뒷모습이 보였다. 그 옆에서 국장이 몸을 비틀고 앉아 나를 바라보고 있었다. (1994)

증묘(蒸猫)

*증묘(蒸猫)란 우리나라 기속(奇俗)의 하나로, 각 지방마다 그 형태가 약간씩 다르기는 하지만 대체로 도둑을 잡기 위한 범인점(犯人占)이나 애정에 관한 저주(詛呪)를 할 때 곧잘 행하여졌던 일종의 저주기속(詛呪奇俗)이다.

1

버스에서 내린 그는 골목으로 접어들었다. 거기서 2분쯤 걸으면 왼쪽으로 다시 샛골목이 나타나는데 그 골목 왼쪽 첫 집은 목욕탕이었다. 목욕탕을 끼고 골목으로 들어서면 저만큼 앞에 높다란 시멘트 벽이 '이곳은 막다른 골목입니다'라고나 하듯이 우뚝 버티고 서 있다. 이 골목을 처음 이용하는 사람이면 으레 앞을 막아 선 시멘트 벽에 속아 다시 되돌아서든지 아니면 목욕탕 앞 구멍가게 노파에게 골목이 과연 막다른 골목인지 아닌지를 확인해야만 했었다.

그러나 이제 그 노파에게 그런 질문을 하는 사람은 없어졌다. 한 달 남짓 됐을까, 골목 안에 생긴 솜틀집에서 그 벽에다 〈솜틀집←〉, 이런 간판을 붙인 때문이었다.

그는 목욕탕 골목으로 들어서서 힐끗 구멍가게 안에 웅크리고 앉아 있는 노파를 바라보며,

'남이야 밤까시로 밑을 닦건 말건!'

라고 중얼댔다. 그는 늘 그 구멍가게 앞을 지날 때마다 그렇게 중얼댔다. 그것은 한 달쯤 전부터 생긴 그의 입버릇이었다. 정확하게 말하자면 〈솜틀집←〉이란 간판이 그 담벼락에 붙고 사흘째 되는 날부터였다.

그날, 그는 구멍가게 노파와 나란히 앉아 있던 어떤 점퍼 차림의 매부리코 사나이에게 불려 세워진 일이 있었다. 그가 구멍가게 앞에 다다르자,

'여보!' 다급한 목소리와 함께 구멍가게에서 매부리코의 사나이가 퉁겨지듯 뛰어나와서 그를 불러 세웠다.

"저 말입니까?"

그는 놀라 대답을 하며 반사적으로 골목을 한 번 훑어 보았다. 그러나 골목에는 아무도 없었다. 다만 불려 세워진 자기와 자기를 불러 세운 그 매부리코 사나이뿐이었다. 그는 자기가 왜 매부리코의 사나이에게 불려 세워졌는지 영문을 몰라 다시 한 번,

"저 말입니까?"

라고 물어 보았다. 그러나 매부리코의 대답은 한없이 퉁명스러웠고 그리고 명백했다.

"지금 이 골목에 당신말고 또 누가 있어!"

사나이는 그에게 눈을 부라렸다. 어처구니 없는 노릇이긴 했지만 따지고 보면 매부리코의 그 말이 옳았다. 그래서 그는 문득 후회를 했다. 공연히 바보스럽게 큰 죄나 지은 것처럼 '저 말입니까?' 하고 빌빌거렸다는 후회였다.

그것도 한 번으로 모자라서 두 번씩이나 되풀이했으니 말이다. 그는 후회했다. 무슨 용건으로 자기를 불러 세웠는지는 몰라도 '당신 말고 또 누가 있어!' 라고 반말을 하는 놈에게 뭣이 켕겨서 '저 말입니까?' 하고 굽신

거렸는지 모를 일이었다. '여보!' 하고 불러 세우는 놈에게 '왜 그러쇼?' 라든지 '왜 그래?' 이렇게 받았으면 좋았을 것이라는 후회였다. 이런 후회 속에 묻혀 있는 그에게 다가선 사나이는 점퍼의 지퍼를 훑어 내리고 속주머니에서 꺼낸 패스포트를 펼쳤다가 이내 되접더니 다시 속주머니에 넣었다. 그리곤 훑어 내렸던 지퍼를 올려 잠그더니,

"갑시다."

강압적이고 묵직한 음성으로 내뱉으며 턱짓으로 골목 입구를 가리키는 것이었다.

얼마 후, 그는 매부리코의 뒤를 따라 버스 정류장 앞에 있는 파출소로 끌려 들어갔다. 파출소 숙직실에서 그는 자기를 끌고 온 매부리코가 형사라는 것을 확실히 깨닫게 되었다.

"왜 여기까지 왔는지 알지?"

"모릅니다."

"몰라?"

"……."

그는 생각에 잠겼다. 마치 구술시험을 치고 있는 수험생이 옳은 대답을 하기 위하여 머리를 정리하고나 있듯이. 그러나 그는 자기가 왜 이곳에 불려 왔는지 도시 알아낼 수가 없었다. 짐작도 되지 않았다.

"모른다, 이 말씀이지?"

"잘 모르겠습니다."

"잘 몰라? 그럼 어렴풋이는 알고 있다, 그런 말씀인가?"

"그게 아니라……."

"그럼 뭐얏?"

점퍼의 느닷없는 고함에 놀라 천장과 장지문이 드르르 떨렸다. 그러나

그는 태연해야 한다고 마음을 굳게 가졌다.

깊은 숨을 들이쉬었다.

"내가 말해 줄까?"

"말씀하십시오."

"어제 네가 그 골목을 다섯 번이나 지나쳤다는데 그게 정말인가?"

"누구의 얘깁니까?"

"대답만 해, 새꺄!"

"틀립니다."

"틀려? 목격한 사람이 있는데도?"

그는 구멍가게의 노파가 이 사나이에게 그런 얘기를 했다는 것을 짐작할 수 있었다.

'그게 어쨌다는 거야, 다섯 번 아니라 5백 번을 지나쳤대도 그게 도대체 어쨌다는 거냐 말이다. 골목이 닳았다는 얘기냐?'

"그래도 틀립니다."

"이 새끼!"

매부리코의 손바닥이 그의 뺨에 철썩 달라붙었다. 피할 사이가 없었다. 천장과 장지문이 쩌렁 울렸다.

"틀립니다. 일곱 번입니다."

화가 돋친 그의 목소리도 쩌렁 방 안을 울렸다.

"이제야 바른말이 나오기 시작하는군."

"어제뿐만 아닙니다."

"이 새꺄, 건 이미 다 알고 있어! 구멍가게 할머니가 널보고 뭐라는지 알아?"

"뭐라고 합니까?"

"마치 무슨 골목 귀신이나 되는 것처럼 그 골목을 계속해서 뺑뺑 돈다는 거야."

"골목 귀신?"

"그래 이 새꺄! 널보고 수상하다는 거야."

그는 피식 웃었다.

'수상하다고? 골목 귀신이라고?'

그는 아무리 생각해 보아도 정말 어이가 없었다.

"왜 그 골목만을 그렇게 몇 바퀴씩 뺑뺑 도는 거야?"

"산보하는 겁니다."

"이 새끼, 산보 좋아하네."

또다시 사나이의 손바닥이 그의 뺨에 찰싹 달라붙었다. 윙― 귀가 먹먹했다. 그는 치솟는 화를 누르며 눈을 감았다.

'외밭에서 짚신을 고쳐 신은 격이 되었는가. 배밭에서 갓끈을 고친 꼴이 되었단 말인가. 그렇다면 그 외밭이 어디란 말인가. 배나무 임자가 누구란 말인가. 도대체 무엇이 수상하단 말이냐.'

"후…… 무슨 리야?"

그는 눈을 떴다. 사나이는 그에게서 뺏은 각종 증명서를 마치 화투짝처럼 펼쳐 들고 이맛살을 찌푸리고 있는 중이었다.

"이게 후, 무슨 리 30번지야?"

그는 사나이가 자기의 본적지를 들여다보고 있다는 것을 알고 '뜰 평'자라고 알려 주었다.

"후평리 30번지?"

"그렇습니다."

"이게 무슨 평자라고?"

"뜰 평잡니다."

이때 숙직실 문이 빼꼼히 열리면서 정복 순경 하나가 눈짓을 하여 매부리코를 불러냈기 때문에 '뜰 평잡니다' 에 이을 '뒤뜰이라는 동네지요' 라는 그의 친절이 입 안에서 뱅뱅 돌다 흩어져 버렸다. 뒤뜰, 뒤뜰……. 그는 갑자기 가슴이 덜컥 내려앉는 것을 느꼈다. 마치 공중 전화통에 넣은 동전이 상대방 전화와 연결이 되었을 때 덜커덩 하고 바닥으로 떨어지는 것과 같이 꼭 그렇게 가슴이 내려앉는 것이었는데 그런 증상이 일어날 때 으레 앞장서는 한 환영이 눈앞에 하나 가득히 펼쳐지곤 했다. 그 환영은 그가 어렸을 때 동네 아이들과 함께 원배미 들판으로 메뚜기를 훑으러 갔다가 목격한 아주 끔찍한 광경이었다. 그것은 원배미 들판을 끼고 도는 봇도랑에 가로질러 쑤셔 박힌 시체였다. 그 봇도랑의 너비가 꼭 어른들의 앉은키 정도이기 때문인지 그 시체는 ㄴ자로 꺾여져 발랑 드러누워 있었고, 양쪽 발에는 아직 벗겨지지 않은 검정 운동화의 밑바닥이 하늘을 향하고 있었다. 논두렁을 덮은 콩잎 위에서 후루룩 날아 버린 방아깨비(그가 자란 그 마을에선 땅개비라는 이름으로 불렸다)는 세 번씩이나 자리를 바꾸어 피하며 그의 약을 바싹 돋웠던 것인데 이번에는 죽어도 놓치지 않는다고 단단히 벼르며 고양이 걸음으로 다가서서 그 방아깨비를 덮치는 순간, 그는 외마디 비명과 함께 논바닥으로 곤두박질하고 말았다. 방아깨비가 올라앉아 있던 곳이 바로 시체의 발에 걸린 채 하늘을 마주보고 있는 운동화의 바닥 위였다. 그것은 한 여름 내내 거침없이 자란 논두렁의 잡초에 아주 멋지게 위장되어 있었던 것이다. 마치 자기의 흉한 꼴을 보이기가 부끄럽단 듯 시체는 자기 주변의 잡초들을 아주 무성하게 길러 놓고 그 속에 잘 숨어 있었다.

신기료 장수들이 들고 다니는 신걸이 위에 정을 받기 위해 걸린 구두짝처럼 살점이 떨어져 허옇게 드러나기 시작한 발목뼈에 걸친 검정 운동화 짝……. 그때 그는 운동화짝이 삼촌의 것이라는 것을 식별할 만큼 성숙하지도 못했었고 또 그럴 만한 심적 여유도 가질 수 없었다. 다만 그가 지니고 있었던 것은 전신을 응고시키려는 극심한 공포뿐이었다. 그때 그에게 밀어닥쳤던 공포가 얼마나 극심한 것이었는가는 그가 무시무시한 시체를 목격한 직후부터 만 이틀 동안이나 헛소리를 치며 앓았던 것만으로도 능히 짐작할 수 있는 일이었다. 그후 제 정신을 되찾았을 때 반짝 빛내주던 어머니의 눈빛을 그는 지금도 현실처럼 느낄 수 있었다. 그때 왜 숙모가 머리를 풀어헤치고 자기의 옆에 누워 있었는지를 알게 된 것은 그가 철이 들면서부터였다. 그 당시에 어렴풋이는 알았지만 그러나 그 어렴풋한 사건은 그에게 아무런 실감을 주지 않았다. 흡사 피사체(被寫體)를 담은 감광지가 인화액에 들어가기 전과 같은 상태였을 따름이었다.

그러나 그것은 세월이 지남에 따라 성숙이라는 인화액에 의해 차츰차츰 뚜렷하게 그의 가슴 한가운데에 인화(印畵)되기 시작했던 것이다. 그때 그는 비로소 괴로움이 무엇이라는 것을 절감하게 되었다. 그것이 곧 그에게 닥친 불행의 서막이기도 했다. 꼭 서리 맞은 미루나무 잎새의 빛깔로 된 풍덩한 군복을 입고 있던 그 따발총 군인 앞에서, 도래모퉁이 수수밭을 기다 멈춘 꿩을 쏘아 잡은 삼촌의 권총 사격술과 그 삼촌이 달고 있던 번쩍번쩍 빛나는 국방경비대 소위 계급장을 자랑했던 어리디어린 그의 혀가 외양간 옆 여물 더미 밑에 땅굴을 파고 숨은(그는 그 당시 삼촌이 그렇게 숨어 지내는 것을 몰랐다. 다만 한밤중 어쩌다 눈이 떠지면 건넌방에서 두런거리는 삼촌의 목소리와 밥그릇 덜그럭대는 소리로 어느 먼 곳에 갔던 삼촌이 밤늦게야 돌아왔구나 싶었을 뿐이었다) 삼촌을 그 따발총 군인에게 찾아내게 했고 그래서 그 군인의 앞장을 서 가던 삼촌이 어찌된 영문인지 몰라도 흉한 시체가 되어 그 원배미 봇도랑에 쑤셔박혀 있었던 것이다. 중학을 졸업하던 해 그는 꿈속에서 삼촌을 만났다. 그는 먼빛으로 보이는 삼촌에게 와락 달려들어 두 팔로 삼촌의 허리를 감았으나 삼촌은 조금도 반가워하지 않는 얼굴이었다. 반가워하기는커녕 굉장히 화가 나 있는 얼굴이었다. '내가 잘못했어요. 삼촌!' 그는 두 팔로 감고 있던 삼촌의 허리를 마구 흔들어 댔다. 그러나 그가 두르고 있던 것은 삼촌의 허리가 아니고 다리였다. ㄴ자로 꺾여져 봇도랑에 쑤셔 박힌 시체의 다리였다. 살점이 떨어져 허옇게 뼈가 드러나기 시작한 삼촌의 다리였다. 외마디 비명과 함께 꿈에서 헤어나긴 했으나 그는 숨을 쉴 수가 없었다. 공중전화통에 넣은 동전이 상대방 전화와 연결되었을 때 덜커덩하고 바닥으로 떨어지는 것처럼 그렇게 가슴이 요란스럽게 내려앉으며 숨통이 막히는 증상이 맨 처음 시작된 것은 그때부터 비롯된 것이었다.

정복 순경에게 불려 나갔던 매부리코가 숙직실 문을 열고 들어서려다,

"어! 왜 이러쇼?"

적이 당황한 얼굴 표정이 되어 그의 어깨를 흔들었다.

"여보, 왜 이러쇼?"

곧추세운 양쪽 무릎 사이에 얼굴을 파묻은 채 전신에 심한 경련을 일으키고 있는 그를 보자 매부리코의 사나이는 적지 않게 놀랐던 모양이었다. 매부리코가 양 무릎에 파묻힌 그의 얼굴을 빼내며 마구 흔들어댔다. 그러나 그는 막힌 숨통을 뚫을 수가 없어 더욱 심한 경련만을 계속할 따름이었다.

"여보쇼, 여보!"

'숨을 쉬자. 숨을 쉬어야 산다.'

그의 의식은 또렷했으나 의식대로 되지는 않았다.

잠시 후, 그는 숨을 쉬어야겠다는 무진 안간힘 끝에 아주 긴 한숨과 함께 간신히 막혔던 숨통을 뚫을 수가 있었다. 경련도 멎었다.

"왜, 어디가 불편합니까?"

매부리코가 여태까지의 태도와는 정반대로 나긋나긋한 목소리를 내어 걱정을 하며 그의 앞으로 바싹 다가 앉았다.

"괜찮습니다. 가끔……."

"가끔 그런 증상이 일어납니까?"

그는 매부리코의 얼굴을 쳐다보았다.

'간질 환자는 아니다. 그런 눈으로 쳐다볼 건 없단 말야.'

그는 피식 씁쓸한 웃음을 날렸다. 그런 그의 웃음을 받은 매부리코는 공연히 엉뚱한 송장을 치게 될지도 모른다고 생각을 했음인지 맨 처음과는 비교도 안될 만큼 아주 상냥한 어조로 말하기 시작했다. 그 상냥한 어조로 시작한 첫마디는 '미안하게 됐습니다' 였고 그 꼬리를 잇는 말은 '나도 악한 사람은 아니오. 직업이 직업이니만치 그렇게 하지 않고서는……' 어쩌고저쩌고 하는 변명이었다. 이렇게 시작한 그 사나이의 얘기를 종합하면 그는 도둑의 혐의로 이 파출소까지 끌려왔던 것이다. 텔레비전을 비롯해서 시가 10만 원이 넘는 물건을 도둑맞았다는 집은 그 높다란 시멘트 담벼락의 주인이었다. 그는 그 근처에 커다란 날염 공장을 가진 당당한 사장이었고 동네 유지였다. 그 사장집 출입이 잦은 공장의 직공이 신짜 도둑이라는 것이 밝혀져 지금 파출소로 잡혀 왔다는 것이었다. '미안하게 됐다. 그러나 골목 귀신이라는 소리를 들을 정도로 골목을 뺑뺑 돌며 산보를 하는 당신의 그 괴상한 버릇도 이 기회에 좀 고쳐야 한다' 는 매부리코의 충고가 압수당했던 신분증에 얹혀 그에게 내밀어졌다.

'여기는 외밭이며 배나무밭이다. 허리를 펴자, 허리를…….'

그는 구멍가게를 지났다.

'남이야…….'

허리를 펴고 걸음을 옮기며 휘파람을 날려 보았다. 그러나 그것은 무의미한 소리에 지나지 않았다. 흡사 잘 맞지 않는 서랍을 당겼을 때 생기는 마찰음 같은 단조로운 소리였다. 솜틀집 간판 앞에 이르렀다. 그의 앞을 막아 선 담벼락에 매달린 솜틀집 간판과 구멍가게는 일직선이었다. 그는 솜틀집 간판에 그려진 화살표 방향으로 몸을 틀었다. 저만큼 앞에 V자형으로 꺾어진 쌍갈랫길이 나타났다. 이 쌍갈랫길이 갈라지는 지점에 두 점포가 있었는데 오른쪽은 담뱃집과 만화 가게를 겸한 점포였고 왼쪽은 쌀가게였다. 그는 시계를 보았다. 낡은 그의 손목시계는 두 시를 가리키고 있었다. 정각 두 시를 가리키는 시침과 분침을 바라보면서 그는 '두 시 십삼 분 전' 하고 속으로 중얼거렸다. 그가 차고 있는 시계는 오늘 현재 십삼 분이나 부지런을 피우고 있었던 것이다.

시계를 들여다보고 있는 그의 귓전을 스치는 소리가 있었다. 그것은 매부리코의 목소리였다. '구멍가게 할머니에게 어떤 보복행위라도 해선 안 됩니다.' 매부리코의 목소리는 계속되었다. '이새끼, 산보 좋아하네!'

그날 파출소에서 풀려 나와 다시 구멍가게 앞을 지나며 그는 문득 라스콜리니코프의 도끼에 맞아 쓰러지는 전당포 노인을 연상했다. 정확히 말하자면 그는 자신의 손에 잡힌 도끼가 그 구멍가게 노파의 정수리를 내려치고 있는 환각에 사로잡히었다 함이 옳았다.

그는 담배 가게 앞에서 걸음을 멈추었다.

'한 청년이 골목에서 나와 무엇인가 망설이는 듯 느릿느릿…… 다리 쪽으로 걸음을 옮겼다.'

그는 주머니에서 담배를 꺼내 물며 「죄와 벌」의 서두가 대충 이랬었다고 생각해 보는 것이었다. 그러자 그 구절이 마치 지금 두 갈래로 나뉘어진 길 앞에서 어물대고 있는 자신의 꼬락서니를 묘사한 대목으로 느껴지는 것이었다.

'알료나 이봐노브나, 알료나 이봐노브나…… 한 청년이 골목……에서 나와 무언가 망설이는 듯 느릿느릿 다리 쪽으로 걸음을 옮겼다.'

그는 쌀가게 쪽으로 느릿느릿 걸음을 옮겼다. 담배 가게로 시작되는 골목 끝에는 숙모가 그의 귀가를 기다리는 거처가 있었다. 금년 들어 마흔세 살이 된 그의 숙모는 글자 그대로 청상과부였다. 이렇게 청상과부로 늙으며 숙모는 후회하고 원망하고 그리고 체념했다. 국방경비대의 소위와 결혼한 것을 후회했고 분단된 나라를 원망했고, 그리고 그 모든 것이 자기에게 주어진 팔자라고 체념하고 있었다. 숙모는 그가 가슴 깊숙한 곳에 지니고 있는 비밀을 몰랐다. 그래서 열심히 분단된 나라를 원망했고 남편을 앞장 세워 뒤따르던 그 따발총 군인을 저주했다. 외양간 여물 더미 속에 땅굴을 파고 숨어 있던 남편을 찾아내게 한 천진난만한 헛바닥이 있었다는 것을 숙모는 꿈에도 생각하지 못했다. 숙모가 즐겨 찾아다니는 용하디 용하다는 점장이의 점괘에도 그것은 나타나지 않았다. 한 이름난 점장이는 숙모에게 '애당초 과부를 만드는 집안으로 시집간 게 잘못이었다' 고 얘기하더라는 것이었다. 그가 중학교에 입학하던 해 그 점장이의 말을 좇아 숙모는 전답을 정리하고 그를 서울로 데려왔던 것이다. 사실, 그 무렵 그의 어머니가 위암으로 세상을 등지지만 않았더라도 숙모는 적당한 데로 팔자를 고쳐 버릴 속셈이었던 것인데 홀어미를 잃고 고아나 다름이 없게 된 그 때문에 그럴 수가 없었던 것이다. 그런 숙모가 담배 가게로 시작되는 그 골목 끝에 웅크리고 있는 집에서 그가 돌아오기를 기다리고 있는 것이다. 그러나 지금 그는 집으로 돌아갈 생각은 없었다. 그는 쌀가게가 있는 골목으로 꺾어 들었다. 이번에도 저만큼 앞으로 거대한 포크처럼 세 갈래로 갈라진 골목들이 나타났다. 그는 골목들이 모두 막혀 있다는 것을 잘 알고 있었다. 그가 목적한 곳은 그 골목들이 아니었다. 쌀가게와 그 세 갈래로 갈라진 골목 입구의 중간 지점쯤 되는 오른편 철대문 집의 골목 쪽으로 낸 창 앞이었다.

　그는 그 창 앞을 지나치기 위하여 이 골목으로 들어선 것이었다. 그 창 안에는 생각만으로도 그의 가슴을 뛰게 하는 여자가 있었다. 그는 그 여자가 대학을 갓 졸업한 처녀라고 생각하고 있었다. 그런 짐작은 그럴 만한 어떤 근거가 있어서가 아니었다. 무턱대고 그러리라는 생각이 들었던 것이다. 그녀를 맨 처음 발견한 것은 두 달쯤 전 어떤 일요일이었다. 그날 담배 가게 앞에서 거스름돈을 기다리고 있을 때 담배 진열장 유리에 한 여자의 얼굴이 문득 스치고 지나갔던 것인데 그때 그는 그것이 환시(幻視)가 아닌가 하고 생각했었다. 담배 가게의 진열장 유리에 비쳤던 그 얼굴은 그가 이렇게 장성하는 동안 자연적으로 마음속에 조각되어 버린 이상의 여상(女像), 바로 그것이었기 때문이다. 그러나 환시는 아니었다. 골목을 포장한 시멘트 바닥을 찧는 그녀의 하이힐 소리가 환청이 아니었듯. 진열장 앞을 떠나 하이힐 소리를 뒤쫓으며 그는 그때 무척 황홀해 있었다. 가슴 한복판에 찬란한 불꽃의 복병들은 지금 이 골목의 구석구석에 매복해 있다가 그가 나타나기를 기다려 순식간에 그의 가슴을 점령해 버리곤 했다. 그러나 그것은 황홀한 피습(被襲)이었다. 그는 그 방의 창 앞에 다다랐다. 창문은 닫혀 있었으나 커튼은 걷혀 있었다. 그러나 그녀의 자태는 보이지 않았다. 그는 계속 담배 연기를 뿜어 대며 그 창 앞을 서성댔다. 그러면서 빠른 눈길로 창문 안을 훔쳐보곤 했는데 역시 그녀의 모습은 눈 속에 들어오지 않았다. 그녀의 모습이 나타난다 해도 그에겐 지금 어떤 뚜렷한 행동의 계획이 서 있는 것이 아니었다. 그저 먼빛으로나마 한번 그녀의 얼굴 모습을 봤으면 싶을 따름이었다. 그러나 그녀는 냉큼 나타나 주질 않았다. 그는 애가 끓었다. 그렇다고 언제까지나 이렇게 한 곳에서만 서성댈 수는 없는 노릇이었다. 지난번처럼 또 어떤 혐의가 씌워질지 알 수 없기 때문이다. 이번엔 좀도둑이 아닌 좀 굵직한 간첩이 되어 버릴지도 모른다고 그는 생각하고 있었다. 오가는 뭇 시선들이 그렇게 만들어 버릴 것이다. 그는 발길을 돌려 쌀가게 쪽으로 향했다. 아까와는 반대로 담배 가게가 왼쪽, 쌀가게는 오른쪽이 되어 골목은 V자로 갈라져 있었다. 쌀가게를 지나자 아까와는 반대로 날염 공장 사장네 집을 두르고 있는 높다란 시멘트 담벼락이 왼쪽으로 길게 뻗쳐졌다. 그 담벼락이 끝나면서 골목은 다시 오른쪽으로 꺾여져 있었다. 그 골목도 역시 들어설 때와는 반대로 목욕탕은 왼쪽, 구멍가게는 바른쪽의 위치에 매달려 큰길로 통하고 있다.

그녀의 성은 무엇일까. 장(張)?

그 철문에 달린 문패의 성을 따르게 되어 있는 여자라면 그녀는 마땅히 미스 장이어야 했다. 그러나 그 문패에 적힌 장씨 성을 따르게끔 되어 있는 여자라고 단정해도 좋을 아무런 단서도 그는 아직 붙들지 못하고 있다.

그녀의 성은 무엇일까. 미스 장?

무엇을 하는 여자일까. 여대생?

그것은 생각으로 해결될 문제가 아니었다. 그는 안타까운 마음을 달래며 그녀의 얼굴을 눈앞에 그려 보았다. 그러나 웬 영문인지 그녀의 얼굴은 좀체로 그려지질 않았다. 어떻게 생겼더라? 모든 기억력을 총동원시켰으나 그녀의 얼굴은 끝내 그려지지 않았다. 그는 안타까웠다. 다시 한번 그려 보았다. 그때 그의 눈앞으로 가득 펼쳐지는 얼굴이 있었다. 그러나 그것은 그녀의 얼굴이 아니었다. 숙모의 얼굴이었다. '요즘 교제하는 여자가 있지? 그렇지?' 그의 귓밥을 혀끝으로 간질이며 이렇게 다그쳐 묻던 숙모의 얼굴이었다. 그는 숙모의 얼굴을 지웠다. 그리고 다시 그녀의 얼굴을 그려보았다. 그러나 그녀의 얼굴은 끝내 그려지지 않았다. 다시 숙모의 얼굴이 되살아났다. 이번에 그려진 숙모의 얼굴은 그가 어렸을 때 보았던 바로 그 얼굴이었다.

그가 잠이 깨었을 때 전신이 땀에 함빡 젖어 있었다. 마치 물에서 금방 건져낸 듯했다. 방바닥이 쩔쩔 끓고 있었다. 그런 방에서 혼자 있었던 것이다. 초저녁에는 분명히 어머니와 숙모의 가운데서 자고 있었는데 어찌된 영문인지 방 안에는 아무도 없었다. 어머니는 물론, 며칠째 머리를 풀어헤치고 앓던 숙모도 보이지 않았다. 따닥따닥…… 보릿짚이 터지며 타는 소리가 부엌에서 들려 왔다. 방바닥이 이렇게 쩔쩔 끓는데 웬 불을 자꾸만 때는 것일까 싶어 방문을 열며 그는 문득 어머니와 숙모가 엿을 고는 모양이라고 생각했다. 부엌으로 나가보니 역시 그가 생각했던 대로 어머니와 숙모는 부엌에 있었다. 어머니는 아궁이 앞에 앉아 계속 보릿짚을 들이밀었고 그 옆에는 하이얀 치마 저고리로 차린 숙모가 있었다. 숙모의 그런 소복차림을 보고 그는 순간 절망하지 않을 수 없었다. 엿을 고는 게 아니었기 때문이었다. 숙모는 개다리소반에 정화수 한 대접을 덩그마니 올려 놓고 그 앞에 꿇어앉아 합장을 하고 있었다. 나중에 안 일이지만 그때 솥에서 끓던 것은 엿이 아니고 고양이였다. 삼촌의 넋을 달래기 위해 산 고양이를 솥에 가둔 채 찌고 있었던 것이다. 숙모뿐만 아니라 마을사람들은 툭하면 고양이를 산 채로 잡아 솥에 가두고 불때기를 좋아했다. 도둑을 맞았을 때도 그랬고 남편들이 바람을 피워 대도 그랬다. 뜨거운 솥에서 삶겨 죽는 고양이의 넋이 물건을 훔친 도둑놈에게 붙어 눈을 멀게 하며, 또 남편을 바람나게 만든 여자에게 붙어 성불구로 만들어 놓는다고 믿었기 때문이었다. 그때 숙모는 개다리소반에 정화수 한 대접을 떠놓고 고개를 조아리며 '네가 솥에서 삶기는 건 우리 낭군의 원수를 갚기 위함이니 원망을 말아라. 네가 우리 낭군의 원수 때문에 이 지경이 되는 것이니 죽어 귀신이 되면 그 원수놈에게 달라붙어 원수를 갚아 다오' 이렇게 빌었던 것이다. 이런 기도를 올리던 숙모의 눈들이 아궁이에서 흘러나오는 불빛을 받아 이글이글 타오르는 듯했다.

이런 기억을 더듬으며 발걸음을 되돌리던 그는 하마터면 '아!' 하는 외마디 소리를 지를 뻔했다. 다시 그녀의 창 앞으로 가기 위해 되돌아선 그의 눈길 속으로 느닷없이 한 여자의 얼굴이 뛰어들었던 때문이었다. 담배가게 진열장에 비쳤던 바로 그 얼굴이었다. 그는 느닷없이 나타난 그녀의 얼굴을 보는 순간 전신이 마비된 듯 꼼짝을 할 수 없었다. 그러한 그의 태도를 이상스럽단 듯 빠안히 쳐다보며 그녀는 그의 옆을 스치고 지나갔다. 그녀의 자취가 골목에서 사라졌을 때 그는 그 창 앞으로 갈 필요가 없다는 것을 깨달았다. 그는 그녀를 뒤따르기로 했다. 그는 급히 그녀의 행방을 찾기 위해 골목길을 뛰었다. 그러면서 그는 그녀가 무슨 요술이라도 부려 금방 바람처럼 사라져 버렸는지도 모른다는 터무니없는 생각을 해내고 초조해 했다. 그녀가 꺾어져 돌아간 골목을 부지런히 따라 빠져 나가면서 그는 시선을 분주하게 움직였다. 그러나 그녀는 바람이 되어 버리지는 않았다. 옹기점 앞을 걷고 있었다. 어두워지려는 이 시간에 그녀는 무슨 볼 일이 있기에 집에서 나와 거리로 나가는 것일까. 그녀가 가는 곳이 어딜까?

그는 그녀를 잃지 않기 위해 부지런히 걸어 그녀와의 거리를 좁히고 있었다. 하지만 그는 그녀로 하여금 뒤따르는 자기를 눈치채게 할 만큼 바싹 뒤따르지는 않았다. 그저 미행 도중 그녀의 행방을 잃어버리지 않을 정도의 거리를 유지하자는 생각인 것이었다.

이렇게 그녀를 미행하고 있는 그는 문득 이상한 생각이 들었다. 미행하고 있는 것은 자기가 아니고 오히려 자신이 누구에겐가 미행을 당하고 있다는 생각이었다. 그런 생각은 좀체로 그의 뇌리에서 사라지지 않았다. 사라지기는커녕 누구에겐가 미행당하고 있다는 막연한 생각은 시간이 흐를수록 구체화되고 논리적으로 발전하여 그를 심한 불안 속에 헤매게 만들었다.

어느 날 밤, 갑자기 온몸이 녹아 버리는 듯한 쾌감에 휘감긴 채 눈을 뜬 그는 소스라치게 놀라지 않을 수가 없었다. 숙모의 품 속에 안겨 있는 자신을 깨달았던 때문이었다. 잠에서 깨어나긴 했으나 그는 숙모의 품을 빠져 나올 도리가 없었다. 그렇게 하기에는 이미 너무 늦어 있었다. 그러한 그를 숙모는 자꾸만 격심한 흥분의 도가니 속으로 밀어 넣고 있었다. 그는 여지껏 한 번도 그러한 격렬한 감정을 느껴 본 일이 없었던 것이다. 그러한 흥분의 파도에 휩쓸리며 그는 얼마 동안 자신을 잃은 채 숙모의 품에 안겨 있었다. 어찌 할 바를 몰랐던 때문이었다. 밖에 비가 내리고 있다는 것을 안 것은 숙모의 품 속에서 빠져나온 뒤였다. 양철 차양을 두들기는 빗소리가 마치 병든 짐승의 신음과 같이 처절하게 들렸다. 봄비였다. 그는 열아홉 살이었다. 그리고 그 밤으로 이미 동정(童貞)임을 고집할 수가 없게 되어 있었다. 그때 동정을 잃은 그의 허탈감을 달래는 것은 따발총 군인 앞에서 나불거린 천진난만했던 자기 자신의 혓바닥이었다. 삼촌을 죽음으로 이끈 것이 인(因)이라면 그 인에 대한 과(果)가 숙모에게 뺏긴 동정이라는 생각이었던 것이다. 당연한 업보(業報)라는 생각이었다.

그는 힐끗 뒤를 돌아다보았다. 자기를 눈여겨보는 사람은 없었다. 그러나 그의 불안은 사라지지 않았다. 다시 뒤를 돌아보았다. 그러면서 그는 문득 자기를 미행하고 있는 것은 눈에 보이지 않는 고양이의 넋일지도 모른다는 생각을 해내고 온몸을 부르르 떨었다.

그녀는 벌써 버스 정류장 앞에서 걸음을 멈추었다. 버스를 기다리는 모양이었다. 그는 갑자기 초조해졌다. 금방이라도 기다리는 버스가 와서 그녀를 태우고 떠나 버릴 것만 같았기 때문이었다. 그는 뛰었다. 그가 버스 정류장으로 오는 동안 몇 대의 버스가 그녀의 앞에 멎으며 문을 열곤 했으나 다행히도 그녀는 차에 오르지 않았다. 그녀가 기다리는 버스가 아니었던 모양이다.

며칠 전의 일이이었다. 그가 집에 들어서자 숙모는 그날 낮에 일어났던 사건들을 들려주었다. 약을 먹고 죽은 쥐를 삼킨 모양인지 키티가 갑자기 펄펄 뛰다가 죽었다는 것이었다. 키티는 집에서 기르던 고양이의 이름이었다. 그때 그는 숙모의 말소리가 떨리고 있다고 느꼈다.

"조카도 마땅한 색시를 얻어 장가를 들어야지."

이런 말을 할 때도 숙모의 목소리는 그렇게 떨렸다. 숙모는 거짓말을 못하는 여자였다. 거짓말을 하면 목소리가 떨렸기 때문이다. 그러나 숙모는 떨리는 목소리로 가끔 거짓말을 했다. 키티가 약 먹은 쥐를 주워 삼키고 죽었다는 것이 거짓말이라는 것을 알면서도 그는 숙모에게 아무 말도 하지 않았다. 다만 부엌 쪽을 한 번 쳐다 보았을 뿐이었다. 부엌에 있는 솥 안에서 한 애정의 제물이 되었을 키티의 넋이 음산한 울음 소리를 내고 있는 것 같았기 때문이었다. 그는 숙모가 키티의 넋을 그녀에게 보냈다는 것을 알 수 있었다.

'키티야, 날 원망 말아라. 네가 이 지경이 되는 것은 우리 조카의 마음을 뺏은 여자 때문이다.'

숙모가 고개를 조아리며 이렇게 빌었을 것이라고 그는 그런 생각에 묻혀 있었다.

버스가 와 멎자 그녀는 춤이라도 추는 듯 아주 가벼운 몸짓으로 차에 올랐다. 창경원을 지나 미도파 앞으로 가는 좌석 버스였다. 그때 승강구 쪽으로 눈을 팔고 있던 그녀의 시선이 그를 붙들고 늘어지며 의아스런 표정을 짓는 것이었지만 그는 태연하게 그녀가 앉은 뒤쪽으로 가서 빈자리에 앉았다. 달리는 버스 속에서 그는 줄곧 키티에 대한 생각을 하고 있었다. 숙모에 의해 키티의 넋이 그녀에게로 갔다면 그녀의 어느 부분에 키티의 넋이 붙어 있을까 하는 생각이었다. 그런 생각에 묻힌 그는 문득 자기가 자신의 의사로 그녀를 미행하는 것이 아니고 그녀의 어딘가에 붙어 있는 키티의 넋이 자기를 유인하고 있는지도 모른다고 느끼기도 했다. 그러는 동안 버스는 종로 2가에서 멎었고 그녀는 자리에서 일어서며 그가 있는 쪽으로 고개를 돌려 힐끗 바라보곤 버스에서 내리는 것이었다.

우물쭈물하다가 그녀를 따라 내리지 못하면 어쩌나 싶어 그는 어쩔 수 없이 그녀의 뒤를 바싹 따르며 버스에서 내렸다. 그보다 한 발 앞서 버스에서 내린 그녀는 길가에 서서 손목에 찬 시계를 들여다볼 뿐 걸음을 옮기지 않았다. 그녀는 분명히 그가 자기를 미행하고 있다는 것을 깨닫고 짐짓 그런 태도를 꾸몄는지도 몰랐다. 버스에서 내린 그는 그녀의 태도엔 아랑곳도 없다는 듯 신신 백화점 쪽으로 걸었다.

그러면서 뒤를 돌아보았을 때 그는 자신의 짐작이 옳았다는 것을 깨닫게 되었다. 그녀는 그가 걷는 방향과 반대쪽으로 급히 걷고 있었다. 걷는다기보다는 뛴다고 함이 옳았다. 그는 재빨리 발길을 돌려 다시 뒤따르기 시작했다.

그녀의 몇 발자국 앞에 건널목이 마련되어 있었다. 그녀는 그 건널목을 건너갈 것이다. 그는 걸음을 서둘지 않을 수 없었다. 그 건널목의 신호등이 파랗게 빛나고 있었기 때문이었다. 만약 그녀가 건널목을 건너고 빨간 신호등으로 건널목이 막힌다면 자기는 신호가 풀릴 때까지 그녀가 사라지는 것을 지켜볼 수밖에 없게 되고 미행은 그것으로 싱겁게 끝장이 날 것이었다. 그는 다시 초조해졌다. 그러나 천만다행으로 신호등은 그녀가 건널목에 다다르기 전에 빨갛게 바뀌며 통행을 막아 버렸던 것이다. 이제 서두를 필요는 없었다. 그는 다시 마음에 여유를 얻어 천천히 건널목으로 다가서며 키티의 넋이 아마 그녀가 들고 있는 핸드백 속에 도사리고 있는지도 모른다고 생각해 보기도 했고 그녀도 숙모처럼 왼쪽 유방 밑에 동전만한 검은 점이 있을지 모른다는 생각을 하기도 했다. 그런 생각에 묻혀 혼자 빙긋이 웃고 있는 그의 얼굴 위로 건널목 앞에 서 있던 그녀의 잽싸게 뒤로 돌린 시선이 잠깐 머물렀다가 걷혔다. 그랬는가 했더니 그녀는 어느 결에 막힌 건널목으로 뛰어들었다. 그것은 더 이상 미행 당하지 않겠다는 그녀의 짜증이었을 것이다. 그는 그녀의 그런 갑작스런 태도에 당황했다. 그렇다고 그녀처럼 막힌 건널목으로 뛰어들 수도 없었다. 하려고 들면 못할 것도 없지만 굳이 그렇게까지 하여 그녀를 뒤따라야 할 절실한 까닭도 없었던 것이다.

그녀는 뛰어든 건널목의 중간 지점에서 이쪽을 힐끗 돌아보았다. 그러나 그는 그녀의 시선에 냉큼 붙잡히지 않기 위하여 잽싼 동작으로 건널복 앞에 선 사람들의 등 뒤에 바싹 붙어 섰다. 고개를 돌려 이쪽을 쳐다보는 그녀는 그의 유무를 확인하려는 듯 한동안 늘어선 인파를 둘러 보았다. 그리곤 다시 앞을 향해 걷고 있었는데 몰려드는 차량 때문에 쉽게 건널 수가 없어 핸드백을 쳐들어 차를 멈춰 서게 하면서 남은 몇 발짝의 건널목을 빠져 나가고 있었다. 그때였다.

꾸이익—.

길고 요란한 금속성이 울렸다. 달리던 차 한 대가 급브레이크를 밟는 소리였다.

그 소리와 함께 무엇인가 공중으로 부웅 날아올랐다간 떨어지는 것이 있었다. 그가 미행하던 그 여자의 몸뚱이였다. 공중으로 떠올랐던 그녀의 긴 머리채가 산발이 되면서 떨어질 때의 모습이 아주 잠깐 그의 시선에 들어왔다. 정말 눈 깜짝할 사이에 벌어진 일이었다.

질주하던 차량들이 일시에 멎었고 파란 신호등을 기다리던 건널목 주변 사람들이 우르르 그쪽으로 몰려들고 있었다. 그는 수백, 수천 마리의 키티가 펄펄 끓는 솥에서 퉁겨져 나오며 수염을 곤두세우고 그녀에게로 몰려드는 환상과 함께 또다시 예의 그 가슴이 덜커덩 내려앉으며 숨통이 막히는 증상이 일어났기 때문에 그대로 자리에 풀썩 주저앉고 말았다.

2

그는 그날도 그 이층 다방에서 근 한 시간이나 홀로 앉아 애꿎은 담배만 축내면서 창 밖을 내려다보고 있었다. 끝없는 차량들의 행렬이 꼬리를 물고 질주하는가 하면 그렇게 질주하던 차량들이 빨간 신호등에 막혀 일시에 축정되기도 했다. 차가 막힌 건널목 위를 떼지은 인파가 밀리기도 했다.

이러한 거리의 풍경이 바로 턱밑으로 펼쳐지며 한눈에 들어오는 좌석이 그의 지정석처럼 되어 버렸던 것이다. 꽤 널찍한 홀을 가지고 있는 이 다방에 들어와서 거리의 소음에 신경을 쓰고 싶지 않은 사람이라면 구태여 그 자리에 앉을 까닭이 없었다. 그래서 그 자리는 늘상 비어 있기가 일쑤였다. 그가 이 다방에 들르는 것은 누구와 만날 약속을 했다거나 커피라도 마시며 휴식을 하겠다는 그런 목적이 아니었다. 바로 그 자리에 앉아 턱밑으로 펼쳐지는 건널목 부근을 지켜보는 것이 그가 이 다방엘 들르는 목적의 전부였다.

때문에 그는 늘상 그 시끄러운 창가에 자리를 잡곤 하는 것이었다.

"오늘도 혼자세요?"

머리채를 길게 늘어뜨린 다방의 아가씨가 그를 기억하고 있노라는 듯 덧니를 내보이며 웃음을 보내왔다.

"네."

그는 입에 물린 담배를 뽑아 재를 떨면서 그 아가씨를 빠안히 쳐다보았다.

"어머, 왜 그리 놀라세요?"

"제가 놀랐습니까?"

"어머, 자기가 놀란 것도 모르세요?"

"……."

그는 잠자코 있었다.

'놀랐다? 왜 놀랐을까?'

"선생님은 왜 하필 좋은 자리를 놔두고도, 오시면 꼭 이 시끄러운 자리를 골라 앉곤 하시죠?"

그는 눈을 키워 다방 아가씨의 얼굴을 빠안히 쳐다보았다.

이 아가씨는 내가 왜 이 자리를 골라 앉는지 그 까닭을 알고 있단 말인가. 그래서 그런 질문을 해보는 것일까. 그럴 리야 없겠지.

"나, 커피로 주십시오."

그는 다방 아가씨가 묻는 말에 대답도 않고 퉁명스레 차를 시켰다.

"제가 너무 수다를 피웠나 봐요."

다방 아가씨가 덧니를 약간 드러내는 미소를 남기고 긴 머리채를 출렁거리며 카운터 쪽으로 사라지자 그는 자신도 모르게 담배 연기와 함께 긴 안도의 숨길을 내뿜었다.

담배 가게 진열장에서 우연히 발견한 그 미모의 아가씨 집, 그 집 대문에 붙어 있는 장(張)씨 성의 문패, 미행, 미행 당하고 있다고 느낀 그녀의 당황, 빨간 신호등이 켜진 건널목, 미행 당하지 않기 위해 차량들이 질주하는 차도로 뛰어든 그녀, 뀌이익― 급브레이크를 밟는 길고 요란한 금속성, 공중으로 붕 날아올라갔다가 떨어지던 그녀의 산발된 머리채, 연쇄적으로 급정거하는 차량들의 소음, 우르르 몰리는 군중들.

그는 눈을 감았다. 수백 수천 마리의 고양이 떼가 펄펄 끓는 솥 속에서 퉁겨져 나오며 수염을 곤두세우고 자기에게 몰려드는 환상에 빠져 있었다.

"선생님, 차 드세요."

그는 깜짝 놀라 눈을 떴다.

"어머, 아까부터 왜 그리 자꾸만 놀라세요?"

"뭣 좀 생각하고 있던 중이어서……."

"제가 방해를 놨군요."

"아니…… 뭐 그리 대단한 생각을 했던 것도 아니었습니다."

"그럼 제가 좀 앞에 앉아도 좋을까요?"

"네?"

"선생님 앞에 좀 앉아도 되느냐구요?"

"앉으십시오."

허락은 했어도 그는 어안이 벙벙해서 도대체 갈피를 잡을 도리가 없었다.

'이 아가씨가 웬일일까? 왜 갑자기 내 앞에 앉겠다는 것일까?'

그는 잠시 생각을 가다듬어 보았다. 그러나 도저히 그 까닭을 알 수 없었다. 근 1주일 가깝게 매일같이 드나드는 다방이기 때문에 아가씨와 낯이 익긴 했다.

'하지만 그렇다고 해서 느닷없이 앞에 앉겠다고 하는 것은 좀 이상스러운 일이 아닌가. 그렇다면 이 아가씨가 갑작스레 내 앞에 앉겠다는 것은 무슨 까닭일까?'

그는 얼굴에 나타내지는 않았지만 적잖이 당황하고 있었다.

"선생님, 제가 앞에 앉아도 정말 방해되지 않아요?"

"무슨 방해?"

"이를테면 무슨 조용히 생각하실 일이라도 있다든지 말이에요."

"그렇진 않지만……."

"그렇진 않지만 어떻다는 거예요?"

"왜 내 앞에 앉겠다는 겁니까?"

질문을 하는 그의 음성은 몹시 떨려 나왔다.

'이 아가씨가 도대체 왜 이러는 걸까.'

그는 며칠 전 자기에게 누명을 뒤집어씌우고 뺨을 때리던 매부리코 형사를 생각했다. 순간 가슴이 덜컥 내려앉았다.

"아무래도 선생님과 얘기를 좀 해봐야 할 게 있어서 그래요."

그는 한층 더 놀라지 않을 수가 없었다.

'아무래도 나와 얘기해 봐야 할 게 있다니, 그게 도대체 무슨 소린가.'

그는 덧니박이 아가씨를 빠안히 쳐다보았다. 그러나 그녀는 '아무래도 해봐야 할 얘기'를 냉큼 꺼내 놓지 않았다. 얘기 대신 공연히 덧니만 내놓으며 생글거리고 있었다.

"무슨 얘깁니까?"

"네?"

"네라뇨? 아무래도 나와 얘기를 나눌 게 있다고 하지 않았습니까? 그 아무래도 나눠 봐야 할 얘기가 뭐냔 말입니다."

"어머, 화나셨나봐?"

아가씨의 눈이 곱게 흘겨졌다. 그 흘겨졌던 눈에 다시 상냥한 웃음이 감돌더니,

"선생님, 제가 선생님의 생년월일을 맞춰 볼까요?"

장난처럼 말하는 것이었다.

"뭐라구요?"

"어머, 그렇게 놀라실 건 없어요. 아주 재미있는 일이 있어서 그래요."

"재미있는 일이요?"

"네, 그래요. 아주 재미있는 일예요."

"……?"

그는 마주앉은 다방 아가씨의 얼굴에 눈길을 꽂은 채 넋을 잃고 말았다. 마치 옛날 얘기에 나오는 것처럼 여자로 둔갑한 여우에게라도 홀린 것만 같은 기분이었다.

"선생님 생년월일이 혹시 1939년 5월 10일 아니세요?"

그는 다시 한번 깜짝 놀랐다. 도대체 이 아가씨가 어떻게 해서 자기의 생년월일을 똑떨어지게 알아맞히는지 아무리 생각해도 알 수가 없는 노릇이었다.

"어떻게 알았습니까?"

아가씨의 얼굴에 시선을 꽂은 채 이렇게 묻던 그는 아차, 싶었다. 요 며칠 사이에 이 다방에다 자기의 소지품을 놔두고 갔을지도 모른다는 생각이 떠올랐던 것이다. 그러나 그런 일이 있을 수가 없다는 다음 생각이 곧 꼬리를 물고 일어났다. 생년월일이 적힌 소지품이라면 신분증 종류 이왼 없을 테니까 말이다.

'신분증이라, 신분증.'

신분증을 이 다방에서 잃어버렸을 리가 만무였다. 한 번도 이 다방 안에서 패스포트를 꺼낸 기억이 그에게는 없는 것이었다. 그래도 혹시나 싶어 그는 양복저고리 속주머니를 만져 보았다.

'그렇다면?'

그는 고개를 갸웃거리며 계속 앞에 앉은 아가씨의 얼굴 표정만 살폈다. 그러나 그 아가씨의 표정에서는 도저히 수수께끼를 풀 만한 단서를 잡을 도리가 없었다.

"선생님의 고향도 알고 있어요."

"고향도!"

"충청북도죠?"

"허허."

그는 기가 막혀 더 이상 어떻게 대꾸를 할 수가 없었다. 정말 귀신이 곡을 할 노릇이었다.

"선생님 이름도 알고 있어요."

"이름까지?"

그때 그의 뇌리를 번뜩 스치고 지나가는 생각이 있었다.

'아, 그렇구나.'

그는 하마터면 무릎을 탁 칠 뻔했다. 이러한 그의 표정이 이상했던지 다

방 아가씨는,

"이제야 대충 아시겠어요?"

했다. 그는 고개를 끄덕였다. 그리고 아가씨를 향해 질문을 던지기 시작했다.

"난, 아가씨가 살고 있는 집이 어딘지 알고 있습니다."

"어머, 거짓말 마세요."

"알아맞혀 볼까요?"

"그러세요."

"청진동이죠?"

아가씨의 반응은 엉뚱했다. 터무니없는 말로 사람 좀 웃기지 말라는 듯, 그녀는 갑자기 까르륵 웃어댔다.

"왜요, 틀립니까?"

"틀려도 분수가 있어야죠."

"정말입니까?"

"미안하지만 전 영등포에요."

"그럼 청진동에 친척이나 아는 사람도 없습니까?"

"청진동에 해장국 집과 빈대떡 집이 많다는 소문만 들었지 한 번 가보지도 못한걸요."

그렇다면 이 수수께끼는 더 이상 풀 수가 없었다. 조금 전 그의 뇌리를 스치고 지나간 생각, 즉 그가 무릎이라도 칠 만큼 정확한 단서를 잡았노라고 기뻐했던 데에는 그럴 만한 까닭이 있었다.

그러니까 1주일쯤 지난 어떤 밤의 얘기다. 정확히 말하자면 지금 턱밑으로 펼쳐진 거리의 건널목 부근에서 교통사고가 일어나던 그날이 되는 것이다. 그날 그는 급브레이크를 밟는 차량들의 금속성 환청과 수염을 곤두세우고 펄펄 끓는 솥 속에서 뛰쳐나오던 고양이 떼의 환상에 묻혀 청진동 어느 술집에서 밤늦도록 술을 퍼마신 일이 있었는데 그때 계산이 모자라 주민등록증을 맡기고 여태 찾질 못했다. 문득 그 생각이 뇌리를 스치며 혹시 이 아가씨가 그 술집의 딸이든지 혹은 조카라든지 하여튼 그 집과 무슨 인연이 있는 여자가 아닐까, 하는 생각을 했던 것이다. 그러나 이 여자의 얘기를 믿는다면 자기의 짐작은 얼토당토않은 것이 아닌가.

"선생님의 정확한 키도 알고 있어요."

"키를?"

"그럼요."

"나도 정확한 내 키를 모르는데 아가씨가 어떻게 압니까?"

"거짓부렁 마세요."

"거짓부렁이라뇨?"

"그럼, 선생님이 선생님 자신의 키도 모르신단 말씀이에요?"

"허 참."

"그게 정말이라면 제가 선생님의 정확한 키 길이를 알려 드릴께요."

"……."

"선생님 키는 1미터 68이에요."

"……."

"틀려요?"

"난, 내 키를 모른다니까."

그는 답답했다.

'이게, 도대체 어찌 된 영문일까?'

그는 그녀가 자기의 주민등록증을 맡긴 청진동의 그 술집과 아무런 관계가 없는 것을 알았다. 주민등록증에는 신장을 밝혀 준 난이 없기 때문이었다. 그래서 더욱 궁금하고 답답한 것이었다. 그녀가 말한 그의 신장도 틀리는 것이 아니었다. 근래 몇 년 동안 자신의 신장을 재어본 일이 없어 현재의 정확한 신장을 알 수 없었으나 그도 혹 누구에게 질문을 받으면 대답해 주는 자신의 신장이 틀림없는 1미터 68이었다. 그렇다면 이 아가씨는 어떻게 해서 나에 관한 인적 사항을 이렇듯 자세하고도 거의 정확하게 알고 있단 말인가. 그는 며칠 전에 있었던 일을 되살려냈다.

"왜 여기까지 왔는지 알지?"

"모릅니다."

"몰라?"

"……?"

"모른다, 이 말씀이지?"

"잘 모르겠습니다."

"잘 몰라? 그럼 어렴풋이는 알겠다, 이 말씀인가?"

"그게 아니라……."

"그럼 뭐얏?"

"……."

"그럼 내가 알려 줄까?"

"말씀하십시오."

"어제 네가 그 골목을 다섯 번이나 지나쳤다는데 그게 정말인가?"

"누구의 얘깁니까?"

"대답만 해, 새꺄!"

"틀립니다."

"틀려? 목격한 사람이 있다면?"

형사에게 심문받던 며칠 전의 일이 느닷없이 머릿속으로 가득히 펼쳐지며 그의 온몸에는 소름이 쪼옥 끼쳐졌다. 알 수 없는 불안감에 사로잡혀 있었던 것이다.

'뭐냐? 넌 도대체 뭐냐? 다방 레지로 변장한 수사관이라도 되느냐 말이다. 그렇다면? 넌 도대체 내게 무슨 답을 얻기 위해서 이러는 거냐?'

그는 다시 한번 몸서리를 쳤다. 급정거를 하는 차량의 금속성, 공중으로 붕 떠올랐다가 긴 머리채를 산발하고 떨어지는 여자, 수염을 곤두세운 수많은 그 고양이의 떼…… 그는 이런 환상을 물리치지 못한 채 극심한 불안감에 젖어 있었다. 정신적인 고통에 으레 뒤따르는 예의 그 증상이 또다시 일어나기 시작했다. 공중전화통에 넣은 동전이 상대방 전화와 연결이 되었을 때 덜커덩 하고 바닥으로 떨어지는 것처럼 그렇게 가슴이 요란스럽게 내려 앉으며 숨통이 막히는 바로 그 증상이었다. 눈앞이 캄캄해지며 그 증상이 일어나자 그는 얼른 두 손으로 얼굴을 감싸쥐고 고개를 숙였다. 그러면서 숨을 쉬어야 한다고 무진 안간힘을 써댔다.

얼마 후에야 그는 정상적으로 호흡을 할 수 있었다. 그렇게 되자 얼굴을 감쌌던 손을 떼며 앞에 앉은 아가씨를 바라다보았다.

"어머, 왜 그렇게 무서운 눈을 하세요?"

"……."

그는 대답을 하지 않았다. 그러자 다방 아가씨는 다시 덧니를 살짝 내보이는 웃음을 입가에 잔뜩 물더니 이제 그만 놀리겠다는 투로, 들고 있던 주간지를 테이블 위에 올려 놓고는 책장을 접어 표시해 두었던 곳을 펼치며,

"오늘 나온 거예요."

밑도끝도 없이 이렇게 지껄여 대며 앞자리에서 발딱 일어서더니 다시,

"선생님이 그 중에서 제일 재밌는 말씀을 하셨더군요."

빠른 입으로 종알 대곤 카운터 쪽으로 사라졌다. 그는 도대체 뭐가 어떻게 돌아가는 셈판인지 알 수가 없어 한동안 눈만 깜빡대고 있었다. 얼마 후, 그는 그 주간지를 집어 들고 표지부터 보았다. 그것은 그날 날짜로 발행되어 나온 여성들을 위한 주간지였다. 표지를 훑어보고 난 후 그는 다시 다방 아가씨가 펼쳐준 곳에 시선을 가져갔다. 그리고는 깜짝 놀라고 말았다. 거기에 느닷없는 자기의 사진이 찍혀져 있는 때문이었다. 그는 다시 한 번 자세히 들여다보았다. 그것은 틀림없는 자기의 얼굴이었다.

직경 2센티쯤 될까 한 그런 원형의 사진이었는데 자기의 사진 말고도 다섯 명쯤의 자기 것과 꼭같은 크기의 원형 사진들이 군데군데 박혀 있었다. 사진 밑에는 획 하나 틀리지 않는 자기의 이름이 고딕체로 박혀져 있었다. 그는 자기의 얼굴과 이름이 들어 있는 그 상조(箱組) 기사에 눈길을 쏟았다. 기사의 제목은 '청춘 복덕방' 이었는데 그 내용을 간추려 보면 '나는 이러이러한 사람이니 마음에 들면 사귀어 보고, 사귀어 나가다가 합당하면 결혼식을 올려도 좋다' 는 일종의 구혼기사였다. 그는 다시 한번 차근차근 그 기사를 읽어 보았다.

1. 당신의 이름은?
2. 당신의 생년월일은?
3. 당신의 본적지는?
4. 당신의 신장은?
5. 당신의 직업은?
6. 당신이 받는 월급액은?
7. 당신이 바라는 여성을 한 마디로 요약하면?
8. 당신의 저금액은?
9. 당신의 연락처는?

10. 당신의 얼굴은?

기사는 이렇게 열 가지의 설문으로 되어 있어 그 설문에 자기가 대답을 한 형식으로 꾸며져 있었는데 거기에 나타난 그 대답을 간추리면 '사진과 같이 생긴 나는 1미터 68센티의 키이며, ㅇㅇ회사에 근무하여 한 달에 3만 원 남짓한 봉급을 받고 있다. 이러한 내가 요구하는 여성은 미인이 아니어도 좋으나 박봉의 월급 봉투를 받고 바가지 교향곡을 연주하지 않을 고등학교 졸업 이상의 학력을 가진 여자면 좋다. 그런데 미안하지만 나의 통장에는 젊다는 것밖에 예금된 게 없으니 그래도 좋다는 여자가 있다면 연락처에 명기된 주소로 연락해 주기 바란다' 는 것이었다. 그런 기사 내용을 읽어 나가면서 그는 그 주간지 편집실에 근무하는 친구인 김(金)이 그 기사를 자기가 써 보낸 양으로 꾸며 넣었음이 틀림없다고 단정했다. 그렇지 않고서야 본인도 모르게 그런 기사가 그곳에 의젓하게 실려질 리가 만무였다.

'그렇다면? 그렇다면 그 녀석은 내 사진을 어디서 구했을까? 어디서 사진을 구해다 이런 어처구니없는 장난을 한 것일까?

알 수 없는 노릇이었다. 그가 그런 궁금증을 품고 김에게 전화를 걸기 위해 카운터 쪽으로 다가서자 조금 전에 그의 앞에 앉아서 노닥거렸던 덧니박이 아가씨가,

"그 청춘 복덕방, 선생님이 틀림없어요? 전 그걸 보자마자 바로 선생님 이라는 걸 알았다구요."

주간지 기사 얘기를 꺼냈다. 그러자 이미 자기네들끼리는 여러 가지 얘기가 있었던 모양인지 카운터 앞에 모여 섰던 아가씨들이 일시에 까르르 웃음보를 떠뜨리는 것이었고 그 중의 한 아가씨는,

"그렇게도……."

라고 말머리만 끄집어내 놓고 다시 허리를 펴지 못하는 웃음을 터뜨리는 것이었다. 그 아가씨가 꺼낸 말이 끝까지 계속되었다면 '그렇게도 장가를 들고 싶어요?' 라는 질문이 되었을 것이다.

전화가 통하자 김은 대뜸 한다는 소리가,

"장가를 들어 아들딸이 수두룩해야 할 나이에 대폿집에다 주민등록증이나 맡겨 놓고 외상 술을 퍼먹는 네 신세가 한심해서 버릇 좀 고쳐 주려고 그랬다!"

고 했다. 그가 그런 얘기를 듣고 기가 막혀 말대꾸를 못하고 있자 김은 계속해서 '왜, 하필이면 내 단골 술집 외상 장부에 네놈의 주민등록증을 끼워 두랬느냐?' 고 오히려 핀잔을 하는가 하면, 주민등록증을 잡은 일금 칠백 원은 자기가 갚아 주었으니 언제라도 자기에게 와서 주민등록증을 찾아가라고 약을 올리기까지 하는 것이었다.

"이제 너하곤 상종도 안 한다!"

그는 부글부글 끓어오르는 화를 누를 길이 없어 전화통에다 대고 소리를 꽥 질러댔다.

"뭐라고? 야 임마, 그렇게라도 해서 노총각 신셀 면하면 네놈이 좋지 내가 좋으냐?"

"시끄러워 임마!"

그는 전화를 끊어 버렸다. 그리고 다방을 빠져 나왔다. 덧니박이 아가씨가 출입문까지 따라 나와 '안녕히 가세요' 라는 인사를 그의 뒷덜미에 매달아 주었다. 그는 힐끗 뒤를 돌아다보았다. 그녀의 입에는 예의 그 매력적인 덧니가 드러나는 상냥한 웃음이 가득 피어 있었다. '안녕히 가세요' 라든지, '또 오세요' 는 어느 다방에서나 들을 수 있는 의례적인 인사이기도 했다. 그러나 지금 이 덧니박이 아가씨의 목소리에는 직업적인 억양이

생략되어 있었다. 아주 순간적으로 김의 말이 귓전을 맴돌다 지나갔다. '노총각 신세를 면하면 네놈이 좋지 내가 좋으냐?' 라는 한마디로 얄팍한 우정을 내세우려던 김의 목소리와 어떻게 들으면 아주 직업적인 한마디로 듣고 흘려 버릴 수 있는 '안녕히 가세요' 가 견주어지며 그는 콧날이 찡, 저려짐을 느끼고 있었다. 덧니박이 아가씨의 따스한 체온이 온몸을 휘감아 주는 것만 같았다. 그는 손을 들어 작별 인사를 대신하고 되돌아서서 걷기 시작했다.

김과 그는 두 달 전만 하여도 어떤 여성 월간지의 편집실에 같이 근무했던 사이였다. 그때의 일이었다. 그가 담당했던 업무 중에 투고되어 들어온 독자의 수기 중에서 게재할 가치가 있는 것을 가려 뽑는 일도 포함되어 있었다. 그런데 그 업무를 지난 여름 휴가 때 잠깐 김이 대신하게 되었던 것이다. 그의 업무를 김이 대신 맡아 하게 된 것은 단순히 책상의 배열 탓이었다. 지금도 그런지는 모르지만 그가 그 편집실에 근무할 당시는 편집실 직원이 모두 열 명이었다. 평기자가 모두 여덟 명으로 양쪽에서 네 명씩 마주보고 앉게 되어 있었고 편집장과 편집차장이 양쪽 끝에서 마주보게 된, 누군가의 얘기에 의하면 '전차식 책상 배열' 이라는 것이었다. 편집장이 편집차장을 향해 똑바로 앉아 있을 때 편집장의 우측열(편집장 포함)이 A팀이 됐고, 편집차장이 편집장을 향해 똑바로 앉았을 때 편집차장의 우측열(편집차장 포함)이 B팀이 되었는데, 그 A · B팀의 구별은 편집실 인원을 두 팀으로 갈라야 할 땐 별 잡음 없이 당장 가를 수 있는 아주 편리한 것이었다. 휴가도 그렇게 나누어져 실시되었는데 매듭짓지 못한 모든 업무는 마주앉은 상대에게 인계하게 되었고 그때 김과 책상을 마주한 그는 자기 업무를 김에게 인계하고 휴가를 얻었던 것이다. 그렇게 해서 1주일간의 휴가가 끝나고 출근을 하자, 이미 잡지가 발행되어 각 서점에서 팔리기 시작했고 그와 때를 같이 하여 괴상한 사건 하나가 발생하였던 것이다. 사건이란 맨 마지막으로 송고되어 바삐 인쇄된 독자 수기 때문에 빚어진 것이었다. 문제가 된 것은 '이제 나의 하늘도 마냥 푸르러요'라는 제목이 붙은 어느 여성의 실연 수기와 함께 실린 투고자의 사진이었다. 그 기사를 보고 달려와 울며불며 늘어놓은 어떤 여자의 푸념 내용은 자기와는 아무런 관계도 없는 글에 어째서 엉뚱하게 자기의 사진을 집어 넣었으며 또 그 사진이 어디서 났는지 출처를 대라는 것이었다. 그 사건으로 사진을 도용당했다는 여자의 오빠(모 권력기관에 근무한다고 했다)라는 사람에게 명예훼손과 사진 출처의 추궁 등으로 1주일도 더 넘게 시달린 사장은 결국 3개월 동안 잡지에 전 페이지짜리 정정 기사와 사과문을 내주겠다는 약속을 해야만 했고 그것으로 이 사건은 일단 수습이 되었지만 그것은 어디까지나 피해자와 회사측과의 사이에 이뤄진 한 타협에 불과했을 뿐이었다. 그 사건으로 화가 치솟을 대로 치솟은 사장은 실무자 선에서 한 사람을 해고시켜야겠다고 명확한 뜻을 밝혔던 것이다. 사장의 그런 강경한 뜻은 누구의 힘으로도 돌이킬 수가 없었다. 왜냐하면 그렇지 않아도 사장은 경영상의 여러 가지 문제로 한 사람쯤 감원을 시킬 예정을 세워놓고 있었던 참이기 때문이었다. 그러나 그 사건은 그렇게 단순하지가 않았다. 여러 가지 각도에서 해석될 수 있는 복잡한 것이었다.

그때 그 사건을 전체 편집 회의에서 분석한 것은 다음과 같은 네 가지였다.

1. 피해자와 삼각관계에 있는 어떤 남자의 짓일 수도 있다.

2. 피해자라는 사람이 수기에 사진을 동봉하여 투고를 하고는 피해를 입은 것처럼 연극을 꾸며 금전을 요구하는 행위일 수도 있다.

3. 애독자 통신란과 같은 독자 참여란에 사용해 달라고 보낸 사진을 편

집실의 실무자가 그 수기의 필자로 착오·게재했을 수도 있다.

4. 실무자가 우연히 습득한 사진이 여자의 사진이니까 순전한 장난기로 그와 같은 기사와 함께 싣게 했을 수도 있다.

편집장이 이런 네 가지 추측을 들고 사장을 만났다. 사장은 아무런 근거도 없으면서 실무자의 부주의로 '애독자 통신란'과 같은 독자 참여란에 사용되어질 사진이 잘못 사용되었다는 추측 사항만을 고집했던 것이었고 그렇게 되니 그 사건에 책임을 져야 하는 사람으로는 수기란의 담당자인 그와 그의 휴가 기간 그 업무를 대행했던 김으로 압축되어졌다. 물론 그는 김에게 모든 것을 미뤄 버릴 수도 있고 김은 김대로 그를 붙들고 늘어져 책임을 회피할 수도 있었다. 그러나 그는 사장의 태도가 심히 못마땅해 사표를 던지고 말았던 것이다. 월여 전부터 경영난을 한탄하며 감원 대상자를 마련(?)하기 위해 혈안이 되어 출근부를 뒤적이고 하던 사장의 속셈을 그는 훤히 들여다보고 있었던 것이다. 끝까지 투쟁을 할 수도 있었으나 그는 만약 자기 자신이 그 책임 소재에서 벗어난다 해도 김이 그 책임을 짊어지게 되리라는 것이 명확했기 때문에 더 이상 버틸 수 없었던 것이다. 그것은 김이 아들, 딸 합해서 다섯 식솔이나 거느리고 있는 가장이라는 것을 알고 있었기 때문에 더욱더 자기 자신을 고집할 수가 없었던 것이기도 했다.

그는 집으로 돌아가는 버스를 기다리면서도 김에 대한 생각을 떨쳐 버릴 수가 없었다. 어느 날, 김은 술자리에서 그의 고지식한 성격을 나무라는 투로 '나 같으면 말야, 내가 독자 수기 담당자라면 적당히 꾸며 써가지고 원고료를 타내겠단 말야'라고 말한 적이 있었다는 것을 문득 기억에 떠올렸다. 그 당시 귓가로 흘려 버리곤 이내 까맣게 잊고 있었던 이런 기억이 도대체 여태까지 어느 구석에 숨어 있다가 이제야 불현듯 나타나 주는 것인지 그로서도 알 수 없는 노릇이었다. 느닷없이 떠오른 그 기억은 기억으로만 그치지 않고 자꾸만 상상의 나래를 퍼덕이게 했다. 그렇다, 김은 우연히 길거리에서 한 여인의 사진을 습득했을지도 모른다. 자기가 쓴 수기에 그 사진을 붙여 투고된 수기인 양으로 꾸며서 원고료 몇 푼을 타내려고 계획했을지도 모른다.

'그렇지야 않겠지.'

그는 고개를 절레절레 흔들어대며 계속 '그렇지야 않겠지!'를 자꾸만 속으로 중얼댔다. 그러나 그의 중얼거림은 곧 그쳐졌고, 그 대신 조금 전 수화기를 통해서 울려오던 김의 음성이 그의 귓가를 맴돌고 있었다.

'장가를 들어 아들딸이 수두룩해야 할 나이에 대폿집에다 주민등록증이나 맡기고 외상 술을 퍼먹는 네 신세가 한심해서 버릇 좀 고쳐주려고 그랬다…… 뭐라고? 그렇게라도 해서 네놈이 노총각 신셀 면하면 네놈이 좋지 내가 좋으냐?

그는 자신도 모르게 이번엔 고개를 끄덕여댔다. 남의 주민등록증에 붙은 사진을 도용해서 그따위 짓이나 하는 걸 보면 역시 그때의 사건도 그놈이 벌여 놓은 게 틀림없다는 생각을 해낸 것이다.

그는 그의 집으로 갈 수 있는 노선의 버스가 와 닿자 얼른 집어 탔다. '그렇게라도 해서 네놈이 노총각 신셀 면하게 되면 네놈이 좋지, 내가 좋으냐?' '안녕히 가세요' '그렇게라도 해서 네놈이 노총각 신셀 면하게 되면 네놈이 좋지, 내가 좋으냐?' '안녕히 가세요'…….

그의 귓전에서 김의 목소리와 덧니박이 아가씨의 목소리가 간단없이 잇달아 맴돌고 있었다. 그는 생각에 잠겼다. 왜 김의 우정엔 소름이 돋치는 한기를 느끼게 되고 덧니박이 아가씨의 비즈니스에선 훈훈한 체온을 느끼게 되는가를! '그렇게라도 해서 네놈이 노총각 신셀 면하게 되면 네놈이 좋지, 내가 좋으냐?' '안녕히 가세요', '그렇게라도 해서 네놈이 노총 각 신셀 면하게 되면 네놈이 좋지, 내가 좋으냐?' '안녕히 가세요' ……. 냉탕, 온탕, 냉탕, 온탕, 냉탕, 온탕, 냉탕, 온탕, 그는 지금 자기가 목욕탕 속에 마련된 냉탕과 온탕에 번갈아 가면서 첨벙첨벙 몸을 담그는 환상에 빠져 있었다.

버스에서 내린 그는 골목으로 접어들었다. 목욕탕을 끼고 샛골목으로 들어섰다. 높다란 시멘트 벽이 앞을 막아서듯 버티고 서 있었다. 그 시멘 트 벽에 붙은 빨간 글씨의 〈솜틀집←〉을 속으로 읽으며 화살표 방향으로 잰걸음을 옮겼다. 무서워졌다. 더욱 빨리 걸음을 옮겼다. 저만큼 앞에 V 자형으로 꺾어진 쌍갈랫길이 나타났다. 머리칼들이 일시에 곤두섰다. 걸 음을 멈췄다. 무언가 희끄무레한 것이 쌍갈랫 길이 시작되는 곳에 웅크리 고 있었기 때문이었다.

'숙모인가. 고양이가 든 솥에 불을 지피며 무언가를 열심히 빌고 있는 숙모인가.'

뀌이익— 길고 요란한 금속성이 고막을 울렸다. 그 소리와 함께 무엇인 가 공중으로 부웅 날아올랐다. 그는 그 자리에 털썩 주저앉았다. 가슴이 덜컥 내려앉으며 숨이 꽉 막혀졌기 때문이었다. 그 신기료 장수의 신걸이 위에 거꾸로 걸린 검정 운동화짝, 삼촌의 다리, 머리채가 산발이 되어 떨 어지는 여자……. 한참 만에 제 정신으로 돌아온 그는 가만히 고개를 들어 앞을 바라보았다. 거기엔 숙모도, 삼촌도, 산발을 한 여자의 시체도, 수염 을 곤두세운 고양이도, 아무것도 없었다. 흰 옷차림인 쌀가게 영감이 뉘라 도 고르고 있는지 이쪽 편을 등지고 쪼그려 앉아 있을 따름이었다.

그는 벌떡 일어섰다. 그리고 다시 잰걸음으로 골목을 거슬러 오르기 시 작했다.

그는 1주일 동안 매일같이 들러 한 시간 남짓 앉아 있곤 하던 그 다방에 사흘 동안이나 발을 끊고 있었다. 앞으로도 계속 나가지 않을 작정이었다. 왠지 모르나 그 따스한 체온을 느끼게 했던 덧니박이 아가씨의 '안녕히 가세요' 란 인사말이 그의 마음에 걸렸다. '내일도 꼭 나오셔야 돼요' 라는 간곡한 부탁말보다도 더 큰 호소력을 지니고 있으면서도, 그러나 따지고 보면 아주 평범한 그녀의 인사, 그는 그것이 두려웠다. 정확히 말한다면 덧니박이 아가씨와 더 이상 만나기가 두려웠던 것이다. 그녀와 만나는 횟수가 잦으면 종당엔 그녀와의 관계 때문에 반드시 무슨 끔찍스런 일이 일어날 것만 같았던 것이다. 그것은 그의 예감이었다. 마치 깊은 산속의 짐승들이 미구에 닥쳐올 폭풍우를 예감하듯 그것은 그런 본능적인 것인지도 몰랐다.

그러나 그의 그러한 작정을 깡그리 무시하는 일이 벌어졌다. 그가 그 다방에 발길을 끊은 지 나흘째 되는 날이었다. 그날은 일요일이었다. 한 시쯤 되었을 것이다. 그가 점심을 마치고 나서 담배를 사기 위해 집에서 나왔을 때 그는 일단 자신의 눈을 의심해 보지 않을 수 없는 일이 쌀가게 앞에서 벌어지고 있다는 것을 알았다. 그의 눈에 들어온 것은 쌀가게 영감 앞에 선 머리채를 길게 늘어뜨린 젊은 여자의 옆모습이었다. 쌀가게 영감은 들고 있던 종이 쪽지를 한참 동안 들여다보다가 그가 지금 담배를 사기 위해 타고 내리는 비탈진 골목길을 가리켰고 그 손짓에 따라 고개를 돌리던 젊은 여자의 시선이 골목을 내려오는 그의 시선과 마주쳤다. 그의 시선과 마주친 여자의 표정이 잠시 굳어졌는가 했더니 이내 활짝 펴지며 상냥한 웃음과 함께 덧니가 살짝 나타났다간 이내 감추어졌다. 그는 이제 더 이상 자신의 눈을 의심할 수가 없었다. 틀림없는 그 다방의 아가씨였다. 쌀가게 영감의 손에 들려졌던 그 무슨 종이쪽지를 빼앗다시피 받아 든 아가씨가 그를 향해 달려들고 있었다.

"웬일입니까?"

그는 아가씨에게 지금 자기의 가슴 속에서 심하게 일고 있는 심장의 동계를 눈치채지 않도록 조심하면서 조용한 목소리로 물었다.

"어떤 집을 찾고 있는 중예요."

아가씨의 얼굴은 붉게 상기되어 있었고, 그 때문에 그녀의 얼굴에선 한층 더 싱싱한 젊음이 풍겨 나왔다.

"친구 집입니까?"

아가씨는 여전히 상기된 얼굴인 채 고개만 살래살래 흔들었다.

"어디 좀 봅시다."

"……"

그러나 그녀는 손에 들린 어느 집인가의 주소가 적혀 있을 종이쪽지를 냉큼 내주지 않았다.

"어디 봅시다. 이 동넨 통반을 모르면 집 찾기가 아주 곤란하게 되어 있습니다."

그제야 그녀는 무슨 큰 결심이라도 내린 듯한 얼굴 표정을 짓더니 손에 들고 있던 종이 쪽지를 그에게 건네주는 것이었는데 그 종이쪽지를 받아들고 들여다보던 그는 갑작스런 불침이라도 맞은 듯 소스라치게 놀라지 않을 수가 없었다. 그런 그의 행동을 지켜보고 있던 아가씨가 갑작스럽게 까르르 웃음을 터뜨렸다. 그 요란한 웃음소리는 골목을 타고 길게 퍼져 나갔다.

"선생님, 깜짝 놀라셨죠?"

덧니박이 아가씨가 웃음을 멈추고 정색을 하며 물었으나 그는 그녀에게서 받아 든 종이 쪽지 위에 올라 앉은 자기 집 주소에만 눈길을 꽂고 있을 뿐 대답을 하지 않았다.

"왜 이러고만 계세요?"

"……."

종이 쪽지 위에 떨구고 있던 시선을 들어 그는 다시 그녀의 얼굴로 옮겼다. 그는 이 덧니박이 아가씨의 말이 옳다고 생각했다. 길바닥 위에 이렇게 우두커니 서 있을 때가 아니었다. 시장을 보러 나가야겠다며 장바구니를 벗겨 들던 숙모가 곧 이 골목으로 나타날 것이다. 만약 이렇게 아가씨와 단둘이 서 있는 걸 숙모가 본다면 숙모는 그에게 그 여자가 누구냐고 끈질긴 질문을 해댈 것이다. 그리고 그의 숙모는 그를 자기 품으로 이끌어 들이곤 혀끝으로 귓밥을 간질이며 입버릇처럼 중얼거리던 '요즘 교제하는 여자가 있지? 그렇지?' 이런 속삭임을 '그 여자가 누구냐?' 는 질문의 화살로 바꾸어 쏘아댈 것이다. 이런 생각을 해낸 그는 빠른 눈길을 돌려 자기 집으로 뻗어 올라간 골목길을 한 번 훑어 보았다. 숙모는 아직 골목에 나타나진 않았다. 그는 지금이라도 당장 장바구니를 달랑거리며 숙모가 골목을 타고 내려올지도 모른다는 생각 때문에 여간 초조하지 않았다. 그는 자신도 모르는 사이에 덧니박이 아가씨의 옷소매를 잡아 끌었다.

"자, 가십시다."

"어디로요?"

"언제까지 이러고만 있을 수도 없지 않습니까?"

그는 다시 한 번 고개를 돌려 골목을 살피고 나서 덧니박이 아가씨의 앞장을 서서 바쁜 발길을 옮겼다.

"어디로 가는 거예요?"

덧니박이 아가씨의 땅을 찧는 하이힐 뒤축 소리가 빨라지며 그녀의 목소리가 뒷덜미에 와 닿았다. 그는 다시 힐끔 뒤를 돌아다보았다. 그러나 그 눈길은 지금 그의 뒤를 따르는 아가씨에게 머물지 않고 그 훨씬 뒤 그의 집과 통한 골목을 훑곤 이내 다시 앞으로 향해졌다.

"마치 도망이라도 치는 사람 같군요."

덧니박이 아가씨의 목소리가 다시 그의 뒷덜미에 와 닿았으나 그는 그 말을 듣지 못한 체 계속 발걸음만 재촉해댔다. 그러면서 그는 달포 전 집에서 기르던 고양이 키티가 약을 먹고 죽은 쥐를 삼켰는지 별안간 펄펄 뛰다가 죽었다는 얘기를 떨리는 목소리로 들려주던 숙모의 표정을 생각해냈다. 그러나 그 얘기를 들으면서 그는 직감적으로 그것은 숙모가 꾸민 거짓이라는 것을 느꼈던 것이다. 그때와 마찬가지로 지금도 그의 눈앞에 가득 펼쳐지는 환상은 '키티야, 나를 원망 말아라. 네가 이 지경이 되는 것은 내게서 우리 조카를 뺏으려는 여자 때문이다.' 이렇게 빌며 고양이를 삶는 숙모의 모습이었다.

그는 또다시 뒤를 돌아다보았다. 아직 숙모의 모습은 골목에 나타나지 않았다. 그러나 그의 마음 속에서 일고 있는 불안감은 냉큼 사그라지지 않았다.

"좀 천천히 가세요."

"……."

덧니박이 아가씨의 목소리가 다시 귓전을 때렸다. 그제야 그는 뒤를 돌아보며 걸음을 늦추었다.

"정말 꼭 무엇에 쫓기는 사람 같아요."

"쫓기다니요?"

"그럼 왜 그렇게 뛰듯이 걸어요?"

"나는 걸음이 워낙 빠른 편입니다."

말 끝에 그는 다시 한 번 힐끗 뒤돌아보았다.

"거짓부렁 마세요!"

"거짓부렁이라뇨?"

"전, 다 알아요."

"뭐를 다 압니까?"

"저하고 같이 가다가 동네 사람들 눈에 띄게 되면 곤란하니까 그러시는 거죠?"

"네?"

그는 자기 옆에 붙어 서서 걷는 아가씨의 얼굴을 빠안히 쳐다보며 반문했다. 그러나 그녀는 그가 자기의 말귀를 알아듣지 못해서 그렇게 묻는 것이 아니라는 것을 빠안하게 알고 있기 때문에,

"그렇죠?"

라며 대답을 독촉했다. 그녀의 독촉에 그는 대답 대신 고개를 설레설레 흔들어 보였다.

"그럼 왜 자꾸만 뒤를 돌아보곤 하세요?"

덧니 아가씨의 질문 공세는 끝날 줄을 몰랐다. 그렇지만 그는 그녀에게 대답해 줄 적당한 변명이 냉큼 만들어지지 않아 입을 다물고 있을 수밖엔 별 도리가 없었다. 그렇게 우물쭈물하고 있는 그를 구원해 주기라도 하듯 저만큼 앞에 다방 간판이 그의 눈길을 끌었다.

"우리, 다방에 들어가서 얘기나 합시다."

"……"

"변두리 다방이라 여러 가지가 신통치 않을 테지만……."

그는 다시 덧니 아가씨를 쳐다보았다. 그녀도 그것이 딱히 싫지는 않은 모양인지 덤덤한 표정으로 앞장서 걷기 시작하는 그를 따라 다방을 향해 발길을 옮겨 주었다.

3

　다방으로 들어선 그는 길 쪽으로 난 창 밑의 빈 자리에 가 앉아서 뒤를 따라 들어온 그녀가 옆에 와 앉기를 기다리고 있었다. 그의 뒤를 따라 들어온 그 덧니박이 아가씨는 다방 안을 한바퀴 휘이 둘러보더니,

　"왜 하필이면 늘 이런 데만 골라 앉으시죠?"

자리에 앉을 염은 않고 따지기부터 했다. 그러나 그는 묵묵히 창 밖으로 내보낸 눈길로 좁다란 골목길을 훑어 올라가기 시작했다. 그가 자리한 2층 창문에서 내려다보이는 골목은 그의 시선이 미칠 수 있는 거리로 따지면 10미터도 채 못되었다. 골목이 똑바로만 뚫려져 있다면 그의 시력이 허용하는 한까지는 그 잡다한 골목의 풍경이 낱낱이 그의 눈길에 잡힐 테지만 골목은 그의 시선이 시작된 곳으로부터 약 10미터 앞에서 오른편으로 착 휘어져 있었던 것이다.

　"무얼 그리 열심히 살피는 거예요?"

　얼마 후, 그의 앞자리에 자리한 덧니박이 아가씨가 질문을 던진 것과 거의 동시에 골목을 훑어오르던 그의 시선에는 장바구니를 든 숙모가 골목길을 타고 내려오는 모습이 붙잡혔다. 오른쪽으로 휘어져 있어 보이지 않는 골목길을 지금 막 그의 숙모가 빠져나왔던 것이다. 그는 당황하여 자기의 시선에 붙잡힌 숙모의 모습을 내팽개치고 앞자리에 앉은 덧니박이 아가씨의 얼굴로 그 시선을 옮겨 박았다.

　"선생님은 정말 이상한 취미가 있으시군요."

　"네?"

"이상한 취밀 가지셨다구요."

"이상한 취미라뇨?"

"이상한 취미지 뭐예요. 우리 다방에 오셔서두 늘 창가에만 자리잡고 앉으셔서 밖이나 내려다보시곤 하시더니 오늘도 또 그러시잖아요?"

그는 순간 흠칫 놀랐다. 그녀의 말을 듣고 있던 그의 눈앞엔 문득 그녀가 일하고 있는 그 번화가의 2층 다방에서 내려다보이는 건널목 부근의 풍경이 하나 가득히 펼쳐졌다. 그 건널목 부근의 풍경을 흐릿한 배경으로 하고 그 위를 흘러가는 집약된 과거가 있었다.

담배 가게 진열장에서 우연히 발견된 그 미모의 아가씨네 집, 그 집 대문 앞에 붙은 장씨 성을 가진 문패, 그 아가씨를 미행하던 자신, 자기의 미행을 눈치챈 그녀의 당황해 하던 눈길, 서둘러 대는 발걸음, 빨간 신호등이 밝혀진 건널목, 미행 당하지 않기 위하여 질주하는 차량의 물결을 가르며 차도로 뛰어든 그녀, 끼이익— 급브레이크를 밟는 길고도 요란한 금속성, 부웅 공중으로 날아올랐다 떨어지던 그녀의 산발이 된 머리채, 연쇄적으로 급정거하는 차량들의 소음, 사방에서 우르르 몰려드는 군중들…….

그는 떨리는 가슴을 펴며 태연한 목소리를 꾸며,

"그게 뭐 이상합니까?"

그녀에게 반문했다.

"그럼요, 이상하지 않구요. …… 앞에 앉은 사람도 생각해 주셔야잖아요?"

"아, 그렇군요."

그는 덧니박이 아가씨의 곱게 흘겨진 눈길을 피하려는 듯 앉아 있던 창턱 밑의 자리에서 엉거주춤 일어나 안쪽 옆의 빈 자리로 자리를 바꾸어 앉았다. 그러나 그것은 지금 그녀가 그에게 늘어놓는 항의에 의한 반응이 아니었다. 미구에 이 다방 밑을 지나가게 될 숙모의 시선이 우연하게도 이 다방 창가에 붙어 앉아 있는 자신의 모습을 발견하게 될지도 모른다는 그런 의구심 때문이었다. 그러나 옆자리 의자로 옮겨 앉고서도 그의 시선은 역시 창 밖으로 나가 있었다. 그러한 그의 시선에 붙잡히는 것은 골목의 밑바닥 풍경이 아니고 이 골목을 꾸미고 있는 음식점이라든가 책방 같은 상점들의 간판이 아니면 전선주의 윗부분 같은 것들이었다. 건물의 지붕, 간판, 창문, 신문사 보급소에서 휘날리는 깃발…… 이런 무질서한 장애물들에 가리우다 남은 하늘이 어쩌다 손바닥만한 크기로 또는 책보만한 크기로 뚫려 파랗게 빛나고 있었다. 그는 그의 시야로 들어온 그 옹색한, 그래서 더욱 파랗게 보이는 가을 하늘을 바라보고 있었다.

"회사에 전활 했댔어요."

"회사요?"

"네, 선생님이 계신 줄만 알고……."

"회사요?"

그는 덧니박이 아가씨의 밑도끝도없는 말에 화들짝 놀라 창 밖에 내보냈던 시선을 거두어 그녀의 얼굴 위로 옮겼다.

"네, 전활 걸었더니 어떤 분이 글쎄……."

그녀는 하던 얘기를 중간에서 뚝 끊더니 갑자기 실성이라도 한 사람처럼 까르르르 요란스런 웃음보를 터뜨리는 것이었다. 그 금속성의 웃음소리는 한가한 변두리의 좁은 다방을 떠올릴 듯 야단스럽기만 했다.

"아니, 왜 그렇게 웃으십니까?"

웃었기 때문에 나타난 덧니인지 아니면 덧니를 나타내기 위해 짐짓 까닭도 없는 웃음을 웃었는지는 모르나 어쨌든 그는 그녀의 덧니에 시선을 매단 채 물어보았다. 그러나 그녀는 그의 질문에 아랑곳도 없이 얼마 동안을 더 그렇게 까닭 모를 웃음을 계속하고 나서 허리가 끊겼던 얘기를 다시 이어나가기 시작했다.

"…… 전활 걸었더니 글쎄 어떤 분이 대뜸 묻는 말이 주간지에 나온 구혼 광고를 보고 건 전화냐고 묻잖겠어요?"

"그래요?"

"글쎄 그러더라니까요. 내 참, 기가 막혀서……."

"뭐가요?"

"글쎄 그 기사를 구혼 광고로 못박아 버리니 기가 막히잖아요."

"광고나 다를 바가 없지요."

"네?"

그녀의 눈이 필요 이상으로 동그랗게 키워지며 그의 얼굴에 매달렸다. 그러나 그는 담배를 꺼내는 동작으로 그녀의 시선을 슬며시 피했다.

"그럼 선생님도 역시 그 기사를 낼 땐 광고 효과를 노리고 내셨단 말씀인가요?"

뽑아 문 담배에 성냥을 그어 대면서 그는 문득 김의 얼굴을 눈앞에 떠올려 보았다. 김의 목소리가 귓전에서 맴도는 듯했다. '네놈이 노총각 신셀 면하면 네놈이 좋지, 내가 좋으냐?'

자기에게 노총각 신세를 면하게 해주기 위해서 사진까지 도용하여 주간지의 '청춘 복덕방' 란에다 구혼 광고를 게재시켜 준 김의 우정.

그는 입언저리에 쌉쌀한 미소를 하나 가득이 물었다간 푸우, 담배 연기와 함께 길게 내뿜었다. 그러면서 그는 주간지의 한 귀퉁이에 실렸던 그 기사를 생각에 떠올려 보았다. 열 가지의 설문에 자기 자신이 직접 작성한 형식으로 꾸며 놓았던 그 '청춘 복덕방' 의 기사를―.

'사진과 같이 생긴 나는 1미터 68센티의 키를 가졌으며 ○ ○ 회사에 근무해 한 달에 3만 원 남짓한 봉급을 받고 있다. 이러한 내가 요구하는 여성은 딱히 미인이 아니어도 좋으나 나의 박봉인 월급 봉투를 받고 바가지 교향곡이나 연주하지 않을 고등학교 졸업 이상의 학력을 가진 여자면 좋다. 그런데 미안하지만 나의 예금통장엔 젊다는 것밖엔 달리 예금된 게 없으니 그래도 좋다는 여자라면 명기된 주소로 연락하기 바란다. ……'

그는 자기 자신의 손에 의해서 작성된 것처럼 그 주간지에 게재되었던 기사를 이렇게 간추려 생각하며 담배 연기와 함께 또다시 객쩍은 웃음을 날렸다. 그러면서 문득 앞자리에 앉은 덧니박이 아가씨의 얼굴로 눈길을 돌렸다. 그의 시선에는 그녀가 조금 전에 던졌던 자기의 질문에 대한 대답을 요구하고 있다는 것이 잡혔다. 그러한 그녀의 표정을 읽으면서 그는 순간 엉뚱한 생각에 사로잡혔다. 그것은 자기가 그녀로부터 받았던 질문이 무엇이었던가 하는 생각이었다.

'그럼 선생님은 역시 그 기사를 내실 땐 광고 효과를 노리고 내셨단 말씀이죠?'

얼마 후, 조금 전에 덧니박이 아가씨의 입술을 거쳐 나왔던 목소리가 귓바퀴 안에서 되살아났다. 그러자 그는 불쑥 자기의 질문에 대한 대답을 골똘히 기다리고 있는 그녀의 눈에다,

"그런 셈이죠."
마치 퉁명이라도 부리듯이 대답을 주었다.

"그래, 광고 효과가 있었나요?"

"……."

"광고 효과를 많이 보셨느냐구요!"

"네?"

그는 덧니박이 아가씨의 얼굴을 바라보며 또 반문했다.

"편지를 보낸 아가씨들이나 또 저처럼 이렇게 직접 찾아온 사람이 많았느냐구요!"

"……."

"대답을 안 하는 걸 보니 광고 효과가 무척 컸던 모양이군요."

그제야 비로소 그는 이 덧니박이 아가씨가 던졌던 질문에 담긴 뜻을 알아차릴 수 있었다.

"하나도 없습니다. 광고 효과는."

"거짓부렁 마세요."

그는 깜짝 놀랐다. 그가 놀란 것은 덧니박이 아가씨가 던진 목소리가 컸던 때문이 아니었다. 그녀의 목소리와 함께 그에게 밀어닥친 숙모의 환영 때문이었다.

'그렇다. 이 아가씨의 얘기대로 나는 지금 거짓말을 하고 있는지도 모른다. 미혼 여성들을 위해 발행한 그 주간지의 고정란에 실린 기사인데 장난기 섞인 편지 한 통이 오지 않았을 리가 없지 않는가. 몇 달 전까지 근무했던 회사로도 몇 통의 편지나 전화가 왔을 것이다. 아니 이 아가씨의 얘기로는 전화를 받은 사람이 대뜸 구혼 광고를 보고 거는 전화냐고 묻더라지 않던가? 그 기사에 밝혀진 나의 연락처가 전에 근무했던 직장과 지금 살고 있는 집 주소로 되어 있으니 적어도 편지 몇 통쯤은 집으로 온 것이 있을 것이다. 그러나 나는 이 아가씨가 믿지 않을 정도로 엽서 한 장도 받아 보지 못한 것이다. 그렇다면 숙모가 그런 편지를 전해 주지 않았단 말인가?

문득 귓전을 때리는 소리가 있었다. 숙모의 목소리였다. '요즘 교제하는 여자가 있지, 그렇지?

숙모의 목소리는 자꾸만 자꾸만 그의 귓전을 어지럽히고 있었다.

'이 아가씨의 얘기가 옳을지도 몰라. 편지 한 통 받아본 일이 없다는 내 이야기를 거짓부렁이라고 못박아 버리는 이 아가씨의 얘기가 맞는지도 모른단 말야.'

숙모의 얼굴이 그의 눈앞에 또다시 커다랗게 확대되어 그는 그러한 숙모의 환영을 떨쳐 버리려고 애를 쓰며 천천히 입을 열었다.

"난, 단 한 장의 엽서도 받은 일이 없습니다."

"그럼 박 선생님께선 직접 받으신 일이 없지만 다른 누가 대신 받았단 말씀인가요?"

또다시 덧니가 나타났다.

그녀는 잔뜩 비틀린 웃음을 입가에 가득 매달고 있었다. 그녀의 그런 웃음을 대하자 그는 순간 온몸의 피가 머리로만 몰리는 듯 싶었다. 무슨 죄라도 진 사람처럼 '나는 단 한 장의 엽서도 받은 일이 없다'는 그런 병신스러운 대답이 어째서 나왔는지 자신이 생각해도 화가 치솟았다. 문득 오래 전에 있었던 일이 그의 뇌리를 스치고 지나갔다.

그날, 느닷없이 구멍가게에서 불쑥 튀어나온 매부리코의 형사가 '여보!' 하고 불렀을 때 멍청하게도 '저 말입니까?' 라고 대답했던 그 일이었다. 그때 그의 그런 병신스런 태도에 매부리코인 그 형사는 '지금 이 골목에 당신 말고 또 누가 있어?' 하고 소리쳤었다. 형사의 그런 버릇없는 소리를 듣고 나서야 공연히 '저 말입니까?' 하고 빌붙듯 대답한 자신의 병신스러움을 후회했던 일이 있었다는 것이 문득 떠올랐던 것이다.

그는 지난날의 일을 생각하며 덧니박이 아가씨의 얼굴에서 눈길을 거두지 못했다. 속에서 부글부글 끓어오르는 화를 지그시 참아내고 있는 중이었다.

'이 여자는 왜 이렇게도 끈질기게 나를 추궁하는 것일까? 도대체 이 여자는 무엇 때문에 날 찾아온 것인가? 이 여자의 정체는 뭐란 말인가? 다방 레지로 가장한 이 여자는?

이런 생각에 묻혀 있던 그는 불현 듯 온몸을 휘감는 불안감에 마치 으스스 한축이 나는 사람처럼 전신을 부르르 떨었다. 그러면서 또 예의 그 증상이 일기 시작했다. 공중전화통에 들어간 동전이 상대방의 전화와 연결이 되었을 때 덜커덩 하고 바닥으로 떨어지듯 그토록 요란하게 가슴이 내려앉으며 숨통이 막혀 버리는 바로 그 증상이었다. 눈앞이 캄캄해지자 그는 재빨리 차탁자 위에다 양쪽 팔굽을 굽혀 세우고 좌악 펼친 두 손바닥에 얼굴을 묻었다. 그러면서 이런 증상이 일면 언제나 하는 방법으로 정상적인 호흡 상태로 돌아가기 위해 안간힘을 써댔다. 그러나 그의 눈앞에 또다시 숙모의 환영이 떠올랐다. 그러면서 덧니박이 아가씨의 목소리가 귓전을 맴도는 것이었다. '그럼 박 선생님께선 직접 받으시지 않았지만 다른 누가 대신 받기는 했다는 건가요? 정화수 한 대접을 개다리소반 위에 정성스레 떠올려 놓고 고양이를 찌는 솥 앞에서 합장하는 숙모, 낙엽처럼 휘몰려 그 고양이를 찌는 아궁이 속으로 쓸려 들어가는 편지봉투들, 뜨거운 열에 견딜 수 없어 발악하는 고양이의 울음, 이러한 환영 속에서 그는 어떻게든 정상적인 호흡을 찾겠다고 더욱더 안간힘을 써댔다.

얼마 후, 그러한 안간힘 끝에 그는 드디어 정상적인 호흡을 할 수가 있었다. 그는 천천히 고개를 들어올리며 넋을 잃고 있는 덧니박이 아가씨의 얼굴을 쳐다보았다.

"박 선생님, 왜 그러세요?"

"……."

덧니박이 아가씨의 그 동그랗게 키워진 눈이 그를 빠안히 쳐다보고 있었다. 그러나 그는 대답을 잃고 멍청한 눈길로 그녀의 얼굴만 바라다볼 뿐이었다.

"어디가, 몸이 편찮으신 모양이죠?"

"……."

그는 역시 대답을 잃은 채 힘없이 고개만 끄덕여 보였다.

"어디가 편찮으세요?"

"아니 이젠 괜찮습니다."

"제가 알아맞춰 볼까요?"

"네?"

"어디가 편찮으신지 말예요."

"……?"

"배가 편찮으신 거죠? 아마 횟밴지도 몰라요."

그는 어안이 벙벙하여 그녀의 얼굴에 눈길을 박은 채 입을 다물고 있었다. 그의 얼굴을 바라보며 그녀는 한층 더 의기양양하게,

"그렇죠? 배가 편찮으신 거죠?"

하고 외쳤다.

"네, 가끔 배가 끊어질 것같이 아플 때가 있어요."

그는 거짓말을 했다.

갑자기 가슴이 내려앉으며 숨통이 막히는 증상을 그녀에게 어떻게 설명을 해야 좋을지 몰랐고 또 설명할 필요도 없었기 때문이었다.

"거 봐요."

덧니박이 아가씨는 한층 더 신이 나서 재잘대기 시작했다.

"제게 오빠 한 분이 계셨어요."

자연스럽게 자기 오빠에 대한 얘기를 시작했다. 그녀의 얘기 솜씨는 보통이 아니었다.

그 오빠는 자기와 여섯 살 터울이라고 했다. 농촌에서 자라는 동안 그 오빠는 횟배를 앓았다. 횟배 때문에 배를 끌어안고 뒹구는 오빠에게 어머니는 곧잘 엽연초를 말아서 피우게 했다. 의료 시설이 없는 농촌에서는 횟배를 치료할 수 있는 방법이 그밖에 없었고 그래서 어머니는 오빠가 횟배로 고생할 때마다 엽연초를 종이에 말아 불을 붙여 입에 물리곤 했다는 것이다. 오빠의 그렇게 입에 댄 담배가 국민학교를 졸업할 무렵이 될 때에는 완전한 중독이 되었다는 것이었다. 국민학교를 졸업하여 읍내 중학교에 다니게 된 오빠는 이제 횟배 같은 건 앓지도 않았는데 담배는 날이 갈수록 늘기만 했다. 학교에서도 쉬는 시간이면 변소나 담모퉁이 같은 후미진 곳을 찾아 담배를 피우곤 했던 것인데, 어느 날 쉬는 시간에 또 그렇게 도둑 담배를 즐기다가 수업 시작을 알리는 종소리가 났기 때문에 급한 차에 피우던 담배를 무심코 퉁긴 것이 공교롭게도 학교에서 기르는 돼지막 지붕 위로 올라가 떨어졌다는 것이다. 도둑 담배를 즐긴 현장에서 교실로 오는 동안 돼지막 지붕에서 연기와 함께 불길이 치솟았고 마침 그때 돼지 구정물을 주러 오던 학교의 급사가 그것을 목격했기 때문에 오빠는 꼼짝없이 퇴학을 당할 수밖에 없었다는 것이었다.

그녀는 갑자기 하던 얘기를 뚝 끊고 무슨 생각이 났는지 옆자리에 세워 놨던 핸드백을 들어 차 탁자 위에 올려 놓곤 무엇인가를 부지런히 찾기 시작하는 것이었다. 그러면서 그녀는 또 밑도 끝도 없이 불쑥 한다는 소리가,

"지금 제가 뭘 찾고 있는지 아시겠어요?"

이 모양이었다. 그러나 그는 그녀가 무엇을 찾고 있는지 도저히 땅띔조차 할 수가 없었다. 또한 별 관심도 없었다. 그래서 그는 멍한 그러나 약간의 호기심이 어린 눈길로 그녀의 행동을 주시하고 있을 수밖에 없었다.

"제가 지금 뭘 찾는지 아시겠느냔 말씀이에요."

"그걸 어떻게 압니까?"

"알아맞혀 보세요."

"……."

정말 딱한 노릇이었다. 그러나 덧니박이 아가씨는 아주 천진난만한 어린아이가 재미난 놀이에 열중해 있을 때처럼 눈을 반짝이기까지 하며 자꾸만 자기가 무엇을 찾고 있는지 알아맞혀 보라고 하는 것이었다. 그러나 그는 아무리 생각해 봐도 도저히 그녀가 지금 핸드백에서 무엇을 꺼낼지 도통 짐작할 수가 없어 계속 그녀의 행동만을 주시하고 있었다.

"박 선생님께 꼭 보여 드리고 싶었던 거예요."

"제게요?"

"네."

"제게 보여 주고 싶었다구요?"

"그렇다니까요. 정말 꼭 보여 드리고 싶었어요."

"그게 뭔데요?"

"어머, 정말 선생님은 엉터리야. 그걸 말할려면 제가 뭐하러 선생님께 알아맞혀 보라고 하느냔 말예요. 처음부터 아예 '이런 걸 보여 드리고 싶었습니다' 하고 척 내놓지 못하구."

"아, 참 그렇군요."

"어머머! '아, 참 그렇군요' 는 또 뭐예요. 남자들은 모두 저렇게 능청꾸러기들이라니까요."

그녀의 눈이 그의 얼굴 위에 매달리며 또다시 곱다랗게 흘겨졌다. 그는 점점 무엇에 홀린 듯한 기분이었다.

'도대체 이 여자는?'

그는 다시 생각에 잠겼다.

'이 여자는 내가 전에 자주 들렀던 다방의 레지다. 그리고 그 주간지에 실렸던 나에 대한 기사를 발견하고 그것이 자기가 일하고 있는 다방에 자주 나타나는 사내의 기사라는 걸 알고서 장본인인 나에게 말해준 여자다. 그리고 오늘은 거기에 밝혀진 주소로 나를 찾아온 여자다.'

그는 고개를 흔들었다. 물론 이 덧니박이 아가씨의 정체는 그런 것이었다. 그러나 그것은 지금 그의 내부에서 들끓고 있는 의문에 대한 대답이 될 수 없었다.

'이 여자는 왜 나를 찾아온 것일까? 나와 사귀어 보겠다고?'

그는 또다시 고개를 저어댔다. 그녀가 자기를 찾아온 목적이 무엇이냐는 의문을 만족하게 풀어 주는 해답을 얻지 못했던 때문이었다. 그가 이렇게 거듭하여 고개를 저어 보이자 그녀는 그의 고갯짓이 자기가 낸, '자기가 무엇을 찾는지 알아맞혀 보라'는 수수께끼에 열중해 있기 때문에 나타내는 동작이라고 생각했던지 아주 흥미있게 그의 태도를 지켜 보는 것이었다. 그러다간,

"아무리 생각해도 짐작이 안 가시나요?"

그의 추리력을 비웃기라도 하는 듯한 표정을 만들어 보기도 하는 것이었다. 이러한 그녀의 깨우침에 의하여 그제서야 제 정신으로 바로 돌아온 그는,

"글쎄요."

여태껏 사뭇, 네가 핸드백에서 꺼내는 게 무엇일까 하는 생각만을 하고 있었지만 그래도 도저히 짐작할 수가 없었다는 투로 말했다. 그러자 그녀는 더욱 재미가 있다는 듯이,

"그럼 힌트를 드릴까요?"

라고 소리쳤다.

"힌트요?"

"힌트를 드리면 금방 알아맞히실지도 몰라요."

"……"

그는 고개를 끄덕여 주었다. 그러자 그녀는 곧 그에게 줄 마땅한 힌트를 만드는 모양으로 실눈을 해가지곤 골똘한 생각에 파묻혔다.

얼마 동안을 그러고 있던 그녀는 무슨 좋은 생각이라도 붙잡았는지,

"제가 제 오빠 얘길 해드렸잖아요?"

또다시 낭랑한 목소리로 소리를 치는 것이었다.

"네, 국민학교 때 이미 담배에 인이 박혔다는……."

"어머머, 국민학생이 니코틴 중독에 걸렸다는 게 중요했던가요, 그 얘기에서?"

그는 한껏 토라진 시늉을 하고 있는 덧니박이 아가씨의 얼굴을 멍하니 바라보았다. 그러면서,

'그랬던가? 그 얘기에선 니코틴 중독에 걸린 국민학생이라는 게 중요했던 게 아닌가?'

생각을 하고 있자니 문득, 왜 그녀가 자기에게 제 오빠의 얘기를 들려주었는지 그 까닭이 선명해졌다. 그래서 그는 곧,

"오빠도 나처럼 횟배를 앓았다는 게 중요했습니다."

하고 먼젓번에 틀리게 한 대답을 수정했다. 그러자 그녀는 또다시 그 덧니를 온통 드러내 놓고 호들갑을 떨며 웃어대기 시작했다. 얼마 동안을 계속 웃고 난 그녀는 다시 자못 진지한 표정으로 얼굴을 바꾸며,

"하지만 제가 선생님께 드리려는 힌트가 횟배인 것은 아녜요."

하고 단호한 어조로 말했다. 그녀의 얘기는 계속됐다.

"그 오빠의 '무엇' 이에요. 제가 지금 핸드백에서 꺼내려는 것도 '그 오빠의 무엇' 이고 그것을 알아맞히게 하기 위해 선생님께 드리는 힌트도 역시 '그 오빠의 무엇' 을 선생님께 꼭 보여 드리고 싶었다는 걸 염두에 두시라는 거죠."

"……?"

점점 더 알 수가 없었다.

"자아, 그러면 이제 알아맞히실 수 있겠죠?"

그녀는 마치 라디오의 퀴즈 프로를 담당하고 있는 아나운서처럼 말하고 있었다. 그러나 그는 그녀가 알아맞혀 보라는 그 수수께끼에 좀처럼 정신이 집중되지 않았다. 왜 이 여자가 자기 앞에 나타나서 이런 쓸데없는 수다를 떠는 것이냐 하는 것만이 열심히 그의 신경을 긁어댔다.

'도대체 이 여자가 나를 찾아온 목적이 무엇인가?

그는 고개를 갸우뚱거렸다. 그러나 그것은 도저히 풀 수 없는 의문으로 응고되어 영원토록 자기의 가슴 밑바닥에 뭉쳐 있을 것이라는 그런 생각이 퍼뜩 그의 뇌리를 스치고 지나갔다. 그렇다고는 하지만 그는 그 의문을 풀어 보겠다는 노력조차 포기해 버린 것은 아니었다. 그렇게 할 수도 없었다.

'도대체 이 여자의 정체는 무엇이며 왜 나를 찾아왔는가?

그는 다시 한 번 고개를 갸우뚱거렸다.

"너무 어렵게만 생각하실 건 없어요."

"……."

그녀의 말에 다시 혼자만의 골똘한 생각에서 풀려난 그의 시선은 그녀가 손을 집어 넣고 있는 핸드백 위로 가서 머물렀다.

"시험칠 때도 그렇잖아요? 아주 쉬운 문제를 너무 어렵게만 생각했기 때문에 풀어내질 못하고 시험이 끝나서야 그 쉬운 문제를 풀지 못한 후회에 빠지는 경우, 이를테면 그런 거예요. 제가 알아맞혀 보라는 게 말이에요."

"오빠의 빨뿌리!"

그는 자기도 모르는 사이에 커다란 소리로 외쳤다. 그러자 그녀는 또다시 그 요란한 금속성의 웃음을 터뜨리기 시작했는데 5분만 더 그렇게 웃음을 계속한다면 이 조그만 다방은 그 웃음이 가득 차 풍선처럼 하늘로 둥둥 떠오를 것만 같은 기분이었다.

"제가 아까 뭐랬어요. 담배와는 아무런 관계가 없댔잖아요."

"하지만 횟배는 중요하다고 했잖습니까?"

"중요하긴 했지만 그게 힌트가 아니라는 것을 전 분명히 밝혀 드렸어요."

"그랬던가요?"

"'그랬던가요?' 가 뭐예요. 그 말을 할 땐 마치 이 자리에 없으셨던 것처럼 말씀하시는군요."

"……?"

"오빠의?"

"……?"

"오빠의?"

"고향!"

또다시 그는 입에서 나오는 대로 주워섬겼고 그의 엉뚱한 대답이 무척 재미가 있다는 듯 그녀는 '어머머'를 연발하며 계속 그 요란한 웃음을 터뜨렸다. 껑충껑충 뛰기라도 할 듯 즐거워했다.

"제가 선생님께 꼭 보여 드리고 싶었던 것이라고 했잖아요. 그런데 뚱

딴지 같이 '고향'은 또 뭐예요. 고향을 어떻게 핸드백 속에다 넣고 다니느냐 말예요. 고향을! 기가 막혀서."

"……."

"그래, 선생님은 고향을 주머니에다 넣고 다니실 수 있어요?"

'고향? 주머니에단 못 넣지만 가슴 속에 품고 다닐 수가 있지.'

그녀의 웃음은 계속되었다. 그러나 그의 얼굴에는 그런 웃음 대신 갑자기 짙은 그림자가 끼고 있었다. 그때 그의 뇌리 속에 뒤뜰이라는 자기의 고향 마을 이름이 그 고향의 명물(?) 메뚜기처럼 팔딱팔딱 뛰기 시작했던 때문이었다. 순간 그는 가슴이 덜컥 내려앉는 것을 느꼈다. 숨이 막혔다. 그러면서 눈앞으로 가득 펼쳐지는 환영이 있었다. 그 환영은 그가 어렸을 때 원배미 들판으로 메뚜기를 훑으러 갔을 때 목격한 아주 끔찍한 광경이었다. 봇도랑에 가로질러 쑤셔박힌 시체, ㄴ자로 꺾여진 시체가 하늘로 향해 가지런히 뻗고 있던 두 다리, 그 발에 신겨져 있던 검정 운동화, 마치 신기료 장수들이 가지고 다니는 신걸이처럼 하늘을 마주보고 있는 운동화의 밑바닥, 삼촌의 사격술을 자랑했던 자신의 조그만 혓바닥 때문에 따발총의 군인에게 붙들려 가던 국방 경비대의 소위, 삼촌!……

"선생님!"

"……."

"박 선생님."

"……."

"선생님, 선생님!"

"……."

"선생님, 몹시 편찮으세요?"

그는 그녀가 다급한 목소리로 외쳐 대는 소리를 들으며 마음속으로 생각했다. 숨을, 숨을 쉬어야 한다고.

　얼마 후, 그는 정상적인 호흡을 할 수가 있었다.

　"선생님, 약을 사 잡수세요."

　적이 걱정스런 듯 그의 얼굴을 들여다보는 덧니박이 아가씨는 계속해서,

　"제가 약을 사오죠."

하고 금방이라도 일어설 듯한 기세였다.

　"아, 아닙니다."

　"아니긴 뭐가 아녜요, 몹시 편찮으신 모양인데요. 이번에는 몸까지 부르르 떠셨단 말예요. 선생님, 무슨 약을 사와야 하죠?"

　"약은 필요 없습니다. 아무런 약도 들질 않습니다."

　"진통제도요?"

　"아픈 게 아니니까요."

　"아픈 게 아니라구요?"

　"아니, 진통제로 멎게 할 그런 통증이 아닙니다."

　"그럼은요?"

　"이제 괜찮습니다. 아까 그 뭐죠?"

　"뭐가요?"

　"날보고 알아맞혀 보라고 했던 거 말입니다."

　"그걸 어쩌라구요?"

　"그거나 계속합시다."

　그는 엉거주춤 일어서서 약방엘 다녀오겠다고 서두르는 그녀를 만류하여 자리에 되앉히곤 그녀를 바라보았다. 그제야 그녀도 적이 안심이 된다는 듯 덧니를 드러내는 웃음을 입가에 잔뜩 매달곤,

"그렇죠, 그런 놀이에라도 열중하면 웬만한 통증 쯤은 잊게 될지도 몰라요."

이렇게 재잘거렸다. 그리고 또다시 예의 그 알아맞히기를 한시라도 빨리 끝장내려는 듯 서둘러 대기 시작했다.

"그 오빠의 뭐겠어요?"

"……?"

"그 오빠의?"

"권총!"

그는 또다시 불쑥 입에서 나오는 대로 커다랗게 소리를 질렀다.

그러자 그녀는,

"아이, 깜짝이야!"

말로는 깜짝 놀랐다고 했으나 조금도 놀란 것 같은 기색이 아니었다. 놀란 표정이기는커녕 아주 즐거운 표정이었다.

"어머머, 왜 느닷없이 권총이란 대답이 나오죠?"

그녀의 질문에 그는 왜 자기가 그야말로 느닷없이 권총이라는 대답을 했을까 하고 생각해 보았다. 왜 그런 대답이 나왔는지 자기 자신으로서도 알 수가 없는 노릇이었다.

"권총을 가지고 다니면 어떻게 되는지 아세요?"

그녀가 힐난 투로 묻고 있었다. 그러자 그는 마치 지금 자기가 권총을 가졌다가 무기 불법 소지자로 몰린 것 같은 기분이었다.

"여튼 그런 끔찍한 건 아니니까 잘 생각해서 알아맞혀 보세요."

"권총이 뭐가 끔찍합니까?"

"여튼 틀렸으니까 다시 알아맞히세요."

"……."

"그 오빠의?"

그녀의 낭랑한 목소리가 그의 정답을 재촉하고 있었다. 그러나 '그 오빠의 무엇' 이라는 '무엇' 이 정말 무엇인지 도통 짐작할 길이 없었다.

'끔찍한 물건은 아니랬지? 하지만 난 이제부터 끔찍한 낱말만 늘어놓을 테니까……'

그는 심술난 아이처럼 이렇게 속으로 작정을 해놓고 그녀의 질문이 계속되기를 바라고 있었다.

"그 오빠의?"

"사……."

그는 '사형' 이라는 낱말에 힘주어 내뱉으려다가 중간에서 뚝 멈추고 말았다. 그러자 그의 입에서 나온 '사' 라는 발음 때문에 그녀의 눈빛이 갑작스레 초롱초롱 빛났던 것이다. 물론 '사형' 이라는 낱말과 그녀의 핸드백에서 꺼낼 물건과는 아무런 관계가 없는 것이었지만 하여튼 그녀의 갑작스레 변한 표정으로 미루어 보아 그것은 '사' 자로 시작되는 낱말임에는 틀림없다는 확신을 가질 수 있었던 것이다.

그가 '사' 라는 발음만을 입 밖으로 내놓고 다물어 버리자 그녀는 어떤 스릴 같은 걸 느끼기라도 했는지,

"사, 뭐예요?"

하고 다음을 어서 이으라고 독촉을 했다.

일이 이렇게 뜻밖으로 진전되자 그는 자신도 모르는 사이에 앞서와는 달리 그 알아맞히기에 약간의 흥미조차 느끼게 되었던 것이다. 그래서 이제 그는 정신을 가다듬어 골똘히 생각을 펼쳐 보았다.

'오빠의 사랑!'

'사랑을 어떻게 가지고 다녀?'

'오빠의 사탕!'

'사탕은 가지고 다닐 순 있지만 여튼 사탕도 아니야.'

'오빠의 사진!'

'사진! 사진이라면 맞을지도 몰라.'

"사, 뭐냐니깐요?"

"사진!"

"맞았어요!"

그녀는 손뼉을 치며 웃어댔다. 그러자 그는 어리둥절하기만 했다. 왜냐하면 자기가 그 '알아맞히기'에 정답을 댈 수 있었던 것은 마치 '황소 뒷걸음질에 잡힌 개구리'나 다름없는 결과였기 때문이었다.

"맞았어요, 사진이에요!"

"……?"

그녀는 핸드백 속에서 사진 한 장을 꺼내어 그에게 건네주었다.

"그런데 선생님! 어떻게 사진이란 걸 아셨죠?"

"……."

그는 입을 봉한 채 묵묵히 그녀에게 받은 사진을 들여다보다가 깜짝 놀라고 말았다. 이 덧니박이 아가씨의 오빠라는, 사진 속에 담긴 사내는 갈데없는 그의 삼촌 얼굴이었던 것이다.

삼촌의 얼굴―. 순간 그는 또다시 가슴이 덜컥 내려앉고 숨통이 탁 막히는 증세에 빠지고 말았다.

"또 아프세요?"

"……."

"것 봐요, 제가 진통제라도 잡수시라고 했잖아요!"

"……."

"선생님!"

"……."

"박 선생님!"

"……."

"선생님!"

"……."

"이 보세요. 저 미안하지만 여기 냉수 좀…… 설탕 진하게 타서!"

그녀는 레지에게 부탁한 뒤 그의 어깨를 흔들었다.

"박 선생님! 선생님!"

"……."

"아이 어쩌나, 선생님! 박 선생님!"

"……."

"선생님, 물 드세요, 물! 설탕물이에요!"

그제서야 그는 비로소 간신히 정상적인 호흡을 할 수가 있었다. 그리고 덧니박이 아가씨가 입술에 갖다댄 냉수를 들이켰다. 이마는 땀에 촉촉이 젖어 있었다. 그리곤 다시 눈을 들어 손에 들고 있는 사진을 들여다보았다.

'이렇게 닮을 수가 없어! 이렇게 똑같이 닮을 수가…….'

순간 그는 어느 날 숙모가 그에게,

'조칸 꼭 돌아가신 삼촌을 닮았다니까…… 어떤 때는 삼촌이 살아서 돌아온 게 아닌가 하는 생각 때문에 머리끝이 쭈뼛 곤두설 때가 있어!'

이렇게 말했던 일을 떠올렸다.

'내가 삼촌을 닮은 게 아니라 삼촌이 이 아가씨의 오빠와 똑같이 닮아 있는 거야!'

"이제 좀 괜찮으세요?"

그는 걱정스런 목소리로 이렇게 묻고 있는 그녀의 질문엔 아랑곳도 없이,

"오빱니까?"

마치 돌아가신 삼촌의 사진이 어떻게 잘못되어 이 아가씨의 손에까지 들어간 거나 아닐까 하는, 그래서 이 아가씨가 자기 오빠의 사진과 삼촌의 사진을 혼동하고 있지나 않는가 하는 점을 확인이라도 하듯, 불쑥 그런 질문을 내뱉었다.

"어떠세요? 병원엘 가보시죠!"

"병원엔 왜요?"

"왜라뇨?"

"소용없습니다."

"하기야 병원도 웬만한 곳은 믿을 수가 없는 세상이니까……."

"이분이 정말 아가씨의 오빱니까?"

이제 자기 오빠의 사진에 대해서 별 흥미를 느끼지 않는다는 듯 열심히 그의 심한 고통에만 관심을 기울이는 그녀에게 그는 또다시 이렇게 물었다.

"네, 제 오빤데요. 꼭 선생님을 닮았어요. 사진은 약간 다른 데도 있긴 하지만 실제 얼굴은 영락없는 선생님 얼굴이에요."

그는 그녀의 얘기를 들으며 다시 그 사진 속의 인물을 곰곰이 뜯어보았다. 그녀에게 얘기를 들어서인지 자신의 모습과도 여러 가지로 비슷한 데가 많다고 느꼈다.

"닮은 것 같지 않아요?"

"글쎄요."

"어머머! 글쎄가 다 뭐예요. 제가 보기엔 꼭 빼다박은 것처럼 똑같이 보이는걸요."

"그렇다니 한번 만나 보고 싶어집니다."

그의 말에 문득 생각이 난 듯 그녀는 아깟번에 중단했던 자기 오빠에 관한 얘기를 계속하는 것이었다.

학교의 돈사(豚舍)에 불을 지른 결과가 된 도둑 담배의 사건 때문에 퇴학을 당한 그녀의 오빠는 그 길로 집을 뛰쳐나와 서울로 올라왔다. 서울로 올라온 그는 자전거포 직공 노릇도 했고 음식점의 배달원을 지내기도 했다. 그가 식당에서 일할 때 마침 그 식당을 단골로 드나들던 어떤 차주(車主)의 눈에 잘 보인 것이 인연이 되어 자동차 조수가 되었으며 그렇게 몇 년을 더 고생한 끝에 기계를 만지는 데는 남달리 눈썰미가 많았던 그는 용이하게 자동차 운전 면허를 따게까지 되었다. 그렇게 되자 시골에 계신 양친 부모와 단 하나의 동생을 서울로 데리고 올라오게 된 것이 그녀가 서울에서 살게 된 계기가 되었는데, 그때 그녀의 부모님은 이미 폐인이 다 되어 있어서 그녀가 고등학교를 졸업하기도 전에 두 분 다 세상을 떴다는 것이었다. 그렇게 되자 단 두 남매가 서울 생활을 계속해 왔는데 무사고를 자랑하는 택시의 모범 운전사인 그녀의 오빠도 2년 전에 교통사고로 세상을 뜨고 말았다는 것이었다.

그녀의 얘기에 팔려 들었던 그는,

"그래요, 제가 죽였어요! 오빤 나 때문에 죽은 거예요!"

갑자기 발작을 일으킨 듯 울부짖는 그녀의 외침 때문에 그는 하마터면 벌떡 일어설 뻔했다.

"내가 죽인 거예요, 우리 오빠는!"

그녀는 또 한 번 발악을 하듯 이렇게 외치고 나서 마구 울어댔다. 그렇게 울어대며 넋두리처럼 늘어놓는 그녀의 얘기를 종합해 보면 다음과 같았다.

고등학교를 졸업하고 대학 시험에 합격은 되었으나 오빠의 수입으로는 입학금을 낼 수가 없었다. 대학 진학의 꿈이 깨어지자 그녀는 돈을 벌어야겠다는 일념으로 가출을 했던 것인데, 혈육이라곤 이 세상에서 단 하나밖에 남지 않은 누이동생의 가출로 오빠의 심적 충격은 여간 크지 않았다. 그것은 그녀가 일자리를 구한 다방에서 가끔 대할 수 있는 신문의 광고란에다 낸 오빠의 호소로도 충분히 짐작하고도 남음이 있었다. 10년간 무사고 운전을 자랑하는 오빠의 운전 기술로 미루어 보나 사고 지점의 주위환경으로 보아도 왜 교통사고가 일어났는지를 짐작할 수 없다는 동료 운전사들의 의견을 들어보더라도 사고 당시 오빠는 가출한 자기 때문에 제 정신이 아니었던지, 그게 아니라면 자기의 신세를 비관한 나머지 스스로 목숨을 버렸음이 분명하다고 했다.

이런 얘기를 늘어놓으며 얼마 동안을 서럽게 흐느끼고 난 그녀는,

"오빠를 찾아온 거예요. 전 오빠를 찾아서 온 거란 말이예요! 주간지에 난 기사 때문에 박 선생님을 찾아온 게 아녜요. 선생님이 맨처음 우리 다방에 오셨을 때 전 숨이 탁 막혔어요. 오빠가 되살아나서 찾아온 줄로만 알았다구요!"

이렇게 외쳤다. 그리곤 또다시 어깨를 마구 들먹거리며 울어대는 것이었다.

얼마 후, 그는 덧니 아가씨의 그 격렬한 어깨의 흔들림이 약해지길 기다려 그녀를 데리고 다방에서 나왔다. 점심이라도 같이 나눌 생각이었다. 그녀도 자기 오빠의 사진을 백 속에다 간수하며 순순히 그의 뒤를 따라주었다.

다방을 나온 그들은 한길 쪽을 향해 발길을 옮기고 있었다. 이 골목에는 깔끔한 음식집이 없다는 것을 그는 잘 알고 있었던 것이다. 그들이 그 골목을 빠져 나오고 있을 때였다.

문득 그의 시선엔, 맞은쪽에서 이쪽을 향해 걸어오는 숙모의 모습이 들어왔다. 시장 바구니를 들고 이쪽으로 다가오는 숙모의 모습을 발견한 그는 무척 당황했다. 그러한 그의 눈앞으로 펼쳐지는 환영이 있었다. 개다리 소반 위에 정화수 한 대접을 정성스레 떠얹어 놓고 합장을 하고 있는 숙모의 환영이었다.

'만약 이 아가씨와 동행이라는 것을 숙모가 안다면?'

그는 난처했다. 난처했다기보단 넋을 잃고 있었다고 함이 더욱더 적절한 표현인지도 몰랐다.

'요즘 교제하는 여자가 있지? 그렇지?'

숙모의 목소리가 또다시 그의 귓전을 마구 두들기기 시작했다. 그것은 어느 비오는 밤, 숙모와 육체 관계를 가질 때 숙모가 그에게 한 질문이었다. 그러나 그는 그 물음에 아무런 대답도 하지 않았다. 그 질문에 대답할 답변이 없었던 때문이 아니었다. 금방이라도 '교제하는 여자는 없어요. 하지만 앞으로 해야겠지요!' 이렇게 소리치고 싶었던 것이다. 그러나 그는 끝내 그런 소리를 입 밖으로 내놓지 못하고 말았다. 숙모는 늘 그와 육체를 나눌 때 그런 유의 질문을 하곤 했다. 어느 날 밤인가는 자기를 '숙모'라는 호칭으로 부르지 말라고 한 적도 있었다. 숙모는 그의 육체를 즐기고 난 다음 자기에게 숙모라는 호칭이 붙는 것에 대한 부당성을 길게 늘어놨던 것이다. 그때도 그는 아무런 답변을 할 수가 없었다. '숙모'와 '조카' 간의 사이면서도 '숙모'와 '조카' 간의 선(線)을 없앤 지 오래라는 것을 그는 너무나도 잘 알고 있었다. 하여튼 숙모에게 있어서 그는 이미 '조카' 가 아니었다. '조카' 라는 것은 한낱 무의미하기 짝이 없는 사어(死語)에 불과했다.

그는 완전히 당황하고 있었다. '이 세 사람 (자기 자신과 숙모, 그리고 이 덧니 아가씨)의 마주침이 있어서는 안 된다' 는 오직 그 한 가지밖에 생각지 않았다.

'만약 숙모가 이 아가씨를 본다면?

그는 더욱 초조했다. 숙모가 만일 이 아가씨를 본다면 숙모는 자신의 '절대자' 인 조카를 앗기지 않으려고 그녀가 갖고 있는 두터운 신앙의 힘을 불러일으키기 위해 또다시 그 제전(祭典)을 마련할 것이다. 증묘(蒸猫)의 제전을―.

이런 생각을 펼치고 있는 그의 눈앞엔 무수한 고양이 떼에게 쫓기는 덧니박이 아가씨의 모습이 떠올랐다.

다음 순간 그는 바로 자기 옆에 나타난 샛골목을 발견하고 그리로 들어서며 덧니박이 아가씨에게 그 자리에서 잠깐만 기다려 달라는 눈짓을 했다. 그러면서 다시 한 번 숙모가 오는 쪽을 힐끗 쳐다보았다. 그러한 눈길에 숙모의 눈길이 직통으로 연결되었다.

그는 저만큼 앞에 보이는 샛골목으로 들어가서 달렸다. 그러나 그 골목은 스무 발짝도 가지 못해 막혀 있었다.

원래는 뚫려 있는 골목이 무슨 공사 때문에 막힌 것이었다. 그는 더욱 초조해졌다. 숙모의 눈길이 그를 발견한 이상 이 골목을 그냥 지나칠 까닭이 없었다. 다급해진 그는 바로 자기 앞에 동그랗게 입을 벌리고 있는 맨홀을 발견하자 그곳으로 들어갔다. 엄격히 말한다면 맨홀 속의 무슨 공사 때문에 내려진 듯한 사다리를 타고 있었던 것이다. 그러고 있는 그는 맨홀 속의 시커먼 어둠 속에서 또다시 고양이를 찌며 아궁이 앞에 앉은 숙모의 합장한 환영을 보았고, 괴상한 소리를 내며 발악하는 고양이의 몸부림을 보았다. 그리고 그 고양이의 몸부림이 덧니박이 아가씨의 몸부림으로 바뀌는 환영 속에 사로잡혀 있다가 또다시 그에게 예의 그 증상(가슴이 덜컥 내려앉고 숨이 탁 막히는)이 일어났다. 그런 증상이 일어난 그의 손, 맨홀 속의 사다리를 잡고 있던 그의 팔에 힘이 빠졌고 그 바람에 균형을 잃은 그의 몸은 맨홀 바닥으로 떨어졌다.

바로 그때 골목에서 맨홀 쪽으로 두 인부가 다가섰다. 그러면서 그중 하나가,

"자, 이제 그만 사다리를 끌어올리지."

하고 내뱉자 이가 나쁜 탓인지 연방 이빨을 쑤시고 있던 다른 한 사람이,

"요즘 그러잖아도 날치기 공사라고 야단들인데 괜찮을까?"

걱정스레 받았다. 바로 이때, 그 옆 무슨 건물을 올리는 공사장에서(삼층 쯤의 높이였다) 한 중년 사내가 아래를 내려다보며,

"여보쇼! 우린 어떻게 일하라고 아침부터 여적 그걸 열어 놓은 채 안 달아 주는 거요? 두세 시간이면 공사가 완전히 끝난다고 한 건 누군데!"

라고 고함을 질러댔다.

"이 맨홀 말이오?"

이빨을 쑤시던 인부가 건물 위를 쳐다보며 아직 공사에 미련이 남아 있는 투로 뻔한 반문을 했다. 그러자 한층 더 약이 오른 건물 위의 중년 사내가,

"그놈의 맨홀 구멍인지 며느리 구멍인지는 어째 한번 벌렸다 하면 오물일 줄을 모르느냐 말욧!"

또다시 악을 써댔다.

"거 보게, 저쪽에도 공사가 급한 모양이야. 이제 그만 사다리를 올리자

구."

맨홀 속으로 내린 사다리를 끌어올리며 한 인부가 이빨 쑤시기에 여념이 없는 동료 인부에게 이렇게 충동질했다.

"아, 거 사람 말이 말 같잖아? 그 맨홀 구멍인지 며느리의 밑 구멍인지 이제 좀 뚜껑을 닫고 썩 피하란 말욧! 여기선 이걸 그리로 내려야 일을 할 수 있단 말욧!"

다시 건물 위에서 아래를 굽어보는 중년의 사나이가 자기 옆에 쌓인 통나무 장대들을 가리키며 또다시 꽥꽥거렸다. 그 서슬에 더 이상 어쩔 수가 없어 맨홀 속에 내렸던 사다리를 들어올린 두 인부는 맨홀 뚜껑을 닫곤 연장을 챙기고 나서 그래도 무엇인가 빠뜨린 연장이나 없나 싶어 그 주위를 살피고 있었다.

"뚜껑 덮인 며느리 구멍에 무슨 놈의 미련이 있어서 아직까지 거기서 꾸물대고 있는 거요? 어서 썩 물러나란 말욧!"

건물 위에서 다시 악쓰는 소리가 들렸고 그 소리에 더 이상 꾸물댈 수가 없게 된 두 인부는 사다리 양쪽 끝을 앞뒤에서 어깨에 올려놓고 샛골목을 빠져 큰 골목으로 나오고 있었다. 그때 장바구니를 든 여인이 샛골목으로 막 들어서려고 하자 사다리를 메고 앞장서서 골목을 빠져 나가려던 인부가,

"아주머니, 이 골목으론 못 갑니다. 공연히 날벼락을 맞습니다."

하고 건물 꼭대기를 손으로 가리켰다.

그와 동시에 그 건물 꼭대기에선 공사에 썼던 긴 통나무 장대들을 내려 던지기 시작했다. 그러자 그 중년 부인은 무엇인가 이상하다는 듯 고개를 갸우뚱거리더니 급히 그곳에서 물러났다. 그리고 그 다음 사다리 뒤끝을 메고 뒤따르던 인부가 골목을 막 빠져 나가려 할 때 아가씨 하나가 골목

입구에 서서 그 골목을 기웃거리기 시작했다.

"이것 봐요, 아가씨! 아가씨도 처녀 귀신 신셀 면하려면 아예 이 골목엔 얼씬두 않는 게 좋소!"

이번에는 뒤따르던 인부가 그 골목을 기웃거리는 머리채가 긴 아가씨에게 단호하게 주의를 주었다. 그러나 그 소리엔 아랑곳도 없이 건물 공사판 위에서 던져 대는 통나무들이 떨어져 맨홀 위로 쌓이는 것을 바라보며 그 아가씨는,

'박 선생님이 왜 이 골목으로 들어갔을까?

하고 생각하다가 갑자기 얼굴을 붉히며 입가에 야릇한 웃음을 매달았다. 그러자 그녀의 약간 벌려진 입에서 드러난 덧니가 아주 잠깐 동안 햇빛을 받아 반짝 빛났다간 사라졌다.

'아무리 생리적인 노릇이라지만 사람을 이렇게 오랫동안 길가에다 세워 놓을 수가 있담? 다방에 있을 때 진작 용변을 봐뒀으면 좋았지 않아!'

덧니박이 아가씨는 신경질이 나 있었다. (1970)

그 세월의 뒤

가던 날이 장날이라고 그날이 마침 정월 대보름이었기 때문에 문을 연 식당을 찾을 수가 없어 남진규는 시장통으로 발길을 옮겼다. 시장 안이라면 그래도 혹시 문을 연 집이 있을지도 모른다 싶었던 것이다.

'여기 사람들은 설보다도 보름을 더 큰 명절로 치는 모양이지?'

그는 이리 기웃 저리 기웃거리며 혼잣말로 중얼거렸다. 그러다가 사람들이 와자지껄 떠드는 소리가 들려 다시 그 쪽으로 발길을 돌렸다.

그가 소리를 찾아간 곳은 시장 한복판이었는데 그 공터에서 무슨 놀이판이 벌어진 모양으로 모여선 사람들은 웃고 떠들며 한창 신명이 올라 있었다.

그곳으로 다가서던 남진규는 자신도 모르게 걸음을 멈추며 입을 벌리고 말았다. 틀림없이 윷판인데 그 윷판이 장관이었기 때문이다.

널따란 멍석 두 장을 세로로 잇대어 깔아놓고 그 이음매를 따라 어른 배꼽 높이로 새끼줄을 쳐 두 진영의 경계를 정해 놓았다. 그리고는 장작개비보다도 더 큰 윷가락 네 개를 번쩍 안아서 경계선인 새끼줄을 넘겨 이쪽에

선 저쪽 멍석 위로 집어던지고 또 저쪽에선 이쪽으로 그렇게 집어던지는 윷판이었다.

콩윷·밤윷·까치윷 따위의 윷판은 보았으나 이런 엄청난 윷놀이를 남진규는 난생 처음 보았다. 참으로 대륙적이다 싶었다. 그런 생각이 들자 그는 얼른 메고 있는 여행 가방에서 카메라를 꺼내 연속적으로 윷놀이 장면을 찍어댔다. 그때, 개컬뜨기라고 외치면서 말판 쓰던 사람을 비롯해 남진규와 마주보는 위치에 있던 몇몇 사람들이 카메라를 의식하고 표정과 행동을 굳히기도 했으나 그들은 이내 다시 윷판의 분위기에 휩쓸렸다. 남진규도 카메라를 든 채 사람들 틈으로 끼어들었다. 그러나 윷놀이 구경은 뒷전이었고 생각은 엉뚱한 것에 매달려 있었다.

그의 생각은 이곳 영양(英陽)이 자기의 관향(貫鄕)이라는 것, 시조인 영의공(英毅公)의 식읍(食邑)이었다는 것 따위였다. 이런 생각들은 그에게 딸애의 얼굴을 떠올려주었다. 그 아이의 숙제 '우리 조상의 뿌리 알아오기'로 말미암아 얻게 된 지식들이기 때문이었다. 어렵사리 종친회 사무실을 찾아내어 그런 것들을 알아와서 얘기해 주자 딸애는 식읍이 뭐냐고 물었다. 국가에서 그 조세를 공신이나 또는 개인에게 받아 쓰도록 책정한 고을이라고 쉽게 풀이해서 알려주자 그애는 다시 물었다. 시조 되시는 분이 나라에 큰 공을 세우신 모양인데 어떤 공을 세웠느냐고. 남진규는 딸애가 학교에서 중국인의 후손이라는 것 때문에 혹시 놀림가마리나 되지 않을까 싶어 발설치 않았던 것을 털어놓지 않을 수가 없었다. 영양 남씨의 시조는 원래 당나라 사람인데 안렴사로 일본에 갔다가 자기 나라로 돌아가는 뱃길에 태풍을 만나 당시 신라 땅이었던 동해안에 표류해 그곳 사람들의 지극한 간호로 간신히 목숨을 건지게 됐다는 것, 그래서 그는 죽은 목숨이 신라에서 다시 태어난 거나 다름없다고 생각하고 신라의 백성이 되기를 원했으며 경덕왕이 그의 원을 받아들였다는 것, 그리고 경덕왕은 그의 원을 받아들일 때 그가 남쪽 나라 사람이라는 뜻에서 원래의 김씨 성을 남녘남(南)자로 고쳐주었으며 영양땅을 식읍으로 주어 거기에 살게 했다는 것 따위였다. 그러자 딸애가 또 물었다.

"그럼 우리 조상들은 짜장면만 먹고 살았겠네. 아빠, 그렇지?"

딸애의 말에 온 식구가 배를 틀어잡았던 일이 있었다. 남진규가 이곳에 오기 위한 여행 가방을 꾸릴 때도 딸애는 또 자장면 얘기를 꺼냈다.

"아빠, 영양이라는 데에 가시면 있잖아요. 꼭 짜장면 잡숫고 오세요. 무지 맛있을 거예요. 내가 아빨 따라가야 하는 건데. 난 짜장면이면 그만이거든요. 난 짜장면이 이 세상에서 젤 좋더라. 아마 우리 조상이 중국사람이라 그래서 그런가봐."

남진규는 딸애 얘기에 어처구니가 없어 웃고 말았다. 그런데 그 딸애의 어처구니없는 생각을 비웃었던 자기가 지금 그와 다를 바 없는 생각을 하고 있는 중이었다. 이 고장에 뼈를 묻으며 누백 년을 살아온 자기네 조상들의 대륙적인 기풍이 저 장작개비보다도 더 큰 윷가락으로 남아 있는 것이 아닌가 싶었던 것이다.

그때, 그러한 그의 생각을 비웃기라도 하듯 윷판을 둘러싸고 있던 사람들이 한껍에 요란한 웃음을 쏟아냈다. 그러나 그들의 웃음은 쨀밭에까지 가 있는 석동무니짜리가 뒤따르던 상대편 말한테 허망하게 잡혔기 때문에 터져나온 것이었다. 잡은 말은 외동이었으나 그것이 마지막 말인데다 다시 던진 윷가락이 모 한 사리에다 걸이었기 때문에 윷판은 그야말로 모닥불에 물 끼얹은 꼴이 되고 말았다.

남진규도 역시 구경할 맛을 잃었으므로 슬그머니 윷판을 등지고 시장바닥을 어슬렁거렸다. 그런데 그때 그는 누군가가 자기 뒤를 밟고 있다는 것을 직감하게 되어 재빨리 뒤돌아보았다. 아니나다를까 점퍼 차림의 한 사내가 한 스무 발짝쯤 떨어져 오다가 그의 눈길을 받고는 멈칫하는 기색이더니 이내 태연한 걸음을 옮기는 것이었다. 사내는 점퍼뿐만 아니라 바지며 신발까지도 검정 일색이었다. 신발은 투박한 방한화였다. 다만 머플러만이 자주색이었다.

사내와의 거리가 댓 발짝도 채 못 되게 좁혀질 때까지 남진규는 그에게서 눈길을 떼지 않았다. 그래도 사내는 역시 태연하기만 했다. 마흔 살쯤 돼 보이는 얼굴이었으나 별다른 특징은 없었다. 남진규는 사내에게서 거둔 눈길로 문 닫힌 상점들의 간판을 훑었다. 그러나 찾아내야 할 어떤 가게라도 있는 양 하는 그의 그런 태도는 사내를 앞세우기 위함이었다. 그런데 그때 남진규의 생각이 바뀌었다. 미행당한다고 생각했기 때문에 기분이 언짢았고 또 그 언짢은 기분 때문에 사내를 앞세우려고 하는 게 자기 마음이듯 지금 사내는 사내대로 자기 때문에 잔뜩 언짢아져 있을지도 모른다는 생각이었다. 공연히 미행자로 취급당하고서 언짢지 않을 사람이 어디 있겠나 싶었던 것이다.

'낯선 곳이라 일종의 추적망상 같은 게 생겼는지도 모르지.'

남진규는 속으로 뇌까리며 사내가 다가서기를 기다려 입을 열었다.

"저어, 실례합니다."

나는 당신을 미행자로 취급하고 있는 게 아니오, 라고 발뺌이라도 하듯이.

남진규는 자기 옆을 스쳐가려다 말고 걸음을 멈춘 사내에게 물었다.

"이 시장 안에 문을 연 음식점은 없을까요?"

사내는 남진규의 위아래를 쓰윽 훑어보고 나서 퉁명스레 대답했다.

"글쎄올시다. 찾아보시요."

"점심요기 좀 해야겠어서……."

"글쎄 찾아보시요."

사내는 또다시 퉁명스레 내뱉고는 갈 길이 바쁘다는 듯이 몸바람을 일으키며 휑하니 남진규의 옆을 떠났다. 그렇게 떠난 사내의 뒷모습을 지켜보며 그는 잠깐 후회를 했다. 공연한 사람을 미행자로 취급했기 때문에 퉁명스런 대답을 듣게 된 것이라는 뉘우침도 들었다.

사내의 시커먼 뒷모습이 눈길에서 벗어나자 남진규는 하릴없이 다시 시장 안을 기웃거려야 했다. 그러는 그의 발길을 저만치 앞의 모퉁이집이 끌어당겼다. 창유리에 빨간 페인트로 '해장국'이라 써놓은 집이었다. 그 해장국집 문틀 위에 벽을 뚫고 나온 연통이 뿜어내는 연기가 그를 끈 것이었다.

연기가 귀띔해준 대로 그 집 출입문은 드르륵 힘들이지 않고 열렸으며 마주뵈는 술청 저쪽의 문 열린 방에 주인일시 분명한 반백의 중늙은이가 양푼을 끼고 앉아 밀가루를 이겨대다가 문을 향해 고개를 쳐들었다. 그러고는 술청으로 성큼 들어서는 남진규의 얼굴과 어깨에 멘 가방을 번차례로 훑어보고 난 눈으로 무슨 일이냐고 묻는 것이었다.

남진규는 잠자코 난로가로 다가가서 탁자 위에 가방을 벗어서 올려놓고는 그제서야 입을 열었다.

"해장국 한 그릇 주십시오."

주인은 남진규의 얼굴에서 거둔 눈길을 양푼으로 떨구며 진한 사투리로 한마디 했다. 그는 주인의 그 얘기를 정확하게 알아듣지는 못했지만 안 된다는 뜻이라고 짐작할 수가 있었다.

"다른 거 아무걸로나 주십시오."

남진규가 말하자 주인이 심한 사투리로 짧고 투박하게 내뱉었다. 이번에는 그 말의 뜻이 남진규에게 제대로 전달되었다. 영업을 않는다는 뜻이었다. 그러나 그는 불이나 좀 쬐다 가겠다는 투로 그대로 난로가에 주저앉은 채 담배를 뽑아물고 불을 달았다.

한동안 그렇게 앉아 담배 연기를 날리던 그는 벌떡 일어나 주인에게로 다가서며 담배를 권했다.

"아주머니 특별한 건 아니지만 서울 담배니까 한 대 피워 보세요."

낚시걸이었다. 그는 계속해서 입을 놀려댔다.

"칼국술 맨드시는 모양인데 아주머니께서 반죽하시는 걸 보니 어머니 생각이 나네요. 썰고 남은 국수꼬랭일 얻어다 귀먹는 재미에 어머니께서 반죽만 했다 하면 신이 났지요. 우리 클 때야 주전부릴 할 수가 없었거든요. 칼국수 맛도 기가 막혔습니다. 국민학교 일 학년 때였지만 지금도 그 맛이…… 그 뒤로는 한번도 먹어보질 못했는데 아직도 그 맛이 잊혀지지 않으니……."

주인이 끌끌끌 혀를 차고나서 어쩌다 그렇게 됐느냐고 물었다.

"그때가 전쟁 때였어요. 병이 나셨는데 의사는커녕 약도 제대로 못썼거든요. 그러니까 무슨 병인지도 모르고 돌아가신 거예요. 그 바람에 이집 저집으로 떠돌다가 결국은 고향을 떠나게 되고…… 그래서 지금은 서울 놈이 됐습니다만 서울이라는 데가 어디 사람 살 뎁니까?"

주인이 이번에는 눈짓으로 왜냐고 물었다.

"다른 사람들은 어떤지 모르지만 전 서울이라는 데가 도대체 정이 붙질 않습니다. 서로들 정을 나누고 사는 게 아니라 전쟁하는 거예요. 게다가 공기가 좋길 한가, 물이……."

주인은 남진규의 얘기를 듣다 말고 일어서더니 반닫이 뒤에 세워두었던 안반과 홍두깨를 꺼냈다. 그리고는 반죽덩이를 안반에 올려놓고는 치대며 말했다. 시간이야 좀 걸릴 테지만 급한 볼일이 없으면 기다렸다가 칼국수를 먹으라는 얘기였다.

"어머니 생각이랑 고향 생각 하니까 요기보다도 술 생각이 나네요. 막걸린 없습니까? 막걸리라는 게 거 요기도 되거든요."

남진규의 물음에 주인은 막걸리야 있지만 안주가 없다고 했다. 명절이라 장사할 준비가 전혀 안 되어 있다는 것이었다.

"안주는 필요없습니다. 김치야 있겠죠?"

"김치는 쎘니더."

김치는 얼마든지 있다는 얘기 같았다.

"그럼 됐습니다. 우선 막걸리부터 한 되 주세요."

주인은 두툼하게 편 반죽을 홍두깨에 감다 말고 술청으로 나왔다. 그리고는 조리대 밑의 바닥을 파고 묻은 술독에서 막걸리를 퍼 주전자에 담고 술잔이랑 김치보시기랑 새우젓종지 따위를 쟁반에 올려놔가지고 와서 탁자 위에 늘어놓았다. 그 새우젓 종지를 보고 있다가 남진규는 자신도 모르게 그만 허허거리고 말았다. 주인이 국수반죽 하는 걸 보고, 장사를 않는다는데도 굳이 눌러앉아 담배 한 대로 낚시걸이를 하여 결국은 칼국수로 점심요기를 할 수 있게끔 만들었으니 절에 가서 새우젓을 얻어먹는 실력과 무엇이 다르랴 싶었던 때문이었다.

주인도 남진규의 눈길이 못박힌 새우젓종지에 눈길을 꽂았다. 그리고는 뭬 잘못된 거라도 있느냐고 물었다. 그가 냉큼 대답을 못하자 그녀는 그가 웃은 까닭을 넘겨짚었다. 새우젓에 고춧가루를 너무 많이 넣어서 버무렸기 때문에 웃은 게 아니냐는 얘기였다. 아닌게아니라 그녀의 얘기를 듣고 보니, 새우젓에 고춧가루를 넣은 것인지 고춧가루에 새우젓을 넣은 것인지 분간이 안될 지경이었다.

"영양 고추, 영양 고추 말만 들었는데 역시 고추가 흔한 고장이군요."

그러자 그녀가 고개부터 젓고나서 말했다. 고추가 흔하기 때문이 아니라 식구들이 하나같이 매운 것을 너무 즐기는 탓이라는 얘기였다. 다른 집의 세 곱도 넘게 고추값이 든다는 푸념도 덧붙였다.

"지난 김장때 서울서는 고추가 아니라 금추라며 야단법석들이었는데, 아주머님네는 고추값 때문에도 서울서는 살기가 어렵겠습니다."

남진규의 농담에 주인은 히죽, 소리없는 웃음을 흘리면서 입을 열었다.

그녀의 얘기로는 고추가 익는 8월로 접어들면 이 고장의 온 산천이 빨갛게 물든다는 것이었다. 그렇게 생산량만 많은 게 아니라 질이 좋기 때문에 전국적으로 유명해진 것이라고 했다. 껍질이 두꺼워 빻으면 가루가 많이 나오고 또 그 가루는 국물 있는 음식에 넣어도 가라 앉지 않아 보기가 좋을 뿐더러 향기가 짙고 맵되 단맛이 돈다는 것이었다. 때문에 고추철에는 농민들이 고추짐을 지고 갔던 지게를 택시 뒤에 매달고 얼근하게 취해서 타고 간다고 했다.

남진규는 택시 뒤에 매달린 지게를 눈앞에 그려보며 한바탕 껄껄대고나서 물었다.

"다른 건 다 이해가 되지만 국물에 넣은 고춧가루가 가라앉지 않고 떠 있다는 건 아무리 생각해도 이상하네요. 왜 그렇죠?"

주인은 그의 궁금증을 풀어주지 못했다. 다른 고장의 그것과는 달라서 국물에 풀어도 가라앉지 않는다는 것만 반복했을 뿐 그렇게 되는 까닭은 설명하지 못했다.

남진규가 막 첫잔을 비우고 났을 때였다. 출입문이 열리느라고 창유리들이 덜덜 떠는 소리가 났다. 그 기척에 별 생각없이 뒤로 고개를 돌린 남진규는 깜짝 놀라지 않을 수가 없었다. 고동색 파카에 스키모를 깊숙이 눌러쓰고 들어오는 사내가 좀전에 검정 일색으로 차리고 있던 바로 그 사내였기 때문이었다. 검정색 점퍼를 고동색 파카로 바꿔입고 아까는 쓰지 않았던 스키모를 눌러 쓰고 있었으나 분명 그 사내가 틀림 없었다. 말하자면 변장을 했다고 할 수 있는 모습이었다. 남진규는 사내의 그러한 변장이 자기의 눈을 속이기 위한 수작이라는 것을 직감했다.

'그렇다면 아까도 날 미행했던 게 틀림없어.'

그는 이렇게 뇌까리며 고개를 제자리로 하고 무관심인 체 주전자를 들어 빈 잔을 채웠다. 그러나 생각은 그 사내에게서 뗄 수가 없었다. 무엇 때문에 자기를 미행하는지 그 까닭이 궁금해 견딜 수가 없었던 것이다.

"여기도 손님이 왔습니다."

사내는 사투리가 아닌 표준말을 썼지만 어딘가 그 말투가 좀 어색했다.

"……."

"술 좀 달라지 않았습니까?"

사내가 또다시 거만스럽게 내뱉었으나 주인은 뉘 집 개가 와 짖느냐는 투로 눈길 한번 주는 법 없이 계속 안반 위에다 홍두깨만 굴리고 있었다.

"어허. 문전박대도 유분수지……."

"문전박대?"

그제야 주인은 흘긴 눈으로 아직 난로 옆에 서 있는 사내를 일별했다.

"암요. 문전박대지요. 대보름날, 귀밝이술 한잔 하겠다는데…… 거렁뱅이가 와도 그렇게는 못하는 법입니다. 더구나 공짜배기로 주는 술도 아니잖습니까?"

"……."

"귀밝이술을 마시면 일 년 내내 좋은 소식만 듣게 된대서 한잔 하겠다는데 그래도 술 안 파실랍니까?"

사내가 계속 진피를 부리자 주인은 더는 못참겠다는 듯이 진하고 빠른 사투리로 냅다 쏘아붙였다. 술 안 준다고 그냥 고분고분하게 돌아간 적이 없으니 늘 하는 대로 맘껏 퍼다 마시라는 판잔이었다.

"음복술도 할머니가 따르면 맛이 다르답디다. 그런데 일 년 내내 좋은 소식 들을라고 마시는 술을, 더구나 점잖은 체면에……."

"홍!"

주인은 홍두깨 굴리는 데에 여념이 없다는 듯이 이번에는 사내에게 눈도 주지 않고 코방귀를 뀌었다.

주인과 사내의 실랑이를 보다 못한 남진규가 끼어들었다.

"나하고 합석하시면 안 되겠습니까? 실은 독작이라 심심도 하고…… 자아, 한잔 받으시죠."

"아, 그렇습니까? 초면에 실례가 많습니다."

사내는 기다리고나 있었다는 듯이 냉큼 잔을 받으며 남진규의 앞자리에다 털썩 엉덩방아를 찧는 것이었다. 그러고는 주인을 향해 보라는 듯이 한마디 내뱉었다.

"점잖은 양반은 이렇게 점잖은 사람을 알아봅니다. 너무 그라지 마시요."

사내의 말에 주인이 어처구니없어 하는 표정을 짓더니 남진규에게, 대놓고 사내의 험담을 늘어놓았다.

"손님! 그래, 메기 나래에 비늘이 있니껴? 저 사람은 행실머리 배우락 카는데 포도청 문고리 빼는 작자니더."

사내는 대꾸할 말이 없는지 잠자코 술잔을 입으로 가져갔고 남진규는 또 그대로 중간에서 어떻게 처신해야 좋을지 난감하여 그냥 헛웃음만 날렸다. 그러자 주인은 계속해 사내를 헐뜯었다. 저렇듯, 노래기 잡아 회해

먹을 지경으로 비위가 좋으니 여태 살아 있지 제 말대로 점잖은 사람이었으면 굶어죽었어도 옛날에 굶어죽었을 사람이라는 것이었다.

"물론이지요. 요즘 세상은 점잖은 사람일수록 비위가 좋아야 살 수가 있는 겁니다. 충청도 양반이 이 두메산골에 흘러들어와서 여태까지 목숨을 부지하는 게 다 그 덕이지요."

사내는 비운 술잔을 남진규에게 권하며 신세타령처럼 풀죽은 목소리로 말했다.

"나도 충청돈데 충청도 어딥니까?"

남진규는 귀가 번쩍 띄여 물었다.

"충청도 하고도 북돕니다."

"나도 충북입니다. 실례지만 충북 어딥니까?"

"청원군 문의면이라는 곳입니다."

남진규는 사내의 대답에 마치 감전이라도 된 듯이 잔뜩 몸을 웅크렸다. 그의 그러한 놀라움을 지켜보고서도 사내는 잔뜩 미심쩍은 빛을 띤 채 비아냥댔다.

"왜? 거길 안다고 하고 싶습니까?"

"아는 정도가 아니라 내가 태어난 곳이오!"

사내의 비꼬아대는 말에 화가 난 남진규가 쏘아댔다. 그래도 사내는 무례한 언동을 고치지 않았다.

"그렇다면, 문의면에 문산리라는 곳이 있는데 그곳에서 태어나셨을 수도 있겠습니다?"

또 한차례, 강력한 전류가 남진규의 전신을 바짝 오그라뜨렸다. 그는 놀란 눈동자를 풀지 못하고 사내의 얼굴만 주시하고 있었다. 이 사내가 도대체 어떤 임무를 띠고 자기를 미행해 왔으며 또 어떻게 자신의 출생지를 발음 한 군데 틀리지 않게 정확히 외고 있는지 아무리 생각을 짜도 짐작조차 할 수가 없었다. 주인이 이 사내를 대하는 태도로만 미루어본대도 어떤 권력기관에 있는 사람 같지가 않은데, 그렇다면 어떻게 자기 출생지를 그토록 정확하게 조사할 수가 있었으며 미행하여 이렇듯 사람을 당혹스럽게 만드는지, 그는 우선 그것부터 밝혀야겠다고 벼르고 있는 참이었다. 그런데 이번에도 사내가 먼저 입을 열었다.

"나는 청원군 문의면 문산리가 고향인데 형씨는…… 보아하니 나보다 한 댓 살 위인 것 같소만 형씨라고 하겠소. 형씨는 무슨 립니까?"

"바로 그 문산리에서 태어났소!"

죄진 것도 없는데 어쩌다 잘못해서 사내에게 주눅들어 보이기라도 하면 어쩌나 싶어 남진규는 배에 힘을 주고 대답했다.

"아니, 그렇다면 이거 보통 인연이 아닙니다그려."

"동감이오!"

"고향이 같다 하니 실례를 무릅쓰고 한 가지만 묻겠는데 형씬 지금 어디 사시며 여긴 무슨 일로 오셨습니까?"

남진규는 등뼈를 곧추세우고 다시 배에 힘을 주어 대답했다.

"한 가지만 묻겠다더니 두 가지 아니오? 어쨌든 좋소. 두 가지든 세 가지든 동향 사람인데 그깐 것쯤 대답 못하겠소. 살기는 서울에 살고 이 영양땅은 내 관향이오!"

남진규의 끝말에 사내의 눈이 인광처럼 빛났다.

"이제야 슬슬 들통이 나기 시작하는군."

회심의 미소를 띤 얼굴은 자못 근엄한 빛까지 감돌았다.

"들통이 나다뇨?"

"나 혼자서만 형씨 얘길 들은 게 아니란 말이오. 왜 거짓말을 하는거요?"

사내는 증인이 바로 저기 있다는 듯이 힐끗 주인 쪽으로 눈길을 보냈다가 다시 거두어 남진규의 얼굴에 꽂았다. 이제 사내는 수사관의 행세까지 했다.

"거짓말을 하다뇨?"

남진규의 입에서는 허탈한 웃음이 터져나왔다. 뭐 주고 뭐 맞는다더니 그게 바로 술 사주고 죄인 취급을 당하는 이런 경우를 두고 하는 소리구나 싶었던 것이다.

"당신이 한 입으로 두 말을 했잖소! 어째서 당신은 고향이 충청도 문의면도 되고 또 이곳도 되는 거요. 고향을 두 군데 세 군데, 갖고 싶은 대로 가져도 되는 거요?"

남진규는 사내의 입에서 거침없이 터져나온 당신이라는 호칭부터 거슬렸으나 그 문제로 화를 낼 수도 없었으며 그렇다고 고향과 관향을 구별치 못하는 사람을 상대로 또 그것 때문에 성질을 부릴 수도 없었다. 아무런 잘못도 없었지만, 좋은 게 좋다고 허허 웃고 넘기기로 했다. 공연히 시시비비를 가리다가 텃세에 눌리면 그게 곧 봉변이다 싶었다.

한껏 눅인 목소리로 부드럽게 말했다.

"고향은 충북 청원군 문의면 문산리고 이곳은 관향이라고 얘기했댔소."

"엎어진 거나 자빠진 거나, 고향이나 관향이나 매일반 아니오."

사내의 말에는 차츰차츰 맥이 빠졌고 끝에 가서는 겨우 알아들을 수 있을 정도였다. 자기가 틀린 주장을 하고 있다는 것을 뒤늦게 알아차린 것이었다.

"아마 술이 취해서 잘못 알아들은 모양인데 고향과 관향은 엄연히 다르지요. 내가 이 영양땅을 관향이라 한 것은 내 성이 영양 남가란 뜻이오."

"아따, 내가 술이 취해 잘못 알아들어서 그랬던 거지, 세상에 고향하고 관향 구별 못하는 숙맥이 어디 있겠소?"

사내는 남진규가 뚫어준 구멍으로 빠져나가면서도 오히려 큰소리였다. 그제야 차마 더 이상 듣고만 있을 수 없다는 듯이 주인이 한마디 쏘아댔다. 귀밝이술로 얻어먹은 술인데 어째서 그 술 때문에 귀가 먹어가지고 공연한 생트집을 부려대느냐는 것이었다. 그러나 사내는 그러한 핀잔에는 아랑곳도 않고 외려 넉살좋게 질문을 했다.

"참, 할마씨는 알겠구마. 남씨 중에 영양 남씨도 다 있니꺼?"

얇게 밀어놓은 반죽에 밀가루를 한꺼풀 입혀서 썰기 좋도록 조붓하게 접고 있던 주인이 퉁명스레 대답했다. 다른 남씨들은 모두 영양 남씨에서 갈려져 나온 종파며 그러기 때문에 옛날부터 영양 남씨를 으뜸으로 쳤다는 것과 자기 시누이가 바로 그 남씨 집안 며느리라는, 은근한 자랑까지 곁들인 대답이었다. 그러자 사내가 잠시 시치름해 있다가 이번에는 남진규를 향해 억지스럽게 입을 놀렸다.

"저 할마씨가 뭘 잘 모르는 모양인데…… 난 남씨 하면 모두가 다 의령 남씬 줄로만 알았습니다. 내 친구 중에 남봉흠이란 녀석이 있는데 걔한테 분명 그렇게 들은 기억이 있거든요. 여기 입암면에 남이포라는 데가 있는데 아십니까?"

"모릅니다. 관향이긴 하지만 초행이라서."

"걔 말로는 용 두 마리가, 그러니까 형제지요. 그 용 두 마리가 사람으로 둔갑을 해가지고 반란을 일으켰는데 아무도 그 두 형제를 물리치지 못했답니다. 그래서 아주 오랫동안 나라가 어지러웠는데 남이 장군이 용마를 타고 하늘로 올라가 그 용 두 마리를 한칼에 베고 내려왔답니다. 내려와서 풍수를 보니 그곳 강물을 다른 곳으로 돌려놓지 않으면 후에 누가 일으켜도 또 그런 반란을 일으키겠어서 칼로 산줄기를 잘라 물길을 그리로 돌렸다는 겁니다. 그래서 그곳을 남이포라고 하고 그때 산을 잘라 물길을 돌려 산 끝자락이 물 가운데 우뚝 서 있게 됐는데 그걸 선돌이라고 한답니다. 모두가 다 귀신 씨나락 까먹는 소립니다. 그래도 개는 자기가 남이 장군의 핏줄이라고 입만 벌렸닥카면 남이 장군 타령입니다. 내 더러워서…… 개 말로는 의령 남씨…… 난 영양 남씨가 있단 얘긴 오늘 첨 듣습니다. 영양 김씨는 있지만……."

"그 영양 김씨의 시조가 바로 영양 남씨 시조의 맏아들이오."

"뭐요?"

"영양 남씨 시조 되시는 분의 맏아들이 영양 김씨의 시조란 말입니다."

"남씨의 아들이 남씨야지 어떻게 김씨가 됩니까? 내가 바로 영양 김씨요. 이름은 김만술, 또……."

"그래요? 이거 참 반갑습니다."

남진규는 사내의 얘기를 중동무이로 만들며 손을 내밀어 악수를 청했다. 그리고 머춤해 있는 사내의 손을 두 손으로 덥썩 잡으며 입을 열었다.

"이거 정말 반갑소. 우린 서로 성은 달라도 핏줄은 한 핏줄이오. 나무로 말하자면 가지는 달라도 뿌리가 같은 나무란 말이오. 영양 김씨의 시조가 누군지 아시지요?"

"살아 있는 식구 멕여 살리기도 어려운데 까마득한 조상이 누군진 알아서 뭐 합니까! 난 그런 거 들어본 적도 없고 또 알고 싶지도 않소! 그런 건 한가하고 배부른 사람들이나 따질 문제지 우리같이……."

"조상이 어떤 분인지 알아둬서 손해볼 것도 없잖소?"

남진규의 말을 되받아 칠 대꾸가 없어 멀뚱한 눈으로 있는 사내에게 주인이 한마디 했다. 한 해 동안 좋은 소식만 듣게 된다는 귀밝이술의 효험이 벌써 나타나기 시작하는 모양이라는 얘기였다. 핀잔도 퉁명도 아니었다.

"시조 어른에 대해 잘 모르시는 모양이니 내가 얘기해드리지요. 중국, 그러니까 당나라 현종이라는 임금 때 얘기요. 그때 이부상서라는 벼슬을 지내던 김충이라는 어른이 계셨는데 일본에 사신으로 갔다가 당나라로 돌아가던 중 풍랑을 만났답니다. 그런데 하늘이 도왔던지, 그 어른만이 부서진 배의 나무판자에 의지해 영덕의 축산도라는 섬에 표류하게 됐답니다. 그런데 그 섬사람들이 죽은 목숨이나 다름없는 그 어른을 극진히 보살펴 가까스로 살려냈다는 겁니다. 그렇게 구사일생으로 살아난 그 어른께서는 자기를 살려준 이 나라 사람들이 고맙고 또 당신께서 다시 태어난 땅을 떠날 수가 없어 당나라로 돌아갈 생각을 않았대요. 그때, 우리나라는 신라 경덕왕 때였는데 임금님은 그 어른이 자기를 살려준 백성과 자기가 다시 태어나게 된 나라를 위해 뭔가 좋은 일을 하다가 신라땅에서 묻히고 싶다고 간청을 하자 그 청을 받아들인 거죠. 임금님은 그 어른의 청을 받아들이면서 그 어른이 남녘 사람이라 해서 남녘 남자로 성을 고쳐주고 또 이곳 영양땅을 식읍으로 준 겁니다. 즉 이 고을 백성들이 나라에 바치는 세금을 그 어른께 받아 쓰도록 했단 말입니다. 그런데 그 어른은 이곳에서 낳은 자식 중에서 맏아들만은 원래 당신의 성인 김씨 성을 쓰도록 했다는 거요. 그래서 김석중이라는 그분이 영양 김씨의 시조가 됐고 영양 남씨 성을 이어받은 아들의 후손 가운데 어떤 이가 아들 삼 형제를 두었는데 그 세 아들이 모두 고려 충렬왕 때 나라에 큰 공을 세웠답니다. 그래서 나라에서는 홍보라는 맏아들을 영양군으로, 둘째인 군보는 의령군으로, 셋째 광보는 고성군으로, 모두 다 군으로 봉한 겁니다. 군이라는 게 뭐냐 하면 서양의 백작이나 남작과 같은 작위예요. 군이라는 작위 앞에다 그 사람이

거주하고 있거나 또는 벼슬살이를 하는 등 연관이 있는 고을 이름을 붙여 의령군이니 고성군이니 하고 부르도록 한거죠."

"거, 목 다 타겠습니다. 술 한잔 쭈욱 드시지요."

사내는 주전자를 들었으나 빈 주전자였다. 남진규는 사내로 부터 주전자를 건네받아 높이 쳐들고 주인에게 술을 청했다. 그리고는 사내에게로 눈길을 돌려 얼굴에 꽂으며 물었다.

"아직 취하진 않았죠?"

"취하긴요. 내 이름은 만술이지만 별명은 말술입니다. 초면에 신세지는 게 미안해서 그렇지 마셨다 하면……."

"그렇게 세시오? 난 그렇던 못하지만 오늘은 한 고향이요 한 핏줄인 분을, 그것도 관향인 이 영양땅에서 만났으니…… 참, 이만저만한 인연이 아니오. 옷깃만 스쳐도 인연이라 했는데…… 안 그렇소?"

남진규가 얘기하고 있을 때, 빈 주전자를 채워가지고 온 주인이 깜빡 잊고 있었다며 나물이 수북하니 담긴 접시 하나를 탁자 위에 올려 놓았다.

"고맙습니다. 뭔 나물입니까?"

"참나물씨더."

주인이 자랑을 덧붙였다. 일월산 깊은 골에서 뜯어다 말린 나물이기 때문에 향기가 짙고 연할 뿐더러 무공해식품이어서 고추 버금가게 전국적으로 유명해진 이 고장의 특산물이라는 것이었다. 옛날에는 이곳 산나물이 임금님 수라상에까지 올랐으며 지금도 금죽·고사리 등과 함께 일월산에서 뜯어 말린 산나물이면 다른 데 것보다 한 금 더 높게 친다고 했다.

"산이 험합니까?"

남진규의 질문이 시작되자마자 주인이 몸을 돌렸으므로 대답은 자연 사내의 몫이 되고 말았다.

"험하다기보다는 높지요. 해 뜨고 달 뜨는 걸 맨 먼저 볼 수 있대서 일월산이라는 이름이 붙었다고 하니까. 경북에선 제일 높다고 합니다. 그런데 지금은 키가 줄었습니다."

"키가 줄다뇨?"

키가 줄었다는 것은 산의 높이가 낮아졌다는 얘기였으므로 남진규는 뭔가 재미있는 얘기를 기대하며 귀를 세웠다. 그러나 사내는 뭔가 망설이는 눈치였다. 마치 단단히 약속한 비밀을 뜻하지 않게 누설하게 됐을 때의 당황함 같은 것이 그의 얼굴에 띠어 있었다. 남진규는 더욱 궁금해져 재우쳐 대답을 재촉했다.

"군사 …… 산꼭대기에 군시설이 있거든요. 그 시설 때문에 산을 깎아 키가 일 미터 줄었닥캅니다."

남진규는 탁자 한쪽 옆에 밀려져 있는 여행 가방 옆주머니의 수첩을 꺼냈다. 그리고 수첩 뒤쪽의 지도를 뒤적였다. 태백산맥이 남쪽으로 뻗은 곳에 일월산이 있었고 1,219라고 밝혀져 있었다.

"해발 천이백십구 미터로 되어 있는데 이제 천이백십팔 미터로 고쳐야겠군."

남진규는 혼잣말처럼 흘리고나서 앞쪽의 메모란을 펴 '日月山 1,219미터가 군사시설로 산정이 깎여 1,218미터로 키가 줄어들다'라고 적었다. 그러자 사내는 더욱 당황한 얼굴이 되어 남진규의 눈치를 살폈다. 그 눈길 속에는 어떤 범죄의 단서를 확인한 회열 같은 것이 역력했다. 그러나 남진규는 사내의 그런 시선을 의식치 못했다. 그는 지금 그가 메모한 앞장에 적힌 사항들을 훑어보고 있는 중이었다. 대청댐과 또 그것의 건설로 인해 수몰된 그의 고향 얘기가 자잘한 글씨로 빼곡하게 들어차 있었다.

남진규는 문득 생각이 났다는 듯이 수첩을 펼쳐든 채 사내에게 물었다.

"고향엔 언제 다녀오셨소?"

사내는 예리한 무엇에라도 찔린 사람처럼 깜짝 놀랐으나 곧 태연한 목소리로 대답했다.

"떠나온 지가 아마 이십 년도 넘는데 한번도 다녀오질 못했습니다."

"그래요? 그럼 댐이 생겼다는 얘긴 들었나요?"

"댐이 어디에 생겼단 말입니까?"

"충남 대덕군하고 충북 청원군의 경계에, 그러니까 다람절…… 다람절이라고도 하고 현암사라고도 하는 그 절 밑이 되겠네요. 그래서 대덕군의 대자랑 청원군의 청자를 따서 대청댐이라고 이름을 진 거죠."

"……."

"바다가 없는 유일한 내륙도에 바다 같은 큰 호수가 생긴 겁니다."

"그렇게 큽니까?"

"말도 마시오. 깊이가 안동댐의 호수보다 두 배나 되고 그 길이도 길기로 유명한 소양강댐의 호수보다 22킬로가 더 긴 86킬로나 됩니다. 호수의 전체 면적인 72.8제곱킬로……."

"뭣 하러 그런 걸 다 적어가지고 다닙니까?"

남진규가 수첩을 보며 열심히 주워섬기자 사내의 눈에는 의혹의 빛이 한층 더 강렬해졌다. 그래도 남진규의 눈길은 수첩에서 떨어질 줄을 몰랐다.

"댐의 높이가 자그마치 72미터, 길이는 495미터, 그걸 만드는데 시멘트가 얼마나 들어갔는지 압니까?"

"……."

"48만 부대가 들어갔답디다. 철근이 9천 5백 톤, 이러니 거의 모든 부락이 물에 잠길 수밖에. 우리 고향 문산리도 물에 잠겼소. 이제 우린 고향이 없는 신세가 됐습니다."

"그래요? 그게 정말입니까?"

사내의 눈빛은 여태까지와는 다른 서글픈 빛을 띠고 있었다. 남진규는 그의 물음에 말없이 고개만 끄덕였다.

"고모가 거기 살고 있었는데…… 부모님 산소는 또 어떻게 됐을까?"

사내의 목소리가 가볍게 떨렸다.

"분묘를 이장하라는 통지를 못 받았습니까?"

"내가 어디에 사는지 아무도 모르거든요. 돈 좀 생기면 한번 다녀오려고 했는데……."

사내는 말끝을 맺지 못했다. 그리고는 바지주머니에서 손수건을 꺼내 그렁그렁 고여 있던 눈물을 닦고난 뒤 피잉 하고 코까지 풀어대는 것이었다.

"옛날의 문산리는 없어졌지만 그 문산리가 고지대로 옮겨졌으니까 친척이 있었다면 그분들도 그리로 옮겼겠지요. 또 산소도 이장하라는 통지를 받지 못했다면 물에 잠기는 곳이 아니겠지요. 너무 걱정 말고 술이나 쭉 드시오."

남진규가 위로하며 술을 권하자 사내는 말 잘 듣는 아이처럼 다소곳이 받아 마셨다. 그리고는 천천히 입을 뗐다.

"언제 그렇게 우리 고향이 물바다가 됐습니까?"

"1975년에 착공해서 1980년에 완공됐다니까 꼭 5년 전이군요."

"형님…… 고향도 한 고향이고 게다가 따지고 보니 한 핏줄이니까 형님이라고 불러도 실례가 아니겠지요?"

"실례는 뭘……."

남진규는 좀 겸연쩍어져 말끝을 흐렸다. 얼굴에 나타나 있는 나이로 따진대도 자기가 형님뻘은 되고도 남았지만 초면의 사내에게 그런 호칭으로 불린다는 것이 어쩐지 좀 쑥스러웠던 것이다.

"형님, 그런데 말입니다. 궁금한 게 하나 있는데……."

사내가 말을 하다 말고 여짓거리고만 있었다.

"뭔데요?"

"……."

"뭔데 그렇게 입을 떼기가 어렵소?"

"이왕 꺼낸 얘기니까 실례를 무릅쓰고…… 형님은 직업이 뭔데 그런걸 자세히 적어가지고 다닙니까?"

실례니 어쩌니 하고 여짓거리던 태도와는 달리 사내의 그 질문은 질문이라기보다 힐난조였다. 그러나 남진규는 올라 있는 취기로 좀 대범해져 있었으므로 사내의 그런 말투를 마음에 두지는 않았다.

"하나를 알아도 확실하게 아는 게 좋고 또 잊지 않게 적어두는 게 좋지 않소?"

"그거야 그런데 직업이 뭐냐 이겁니다. 명함 한 장 주십시오."

"난 명함이 없는 놈이오."

남진규는 그제서야 좀 언짢은 기색을 보였다. 그러자 사내는 재빨리 능쳤다.

"아따, 형님이 뭐 하는 사람인지 알고 싶은 건 당연한 일 아닙니까?"

"단순히 그거요?"

남진규가 사내에게 침을 놓았다. 그러자 사내는 흠칠 놀라는 기색이더니 눈웃음을 치며 놀란 기색을 지웠다.

"그럼요. 단순히 그거죠! 다른 뜻이 뭐겠습니까?"

"좋소! 구체적으로 말하긴 뭣하고 무슨 사업을 하나 해왔는데 그게 영

전망이 없어서 다른 사업에 손을 대볼까 하고 요즘은 좀 쉬고 있소. 엎어진 김에 쉬어간다고 그동안 머리도 좀 식힐 겸 해서 내가 태어나 자란 곳에도 가보았고 또 내 조상이 맨 처음 터를 잡고 살았다는 이곳에도 와본 거요."

사내는 남진규의 얘기를 다소곳이 듣는 체했으나 마음속은 뭔가 착잡한 생각으로 가득 차 있는 듯했다. 남진규의 얘기는 다시 이어졌다.

"내일쯤 영해로 갈 작정이오. 우리 시조 어른께서 풍랑을 만나 구사일생으로 목숨을 건졌다는 축산도엘 들렀다가 서울로 갈 생각이오. 이제 궁금증이 다 풀렸소?"

"됐습니다."

"그렇다면 나도 궁금한 거 하나 물어봅시다."

"형님, 잠깐만. 다녀오거든 말씀하십시오. 막걸릴 마시면 이래서 탈입니다. 형님은 괜찮습니까?"

"난 빈속에 마셔서 그런지 아직은 오줌통에까지 내려간 게 없는 모양이오."

남진규의 농담을 제법 호탕한 웃음으로 받으며 사내가 밖으로 나간 뒤 그가 주인에게 물었다.

"뭐 하는 사람입니까?"

주인의 얘기로는 산판의 일을 비롯해 닥치는 대로 이것저것 막일을 하는 노동자라는 것이었다. 일보다 놀고 먹는 걸 더 밝히니 건달이라고 해야 옳다는 얘기도 덧붙였다.

"화장실이 먼 모양이죠?"

담배 한 대를 다 피우고 났어도 사내가 돌아오지 않았으므로 남진규는 때마침 국수를 삶으려고 방에서 나온 주인에게 물었다. 그러자 그녀는 옆어지면 코 닿을 곳에 변소가 있다며 다른 볼일로 나간 게 아니냐고 되물었다.

"분명히 화장실에 간다며 나가긴 했는데, 아마 다른 볼일이 생긴 모양이군요."

주인은 말없이 난로가로 다가서서 국수물로 올려놨던 냄비 뚜껑을 열어젖혔다. 그녀의 다른 손에는 국수오리가 담겨진 쟁반이 들려 있었다.

"이 친구하고 같이 먹었음 좋겠는데 한 그릇 더 안 될까요?"

남진규가 턱짓으로 사내가 앉았던 앞자리를 가리키며 말했다. 그러자 그녀는 지금이 몇 시인데 여태 점심을 안 먹었겠냐고 한마디로 잘랐다.

"점심이야 먹었겠지만 지금 시간이 이렇게 됐는데 국수 한 그릇 못 먹겠습니까? 여태 함께 앉았다가 저 혼자서만 먹기도 그렇고……."

"……."

"국수 먹은 배라는 말도 있는데 그깐 국수 한 그릇 못 먹을려구요."

남진규의 얘기가 채 끝나기도 전에 유리문이 드르륵 열렸다. 그러나 술청으로 들어선 사람은 사내가 아니라 두 명의 정복 경찰관이었다.

"실례합니다. 신분증 좀 봅시다."

칼빈으로 무장한 순경을 앞세워 들어온 경장이 거수경례와 함께 말했다.

느닷없는 검문에 놀라 멍청한 눈길로 경찰관을 치켜다보고 있는 남진규를 대신해서 주인이 입을 열었다.

"무신 일이니껴?"

"신고가 들어왔니더."

경장은 편 손을 내밀어 남진규에게 신분증 제시를 재촉했고 순경은 주인의 질문에 대답했다. 순경의 그 대답에 남진규는 사내의 얼굴을 떠올리며 비로소 입을 열었다.

"누가 뭣 때문에 날 신고했단 말입니까?"

"그건 당신이 알 일이 아뇨. 어서 신분증이나 내시오!"

경장이 으름장을 놓았다. 남진규는 더 이상 어쩔 도리가 없어 주민등록
증을 꺼내어 건넸다.

"직업은 뭐요?"

남진규의 주민등록증을 건성으로 훑어본 뒤 자기 주머니 속에 넣으며
경장이 물었다.

"아직은 없습니다."

"아직은 없다니? 당신 나이가 몇인데 아직은이요?"

"……."

남진규는 자신의 대답이 잘못되었음을 깨닫고는 입을 봉했다. 그러나
경장은 대답을 추궁할 생각은 않고 탁자 위에 올려져 있는 그의 여행 가방
을 뒤지기에 여념이 없었다. 그가 노린 것은 가방 옆구리에 붙은 주머니
속의 수첩인 듯했다.

"이건 뭐요?"

"수첩입니다. 여행수첩……."

"수첩인 줄은 아는데 여기에 뭐가 적혔느냐 말이오."

"여러 가지죠. 이것저것 여행 다니면서 보고 들은 것들……."

"그 가방 들고 따라오시오. 파출소까지 갑시다."

마치 자기 것인 양 남진규의 수첩을 제 주머니에 찔러넣은 경장이 말했
다. 그러자 주인이 경장과 순경을 번차례로 바라보며 사정조로 말했다. 국
수가 다 삶아졌으니 먹고 가게 하면 안 되겠느냐는 것이었다. 그러나 그들
은 들은 체도 않고 남진규를 가운데 끼우듯 세워 술청을 나서려 했다.

"잠깐만, 술값이랑 국수값이랑 돈을 치르고 가야겠습니다."

남진규는 한사코 술값만 받겠다는 주인의 고집을 꺾고 셈을 치른 뒤, 두 경관의 가운데 끼어 발걸음을 옮겼다.

"주소가 서울로 돼 있던데 여긴 무슨 볼일로 왔소?"

오른쪽의 경장이 심문을 시작했다.

"실은 말입니다. 얼마 전까지만 해도 출판사를 경영했는데 전망이 좋질 않아서 업종을 좀 바꿀려고, 그래서 지금은 쉬고 있습니다. 그동안 사느라 골몰해서 통 여행을 못했었는데 마침 쉴 기회가 생겨서…… 이곳이 내 관향입니다. 영양 남갑니다."

남진규의 대답을 경장이 비아냥으로 받았다.

"우린 언제 이분처럼 한가하게 관향을 찾아가보나?"

"누가 아니랍니까!"

순경이 맞장구를 쳤다.

얼핏 생각하면 한가한 틈이 없이 늘 매여 지내야 하는 경찰관의 고달픈 생활을 하소연하는 것이라 할 수도 있었으나 남진규는 단순히 그러한 신세타령으로만 들을 수가 없었다. 관향을 찾아왔다는 여행 목적을 믿을 수 없다는 일침이라고 생각했다.

남진규는 갑자기 불안해지기 시작했다. 경찰관의 그러한 불신으로 자기가 앞으로 어떤 불이익을 당하게 될지 예측할 수가 없었기 때문이었다. 그러한 불안은 그에게 심한 후회를 안겨다주었다. 이 고장이 고추의 명산지이므로 고추와 관련된 어떤 사업을 위해 시장조사를 하는 것이 여행 목적이라고 꾸며댔으면 차라리 그들을 설득시켰을지도 모른다는 생각이었다. 그러나 그는 이내 마음을 다잡았다.

"우리 나라가 여행도 자유롭게 못하는 나라는 아니잖습니까!"

지은 죄도 없으면서 공연히 주눅들 필요가 없다고 생각했던 것이다.

"물론이지요."

경장이 대답했다.

"그런데 왜 연행하는겁니까? 주민등록증도 제시했고 여행목적도 상세하게 밝혔잖습니까!"

"하아, 이런 딱한 양반이 있나. 신고가 들어왔다고 했잖소!"

순경이 딱딱거렸다.

"누가 뭐라고 신골 했는지 알고나 갑시다."

남진규는 치솟는 화를 누르지 못하고 버티어 섰다.

"당신이 어떻게 행동했는지 그건 우리가 모르지만 당신의 행동이 수상하니까 신고한 사람이 생겼고 또 신고를 받았으니 우리는 당신을 조사하는 거 아니오. 우리도 죄없는 사람 붙들고 이러니저러니 할만치 한가한 사람이 아니란 말요. 알겠소?"

경장이 남진규의 팔소매를 잡아끌었고 순경은 그의 등을 밀어붙였다. 그는 더이상 버틸 힘도 또 명분도 없어 그들이 이끄는 대로 발길을 옮겨 찍었다.

파출소는 가까운 곳에 있었다.

파출소에는 책임자로 짐작되는 경사 계급의 경찰관 한 명이 난로가에 앉아 한가롭게 담배 연기를 뿜어대고 있었다.

그들이 들어서자 경사가 남진규의 얼굴을 꿰뚫기라도 할 듯이 쏘아 보고나서 경장에게 물었다.

"신고 들어온 그 사람인가?"

경장이 그렇다고 대답하고나서 경비전화에 매달려 있는 동안 경사가 남진규를 맡아 신문했다. 술집에서부터 파출소에 이르는 동안 경장이 물은 것과 똑같은 사항들이었다.

남진규의 주민등록증을 들고 전화를 하던 경장이 송수화기를 내려놓고 경사 옆으로 다가서며 말했다.

"모두 다 이상없습니다."

남진규는 그의 얘기에 비로소 마음을 놓을 수가 있었다. 혹시 어떤 착오 같은 것이 생겨 억울하게 죄인 취급을 당하기라도 하면 어쩌나 걱정을 하고 있었던 것이다.

경사가 경장으로부터 건네받은 주민등록증과 수첩을 꼼꼼히 훑어보고 나서 남진규에게 돌려주며 물었다.

"이제 어디로 가실 작정입니까?"

"우리 조상어른들과 관계가 있는 여남서원하고 남이포…… 그런 정도를 생각하고 있습니다만……."

"남이포는 남이 장군 전설이 아니더라도 한번 구경할만한 곳인데 여남 서원이야 뭐 별로…… 여남서원하고 영양 남씨하고는 무슨 관계가 있습니까? 난 그냥 옛날 서당이라고만 알고 있는데……."

"남이포는 못 가도 거긴 들러야죠."

남진규는 이렇게 허두를 떼고나서 여남서원(汝南書院)에 관해 간략하게 설명했다. 원래 영양 남씨의 시조인 영의공 남민(南敏)을 제향하던 곳이 서원으로 승격되어 시조의 제향과 강학을 위한 곳이 되었음은 물론이요 선비들의 교유장이었다는 등의 내용이었다.

"그래요? 그럼 여남은 무슨 뜻이오?"

경사가 제법 깊은 관심을 나타냈다. 남진규는 아까 사내에게 들려줬던 영양 남씨의 유래를 또다시 꺼내 놓아야만 했다. 그리고 나서 물음에 대답했다.

"그때 경덕왕이 이곳 영양땅을 식읍으로 주고 김씨 성도 남쪽 사람이라 하여 남녘남(南)자로 고쳐준 겁니다. 그러니까 너여(汝), 남녘남(南)자는 경덕왕이 '너는 남가다' 라며 사성(賜姓)한 것을 나타낸 말인 모양입니다."

"거 듣고보니 말이 되네."

경사가 혼잣말처럼 중얼거리고나서 다시 물었다. 영양에서 묵어갈 작정이냐는 것이었다.

"글쎄요. 여남서원하고 남이포를 다녀와서 시간이 되면 영해로 갈 작정입니다만…… 어떻게 될지 모르겠네요."

"영해요? 거긴 우리 영양보다 한층 더 심한 취약지구요. 혹 가시게 되더라도 공연히 낯선 사람한테 술 사주고 그러지 마시오. 돈은 돈대로 쓰고…… 조회해 보면 그걸로 끝나긴 하지만 공연히 번거롭잖습니까?"

남진규의 눈앞에는 술집에서 마주앉았던 그 사내의 얼굴이 다시금 크게 떠올랐다.

"그럼 날 신고한 자가 바로……."

남진규의 말을 중동무이로 만들며 경사가 급히 말했다.

"주민들의 반공정신이 투철한 곳이구나 생각하시오. 간첩취약지구가 돼놔서 우리 경찰로선 그런 신고가 필요합니다."

남진규의 눈앞에 떠오른 사내의 환영은 냉큼 사라지지 않았다. 수몰된 고향 얘기에 눈물이 그렁그렁해 있던 모습이었다. 고향이 같을 뿐만 아니라 핏줄도 한 핏줄이니까 형님이라고 부르겠다던 그 목소리까지도 귀에 생생했다.

"아무리 그렇더라도 바로 그 자가……."

경사가 다시 남진규의 말을 막았다.

"그게 다 분단된 나라에 사는 죄거니 생각하십시오. 통일이 되면 그런 일이 있겠습니까?"

"그 사람은, 비록 지금 이 고장에 살고 있지만 알고 봤더니 동향인이더라고요. 그것도 한 동네…… 뿐만 아니라 또 한 조상의……."

"오늘 영해까지 간다면서 어서 가보시오."

이번에는 경장이 남진규의 말을 잘랐다. 그는 더 이상 사내의 생각에 매달려 있을 수가 없었다. 한시라도 빨리 영양땅을 등지고만 싶었다.

"택시를 대절하면 시간이 얼마나 걸리겠습니까? 여남서원에 가서 참배한 뒤 남이포에 들러 사진만 몇 컷 찍으면 되겠는데요."

"한 시간이면 충분할 겁니다."

경장의 대답을 듣고 나서 남진규는 손목을 들어올려 시계를 보았다.

두시 반이 채 못된 시간이었다.

"그럼 영해가는 버스를 탈 수 있겠지요?"

"충분하고말고요. 얼마든지 시간이 있습니다."

경사가 말했다. 그러고나서 그는 원한다면 택시를 불러줄 수도 있다고 친절을 베풀었다.

"감사합니다. 수고스러우시지만 그렇게 좀 해주세요."

남진규의 말이 떨어지기가 바쁘게 경사는 순경에게 택시를 부르라고 지시했다.

"떡 본 김에 제사 좀 지내야겠는데 괜찮겠습니까?"

"네?"

"동승 좀 하자는 얘깁니다. 그렇잖아도 입암면에 볼일이 있는데 귀찮아서 갈까말까 하고 있던 참입니다. 남이포 못 미처에서 내리면 되니까……."

"얼마든지 좋습니다. 하지만 여남서원부터 들러 참배를 했으면 하는데……."

"여남서원이야 그야말로 여기서 엎어지면 코 닿을 덴데, 참배만 하신다면서요?"

"참배하고 난 뒤 한바퀴 둘러보며 사진만 몇 컷 찍으면 됩니다. 5분도 채 안 걸릴 겁니다."

"공차 태워주는데 그 정도야 못 기다리겠습니까!"

"소장님께서 동승해주시면 오히려 제가 득이지요. 바가지 요금도 못받을 테고 길도 못 속일 테니까요. 아니 그보다도 간첩으로 몰리진 않을 거 아닙니까?"

남진규의 말에 모두들 유쾌한 웃음을 날렸고 그러는 동안에 벌써 택시가 와서 빵빵 경적을 울렸다.

택시가 여남서원에 들렀다가 읍내를 빠져 채 5분도 달리지 않았을 때 경사가 운전기사에게 잠시 멈출 것을 지시했다.

산줄기가 뻗어내리다가 내에 이르러 끊어진 곳을 가리키며 경사가 설명하기 시작했다.

"저 산줄기가 작약산 줄기고 저 내 이름이 반변천입니다. 그리고 저기 냇가의 방축을 송영당이라고 부르는데, 보낸다는 송, 맞이한다는 영, 방축이라는 당자를 씁니다. 기사양반, 이제 그만 가십시다."

택시가 달리기 시작하자 경사가 얘기를 이었다.

옛날 사람들은 영양땅에 찾아오는 손님을 그 방축에까지 나가 마중했고 또 손님이 떠날 때도 그곳까지 배웅했는데 그때마다 주객이 거기다 꽃자리를 펴고 앉아서 이별주도 나누고 환영주도 나눴기 때문에 송영당(送迎塘)이라는 이름이 붙게 됐다는 설명이었다. 그의 얘기는 계속되었다.

"경찰복을 입은 처지에 이런 얘길 해서 좀 뭣합니다만 요즘은 객지 사람들이 오면 우선 수상한 눈으로 보기부터 해서 탈입니다. 특히 젊은 사람들 중에 그런 사람들이 많은데, 재수가 좋으면 일확천금을 할 수 있다 그겁니다. 땀 흘려 일할 생각들을 않는 거지요. 그도 그럴 것이 매일 보고 듣는 게 힘 안 들이고 한탕해서 떼돈 번 사람들 얘기 아닙니까. 오늘 남 선생이 그런 사람한테 당한 겁니다. 옛날 그 아름답던 풍속은 다 어디로 갔는지 원!"

"……."

남진규는 경사의 말에 아무런 대꾸도 않았다. 만감이 오갔으나 그것을 정리해 펼쳐놓을 수가 없었다.

경사가 다시 입을 열었다.

"옛날 이 고을에 찾아왔던 사람들은 반드시 올 때 울고, 갈 때 울고 두 번 울었다는 얘기가 있소. 올 때는 험한 산골이라 울고, 갈 땐 인심 좋고 산수 좋아 정들었던 고장을 떠나는 것이 슬퍼서 울었다는 겁니다."

"……."

이번에도 남진규는 입을 봉하고만 있었다. 그러한 그의 눈앞에는 다시 김만술의 얼굴이 크게 떠올랐던 것이다. 그러한 환영 속에서 남진규는 비튼 허리를 풀지 못하고 뒤창으로 송영당 쪽을 바라보고 있었다. 방축은 이미 그의 시야에서 사라진 지 오래였다. 그런데도 그가 냉큼 비튼 허리를 풀지 못하는 것은 눈에 돈 눈물을 잦히지 못해서였다. (1992)

아론

키쿠유 족(族)인 젊은 흑인 하산이 심문을 받고 있었다. 수사관은 담배에 불을 붙여 길게 연기를 내뿜고 나서 나직하나 차가운 목소리로 말했다.

"다시 한번 자초지종을 자세하게 말해!"

하산이 약간 짜증스럽게 받았다.

"벌써 세 번이나 말씀드렸잖습니까요? 또 얘기해도……. 백 번 아니라 천 번을 말해도 똑같은 얘깁니다요. 그게 사실이니까요."

수사관이 컴퓨터 키보드 위에서 양쪽 손가락을 펴며 험악한 표정을 지었다.

"네놈 말대로 똑같은 얘길 세 번이나 했으니까 이제 입만 벌리면 얘기가 술술술 저절로 나올꺼다. 어서 해!"

"…… 사건이 일어나기 전날 일입죠. 아침을 먹고 나섭니다요. 주인님이 부르신다기에 갔더니만 절더러 침팬지 섬에 갈 테니 보트랑 텐트 그리구 취사 도구랑 통조림이랑 다른 음식물 등을 준비하라고 하셨습니다요. 데려갈 사람은 저와 제 마누라, 제 마누라는 주인댁에서 주방장을 돕는 하녀입니다요. 마누라 음식 솜씨가 제법이니 섬에 묵는 일 주일 동안 음식을 만들게 한다는 거였습죠."

하산이 하던 말을 끊자, 바쁘게 키보드를 두드려 대던 수사관의 손놀림도 멈추었다. 수사관이 재촉했다.

"그래서? 그 다음!"

"죄송하지만 담배 한 개비 피워도 되겠습니까?"

하산이 비굴한 웃음을 입 언저리에 가득 띤 채 책상 위의 담뱃갑에 얹었던 눈을 들어 수사관을 바라보았다. 그가 고개를 끄덕이자 하산은 재빠른 동작으로 담배를 뽑아 물고는 담뱃갑 옆에 있는 라이터를 집어 불을 붙였다.

"자아, 이제 어서 말해. 그 침팬지 섬에 간 목적부터!"

"아론이, 침팬지 이름이 아론이죠. 왜 아론이란 이름이 붙었느냐 하면 말입니다요. 그놈이 전에 서커스에서 부리던 재주 중에 '아론의 지팡이'라는 짧은 연극이 있었다는뎁쇼. 거기에서 아론, 성경에 나오는 유명한 분이라면서요? 어쨌든 그놈이 맡았던 그 역할 때문에 붙은 이름이라는 얘길 들었습죠. 그러나 저는 아론이 '정의의 사나이'라는 연극을 한 것밖에는 잘 모릅니다요. 벌써 세 번씩이나 말씀 올렸습니다만……. 그 연극 줄거릴 또 얘기해야 합니까?"

하산은 연극 줄거리를 건너뛰었으면 하는 눈치였다. 그러나 수사관은 그의 그런 눈치엔 아랑곳도 않았다.

"자초지종을 말하랬잖아! 하나도 빠짐없이!"

"…… 아까도 말씀드렸습죠만, 침팬지를 거느린 한 신사가 아리따운 아가씨 혼자 있는 집에 들어가 집 안 이곳 저곳을 살펴봅니다요. 그리고는 아가씨가 혼자서 집을 보고 있다는 것을 알고는 여자를 권총으로 위협해

옷을 하나씩 하나씩 벗게 합니다요. 아가씨는 부들부들 떨며 브라우스를 벗습니다요. 그 다음엔 스커트를 벗고 그리고 시키는 대로 침대에 올라가 모포 속으로 들어갑죠. 신사가 급히 침대로 갑니다요. 침팬지도 그 옆에 붙다시피 따라갑니다요. 신사가 아가씨의 이마에 권총을 들이대면 아가씨는 훌쩍이면서 모포 속에서 브래지어를 벗어 신사에게 주고 신사는 두 손으로 브래지어를 날개처럼 펼쳐 들고는 큼큼큼 냄새를 맡습니다요. 그러고 나서 또 아가씨의 이마에 권총을 들이댑니다요. 아가씨는 할 수 없이 침대 속에서 팬티를 벗어 줍니다요. 그러나 브래지어도 팬티도 진짜로 벗는 게 아니라는 거 나리께서 우리 서커스를 보셔서 다 아시죠? 아가씨가 입고 있는 것과 똑같은 색깔의 브래지어랑 팬티를 모포 속에 미리 넣어 두는 것입죠. 그렇지만 구경꾼들은 그게 진짜로 아가씨가 입고 있었던 것으로 알구말굽죠. 신사는 팬티도 쫙 펼쳐보고 나서 또 큼큼 냄새를 맡다가 권총을 총집에 넣고는 권총 밴드를 옆에 있는 침팬지에게 채워 줍죠. 그리고는 더 이상 꾸물거릴 수가 없다는 듯이 아무렇게나 옷들을 벗어 던지고는 팬티 바람으로 아가씨가 들어있는 모포 속으로 들어가 아가씨 위에 올라 탑니다요. 그러면 아가씨가 침팬지를 향해 애원을 합니다요. 사람 살려 달라고 말입죠. 그러면 그때 침팬지는 아가씨를 겁탈하느라 정신이 없는 신사에게로 다가가 허리에 두르고 있는 권총집에서 권총을 뽑아 들고 신사를 겨냥해 총을 쏩니다요. 실제로 방아쇠를 당겨 총을 쏘면 요란한 총성과 함께 여자 위에서 신사가 피를 뿜으며 침대 밑으로 굴러 떨어집니다요. 나리께서도 구경하셔서 아시겠지만 그 피도 가짭죠. 신사 밑에 깔린 아가씨가 빨강물이 든 풍선을 터뜨리는 겁니다요. 그러면 침대 위의 여자와 그 여자에게로 다가간 침팬지가 포옹을 하잖습니까요? 다 아시겠지만 그 총은 진짜 권총과 똑같이 만든 가짭니다요. 방아쇠를 당기면 노리쇠가 화약을 터뜨리기 때문에 총성이 나는 겁니다요."

"그러니까 아무리 자기 주인이라도 악당이니까 사살하고 아가씨를 구했기 때문에 연극 이름이 '정의의 사나이', 그러나 이름은 옛날 '아론의 지팡이' 때 이름 그대로 아론이란 말이지?"

"그렇습죠."

"그 얘긴 그쯤 해두고 이제 침팬지 섬에 간 목적을 얘기해!"

"목적은 두 가지입죠. 하나는 아론을 잡아온 곳이 그 섬이라 그곳에다 다시 풀어놓겠다는 것이굽쇼, 또 히니는……."

수사관의 손이 다시 키보드 위에서 춤을 추기 시작했다.

"그 섬 어딘가에 침팬지 술이라는 게 있는데 주인님이 저보고 자기와 함께 그걸 찾자는 것이었습니다요."

"잠깐! 좀 더 자세히 말해. 침팬지를 왜 그곳에 되풀어 놓겠다는 거였지?"

"요즘은 텔레비전에서 서커스보다 더 재미난 걸 많이 하는데다 아까 말씀드린 그런 연극에 속을 사람도 없거든입쇼. 아마 그 연극을 한두 번 안 본 사람이 없을 겁니다요. 그러니까 구경하러 오는 사람은 없고 그렇다고 침팬지를 놀리면서 비싼 사료를 사 먹여 키울 수도 없었습죠. 게다가 누가 그놈을 사가려는 사람도 없굽쇼. 그러니 주인님이 생각다 못해 아론을 잡아온 그 섬에다 되풀어 놓자는 것이었습죠. 그런데 주인님께서 누구한테 들었는지는 몰라도 이상한 소문을 들으신 모양입니다요."

"이상한 소문이란 게 그 침팬지 술 얘기야?"

"바로 그 얘깁죠. 언젠지도 모를 옛날, 그 섬에 요즘의 냉장고처럼 찬 커다란 바위굴이 있었답니다요. 그런데 침팬지들이 그 굴 속에다 온갖 열매를 다 모아 두었답니다요. 열매철이 아닐 때 열매를 두고두고 먹을 생각으로 저장해 놓고 또 비가 오면 거기에 들어가 비를 피하기도 했다는굽쇼. 그런데 어느 핸가 열매를 잔뜩 모아 놓은 뒤, 큰 비가 내려 침팬지들이 모두 그곳에 들어가 비를 피했답니다요. 그런데 억수같은 비가 내리고 천둥번개가 치던 날, 그만 사태가 나서 바위굴이 콱 막혔답니다요. 그러니 온갖 열매들과 침팬지의 시체들이 그 속에서 함께 썩어 술이 될 수밖에 없다는 겁니다요. 저는 그 얘길 믿지 않았는데 주인님은 그 장소를 찾으면 불로장생주를 얻을 수 있고 그렇게 되면 떼돈을 벌게 된다는 것이었습니다요. 나리께서는 믿으십니까?"

수사관이 차갑게 웃으며 말했다.

"얘기는 그럴듯하지만 과연 그런 곳이 있을까? 그건 그렇고 하던 얘기나 계속해."

"그래서 섬에 갔는뎁쇼. 도착하여 캠프를 설치하고 나니 해가 지고 있었습니다요. 그러니 저물녘에 아무 데나 아론을 풀어놓을 수도 없었습죠. 그래 날이 밝으면 먹이가 많고 살아나갈 수 있을만한 데를 물색해 풀어 주기로 했습니다요. 그날입니다요. 저녁 식사를 마치고 주인님이 저한테 심부름을 시켰습니다요. 심부름이라기보다 주인님이 시키지 않아도 하려했던 일이었습죠. 땔감을 구해 와야 했거든입쇼. 짐승들의 습격도 두렵거니와 밤이면 추워지니까 모닥불을 피워야 했거든입쇼. 그런데 곧 어두워져서 땔감을 조금밖에 구할 수가 없었습니다요. 그래 서너 시간쯤 모닥불을 피울 수 있을 만치만 해 오고 이튿날 다시 땔감을 구하러 나갔습니다요. 일 주일간이나 머물러야 하는데 아침저녁이 아니면 땔감을 할 시간이 없거든입쇼. 온 종일 숲속을 헤매며 침팬지 술을 찾아야 할 것이 뻔하니까 말입니다요. 그래 땔감을 해 나르고 있는데 갑자기 총소리가 나는 겁니다요. 뭔 일인가 싶어 달려가 보니 서커스 때처럼 아론이 허리에 권총 밴드를 척하니 하곤 권총을 뽑아 든 채 밖에 나와 있는 겁니다요. 그래 겁이 나서 그놈이 못 보게끔 살금살금 숨어 주인님 텐트로 들어가 보았더니 알몸뚱이인 내 마누라 배 위에 주인님이 알몸으로 엎어져 죽어 있고 마누라는 목숨은 붙어 있었으나 위급한 상태에 있질 않겠습니까요? 서커스, 아까 말씀드린 서커스의 그 '정의의 사나이'랑 비슷한 일이 벌어진겁니다요. 맨 처음엔 주인님한테 화가 났지만 제 마누라도 죽게 돼 있어 화가 치밀어 주인님의 엽총을 들고 나갔더니 그새 벌써 아론, 그놈이 벌써 저만치서 숲을 향해 도망치고 있었습니다요. 권총은 총집에 꽂혀 있었고 말입니다요. 전 그놈을 향해 엽총을 세 방이나 쏘았습죠. 그러나 맞질 않았습니다요. 계속 뒤쫓아가려 했지만 마누라라도 살려야겠다 싶어 주인님의 시체와 마누라를 배에 싣고 급히 섬을 떠나 온 것입니다요. 그게 전붑니다요, 나리님. 이제 똑같은 얘기 더 시키지 마십시오. 백 번을, 천 번을 얘기해도 더 이상 다른 얘기가 없습니다요."

키보드에서 거둔 손으로 책상을 '쾅' 치며 수사관이 소리를 질렀다.

"야, 이놈아! 날더러 네놈 얘기를 그대로 믿으라는 거야?'

1

열대 우림이었지만 웬일인지 오랫동안 비가 오지 않았다. 매일같이 땡볕만 내려 쬔 지 한 달도 넘었다. 때문에 숲속이었지만 도무지 시원한 구석이란 없었다. 그늘조차 없다면 금방이라도 땡볕으로 침팬지들의 털에 불이 붙었을지도 몰랐다. 하지만 그늘이라 해도 더위를 견딜만 하진 않았다. 그야말로 찜통 속 같은 무더위였다.

촘촘하게 들어찬 나무 우듬지들은 예리한 창끝처럼 하늘을 찌르고 있었으나 데쳐 놓은 듯 축축 처진 잎사귀들은 바람기조차 받지 못해 미동도 않았다.

그런 열대 우림 한가운데에 20도쯤의 경사를 이루며 널찍하게 터를 잡고 있는 너럭바위가 있었다.

경사도의 정점인 그 너럭바위 윗자리에서 새 두목인 아론은 한참 동안이나 물구나무를 서고 공중제비로 한바탕 재주를 부렸다. 그리고는 그 자리에 앉아서 잔뜩 위엄을 부리고 있었다. 그는 눈앞에 나타나는 그림을 보고 있었다.

그가 한바탕 재주를 부리고 나면 많은 구경꾼들이 박수갈채를 보냈고 그때마다 조련사는 꼬박꼬박 먹을 것을 주면서 그의 머리를 쓰다듬어 주곤 했었다. 그러나 아론의 눈앞에 펼쳐졌던 그 그림은 순식간에 지워졌고 자신과 동족인 침팬지들만이 비탈 바위에 옹기종기 모여 앉아 있는 게 보였다. 순간 실망감이 아론의 전신을 휩쌌고 그것은 서서히 분노로 뒤바뀌었다. 배가 고팠기 때문이었다.

아론의 자리에서는 낮은 자리에 앉아 있는 여러 부하들 모습이 한눈에 들어왔다.

부하들은 아론의 매서운 눈길을 피해 모두들 고개를 숙이고 있었다. 그들 중 아무도 아론에게 바칠 먹을 것을 마련할 수 없었던 것이다.

아론이 이곳으로 온 뒤, 부하들은 그가 재주를 부리면 으레 먹을 것을 바치곤 했었다. 그러나 며칠 전, 숲 한 자락이 완전히 불 타 버린데다가 열매철도 지난 터라 두목에게 먹을 것을 마련해 준다는 것은 참으로 어려운 일이었다.

해가 뜨기 시작하면서부터 해가 질 때까지 온 숲을 뒤지고 다녀도 겨우 자신들의 허기만을 면할 수 있을 뿐이어서 도무지 두목에게 갖다 바칠 것을 마련할 수가 없는 것이었다.

이런 판국이니 두목이 재주를 부린 까닭을 모르는 것은 아니나 도리가 없었다. 어쨌든 그들은 두목으로부터 당할 벌이 무서워 전전긍긍이었던 것이다.

나무들에 열매만 달려 있다면 두목도 자기가 먹을 것은 자기 스스로 따먹을 수 있었겠으나 열매철이 아니어서 두목은 스스로 달리 먹을 것을 찾지 못했다. 곤충이나 다람쥐 같은 작은 짐승의 사냥은커녕 나무뿌리조차 제대로 캐지를 못하는 것이었다. 그러므로 배를 주린 두목의 행동이 어떻게 나올 것이라는 걸 뻔히 알고 있는 부하들로서는 겁을 먹지 않을 수가 없는 노릇이었다. 그들은 계속해 머리를 긁적이거나 팔을 긁어 대고 있었다. 잔뜩 긴장됐을 때의 몸짓이었다.

아론이 아주 못마땅한 눈으로 부하들의 그런 모습을 휘둘러보며 입술을 쑥 내밀어 뒤집더니 붉은 점막을 드러낸 채 고함을 질렀다.

"나 배고파! 열매 가져 와!"

부하들은 역시 아무도 고개를 들지 못한 채 계속 머리를 긁거나 팔을 긁거나 할 따름이었다.

그때였다. 날카로운 쇳소리가 났다. 두목이 허리에 두르고 있는 총집에서 권총을 꺼내다가 바위 위에 떨군 소리였다.

너럭바위 위에 모여 있던 부하들이 삽시에 사방으로 흩어져 달아났다. 그들 모두의 머리 속에 그 무시무시했던 그날의 광경이 생생하게 그려졌던 때문이었다.

2

그 날, 바다쪽에서 귀를 먹먹하게 만드는 소리가 '탕! 탕! 탕!' 세 번 잇달아 울려 왔다. 그 소리에 침팬지 무리들은 일시에 숲 속으로 흩어져 숨은 채 그 요란한 소리가 난 쪽을 조심스레 살폈다. 처음에는 모두들 벼락치는 소리가 아닌가 했으나 햇볕이 쨍쨍했으므로 공포심은 더욱 커졌다. 그런데 늙은 축들은 그 소리가 사람이 낸 소리라고 했다. 옛날에 그런 벼락치는 소리를 내면서 이 섬에 들어왔던 사람들이 자기네의 어린 것을 생포해 가기도 했고 사슴 따위를 죽여서 메고 가기도 하는 것을 목격한 일이 있었기 때문이었다. 젊은것들과 어린것들은 늙은이들로부터 그런 얘기를 들어왔으나 직접 목격한 일이 없기 때문에 겁도 없이 나무 위에 올라 몸을 드러낸 채 그 요란한 소리가 난 쪽을 연신 호기심 어린 눈으로 바라보고 있었다. 그 중 두 놈이 고함을 질러댔다.

"사람이 아니에요!"

"우리 동족입니다!"

그들의 고함에 안심한 우두머리는 아까 소리가 난 쪽을 관찰하고 나서도 경계의 눈빛을 풀지 못한 채 말했다.

"우리랑 똑같이 생겼지만 동족은 아니다. 그리고 저놈이 가진 것은 산 목숨을 끊는 무서운 연장이다. 벼락보다도 더 무서운 물건이다. 잘못하면 목숨을 잃는다."

우두머리와 나이가 비슷한 늙은이들이 맞장구를 쳤다. 그들도 이 섬에 들어왔던 사람들이 자기네의 어린것을 잡아가고 또 그 연장으로 목숨을 끊는 광경을 목격했던 것이다. 그러나 젊은것들과 어린것들은 겁도 없이 그 낯선 침입자에게 다가가려 했다. 침입자 아론도 계속해 그들에게 접근

했다.

결국 우두머리가 무리의 안전을 위해 그 침입자를 향해 몇 발짝 달려갔다. 공격 태세였다. 그리고는 가지껏 입술을 말아 오려 흰 이빨을 온통 다 드러내며 위협적으로 '꽥꽥' 소리를 질렀다.

"웬놈이냐? 가까이 오면 가만 두지 않겠다!"

곁에서 우두머리를 호위하던 축들도 위협적으로 공격 태세를 취했다.

"썩 물러가!"

"물러가지 않으면 죽여버리겠다!"

젊은이들과 늙은이들의 공격 태세를 흉내내며 어린것들까지 '꽥꽥' 소리를 질러댔다. 아론은 주춤주춤 뒷걸음질을 쳤으나 바로 뒤에서 자기를 쫓는 자가 있었으므로 더 이상 도망칠 수가 없었다. 그야말로 진퇴양난이었던 것이다. 그러나 침팬지의 무리는 계속 입술을 까뒤집고 꽥꽥거렸으며 나무 위에 올라 있는 축들은 가지들을 마구 흔들어대며 고함을 질렀다.

"어서 꺼져!"

"네놈은 우리 편이 아냐!"

아론은 무리의 공격에 반사적으로 물구나무서기와 공중제비를 했다. 자기 앞에서 잠시 공격 태세를 늦추고 있는 무리가, 자신의 묘기를 구경하려는 사람의 무리로 그려졌던 때문이었다. 그러나 한바탕 재주를 부렸음에도 먹을 것은 고사하고 박수조차 나오지 않았다. 박수는커녕 외려 멈추었던 공격을 다시 시작했다. 그는 무리의 공격을 막기 위해 뭐라 말하려 했으나 사람들에게 길들여져 서커스단에서 보낸 오랜 세월로 인하여 말을 잊은 상태였다.

아론은 참담한 심정으로 뒷걸음질치다가 무엇인가 발에 밟힌 것이 있어 집어들었다. 그것은 다름 아닌 권총이었다. 공중제비를 할 때 허리에 둘린 총집에서 빠져 나와 떨어진 것이었다.

　권총을 들고 있는 아론의 눈앞에 아까와는 다른 그림이 펼쳐졌다. 그는 그림에 나타난 사람을 흉내내어 방아쇠에 손가락을 걸고는 팔을 쭈욱 폈다. 그리고 다시 그림을 생각해냈다. 요란한 소리와 함께 사람들이 쓰러지며 피를 튀기는 그림이었다. 아론은 다시 그 그림 흉내를 냈다. 아론이 방아쇠를 당기자 그림에서처럼 요란한 소리를 내며 불과 서너 발짝 앞에까지 달려나온 우두머리가 제자리에 우뚝 서는가 싶더니 왼손을 오른쪽 어깨 쯤에 얹고는 나무토막처럼 쓰러지고 말았다. 뿐만 아니라 그 뒤에 멀찍이 떨어진 나무에 올라 있던 어린것 하나도 커다란 열매처럼 땅바닥으로 '쿵' 하고 떨어지며 배에서 피를 뿜었다. 우두머리의 어깨를 관통한 총알이 그 어린것의 배를 뚫었던 것이다. 어린것은 외마디 절규와 함께 그 자리에 엎어져 숨이 끊겼고 그 어미는 급히 어린것의 시체를 안고 숲 속으로 숨었다. 그들 모녀에 앞서, 무리지어 있던 침팬지들도 뿔뿔이 흩어져 모습을 찾을 수가 없었다. 이제 총알에 맞아 피를 흘리며 쓰러진 자리에서 뒹굴며 신음하는 우두머리만이 아론의 눈에 띌 뿐이었다.

　아론은 아직도 왼손을 오른쪽 어깨에 붙인 채 쓰러져 신음하고 있는 우두머리에게로 조심스레 한 발 한 발 다가섰다. 흘린 피가 팔과 가슴께의 털을 엉겨붙게 했고 그곳에는 파리들이 들러 붙어 재미를 보고 있었다. 우두머리는 다가온 침입자에 대한 공포 때문에 통증을 잊은 듯 잔뜩 겁먹은 눈으로 치켜 보았다. 그 눈과 표정, 아니 전신에는 항복의 빛이 역력했다. 말로써 항복을 전할 필요는 없었다. 아론도 그것은 알고 있었다. 그러나 아론은 총부리를 다시 들이댔다. 우두머리는 사색이 되어 놈을 치켜 볼 뿐 입조차 열지 못했다. 그래도 아론은 입술을 두껍게 말아 올리고 꽥꽥거렸다. 그는 배가 고팠으므로 먹을 것을 요구하려 했으나 그 말을 할 수가 없어 화가 나 있는 상태였다. 서커스단에서 열 번이나 열매철을 보내는 동안 그는 사람들에 의해 매일 정해진 시간에 먹을 것을 얻어먹어 왔기 때문에 이제는 스스로 주린 배를 채울 방법을 몰랐다. 그로서는 훔쳐먹거나 빼앗아 먹거나 얻어먹는 방법 이외는 달리 방법이 없었다. 아론은 배가 고플 경우, 사람에게 했던 대로 꽥꽥거렸던 것인데 우두머리는 그것이 무슨 뜻인지 알지 못했다.

아론은 자기의 뜻이 전달되지 않았음을 깨닫고 이번에는 손으로 음식물을 입에 넣고 씹는 시늉을 해 보였다. 다행히도 그 몸짓은 우두머리에게 먹혀들었다. 침입자가 먹을 것을 요구한다는 것을 알아차린 우두머리가 다급한 목소리로 말했다.

"알았소! 알았소!"

아론의 두텁던 입술이 얇아졌다. 그러나 우두머리의 말을 알아들은 것은 아니었다. 눈치로 자기의 뜻이 전달됐다는 것을 안 것이었다.

침입자의 얇아진 입술을 보자 우두머리는 긴장이 풀림과 동시에 다시 어깨에 통증을 느끼기 시작했으나 억지로 몸을 일으켰다. 몸을 움직이자 통증은 더욱 심해졌다. 그러나 침입자가 들고 있는 권총(우두머리는 그 무서운 연장의 이름을 몰랐다)을 보는 순간 또다시 극심한 공포에 휩싸였다. 피를 막고 있던 왼손을 오른쪽 어깨에서 뗐다. 다행하게도 피는 멎었으나 오른팔은 쓸 수가 없었다. 오른팔을 질질 끌며 왼팔로 땅을 짚고 걷기 시작하자 눈앞이 캄캄해지며 나뭇가지에 매달렸을 때처럼 땅바닥이 출렁출렁했다. 우두머리는 그런 극심한 어지럼증 때문에 연신 코방아를 찧어야만 했다.

그는 도저히 걸을 수가 없어 있는 힘을 다해 소리를 질렀다. 그 고함이 무리에게 집합을 알리는 것이라는 것을 모르는 아론은 깜짝 놀라 걸음을 멈추었다. 우두머리의 고함에 숲 속 여기 저기에서 불쑥불쑥 모습들을 나타냈기 때문에 아론은 반사적으로 권총 든 팔을 내밀며 방아쇠를 당겼으나 '딸각' 하는 격발음만 났을 뿐 요란한 총성은 나지 않았다.

"피 흘리게 하지 마시오! 아프게 하지 마시오!"

우두머리가 침입자를 향해 애원했으나 그 말을 알아듣지 못한 아론은 다시 방아쇠를 당겼다. 역시 '딸칵' 하는 격발음만 났다. 아론도 총알이 떨어진 빈 총이라는 것을 몰랐다. 그러나 우두머리는 자기의 애원 때문에 부하들 중에 피를 흘리거나 아픈 놈이 생기지 않았다고 생각하며 스스로 대견해 했다. 때문에 약간 생기를 되찾은 우두머리가 무리를 향해 말했다.

"이제 이 자가 우두머리다. 이 자가 들고 있는 무서운 연장이 우리를 죽게도 하고 피를 흘리게도 하며 아프게도 한다."

"그걸로 내 딸을 죽였소!"

아이를 잃은 암컷이 눈물을 흘리며 말했다.

"사실은 나도 죽을지 모른다. 누가 또 다치기 전에 빨리 먹을 것을 가져다 줘라. 내 잠자리도 갖게 해라!"

우두머리가 부하들에게 이르자 그들은 아론에게로 천천히 다가가 입술을 쭉 내밀고 입꼬리를 양 옆으로 한껏 당겼다. 항복의 표시였다. 그리고는 손을 내밀어 이제 자기들이 부하임을 알린 뒤, 우선 가까운 음술룰리 나무 위에 있는 우두머리의 잠자리로 안내했다.

뜻하지도 않게 두목 자리에 앉게 된 아론은 그날부터, 오랫동안 까맣게 잊고 지냈던 말들을 조금씩 다시 배울 수 있었으며 그렇게 시간이 흐를수록 무리들에게 두려움의 존재로 깊이 인식되어졌다.

3

아론은 매일같이 부하들이 무서워하는 연장을 만지작거리며 나무 위에 튼튼하게 만들어진 자기 잠자리에 누워 있었다. 부하들은, 전 우두머리의 오른팔을 완전히 못쓰게 만들었을 뿐만 아니라 어린 목숨까지 끊어버린 그 무시무시한 연장을 보기만 해도 온몸의 털이 곤두서는 것이었다.

그날도 수컷 둘과 딸을 잃은 암컷 하나, 이렇게 셋이서 조그만 굴 속에 사는 어르신(전 우두머리) 곁에 모여 두목의 그러한 행동을 겁먹은 눈길로 힐끗힐끗 훔쳐보고 있었다. 그 동굴은 우두머리 자리에서 물러난 어르신의 새로운 거처였다. 그는 오른팔을 전혀 쓸 수가 없는 불구가 됐기 때문에 도저히 나무 위에다 잠자리를 마련할 수가 없었거니와 자신의 힘으로 먹을 것을 구할 수도 없게 되어 조금씩 분배받은 먹이로 겨우 연명하고 있었다.

"두목이 배가 고프대. 두목은 먹을 것을 구하지 않아."

갈래귀(오른쪽 귀 윗부분 가운데가 떨어져 나가 M자 모양이다)가 말하자 암컷이 걱정스레 받았다.

"나무에서 열매를 따 먹을 수 있으려면 아주 오래 기다려야 해."

"그래도 두목은 열매를 달래. 또 화를 낼 꺼야."

그들은 두목 쪽을 흘끔거리며 걱정을 하고 있었다.

그때였다. 두목이 벌떡 일어나더니 휙휙 나뭇가지를 옮겨 잡으며 저만치 떨어져 있는 나무 아래 누워 어린것을 배 위에 태우고 털을 고르고 있는 암컷에게로 잽싸게 달려갔고 그 바람에 놀란 어린것이 날카로운 비명을 지르며 쏜살같이 둥치를 타고 올라 나무 위에서 계속해 비명을 질렀다. 암컷은 그 어린것에게로 가려 했으나 이미 어린것이 엎드려 있던 배 위에 두목이 올라타고 있어 꼼짝도 할 수가 없었다. 암컷이 죽는 소리를 질러댔다.

"죽이려는 걸까?"

짝눈(왼쪽 눈이 오른쪽 보다 표나게 작았다)이 혼잣말처럼 한마디 하자 어르신이 말했다.

"죽이는 게 아냐."

"그럼 왜 저래요?"

"우리가 암컷 엉덩이에 올라타고 하는 일, 그 일을 하는 거야."

"그런데 왜 배 위에서 저래요?"

"그건 몰라. 두목은 암컷들 한테 늘 저래."

"맞았어. 나한테도 그랬어. 저걸 봐."

암컷이 작은 소리로 소근거리듯 말하며 눈짓을 해 보였다. 과연 두목의 사타구니에 짧은 꼬챙이 같은 빨간 것이 나와 있었다. 빨간 것은 들어갈 자리를 찾지 못하고 엉뚱하게도 밑에 깔린 암컷의 아랫배만 여기저기 찔러대고 있었다.

"저건 엉덩이에 올라타야만 들어가. 그런데 두목은 그걸 몰라. 지금 저 암컷은 엉덩이가 빨갛게 부어 있지도 않아. 그래서 소리 지르는 거야. 나는 엉덩이가 부어 있었는데두 두목은 내 엉덩이에 올라타지 않았어. 내 속에 두목이 저 빨간 것을 넣지 않았어. 내 아랫배에다 물을 쏟았어. 그래서 나중에 아랫배 여러 곳에 털이 커다란 가시처럼 됐었어. ……내 엉덩이는 오랫동안 부어 있었어. 너희들은 아무도 내 엉덩이에 올라타 주지 않았어."

"나는 네 엉덩이에 타고 싶었어."

"나는 내 빨간 것을 너한테 넣고 싶었어. 그런데 두목이 못하게 했어. 너도 봤잖아!"

"우리는 모두 네 엉덩이가 며칠 동안 열매처럼 붉게 익어 있는 걸 봤어. 그래서 매일매일 네 엉덩이에 올라타고 싶었어. 그런데 너한테 가까이 가면 두목이 쫓았어. 우릴 죽이려고 했어. 너두 봤잖아!"

"두목이 우릴 죽일까봐 겁이 났어."

수컷들이 미안한 듯이 한마디씩 했다. 그러자 암컷이 쓸쓸한 어조로 말했다.

"그래서 나는 아기를 낳지 못해."

그들은 이야기를 나누면서도 계속 두목에게서 눈길을 거두지 못하고 있었다. 암컷의 아랫배를 찔러대던 그의 꼬챙이가 움직임을 멈췄고 차츰차츰 줄어들더니 그것은 이내 사라지고 말았다. 새 두목은 비로소 암컷의 배 위에서 내려와 불안한 눈으로 사방을 휘둘러 보더니 무엇에 쫓기듯 후다닥 제 잠자리가 있는 나무 위로 올라갔다. 그의 눈앞에 그림이 나타났던 때문이었다. 이곳으로 쫓겨왔던 날의 그림이었다.

아론이 주인의 무릎 앞에 앉아 있다. 주인이 바나나를 벗겨 허연 속을 한 입 베어 먹는다. 아론은 재빨리 바나나를 채뜨려 그의 흉내를 내어 한 입 베어 먹는다. 주인이 '하하하' 크게 웃는다.

갑자기 그림이 없어지고 아론의 눈에는 이제 마주 보이는 나무 아래에서 모자(母子)가 다정하게 얼굴을 맞대고 앉아 있는 모습이 보였다. 두목은 깜짝 놀라 눈을 키웠다. 조금 전의 그림에서처럼 그들이 바나나를 먹고 있었기 때문이었다.

두목은 재빨리 나뭇가지를 타고 그곳으로 내려갔다. 아들과 그 에미는 갑작스런 두목의 출현에 놀라 도망칠 생각조차 잊고 멍하니 그 자리에 앉아 있었다. 두목은 아들과 에미의 손을 번차례로 살펴 보았다. 분명히 나무 위에서 본 그 바나나는 아무도 가지고 있지 않았다. 다만 에미의 손에는 아무짝에도 쓸모가 없는 토막난 나뭇가지가 들려 있을 따름이었다. 바나나를 어디다 감춰 놓고 시치미를 떼고 있다고 두목은 그렇게 생각했다. 또다시 두목의 눈앞에 그림이 그려졌다. 조그만 상자 속에서 사는 사람들의 그림이었다. 두목은 그림에 있는 어떤 사람이 그러듯이 어린것의 목을 팔뚝으로 휘감았다. 놀란 어린것이 제 에미에게 꽥꽥거리며 구원을 청했다. 아론은 그림에서 보는 조그만 상자 속의 사람처럼 자기도 이들 모자로부터 무엇인가를 얻을 수 있다는 생각으로 즐거운 마음이었다. 그림에 있는 어떤 여자가 그러듯이 에미도 어딘가에 감춰 둔 바나나를 내놓을 것이라고 생각했던 것이다. 그러나 기다리고 있는 아론에게 에미는 바나나를 내놓지 않았다.

"나 줘! 나 줘!"

"무얼 달란 말이에요?"

두목은 바나나 그림을 그렸으나 그 그림은 에미에게는 보이는 것이 아니었다. 두목 혼자만이 볼 수 있는 그림이었다.

"빨리 줘!"

"아무것도 줄 게 없어요."

두목은 어린것이 소리를 지르지 않자 자기도 모르게 팔뚝에 힘이 빠져 있는 것을 깨닫고는 또다시 어린것의 목을 감은 팔에 힘을 주었다. 어린것이 숨막힌 소리를 냈다. 에미는 어린 자식이 죽음 직전에 처해 있음을 알았다. 빨리 자기의 어린것을 구해야 한다고 생각했다. 에미는 두목이 무서운 존재임을 익히 알고는 있었으나 그래도 두렵지 않았다. 이빨을 드러내며 두목을 위협했다. 그러자 화가 난 두목은 한층 더 두텁게 입술을 말아 올리곤 한 팔로 에미를 공격하는 한편, 숨이 막혀 캑캑거리는 어린것의 소리가 듣기 싫어 팔뚝에 한층 더 힘을 주어 조였다.

어르신의 굴 앞에 모여 있는 그들에게도 두목의 그렇듯 난폭한 행동이 한눈에 보였다.

"알 수 없는 일이네요. 미쳤나봐요."

얼마 전에 딸을 잃은 암컷의 눈에 슬픔이 가득 고였다. 암컷은 얘기를 이었다.

"저 어린것은 죽으면 아무 것도 먹지 않지만 죽은 아이는 독수리들이 먹어요. 내 아이도 독수리들이 먹었어요."

잠자코 있던 어르신이 어두운 목소리로 한마디 뱉어냈다.

"배가 고픈거야.'

"그래서 독수리처럼 어린것을 먹는건가요?'

"나는 몰라. 알 수 없어."

암컷은 자기의 죽은 어린것에게 달라붙어 있던 독수리 생각을 떨쳐버리지 못하고 있었다. 이번에는 두 수컷을 향해 화난 투로 말했다.

"독수리들은 우리한테 아무것도 주지 않았어. 우리 애만 뜯어 먹고 그냥 갔어. 그러니까 두목은 저 어린것을 또 독수리들이 먹게 해서는 안돼."

먹는 얘기를 듣고 있다가 배고픔을 느끼게 된 짝눈이 땅바닥에서 엉덩이를 떼며 말했다.

"나, 흰개미 먹고 싶어졌어. 흰개미 찾아가겠어."

갈래귀가 흰개미 얘기를 듣다가 이틀 전에 있었던 일을 얘기했다.

"내 흰개미, 두목이 빼앗아 먹었어. 나는 화가……."

갈래귀는 갑작스런 비명 때문에 하던 말을 삼키고 소리가 난 쪽으로 고개를 돌렸다. 그러나 두목은 어디로 떠났는지 그 모습을 찾아볼 수가 없었고 조금 전까지 그의 접힌 팔뚝에 목이 끼어 버둥거렸던 어린것과 그 에미의 모습만이 보였다. 그러나 땅바닥에 눕혀져 있는 어린것의 모습이 예사롭지 않았다. 슬픔에 싸인 에미의 울부짖음이 아니더라도 그 어린것이 죽어 있다는 것을 담박에 알아차릴 수 있었다.

한동안 울부짖던 에미가 어린것을 한 팔로 안아 올렸으나 어린것은 여느 때처럼 에미의 털을 잡고 매달리지 못했다. 축 늘어진 녀석의 무게가 만만치 않았음인지 에미는 땅바닥에 되내려 놓았다.

"이제 독수리들이 날아들 거야.'

암컷이 엉덩이를 들고 죽은 어린것과 그 에미가 있는 곳을 향해 몸을 돌렸다.

"내가 독수리 얘기를 해주겠어! 울지 말라고 말하겠어! 나도 여기가 아팠었다고 말해주겠어!"

암컷은 자기 머리를 툭툭 쳐보이고 나서 그들 쪽으로 바쁜 걸음을 옮겼다.

4

짝눈이 어르신에게 말했다.

"두 암컷이 벼랑 밑에 있었어요."

그는 부산스런 몸짓과 함께 긴 얘기를 늘어놓았다. 요지는 두목이 쏜 총알에 맞아 죽어 딸을 잃은 암컷과 어제 두목이 목을 졸라 죽여 아들을 잃은 암컷이 벼랑 아래로 내려가는 것을 목격했다는 것이었는데 어르신은 이미 예상하고 있었다는 듯이 조용히 입을 열었다.

"다른 나라에 갔어. 이제 다시 오지 않아."

갈래귀가 분노에 찬 목소리로 꽥꽥거렸다.

"우리의 암컷들입니다! 가서 데려와야 합니다!"

"절대로 안 온다. 이제 다른 나라 암컷이 됐어. 우리 수컷들이 암컷 찾으러 가면 그 나라에서 죽여. 다시 못 온다."

갈래귀와 짝눈은 멀뚱멀뚱 눈알만 굴리며 어르신의 입을 지켜 볼 따름이었다. 잠시 입을 다물고 있던 어르신이 말을 이었다.

"먹을 것이 있는 델 찾아야 해. 여기엔 먹을 것이 다 없어졌어. 우리가 다 찾아 먹었어. 잎사귀도 줄기도 씨앗도 다 없어졌어. 흰개미도 볼 수가 없어."

어르신의 입에서 흰개미란 말이 나오자 갈래귀의 눈이 반짝 빛났다. 그러더니 귀가 납짝하게 뒤로 달라붙고 얼굴이 일그러졌다. 화를 내고 있는 것이었다.

"나, 두목한테 흰개미 다 뺏겼어, 맛있는 흰개미 많이 뺏겼어!"

갈래귀는 두목에게 당했던 억울한 일이 잊히지 않는 것이었다.

며칠 전, 그는 흰개미 굴을 어렵게 찾아냈었다. 가늘고 길다란 풀줄기를 뽑아 침을 묻혀 굴 속에 넣고는 흰개미들이 달라붙기를 기다려 꺼냈을 때였다. 언제 왔는지 두목이 잽싸게 그의 손에서 흰개미가 잔뜩 달라붙어 있는 풀줄기를 빼앗아 한입에 쓰윽 훑어 먹어버린 것이었다. 그것만으로도 억울한 노릇인데 두목은 자기가 훑어먹다가 떨어진 흰개미 한 마리라도 주워 먹을까봐 갈래귀를 쫓아버리고 나서 근처에는 얼씬도 못하게 했었다.

"난 한 마리도 못 먹었어요."

짝눈도 한마디 했다.

"두목은 내 나무뿌리도 빼앗아 먹었어. 아주 단 뿌리였어."

어르신은 갈래귀와 짝눈의 얘기에는 아무런 관심이 없는지 딴청이라도 부리듯 말했다.

"먹을 것이 있는 다른 델 찾아야 해. 먹을 것이 없으면 두목은 어린것들을 또 죽일 거야."

갈래귀와 짝눈이 몸을 부르르 떨었다. 총알을 맞아 배에서 피를 뿜어대면서 죽어간 어린것과 우악스런 팔뚝에 목이 졸려 죽은 어린것의 모습이 떠올랐기 때문이었다.

"두목은 우리를 죽이는 무서운 연장을 가지고 있어. 많은 먹을거리가 생기지 않으면 자꾸만 어린것들을 죽일 거야. 늙은이들도 죽일 거야. 젊은이들도 죽게 돼. 먹을 것이 많이 있어야 해. 여기는 이제 먹을 게 없어졌어. 너희들은 먹을 것을 찾으러 가야만 해. 나는 갈 수 없어. 너희들만 가!"

다른 곳에는 열매, 잎사귀, 나무뿌리 같은 먹을 것이 많이 있을 거라고 우두머리는 생각했다. 그가 어렸을 때, 이빨이 다 닳아 딱딱한 것을 먹지 못했던 늙은이들로부터 들은 얘기 때문이었다. 잘 익은 열매들이 너무나도 많아 열매철이 아닌 때에 먹기 위해 동굴 안에 그것을 잔뜩 쌓아 두었었다는 얘기였다. 억수 같은 비를 피하기 위해 그곳에 들어갔다가 굴이 무너져 많은 조상들이 떼죽음을 당했다는 얘기도 들었었다. 그러나 우두머리는 그 얘기를 갈래귀와 짝눈에게는 하지 않았다. 그런 얘기를 듣고 나면 두 젊은것들이 분명 겁을 내고 먹을 것을 찾으러 나서지 않을 것이 분명했기 때문이었다. 그러나 어르신은 긴 생각 끝에 다시 입을 열었다.

"비가 와도 굴 속엔 들어가지 마."

말을 마치고 하늘을 올려다 보는 어르신에게 두 수컷이 한껍에 물었다.

"여기 말고 굴이 또 있나요?"

"비가 올까요?"

어르신이 다시 하늘을 향해 고개를 꺾었다간 바로 하며 말했다.

"난 알 수 없어. 빨리 가서 찾아봐! 먹을 것을 찾으면 다시 와. 나도 따라 갈 테야. 여기는 배가 고파. 빨리 가!"

갈래귀와 짝눈은 쫓기다시피 그곳을 떠났다. 그러고는 나무를 타고 올라, 가지에서 가지로 획획 건너뛰기도 했고 숲이 무성한 곳은 가시덤불을 헤치며 온종일 헤맸으나 먹을 것이 많은 곳은 발견할 수 없었다. 어디를 가나 더위에 처진 모든 잎사귀들이 물기가 없어 먹을 만하지 못했으며 나무뿌리나 줄기들도 씹을 만한 것이 눈에 띄지 않았다.

"난 힘들어. 쉬고 싶어."

짝눈이 그늘진 풀밭에다 엉덩이를 붙이며 말했다.

"난 물 마시고 싶어."

갈래귀도 짝눈이 옆에 엉덩이를 내렸다.

"다른 나라로 간 두 암컷은 배고프지 않겠지?"

"배부를 거야. ……우리가 가면 그곳 두목한테 당장 물려 죽어."

"그래, 우리는 갈 수 없어. 싸울 힘이 없어."

"난 도망칠 힘도 없어."

짝눈과 갈래귀는 다른 나라, 풍부한 열매, 축축한 잎사귀, 단물 밴 뿌리, 고소한 흰개미와 귀뚜라미 등, 많은 먹을 것의 생각을 지우려고 무진애를 쓰고 있었다.

그때, 실바람이 불어왔다. 참으로 오랜만에 느끼는 바람기였다. 하늬바람이었다.

"바람이다!"

짝눈이 외쳤다.

"그래, 내 털들이 떨었어."

두 수컷은 비를 생각하면서 나누던 눈길을 똑같이 하늘로 보냈다. 그러나 그 밝았던 표정은 금세 다시 어두워졌다. 하늘에서 구름 한 조각도 보지 못했기 때문이었다. 그렇지만 바람기는 여전히 그들의 털을 하르르하르르 흔들어댔다.

"비는 오지 않아."

"그래, 비는 …… 아니! 이게 무슨 냄새지? 무슨 열매 냄새다!"

갑자기 들뜬 목소리로 외치며 벌떡 일어나 '흡흡흡' 코로 공기를 빨아들이기까지 하는 갈래귀의 호들갑에 짝눈이 웃으며 말했다.

"열매 냄새? 내가 방금 눈으로 열매를 먹었어!"

"너만 먹었니?"

서운한 빛이 역력한 눈으로 짝눈을 바라보며 갈래귀가 말했다.

"너도 먹었어. 내가 줬거든. 너랑 나랑 같이 먹었어."

"그럼 이 냄새는 우리가 먹은 그 열매 냄새다."

두 수컷은 다시 눈을 감았다. 그때 엷은 바람기를 타고 또 푹 익은 열매 냄새가 그들의 코로 스며들었다.

이번에도 갈래귀가 먼저 냄새 얘기를 꺼냈다.

"너 또 눈으로 열매 먹고 있니?"

"지금은 아니야. 나도 열매 냄새 맡았어! 네가 먹었지?"

"아냐. 나는 눈으로 물을 마셨어."

"그럼 이상하다. 분명히 열매 냄새야."

이번에는 짝눈이 자리에서 벌떡 일어났다. 그는 계속 입을 놀렸다.

"근처에 열매 달린 나무가 있을 거야. 어르신도 그랬어. 그래서 우릴 보낸 거야."

"찾아보자!"

갈래귀도 자리에서 일어났다. 두 수컷은 서로 다른 방향을 잡아 열매 달린 나무를 찾기 시작했다. 그런 지 한참만에 짝눈이 지른 소리가 사방으로 퍼지며 메아리를 만들었다.

"물을 찾았다!"

그렇지 않아도 목이 탔던 갈래귀인지라 짝눈이 지른 소리에 귀가 번쩍 뜨였다.

짝눈이 갈래귀의 소리를 찾아 갔을 때 그는 벌써 물 고인 샘을 덮고 있는 너덜겅을 말끔히 치워 놓고 파파야나 잠보의 넓적한 잎사귀로 고깔잔을 만들어 물을 떠 마시고 있는 참이었다.

"맹물이 아니라 열매 물이다!"

고깔잔을 비우고 난 짝눈이 소리쳤다.

"열매물?"

갈래귀가 미심쩍은 눈으로 아주 작은 샘과 짝눈을 번갈아 바라보았다.

"입에서는 열매물인데 뱃속에서는 불물이다!"

"불물?"

'불물'이라는 말에 갈래귀는 걱정스런 눈으로, 배를 두들겨대고 있는 짝눈을 유심히 바라보고 있었다. 그는 계속 배를 두들겨대는 짝눈에게 말했다.

"불물이면 너 죽는다!"

지난번에 섬의 한 자락을 깡그리 태웠던 그 무시무시한 불길을 생각했던 것이다.

"아냐, 그런 불물이 아니야."

"그럼 어떤 불물이니?"

"말로는 안돼. 너도 먹어 봐."

"뜨겁고 아프니?"

"그런 게 아냐. 어서 먹어 봐. 그래야 알 수 있어."

5

짝눈과 갈래귀가 얼굴이며 몸뚱이 여기저기에 상처를 입고 돌아온 것을 보고 모두들 처음에는 불안에 떨었었다. 혹시나 적들이 대거 침입해 오지나 않았나, 혹은 무슨 다른 재앙이라도 닥치지 않았나 싶었던 것이다. 그러나 그런 의혹은 이내 걷히게 되었다. 두 수컷이 번차례로 '불물'과 '열매물'에 대해 세세하게 설명했으므로 외침이라든지 얼마 전에 당했던 대형 화재와 같은 재앙이 닥쳐온 것이 아님을 분명하게 알 수 있었기 때문이다.

"불물이라면 뱃속에서 불이 날거 아닙니까?"

"그래서 얼굴이 탄겁니까?"

어린것들이 궁금해 물은 질문이었다.

"열매물이라니 이빨이 아픈 우리에겐 더 없이 좋은 물이겠군."

"그 물만 마시면 열매 먹은 것처럼 배가 부르고 좋겠어."

늙은이들도 역시 신기해 했다.

"기분이 좋아지고 춤추고 싶어진다니까 빨리 마시고 싶다."

"그렇지만 어지럽다잖아. 넘어져서 저렇게 많이 다쳤고. 난 겁이 난다."

"떠 마시면 마신 만큼 되 고인다니, 그럼 죽지 않는 물이다!"

젊은이들도 한마디씩 했다.

끊임없이 퍼부어 대는 질문들 때문에 저녁답에 도착한 짝눈과 갈래귀는 달이 떠올랐어도 잠자리를 찾아갈 수가 없었다. 두 수컷뿐만 아니라 무리의 대부분이 잠을 설쳤다. '불물'의 맛, '열매물'의 맛에 대한 궁금증도 궁금증이려니와 '떠 마시면 떠 마신 만큼 다시 고여 절대로 물이 줄어들지 않는다'는 믿어지지 않는 얘기 때문이었다.

이튿날 갈래귀와 짝눈이 두목을 비롯한 무리들을 이끌고 길을 떠난 것은 막 햇귀가 퍼지기 시작할 무렵이었다. 그리고 그들이 그 '죽지 않는물' 가까이에 도착된 것은 발끝에 짤막하게 드리웠던 그림자가 해 뜨는 쪽으로 차츰차츰 길어지고 있을 때였다.

"두목님, 열매물이 바로 저깁니다!"

짝눈이 불과 열 발짝도 안 되는 곳의 너덜겅을 가리키며 말했다. 두목의 걸음이 빨라졌으므로 뒤따르던 무리의 걸음발도 바빠졌다.

무리 중 제일 먼저 '열매물'에 실망한 것은 두목이었다. 그리고 그 뒤를 이어 도착한 순서대로 실망의 빛을 띠고는 짝눈과 갈래귀를 번갈아 쳐다보았다. 겨우 이까짓 것 때문에 여태까지 그토록 고생을 하게 만들었느냐는 원망의 눈초리였다. 그 중에서도 역시 두목의 불만은 노골적이었다. 입술까지 말아올리고 있었던 것이다. 여차하면 허리에 차고 있는 그 무시무시한 물건을 뽑아들 태세였다. 그러나 눈치 빠른 갈래귀는 벌써 고깔을 만들어 홈에 고인 물을 떠 두목에게 건넸다. 어제 그들이 잔을 만들었던 그 잎사귀로 만든 것이었다.

물을 받아 마시고 난 두목이 얇아진 입술을 놀렸다.

"좋다! 진짜 열매물이다!"

두목은 아예 물 고인 홈을 끼고 앉듯 털부덕 주저앉아 연신 고깔로 고인 물을 떠마셔 댔다. 물은 금세 바닥나고 말았다. 바닥난 홈을 내려다 보고 있던 모두의 얼굴에 다시 실망의 빛이 가득했다. 그러나 그 실망의 빛은 바닥났던 홈에 물이 불어날수록 점차로 옅어지더니 이내 놀라움의 빛으로 변했다. 그들 모두의 머리 속에서 잊고 있었던 '죽지 않는 물'이 되 살아나 꿈틀거렸던 것이다.

"정말 죽지 않는 물이다."

"열매 냄새도 진짜다."

"불물이라 두목님의 눈이 빨개졌어."

웅성대는 무리 속에서 이런 말들이 새어 나왔다.

"두목님, 눈이 안 아픕니까?"

"춤이 안 춰집니까?"

"배가 부릅니까?"

"두목님, 기분이 좋습니까?"

두목을 향한 질문들도 터져나왔다.

"한 모금 마셨으면 좋겠어."

"나는 춤추고 싶어."

"죽지 않는 물이니까 우리도 먹을 수 있을꺼야."

입맛을 다시는 축들이 조심스레 던진 말들이었다. 그러나 두목은 물이 고이는 족족 고깔잔으로 떠 마시기만 할 뿐 무리의 심정엔 아랑곳도 없었다. 그는 눈앞에 그려진 그림만 열심히 들여다 보고 있었던 것이다. 서커스 단의 쇠창살 안에 갇혀 있는 아론이 보였고 또 아론이 아무리 핥아 마셔도 줄지 않고 언제나 그대로인 물그릇도 보였다.

고인 물을 두 번이나 바닥낸 후에야 비로소 두목은 자리에서 일어났다. 몸을 제대로 가누지 못했다. 비탈진 너덜겅 저 아래 그늘을 찾아가려는 것이었지만 모든 나무들이 일시에 이리 쓰러졌다가는 다시 반대편으로 쓰러지곤 했다.

두목이 비탈진 너덜겅 위에 쓰러졌으나 무리 중에 아무도 그것을 본 것 같지 않았다. 설사 몇몇의 눈에 띄었다 하더라도 두목이 피곤한 모양이라며 예사로 생각했을 것이다.

두목이 자리를 뜨자 그 대신 어르신이 바위 홈을 끼고 앉았다. 그러나 그는 그 물을 혼자 독차지 하진 않았다. 어르신은 자기가 무리를 거느릴 때의 서열대로 열매물을 마시게 했던 것이다.

모두가 열매물을 골고루 한 잔씩 마셨을 때, 번차례로 가까이에 서 있는 나무에 올라 망을 보던 보초들이 한결같은 고함을 질러댔다.

"저기 사람들이 온다!"

"이쪽에서도 사람들이 몰려온다!"

"내 눈에도 사람들이 보인다!"

우두머리가 무리에게 지시했다. 될수록 깊은 숲속으로 몸을 피하라고. 그리고 나서 그는 고깔잔이 풀린 넓적한 파파야나 잠보 잎사귀로 바위 홈을 덮으며 갈래귀와 짝눈에게 말했다.

"이거 사람들 눈에 띄면 안 돼. 죽지 않는 물이라도 사람들 눈에 띄면 곧 죽게 돼. 자아, 우리도 빨리 사람들에게 들키기 전에 숨자!"

"두목은 어떻게 할까요?"

"데려가야 하나요?"

짝눈과 갈래귀는 말을 그렇게 했으나 실은 짐스러워 하는 빛이 역력했다. 아니, 그냥 놔두라는 대답을 바란 물음이었다.

어르신이 움직이지 못하게 된 오른팔을 질질 끌며 두목이 누워 있는 곳으로 다가섰다. 그리고 단호하게 말했다.

"이놈은 우리 종족이 아니다. 사람놈이야, 못된 사람놈! 그러니까 못된 사람들에게 맡기면 되는 거야. 자아, 어서 숨자!"

짝눈과 갈래귀는 어르신을 양쪽에서 호위하며 서둘러 숲속으로 들어갔다.

수사 당국에서는 하산을 더 이상 구속할 명분이 없었다. 그가 그의 주인인 백인 서커스 단장을 살해했다는 증인은 물론 증거도 확보할 수 없었기 때문이었다. 그러나 수사관들과 유족들이 지니고 있는 심증엔 변함이 없었다. 외려 그들의 의혹은 그가 석방되고 나서 한층 더 증폭되었다. 그 증폭된 많은 의혹은 몇 가지로 요약될 수 있었다.

첫째, 동물학자들의 연구 결과 대로 영장류 중에서도 사람과 가장 가까운 침팬지 간단하기는 하지만 도구를 사용할 줄도 알고 또 그들 나름대로의 인사법까지 행사하는 아주 영리한 종(種)인 것만은 틀림없지만 그래도 동물은 어디까지나 동물이어서 그런 놈들을 아무리 잘 조련시켰다 할지라도 과연 권총으로 사람들(그것도 자기 주인이 포함된)을 사살할 수 있느냐는 점이었다. 그리고 둘째로는 침팬지에게, 유부녀 겁탈범은 징벌 대상이라는 윤리 의식이 있느냐는 점이었다. 또 셋째로는 침팬지에게 과연 목표물을 정확하게 조준할 수 있는 능력이 있으며 방아쇠를 당겨 사격할 수 있을 만치 손가락의 놀림이 유연한가 하는 점이었다. 그러나 이런 의문점보다 더 본질적이랄 수 있는 의혹은 젊은 흑인 하산에게 오랜 동안에 걸쳐 알게 모르게 쌓였을 백인 주인에 대한 원한이 살해 동기라는 것이고 자기의 아내까지 죽인 것은 그녀의 배신에 대한 응징이라는 것이었다. 만약에 겁탈당했다면 아내에게 배신감을 느끼지 않았을 수도 있지만 자신이 저지른 범죄가 아님을 입증키 위하여 그녀를 희생시켰을 수도 있다는 추측이었다.

결국 이런 의문들을 풀기 위해서는 용의 선상에 올라 있는 침팬지 아론을 생포하여 실험을 해야만 한다는 결론에 도달하게 된 것이다. 유가족과 수사관들이 지닌 그런 심증과 의혹은 이내 수색대의 편성으로 이어졌다. 총 12명으로 구성된 수색대의 임무는 물론 아론의 생포였다. 놈이 총기 (권총)를 다룰 수 있는지의 여부, 특히 정확하게 목표물을 조준하여 발사할 수 있는지의 여부를 확인하기 위함이었다. 때문에 수색대의 임무는 중대했으며 그 임무를 차질없이 달성키 위해 3개 조(組)로 나뉘어 임무가 분담되었다. 9명은 정글지대의 사정과 침팬지의 생리에 대해 밝은 사람으로 수색과 몰이, 그리고 3명은 사격술에 능한 자들로 마취총으로 놈을 명중시켜 생포할 수 있게 만드는 것이 임무였다.

수색대가 편성될 때, 증거 불충분으로 풀려난 하산은 수색대원이 될 수 없다는 의견이 있었으나 그것은 다수의 반대 의견에 밀려나고 말았다. 하산의 수색대 합류에 반대하는 이유는 그가 아론의 생포를 방해할 수도 있다는 것이었지만 찬성하는 의견은 그러한 행동을 감시하는 눈이 많을 뿐만 아니라, 아론을 제일 잘 식별해 낼 수 있으며 또 놈과 친근하게 지냈던 사람 중의 하나가 하산이므로 아론이 그를 경계하지 않을 가능성이 많아 생포에 유리하다는 주장이었다.

결국 하산은 수색 대원으로 선발되어 일행을 침팬지 섬으로 안내했다.

대원들은 섬에 도착한 지 사흘이 지나도록 아론은커녕 침팬지 비슷한 원숭이조차도 발견할 수가 없어 초조해져 있었다.

수색대 대장 레슬리는 화가 치민 목소리로 하산에게 말했다.

"야, 검둥아! 네놈이 우릴 엉뚱한 데로 데려온 거 아냐?"

"천만의 말씀입니다요. 제가 왜 그런 짓을 합니까요?"

"아론인가 뭔가 하는 침팬지가 잡히면 네놈의 죄가 낱낱이 들어날 테니까."

하산은 표정이 굳어졌으나 태연한 목소리로 대답했다.

"나리, 그놈은 우리 주인님을 죽이고 제 마누라까지 죽인 원수입니다요."

레슬리는 하산의 눈을 찌를 듯이 바라보고 나서 아까와는 사뭇 다른, 눅인 어조로 말했다.

"그렇다면 정신 바짝 차리고 놈을 찾도록 해. 그렇잖으면……."

"여부가 있습니까요. 반드시 찾아내고야 말겠습니다요."

"거참, 이상하다. 열매라곤 눈을 씻고 봐도 없는 이런 데서 그놈들이 도대체 뭘 먹고 사누."

레슬리가 숲 속을 찬찬히 훑어보고 나서 혼잣말로 중얼거렸다. 그러자 망원경을 목에 걸고 있는 대원이 말했다.

"침팬지들은 주로 나무 열매를 먹긴 하지만 꽃도 먹고 잎사귀, 줄기, 나무뿌리는 물론이고 흰개미, 귀뚜라미 같은 곤충도 잡아먹습니다. 심지어는 다람쥐나 몽구스, 사향고양이 따위도 사냥해 먹으니까 이런 곳이라도 못 살지는 않아요."

레슬리가 그의 말을 퉁명스레 받았다.

"그렇다면 그놈들이 눈 똥이라도 발견됐어야 옳지."

"배설물은 발견하지 못했지만……."

"배설물이 없다는 건 놈들이 먹은 게 하나도 없다는 얘긴데 그렇다면 놈들에게 안 먹고도 살 수 있는 재주가 있다는 얘기야?"

"어제 나무 위에 마련된 침팬지의 잠자리가 둘이나 발견됐잖습니까."

"자네 말대로 그게 놈들의 잠자리라면 어째서 밤이 돼도 그냥 비어 있는 건가? 자넨 침댈 놔두고 바깥에 나가 땅바닥에서 자나?"

그때였다. 동부 수색조에서 올빼미 울음소리가 들려 왔다. 침팬지를 발견했다는 신호였다. 대장을 비롯한 중부 대원들은 발소리를 죽여가며 급히 울음소리가 나는 곳으로 이동했다.

그들이 도착하기를 기다렸던 대원이 자신의 망원경을 벗어 레슬리에게 건네며 소근거렸다.

"대장님! 한 시 방향, 이백 미터 전방. 돌너덜이 시작되는 곳을 보십쇼. 죽은 놈인지 꼼짝도 않지만 침팬지인 것만은 확실합니다."

과연 그 대원의 보고대로 돌너덜 위에 누워 꼼짝도 않는 침팬지 한 마리가 있었다. 레슬리는 신호를 보내 서부 수색조도 불러들여 합류케 했다. 수색대는 중부와 동·서부 모두 3개 조로 나뉘어 정글을 뒤지고 있었는데 1개 조 4명에게는 망원경 하나와 망원 조준경이 장착된 마취총 1정이 지급돼 있었다.

레슬리는 비로소 대장으로서의 위엄을 부리며 각 조의 사수 3명을 모아놓고 지시했다.

"죽은 놈인지 자는 놈인진 모르나 침팬지임엔 틀림없다. 그 점, 유의하도록!"

마취조가 덤불을 헤치며 다가가기 시작하자 레슬리가 잔류 대원들에게 말했다.

"근처에 침팬지 무리가 있을 것 같다. 철저히 수색하도록!"

그때 민첩하게 전방을 향해 이동하던 마취 조원들이 제자리에서 몸을 굳히며 수신호를 보내왔다.

숨가쁘게 다가선 대장에게 그들 중 하나가 말했다.

"아론이 분명한데 죽은 것 같습니다."

"아론? 죽었다고?"

레슬리가 낙담한 투로 말했다. 그러나 하산은 기쁜 마음이었다. 사실 그는 수색대가 편성된다는 소문을 접했을 때, 아론이 생포되지 않기를 얼마나 빌었는지 몰랐다. 만약 아론이 잡혀 와 남자가 여자를 겁간하는, 실제 상황을 방불케 하는 장면을 보고도 허리에 차고 있는 권총을 뽑아 그들을 사살(실험 탄환으로 탄착점에서 피처럼 빨간 물이 흐르게 되어 있다)하지 못한다면 그의 진술이 허위로 판명되고 따라서 그는 살인범으로 처단되게끔 정해져 있었다.

"자네가…… 아론을 본 적도 없다면서 어떻게……."

레슬리가 옆에 있는 하산에게 망원경을 건네고 있을 때 그 마취 조원이 다시 말했다.

"분명, 허리에 뭔가 둘러져 있습니다. 권총 밴드가 분명합니다."

하산이 레슬리로부터 망원경을 받아 눈에 붙인 채 흥분된 목소리를 그의 말끝에 달았다.

"아론! 틀림없습니다요!"

"죽었나, 살았나?"

"죽은 것 같습니다. 그렇잖고야 저렇게 꼼짝도 안 할 수는 없습니다."

수색 대원들은 모두 낮추었던 자세를 높였다. 긴장했던 그들의 얼굴도 풀렸다. 하산에게 망원경을 돌려받은 레슬리가 힘없는 목소리로 말했다.

"가보자!"

모두들 그의 뒤를 따랐다.

레슬리의 지시도 받지 않고 아론에게로 달려간 하산이 놈의 주둥이에 손을 얹으며 뒤따라오고 있는 대원들 쪽으로 고개를 돌렸다. 그는 잠시 생각에 잠겨 있었다. 아론의 목을 누를까 어쩔까 망설였던 것이다. 그러나 목을 눌러 숨통을 끊기에는 시간이 턱도 없이 모자랐다. 하산의 머릿속은 극도로 혼란스러웠다. 실험에 임한 아론의 행동 여하에 따라 자신의 생사

문제가 결정되기 때문이었다.

"살았나, 죽었나?"

레슬리가 소리쳤다.

"살아 있습니다요."

대답을 하고 난 하산은 그제서야 자포자기의 심정이 되어 조금은 혼란 속에서 헤어날 수 있었다.

"그런데 왜 꼼짝도 않나?"

레슬리의 목소리가 머리 위에서 들리자 하산은 완전히 제 정신이 들었으며 그는 그제서야 비로소 뭔가 향긋한 냄새를 맡을 수 있었다. 그것은 과일주 냄새였다. 그는 다시 급히 고개를 숙여 아론의 입에 코를 가까이 댔다. 짐작했던 대로 아론의 숨결에 실려 뿜겨지는 냄새는 분명 과일주 냄새였다.

"어디 심하게 다치기라도 했느냐?"

레슬리의 목소리가 치켜든 하산의 얼굴 위로 떨어졌다.

"아닙니다요. 술이 취했습니다요."

하산의 대답에 대원들이 폭소를 터뜨렸다.

"술이 취해? 누가? 네놈이? 미친놈!"

"아론 말입니다요."

대원들은 또다시 박장대소를 했다. 하산은 벌떡 일어나 몰이꾼으로 따라온 자기 또래 흑인 대원의 팔을 우악스럽게 잡아 끌어다 아론 옆에 찍어 누르듯이 앉히며 말했다.

"맡아봐! 내 말이 거짓말인가."

반신반의하는 표정으로 아론의 입 가까이에 코를 들이대던 그가 말했다.

"대장님, 정말입니다요. 포도주 같은 냄샙니다요."

"검둥이들 코가 예민하기는 하지만……."

레슬리가 하던 말을 중동무이로 만들며 쪼그려 앉았더니만 아론의 입에 코를 갖다 댔다. 그리고는 주위를 살피며 중얼거렸다.

"그런데 이놈들이 도대체 술이 어디서 나서 마셨지?"

레슬리도 진한 과일주 냄새를 맡았던 것이다. 그는 계속 경계의 눈으로 바삐 주위를 살피며 대원들에게 지시했다.

"모두들 주위를 샅샅이 뒤져라. 빈 술병이라든가 혹은 사람들의 흔적이 있는지."

그의 말이 끝나기 바쁘게 하산이 '딱' 손뼉까지 치며 외쳤다.

"대장님 틀림없습니다요!"

하산의 외침은 계속되었다.

"이놈이 침팬지 술이라는 걸 마신 겁니다요. 침팬지 술이 나오는 곳을 이놈이 찾은 겁니다요."

"이놈아, 좀 알아듣게 얘기해! 침팬지한테도 술을 담가먹는 재주가 있단 얘긴 난생 첨 듣는다. 뭐? 침팬지가 침팬지 술을 마셨다고?"

하산은 수사관에게 말했던 얘기, 아니 그보다 더 자세한 얘기를 주인에게 들은 대로 빠르게 늘어놓았다. 그리고는 힘있게 끝을 맺었다.

"이제 대장님은 부자가 되는 겁니다요. 암입쇼! 부자가 되고 말굽쇼!"

"물기가 있는 곳을 찾아라!"

술병이나 사람들의 흔적을 찾으라던 레슬리의 지시가 바뀐 지 채 일 분도 못되어 우물이 발견되었다. 하산이 아론의 머리맡, 두어 발짝 떨어진 곳에서 파파야 잠보의 넓적한 이파리로 덮여져 있던 우물을 찾아낸 것이었다. 실은 우물이랄 수가 없는 아주 조그만 홈이었다. 바위 위에 꼭 어린애 신발 한 짝만 한 홈이 파여져 있었고 거기에 반쯤 물이 고여 있었다. 그런데 그것이 물이 아니라 진하디 진한 과일주였던 것이다.

"검둥아! 이게 네놈 주인이 찾아내려 했다는 불로장생주라는 침팬지 술인 모양인데 반은 이미 이 침팬지 놈이 마셨고 이젠 한 컵 정도밖에 남지 않았는데 내가 이걸로 부자가 된다고?"

레슬리가 하산에게 핀잔을 주자 대원들은 또다시 웃음을 쏟았다.

한 대원으로부터 건네 받은 스테인레스 컵으로 우정 소리가 나게끔 바닥을 '따그락' 긁어 떠 한 모금 맛보고 난 레슬리가 의외로 감탄을 했다.

"햐아, 맛 한번 기차구나! 도수도 꽤 높고. 그러니 이놈이 이걸 마시고 이렇게 뻗을 수밖에!"

레슬리는 한 모금 더 입에 물고 나서 컵을 임자에게 내밀며 남은 술을 맛보게 했다. 그리고는 깜빡 잊었던 생각을 돌이켰는지 급히 지시했다.

"이놈이 언제 술이 깰지 모르니 서둘러 결박해서 우리에 가둬! 그리고 그 녀석의 권총엔 물론, 허리에 둘린 권총 밴드에도 손대지 말도록. 혹시 지문을 채취할 수 있을지도 모르니까!"

레슬리의 감독하에 하산을 비롯한 몇몇 대원들이 분주하게 움직이며 아직도 세상 모르고 술에 곯아떨어진 아론을 결박하기에 여념이 없을 때, 부대장 루이스가 탄성을 질렀다.

"물, 아니 술이 맨 처음 만치 또 고였소!"

루이스의 말대로 바닥이 드러났던 홈에는 어느새 침팬지 술이 맨 처음처럼 반쯤 고여 있었다.

레슬리는 자신의 수통에 담겼던 물을 대원들의 수통에다 골고루 분배해 채워 주곤 그 빈 수통을 침팬지 술로 채우기 시작했다. 홈에 고인 침팬지 술은 바닥을 내도 정확히 7분만 지나면 원래대로 고이곤 했다.

수통을 다 채우고 나서 바닥났던 홈에 다시 침팬지 술이 서서히 고이는 것을 바라보며 레슬리가 혼잣말처럼 중얼거렸다.

"마치 누군가가 부레를 띄워 수량을 조절하게끔 된 술 탱크를 감춰 둔 것 같군 그래. 자아, 그놈을 다 결박했으면 우리 안에 가둬 놓고 이 침팬지 술을 한 모금씩 맛봐. 퍼 담으면 담은 만치 금세 술이 고인다고."

레슬리의 말에 대원들은 결박한 아론을 서둘러 돌너덜 아래에 놔둔 우리까지 메고 가 가두곤 침팬지 술을 맛보기 위해 바위 홈을 가운데로 하고 빙 둘러섰다.

대원들이 왁자하니 아론의 생포와 침팬지 술의 발견을 축하하며 술잔을 돌리고 있을 때, 우리 쪽에서 뭔 기척이 났다. 그러자 레슬리가 재빠른 눈짓으로 하산에게 아론을 살피고 오라는 지시를 내렸다.

하산이 돌너덜을 타고 내려가 그늘진 평지에 놓아둔 우리 앞에 다다랐을 때 아론은 술이 깨는지 초점 잃은 눈을 해가지고 결박당한 채 눕혀진 몸으로 이리저리 뒤척이고 있었다.

"아론! 아론! 나 알아보겠니? 나 하산이야. 하산!"

하산이 허리를 굽혀 우리 안에 누워 하늘을 지키고 있는 아론의 얼굴을 똑바로 내려다 보자 순간, 아론의 흐리멍텅하던 눈이 반짝 빛나는 듯 싶었다.

"그래, 아론. 나 하산이야! 아론, 날 알아보는구나!"

하산이 흥분한 목소리로 말했다. 그런데 이상하게도 아론의 얼굴이 이내 굳어지더니 눈을 질끈 감으며 고개까지 돌려 외면하는 것이었다. 하산은 아론의 그런 태도를 전혀 이해할 수 없었으나 아론에게는 다 그럴 만한 까닭이 있었던 것이다.

아론의 눈앞에 하산의 얼굴과 함께 그림이 나타났기 때문이었다.

아론은 그림 속에서 주인이 주는 바나나를 먹고 있는 자신을 보았다. 여자가 텐트 안으로 들어 와 옷을 벗는 것도 보였다. 여자가 알몸으로 침대 위에 올라앉아 있는 그림도 있었다. 주인이 자신에게 목사리를 채우고 그 목사리 쇠줄 끝을 천막 지주에 붙들어 매는 그림도 있었다. 그 쇠줄이 짧아 주인을 따라 침대 옆으로 갈 수가 없었으며 벗어 놓은 주인의 옷 옆에 있는 권총을 집어들 수도 없어 보채는 자신의 모습도 보였다. 텐트 안으로 들어서는 하산의 모습도 보였다. 권총을 달라고 하산에게 보채보나 하산이 권총으로 아론의 일을 대신하는 그림도 있다. 그림은 계속 미끌어지며 다른 그림으로 바뀐다. 총성이 터지고 주인의 등에서 피가 흐른다. 아론이 하산에게 박수를 보낸다. 하산이 권총 밴드를 아론의 허리에 둘러 주고 권총도 총집에 끼워 준다. 하산이 아론을 텐트 밖으로 쫓아낸다. 하산이 '가! 이놈아. 가란 말야! 어서 가!' 라고 소리친다. 무서운 얼굴이다. 하산이 엽총을 쏜다. 아론이 무서워 도망친다. 총소리가 난다. 아론이 무서워서 뛰는 그림이 또 보인다. 뒤에서 또 총소리가 들린다.

아론은 하산을 다시는 보고 싶지 않다. 아론은 다른 아론이 도망치는 그림을 오래 오래 보고 있었다. 아론은 하산이 있는 그림이 싫었다.

"아론! 나 하산이야, 나 몰라?"

하산은 아론이 자기를 잊어버린 모양이라고 생각하자 절망스러워져 견딜 수가 없었다. 그 동안에 아론이 자기를 몰라보게 변했다면 분명 서커스에서 했던 '정의의 사나이' 역할도 까맣게 잊어버렸을 게 뻔하다는 생각 때문이었다. (2000)

종말

　도심지 뒷골목을 분주한 발길들이 누비고 있었다. 그 속을 조금도 분주할 것이 없다는 투로 한 노인이 어슬렁어슬렁 걷고 있었다. 그의 외출 목적은 미국에 있는 아들이 부쳐 준 돈을 찾기 위함이었는데 그 볼일은 이미 아침에 끝났으므로 그는 외출한 김에 오랫동안 못 만난 친구들이나 찾아보겠다는 작정을 세우고 네 사람이나 방문했었다.

　지금 그 네 번째로 만난 친구와 차를 나누며 즐기다가 헤어져 집으로 돌아가는 길이었다. 노인은 길을 걸으며 그 친구와 헤어질 때 나눈 말을 떠올리고 있었다. 그들이 작별의 악수를 나눈 곳은 다방 앞이었다. 그때 제비 한 마리가 그의 옆구리를 스치며 골목을 꿰뚫듯 낮게 날았다. 빙글빙글 돌아가는 이발관 표주(標柱)를 들이받을 듯이 위태롭게 날아간 제비에 눈길을 매단 채 친구가 말했다.

　"이 사람아, 조심하게나."

　"왜 무슨 불길한 예감이라도 드는가?"

　노인의 물음에 친구는 자기 마음을 훤히 내보인 듯 싶어 변명투로 말했다.

"제비가 사람을 어르면 비가 온다는 말이 있잖아. 곧 비가 오겠다구."

노인은 친구를 따라 하늘을 바라보았다. 아닌게아니라 하늘은 잔뜩 흐려 있었다.

"설마 정류장까지 가는 동안에 비를 맞게 되려구. 또 만남세."

"어쨌든 여러 모로 조심하게나."

노인은 친구의 마지막 말을 떠올리며 실소를 했다. 아무래도 내가 뭔 사고라도 당하게 될 것 같은 생각이 들었던 게야, 그 친구가. 노인이 이렇게 능장을 부리고 있을 때 갑자기 사방이 어두워졌다. 노인은 반사적으로 고개를 젖혀올렸다. 어느새 몰려들었는지 먹구름이 온 세상을 무겁게 짓누르고 있었다.

노인은 걸음을 서둘렀다. 그때 그의 대머리에 깜짝 놀랄 만한 충격으로 굵직한 빗방울 하나가 떨어졌다. 아스팔트 위에도 그런 빗방울이 드문드문 내리꽂혔다. 길바닥에 떨어져 퍼진 빗방울 하나가 꼭 계란만큼씩이나 했다. 그 빗방울에 놀란 행인들이 들입다 뛰기 시작했다. 그도 정류장을 향해 달렸다. 빗줄기는 순식간에 촘촘해졌다.

"영감님, 어서 이리루 들어오세요."

그의 뜀박질을 위태롭게 본 한 여인이 노인을 향해 소리쳤다. 노인은 그러잖아도 어디 비를 그어 갈 곳이 없나 살피고 있었으므로 두말 않고 부르는 곳으로 들어갔다. 그곳은 술집이었다.

"영감님이 기운도 생각하셔야지, 이 비에 어디까지 뛰실 작정이세요?"

노인을 맞아들인 여인이 나무라듯 말했다. 그녀는 술집의 주인이었다.

"고맙소, 그런데 웬놈의 비가……."

그는 주인 여자가 권하는 대로 창가의 자리에 앉으며 구시렁거렸다. 비는 점점 더 맹렬한 기세로 퍼부어 댔고 골목은 텅 비어 있었다. 코끝으로 훅훅 몰려드는 진한 흙 냄새를 맡으며 노인은 손수건으로 대머리에 맺힌 빗방울을 훔쳤다. 그는 비 구경을 하고 있는 주인 여자에게 물었다.

"식사도 되우?"

"식사는 점심 때만 돼요."

"그렇다면 술밖엔 먹을 게 없다는 얘긴데……. 안주는 뭐뭐가 있소?"

"그냥 비나 피해 가세요."

바깥을 내다보고 있던 주인 여자가 얼굴을 돌렸으므로 두 사람의 눈길이 마주쳤다.

"아니, 내가 좀 시장기가 들어서 하는 소리요. 엎어진 김에 쉬어 간다는 말도 있잖소."

"어머, 아직 점심을 못하셨어요?"

"점심은 먹었지만 저녁을 먹고 들어갔으면 해서 그러오. 혼자 사는 늙은이가 돼 놔서……."

"요기가 되는 안주라면 수육이 좋겠는데 좀 비싸서……."

"비싸면 얼마나 비싸겠소, 다른 집보다 더 받진 않을 거 아니오?"

"우리두 점심 때는 설렁탕을 해요. 손님들은 간판 있는 집 설렁탕보다 우리 집 설렁탕이 값도 싸고 맛도 더 좋다고들 야단들이에요. 수육도 그렇고요."

"그럼 됐소. 수육 한 접시하고 소주 한 병 주시오. 고긴 연하오?"

육감적으로 흔들어 대는 주인 여자의 엉덩이가 주방 안으로 숨어 버리자 노인은 창 밖으로 눈길을 옮겼다. 비는 좀처럼 누그러질 기미가 없이 억수로 쏟아지고 있었다.

주인 여자가 탁자 위에 술상을 차리는 동안 노인은 그녀의 코가 아내의 그것을 닮았다는 것을 알게 되었다. 아내의 코는 개발코였다.

완고한 집안의 장남인 그는 부모가 정해 준 색시를 아내로 맞아들였다. 맞선이나 약혼 따위의 절차도 없었다. 혼례를 올리고 뒤채에서 신접 살림을 시작했다. 그런 생활이 보름쯤 지난 후, 그는 아내의 코가 마치 개발을 떼다 붙인 것 같다는 사실을 알게 되었다. 그 후부터 그는 되도록이면 아내의 코를 보지 않으려 애를 썼다. 그러나 그것은 허사였다. 그런 맘을 먹으면 먹을수록 오히려 아내의 코만이 돋보이게 되었다. 날이 갈수록 아내의 코는 점점 더 커지는 듯했다. 드디어 그는 아내의 코가 보기 싫어 단 하루도 같이 살 수가 없게 되었다.

그렇다고 이혼을 할 수도 없는 노릇이었다. 부모가 완고한 것도 완고한 것이지만 아내의 코가 보기 싫어 같이 살 수가 없다는 것은 이혼의 사유가 될 수 없었다. 만일 그런 말을 입에 올렸다간 세상의 욕가마리가 되기 십상이었다. 그러나 당자인 그의 입장에서는 심각하고도 괴로운 일이 아닐 수 없었다. 그는 여러 모로 궁리를 거듭한 끝에 집안을 뛰쳐나가기로 결심하게 되었다. 아내의 코를 보지 않고 살 수 있는 방법은 그 길밖엔 없었던 것이다. 그 결심을 실행으로 옮기기까지는 오랜 시간이 필요치 않았다.

그가 도망지로 택한 곳은 경성(서울)이었다. 그러나 경성 생활은 순탄할 수가 없었다. 보기 싫은 코를 보아야 하는 괴로움에서 풀려난 대가로 그는 모진 고생의 나날을 보내야만 했다. 그 고생을 견디다 못해 몇 번이나 집으로 되돌아갈 생각까지도 품었었다. 그런 차에 돈푼이나 지닌 과부를 알게 되었다. 포목상을 하는 그녀와 인연이 맺어지게 된 것은 지게꾼이었던 그가 경성역에서 그녀의 상점까지 포목 짐을 져다 준 일 때문이었다. 그녀와 그는 한동네는 아닐지라도 동향이라 할 수 있는 처지라는 것을 알게 되었다.

이천댁으로 불리는 그녀는 애를 낳지 못해 소박 맞은 생과부로 그보다 열 살이나 위였다. 그녀는 지게꾼하기에는 너무나도 아까운 잘생긴 젊은 이에게 반했고, 그는 그녀가 지닌 돈과 장사 수완이 부러웠다. 그들은 어렵잖게 서로 굶주린 욕정을 불태울 수 있는 상대가 되었다. 그런데 그는 그녀의 도움으로 생활의 터가 잡히고 장사 솜씨까지 터득하게 되자 그녀를 버렸다. 해방을 맞던 해, 그도 과부의 품에서 해방이 되었던 것이다.

그는 벌써부터 그런 날이 오기를 고대했었다. 그가 거래하는 도매상의 딸에게 새장가를 들 수가 있었기 때문이었다. 그러나 그 결혼도 성공적인 것은 아니었다. 아내가 언제나 친정의 막강한 재력을 이마에 붙이고는 가지껏 교만을 떨었기 때문이었다. 부부싸움은 그칠 날이 없었다. 결국 그는 아내와 정을 붙일 수가 없어 여러 여자들과 놀아나기 시작했다. 이번에는 그 꼴을 볼 수 없는 아내 쪽에서 그를 버렸다. 다행하게도 그들 사이에는 아무런 소생이 없었다.

그는 홀아비로 몇 년을 지내며 착실하게 돈벌이를 하다가 6·25 동란을 맞게 되었다. 그때 그는 서른다섯의 위태로운 나이였다. 그는 공산주의가 뭔지 민주주의가 뭔지도 모르고, 객지 생활 12년 동안에 모은 돈과 금붙이를 몽땅 싸 짊어지고 허겁지겁 고향을 찾아갔다. 공산당이 싫어서도 아니고 집안이 걱정되어서도 아니었다. 그에게는 애국심이나 효심 따위는 눈곱만큼도 없었다. 다만 전쟁터에 붙잡혀 가지 않기만을 바랐을 뿐이었다. 그러나 그는 고향도 안전한 곳이 못 된다고 느끼게 되어 꼭 이틀 밤을 지낸 뒤 다시 피난길에 올랐다.

그가 부산에 닿았을 때는 팬티 끈에 옭맨 금반지 두 개만이 달랑 남아 있었다. 10여 년이 넘게 모은 돈과 그동안 장사판에서 키운 눈치로 그는 겨우 목숨을 부지할 수가 있었던 것이다. 그로부터 15년의 세월이 흐른 어느날, 그는 서울에서 우연히 동네 사람을 만나 집안 소식을 접하게 되었다. 그의 모친은 3년 전에 세상을 떠났고 부친도 내일을 기약할 수 없는 노환으로 병석에 누워 있다는 소식이었다. 또 아내가 난리 나던 그 이듬해에 사내 아이를 낳아 정성으로 기르고 있다는 얘기도 덧붙였다. 그가 고향에 내려가자 동네 사람들이 입을 모았다.

'아들, 며느리는 물론 딸들조차도 고개부터 휘휘 젓는 일을 자네 처가 몇 년씩이나 도맡아 했어. 시부모 대소변 다 받아 내고 그 험한 빨래 해 대기가 어디 쉬운 일인가? 게다가 유복자나 다름없는 아들, 중학교 시키는 건 어떻구?'

'암, 긴 병에 효자 없다는 말은 옳은 말이네만 자네 안식구한테만은 당찮은 말이지. 암, 그런 효부가 없지.'

그는 아내가 모친의 대소변을 받아내는 병구완을 2년이 넘게 해 왔고 또 그와 똑같은 부친의 병구완을 도맡은 지도 해를 넘겼다는 얘기를 들었을 때 아내에게 그 보상을 해주리라고 마음 먹었다. 그는 아내에게 말했다.

'그동안 수고가 컸소. 그러나 나도 호의호식하며 지낸 건 아니오. 굶기를 밥 먹듯 하는 객지 생활이었소. 그래도 집에 돌아오지 않은 건 농촌 생활에는 장래가 없기 때문이었소. 이제는 집칸도 마련했고 돈도 좀 모았으니 아버지가 돌아가시면 당신을 서울로 데려가겠소. 게다가 다행하게도 우리 애가 공불 잘한다니 고등학교랑 대학곤 서울에서 마치게 합시다.'

주검이나 다를 바가 없는 노환의 부친은 그에게 자신도 이미 청춘이 끝났음을 일깨워 주었다. 그럼에도 그의 말에는 참회의 뜻이 전혀 깃들어 있지 않았다. 그의 말은 자신의 죄에 대한 변명일 따름이었다. 그러나 그는 약속을 어기지는 않았다.

부친이 세상을 뜨자 처자를 서울로 데려왔고 아들을 대학에까지 진학시

컸다. 남달리 성적이 뛰어난 그의 아들은 대학 재학중에 유학의 길이 트여 미국으로 건너갔다. 그곳에서 대학원을 마치고 병역을 필하기 위해 귀국한 아들은 제대 후 다시 미국으로 건너가더니 제 어머니를 불러들였다. 그 수속은 아들아이와 단짝이었던 친구녀석이 근 한 달이 넘게 쫓아다니며 했다.

'댁은 참말 복두 많으시우. 돈 많은 영감님에 훌륭한 아드님을 두셔서 미국엘 다 가시게 됐으니 말이우. 그런데 그 복이 어디에 들어 있을까? 아무리 생각해두 그 코에 들어 있는 것 같수. 안 그러우?'

그의 아내가 미국을 가게 됐다는 말을 듣고 가까이 지내던 이웃 노인네가 한 축하의 말이었다.

'그러게 말이우. 아마 내 코가 복콘 모양이우.'

그녀는 성공한 아들이 자랑스럽기만 하였으므로 웃음으로 그 말을 받았다. 하기야 그녀는 자신이 그 코 때문에 평생이라고도 할 수 있는 세월을 소박데기로 보내게 된, 억울하기 짝이 없는 내막을 전혀 모르고 있기도 했다. 조금도 정이 없던 사람인데도 아내가 미국으로 건너가게 되자 노인은 갑자기 외로워졌다. 마치 허물어진 집터에 아무것도 떠받칠 게 없이 서 있는 기둥 같은 자신을 느꼈다. 노인의 생활은 그런 허망함의 연속이었다. 자신에게 술을 마시게 시키는 것도 그의 가슴속에 도사리고 있는 그런 허망감의 장난이었다.

자기의 코에 들러붙어 있는 노인의 끈질긴 눈길을 의식한 주인 여자가 말했다.

"제 코에 뭐가 묻었나 보죠?"

"아니오, 코가 하도 복스럽게 생겨서…… 우리 마누라 코를 닮았소."

"원, 영감님도 싱거우시긴……."

주인 여자의 말끝에 코웃음이 달렸다.

"농담이 아니오. 복이 잔뜩 든 복코요, 복코!"

"복이 있는 년이면 이 짓을 해서 먹고 삽니까? 혼자 약줄 드시자니까 심심하신 모양인데 손님도 없고 하니 제가 술이나 따라드리죠."

주인 여자가 노인의 앞에 앉았다. 그녀를 향해 노인이 억울한 누명이라도 벗으려는 투로 열심히 입을 놀렸다.

"어허, 내 얘긴 그런 뜻이 아니라니깐 그러는군. 내 마누라도 댁 같은 콘데 초년엔 고생 좀 했지만 말년에 그 코에서 복이 터졌단 말이오. 그래 지금은 코 큰 사람네 나라에 가 살아요."

노인의 말에 주인 여자가 까르륵까르륵 웃음보를 터뜨렸다. 노인은 비운 잔을 든 채 계속해서 입을 열었다.

"어허, 웃기자는 얘기가 아니라니깐 그러는군. 내 아들놈이 거기서 박사를 따 가지구 대학 교수로 눌러 있게 됐거든. 그 아들놈이 불러들였단 말이오."

노인이 빈 잔을 주인 여자에게 권하자 그녀는 고개부터 흔들었다.

"전요, 술장산 해도 술은 못해요."

"아따, 노인네 손을 무안하게 만드는 법이 아니오!"

"그럼 쬐끔만……."

노인은 기어이 잔을 가득 채웠고 주인 여자는 방금 한 얘기와는 달리 그 술을 한 입에 쭉 마셨다. 그렇게 두 잔째의 술을 받아 마시고 난 주인 여자가 말했다.

"심심하신데 아까 그 얘기나 계속하세요. 그래 마나님께선 몇 살 때부터 신수가 피시던가요?"

그녀는 자기 코에서 언제 복이 터져 나올지 그것이 궁금했던 것이다. 노인은 맛있는 음식이라도 음미하듯 찬찬히 주인 여자의 얼굴을 요모조모로 뜯어보았다. 그리고 나서 선심이라도 쓰듯 말했다.

"꼭 쉰 살 때부터 핍니다."

"어머나, 그럼 전 아직두 삼 년이나 더 고생을 하겠네요?"

주인 여자가 또다시 까르륵까르륵 웃어 대기 시작했다. 그러나 그 웃음소리는 갑자기 중간에서 토막나고 말았다. 그녀의 눈은 출입구로 들어서며 우산을 접는 청년에게 꽂혀져 있었다.

"이 비에 가게엔 뭣하러 나오냐?"

"아침에 말했잖아요."

"이녀석아, 돈 오만 원이 뉘 집 강아지 이름이라더냐? 네놈 돈 쓰듯 그렇게 돈 벌기가 쉬운 장사면 이 세상에 술장사 안하는 연놈이 미친 연놈이다!"

"또 시작이군, 또!"

그녀의 포악에는 이미 오래 전에 면역이 된 듯 청년은 히죽대며 빈 의자에 앉았다.

"자식이 아니라 웬수다, 웬수!"

그녀의 말은 노인의 옛 기억을 자극시켰다. 그가 집을 뛰쳐나오기 위해 장농을 뒤지고 있을 때, 어머니도 그의 발목을 끌어안고 자식이 아니라 '웬수'라고 탄식을 했었다.

갑자기 출입구 쪽이 시끌벅적했다. 술 손님들이 들이닥친 것이었다. 그들의 손에는 우산이 들려져 있지 않았으며 비를 맞은 흔적도 없었다. 그렇게도 극성스럽던 비가 어느새 멎어 있었던 것이다. 주인 여자는 그들 술 손님을 맞기 위해 발딱 자리에서 일어났다. 노인은 반쯤 남은 술을 마시고 빈 잔을 탁자 위에 놓았다.

"껌 한 갑 팔아 주세요."

비에 젖은 옷과 머리에서 모락모락 김을 피워 올리며 한 소년이 노인의
앞에 서 있었다. 노인은 고개를 저으며 술병을 들어 천천히 잔을 채웠다.
잔을 채우고 나자 병에는 꼭 한 잔 턱밖에 남아 있지 않았다. 소년은 노인
이 굼뜬 동작으로 술을 따르고 그 병을 제자리에 놓을 때까지 참을성 있게
기다렸다가 다시 입을 열었다.

"한 갑만 팔아 주세요."

노인은 소년의 얼굴로 눈길을 보내다 흠칫 놀라고 말았다. 소년의 티없
이 맑은 눈동자 때문이었다.

휴전 직후였다. 그 무렵 그는 서울과 부산을 왕래하며 장사를 했었다.
미군 부대에서 흘러 나오는 물건을 몰래 서울까지 날라다가 좋은 값을 받
아 내는 장사였다. 위험하지만 그만큼 이문이 컸다. 그날도 그는 물건을
해가지고 새벽차를 탔다. 객차 안은 검불 하나도 더 붙을 수가 없을이만큼
꽉 차 있었다. 그가 겨우 자리를 만들 수 있었던 곳은 승강구의 층계를 겨
우 벗어난 곳이었다. 짐짝 위에 앉고 보니 바로 옆에 넝마 무더기처럼 한
소년이 웅크리고 있었다. 소년은 추위를 견디기 위해 팔짱을 껴서, 세운
무릎을 감싸 안았고 그 무릎 위에 이마를 얹고 있었다. 이따금 뭐라고 중
얼거리는 것으로 보아 잠이 든 것 같지는 않았다. 소년의 그런 자세는 점
심 때가 되어서야 풀렸다. 무릎 위에 얹었던 고개를 들고 팔짱을 풀며 소
년이 그에게 물었다.

'여기가 어디쯤인가요?'

'대전을 지났다.'

소년은 다시 무릎을 세워 그 위에 이마를 얹었다. 승강구를 통해 불어쳐
들어오는 세찬 바람을 막기 위함이었을 것이다. 그는 심한 시장기를 느꼈

으므로 점퍼 주머니에서 떡뭉치를 꺼냈다. 점심 대용으로 마련한 것이었다. 신문지를 풀고 시루떡을 떼어 먹고 있을 때 소년이 고개를 번쩍 들었다. 그는 소년 쪽으로 고개를 돌렸다. 땟국에 절어 번들번들한 얼굴이었다. 소년의 몸 어느 구석을 보아도 때에 절어 번들거리지 않는 곳이 없었는데 다만 그의 두 눈동자만은 티없이 맑고 빛났다.

소년은 그런 눈으로 그의 입과 무릎 위에 얹힌 떡뭉치를 번차례로 바라보며 꼴깍꼴깍 군침을 삼켜 댔다. 그는 소년에게 한 조각 떼어 줄까 하고 생각도 해보았으나 곧 그 생각을 지웠다. 아침도 거른 속인데 많지도 않은 것을 남에게 떼어 주고 나면 제대로 배가 차지 않겠기 때문이었다.

그는 소년의 눈길을 무시한 채 떡을 다 먹고 나서 신문지 위의 떡 부스러기까지 모아 입에 톡 털어 넣었다. 그런데 이상하게도 서울에 도착될 때까지 그는 소년을 바라볼 수가 없었다. 자신의 박정했던 행위 때문에 소년의 그 맑은 눈동자를 대할 수가 없었던 것이다. 그 후로도 그는 이따금 그 소년의 눈동자를 꿈에서 보곤했다.

노인은 놀란 빛을 감추며 껌팔이 소년에게 말했다.

"얘야, 거기 앉거라."

노인은 턱짓으로 앞자리를 가리켰다. 소년의 눈에 경계의 빛이 어렸다.

"너 배고프지? 게 앉아서 이거 먹어라. 어서 앉으라니까."

반도 넘게 남은 수육 접시를 앞으로 밀며 노인은 소년을 재우쳐 앉혔다.

"괜찮다, 어서 먹어라. 난 이제 술을 다 마셨으니까."

그제야 소년은 경계의 빛을 풀고 앞자리에 조심스레 앉았다. 그리고 놀라우리만큼 빠른 동작으로 젓가락을 놀리기 시작했다. 그러한 소년의 모습을 지켜보고 있는 노인의 눈앞에 숱한 기억의 조각들이 난무하기 시작했다. 그래서 소년에게 말하듯 속으로 중얼거렸다.

'애야, 넌 날 좋은 할아버지로 생각하겠지? 그러나 난 그렇지 못 해. 나는 못할 짓을 많이 했어. 많은 여자들의 가슴에 못을 박았고 많은 사람들을 속이기도 했단다. 그렇게 지금까지 살아왔단다. 그런데도 왠지 그 소년의 맑은 눈동자만은 잊을 수가 없구나.'

"할아버지, 고맙습니다."

접시를 깨끗하게 비운 소년이 탁자 위의 껌통을 집어 들었다. '애야.' 하고 노인은 소년을 불러 세웠다. 그리고 지갑에서 천 원권 몇 장을 꺼내 아이에게 내밀었다. 자리에서 일어난 노인은 어리둥절하여 몸을 굳히고 있는 소년의 껌통 위에 돈을 얹어 주었다. 그리고 주인 여자가 눈에 띄지 않았으므로 아들인 청년에게 만 원권 한 장을 뽑아 주고는 계산을 하게 했다. 그러자 청년이 노인의 지갑을 넘겨다보며 물었다.

"할아버지, 잔돈은 없으십니까?"

노인은 지갑을 벌려 잔돈을 찾아보았다. 지갑을 배불리고 있는 것은 아침에 은행에서 찾은 수표와 빳빳한 만 원권들뿐이었다. 청년은 노인의 지갑 속에 잔돈이 없는 것이 확인되자 제 주머니를 뒤져 거스름돈을 마련해 주었다.

"나, 가오!"

노인이 주방 쪽에다 대고 소리쳤다.

"안녕히 가세요."

주방에서 얼굴만을 내민 주인 여자가 인사를 했다.

"어머닐 속상하게 하지 말게."

노인은 청년의 어깨를 가볍게 두드려 주고 술집을 나섰다.

먹구름은 걷혔으나 하늘은 아직도 흐렸다. 다시 또 비가 내릴지도 모른다 싶어 노인은 종종걸음으로 골목을 빠져 큰길로 나섰다.

노인이 건널목에서 신호등이 바뀌기를 기다리고 있을 때 누군가가 그를 불렀다. 술집 청년이었다.

"할아버지, 우산을 가져 가셔야죠."

"내 우산이 아냐. 우산이 없어서 자네 집에 들어가 비를 피했으니까."

노인이 웃으며 말했다. 그때 신호등이 바뀌었으므로 노인은 걸음을 옮기려 했다. 그런데 갑자기 다리의 맥이 나가며 후둘거려 균형을 잃게 되었다. 청년이 재빨리 그의 겨드랑이에 팔을 끼어 부축해 주었다.

"약주가 과하셨던 것 같군요. 할아버지, 어디로 가십니까?"

"술이 취하긴 했지만 괜찮아. 길 건너서 찰 타면 돼. 삼청동이니까."

"그러시다면 마침 잘됐습니다. 저도 지금 그리로 가는 길이니까 모셔다 드리겠습니다. 제 친구가 차를 가지고 절 기다리고 있습니다."

청년이 뒤쪽의 주차장을 가리켰다. 노인이 망설이자 청년이 계속 입을 놀렸다.

"사양 마십쇼. 뭐하러 편한 차편이 있는데 불편하게 가십니까?"

"하긴 그도 그렇군. 고마우이."

노인은 청년이 이끄는 대로 따랐다.

청년은 주차장에 대기하고 있던 회색 승용차에 노인을 태우고 나서 자기도 그 옆에 올라탔다. 그리고 운전석에서 껌을 씹고 있는 친구에게 말했다.

"우리 집에 오셨던 손님이야. 마침 우리하고 방향이 같아서 내가 모시겠다고 했어."

"잘 오셨습니다."

운전석의 청년이 껌씹는 입으로 말했다. 그리고 시동을 걸어 서서히 차체를 전진시켰다. 주차장에서 빠져 나온 차는 큰길로 들어서며 속력을 내기 시작했다.

"이번에 잡은 고긴 뭐야? 크던?"

"꽤 커. 고기가 늙어서 그런지 끌어올리는 데 별로 힘이 들지 않았어. 힘 없이 끌려오니까 재미는 없더라. 그래도 좀 뻗대는 맛이 있어야 낚는 재미가 있는데 말야. 할아버지께서도 낚실 즐기십니까?"

"아냐, 난 아직 낚실 못 배웠어."

노인의 말이 채 끝나기도 전에 두 청년이 함께 웃음을 터뜨렸다.

"왜들 웃지?"

"아니, 그 연세에 언제 낚실 배우시겠다고 아직이라는 말을 쓰십니까!"

술집 청년이 불손하게 내뱉었다.

"딴은 그렇기도 하군. …… 아니, 그런데 삼청동을 왜 이리로 가나!"

노인은 차가 좌회전할 곳을 지나치며 직진을 했기 때문에 깜짝 놀라 소리쳤다. 그러자 전혀 웃을 일도 아닌데 두 청년은 또다시 요란하게 웃어 댔다. 그 웃음 끝에 운전석의 청년이 빈정대듯 말했다.

"이제부터 낚시하는 재미가 나겠구나. 늙은 고기가 버둥대기 시작했으니까."

그 순간, 찰칵하는 쇳소리를 내며 노인의 손등 위에서 재크나이프가 펼쳐졌다.

"아까 뭐랬소, 어머니 속 썩여 주지 말랬잖소? 이게 우리 어머니 속 썩지 않게 하는 방법이오. 조용하시오!"

술집 청년이 칼을 눕혀 노인의 손등을 쓱쓱 문질러 댔다. 전류처럼 전신에 퍼진 그 칼날의 감촉이 노인의 내부에 육체적인 동요를 일으키게 했다. 그의 손바닥은 땀으로 젖었고 또 심장의 고동도 격심해졌다. 잠시 후 노인은 제 정신을 차릴 수 있었다. 노인은 소리 없는 절망의 웃음을 웃었는데 그 웃음이 기침으로 변했다.

그는 눈을 감으며 이 현실이 끝내는 꿈으로 변하여 줄지도 모른다는 아주 가느다란 희망을 품어 보았다. 그러나 곧 그 희망마저도 버리고 말았다. 그는 자기가 이 청년의 얼굴은 물론 그의 어머니와 가게까지도 알고 있기 때문에 목숨을 부지할 수 없다는 것을 깨닫게 되었다.

'결국은 이렇게 끝장이 나는구나!'

과거의 숱한 기억의 편린들이 또다시 그의 눈앞을 어지럽혔다. 자책의 세월과 죽음을 각성한 데에서 연유된 공포로 그의 몸은 부들부들 떨리기 시작했다. 그는 껌팔이 소년의 눈동자를 떠올리려 했다. 그러나 그것은 번번이 그 옛날 열차에서 자기가 박정하게 대했던 바로 그 소년의 모습으로만 되살아날 뿐이었다. 노인은 또 한번 껌팔이 소년의 눈을 떠올리려 애를 썼다. 그 눈빛의 힘으로 전신을 친친 감고 있는 극심한 공포를 물리치기라도 하려는 듯이.(1986)

덧니

 창을 통해 내다보이는 바깥 풍경이 마치 액자에 낀 그림 같았다. 치과의 김성준(金成俊)은 그 창 쪽에 눈길을 보내고 있었다. 그러나 그는 바깥 풍경을 바라보고 있는 것이 아니었다. 한쪽 입꼬리 부근의 덧니를 살짝 드러냈다간 이내 감추어버리곤 하는 매혹적인 어떤 웃음을 떠올리고 있었다.

 잠시 후 그는 테이블 위에 놓인 전화기로 팔을 뻗어 다이얼을 돌렸다. 통화중임을 알리는 신호가 귀를 어지럽혔다. 벌써 다섯 번째인가 되풀이 돌리는 다이얼이건만 수화기에서 울려오는 소리는 매번 그 모양이었다.

 '도대체 〈통화는 간단히〉 하나도 못 지키니…….'

 그는 담배를 뽑아물며 의자에서 벌떡 일어섰다. 동시에 그의 눈길이 벽시계 위를 잽싸게 더듬었다. 5시 10분이었다. 바로 그 시계가 5시 10분 전을 가리키고 있을 때도 통화중이었다. 그러니까 아무리 짧게 잡는다 해도 통화가 20분이나 계속되고 있다는 계산이 나오는 것이다.

 그는 방 안을 이리저리 왔다갔다하며 헛기침을 터뜨리기 시작했다. 마음이 초조할 경우 자신도 모르게 나오는 버릇이었다.

그는 잠시 후 다시 다이얼을 돌렸다. 마지막 다이얼이 제자리를 찾기가 바쁘게 예의 그 삐익삐익거리는 단조로운 금속성 음향이 마구 그의 고막을 쳤다. 그는 마치 불덩어리라도 내팽개치듯 냅다 수화기를 집어던지고는 의자 등받이에다 깊숙이 상체를 묻었다. 그러고는 아내의 모습을 눈앞에 그리며 씨근거렸다.

'한번 전화기 앞에만 앉았다 하면 한 시간도 좋고 두 시간도 좋으니. 이런 젠장할!'

그는 푸우, 담배 연기를 내뿜어 아내의 환영을 뭉개버리고 창 밖으로 눈길을 옮겼다.

빌딩과 빌딩 사이로 이어진 푸른 하늘과 장상(掌狀)의 잎새들로 장식된 진초록의 가로수, 로터리의 분수 등이 그에게 마티스의 여름 풍경화를 연상시켰다. 그러나 그런 재미스러운 창 밖의 풍경도 그의 짜증을 눅이지는 못했다.

얼마 후, 그는 전화기 앞으로 팔을 뻗다간 이내 멈추고 말았다. 화가 나 있는 상태에서 아내와의 전화가 연결된다면 용건은 뒷전인 채 고래고래 악만 써대게 될 것이 뻔했기 때문이었다. 그는 전화 다이얼을 돌리는 대신 인터폰의 키를 눌러 미스 리를 불렀다. 그녀는 그의 진료 업무를 돕는 보조원이기도 하거니와 막내처제이기도 했다.

"부르셨어요?"

상냥하고 탄력 있는 목소리와 함께 그녀가 방으로 들어섰다. 목소리뿐만 아니라 그 움직임 하나하나가 마치 팽팽한 공 같았다. 그녀의 발랄한 젊음이 김성준에게 다시 그 덧니를 살짝 드러내며 웃는 매혹적인 용모의 여학생을 연상시켜 주었다. 그 여학생은 그의 옛날 짝사랑이었다. 군수의 딸이었기 때문에 남들은 그녀를 '사또'라는 별명으로 불렀지만 그는 '덧니'로 불렀다.

"형부, 왜 부르셨냐구요?"

덧니 여학생 대신에 미스 리의 꽃처럼 환한 웃음이 그의 눈에 들어왔다. 제 정신이 들자 잠시 잊었던 짜증이 다시 부글거리기 시작했다.

"도대체 전화 좀 간단히 쓰면 입에 뭔 고장이라도 나는 모양이지?"

"언니 얘기로군요."

"그럼 누구겠니? 당장 전활 걸어서 뭔놈의 수다로 그렇게 오랫동안 전활 잡아매 놓구 있는지 알아보라구!"

그는 상표까지 타 들어간 담배를 도장 찍듯 재떨이에 꾹 눌러 끄고는 휙 의자를 돌려 미스 리를 외면했다.

"다른 용건은 없으세요?"

미스 리의 이런 질문을 받고서야 그는 깜빡 잊었던 생각을 되살릴 수가 있었다. 그는 그녀에게 등을 돌린 채 입을 열었다.

"아침에 벗어놓은 와이샤쓰 주머니에 보면 명함이 있을 테니까 그 사람 전화번호 좀 알아줘. 빨리!"

김성준은 미스 리가 방에서 나가는 기척과 함께 혹시 또…… 하는 생각을 품게 되었다. 명함이 주머니에 들어 있는 채로 세탁기 속에 들어간 것이나 아닌지 모르겠다는 생각이었다. 그리고 그 생각은 오랜 옛날의 일 하나를 되살려 놓았다.

결혼 1년쯤 후에 있었던 일이었다.

그 무렵 대학병원 치과에서 레지던트로 일했던 그는 경제적으로 늘 압박을 느끼고 있었다. 남에게 차 한 잔, 점심 한 끼를 대접하는 것조차도 망설여지던 그런 때에 20여 장이나 되는 식권이 와이셔츠와 함께 빨려버린 것이었다. 비록 시중의 가격보다 싼 구내식당의 식권이라고는 해도 20여 일

치의 점심 값이니까 결코 웃어넘길 수 있는 일은 아니었다. 식권의 크기라는 것이 기차표 정도에 불과했고 또 그 지질도 모조지여서 두께가 나가지 않았으나 그것이 한두 장이 아닌 20여 장에 이르고 보면, 물에 담가지기 전에 능히 발견될 수 있는 부피였다. 설사 어찌어찌하여 잘못 물에 담갔다 해도 그것은 빨리기 전에 꺼내졌어야 옳았다. 그러나 그 식권들은 빨아 말린 와이셔츠 주머니 밑부분에 시룻번처럼 달라붙어 있었던 것이다.

그가 그러한 아내의 신경을 동아줄로 비유하여 나무라자 그의 아내는 오히려 그를 막다른 골목으로 몰아붙였다. 따지고 보면 그것도 현금이나 마찬가지인데 어째서 휴지처럼 아무렇게나 주머니에 넣어둔 채로 빨라고 내놓았느냐는 것이었다. 그렇게 시작된 언쟁은 굴리는 눈덩이처럼 시간이 갈수록 걷잡을 수가 없이 커졌다. 대수롭잖게 시작된 말다툼이 종당엔 주먹다짐과 이혼 문제로까지 확대되었다. 그는 지금까지도, 아내에 대한 불만이 일 때마다 그때 이혼을 만류했던 가까운 주위 사람들이 원망스러웠고 당시의 우유부단했던 자신의 태도가 무척이나 후회스러워지는 것이었다.

지금도 그의 뇌리에서는 그런 생각들이 유리창 바깥만을 고집하는 갇힌 벌처럼 분주했다.

설마 명함이야 크고 빳빳하니까…… 어쨌거나 그때 헤어졌어야 하는 거야. 그래야만 내가…….

김성준은 벽시계로 눈길을 보냈다. 5시 15분이었다.

그는 다시 방안을 거닐며 큼큼큼 헛기침을 만들어 날렸다. 배명기(裵明基) 그 친구, 콩밭에다 서슬 칠 작잔데……. 그는 배명기가 자신의 전화를 기다리다 못하여 다른 데에 약속이라도 했다면 낭패라고 생각했다. 지금 그가 필요한 것은 배명기의 전화번호였고 또 그와 통화를 하는 일이었다.

배명기는 그의 중고등학교 동창이었다. 중학교 때에는 서로 수석을 다투었던 경쟁 상대였지만 고등학교 진학 후부터는 이과와 문과로 서로 갈리는 바람에 경쟁 상대라는 불편한 관계를 청산할 수 있었다. 배명기가 문과반의 수석이었고 그는 이과반의 수석이었으므로 중학생 때처럼 서로 적대시하는 것이 아니라 오히려 서로 격려를 하는 처지가 되었다. 동성연애를 한다는 놀림까지 받을 정도로 그들은 늘 붙어다녔고 또 그만큼 친밀한 우정으로 맺어져 있었다. 그러나 대학에 진학한 후부터는 서로 만나는 회수가 뜸해졌다. 배우는 것도 달랐거니와 배우는 곳 또한 서로 멀리 떨어져 있었기 때문이었다. 그러다가 대학을 졸업하고, 군대를 마치고 하는 사이에 그들은 완전히 연락이 끊기고 말았다.

그렇게 연락이 끊긴 채 그들은 어느덧 불혹의 나이를 넘긴 것이다. 다만 풍문으로만 어렴풋이 서로의 근황을 알 수가 있었으나 서로 사는 일에 골몰하여 그냥 그런 채로 지내왔다. 김성준은 배명기가 고시에 다섯 차례나 낙방한 뒤, 뒤늦게 어떤 종합상사에 취직했다는 소식을 오래 전에 들었고 또 배명기는 김성준이 레지던트 과정을 마치고도 돈과 주변머리가 없어 개업을 못하고 빌빌댄다는 소식을 접한 지가 오래였다. 그러한 그들이 지난 밤 무교동에서 해후를 하게 된 것이다.

협회 월례회를 마치고 몇이 어울려 무교동으로 들어서던 김성준이 우연하게 배명기를 발견한 것이다. 동료로 보이는 한 사내와 함께 코가 큰 외국인을 가운데다 세우고 뭐라 떠들며 낄낄대는 것을 본 것이었다. 키가 큰 외국인을 가운데에 세운, 뫼 산(山)자 같은 기이한 형태가 아니었다면 그는 그냥 지나쳤을지도 몰랐다.

"아니, 이게 누구야? 명기 너, 아직 살아 있었구나!"

"임마, 난 네 녀석이 죽은 줄 알았어. 어쨌든 살아 있으면 결국은 이렇게 만나게 마련이다. 그렇잖니?"

두 사람은 서로 달려들어 아무렇게나 상대의 손을 모두어잡고는 마구 흔들어 댔다.

"그건 그렇다만 넌 이 형님이 보고 싶지도 않던?"

"형님 좋아하네. 네녀석 따위야 이빨이나 아파야 마지못해 생각나는 그런 존재야. 주제를 알라구!"

"이런 버릇 없는 놈! 너 당장 내 병원으로 가자. 이빨 뽑을 때 쓰는 집게로 그 버르장머리 없는 혓바닥을 쑥 빼줄 테니!"

"허 그 녀석, 가만 듣고 보니 개업했다는 얘길 그 따위로 하는구나! 그래, 네놈 병원이 어디냐?"

말끝도 채 맺지 않은 배명기는 어느 결에 꺼냈는지 자기 명함을 건네주었다. 세월은 그렇게 흘렀어도 이녀석 두뇌회전은 여전하구나, 김성준은 이렇게 생각하며 배명기로부터 명함을 받아 들여다보고 있었다. 그러자 배명기가 다시 입을 열었다.

"넌 기브 앤 테이크도 몰라? 받았으면 줄 줄도 알아야지."

배명기가 손을 내밀자 한옆에 떨어져 그들을 지키고 있던 그 외국인이 히죽거리며 웃었다. 그러자 배명기는 외국인에게 찡긋 눈짓을 보내고 나서 너스레를 떨었다.

"저 미국 녀석은 말이야. 우리 말은 개뿔도 모르는 녀석이 내가 즈네 나라 말좀 썼다고 꽤나 기분이 좋으신 모양이야. 그건 그렇고 어서 명함이나 한 장 달란 말야."

"마침 명함 가진 게 없어."

"그럼 낼 다섯 시에 내게 전활 해. 그 전에는 전활 해도 자리에 없으니까. ……저녀석을 데리고 다니며 꼬셔야 하거든."

배명기는 미국인처럼 오른쪽 엄지로 코브라의 대가리를 만들었다간 그 미국인 쪽으로 눕혔다.

"코 큰 놈만 상대하시는 부장님한테 연락해 봐야 나같은 놈은 찬밥이지 뭐. 안 그래?"

"야 이 녀석아. 애국잘 그렇게 함부로 꼬집는 게 아냐! 내가 저 친굴 잘만 꼬시면 딸라가 얼마나 떨어지는지 아니? 어쨌든 긴 얘긴 널 만나서 하기로 해. 딸라 얘기가 아냐, 사또 얘기야 사또!"

"사또라니, 덧니 말이냐?"

그는 깜짝 놀라 눈부터 키웠다.

"그래, 덧니가 있는 델 알아. 그럼 낼 다섯 시에 꼭 전화해. 저 친구가 너무 오래 기다려서……."

배명기는 벌써 그 일행과 어울려 걸음을 옮겨놓고 있었다. 그제서야 김성준도 자기 일행이 저쪽 양품점 앞에서 발이 묶여 서성이고 있음을 깨닫게 되었다.

그는 어젯밤, 배명기와 헤어질 때의 장면을 눈앞에 그리며 중얼거렸다.

그 친구 성질이 얼마나 급한데, 콩밭에다 서슬 칠 만큼 급한 성민데 여태까지 기다리고 있을라구?

그는 또다시 큼큼큼 헛기침을 토해 냈다. 시침과 분침이 예각을 이루고 있는 벽시계의 문자판 위에서는 빨간 초침이 한껏 부지런을 피우고 있었다.

그때 노크 소리와 거의 동시에 도어가 밀쳐지며 미스 리의 얼굴이 나타났다.

"몇 번이야? 이리 줘!"

그는 미스 리를 향해 퉁명스레 물으며 손을 내밀었다. 배명기의 전화번호가 적혔을 쪽지 따위를 요구하는 것이었다.

"아직 통활 못했어요."

"아직도?"

그는 돌이라도 씹은 듯이 잔뜩 일그러뜨린 얼굴을 한동안 흩뜨리지 못하고 있었다.

"우선 전화부텀 받으세요. 어디시냐니깐 그냥 친구분이시라고만 그러세요."

그는 치솟는 화를 가까스로 억누르며 전화기 앞으로 다가갔다. 뜻밖에도 배명기였다.

"야, 이 친구야. 전활 한댔으면 해줘야지!"

수화기를 통해 울려오는 배명기의 볼멘 소리는 계속되었다.

"그리구 거 뭔 통화가 그렇게 길어! 전화루 진찰하구 전화루다 치료하구 그러나?"

김성준은 배명기의 소나기 같은 공격이 뜸해진 틈을 타서 풀죽은 목소리로 말했다.

"미안하게 됐어. 실은 말야, 아침에 옷을 갈아입으면서 네가 준 명함을 깜빡 잊고 그냥 나왔지 뭐야."

"이유가 안돼! 치과의사 집에 전화가 없을 리도 없잖아?"

"그러잖아도 네녀석 전화번홀 알려고 삼십분도 더 되게 전활 붙잡고 씨름하는 중이었어. 어찌나 울화가 치미는지……."

그는 또다시 아내의 얼굴을 떠올렸다. 흙바람을 일으켜 눈도 제대로 뜨지 못하는 그런 얼굴로 아내의 얼굴을 바꾸어 만들며 그는 계속 입을 놀렸다.

"그러나저러나 내 전화번혼 어떻게 알아냈누?"

"야, 이 친구야. 내가 너처럼 맹꽁이인 줄 아니?"

"건 또 무슨 생뚱맞은 소리야?"

"야, 전화번호부 뒀다 삶아먹자는 물건이냐구!"

그는 배명기의 말을 듣는 순간 아차 싶었다. 전화번호부를 이용했다면 배명기와 제시간에 통화가 됐을 것이 아닌가. 이젠 머리까지 굳어버린 거지 뭐야. 그는 그것을 나이 탓으로 돌렸다. 기계가 낡으면 점차 그 기능이 저하되듯 이제 자신의 신체 각 부위에도 노후화 현상이 일어나기 시작했다는 생각인 것이다. 그것은 처음 품게 된 생각이 아니었다. 이미 3개월 전부터 그렇게 느끼고 있었다.

지난 봄.

막내동생의 결혼식장에서였다. 예식이 올려지기 전이었으므로 그는 식장 밖에서 하객들과 환담을 하고 있었는데 그때 고종누이가 다가와 그가 메고 있는 카메라를 장난스럽게 툭 치며 말했다.

"보아하니 카메란 최고급인데 사진 찍는 기술은 어떤지 모르겠군."

"물론 기술도 일류죠!"

그가 한껏 뽐내자 고종누이가 다시 잰입을 놀렸다.

"과연 그 말을 믿어도 될까?"

"좋습니다. 솜씨를 봬 드리죠."

그는 케이스를 열고 카메라를 꺼내며 광선과 배경을 살핀 뒤 적당한 거리를 유지하기 위해 몇 발짝 뒷걸음질을 쳤다. 조리개를 열고 거리를 조정했다. 그러나 어찌된 영문인지 파인더에 들어온 그녀의 모습은 영 초점이 맞지 않았다. 아무리 조정해도 피사체는 마치 자욱한 안개 속에 묻힌 듯 뿌옇기만 했다. 얼마 동안을 끙끙대며 카메라를 조작했으나 헛수고였다.

그때 식장 안으로부터 곧 예식이 올려진다는 사회자의 안내 방송이 흘러

나왔고 그 방송에 꼬리를 이어 고종이, 일류라는 기술이 뭐 그러냐고 비아냥거렸으므로 그는 급한 대로 그냥 셔터를 눌러버리고 말았다. 그 한 컷뿐만이 아니라 그날의 촬영은 모두 그 모양이었다. 카메라에 어떤 이상이 생기지 않은 다음에야 그토록 철저하게 초점이 맞지 않을 까닭이 없었으므로 그는 식이 파하는 대로 D.P점으로 가 카메라의 이상 유무를 확인했다. 그러나 상점 주인은 카메라에 아무런 이상이 없다고 했다.

"거 참 이상한 노릇이군요. 다시 한번 확인해 주십시오."

그가 이렇게 못 미더운 투로 말하자 상점 주인은 카메라를 조작한 뒤 그에게 건네주며 말했다.

"손님, 여기 제가 선 자리로 와서 파인더로 저 화분을 보십시오."

김성준은 상점 주인이 시키는 대로 그가 섰던 자리에 가서 파인더에 들어온 출입구의 영산홍 화분을 들여다보았다. 그러나 그 진분홍의 영산홍 꽃송이들은 마치 반투명의 유리 저쪽에 있는 것인 듯 번져보였다.

"어떻습니까?"

"초점이 맞질 않습니다."

"그렇다면 카메라에 이상이 있는 게 아니라 손님 눈에 이상이 있는 겁니다."

상점 주인이 자신있게 말했다. 그 말을 듣는 순간 그는 아침에 잠에서 깨어나면서부터 눈이 침침했던 것을 되살릴 수 있었다. 그는 그러한 증상을 단순하게 간밤의 과음 탓이겠거니 하고 대수롭지 않게 여기고 있었던 것이다.

D.P점에서 나온 그는 곧장 택시를 잡아탔다. 마침 그곳에서 기본 요금밖에 나오지 않는 가까운 곳에 친구의 안과병원이 있었던 때문이었다.

시기능 검사의 결과는 노안이었다. 수정체의 탄성과 굴절력이 감퇴되기 시작하여 원근에 의한 초점 거리 조절력이 약해졌다는 것이었다. 친구의 그러한 진단은 그에게 적잖은 충격을 주었다.

"아니, 이제 겨우 사십대인데 노안이라니?"

"이보라구, 꺾어진 아흔이면 분명히 청춘은 아닐세."

"그래도 거 노안이란 말말고 다른 말은 없나?"

"욕심 부리지 말라구. 자네나 나나 이제 내리막길을 굴러가는 거야."

그는 더 이상 할 말이 없었다.

그날 이후 그는 입버릇처럼 내리막길이라는 낱말만 되뇌곤 했다. 생각하면 할수록 지난 세월이 아쉽기만 했던 것이다. 마치 치과병원을 개업하기 위해서 인생의 절반 이상을 허비한 것 같았다.

"아니, 이 친구가 전활 받다 말고 갑자기 어떻게 된 거야!"

배명기의 투덜대는 소리에 그는 퍼뜩 제 정신을 차릴 수가 있었다.

"어떻게 되긴 뭐가 어떻게 돼?"

"그런데 왜 가타부타 대답이 없느냔 말야. 선약이 있는 모양이지?"

"아냐, 아냐!"

그는 당황한 목소리로 외치듯 대답했다. 배명기가 만날 일을 뒷날로 미루며 당장이라도 전화를 끊어버릴 것만 같았기 때문이었다.

"그럼 일곱 시에 만나자구, 알았지?"

배명기는 자기 회사 근처 다방을 약속 장소로 정하곤 전화를 끊었다.

김성준이 광화문에 있는 그 다방에 도착한 것은 약속 시간 10분 전이었다. 그런데도 배명기는 벌써 나와 있었다. 출입구와 마주 바라보는 자리에서 석간을 뒤적거리고 있던 배명기가 신문에서 뗀 눈을 그의 얼굴로 옮기며 말했다.

"나야 내 동네니깐 일찍 나와 앉았지만 넌 뭣 땜에 이렇게 일찍 나온 거

냐?'

그 말이 마치, 옛 애인의 얘기를 듣는 게 어지간히도 급했던 모양이라고 비아냥대는 것으로 느껴졌으므로 그는 적잖이 겸연쩍은 기분이었다. 그래서 그는 엉뚱한 곳으로 말머리를 돌렸다.

"도대체 얼마나 거창하게 한턱을 내려고 바쁘신 몸을 오라가라 하는 거야?"

"거창한 한턱은 아니지만 보신을 시켜주려구. 그러나저러나 그거 먹을 줄은 아는지 모르겠군."

"먹을 줄 아는 정도를 넘어서 즐기는 편이다!"

"혹시 개고기가 이빨에 이롭다는 것이 의학적으로 증명된 바라도 있는 모양이지?"

"그런 것이 증명되었다면 네녀석이 개백정이라도 되겠다는 거야 뭐야?"

"허 완전히 밑진 장사로군. 역시 치과의사 이빨이라 잘도 물어뜯는구나!"

그들은 20년도 넘은 세월을 격하여 모처럼 무릎을 마주했으나 옛날과 조금도 다름없는 농담을 즐길 수 있었다. 그들의 그러한 농담은 변하지 않은 우정을 서로에게 확인시켜 주려는 잠재의식에 뿌리를 둔 것인지도 몰랐다.

배명기가 계속해 이죽거렸다.

"요 근처에 보신탕을 아주 잘하는 집이 있는데 우리 그리루 가자구. 개고길 즐긴다는 푼수로 봐서 네녀석 그쪽 실력이 짐작된다."

"얼씨구, 네놈이야말로 그쪽 힘을 순전히 보신탕에다 의존하는 모양인데…… 공연히 물귀신처럼 애꿎은 사람 끌어들이지 말라구."

그의 반격에 배명기는 껄껄껄 너털웃음을 쏟은 후 입을 열었다.

"작년까지만 해도 꽤나 즐겨댔다구. 그런데 어머님이 어떻게 아시군 못 먹게 하시는 거야. 그 까닭인즉 부처님께서 전생에 개였다는 거야."

배명기는 하던 얘기를 잠시 멈추고는 엽차를 한 모금 마신 후에 말을 이었다.

"어느날 부처님께서 제자들을 모아놓고 재미난 설법을 하셨는데 그 얘기는……."

아득한 옛날, 인도에 꽃놀이를 즐기는 한 임금이 있었다. 어느날 임금이 꽃놀이에 타고 나갔던 수레를 마부들이 깜빡 잊고는 차고에 넣어 건사하지 않았다. 그런데 그날 밤에 공교롭게도 비가 내렸으므로 수레에 달린 가죽이 비에 젖어 퉁퉁 불었다. 그러자 그 가죽을 궁중에 있는 개들이 몰려들어 모조리 뜯어먹고 말았다. 이튿날 그 얘기를 들은 임금은 화가 잔뜩 나서 모든 개들을 잡아죽이라는 명령을 내렸다. 그런데 신하들이 궁중에 있는 개들은 그냥 놔두고 궁 밖의 개들만 보는 족족 잡아 죽였다. 그러자 개의 우두머리가 몰래 궁중으로 숨어들어 임금에게로 갔다. 그리고는 억울한 사정을 낱낱이 고한 뒤, 죄를 진 개만 벌할 것을 요구했다. 임금은 우두머리 개에게 어떻게 죄진 개를 가려낼 수가 있느냐고 물었다. 우두머리 개는 자기에게 그 일을 맡기라고 말한 뒤 궁중에 있는 모든 개를 한자리에 모아달라고 부탁했다. 궁중의 개들이 모두 모이게 되자 우두머리 개는 이상한 풀을 뜯어다 그들에게 먹였다. 그러자 신기하게도 임금의 수레에 달렸던 가죽을 뜯어먹은 개들은 모두 그 가죽을 토했다. 그것을 보고 크게 뉘우친 그 임금은 그후부터는 절대로 죄없는 사람들이 억울하게 희생 당하는 일이 없게끔 어진 정치를 베풀었다.

"……부처님은 말씀을 끝낸 뒤 '그 우두머리 개는 전생의 나요, 또 여러 개들은 나의 권속이다' 라고 하셨대. 그러니 독실한 불자인 어머니께서 가만 계실 리가 없지."

배명기의 긴 얘기를 듣고 난 그는 불만이 그득한 목소리로 따지듯 말했다.

"야, 이렇게 오랜만에 만나 가지고 겨우 개고기 타령이라니 거 너무하잖아?"

"그게 다 네녀석 때문이야."

"나 때문이라니?"

김성준이 정색을 하며 반문하자 배명기는 순간적으로 표정을 굳히며 난색을 띠었다. 그것은 어쩌다 기밀을 누설하고 나서 당황해 하는 그런 표정과도 같았다.

"나 때문이라니 그게 무슨 말이냐구?"

그가 다시 다그쳐 묻자 배명기는 굳혔던 표정을 풀며 잰입을 놀렸다.

"네녀석 보신을 시켜주려니까 자연 그런 얘기가 나올 수밖에……. 하기야 내가 왜 네녀석 속맘을 모르겠니! 네녀석이 듣고 싶어하는 얘기가 사또 얘기라는 걸. 하지만 말이다, 옛말에도 있듯이 단풍도 떨어질 때 떨어지는 법이야."

배명기의 얘기에 무렴해진 그는 대꾸를 잃고 말았다.

"설마하니 너 아직까지도 사또를 못 잊어 하는 건 아니겠지?"

"못 잊어 해서 안될 이유도 없잖아?"

그는 이렇게 반문하며 오래 전에 어느 책에선가 읽은 적이 있는 대목을 머릿속에 떠올렸다. 서양 사람들은 예로부터 부부간에 상대방을 '더 나은 반신(半身)' 즉 'better half'라고 지칭했다는 것인데 그 뜻은 자기의 인생을 같이 이끌어나가는 반신이며 그렇기 때문에 자기보다도 더 소중한 반신이라는 뜻이라 했다.

그는 생각했다. 만약 사또(덧니)와의 사랑이 이루어졌더라면 서양 사람들의 그런 지칭대로 지금쯤은 아주 행복한 부부가 되어 있을 것이라고.

그가 그녀를 처음 발견한 것은 배명기의 집에서였으며, 그들이 고등학교에 진학하고 처음으로 맞은 여름방학 때였다. 배명기와 그녀는 외가로 먼 친척이 되는 동갑내기 동생뻘로 그녀는 집안 어른의 심부름을 왔었고 그는 배명기와 수영이나 함께 갈까 하고 들렀던 것이다. 그때 그녀는 정원 앞 평상에서 배명기의 어머니와 마주앉아 있었는데 덧니를 살짝 드러냈다 가 이내 감춰버리는 그녀의 그 매혹적인 웃음이 순간적으로 강력한 전류처럼 그의 가슴에 파고들었던 것이다. 아니, 그것은 그야말로 큐피드의 화살에 의한 것이라고밖에 달리 말할 수가 없는 노릇이었다.

조그만 군청 소재지였으므로 그날 이후 그는 이따금 그녀를 먼 거리에서 보게 되는 수도 있었으며 또 운좋게도 학교길 같은 데서 그녀의 얼굴을 가까이 대할 수 있는 행운도 더러는 누릴 수 있었다. 그러나 그로서는 그런 우연한 마주침만으로 만족할 수가 없었다. 그는 오랜 조사 결과 그녀가 군청과 붙어 있는 관사에서 책가방을 들고 나오는 시간이 일정하다는 것을 알아낼 수 있었다. 그는 등교길을 군청으로 우회하는 코스로 바꾸었고 시간도 그녀가 집에서 나오는 시간에 맞추어 조정했다. 때문에 그는 매일같이 그녀를 만날 수가 있었다. 그리고 그것은 그에게 있어서 더없는 행복이었다.

하지만 이따금 그를 우울하게 만들고 괴롭히는 날들도 있었다. 그것은 그녀를 만나지 못하는 날이었다. 그녀에게 무슨 상서롭지 못한 일이 생긴 것일까, 아니면 병으로 앓아 눕기라도 한 것일까. 그런 날은 해종일 온갖 걱정들에 묻혀 지내야만 했다. 그는 그녀의 포로였다. 그리고 그의 모든 생활은 아무리 하찮은 것일지라도 그녀와 연관되지 않는 것이 없었다. 학교에서 받는 수업도, 그 자신이 지녀야 하는 건강도, 심지어는 차 한 잔을 마시는 일조차도 모두 그녀를 위한 그리고 그녀와 연관된 행위였다.

그의 인생은 완전히 그녀 하나 때문에 존재하는 것 같았다. 그러나 그는 그러한 자신의 사랑을 그녀에게 전할 수가 없었다. 숱한 밤을 밝히며 쓴 사랑의 사연들은 날이 채 밝기도 전에 한가닥의 연기가 되어 버리곤 했다. 그녀에 대한 자신의 깊고도 넓은 사랑을 그는 도저히 문자로 표현할 수가 없었기 때문이었다. 그것이 불가능하다는 것을 느낀 그로서는 직접 그녀를 만나는 수밖에 없다고 생각했으며 그녀와 만나는 때를 대학 합격자 발표 후로 정했다.

그리고 여기에 덧붙여 꼭 밝혀야만 될 것은, 의과대학을 지망하겠다던 애초의 뜻을 돌려 마감 기일이 임박했을 무렵 치과대학에다 원서를 접수시켰다는 사실이다. 물론 그것도 그녀를 사랑하는 때문이었는데 덧니박이인 그녀와의 사랑이 결실을 맺게 되려면 그러한 인(因)이 바탕이 되어야 한다는 막연한 생각이면서도 절실한 기원이 작용을 했던 것이다. 다행하게도 의과대학만을 고집하던 아버지가 눈감아 주는 식으로 '하기야 옛날부터 이를 다섯 가지 복 중의 하나로 쳤고 또 이가 자식보다 낫다는 옛말도 있기는 하니까' 라고 했을 따름이었다.

그러나 배명기처럼 그가 지망 대학을 바꿔버린 까닭을 알았다면 아버지는 아마도 끝내 의과대학만을 고집했을지도 몰랐다. 어쨌거나 그에게 고백을 들은 배명기도 그 놀라운 사실에 넋을 잃고 한참 동안이나 멍하니 있었다. 그러다가 그는 천천히 입을 놀렸는데 그렇게 흘러나온 말도 아직 자기의 귀를 의심한다는 투였다.

"아니, 그러니까 결국은 네가 사또의 덧니 때문에 치과대학에다 원서를 냈다는 얘기냐?"

"그렇다니까!"

"한 여자 때문에……. 너 정말 후회 않겠니?"

"천만에!"

"사랑의 힘이 그렇게 대단한 것인 줄은 정말로 몰랐다. 정말로!"

배명기는 몇 번이나 이렇게 똑같은 말을 되풀이하여 감탄을 하고 난 뒤 사또에 대한 모든 것을 낱낱이 다 털어놓았다.

그녀에게는 이미 정해진 배필이 있었다. 그 사내는 그녀보다 세 살이 위였고 육군사관학교 3학년 생도였으며 그 생도의 아버지와 그녀의 아버지는 이 세상에 둘도 없이 친밀한 사이였다. 생도의 아버지는 그가 고등학교에 입학하던 해 위암으로 세상을 떠났는데 그 직전 그들 두 친구는 자기네 아들과 딸을 배필로 정한다는 굳은 약속을 했다. 그러잖아도 아들을 가진 쪽에서는 예쁘고도 귀여운 친구의 딸을 탐냈고 딸을 가진 쪽에서는 잘생긴 모습에다 영리하기까지 한 친구의 아들이 마음에 들었으므로 오래 전부터 주석 같은 데서는 곧잘 며느리감이니 내 사위니 하고 서로 농을 나누곤 했었다.

지금도 그에게는 배명기로부터 그 얘기를 듣던 당시의 가슴 아팠던 일이 너무나도 선명했다. 사실 그때의 일을 가슴 아팠다는 한마디로 표현한다는 것은 마치 아사 직전의 상태를 배고프다는 한마디로 표현해버리는 것과 다를 바가 없는 일이었다.

배명기가 새 담배에 불을 붙이고 나서 훈계조로 늘어놓기 시작했다.

"야, 꿈깨라구. 특히 여자 문제로 현실을 외면하고 이상과 꿈의 세계에서 헤어나지 못한다는 것은 바람직한 일이라 할 수가 없어. 특히 이 나이에. 왜냐하면 그게 곧 노화를 촉진시키는 원인이 될 수도 있으니까."

그는 노화 촉진이라는 말에 찔끔했으나 겉으로는 태연하게 배명기의 말에 반기를 올렸다.

"천만에, 오히려 아직도 젊음을 잃지 않았다는 증거가 아닐까? 실패한 결혼 생활에 체념을 하는 그런 무기력이 아니라 새로운 것을 시도하려는 젊음의……."

"그렇다면 넌 지금 불행한 결혼 생활을 하고 있다는 거냐?"

"잔소리 말고 덧니 얘기나 좀 해봐라!"

김성준이 말머리를 돌리자 배명기도 더 이상 추궁하지 않고 그의 주문에 순순히 응했다.

"너도 알지? 사또 남편이 육사 출신이었단 거 말야. 그 친구가 전사했지 뭐냐. 그야말로 장군감이었는데."

"전사라니?"

"결혼한 지 오 년도 채 안 돼서지 아마, 월남전에서."

"그럼 덧니는?"

"차츰 알게 된대두 그러는군. 사똘 지금까지도 사랑하고 있니?"

그가 냉큼 대답을 못하고 있자 배명기가 다시 차분한 목소리로 말을 이었다.

"그 심정 내 모르는 바가 아니다만, 그러나 그건 손아귀에 넣을 수가 없었기 때문에 늘 소중하게 생각됐던 것이고 또 그렇기 때문에 지금이라도 이루고 싶은 걸 거야. 하기야 바로 그 점에 낭만이 있고 그리고 또 한편으로는 인생의 어리석음이 있는 것일 테지. 그러나저러나 이제 그만 가보자구!"

배명기는 이렇게 말하고 나서 시계를 보기 위해 소매를 밀어올리고 있던 손으로 김성준의 손목을 잡아끌었다.

"어딜 가자는 거야?"

"어딘 어디야. 부처님 고길 먹으러 가자니까!"

배명기의 대답은 기대에 찼던 김성준의 얼굴을 금세 실망으로 가득 차게 했다.

"난 싫어! 네녀석 생색내는 꼴도 뵈기 싫거니와 또 부처님 고기 운운하는 바람에 입맛도 싹 가셨어."

그가 잡힌 손목을 뽑으려고 힘을 쓰자 배명기의 손아귀는 마치 수갑처럼 한층 더 단단히 그의 손목을 죄어 댔다.

"나인 먹었어도 그 고집 하나는 옛날 그대로군. 잔말 말구 어서 따라오라구! 실은 말야, 보신탕집 주인이 네녀석한테 진찰을 좀 받아야 될 형편이야."

"아니, 더구나 술을 마시러 가는 것도 아니고 왕진을 가자는 거야?"

"님두 보구 뽕두 따자는 얘기야."

배명기는 한층 더 완강한 힘으로 그의 손목을 잡아끌었다. 그런 채로 다방을 나와 얼마쯤 앞장 서서 걷던 그는 어느 골목 입구에 이르러 문득 걸음을 멈춤과 동시에 김성준의 손목을 감았던 손아귀에 힘을 뺐다.

"자아, 다 왔어. 저 집이야."

배명기가 턱짓으로 골목 입구에서 왼쪽 둘째 집을 가리켰다. '보신탕'이라는 희고 큰 글씨가 담긴 빨간 깃발이 엷은 바람기에 힘없이 흔들리고 있었다.

그들이 보신탕집으로 들어섰을 때, 문간 계산대 옆에 앉아서 껌을 질겅대고 있던 아가씨가 배명기의 모습을 보자 반색을 하며 맞아들였다.

"아주머니 계시지?"

배명기가 그 아가씨에게 물었다.

"그럼요, 내실에 계세요. 배 선생님께서 오시면 그리로 안내하라고 그러셨어요."

"내실로?"

"네, 내실이 시원하걸랑요. 에어컨이 있어서요. 오실 시간이 지났는데 어째 안 오신다며 아까부터 기다리고 계세요."

그때였다. 카운터 아가씨가 호들갑을 떨어대는 소리를 듣고 배명기가 도착한 것을 알아차린 모양으로 홀 안쪽에 붙은 방문이 열리며 한복으로 성장한 여인이 그 모습을 나타냈다.

"이리루 오세요, 오라버니."

"오늘은 웬일루 이렇게 칙사 대접인구?"

배명기는 여인을 향해 이렇게 한마디 던지고 나서 뒷전에서 머뭇거리는 김성준의 귀 가까이에다 입을 대며 잰입으로 소곤거렸다.

"저 여자가 이 집 주인야, 어디서 본 것 같잖아?"

"……."

김성준은 눈시울을 좁혀 여인의 얼굴에 초점을 맞추었다. 그러나 거리가 꽤나 떨어진데다가 조명까지도 흐려 고작 여자의 모습만을 확인했을 따름이었다.

"내가 아는 여자야?"

김성준은 배명기만이 간신히 알아들을 수 있을 정도의 나직한 목소리로 물었다.

"잘 알고말고, 여자 쪽에선 널 모르지만……."

앞장 선 배명기가 내실 쪽을 향해 성큼성큼 발길을 옮기며 재빨리 말했다. 그때서야 그는 그녀가 다른 사람이 아닌 바로 그 사또임을 확신할 수 있었다. 조금 전 다방에서 했던 '님도 보고 뽕도 따자는 얘기' 라던 배명기의 그 말이 그러한 확신을 갖게 하는데 큰 몫을 했다. 순간 그는 심한 동계

(動悸)를 느꼈다. 그러나 막상 내실에 들어가 그녀를 앞에 했을 때 그러한 동계는 씻은 듯이 사라졌다. 마치 추위로 인해 일었던 소름이 뜨거운 난로 앞에서 일시에 죽어버린 꼴이었다.

그녀의 모습에서 옛날의 그 '덧니' 모습을 전혀 찾을 수가 없었던 때문이었다. 그는 자신의 판단이 성급했다고 생각하며 그래도 혹시나 싶었으므로 그녀에 대한 관찰을 게을리하지 않았다. 이마와 눈언저리에 잡힌 선명한 주름과 검게 그을린 피부, 뿐만 아니라 그러한 얼굴과 걸맞지 않는 야단스런 화장은 아무리 애를 써도 옛날의 그녀와 전혀 연관이 지어지질 않는 것이었다.

"엎드리면 코 닿을 덴데 그렇게 사람을 기다리게 하는 법이 어딨수?"

그녀가 잔뜩 쉰 듯한 목소리로 말했다.

내실에는 이미 술상이 마련되어 있었다. 그 차려진 술상과 한복으로 성장한 주인을 번차례로 쳐다보며 배명기가 익살을 떨어댔다.

"오늘 술맛은 아주 각별하겠군 그래. 이 푸짐한 안주에 곱게 차린 여자까지 있으니 말야."

"아따, 오라버니두 참 싱겁수. 팽팽한 아가씨면 몰라도 다 늙어빠진 할망구야 외려 술맛만 떨구지 뭐."

"모르는 소리, 음복술도 할머니가 따르면 맛이 다르다는 얘기 몰라?"

"어머머, 오라버니두 참!"

그녀의 웃음과 함께 오른쪽 입꼬리 부근에 덧니가 살짝 드러났다간 이내 숨어버렸다. 그 덧니가 잠시 김성준을 몹시 긴장시켰다. 그러나 그는 그 덧니가 사라지기 바쁘게 '역시 그렇구나' 하고 속으로 중얼댔을 뿐 그냥 덤덤한 마음이었다. 불과 몇초 전까지만 해도 마음을 설레게 했던 첫사랑(비록 짝사랑일망정)의 여인에 대한 감정이 이럴 수가 있으랴 싶어 자신을 책하기도 했으나 그래도 굳어진 가슴은 전혀 풀어질 기미가 없었다.

"이런 정신머리가 있나! 내 외가 쪽으로 동생뻘이야. 동갑인데 생일이 다섯 달 내가 빨라. 그리구 이쪽은 학교 동창인데 치과의사지."

배명기가 두 사람을 번갈아 가리키며 소개를 시켰다. 수인사가 끝나자 기회를 놓칠세라 주인여자가 재빨리 입을 열었다.

"우리 오라버니께서 의사 선생님을 모시고 온다고 해서 얼마나 반가웠는지 몰라요. 요즘 이빨 땜에 얼마나 고생을 했는지……."

"마침 잘 됐지 뭐. 술 취하기 전에 우선 환자 진찰부터 하라구. 응?"

배명기가 그녀의 얘기에 꼬리를 달며 부추겼다.

"뭘 그렇게 어정쩡하게 앉아만 있지? 환자 진찰하는게 의사의 일이구, 또 다 늙은 처지에 내외를 할 것두 없잖냐구!"

배명기가 김성준을 그녀에게로 밀어붙였다. 그는 그 바람에 어쩔 수 없이 그녀에게 환부를 묻고 입을 벌리게 했다. 그리고는 안주머니에서 안경을 꺼내 쓰고 환부를 살피기 시작했다.

그녀가 앓고 있는 이는 오른쪽 입꼬리 부근의 바로 그 덧니였다. 원이빨과 덧니 사이에 끼는 음식 찌꺼기로 인해 생긴 충치가 오랫동안 방치되어 치수염(齒髓炎)으로 발전한 것이었다. 부패한 치수로 인한 악취가 그녀의 숨결에 얹혀 그의 코끝으로 몰렸다. 그 역한 냄새에 미간을 찌푸리며 그가 물었다.

"충치가 치수염으로 발전했어요. 그런 정도니까 상당한 기간을 충치로 고생하셨을 텐데 어떻게 참으셨습니까?"

"진통제로 살다시피 했어요. 어릴 때부터 이빨 뽑는 게 딱 질색이었거든요. 이 덧니도 그래서 얻게 된 거죠."

그녀는 마치 무슨 자랑거리라도 늘어놓듯 말했다.

"내일이라도 당장 치과엘 가셔야 합니다. 조금만 더 두면 이내 급성치근염이 속발하게 됩니다. 그렇게 되면 악골에 골수염을 일으키게 되고 끝내는 악골을 잘라내야 하는 수술까지 받게 되니까요."

"악골이라뇨?"

그녀가 겁먹은 눈을 하며 물었다.

"턱뼙니다."

"어머머, 턱뼈를 잘라낸다뇨. 그렇게 됨 어떻게 하나요? 공연히 겁주시는 거 아녜요?"

그녀가 항의라도 하듯 따지고 들자 배명기가 나무라는 투로 말했다.

"겁을 주는 게 아니라 무슨 병이든 제때 제때에 손을 안 쓰면 호미로 막을 것이 가래로도 못 막게 된다는 얘기야."

"네 맞습니다. 보십시오. 어릴 때 이빨 뽑는 게 두려워 그냥 두었기 때문에 덧니가 났고 그것이 빌미가 되어 충치가 생겼고 또 그걸 안 뽑고 진통제로 견디다가 치수염으로까지 됐잖았습니까? 그런데 또 그걸 그냥 둬 보십시오. 결국은 어떻게 되겠습니까? 그러니까 내일이라도 당장 그 썩은 덧니랑 모두 뽑구 치료 받으셔야만 합니다."

"소싯적부터 이 덧니를 모두들 매력적이라고 무던히들 부러워했는데……"

그녀는 마치 도둑 맞은 보석에 미련을 버리지 못하듯 이렇게 자신도 모르는 사이에 불쑥 한마디 내뱉고 나서 그 말에 스스로 무렴하여 소녀처럼 귀밑을 붉히는 것이었다. 그러자 김성준은 오히려 냉기조차 느끼게 하는 단호한 어조로 다시 한 번 강조했다.

"내일 당장 치과엘 가셔야만 합니다!"

그에게 있어서는 이미 그녀의 덧니가 옛날의 그 매력적인 덧니일 수는

없었다. 발치(拔齒)를 서둘러야만 하는 환부에 지나지 않았다.(1984)

파문을 일으킨 모래 한 알

1

온 세상을 갖가지 색깔로 아름답게 꾸며놓고 있는 가을을 시샘하듯 비바람이 불어치고 있었다.

아파트 출입구의 경비실 앞에서 점퍼 차림의 한 사내가 잠시 하늘을 쳐다보고 나서 우산을 펴들더니 계단을 내려와 백광색의 승용차에 붙어섰다. 그리고는 오른손으로 받쳐들었던 우산을 왼손에 옮기고는 바지 주머니에서 열쇠를 꺼내 차문에 꽂았다. 그러나 쉽게 열리지 않았다. 잠시 쉬었다가 이리저리 돌려댔으나 역시 마찬가지였다. 사내는 고개를 갸웃거리고 나서 흘끗 뒤돌아보았다. 그 모습이 마치 남의 차에 곁쇠질을 하고 있는 것처럼 보였다. 그러나 그가 뒤돌아본 것은 아내의 모습을 찾기 위해서였다. 사내는 아내가 말한 '곧'을 믿고 있었던 자신의 어리석음을 깨달으며 고개를 바로 했다. 또다시 열쇠를 좌우로 돌려댔다. 그때 찰칵, 자물쇠 풀리는 소리가 그의 귀를 즐겁게 했다.

사내는 열쇠를 빼어들고 차에 올랐다. 그가 자리한 곳은 운전석 옆이었다. 그는 운전을 할 줄도 모를 뿐만 아니라 앞으로도 배울 생각이 전혀 없었다. 아니, 아내가 차를 몰고 다니는 것조차도 마뜩찮게 여기고 있는 터였다.

사실 그는 아내가 운전학원에 다니는 것도 또 면허증을 딴 것도 까맣게 몰랐었다. 아내가 그토록 철저하게 그를 속였기 때문이었다. 아내가 그런 사실을 실토한 것은 친정언니에게 중고 소나타를 얻어다 아파트에 세워놓은 바로 그날 밤이었다. 그는 그 얘기를 듣는 순간 너무나도 기가 막혀 단 한 마디도 할 수가 없었다. 그러자 아내가 말했다. 지금은 그렇게 소태 씹은 얼굴을 하고 있지만 언젠가는 나한테 고맙다고 절할 날이 있을 테니 두고 보라고.

사내는 소맷부리를 들춰 시간을 읽었다. 일곱 시가 조금 지나 있었다.

"흥, 정말 '곧' 좋아하네."

사내는 한마디 내뱉고 눈을 감았다. 당장이라도 내려서 버스 정류장까지 걸어갔으면 싶었으나 차 열쇠를 경비실에 맡기는 것도 번거롭거니와 우산을 받는다 해도 십 분 가깝게 걸리는 정류장까지 걷다보면 구두며 아랫도리가 엉망이 될 게 뻔했으므로 그는 그냥 눌러 앉아 아내를 기다리기로 했다. 그렇게 앉아 있는 그의 뇌리에 문득 동서의 얼굴이 떠올랐고 그 동서의 얼굴 위에 종돈장의 광경이 겹쳐졌다.

발정한 암퇘지를 종돈장으로 끌고 가서 평행봉꼴인 아주 야트막한 틀에다 얹는다. 그렇게 되면 그 틀의 두 가로지름대 중 앞의 것은 윗가슴을, 뒷것은 아랫배를 받치게 마련이다. 그리고는 네 귀의 가로지름대 기둥에는 다리 하나씩이 꽁꽁 묶이게 되고 그렇게 되어 옴쭉달싹도 못하는 암퇘지에게 종돈을 몰다 놓으면 그놈은 짙은 암내에 잔뜩 흥분되어 입에 거품을 물고는 암퇘지 위에 올라타 어깨쯤에 앞다리를 걸치고 도래송곳 같은 시뻘건 물건으로 암컷의 뒤를 깊이 찌른다. 틀에 얹힐 때부터 죽는다고 질러대던 암퇘지의 울음소리가 사그라드는 것은 바로 그때다.

사내가 어릴 때 보았던 종돈장의 광경을 떠올린 것은 술자리에서 늘어놓은 동서의 음담 때문이었다.

그가 아내의 체면(정확히 말한다면 아내에게 새 차를 사주지 못하는 자신의 체면이라 함이 옳았다) 때문에 차를 물려준 동서와 처형에게 한턱 내던 날이었다. 얼근해진 동서가 신이 나서 떠벌렸다.

종돈장을 다녀온 암퇘지에게 새끼가 들지 않았다. 암퇘지 임자는 또 한 번 귀찮은 일을 할 수밖에 없어 손수레를 돼지우리 앞에 대놓고 우리 문을 열었다. 그런데 전번에는 손수레에 실을 때부터 동네가 다 뒤집힐 만치 죽는 소리를 질러대며 버티던 놈이 이번에는 우리 문이 열리기가 무섭게 후다닥 뛰어나와 냉큼 손수레에 올라타고는 어서 수퇘지한테 데려다 달라고 꿀꿀꿀 보채더라는 얘기였다.

모두들 한바탕 배를 틀어잡고 웃어댄 끝에 동서가 말했다.

"듣자하니 박서방 자네가 우리한테 얻은 차라고 해서 여태 한 번도 안 탄 모양인데 눈 딱 감고 한 번만 타보라구. 그러면, 이런 맛에 자가용들을 타고 다니는구나 하고 느끼게 될 거야. 그리고 두 번째로 종돈장에 가는 그 암퇘지마냥 차만 봐도 잽싸게 올라타게 될 테니……."

사내는 그날 동서가 손윗사람이 아니고 또 자기가 술대접을 하는 자리만 아니었다면 그냥 웃어넘기지만은 않았을 것이었다. 사내의 가슴 속에는 그날의 동서 얘기가 앙금으로 깔려 있었다. 그는 손수레 위에 올라앉아서 어서 종돈장으로 데려다 달라고 꿀꿀대고 있는 자신의 변신된 환영을 떨쳐버리기 위해 도리머리를 했다. 그러나 환영은 바위에 달라붙은 굴처럼 집요했다.

"젠장! 도대체 뭔 화장을 이렇게 오래 하는 거야?"

그는 마치 아내가 옆에 있기라도 한 듯 큰 소리로 말하고 나서 다시 소맷부리를 들췄다. 분침은 정확히 작은 눈금 다섯 칸 앞으로 이동해 있었다. 손목시계에서 거둔 눈길을 사이드 미러에 붙박으며 그는 한숨섞인 목소리로 말했다.

"자기만족과 경탄으로 많은 시간을 거울 앞에서 화장으로 허비하는 부인들이여. 그대들도 영혼을 지니고 있을 터인즉 제발 자기 시간을 좀더 유용하게 사용들 하시라!"

사내가 지어낸 말이 아니었다. 언제 어떤 책에서 읽었는지는 기억에 없었으나 이 구절만은 그의 뇌리에 깊이 인각돼 있었던 것이다.

사이드 미러에 붙어 있던 빗방울들이 제 무게를 이기지 못하고 주르륵 눈물처럼 흘러내리곤 했다. 그렇지만 아파트 출입구의 동정을 살피는 데는 별 지장이 없었다.

우산을 펴들고 계단을 내려밟는 사람들과 이따금이긴 했지만 계단을 다 오른 이들이 우산을 접으며 안으로 사라지는 모습이 담기기도 했다. 하지만 이제나, 이제나 하며 기다리는 아내의 모습은 영 담기질 않았다.

"젠장!"

조급증이 난 사내의 눈길은 손목시계로 옮겨졌다. 분침은 또 세 칸 앞으로 옮겨져 있었다. 사내의 눈동자는 손목과 사이드 미러 사이를 부지런히 옮겨다녔다. 그런 눈길이 손목시계에 얹혀 있을 때 그의 아내 모습이 잠시 사이드 미러에 담겨졌다. 그랬으므로 그가 아내의 모습을 발견한 것은 운전석 옆 차창을 통해서였다.

"이게 곧이야?"

사내는 시계 유리를 검지 손톱 끝으로 딱딱딱 두들겨댔다.

"걱정 말아요. 지금 출발해도 당신이 걸어간 것보다 더 빨리 버스 정류장에 도착될 테니깐요."

여인이 시동을 걸며 말했다.

"도대체 어딜 가는데 화장이 그렇게 요란해?"

"학교 때, 단짝 친구 만나러 간댔잖아요."

"친구 만나는데 화장이며 옷차림이 그렇게 요란스러워야 해?"

"친구 사이엔 자존심도 없는 줄 아세요? 내가 추레한 모습으로 나타나면 누가 욕먹는지나 아세요? 당신이 욕먹는다고요."

백광색 소나타는 아파트 단지를 뒤로 하고 미끄러지듯 달렸으며 차 안에는 침묵이 흘렀다. 사내의 표정은 잔뜩 굳어져 있었다. 부글부글 끓어오르는 속을 잠재우려고 애쓰는 모습이었다. 여인의 표정도 밝지 않았다. 그녀는 지금 만나러 가는 친구 생각에 빠져 있었다. 생각이라기보다 자신의 처지와 비교하고 있는 것이었다. 사람은 그 비교의 상대가 누군가에 따라 행복의 척도가 달라지게 마련인데 그녀는 그 친구뿐만 아니라 다른 친구들과의 비교의식 속에서 좌절감에 빠질 때가 많았다.

'사는 거같이 살긴 다 틀렸어.'

여인은 이렇게 중얼거리고 나서 남편에게 톡 쏘아붙였다.

"회사까지 태워다주면 될 거 아네요!"

자꾸만 소맷부리를 들춰 시계를 보곤 하는 남편의 행동이 신경에 거슬렸던 것이다.

"필요없어!"

사내의 입에서 나온 대답은 단호했다. 여인은 그 대답에 코웃음으로 응수한 뒤 속으로 남편의 흉내를 냈다.

'기름 한 방울도 나지 않는 나라에서 왜 기름을 낭비해! 기름뿐이야? 아까운 시간도 낭비하게 되잖느냐 말이야! 한 사람을 출근시키기 위해 그렇게 기름과 시간을 낭비해서 되겠느냐구!'

여인이 다시 입을 열었다.

"당신이 그런다고 누가 알아주기나 하는 줄 아세요?"

"누가 알아달래?"

"융통성 없다고 욕만 먹는다고요."

"융통성? 낭비하지 말자는 건데 그게 융통성하구 무슨 관계가 있어!"

아내는 입을 삐쭉했다.

'그런다고 누가 애국자로 떠받들 줄 아는 모양이지?

여인의 입꼬리에 냉소가 번졌다. 사내는 사내대로 아내가 한심스러워 속으로 혀를 차대며 중얼거렸다.

'다시는 이놈에 차, 타나봐라!'

사실 그는 특별한 경우가 아니면 아내의 차를 타지 않았다. 그러나 오늘은 비도 오는데다 마침 아내가 친구를 만나러 가니까 함께 나가자고 해 버스 정류장까지만 타기로 했던 것이다. 그런데 이렇듯 서로 마음이 맞지 않는 것이었다.

하기야 그들은 두 자석의 동일 극처럼, 결혼 후 지금까지 30여 년을 급격하지는 않았지만 그러나 언제나 반발하며 살아온 부부였다.

2

"저 앞에 당신이 탈 버스가 있네요."

여인이 턱짓으로 50미터쯤 떨어져 있는 정류장의 버스를 가리켰다.

"있으면 뭘 해! 곧 떠날 모양인데."

"떠나기 전에 타는 거에요."

사내의 시큰둥한 말에 여인은 자신감 넘치는 목소리로 말하며 악셀을 밟았다.

"도대체 어쩌려고 그래?"

차가 갑자기 속력을 내기 시작하자 사내는 깜짝 놀랐다. 그러나 여인은 속력을 늦추지 않았다. 다행하게도 앞에서 얄짱거리는 차들이 없어 여인의 차는 단시간에 버스 정류장까지 당도할 수 있었다. 그때 버스가 막 출발하려는 기미를 보였으므로 여인은 급히 핸들을 꺾어 버스의 앞을 막으며 급정거를 했다. 여인의 차체 반은 1차선을 침범하여 버스의 진로를 차단했고 뒷부분은 2차선을 막아 뒤따르던 차들이 급히 브레이크를 밟게 만들었다. 버스와 뒤차들이 한껍에 경적을 울려댔다. 마치 적진을 향한 집중 포화 같았다.

"빨리 내려요! 빨리!"

너무나도 놀라 넋을 잃고 있던 사내가 여인의 재촉에 제 정신을 차리고 후다닥 차에서 내려 인도로 올라섰다. 그의 손에는 접힌 우산이 바통처럼 들려 있었다.

버스 기사가 다시 경적을 울렸다. 이번에 울린 긴 경적은 경적이 아니라 진로를 방해하고 있는 여인에게 퍼붓는 욕설이었다. 여인도 그 경적의 의미를 깨달았으나 차창으로 왼쪽 팔을 내밀고는 흔들어댔다. 물론 사과의 표시였다. 그러면서도 그녀는 냉큼 버스의 길을 틔워주지 않고 있었다. 그녀는 버스 기사에게 웃음까지 선사했다. 그러나 그녀의 입에서 나온 말들은 그런 행동과는 딴판이었다.

"내 차에서 내린 사람이 네 손님이잖아. 손님 하나 보태줬는데 왜 난리야?'

버스와 뒤차들이 또다시 요란스럽게 경적을 울려댔다. 여인은 그제서야 서서히 차를 움직여 버스의 앞을 틔워놓고는 2차선으로 달리기 시작했다. 뒤차들도 더 이상 경적을 울려대지 않았다.

여인은 많은 운전자들로부터 욕을 얻어먹긴 했으나 그다지 불쾌한 기분은 아니었다. 교통법규를 무시했으니 욕먹는 것은 당연한 노릇이라는 생각이기도 했지만 그보다는 자기가 뜻한 일이 이루어진 것에 대한 만족감에 취해 있었던 때문이었다.

여인은 갤러리아 백화점 방향으로 우회전을 하면서 사이드 미러에 담긴 버스의 번호판을 소리내어 읽었다.

"서울 5, 사8909."

그녀는 계속해 짓고땡 판에서처럼 재빨리 끗수를 따져보곤 입을 놀렸다.

"아홉 끗이 둘이나 들었는데 아깝게도 짓지를 못하는구나, 어쨌든 팔구 공구 기사 아저씨에게 행운이 있길……."

여인은 운전대에서 뗀 오른손으로 테이프를 골라 카세트 레코더에 끼웠다. 직직거리는 소음이 멎으며 그녀가 원하는 노래의 전주곡이 흐르기 시작했다. '노처녀가 된 사연'을 줄인 이름이라고 한 코미디언이 익살스럽게 이름풀이를 했던 그 여가수의 노래 〈만남〉이었다. 그 노래는 '우리 만남은 우연이 아니야. 그것은 우리의 바램이었어'로 시작되어 '너를 사랑해'라는 절규로 끝났다. 여인도 가수를 따라 '너를 사랑해'라고 절규했다.

3

  사내는 아내의 차가 앞을 막아 떠나지 못하고 있는 버스를 탈 생각은 없었다. 룰을 무시하고 승리한 선수의 기분처럼 찝찝했던 것이다. 그래서 뒤차를 탈 양으로 우산을 펴려는데 닫혔던 문이 스르르 열려 어쩔 수 없이 버스에 오른 것이었다. 물론 운전기사가 문을 열어준 것은 그를 승객으로 대우해서가 아니라 화풀이를 할 생각에서였다.

  "무슨 운전을 그따위로 해! 죽고 싶어 환장했어?"

  운전기사는 버스에 오른 그에게 반말지거리로 쏘아댔다.

  사내는 머리까지 숙여대며 미안하다는 말을 연거푸 입에 올렸다.

  '아침부터 이렇게 개망신을 시키다니!'

  사내는 이번 일을 도저히 그냥 넘길 수 없다고 단단히 벼르며 승객들 사이를 비집고 뒤쪽으로 들어갔다. 백미러를 통해 계속 쏘아대는 운전기사의 눈총을 피하기 위함이었다. 가까스로 운전기사의 눈총은 면하게 되었으나 자꾸만 치미는 화는 누를 수가 없었다.

  사내는 차창 밖으로 눈길을 보냈다. 비에 젖어 번들거리는 지붕들과 바람에 나부끼는 나뭇잎들이 뒤로 물러서다가 이번에는 강물이 하나 가득 창에 담겼다. 버스가 성수대교에 이른 것이었다.

  '무슨 운전을 그따위로 해! 죽고 싶어 환장했어?'

  사내는 강물 위에 떠 있는 아내의 얼굴에다 운전기사로부터 얻어먹은 욕을 쏟아냈다. 들은 욕은 한마디였으나 아내에게 향한 욕은 쏟고 또 쏟아도 계속 가슴에 남아 있었다. 그때였다. 난데없이 포성과도 같은 폭음이 일며 차체가 심하게 흔들렸다. 순간 사내의 뇌리를 스치는 생각이 있었다.

기분이 상해 있는 운전기사가 마음의 평정을 잃고 있다가 앞차를 들이받은 모양이라는 생각이었다. 차체가 곤두섰다는 것을 느낀 것은 그 다음 순간이었다. 그는 다른 승객들과 함께 밑으로 쏟아졌다. 버스가 다리에서 떨어지고 있다는 것을 느낀 것이 사내의 마지막 의식이었다.

엄청난 사고였다. 성수대교의 5번 교각과 6번 교각 사이의 상판(上板) 50여 미터가 끊어져 내려앉은 어처구니 없는 사고였다. 그 바람에 뒷바퀴가 미처 끊어진 상판을 벗어나지 못해 하늘을 향해 벌떡 일어섰다가 한 바퀴 공중제비를 하고 난 뒤, 끊어져내려 물 위에 뗏목처럼 떠 있는 상판 위에 뒤집힌 채 추락했다. 버스말고도 봉고 승합차와 프라이드, 세피아 등의 승용차들이 끊어진 상판 위로 추락했고 엑셀과 르망, 두 대의 승용차는 강물 속으로 추락했다. 사실 버스는 단 1, 2초만 빨랐더라면 뒷바퀴가 끊어진 상판에서 완전히 벗어나 참변을 면할 수 있었다.

4

리피트 버튼이 다시 눌러졌고 그 노래를 따라 부르던 여인의 눈은 촉촉해졌다. 그녀는 옛 남자의 얼굴을 그리고 있었던 것이다. 그녀가 그와 헤어진 것은(실은 그가 아무런 연락도 없이 파리로 훌쩍 떠나버린 것이다) 스물여섯이 되던 해의 일이었다. 그는 대학때 단짝이었던 미숙이 오빠의 친구였다. 미숙이네 집에 놀러 갔다가 만나게 되었으나 그녀는 그 만남을 우연이라고 생각지 않았었다. 신의 섭리에 의한 만남이라고 생각했었다. 왜냐하면, 막연하기는 했지만 그녀가 오랫동안 가슴 속에서 키워왔던 남성상이 바로 그런 모습이었기 때문이었다. 훤칠한 키에 서구적인 용모의 미남(그가 미국의 명우 록 허드슨을 닮았던 것은 사실이었다), 그녀는 그에게 사랑한다는 고백을 듣는 순간 너무나도 황홀하여 기절할 지경이었다. 그 첫사랑이 깨졌고 그녀는 결혼 후에도 그를 가슴 깊은 곳에 은밀하게 묻어두고 지내왔었다. 그러나 그녀는 풍문으로도 그의 소식을 접할 수가 없었으며 그렇게 흐른 세월은 어언 30여 년이나 되었다.

학생 때는 마치 한 켤레의 신발처럼 늘 붙어다녔던 단짝, 하지만 서로 사는 형편이 다른 데다 빡빡하기만 한 서울살이에 쫓기다보니 서로간에 잘해야 1년에 서너 차례 동창들의 집안일이 있는 곳(결혼식장이나 영안실)에 불려가서 만나는 게 고작이었다. 그렇게 소원해진 단짝이 며칠 전, 전화를 걸어 뜻하지도 못했던 소식을 전해주었던 것이다. 웬일로 전화 다 걸었냐니까 첫 마디가 '너 첫사랑 보고싶지 않니?' 라고 했다. 그 말을 듣는 순간 그녀의 얼굴은 붉은 꽃처럼 활짝 피었다. 그러나 자신도 모르게 대답은 '도대체 뭔 소린지 모르겠다. 얘!' 였다. 미숙은 그녀 특유의 빠른 말로 여러 얘기를 늘어놓았다. 자기가 한 달 전에 유럽 여행을 다녀왔는데 파리의 한 한국식당에서 우연히 그 사람을 만나게 됐다는 것, 그 사람의 안내로 파리를 구석구석까지 돌아다니며 구경을 했는데 그동안 '귀가 아프도록 네 얘기만 해대더라' 는 등의 얘기였다. 그 끝에 미숙이 다시 물어왔다.

"너 첫사랑 한번 보겠니?"

여인의 얼굴은 다시 한번 활짝 꽃폈다. 가슴이 벌렁거려 냉큼 대답을 주지 못하고 있자 미숙이 심드렁하게 말했다.

"그분은 널 그렇게 못 잊고 있던데 넌 별로구나. 하기야 그게 언젯적 얘기니. 안 그래?"

여인은 하마터면 그렇지 않다고 고함을 질러댈 뻔했다. 그녀는 아무도 없는 빈 집임을 알면서도 주위를 한번 살피고 나서 눅인 목소리로 물었다.

"그분 서울에 오셨니?"

여인은 말을 마치기가 무섭게 얼른 송화기를 손바닥으로 막았다. 격렬한 자신의 심장 박동이 미숙의 귀에까지 전달될 것만 같았기 때문이었다.

"그분 너무너무 멋있게 늙었어. 내 눈엔 젊을 때보다 훨씬 더 멋쟁이로 보이더라, 얘."

"늙은 건 늙은 거지. 아무려면 젊을 때보다 낫겠어?"

"어쨌든 잘 생각해보고 나서 그분 늙은 모습 보고 싶으면 연락헤. 그런데 나 요즘 뭘 하나 하는 일이 있거든. 아침시간 아니면 날 만나기 어려워."

미숙은 한참 깔깔거리고 나서 전화를 끊었다.

여인은 수화기를 통해 들려오던 친구의 요란한 웃음소리를 떠올리며 또다시 리피트 버튼을 눌렀다.

5

첫사랑이 이뤄지지 않았다는 것으로, 그러므로 슬픔에 젖을 수 있다는, 다분히 감상적인 행복감에 취한 채 여인은 엘리베이터 앞으로 다가갔다.

엘리베이터는 1층에 내려와 있었으며 버튼을 누르자 마치 여인을 환영이라도 하듯 크게 팔을 벌렸다. 안으로 들어간 여인은 친구가 사는 9층의 버튼을 눌렀다. 그녀는 빨갛게 변색된 '9'를 보며 잠시 남편이 타고 간 버스의 차량번호 8909를 생각했다. 그 생각을 지워버린 것은 9라는 숫자가 이제부터 자기에게 어떤 행운을 가져다줄지도 모른다는 그런 막연한 기대감이었다.

여인을 맞아들인 친구는 아직도 잠옷 바람이었다.

"내가 잠을 깨웠나보지?"

"응."

친구가 손바닥으로 하품을 막으며 대답했다.

"네 입으로 그랬잖니. 이른 시간이 아니면 만나기 어렵다고. 그래서 남편을 버스 정류소에 내려놓기가 바쁘게 달려왔더니만……."

"괜찮아. 혼자 사니까 게을러져서 탈이야."

"좀 게을러지면 어떠니. 뱃속 편하면 됐지. 차라리 혼자가 됐으면 하는 생각, 나 자주 한다."

"어머, 못하는 소리가 없네. 말이 씨가 된다는 얘기도 못들었어? 네 남편은 착실하잖니!"

"글쎄 착실하기는 한데……. 앞뒤가 꽉 막혔어. 글쎄……."

여인의 가슴은 자동문처럼 스르르 열려져 남편의 흉을 있는대로 다 털어놓았다.

"그만 해라, 그만 해. 네 첫사랑이 어떻게 변했는지 보고 싶지도 않아?"

"별로."

"네 내숭은 아직도 늙질 않았구나."

친구의 말대로 여인의 내흉스러움은 옛날과 다름없었다.

여인은 남편과의 첫날밤을 생각하며 배시시 웃었다. 그날 밤, 그녀의 숫처녀 행세는 참으로 완벽했다. 첫사랑의 남자에게 처녀를 바칠 때와 똑같이 재연을 했던 것이다.

여인은 첫사랑의 남자와 즐겼던 많은 밤들을 떠올리며 물었다.

"그분 서울에 와 계신다고 했었니?"

"보고 싶으면 금방이라도 볼 수 있어."

"금방이라도?"

"그래, 금방이라도!"

친구가 여인의 눈을 빤히 들여다보며 말했다. 만나고 싶어하는 간절함이 눈동자에 배어 있었다. 친구가 다시 비아냥대는 투로 말했다.

"잘하면 너 이혼까지도 불사하겠구나."

"어머머, 얘는."

여인은 음흉함과 순진함이 반반씩 섞인 눈을 곱게 흘기며 귓불을 붉혔다.

"그런데 말이야, 안됐지만 실물이 아니라 사진이야."

"사진?"

여인의 가슴은 일시에 바람 빠진 풍선이 되고 말았다. 얼굴에도 실망의 빛이 역력했다. 친구는 그녀의 그런 표정 변화에 재밌다는 듯이 한동안 깔깔대다가 자리에서 일어나더니 서가에 얹힌 앨범에서 사진 한 장을 꺼내왔다. 국판 크기의 비교적 큰 사진이었다.

유람선의 고물 근처에서 친구가 여인의 첫 남자에게 안기다시피 붙어서서 함박웃음을 웃고 있었다. 남자도 오른팔로 친구의 허리를 감고서 빙긋이 미소를 짓고 있었다. 금슬 좋은 한 쌍의 부부처럼. 유람선의 속도 탓인지 두 사람의 머리칼이 바람에 날리고 있었는데 그 또한 아주 멋스러웠다.

여인은 뒤틀리는 속을 참느라고 안간힘을 썼다. 그러면서 속으로 외쳤다.

'그래, 이 작자 파리에서 뭐한다던? 난 여태까지 여잘 배반하고 잘사는 놈 못 봤다. 이 작자도 파리에서 파리나 날리고 있겠지 뭐.'

여인의 맺힌 가슴이 조금은 풀리는 듯 싶었다.

사진의 배경은 강을 길게 가로지른 석조 형교(珩橋)의 고풍스런 전체 모습이었다. 반백의 머리를 바람에 날리며 미소를 짓고 있는 남자의 모습을 바라보고 있던 여인은 옛날 그가 잠자리를 같이할 때마다 버릇처럼 뇌었던 말을 떠올렸다. 어떤 예술도 짧은 시간에 이루어낼 수 없듯이 사랑의 행위도 숭고한 예술이어서 지속적인 연습이 필요하다고 했다는 채플린의 말이었다. 그러면서 남자는 그녀에게 늘 마음속까지 훈훈해지는 웃음으로 대했었다.

"사진 뚫어지겠네."

"다리가 참 멋있다 얘."

여인은 자신의 관심이 사진의 배경인 고풍스런 다리에 있다는 투로 말했다.

"그게 유명한 퐁 네프야. 퐁은 다리라는 뜻이고 네프는 새것이라는 뜻이래. 그러니까 우리말로 하면 새 다리란 뜻인데 삼백 년 전에 놓았다더라. 세느 강에 놓인 서른두 개의 다리 중에서 가장 오래된 다리래. 그분한테 들은 얘긴데, 파리 사람들은 튼튼한 물건을 말할 때 '퐁 네프처럼 오래 쓸 수 있겠다' 고 한대. 그 사진 제목 뭐라고 붙였게?"

친구가 새처럼 수다를 떨고 나서 질문을 했으나 여인은 대답을 하지 않았다. 비등점으로 상승하는 물의 온도와도 같은 질투심 때문이었다. 여인은 문득 자기의 첫 남자와 친구의 정사 장면이 연상되어 하마터면, '그 인간의 물건, 아직도 퐁 네프 같던?' 하고 쏘아댈 뻔했던 것이다.

"너 재미 좋았겠구나!"

여인은 부질없는 자신의 질투심에 부끄러움을 느끼며 풀 죽은 목소리로 말했다.

"무슨 재미?"

친구가 정색을 하며 묻자 여인은 다시 부끄러워져 생각과는 다른 말을 했다.

"뭐 여러 가지, 해외여행…… 그것도 다른 데가 아니라 파리니까…… 그래 이 사진 제목이 뭐야?"

"퐁 네프의 연인, 어때?"

"어울리는 제목이다."

여인의 눈이 공허해 보였다.

6

세상에는 자신이 행한 행동의 의미를 나중에 가서 싹 바꿔놓는 그런 기막힌 재주를 가진 사람들이 있게 마련이다. 여인도 바로 그런 재주꾼 중의 하나였다. 그러나 그녀는 성수대교가 끊어지던 날 아침의 자기 행위에 대해서는 그런 재주를 부릴 필요성을 느끼지 않았다. 자기가 승용차로 버스의 앞을 막아 적어도 30초 가까이 출발을 지연시켰으며 그것은 결과적으로 버스의 뒷바퀴가 끊어진 교량의 상판에서 벗어나지 못하게 한(버스의 뒷바퀴가 그곳에서 벗어나는 데는 1, 2초면 충분했다) 원인이 되었는데 그 사실을 아는 버스 운전기사와 남편이 세상을 떠난 때문이었다. 그러나 그녀는 사실을 실토할 만치 아둔하지도, 그것에 대한 죄책감으로 괴로워할 만치 양심적이지도 않았다. 그녀는 친지나 이웃들이 성수대교 참사 희생자의 미망인에게 보내는 동정과 위로를 받았고 그때마다 상황에 알맞게 응대하며 지내왔다. 그러나 그렇게 1개월쯤 지난 뒤부터 여인은 조금씩 조금씩 변하기 시작했다. 모아두었던 성수대교 붕괴 기사들을 모조리 불태웠고 사고에 관해서는 한마디도 입에 올리지 않았다. 남이 입에 올리는 것조차도 허용치 않았다.

여인의 태도가 그렇듯 변한 것은 매일이다시피 꾸게 되는 남편의 꿈 때문이었다. 물론 꿈의 내용은 늘 달랐지만 아무런 말도 없는 남편이 원망의 눈빛으로 쏘아본다는 공통점이 있었다.

그날 밤도 여인은 남편의 원망이 가득 찬 눈빛에 시달리다 꿈에서 깨어났던 것이다.

그녀는 길을 걷고 있었다. 어딘지는 알 수 없었으나 분명히 첫 남자를 찾아가는 길이었다. 어디쯤 가다보니 그 길을 드넓은 강이 가로막았다. 다리도, 배도 없는 강이었다. 애가 타 강둑에서 동동거리고 있는데 난데없이 멱감던 아이 하나가 발가벗은 채 나타나 다리가 있는 곳을 가르쳐 주었다. 여인은 서둘러 그곳으로 가보았다. 과연 아이의 말대로 다리가 놓여 있었다. 그런데 한참 건너가다보니 다리가 몹시 흔들렸다. 이상해서 살펴보니 다리가 아니라 사람의 등짝 위였다. 웬 사람이 양쪽 강둑에 팔과 다리를 걸치고 엎드려 있는 것이었다. 여인은 서둘러 그 사람의 등을 밟고 강을 건넜다. 그런데 다 건너고 보니 그 사람이 강에 빠져 있었다. 지쳐서 도저히 더 이상 다리 노릇을 할 수 없게 된 것이었다. 그런데 낯선 사람인 줄만 알았던 그 사람은 다른 사람이 아니라 바로 자기 남편이었다. 그녀는 소리를 쳤다. 어서 헤엄쳐 나오라고. 그러나 남편은 원망이 가득 찬 눈으로 바라보며 서서히 강물에 떠내려가고 있었다. 강둑을 따라내려가며 남편을 불러댔으나 남편은 역시 아무런 대답도 없었다. 원망에 찬 눈, 어떻게 보면 반드시 앙갚음을 하고 말겠다는 결의에 차 있는 그런 눈빛이기도 했다. '왜 날 그런 눈으로 보는 거예요?' 여인은 남편을 따라가며 소리치다 꿈을 깬 것이었다.

다시 잠을 청하려고 눈을 감은 채로 있던 여인은 창문 덜컹대는 소리에 기겁을 하여 자신도 모르는 사이에 이불을 뒤집어썼다. 머리칼이 쭈뼛 곤두섰다. 그러나 그녀는 얼마 뒤 그것이 바람소리였다는 확신을 가지고 이불자락을 끌어내리며 창문 쪽으로 눈길을 보냈다.

깎이기 시작한 지 사나흘쯤 돼 보이는 달이 창틀에 얹혀 금방이라도 굴러떨어질 듯 위태로웠다. 또다시 바람이 몰려와 유리창을 흔들어댔다. 그녀는 문득 그 소리가 남편의 혼령이 창문 틈을 비집고 집 안으로 들어오는 소리가 아닐까 하는 생각을 하게 됐으며 그 생각은 다시 한번 모골을 송연하게 만들었다. 그러나 그녀는 용기를 내어 한마디 했다.

"당신, 왜 밤마다 날 괴롭히세요?"

마치 옆에 남편을 앉혀놓고 쏘아대는 말투였다. 그때 문득 떠오르는 생각이 있었다. 거실 진열장에서 남편의 유품들을 치워버린 일이었다. 감사패와 공로패 그리고 사진틀 따위를 모두 치워 버린 것은 그런 것들 때문에 자꾸만 남편이 꿈에 보이게 된다고 생각했던 때문이었다. 그러나 그것들을 치운 뒤로 오히려 남편은 더욱 자주 꿈에 나타났을 뿐만 아니라 그 꿈의 내용도 흉몽에 가까웠다.

"혼령의 노여움을 샀는지도 몰라."

여인은 잠옷 위에 스웨터를 걸치고 다용도실 선반 위에 쌓아 놓았던 남편의 유품들을 꺼내 전처럼 진열장을 채웠다. 그 중에는 엽서 두 배쯤의 크기로 확대된 남편의 독사진이 끼워져 있는 액자도 있었다. 액자 유리를 깨끗이 닦아 전의 위치대로 진열장 중앙에 세워놓고 여인은 넋나간 사람처럼 남편의 모습을 지켜보고 있었다. 복장으로 보아 야유회 때의 사진임이 분명했다. 온화한 모습이었으며 온갖 것들을 모두 알아차리고 또 온갖 것을 마음에 깊이 새기고 있는 듯한 눈길이었다.

'당신이 차로 버스를 못 가게 막는 게 아니었어. 당신 때문에 그 버스가 추락했고 나도 그 버스를 탔기 때문에 목숨을 잃게 된거라구!'

여인의 귀에 남편의 목소리가 들려왔다. 그녀는 뭐라고 말하고 싶었으나 무슨 얘기를 해야 할 지 생각이 나지 않아 한동안 여짓거리고만 있다가 맥없이 그 자리에 주저앉고 말았다.

7

여인은 거실 응접탁자 앞에 앉아 술을 마시고 있었다. 그녀의 얼굴은 마치 다른 부위의 피를 모두 빨아들인 듯 새빨갰다.

전에는 불면증에 도움이 될까 싶어 마셨으나 이제는 밤낮없이 마셔대는 술이었다.

그날도 그녀는 대학 2학년인 딸과 대학 졸업반인 아들이 차례로 집을 나가자 진열장 속의 남편 사진을 마주하고 앉아 소주잔을 기울이기 시작했던 것이다. 응접탁자 위의 소주병 중 하나는 이미 바닥이 나 있었고 다른 한 병은 반쯤 빈 상태였다. 여인의 전신을 외투처럼 감싸고 있는 취기는 그녀의 현실감을 마비시키고 있었다. 그러나 이따금씩 현실적인 일들이 찌처럼 솟아오르곤 했다.

"당신 도대체 뭐가 못 미더워서 매일같이 날 찾아오는 거예요? 당신이 벌어놓고 간 돈으로 내가 딴 주머니 채울까봐 그게 걱정이예요?"

여인은 통장에 찍혀 있는 예금 액수를 떠올려보았다. 사고대책본부로부터 지급받은 보상금은 물론, 남편의 퇴직금과 위로금, 조의금 등으로 통장은 갑작스레 비만해져 있었다.

'그날 당신이 차로 버스 앞을 막아 못 가게 만든 것이 큰 잘못이었어.'

여인의 귀에 남편의 목소리가 가득했다.

"당신은 왜 늘 그 소리밖에 못해요? 왜 다른 말은 않느냐구요!"

그녀는 진열장 속의 남편을 향해 외쳤다. 그러나 이제 남편의 말은 들려오지 않았다. '그렇담 좋아요'라고 여인은 속으로 중얼거리고 나서 복화술사처럼 남편 목소리를 흉내내어 말했다.

"다리는 왜 끊어진 거야?"

"원인이 어디 한두 가진 줄 아세요? 애당초 설계부터가 잘못되었고 시공회사에서는 부실공사를 했고 그리고 감리사들은 감리사들 대로 적당히 눈을 감아줬답디다. 엎친 데에 덮친다는 격으로 게다가 보수에도 신경을 쓰지 않았고 관리 또한 엉망이었대요. 모두 신문에 난 얘기들이라고요."

"그게 전부야?"

여인이 또 남편의 목소리로 질문을 했다.

"또 있지요. 이것도 신문에 난 얘기니까 잘 들어보세요. 설계상으로는 통행 차량 제한 무게가 32.4톤이었는데 40톤, 50톤짜리 차량들이 아무런 제재도 받지 않고 통행을 했다는 거예요. 그뿐인 줄 아세요? 동부간선도로가 성수대교와 연결되면서부터는 대형 차량의 통행이 부쩍 늘어났고, 하루 교통량도 완공 당시의 두 배인 10만 5천 대나 됐다는 거예요. 신문에 난 얘기니까 거짓말일 리야 없지요. 그 때문에 시간이 경과함에 따라 철판 이음매들이 약해지고 보수와 관리에 소홀하다보니 쇠가 녹이 슬고 삭아서 그렇게 힘없이 다리 상판이 내려앉은 거래요. 전문가들이 사고 원인을 조사하고 분석, 검토한 것을 신문이 보도한 거라고요."

여인이 소주잔을 채우더니 한 입에 마셔버렸다. 마치 대단한 술꾼이라도 한 듯이.

여인의 입에서 나오는 얘기는 술 취한 그녀 남편의 목소리였다.

"아니, 그런 죽일 놈들이 있나! 공사 따내느라고 상납한 돈을 형편없는 자재를 써서 벌충하고, 감리하는 치들은 눈 자주 감아 그때마다 많은 돈 벌고, 돈 떼먹을 자리가 아닌 보수, 관리하는 자들은 시간이라도 떼먹어야 되겠어서 신고가 들어와도 귀 틀어 막고 앉아 낮잠이나 자고…… 아니 어째서 이런 놈들은 멀쩡하게 살아 있는데 왜 우리가 죽어야 하냐구!"

여인은 다시 제 목소리를 냈다.

"당신이 이왕에 저승사람이 됐으니까 물어보는 건데요, 천당도 있고 지옥도 있고 그렇습디까?"

남편의 목소리.

"그런 게 어딨어. 그런 곳이 있으면 어째서 지옥에나 떨어질 놈들이 그렇게 떵떵거리며 오래 살아!"

"그렇지요? 나도 그렇게 생각하고 있었어요. 만약에 내가 지옥에 떨어질 신세라면 이 세상에 지옥에 떨어지지 않을 놈이 어디 하나나 있겠어요?"

여인이 말 끝에 요란한 웃음을 달았다. 그 웃음소리는 땅에 떨어져 박살 난 유리처럼 사방으로 울려퍼졌다.

"당신, 재미난 얘기 하나 들어보겠어요? 파리 센느 강에 퐁 네프라는 다리가 있는데 '새 다리' 라는 뜻이래요. 지금으로부터 3백년 전에 놓은 다린데도 어찌나 튼튼한지 파리 사람들은 튼튼한 물건을 보면 '퐁 네프처럼 오래 쓸 수 있겠다' 고 칭찬을 한대요. 어때요, 재밌죠?"

여인은 서툰 솜씨로 쳐대는 타이프라이터처럼 매끄럽지 못하게 끝냈다. 그녀는 그 끝에 또다시 웃음을 달았다. 그 웃음소리 또한 매끄럽지 못하기는 매일반이었다. 과도한 취기의 탓이었다.

여인은 잠시 눈을 감고 있다가 송수화기를 들고는 굼뜬 동작으로 다이얼을 꾹꾹 눌러댔다. 그리고는 전화가 연결되자 혀 꼬부라진 소리로 말했다.

"미숙아, 나야. ……집에 있었구나. ……나 파리에 갈 생각인데 너 그분 연락처 알고 있지? ……얘! 옛날에는 남자들이 자기 마누라가 죽으면 변소에서 웃었지만 요즘은 세상이 바뀌었다는 걸 알아야지……. 그럼, 그렇고 말고. 요즘은 남편이 죽으면 마누라들이 부엌에 가서 웃는 세상이야. 너 그거 알아? ……그래, 나 취했어. 취했다고!"

일방적으로 전화를 끊고 난 여인의 눈은 이내 커튼이 내려지듯 스르르 감겨버렸다. 오랫동안 누적된 수면 부족과 피로 그리고 과도한 취기 탓이었다. 그 얼굴에서는 여느 때의 여인을 조금도 느낄 수가 없었다. (1996)

매

1

약장수가 열을 올리고 있었다. 일몰이 가까운 시간이었다.

"……여러분께서도 얼마 전, 신문지상의 보도로 익히 알고 계시는 일입니다만 어떤 외국에서 한 산모가 몸뚱이는 하난데다 대가리가 둘 달린 애를 낳았습니다. 나는 오늘 여러분들께 이런 신기한 구경거리를 소개하러 나왔습니다. 여러분, 그렇다고 여러분께서는 지금부터 징그럽다고 도망치실 필요는 없습니다. 물론 몸뚱이 하나에 대가리가 둘 달린 갓난것을 이 통 속에서 꺼낸다면 그야말로 징그러운 노릇이지요. 그러나 안심하십시오. 이 통 속에는 그런 징그런 게 들어 있지 않으니까요. 그러면 이 통 속에는 무엇이 들어 있느냐?"

약장수가 줄줄줄 쏟아 놓던 얘기 허리를 뚝 끊음과 동시에 자기 앞에 놓여 있는 나무 궤짝을 지팡이처럼 짚고 있던 긴 쇠막대로 탕탕 후려치는 것이었다. 그리고는 안경알 안쪽에서 번뜩이는 눈망울로 좌중을 한바퀴 휘둘러보았다. 그는 어떤 건물의 시멘트 담벼락을 등지고 서 있었으므로 모여 선 구경꾼들은 자연 그를 중심으로 반원형을 이루고 있었다.

약장수는 들고 있던 쇠막대를 사타구니에 끼워 비스듬히 세우고 자기 목을 조이고 있는 넥타이를 느슨하게 하기 위해 양손으로 그것을 잡았다. 그리고 마치 목졸리고 있는 수탉처럼 부산스럽게 좌우로 머리를 흔들어 댔다. 그런 뒤 싸움하기 위한 준비처럼 재빨리 양쪽 와이셔츠 소매를 둥둥 걷어올리는 것이었다.

"그러면 과연 이 통 속에는 어떠러한 물건이 들어 있느냐!"

그는 사타구니에 끼워 세웠던 쇠막대를 휙 뽑아올리며 공중에다 큰 활을 그렸다. 활을 그리고 난 쇠막대는 나무 궤짝 위에서 춤을 추었다. 그때마다 나무 궤짝은 둔한 소리로 비명을 울렸다. 마치 그 소리에 힘이라도 솟구친 듯 다물렸던 약장수의 입이 재게 움직이며 끊겼던 얘기를 잇고 있었다.

"여러분, 놀라지 마십쇼. 이 속엔 분명히 대가리 둘에 몸뚱이가 하나, 그리고 꼬랑이가 둘인 동물이 들어 있습니다. 그것이 사람이냐? 사람은 아니올시다. 만약 그것이 사람이라면 나는 철창 신세가 되는 겁니다. 그럼 그것이 뭐냐? 배암올시다, 배암!"

3,40명은 실히 됨직한 관객들이 웅성거리기 시작했다. 몇몇 꼬마들은 탄성을 질렀고 띄엄띄엄 섞여 있던 여자들은 '어머나'를 연발하며 몸을 떨었다.

"여러분, 절대로 거짓말이 아니올시다. 만약에 내 말이 새빨간 거짓말이라고 합시다. 그러면 내 신세가 어떻게 되겠습니까? 백주에, 그것도 약디약은 사람들만 모여 사는 대한민국의 수도 서울에서 그렇게 사기를 친 내가 온전하겠습니까? 나는 여러분에게 당장 몰매를 맞아 죽던지 아니면 철창 신세가 되는 것입니다. 이놈도 비록 이 자리에서 약을 팔고는 있습니다만 집에 가면 너구리 같은 마누라와 토끼 같은 자식들이 우글우글한 놈입니다. 어쨌든 이 통 속에는 분명히 몸뚱이 하나에 대갈통이 둘, 게다가 꼬랑지까지도 둘인 배암이 들어 있습니다. 배암! 그러면 그 괴상한 배암을 여러분께 구경시켜 드리기 전에 우선 배암이라는 동물이 과연 어떠러한 동물인가를 말씀 드리겠습니다. 아니, 배암에 관한 얘기보다도 먼저 여러분들께 인간의 건강과 병약, 요절과 장수의 모든 원인이 성생활에서 비롯된다고 밝힌 동양 의학의 고전, '소녀경'에 나오는 말씀부터 드리지 않을 수 없습니다. 왜냐하면 배암이야말로 우리의 성생활을 원만하게 해주는 신비한 약효를 지닌 동물이기 때문입니다. 여러분, 그러면 여기서 잠시 제가 여러분에게 한 가지 여쭤 볼 말씀이 있습니다. 배암의 암놈과 수놈이 한데 붙어서 연애하는 시간이 얼마나 되는지 아시는 분이 있으십니까? 누가 한번 대답해 보십쇼."

약장수의 눈길이 안경알을 뚫고 나와 둘러선 관객을 따라 크고 느리게 반원을 그렸다.

"석 달 열흘이오."

관객 중에서 누군가가 장난투로 소리치자 모두들 키들키들 웃어 대기 시작했다.

약장수가 입을 열었다. 그러나 종전 같은 연설투의 목소리가 아니었다. 그보다 한층 누그러진 부드러운 음성이었다.

"요 앞에 앉은 쪼무래기들은 집에 가서 김치하고 밥 먹은 다음 숙제나 하거라. 난 하루 이틀 이 장살 할 사람이 아니라구. 그러니 커 가지고 거기에 수염이 나기 시작하거들랑 다시 이 자리로 찾아오란 말씀야. 그땐 내가 뱀 얘기뿐만 아니라 연애 거는 방법도 가르쳐 주고 할 테니까. 그리구 저쪽에 있는 샥씨들은 시집가서 사랑하는 그대와 함께 벨 원앙침에다 수놓는 일이 더 급할 테니까 진작 정류장 앞으로이 갓! 하는 게 몸에 이로울 것이구먼."

관객들이 와아 큰 소리로 웃어 댔다. 아이들은 아쉬운 표정이 얼굴에 가득한 채 그리고 처녀들은 귀밑이 빨갛게 물들어 가지고 관객들 틈에서 사라졌다. 약장수의 눈길이 그들 등뒤를 쫓고 있었다. 그가 혼잣말처럼 그러나 좌중이 다 들을 수 있도록 말했다. 아이들은 철이 없어 아무것도 모르니까 구경하는 재미에 붙어 앉아 있다지만 요즘 처녀들은 어떻게나 낯가죽이 두꺼운지 남자 연장 얘기를 꺼내 놓아도 눈 한번 꿈뻑거리지 않고 군침을 질질 흘려가며 끝까지 듣고 있으니 세상 참으로 말세라는 것이었다.

"자아, 여러분!"

약장수는 다시 목청을 가다듬어 소리쳤다. 그의 얘기는 계속되었다.

"우리 사내들은 원기가 왕성하여 정기를 얻게 되면 사타구니에 달고 다니는 연장이 자연적으로 뜨거워지고 거기서 나오는 정액 또한 짙고 걸지만 양기가 떨어지면 어떻게 되는지 아십니까? 첫째로 자신도 모르는 사이에 그것이 그냥 새어 나옵니다. 둘째로 그것이 형편없고 묽고 양도 적습니다. 셋째로는 그것에서 악취가 나며, 넷째로는 밤에 마누랄 끌어안고 연애할 때도 그것이 힘있게 사정되질 않습니다. 다섯째로는 연장이 연장 구실을 할 수가 없게 사정되질 않습니다. 이 얘기는 내가 꾸며낸 얘기가 아니올시다. 아까도 말씀 드렸습니다만 우리 인간의 건강과 병약, 요절과 장수의 모든 원인이 성생활로부터 비롯된다고 밝힌 동양 의학의 고전, '소녀경'에 밝혀져 있는 얘기올시다. 여러분 중에서도 이미 '소녀경'에 대해 자세히 알고 계신 선상님들이 많이 계시리라 믿습니다만 '소녀경'은 불로장생을 목적으로 지은 성의학의 고전이올시다. 중국의 삼황오제 중에서도 삼황의 한 사람인 황제에게 그 당시 연애라면 끝내주는 소녀라는 여자가 남녀간의 잠자리 하나로 불로불사할 수 있는 묘법을 가르쳐 준 내용을 기록한 것이 곧 '소녀경'이 아닙니까? 일개 여자가 황제께 어느 안전이라고 거짓을 말했겠습니까? 그러면 그 '소녀경'엔 사내들 양기가 떨어졌을 때 어떻게 치료하라고 기록돼 있느냐! 그 방법은 남녀가 서로 교접하되 사정을 하지 말라는 것입니다. 그러나 그것은 우리같은 보통 사람들로서는 어림도 없는 일이 아니겠습니까? 제까짓 게 무슨 부처님이라고 여자의 그 속에 들어가서도 눈물을 흘리지 않고 나올 수가 있단 말입니까?"

관중들이 킬킬대기 시작했다. 약장수는 신나는 표정으로 관중을 훑어보았다.

"그러면 그 다음가는 치료법은 과연 무엇이냐? 배암을 잡수시면 되는 것입니다. 그러면 그 배암에는 도대체 어떤 성분이 있으며, 또 그 성분을 우리 제약회사에서는 어떻게 여러분들이 역겹지 않게 잡수실 수 있도록 환을 지어 만들었느냐?"

약장수의 목소리는 중동무이로 끊어졌다. 그는 쇠막대로 애꿎은 나무 궤짝을 또다시 탕탕탕 후려쳤다. 그리고 그 궤짝 옆에 놓인 커다란 가방에서 약병을 꺼내 드는 것이었다.

바로 그때였다. 약장수의 정면에 쪼그리고 앉았던 40대의 사나이가 선 것도 아니고 앉은 것도 아닌 엉거주춤한 자세를 취했다.

그가 약장수를 향해 입을 열었다.

"말씀 도중에 미안합니다만……."

"뭐요?"

안경알을 통해 번뜩이던 약장수의 눈이 사나이의 얼굴을 쏘았다. 순간, 그 날카롭게 번뜩이던 눈이 빛을 잃었다. 무언가 켕기는 듯한 눈빛이었다.

약장수는 사나이를 보는 순간 자신도 모르게 기가 죽었던 것이다. 사나이의 거구 때문이었다. 보통 키를 훨씬 넘는다고 얘기 듣는 자기보다도 머리하나는 더 있어 보이는 장신이었고 그 키에 비례하여 몸집 또한 비대했던 것이다.

'거인이구나.'

약장수는 이렇게 중얼거리며 계속 사나이를 바라보았다. 갑자기 나타난 적을 경계하는 그런 눈초리였다.

잠시 후, 약장수는 잔뜩 긴장했던 마음을 풀어 낼 수가 있었다.

'허우대만 컸지 호박이로구나.'

약장수의 눈빛에 생기가 돌기 시작했다. 그는 그런 눈초리로 저만큼 앞에 있는 사나이의 모습을 훑어보았다. 사나이의 키는 생각보다도 한층 더 커 보였다. 그러나 그런 체구임에도 불구하고 어쩐지 만만하게 대할 수 있는 그런 허술한 점이 몸 전체에서 풍겨나고 있었다.

그의 몸은 그가 둔하다는 것을 풍겨 주었고 또 그의 눈초리는 그가 선량하다 못해 바보스런 사람이라는 것을 느끼게 했다. 언제나 웃고 있는 듯한 그의 입 언저리도 그의 모질지 못한 성격을 대변하는 듯했다. 눈치 빠르기로는 도갓집 강아지도 저리 가라는 그 약장수가 사나이의 온몸에서 물씬 물씬 풍겨 나오는 그런 헛점을 읽지 못할 까닭이 없었다.

"도대체 뭐요?"

약장수의 눈초리가 차갑게 불을 튕겼다.

"부, 부탁 하나 해도 되, 되겠습니까?"

사나이는 말을 더듬었다. 그는 시종 그 사람 좋아 뵈는 웃음을 버리지 못하고 있었다.

"말해 보시오."

약장수가 곱잖은 목소리로 내뱉었다. 그리고 관중 틈에 끼어 있는 자기 패거리 두 사람에게 눈짓으로 신호를 보냈다. 약을 파는데 불리한 어떤 언사나 행동이 나오면 즉시 끌고 나가 적당히 처리하라는 그런 뜻의 눈짓이었다.

"어, 어렵더래두 거 아, 아까부터 뵈, 뵈 주마던 그 배, 배암 좀 구경시켜 주셨으면 해서 말입니다. 사, 사실 저는 아까부터 두, 두 시간은 넘게 그 대갈통 두 개짜리 배, 배암을 보려구 기다리고 있습니다요."

"여보시오, 선상님. 내가 보아하니 선상께서 사타구니에 달고 다니는 그 연장도 형편 무인지경이겠소. 모르면 몰라도 아마 십 년도 넘게 된장 속에 묻어 둔 오이 같겠소. 그러니 배암 구경보다는 내가 설명하는 약의 효과를 듣는 게 더 급할 게요."

약장수가 사나이를 세워 놓고 노골적인 모욕을 끼얹었다. 관중석에서 폭포 같은 웃음이 쏟아져 내렸다.

"그 약, 약 선전은 벌, 벌써 다, 다섯 번쨉니다."

사나이는 약장수가 준 모욕에도 아랑곳하지 않고 대꾸했다. 그는 약장수의 모욕적인 언사를 모욕적인 언사로 느끼지 못하고 있었다. 그의 대꾸에도 약장수에 대한 불신감이나 의혹 같은 것이 전혀 들어 있지 않았다. 다만 아이들이 품는 그런 호기심만이 가득 어려 있을 뿐이었다.

"자, 여러분."

약장수가 쇠막대로 나무 궤짝을 탕탕 두들겼다. 산만해진 분위기를 바로잡으려는 수작이었다. 그리고 다시 관중 속에 끼어 있는 자기 패거리 두 사람에게 눈짓을 보냈다. 그는 계속해서 자기가 들고 있는 약의 성분을 설명하기 시작했다.

그때 누군가가 사나이의 옷자락을 잡아 끌었다. 그것은 아주 익숙한 솜씨였다. 가까운 옆사람도 눈치채지 못할 그런 잽싸고도 은밀한 동작이었다.

"선생님, 저 좀 잠깐."

사나이를 관중 속에서 끌어낸 청년이 아주 정중한 목소리로 말했다.

"왜요?"

사나이가 그 청년에게 의아한 눈짓을 보냈다.

"전 선생님을 어디선가 많이 뵈었습니다. 아까부터 어디서 뵈었더라 하고 계속 생각을 했었습니다만 영 기억이 나질 않습니다."

청년이 능청을 떨었다.

"그, 그래요?"

사나이가 고개를 갸웃거렸다.

"여기 해종일 앉아 있어 봐야 선생님께서 구경하시고 싶은 그 대갈통 두 개짜리 뱀은 보실 수가 없습니다. 약장수가 사길 친 거니까요. 그러니 공연히 아까운 시간 낭비하실 게 아니라 우리 어디 가서 차라도 한잔 나누면서 얘기나 합시다. 그러다 보면 우리가 어디서 만났는지 기억날지도 모르니까요."

사나이는 청년의 얘기가 아주 터무니없는 얘기는 아니라고 생각했다. 그리고 보니 어디서 만난 것도 같군. 사나이는 속으로 중얼거렸다.

"그럼 가실까요?"

사나이는 말없이 청년의 뒤를 따랐다. 약장수와 꽤 멀어진 어떤 골목 앞에서 청년의 말과 동작이 일변하고 말았다.

"이리루 와!"

청년이 갑작스레 사나이의 손목을 잡더니 골목 안으로 끌어당겼다. 거칠기 짝이 없는 동작이었다. 어느 결에 따라왔는지 또 다른 청년이 냅다 사나이의 등을 밀었다. 그러면서 '개새끼!' 라고 위협적인 욕설을 퍼부었다.

사나이는 두 청년에게 끌려 골목으로 들어갔다. 막다른 골목이었다. 골목 양쪽은 높다란 시멘트 담벼락이었고 골목 끝에는 허름한 창고 건물이 패잔병 같은 몰골로 자리잡고 있었다. 그 창고의 꼬락서니로 보아 별로 중요한 물건들이 들어 있을 것 같지도 않은데 문짝엔 필요 이상으로 단단한 쇠빗장과 거기에 걸맞는 커다란 맹꽁이 자물통이 걸려 있었다. 골목의 길이와 너비는 꼭 용달차 한 대가 들어앉을 만한 그런 규모였다.

두 청년은 사나이를 창고 쪽으로 몰아붙여 놓고 골목 입구를 막아섰다. 사나이는 그제서야 심상찮은 분위기를 느끼며 멀뚱멀뚱, 골목을 막아선 청년들을 바라보았다.

"새꺄, 왜 끌려왔는지 알아?"

오른쪽 담벼락에 붙어선 청년이 욕지거리로 물었다. 사나이는 입을 열 수가 없었다. 무슨 대답을 해야 할지 알 수가 없었기 때문이었다.

"남의 영업을 망쳐놔도 분수가 있지, 어디서 함부로 아가리질이야? 새꺄, 거기가 뭐 학교 교실인 줄 알았냐? 돼먹지 못하게 질문이 무슨 얼어죽을 질문야!"

왼쪽 청년도 목에 힘줄을 돋우며 욕설을 퍼부었다.

사나이는 그제서야 자기 앞을 막고 서 있는 두 청년이 약장수와 한패거리라는 것을 깨달을 수 있었다. 이거 큰 봉변을 당하게 생겼구나. 사나이의 반사적인 시선은 도망칠 길을 탐색하고 있었다. 그러나 두 청년이 딱 버티고 선 골목 입구 이외에는 사람이 빠져나갈 길이라곤 없는 막다른 골목이었다. 그야말로 독 안에 든 쥐였다.

그는 낭패한 눈길로 양옆의 높다란 시멘트 벽을 바라보았다. 담벼락은 너무나도 높았다. 절망감에 젖은 사나이는 피식 헤식은 웃음을 날릴 수밖에 없었다. 그것은 상대에게 어떤 여유를 보이기 위한 수단이 아니었다. 무슨 일에거나 그런 웃음을 짓는 것이 사나이의 고칠 수 없는 버릇이었다.

"날아가는 새의 뭘 봤나, 웃긴 왜 웃어, 새꺄!"

"허, 아주 귀엽게 웃는군."

두 청년의 입에서 거의 동시에 이런 야유가 쏟아져나왔다. 그들은 사나이의 웃음이 자기네들을 비웃는 것이라고 생각했다. 두 청년이 거리를 좁히며 사나이에게로 다가서고 있었다.

그때 문득 사나이의 눈에는 시멘트 담벼락 위의 낙서가 보였다. 오른쪽 청년의 몸에 가렸다 풀려난 그 낙서는 ×자형으로 크게 입을 벌리고 있는 대형 가위와 그 가위날 속에 그려진 성숙한 남자의 연장이었다. 누가 그 물건 한 번 크게 그려놨군. 약장수가 파는 약을 먹으면 저 정도로 커질까? 사나이는 자신도 모르는 사이에 피식 또 한번 헤식은 웃음을 날렸다.

"이 새끼 이래도 웃을 테냐?"

오른쪽 청년이 번개처럼 달려들며 사나이의 하복부를 강타했다. 그리고 그 주먹은 다시 사나이의 왼쪽 턱에 날아가 붙었다. 그 민첩한 연속 동작은 마치 상대를 코너에 몰아붙인 능란한 권투선수의 펀치와 다를 바가 없었다.

'아니, 이 새끼가?'

사나이에게 주먹 세례를 퍼붓던 청년이 속으로 중얼거리며 다시 뒤로 물러섰다. 왼쪽에서 경계 태세를 취하고 있던 다른 청년도 놀란 눈을 똥그랗게 키운 채 멍하니 서 있었다. 누구든 그런 연타를 당했다 하면 쓰러지지 않는 자가 없을이만큼 청년의 주먹은 무서운 것이었지만, 어찌된 노릇인지 사나이는 그 주먹에도 꼼짝을 않고 서 있었기 때문이었다.

놀라운 맷집이다, 두 청년은 서로 눈길만 교환할 따름이었다.

얼마 후, 왼쪽 청년이 다시 사나이를 매섭게 공격했다. 그래도 사나이는 별 반응을 보이지 않았다. 계란으로 바위를 치는 격이 아닌가, 이번에는 왼쪽 사나이가 중얼거리며 멍청한 눈길로 사나이를 바라보았다.

두 청년은 사나이 앞에서 심한 무력감에 빠져 있었다.

2

땅거미가 지고 있었다.

큰길가 빈터에서 두 사내가 분주하게 짐을 챙기고 있었다. 그 중의 하나는 약을 팔기 위해 열을 올려 댔던 안경잡이였고 다른 하나는 개발코를 달고 있는 청년이었다. 안경잡이가 크윽 퉤, 하고 가래를 긁어 뱉고 나서 입을 열었다.

"불경기다 불경기다 하니까 요즘은 그거 안 꼴리는 사내녀석들도 생기잖는 모양야. 이런 빌어먹을 불경기 시대니 이제 이놈의 뱀장사도 싹수가 노랗구나!"

"그러니까 말입니다, 형님. 떡본 김에 제사 지낸다고 말입니다. 기왕에 적당한 놈이 하나 걸려들었으니 업종을 바꿔서 그 사업을 한번 해보자 이겁니다."

약 가방을 다 챙기고 지퍼를 훑어 닫고 난 개발코가 잰입으로 종알거렸다. 개발코의 얼굴에는 간사한 웃음이 가득 피어 있었다. 그러나 안경잡이는 개발코의 얘기를 듣자 새삼스레 무슨 분통 터지는 일이라도 생각났는지 버럭 소리를 질렀다.

"그 쌍놈의 새끼 때문에 재수에 옴이 붙었단 말야! 그런데 그 새낄 그냥 놔 두다니."

안경잡이의 눈썹이 벌레처럼 꿈틀거렸다.

"말씀도 맙쇼. 번개가 말입니다, 그야말로 번개 같은 주먹을 타다닥 탁, 하고 호되게 먹였는데도 말씀입니다, 그 녀석은 꿈쩍도 않더라 이 말씀입니다. 형님도 아시다시피 번개의 주먹 한 방이면 내노라 하는 놈들도 쭉 뻗어버리지 않느냐 이 말씀입니다. 그런데 그 녀석은 그게 아니더라 이 말씀입니다. 그 녀석이 꿈쩍도 않으니까 번개의 얼굴이 담박에 납처럼 퍼렇게 질립디다요."

개발코의 얼굴에 못박힌 안경잡이의 눈초리가 인광처럼 번뜩였다.

"못난 새끼 같으니라구. 그래 잔뜩 겁이 나서 그 녀석한테 사쥘 하려구 술집으로 모시고 갔단 말이냐?"

"형님, 제 말씀은 그게 아니란 말씀입니다."

"그게 아니면?"

안경잡이가 쇠막대로 뱀이 든 나무 궤짝을 탕 후려쳤다. 화가 치밀대로 치밀어 있는 것이었다.

"그게 아니고 말씀입니다. 그 녀석이 원체 맷집이 좋아서 말씀입니다, 그냥 매질을 해서 쫓아버리기가 너무나 아깝더라 이 말씀입니다. 그래서 말씀입니다."

"야, 이 개발코야! 너 거 말씀입니다 소릴 쑥 빼고 말 못하겠냐?"

땅꾼 노릇을 하도 오래하다가 보니 얼굴까지도 뱀을 닮아간다는 안경잡이는 눈까지도 뱀처럼 차갑게 반들거리고 있었다.

"알았습니다, 형님. 그런데 말씀입니다."

"또 또!"

"헤헤, 형님 이해하십쇼. 버릇인 걸 어쩌느냐, 이 말씀입니다."

개발코는 물건을 훔치다 들킨 도둑처럼 잔뜩 주눅든 표정으로 설설 기었다. 안경잡이는 더 이상 그의 입버릇을 탓하지 않았다. 그러나 그는 계속 뱀처럼 차가운 눈을 깜빡거리며 개발코의 입을 쳐다보고 있었다.

"번개의 벼락 같은 주먹 세례를 받고도 꿈쩍을 않는 그 녀석을 보고 있자니 문득 지난번 형님께서 말씀하셨던 바로 그 사업이 생각나더라 이 말씀입니다. 맷집 좋은 놈을 구할 수가 없어 얘기만 꺼냈다가 흐지부지 그만둬 버린 바로 그 사업 있잖습니까. 그런데 운수 좋게도 그 사업에 절대로 필요한 맷집 좋은 놈이 걸려들었지 뭡니까. 그러니 그 녀석을 어떻게 그냥 돌려보낼 수가 있느냐 이 말씀입니다. 그래서 번개에게 말했죠. 사과 술을 사는 척하고 술집에 끌고 가설랑 소줄 멕이고 있으라고 말씀입니다."

"하기야 맷집 하나는 끝내 주겠더라만."

"왜, 안성마춤이라는 말이 있잖습니까? 지난번 우리가 계획했던 그 사업에는 그야말로 그 녀석이 안성마춤입니다. 그 녀석을 바라보면서 그 사업을 생각하고 있자니까 마치 배고픈 놈이 진수성찬 대하는 느낌이더라 이 말씀입니다. 더구나 그 녀석은 말씀입니다. 머리에 나사가 하나 빠진 놈 같았습니다. 얻어맞고도 그저 반편처럼 웃더라 이 말씀입니다. 그런 놈일수록 그 사업에는 더욱 쓸모가 있는 게 아닙니까? 그러니 그 녀석은 하늘이 우리에게 내려주신 선물이지 뭡니까?"

안경잡이 입은 굳게 다물려 있었다. 그는 쇠막대를 지팡이처럼 짚고 서서 실눈을 만들고 있었다. 깊은 생각에 묻혀 있는 모습이었다. 사실, 그는 어느날 개발코와 번개에게 떠벌렸던 자신의 얘기를 돌이키고 있는 중이었다.

한 달 전, 어떤 술집에서였다. 그날도 장사가 시원치 않아 그들은 횟술을 마시고 있었다. 술이 한 순배 돌아 모두들 거나하게 되었을 때 번개가 느닷없이 발작이라도 일으킨 듯 허공에다 주먹을 휘둘러대며 소리쳤다.

"젠장할! 이렇게 울화통이 치밀어오를 때에는 어느 놈이든 붙잡고 한바탕 화풀이 매질이라도 하면 속이 후련할 텐데."

"그건 나도 동감야."

개발코도 덩달아 엉덩이를 들썩이며 목청을 돋우었다. 소주 몇 잔으로는 도저히 화풀이가 되지 않는 모양이었다.

"형님은 그런 생각 안 듭니까? 벌써 며칠째나 이렇게 공치고 있질 않습니까. 그러니 이거 어디 울화통이 터져 살 수가 있느냐 이겁니다."

번개가 잔을 비워 안경잡이에게로 돌렸다.

"하기야 미국 같은 나라에서도……."

안경잡이가 하던 말을 중동무이로 만들며 번개가 따라주는 술을 받아 마셨다.

"아니, 미국 사람들도 그런답니까? 울화가 치미는 일이 있으면 아무나 붙잡아다 조지며 화풀일 한답디까?"

"좋아하지 말라구. 그게 아니라……."

안경잡이는 또다시 하던 말을 중허리에서 끊고는 그 입에다 김치를 집어넣고 우적우적 씹어댔다.

"그게 아니면 뭐냔 말씀입니다."

개발코가 안경잡이를 향해 턱을 치켜들었다. 그러자 안경잡이는 마치 어린것들에게 얘기를 졸리다 못해 입을 떼는 노인네처럼 느릿느릿한 어조로 적당히 뜸을 들려가며 얘기를 펼쳐놓기 시작했다.

"미국이라는 나라도 우리나라와 다를 게 없다는군. 그 나라도 우리나라처럼 교통 단속이 철저한 모양야. 교통순경이말야, 툭하면 차를 세우고 운전수에게 딱지를 떼어주곤 하는 모양이야. 그러면 그 운전수들은 군말없이 딱지를 받아가지곤 차를 몰고 간다는 거야. 그들이 가는 곳이 어디냐? 그곳은 이를테면 화풀이집인 거야. 넓은 홀 안엔 교통순경의 정모에 정복을 입힌 마네킹이 죽 늘어서 있다는군. 그런데 그 집에서는 입장료를 받는 것은 물론 계란도 산더미처럼 쌓아놓고 판다는 거야. 그러면 마치 극장에 들어가는 사람처럼 입장권을 사가지고 들어간 운전수들은 또 계란을 자기 맘껏 사는 거야. 그러면 그 계란을 어디에 쓰느냐? 교통순경의 정복을 입고 서 있는 마네킹을 향해 던지는 거야. 자기에게 딱지를 떼어준 교통순경의 이름표를 만들어 그 마네킹 목에다 걸어놓고 화가 풀릴 때까지 온갖 욕설을 다 끌어부으며 계란을 던진단 말야. 그렇게 흠씬 때려주고 나서 화가 풀리면 깨끗한 기분으로 영업을 한다는 거야. 어때? 과연 미국 사람답잖아? 그런데 그런 영업이 여간 잘되는 게 아니라는군. 미국사람들만 그런 게 아냐. 영국 사람들은 또 어떤지 알아?"

안경잡이는 소주로 목을 축이고 나서 계속 입을 놀렸다.

"이건 옛날 얘기지만 말야, 영국에서는 이런 일이 있었대. 왕자나 귀족의 자제를 가르치는 선생이 자기보다 신분이 높은 그 아이들을 매질할 수가 없으니까 아예 천민 중에서 그 아이들의 매를 대신해서 맞아줄 아이를 하나 정해 놓는다는 거야. 그래 가지곤 왕자나 귀족의 자제들이 외울 것을 외우지 못한다, 해야 할 숙제를 하지 않았다, 공부 시간에 딴전을 팔았다, 선생의 말을 듣지 않는다, 이런 일들로 화가 날 때 왕자나 귀족의 자제를 때리는 대신에 천민의 아이 중에서 골라다 정해놓은 그 죄없는 아이의 종아릴 갈긴다는 거야. 그렇게 대신해서 매를 맞아주는 아이들을 뭐라고 불렀다더라? 그래 휘핑보이라고 했대. 대신 매맞아 주는 소년이란 뜻이겠지. 그러면 이런 일들이 미국이나 영국에만 있는 일이고 또 옛날에만 있었던 일이냐? 그게 아니라구. 요즘 세상에도 있는 일이고 동양에서도 얼마든지 그런 예를 찾아볼 수가 있어. 가까운 일본만 하더라도 접시나 유리그릇 같은 걸 깨게 해서 화풀이 하게 하는 집이 있다는 거야. 화난 사람이 자기의 화가 풀릴 만치 접시나 유리그릇 등을 사가지고 들어가서 집어던져 박살을 내는 거야. 그런 영업이 무지무지하게 잘된다는군. 일본뿐만 아니라 우리나라에도 그와 비슷한 곳이 얼마든지 있다는 얘기야."

"형님, 정말 우리나라에도 그런 곳이 있습니까?"

번개가 눈을 키우며 마치 홍수를 내보내는 수문 같은 안경잡이의 입을 잠시 닫히게 했다.

"있구말구."

안경잡이가 자신있게 대답하자 이번에는 개발코가 허리를 꼿꼿하게 세우며 시비라도 따지듯 입을 열었다.

"그런데 말씀입니다. 형님이 여태까지 하신 말씀이 말입니다. 꼭 약 선전할 때 하시는 말씀처럼 술술술술 너무나도 쉽게 나오니까 어째 영 거짓말 같은 게 믿어지질 않는다 이 말씀입니다."

"허, 짜식!"

안경잡이는 취기가 돌자 평소보다 관대해졌고 개발코는 개발코대로 술기운에 간이 커져 있었다.

"사실 말씀입니다, 우리끼리니까 드리는 말씀입니다만 약선전하는 형님 말씀의 구십구 프로가 거짓말이지 뭐냐 이런 말씀입니다."

"짜식아, 그래 지금 내가 한 말을 못 믿겠다 이거냐?"

"솔직히 말해서 그렇다 이 말씀입니다."

개발코는 조심스럽게 그러나 솔직하게 털어놓았다. 마치 큰 수술이라도 받기 위해 외과의사 앞으로 다가서는 환자 같은 표정이요 꼬락서니였다.

"넌 임마, 신문도 안 보냐? 그저께 신문엔가도 나지 않았어! 우리나라 사람들이 술을 마시는 방법은 세계 어느 곳에서도 찾아볼 수 없이 독특한 것이라고. 왜냐? 소주를 이차 삼차까지 마시고도, 게다가 입가심을 해야 한다며 맥주를 마시고 하는 꼴은 마치 죽기 위해서 마시는 술 같다고. 그러면 왜 우리나라 사람들이 그렇게 죽기 살기로 마구 퍼마시느냐? 그것은 스트레스를 해소하기 위한 방편이었지. 그러나 이제는 우리나라 사람들도 차츰차츰 스트레스를 해소하는 방법이 달라지고 있는 거야. 어떻게 달라지고 있느냐? 전에는 스트레스를 해소하기 위해서, 즉 치민 울화통을 가라앉히기 위해서 죽기 살기로 술을 퍼마셔댔으나 이제는 그 화풀이 방법이랄까 스트레스 해소 방법이랄까가 차차 간단한 운동 같은 것으로 바뀌고 있다 이거야. 그러면 그 간단한 운동 같은 것은 어떤 것이냐? 우리들도 길거리에서 흔히 보는 공기총 사격이니, 미니 야구니, 미니 골프니, 롤러스케이트 같은 걸 얘기하는 거란 말야. 내 말이 공갈이 아냐. 신문에 났던 것을 그대로 옮겨 얘기하는 거야. 집안 일로, 혹은 회사 일로 또는 친구 사이에서 생긴 일로 짜증나고 울화통 치민 시민들이 점심 시간이나 퇴근 시간을 이용해서 그것을 어떻게 풀어버리느냐? 미니 야구장에 들어가서 배트로 공을 힘껏 까는가 하면, 공기총을 쏴 과녁을 맞추기도 하고, 있는 힘껏 시위를 당겨 활을 쏘며 마누라한테, 상사한테, 다툰 친구한테 욕설을 끌어붓는 거야. 총이나 활로 회사의 상사를 쏘고 야구 방망이로 마누라나 기분 나쁜 친구를 까는 기분으로. 아까 네놈들이 내게 뭐랬니? 소주 몇 잔 가지고는 치밀어오르는 울화통을 누를 수가 없댔지. 아무 놈이나 하나 붙잡고 실컷 두들겨 패 화풀이 했으면 좋겠댔잖아! 난 오래 전부터 그런 생각을 했지. 그런 생각이란 게 뭐냐? 약장살 때려엎고 그런 사업을 시작했으면 하는 거야. 그러나 무슨 돈으로 그 넓은 터를 빌리며 무슨 돈이 있다구 그 적잖은 비용을 들여 운동기구며 설비를 갖추느냐 이거야. 그래서 돈 안 들이구 울화통 치민 여러 사람에게 어떻게 화풀이 시키느냐 생각했었지. 그런데 사람들의 스트레슬 해소시키는 멋진 생각이 떠오른 거야. 별로 돈을 들이지 않구도 할 수 있는 돈벌이지. 네놈들만 오케이하면 내일부터라도 당장에 시작할 수 있는, 그리고 한번 시작했다 하면 나무에서 잎을 따듯 무진장으로 돈을 딸 수 있는 그런 멋진 생각이야."

안경잡이는 혀를 내밀어 바싹 말라 있는 입술에 침을 바르기 위해 한 바퀴 돌렸다.

"형님, 정말입니까?"

"돈을 억수로 벌 수 있는 사업이라면 우리가 왜 마다하겠느냐 이 말씀입니다."

번개와 개발코는 제각기 기분이 들떠 말끝에 귀를 세웠다. 안경잡이의 입에서 나올 사업계획에 관한 얘기는 한마디도 흘릴 수가 없다는 태도였다. 그러나 안경잡이의 입은 쉬 열리지 않았다.

"형님, 어서 말씀을 해보시라 이 말씀입니다."

개발코가 참을성 없이 재촉했다. 그러자 안경잡이는 천천히 담배를 피우며 뽐내듯 입을 열었다.

"네놈들은 내 얘길 들으면 이 자리에서 당장에 삼십육계 줄행랑을 칠 거다. 아마."

"형님은 도대체 우릴 어떻게 보고 하시는 말씀입니까? 이래봬도 나나 개발코 같은 의리의 사나이는 없습니다. 삼국지에도 나오지만 형님과 개발코와 번개 나는 말입니다. 유비와 관우와 장비처럼 비록 성은 다를지라도 형제의 의를 맺은 사이가 아닙니까? 비록 그들처럼 도원에서 향을 피우고 맹서한 것은 아닙니다만 마음과 힘을 같이하여 어떻게든 돈을 벌어보자고 맹서하지 않았습니까?"

"번개 얘기가 옳다 이 말씀입니다."

개발코가 번개의 얘기에 장단을 쳤다.

"그렇다면 좋다. 내가 생각한 그 사업 얘길 하지. 그 사업이 뭐냐? 그건 돈 받고 매맞아주는 사업야. 다시 말해서 가정 일로, 회사 일로 또 대인관계로 울화통이 치밀어 있는 사람들을 불러다 그들의 화가 풀어질 때까지 매를 맞아주고 그 대가로 돈을 받는 거야. 시간당 얼마씩 정해놓고 말야. 너희들은 번갈아가며, 하나는 손님을 물어오고 다른 하나는 그 손님에게 흠씬 매를 맞아주면 되는 거야. 난 이 사업의 아이디어를 냈으니까 매맞는 시간을 잰다든지 요금을 받는다든지 하는 일들을 맡고. 어때? 내일부터라도 당장 시작해 볼까?"

안경잡이가 번개와 개발코의 얼굴을 번차례로 훑어보았다.

"아니, 아니. 그건 말씀입니다. 안될 일입니다. 돈버는 일도 좋지만 잘못하다간 골병 들기 딱 알맞은 사업이다 이 말씀입니다."

"그렇죠. 개발코 말이 옳습니다."

번개와 개발코는 금방 소태 씹은 얼굴이 되고 말았다. 그러자 안경잡이가 한바탕 질게 너털웃음을 쏟아냈다.

잠시 후, 그가 말했다.

"그러게 내가 뭐랬냐? 내 입에서 그 사업 계획이 흘러 나오기 무섭게 네 녀석들은 삼십육계 줄행랑을 칠 것이라고 했잖았어! 하지만 말야, 네놈들이 골병 들지 않고도 그 사업을 할 수 있는 방법이 아주 없는 것은 아냐. 그럼 그 방법이란 과연 어떤 것이냐? 그것은 간단해. 어떻게 간단하냐? 맷집 좋은 놈을 하나 구하면 된단 말야."

안경잡이는 술과 안주를 더 시키고는 무엇이 그리도 유쾌한지 계속 너털웃음을 흘리는 것이었다. 그리고 새 술병과 새 안주가 나왔을 무렵, 그들 셋은 그 '돈 받고 매맞아주는 사업'에 대한 것은 까맣게 잊고 있었다.

그런데 오늘 엉뚱하게도 그 거구의 어버리 같은 사나이가 나타나 번개와 개발코로 하여금 돈 받고 매맞아주는 사업을 상기시켰고 그것이 안경잡이에게까지 전해졌던 것이다.

"형님 말씀입니다, 어서 가셔야 한다 이 말씀입니다. 번개 혼자서 그 거인을 다루기는 무척 벅찰 겝니다. 그러니 형님과 제가 어서 가서 번개를 도와 그 사업 계획을 성공시켜야 한다 이 말씀입니다."

개발코는 얘기를 마치기도 전에 뱀이 든 나무 궤짝의 멜빵을 어깨에 걸었고 다른 한 손으로는 커다란 약가방을 집어들었다.

"그 녀석들 지금 어디에 있냐?"

"청산옥에서 소주잔을 나누고 있을 겝니다."

"청산옥? 알았다."

안경잡이는 쇠막대를 지팡이처럼 휘둘러대며 개발코의 앞장을 섰다. 그리고는 혼잣말처럼 중얼거렸다.

"아무리 돈이 궁해도 돈 받는 맛에 매맞을 놈이 어디 있을라구."

개발코는 안경잡이가 중얼거리는 소리를 흘리지 않았다.

"그러니까 말씀입니다. 어서 형님께서 그 녀석을 만나가지고 설득을 시켜야 한다 이 말씀입니다. 형님의 그 청산유수에 안 넘어가는 놈이 어디 있겠느냐 이 말씀입니다."

개발코는 가쁜 숨과 이런 한마디를 내뱉었다. 왼쪽 어깨에 걸린 나무 궤짝과 오른쪽 손에 들린 약가방이 힘에 겨웠던 것이다. 그도 그럴 것이 여느때는 그 짐들을 번개와 나누어 다루었던 것인데 오늘 혼자서 두 사람 몫의 짐을 다루자니 자연 힘에 겨울 수밖에 없는 것이었다.

안경잡이와 개발코가 청산옥에 다다랐을 때, 번개와 그 거구의 사나이는 꽤나 취기가 올라 있었다.

3

사나이가 잠에서 깨어났을 때는 늦은 아침이었다. 낡은 탁상시계가 열시를 가리키고 있었다.

그날은 일요일이었으나 그의 아내는 물론, 아이들의 모습도 보이지 않았다. 아이들은 국민학교 학생이었다. 5학년짜리 사내녀석과 3학년짜리 계집아이였다. 비좁은 방에서 감옥살이하듯 들어앉아 있어야 하는 것이 지겨워 어디론가 놀러 나갔을 것이고, 또 아내는 아내대로 벌이를 위해 집을 비웠을 것이었다.

사나이의 일가족 네 식구는 건평 20여 평의 조그만 한옥 문간방을 전세로 얻어 살고 있었다. 주인집도 아이 어른 합하여 여섯 식구나 되었다. 게딱지만한 집에 10여 명이 모여 사는 것이었다. 그러니 늘 난장판처럼 시끌벅적했다. 그런데 어찌된 영문인지 오늘따라 집 안은 절간처럼 조용했다. 그들의 거처인 문간방만 비어 있는 것이 아니라 주인집에서도 모두들 어딘가로 외출해 있는 모양이었다. 사나이가 늦잠을 잔 것도 그토록 집 안이 조용했던 때문이었다.

사나이는 머리맡의 주전자를 끌어당겼다. 주전자 꼭지를 입에 물고는 배가 불룩 튀어나오도록 물을 잔뜩 들이켠 다음, 다시 벌러덩 자리에 누웠다.

활짝 열려져 있는 창으로 짙푸른 가을 하늘이 마치 남빛 보자기처럼 펼쳐져 있었다. 그 골목 저쪽에서 행상의 외침 소리가 다가오고 있었다.

"번개탄 사려, 번개탄!"

목쉰 여자의 외침이었다.

"번개탄 사려, 번개탄!"

바깥으로 트인 창을 통해 목쉰 여자의 외침이 한층 더 크게 들려왔다. 연탄불을 꺼뜨린 주부들의 귀에나 쏙쏙 들어가 박혀야 할 그 번개탄 장수의 목소리가 사나이의 귀를 곤추세우게 했다. '번개탄' 의 '번개' 가 그의 귀를 긴장시켰기 때문이었다. '번개' 라는 별명으로 불리던 청년의 모습이 떠올랐다.

번개탄 장수의 목쉰 음성이 귀에 잡히지 않게 되었을 때도 그의 눈앞에서는 번개의 얼굴이 걷혀지지 않았다. 번개의 얼굴뿐만 아니라 개발코의 얼굴도, 또 안경잡이의 얼굴도 나타나 그의 눈앞을 어지럽혔다. 마치 그 세 얼굴들은 바람 받은 연처럼 고만고만한 위치와 크기로 그의 눈앞에 둥둥 떠서 끝없이 너풀거리고 있었다.

두꺼비, 사나이는 가만히 뇌어 보았다. 그는 그들이 자기에게 두꺼비라는 별명을 붙여 놓고 좋아하고 낄낄거리던 모습을 떠올렸다. 그는 두꺼비라는 별명이 탐탁하게 생각되지 않았었다. 하고 많은 동물 중에 왜 하필이면 두꺼비가 자기의 별명으로 되었나 싶었다. 그래서 그는 억울한 누명이라도 벗으려는 사람처럼 끈질기게 자기의 본명을 그들에게 일러주곤 했었다. 그러나 그러면 그럴수록 그들은 더욱더 큰 재미를 느끼는 모양으로 그가 일러주는 본명 따위엔 귀도 기울이지 않고 '두꺼비, 두꺼비' 하고 외쳐댔다.

"내 이름은……."

"아니, 이 세상에 이름 없는 놈 봤소? 어떤 놈이든 태어나면 그 즉시로 이름을 갖게 마련이지. 하지만 우리에게는 그 따위 이름은 필요 없단 말씀 이야. 당신한테도 이름은 필요 없소. 당신이 무슨 정치가요? 아니면 탈렌 트요? 당신은 재벌도 아니고 예술가도 아니잖소! 그런데 무슨 놈의 이름 이 필요하냔 말이오. 보아하니, 내 아무리 눈을 씻고 다시 봐도 당신은 이 름을 팔아먹고 살 위인이 못 되는 것 같소. 이 세상에 한번쯤 이름을 날려 볼 그런 팔자로 태어난 사람이 아니란 말요. 그러니 그 따위 이름보다는 우리가 지어준 두꺼비로 불리는 게 좋소. 그래 두꺼비, 아주 썩 어울리는 이름이야."

안경잡이가 유쾌한 웃음을 날렸다. 번개도 개발코도 따라 웃었다. 그러 나 사나이는 어리둥절해서 아무 말도 못하고 앞에 앉은 세 사람의 얼굴만 번차례로 바라볼 따름이었다. 그들의 웃음은 냉큼 끝나지 않았다.

얼마 후, 그들의 웃음이 걷히기를 기다려 사나이가 입을 열었다.

"그래도 날 두꺼비라고 부르는 까닭이 있을 게 아닙니까?"

그 질문이 떨어지기 무섭게 번개가 냉큼 받았다.

"내가 어릴 땝니다. 여름이면 난 곧잘 두꺼비를 잡아가지고 놀았지요. 그놈은 어딘가에 용케 숨어 있다가 장마가 지려고 하면 나타나지요. 온몸 에 우툴두툴한 혹 같은 것이 나 있는 놈인데 개구리보다 엄청나게 크지요. 사람으로 말할 것 같으면 거인에다 비할 수가 있다 이겁니다. 그런데 그놈 은 막대기 같은 것으로 등을 톡톡 두드리면 몸을 옴츠리거나 도망치는 게 아니라 그냥 그 자리에 그대로 앉아서 눈만 꿈뻑거리고 있는 거예요. 그런 데 또 한 가지 신기한 것은 때리면 때릴수록 자꾸만 자꾸만 몸뚱이가 커지 는 겁니다. 아까 말입니다, 난 무례하게도 형씨에게 주먹질을 했었습니다 만 내게 맞고도 그 자리에 꿈쩍을 않고 서서 꿈뻑이는 눈으로 형씨가 날

내려다볼 때 형씨의 몸뚱이가 갑자기 커졌다는 느낌이 들었습니다. 그때, 난 형씨가 두꺼비 같다는 생각을 했고 나는 두꺼비 앞에 서 있는 조그만 청개구리 같다는 생각이 들었습니다. 솔직히 말해서 기가 탁 질립디다. 그러니 형씨는 두말 딱 접어두고 두꺼비라는 별명이 아주 썩 잘 어울릴 수밖에 없지 않습니까."

번개의 얘기에 사나이는 소리 없이 벌쭉 웃었다. 큰 입을 옆으로 쭉 찢으면서 소리없이 벌쭉 웃는 그 모습이 또 갈데없는 두꺼비 꼬락서니였다. 그것은 안경잡이도 개발코도 번개도 똑같이 느낀 점이었다. 그들 뿐만이 아니었다. 당자인 사나이 역시도 방금 자기 자신이 지은 웃음이 두꺼비를 흉내낸 것처럼 되었다는 생각을 하고 있었다.

"내 말씀도 그 말씀이야."

개발코가 빈 잔을 사나이에게 건네고 술을 따르며 잰입을 놀렸다.

"저걸 보란 말씀이야. 잔을 권하기가 무섭게 넙죽넙죽, 그야말로 두꺼비 파리 잡아먹듯 잘도 받아 마시지 않느냐 이런 말씀이야. 영락없이 두꺼비다 이런 말씀이야. 그러니 복잡하게 김 아무개씨, 박 아무개씨, 이 아무개씨 하고 굳이 이름을 부를 필요가 뭐냐 이런 말씀이야."

개발코의 얘기가 끝나자 이번에는 안경잡이가 열을 올리기 시작했다. 마치 어떤 회합에서 사회자가 여러 의견에 결론이라도 내리는 듯한 투였다.

"번개 얘기도 옳고 개발코 얘기도 옳아. 나는 안경잽이고 얘는 번개고 또 쟤는 개발코듯이 당신은 마땅히 두꺼비여야 해. 사실 우리는 이름 따위가 필요 없는 인생이니까. 그러면 우리는 어째서 이름이 필요없는 인생이냐? 그것은 우리가 잡초 같은 인생인 거야. 똥은 똥끼리, 오줌은 오줌끼리 모이듯이 우리 잡초 인생은 잡초 인생끼리 모여서 서로 도우며 살아가게 마련이야. 비록 오늘 처음으로 우리가 두꺼비를 만났지만 나 안경잽이와 너 번개 그리고 또 너 개발코는 같은 운명의 배를 타고 있는 거란 말이야. 오늘까지는 내가 앞장서서 약장살했으니까 우리 배의 선장 노릇을 해온 셈이지만 내일부터는 날 대신해서 두꺼비가 선장 노릇을 해야만 돼. 그리고 나나 번개나 개발코는 그 선장을 열심히 도와야 한단 말이야. 그러면 두꺼비가 해야 할 선장 노릇이란 무엇이야? 그것은 아까도 누누이 얘기했듯이, 울화통이 치밀어 있는 사람들에게 화풀이 매를 맞아주고 돈을 벌어들이는 거지. 우리는 지금 거친 바다에 떠 있는 배를 타고 있는 그렇게 위태로운 인생을 살아가는 거야. 우리가 합심을 해야만 배는 파도를 견디고 무사히 육지에 닿을 수 있어. 두꺼비가 선장 노릇을 잘해야만 우리는 하루 빨리 안전한 육지에 가 닿을 수가 있고 또 그렇게 되도록 나나 번개나 개발코는 두꺼비 선장을 열심히 도와야 한단 말이지. 복두꺼비, 복두꺼비가 화풀이 매를 맞아주는데 돈이 벌리지 않을 수가 있느냐 이거야.”

안경잽이의 오른손이 번쩍 쳐들렸다. 그 손의 가운뎃손가락에 붙어 있던 엄지손가락이 튕겨져 검지에 가 붙으며 딱총 쏘는 소리를 냈다. 기분이 좋을 때라든지 무언가 마음 먹었던 일이 뜻대로 잘 풀린다든지 할 때 하는 안경잽이의 독특한 버릇이었다.

사나이는 어제 안경잽이의 흉내를 내어 딱 소리가 나게 손가락을 퉁기며 자리에서 일어났다.

‘그렇다, 나는 두꺼비다. 두꺼비도 보통 두꺼비가 아냐. 복두꺼비야, 복두꺼비!’

그는 이렇게 중얼거리며 한껏 기지개를 켰다. 막연하나마 앞으로 뭔가 좋은 일이 생길 것 같은 느낌이 들어 기분이 좋았던 것이다. 두꺼비라는 별명이 붙은 것이 빌미가 되어 복된 장래가 펼쳐질 것만 같았던 것이다.

그러나 그런 생각은 잠시 동안이었다. 그는 심한 공복감을 느꼈다.

그래, 엊저녁도 술이 취해 빈속인 채 그냥 잤어.

사나이는 윗목으로 눈길을 주었다. 언제나 그렇듯 윗목 한쪽 구석에는 상보에 덮인 밥상이 놓여 있었다. 아내는 일하러 나가기 전에 언제나 그렇게 상을 차려놓고 나가곤 했으므로 그는 매일같이 혼자서 외로운 식사를 해야만 했다. 밥을 먹은 뒤 다시 상보를 덮어 놓으면 학교에서 돌아온 딸아이가 설거지를 하기로 되어 있었다.

하기야 그도 1년 진까지는 그토록 외로운 식사를 하지는 않았었다. 정해진 일터가 있었으므로 언제나 이른 아침에 식구들과 함께 한자리에 모여 앉아 단란한 식사 시간을 보낼 수가 있었다. 그러나 일터를 잃은 후부터 그런 시간도 잃게 되었다.

언제나 한번, 사람 사는 것같이 살 수가 있을까. 과연 내게도 그런 날이 있을까? 그는 자신의 기구한 과거를 돌이켜보았다. 그는 원래 농촌 태생이었다. 그렇게 부유하지는 않았으나 걱정 않고 밥술이나 먹을 수 있는 집안이었다. 그러나 3년이나 꼬박 위암을 앓다 세상을 떠난 아버지 때문에 논밭을 다 올려부쳤고 더 이상 고향에 발을 붙일 수가 없게 되었다. 다른 짓은 몰라도 비렁뱅이짓만은 고향 땅에서 할 수가 없었던 것이다.

겨우 열 살인 나이에 그는 어머니와 함께 서울로 흘러들게 되었다. 남대문 시장 근처의 설렁탕집에서 어머니는 부엌일을 했고, 그는 음식 나르는 잔심부름을 했다. 나이도 어렸고 배울 만한 기술도 마땅치 않았기 때문이었다. 같은 집에서 모자가 숙식을 제공받으며 일할 수 있게 되었다는 것만으로도 그 당시로서는 행운이라 할 수밖에 없었다. 그토록 일자리 구하기가 어려웠던 때였다.

그런 채로 세월이 흘러 그가 공사판에 다니며 날품을 팔 나이가 되었을 때, 어머니는 개가를 꿈꾸고 있었으며, 그가 군에 입대해 있는 동안 어머니의 그 꿈은 실현되었던 것이다. 시장 바닥에 생선 좌판을 벌이고 있던 동갑내기 홀아비에게 개가를 한 것이었다. 군에서 제대해 나왔으나 그런 어머니와는 자연 거리가 멀어지게 되었다. 그는 군대 친구의 도움으로 어떤 제본소 일꾼으로 취직이 되었다. 재단기에서 빠져나온 책들을 싣고 가 그 책들의 제본을 위탁한 여러 출판사의 창고에 입고시키는 것이 그가 맡은 일이었다. 그러나 출판계의 불황이 몇년 계속되는 바람에 그 여파로 비교적 규모가 크다는 그 제본소도 문을 닫게 되었고 따라서 그도 일자리를 잃게 되었다. 제본소 인부 생활 20년에 남은 것은 접지를 전문으로 하던 여공을 아내로 맞은 것과 그녀와의 사이에서 생긴 1남 1녀뿐이었다.

그가 직장을 잃게 되자 아내가 대신 밖으로 나돌았다. 꼭 1년 동안 그는 아내의 덕으로 빈둥빈둥 길거리를 쏘다니는 일로 소일하며 지낼 수 있었다. 그러나 그는 아내가 어디에서 무슨 일로 벌이를 하고 있는지 알수 없었다. 다만 그는 자기 아내가 하는 일이 일정하지 않다는 것만 눈치로 알고 있을 따름이었다. 그는 아내에게 그런 것을 묻지 않았다. 또 아내 쪽에서도 자기가 무슨 일을 하는지, 한 달 수입이 어느 정도인지 밝히려 들지 않았다.

사나이는 무릎걸음으로 윗목을 향했다. 그리고 상 앞에 쪼그리고 앉아 상보를 벗겼다. 상 위에 얹혀 있는 것은 밥 한 그릇과 시래깃국 그리고 간장 종지와 수저가 전부였다. 밥과 국은 싸늘하게 식어 있었다. 비록 이렇게 보잘것없는 밥상일지라도 아내와 아이들이 함께 둘러앉아 있다면 훨씬 밥맛이 나리라는 생각에 묻힌 채 그는 숟가락을 집어들었다.

에이, 불쌍한 여자. 그는 잠시 아내의 얼굴을 떠올려 보았다. 무슨 일로든 돈을 벌어 들여야 할 텐데. 그는 식은 국에 밥을 말았다. 한층 더 심하게 시장기가 몰렸다. 그가 국에 만 밥을 허겁지겁 입에 퍼넣고 있을 때였다. 눈물더벙이가 된 딸아이가 거칠게 문을 여닫으며 그의 옆으로 다가와 앉았다. 그는 숟갈질을 멈추고 궁금한 눈길을 딸아이의 얼굴에 꽂았다.

"왜 그러니?"

사나이의 반응에 딸아이는 한층 더 서럽게 울었다.

"아빠, 오빠가 불쌍해 죽겠어요."

딸아이의 울음 끝에 매달린 소리를 들었으나 그는 그 말이 무슨 뜻인지 알 수가 없었다. 싸움이라도 벌어져 얻어맞았겠지. 그는 딸아이의 얼굴에서 시선을 거두며 멈췄던 숟갈질을 계속했다.

"오빠가 불쌍해요. 오빠는 바보예요, 바보라구요."

"……?"

"아빠 내 얘기가 들리지도 않아요? 오빠가 불쌍해서 죽겠단 말예요."

"그게 무슨 소리냐?"

사나이는 입에 든 것을 씹지도 않고 그냥 꿀꺽 삼킨 뒤 다시 딸아이의 얼굴에 눈길을 보냈다.

"아빠, 지금 당장 공터에 나가 보세요."

"공터엔 왜?"

"오빠가 있잖아요, 공터 앞 이층집 아저씨한테 매를 맞았어요."

"……?"

"매를 맞고 코필 흘리고 있단 말예요."

"어른이 애들에게 공연히 매질을 했겠니? 다 매맞을 짓을 했길래 때렸겠지."

사나이는 남의 얘기라도 하듯 아무렇게나 받아넘기고는 계속 숟갈질만 바쁘게 했다.

"아빠 그래도 입에 밥이 들어가요? 오빠가 어른한테 얻어맞아 코피를 흘리고 있다는데도 진지만 드시느냐 말예요."

"그깟 코피쯤 흘린 걸 가지구 뭘 그러니? 무슨 잘못을 저질렀으니까 매를 맞았겠지."

"칫, 엄마 말이 맞아요! 엄마 말이!"

"엄마 말이 맞다니?"

"엄마가 아빠더러 곰이라고 하는 말이 꼭 맞는 말이란 말예요."

사나이는 한동안 너털웃음을 흘리고 난 뒤 천천히 입을 열었다.

"네 엄마 말은 틀린 말이야. 남들이 그러는데 날더러 두꺼비 같다더라. 내가 생각해도 난 곰보다는 두꺼비를 많이 닮은 것 같애. 그러니까 네 엄마가 날 곰이라고 하는 말은 틀린 말이야. 네 엄마가 날 잘못 본 거야. 너두 자세히 봐라. 내가 곰보다는 두꺼빌 많이 닮았을 테니."

사나이는 딸아이에게 얼굴을 가까이 들이댔다.

"아빠는 곰이야, 곰!"

딸아이가 소리를 꽥 질렀다. 그러나 사나이는 그런 딸아이를 향해 히죽 웃음을 지어보내고 나서 계속 숟갈질을 하는 것이었다. 조거 화를 낼 때는 갈데없이 제 어미 꼬락서니라니까. 그는 다시 한번 소리 없는 웃음을 딸아이에게 보냈다. 언젠가 주인집 여자가 했던 말이 불쑥 머리에 떠올랐기 때문이었다.

'참으로 기술도 좋으셔. 아무리 그 아빠에 그 아들, 그 엄마에 그 딸이라지만 글쎄 그렇게 닮을 수가 있수? 아주 여간 공평하지가 않아요. 아들은 아빠를 빼다박은 듯이 닮았고, 또 딸은 엄마를 빼다박았으니 말이우. 얼굴 모습만 그렇게 닮았다면 내 이런 소리 않는다구요. 어쩌면 그렇게도 하는 짓이나 목소리, 아니 걸음걸이까지도 닮을 수가 있느냐 말예요. 정말 다른

것은 다 속여두 피는 못 속인다더니만······.'

사나이는 계속 실없는 웃음만 날려 댔다.

"아빠 지금 뭐가 그렇게 좋아서 웃고만 계셔요. 아직도 엊저녁에 잡수신 술이 안 깼어요?"

"왜 술이 안 깼겠니, 벌써 오래 전에 깼지."

"아빠, 지금 그렇게 농담만 하고 계실 때가 아니란 말예요. 얼마나 분하면 제가 울었겠어요. 그런데도 아빠 오빠가 왜 어른한테 매를 맞았는지 그 것조차도 궁금하지 않으신 모양이죠?"

"참, 내가 정신이 없구나. 그래 네 오빠가 왜 매를 맞았니?"

사나이는 국그릇을 입에다 가져다 대고 바닥에 깔린 밥을 긁어넣다시피 하여 후딱 비우고는 딸아이를 향해 돌아앉았다. 그러자 딸아이는 무엇이 그리도 서러운지 새 채비로 울음을 터뜨리기 시작하는 것이었다. 그런 울음에 섞어 딸아이는 요령없이 장황하게 사건의 전모를 털어놓는 것이었다. 그 얘기를 종합하면 다음과 같았다.

동네에는 빈터가 있었다. 오래 전부터 그 빈터는 아이들의 놀이터였다. 그러나 월여 전부터는 그 빈터가 아이들의 야구장으로 변했다. 틈만 있으면 아이들이 그곳에 몰려나와 야구시합을 벌이곤 했다. 그러나 용복(사나이의 아들)이는 그 야구시합에 낄 수가 없었다. 그에게는 야구 글러브도 배트도 없었고 더구나 포수용 마스크나 프로텍터도 없었기 때문이었다. 아이들은 모두들 제각기 야구놀이에 필요한 용구를 하나씩 가지고 나와서 팀을 만들기 때문에 야구 용구가 없는 아이는 그 놀이에 낄 수가 없었다.

그러나 용복이는 어떻게든 야구놀이에 끼고 싶어 아이들에게 한 조건을 내걸었다. 야구 용구가 없어 내놓지 못하는 대신, 타자가 때린 볼이 남의 집 담너머로 들어갔을 때는 그것을 책임지고 찾아다 주고, 또 그뿐만 아니라 잘못 날아간 공이 남의 집 유리창이나 장독 따위를 깼을 때에도 그 잘못을 대신하여 혼자서 책임진다는 조건이었다. 그런데 오늘은 운수 사납게도 야구 시합이 시작된 지 얼마 안 되어 잘못 날린 공이 빈터 앞 2층집 유리창을 박살내고 만 것이다. 물론 야구 용구도 없이 시합에 낀 용복이가 날린 공은 아니었다. 그러나 2층집 주인이 달려나와 잘못을 저지른 아이를 찾았을 때 용복이가 앞으로 나갔다. 제 동무들과 약속했던 대로 유리창 깬 죄를 대신 뒤집어쓰기 위함이었다. 화가 잔뜩 치밀어오른 집주인이 용복이를 때렸다. 몇 차례 호되게 뺨을 얻어맞던 용복이가 그 주먹을 피하려다 잘못 되어 코를 얻어맞고 코피를 흘린 것이다. 그러니까 야구 시합을 즐기기 위해 남의 매를 대신 맞다가 코피까지 흘렸다는 얘기였다.

"오늘 하루뿐이 아네요. 매일같이 남의 잘못을 대신 뒤집어쓴단 말이에요. 그래서 동네 아이들은 이제 야구를 할 땐 으레 오빨 끼워준다구요. 제 놈들 잘못을 대신 뒤집어쓰고 야단을 맞기도 하고 매를 맞기도 하는 오빠가 어떤 야구 용구보다도 훨씬 더 필요하게 된 거예요. 그런데도 오빠는 언제나 곰처럼 남의 매를 대신 맞아주고 남이 먹을 욕을 대신 먹어주는 거예요."

"……."

사나이는 딸아이의 얘기를 다 듣고 나서도 그냥 잠자코 있었다. 그는 뭐라고 할 말이 없었다. 제 오빠가 아무런 잘못을 저지르지 않았으면서도 남을 대신해서 매를 맞아 코피까지 흘리는 것을 불쌍해서 볼 수가 없다며 서럽게 흐느끼는 딸아이를 그로서는 어떻게 위로해야 할지 알 수가 없는 것이었다.

"그러니까요, 아빠 지금 당장 오빠를 불러들여서 혼 좀 내주세요. 야구

놀이를 하지 말라구 말예요. 남의 매를 대신 맞아주고 남이 얻어먹을 욕을 대신해서 얻어먹는 조건으로 야구놀이에 끼는 바보가 어딨냐구요."

"……."

"그렇잖으면 오빠한테 야구할 때 필요한 용구를 사 주든지요. 배트나 글러브나 미트 같은 야구 용구 중에서 하나만이라도 아빠가 사주세요. 그러면 오빠도 다른 애들처럼 그 용구를 내놓고 떳떳하게 야구를 즐길 수 있잖아요!'

사나이는 묵묵히 자리에서 일어났다. 그리고는 벽에 걸린 외출복을 떼어 입기 시작했다. 외출복이라야 검정 바지와 허름한 점퍼에 지나지 않는 것이었다.

그때 문득 사나이의 귀에서 어젯밤 안경잡이의 얘기가 생생하게 되살아나고 있었다.

'이봐요, 두껍씨. 뭘 망설이는 거요! 일 년 전 제본소에서 맡아 했다는 그 일은 뭐 대단한 일인 줄 알아? 따지고 보면 그 일도 자신의 몸을 혹사시켜 그 대가로 월급 몇 푼 받아 낸 비참한 일이지 뭐냐 이거요. 그 일이 몇 년 더 계속되었다고 쳐 보자구. 책이라는 게 여간 무거운 물건이오? 월급 받는 재미에 계속 그 무거운 짐질을 한 뒤 늙으면 그땐 두껍씨 몸이 어떻게 되는지 아시오? 늙어서 얻는 것은 결국 골병뿐이라구. 그러면 사람이 골병 들면 어떻게 되느냐? 말하면 잔소리지. 구름만 꼈다 해도 팔, 다리, 허리, 어깨 아프지 않은 곳이 없구 늘 식은땀만 질질 흘리게 된다, 이런 말씀이야. 그러나 우리가 계획한 그 일은 그렇게 골병들 일이 아냐. 얼핏 생각하면 남들에게 매를 맞는 일이니까 골병 들어 몸을 망칠 것 같은 생각이 들겠지만 그게 아니라구. 그러면 뭐냐, 어째서 골병이 들질 않느냐! 그건 권투 선수가 골병 들어 죽었다는 얘길 듣지 못한 거와 똑같은 이치라구.

권투 선수가 골병 들어서 일찍 죽었다는 얘길 들어보셨느냐 이 말이오. 그런 사람 있거든 당장에라도 데려오라구. 내 이 열 손가락에 장을 지질 테니까. 그건 그렇구 말이오, 매를 맞을 때에는 권투 선수들이 스파링 때에 쓰는 헤드기어는 물론 아무리 강한 주먹으로 급소를 맞아도 끄떡이 없게 가슴이나 사타구니 같은 데는 보호대를 착용한다, 이 말씀이야. 어디 그뿐인가, 때리는 사람에게도 육 온스짜리 글러브를 끼게끔 한다 이거야. 그러니까 한마디로 말해서 출전을 대비해서 연습하는 권투 선수의 스파링 파트너가 되어 주는 정도의 일이라고만 생각하면 되는 거요. 만약 그런데도 몸이 상했다 혹은 골병이 들었다 하면 그때는 내가 책임지고 약을 해주겠다 이거거든. 그러면 그것이 무슨 약이냐? 양기를 돋우고 장수한다는 배암으로 만든 명약이다 이거요. 어떠시오?

안경잡이가 뱀처럼 싸늘한 눈으로 사나이를 쏘아보며 잠시 끊었던 얘기를 잇기 시작했다.

'사내가 돈벌이를 못할 때는 마누라가 쨍쨍거리는 것은 당연한 이치, 그러나 돈벌이가 시원찮아도 마누라를 찍소리 못하게 하는 방법이 있어. 그게 뭐냐? 연장을 튼튼하게 만드는 방법이지. 그러면 연장은 그냥 달고 있기만 해서 튼튼해지느냐? 천만의 말씀. 사내들 연장을 튼튼하게 하는 데에는 뭐니뭐니해도 배암이 최고! 두껍씨가 우리 사업계획에 찬동해서 그 일만 맡아준다면 내 책임지고 두껍씨 연장을……'

외출복으로 갈아입은 사나이는 힐끗 탁상시계를 바라보았다. 그리고 밖으로 나왔다. 열한 시가 가까워 있었다. 그가 안경잡이 일당과 만나기로 약속된 시간까지는 아직도 두 시간의 여유가 있었다.

"아빠, 제발 오빠한테 한번 가보세요. 오빠가 불쌍해서 그래요."

딸아이는 사나이가 외출하려는 낌새를 알아차리고 또다시 이렇게 간곡하게 부탁하는 것이었다. 그러나 그는 아무런 대꾸도 없이 대문을 빠져 나왔다.

사나이는 빈터 쪽이 아닌 찻길로 통한 골목길을 걷고 있었다. 어느새 따라나왔는지 딸아이가 대문에 매달려 그의 잔등에다 원망스런 눈길을 못박고 있었다. 그는 그러한 눈길에서 조금이라도 빨리 헤어나려는 듯 잰걸음질을 쳤다. 그러면서 그는 부지런히 점퍼 주머니를 뒤지기 시작했다. 그러나 그가 찾는 것은 냉큼 손에 잡히지 않았다. 한참 동안 주머니들을 뒤진 끝에 겨우 속주머니에서 명함 한 장을 찾아낼 수가 있었다. 그것은 '한국독사연구소' 소장의 명함이었다.

4

여섯 평쯤 됨직한 방이었다. 며칠 전까지만 해도 '한국독사연구소'의 사무실이자 그들의 거처로 쓰였던 방이었다. 그러나 그 방 앞에는 '한국독사연구소' 간판 대신에 '한국정신건강원'의 간판이 걸려 있었다. 내부도 수리가 되었다. 출입구의 맞은편 시멘트 벽에 나 있던 창문이 밀폐되었고 출입구도 방음을 위해 마치 방송국 스튜디오의 그것처럼 개조되어 있었다. 실내의 조명을 위한 천장의 형광등이 두 군데에 매달려 있었는데 그것은 채광이 되지 않는 방 안을 밝히기 위해 대낮에도 계속 옅은 청백의 형광을 발산하고 있었다.

어쨌든 출입문만 닫히면 완전히 밀폐되어 버리는 그 방 안은 방이라기보다 대형 직육면체의 내부라고 표현되는 것이 옳았다.

두꺼비는 그러한 방 한가운데에 털버덕 주저앉아 있었다. 그의 머리에는 복싱 연습용 헤드기어가 씌워져 있었고 양 팔은 한데 모아져 붕대로 묶여 있었다. 겉으로는 보이지 않지만 그의 사타구니에도 복싱 연습 때에 착용하는 샅막이가 입혀 있었다. 그리고 그의 양 발목에는 흡사 개의 목사리 같은 가죽띠가 각각 감겨져 있었다. 바닥에 고정된 고리에 1미터 길이의 쇠사슬 두 가닥이 매어져 있는데 그 두 가닥의 쇠사슬은 각기 두꺼비의 발목에 둘린 가죽띠에 연결되어 있었다.

그 꼬락서니는 마치 옛날 서구의 중죄인이나 노예와 조금도 다를 바가 없었다. 그의 발목에 채운 그 쇠사슬의 길이가 정확한 1미터라면 그는 지름이 2미터인 원 안에서만 발을 옮길 수가 있는 것이었다. 실제로 바닥에는 붉은 페인트로 그려진 원이 있었다. 그 원은 두꺼비의 발목에 채운 두 가닥의 쇠사슬을 한군데 모아 펜 쇠고리가 중심이었다.

두꺼비는 그토록 손과 발이 부자유스러운 상태로 남의 주먹을 피해야만 했다. 그러니까 지름 2미터의 원과 헤드기어 그리고 샅막이만이 두꺼비가 호신할 수 있는 전부였다.

출입문이 열리자 바깥의 햇빛이 실내의 형광과 합쳐지며 실내를 한층 더 밝게 했다. 그러한 밝음의 변화에 의한 두꺼비의 반사적인 시선이 출입구 쪽으로 쏠렸다. 안경잡이의 모습이 그의 눈길에 잡혔고 이내 출입문은 다시 닫혔다.

"어이, 두껍씨. 수고했어!"

안경잡이가 두꺼비 쪽으로 다가오며 말했다. 그러나 두꺼비는 멀뚱멀뚱 안경잡이의 얼굴만 쳐다볼 뿐 아무런 대답도 하지 않았다.

"어때? 할 만한 사업이지 뭐."

안경잡이가 두꺼비에게로 바싹 다가서더니 그가 쓰고 있는 헤드기어를 벗기며 너털웃음을 웃었다. 두꺼비는 안경잡이의 웃음에 대해 답례라도 하듯 벌쭉 소리없이 웃었다.

"자아, 이걸 마시라구. 이게 뭐냐 하면 말야, 소위 정력제라고 일컫는 사주란 말야."

"사주라니요?"

두꺼비가 꿈뻑거리는 눈으로 안경잡이의 손에 들려 있는 컵을 바라보았다.

"허어, 이 딱한 사람. 이 값진 약을 꼭 뱀술이라고 해야만 알아듣겠나?"

"……."

"자아, 수고가 많았다구. 이걸 쭉 들이켜고 나면 기분이 훨씬 달라질 거야."

두꺼비의 양쪽 손이 수갑을 찬 듯 한데 묶여 있었으므로 안경잡이가 컵을 그의 입에 대주었다.

"어서 쭈욱 마시라구."

안경잡이는 두꺼비의 입술에 갖다 붙인 컵을 기울이기 시작했고 두꺼비는 컵이 기울어지는 속도에 맞추어 고개를 뒤로 젖히며 입으로 흘러드는 액체를 꿀꺽꿀꺽 마셔야만 했다.

"어때, 기분이 좀 다르지 않아?"

안경잡이는 컵이 다 비자 그것을 두꺼비의 입으로부터 떼내며 다시 뿜내듯 말했다.

"이래봬두 이게 아주 비싼 약술이란 말야."

"……."

"그건 그렇고 ……그런데 말야, 상대방의 주먹이 날아들면 엄살 좀 부려야 좋겠어. 나무 토막처럼 뻣뻣하게 서서 멋대가리 없이 맞지 말고 상대방의 주먹이 날아들면 어이쿠! 라든지 아야! 라든지 비명을 지르란 말야. 그래야 상대방이 신이 나거든. 매를 맞아도 그런 반응이 없으니까 상대는 모래 주머니를 때리는 기분밖에 느끼지 않는단 말야. 생각해 봐. 그럴 바에야 집에다 모래 주머니를 만들어 놓고 그걸 때리는 편이 낫겠다고 손님들이 그렇게 생각하게 된다면 그 손님들은 다시 여길 찾아오지 않게 되잖아. 그러니까 단골을 만들기 위해서라도 좀 영업적으로 머리를 쓰자 이거야. 내 말이 틀린 말이야?"

"옳은 말이긴 하지만 그게 쉬운 일인가요?"

"조금도 어려울 게 없는 거야. 주먹이 날아와 맞는 순간, 어어쿠! 니 아야! 니 헉! 이니 훅! 이니 하고 엄살을 부려서 상대방으로 하여금 자기 주먹이 세다고 생각하게 하란 말이야."

"글쎄, 그게 쉽지 않을 것 같은데……."

"이봐, 두껍씨. 우리끼리니까 하는 얘기지만 계집질을 해봐두 그렇잖더냐 이거야. 너는 볼일 보거라 난 내 볼일을 볼 테니 하는 식으로 나무 토막처럼 아무 소리도 없는 여자보다는 흑흑거리고 쌕쌕거리고 소리지르고 하는 여자가 훨씬 더 좋지 않더냐 이거야. 또 그런 여자래야 다음에 또 안아볼 생각도 생기게 되고. 두껍씨가 하는 일도 바로 그런 이치란 말이거든."

안경잡이가 열을 올리는 동안 두꺼비는 시종 소리없는 웃음만 흘리고 있었다.

"어쨌든 수고 많았어. 내 얘기는 내일부터 그렇게 해달라는 거야. 오늘 개업 첫날 쳐놓고는 그래도 성과가 꽤 있었다고 봐야 해. 내 생각대로 요즘 같은 불경기 때일수록 우리의 이 사업은 잘 되는 거야. 두껍씨, 오늘은 이제 그만 끝내기로 하지. 아까 개발코와 번개랑 상의를 했어. 오늘은 개업 자축회를 갖자고. 내 아이디어도 좋았고 또 두껍씨도 수고가 많았지.

우리 둘뿐만 아니라 번개와 개발코도 열심으로 손님을 물어왔어."

안경잡이가 두꺼비의 어깨를 툭툭 두드렸다. 두꺼비의 입가에는 교사에게 칭찬받은 학생처럼 계속 밝은 미소가 번져 있었다.

"어때?"

"좋지요."

대답은 그렇게 했지만 두꺼비는 몸을 움직일 생각조차 않고 있었다. 온몸이 묵직하니 기운을 차릴 수가 없었던 것이다. 무려 네 차례에 걸쳐 흠씬 두들겨 맞았기 때문이었다. 물론, 겉으로 봐서는 매를 맞은 표가 전혀 나지 않았다. 권투 글러브를 낀 주먹에, 그것도 얼굴에는 헤드기어를 쓰고 맞았기 때문이었다. 그러나 얼굴만 멀쩡했지 배꼽 위부터 어깨에 이르기까지 어느 곳 한 군데 멀쩡한 곳이 없을 지경으로 전신이 뻐근했다.

"첫번째 놈이 오 분 뛰고 오천 원, 두번째 녀석이 삼 분 뛰고 삼천 원, 세번째와 네번째 놈이 또 각각 오 분씩 뛰고 오천 원씩 냈으니까 합계 일만 팔천 원이 총수입이야. 첫날이니까 그렇지 선전만 잘 되고 또 단골이 생기면 사업은 전망이 밝아. 두껍씨도 매맞는데 이골이 나서 점점 힘이 덜 들 테고. 안 그래요?"

안경잡이의 커다란 웃음이 실내를 뒤흔들어 댔다. 그 웃음이 막 끝나려 할 때 출입문이 벌컥 열리며 번개가 들어왔다.

"손님 모시고 왔습니다."

번개가 그의 등뒤에 바싹 붙어 들어오는 사나이를 힐끔 뒤돌아보며 자랑스럽게 외쳤다. 그 바람에 안경잡이는 서둘러 두꺼비의 머리에 헤드기어를 다시 씌웠다.

"손님, 바로 이 사람입니다. 보십쇼, 첫눈에도 맷집 하나는 끝내줄 사람처럼 보이시죠? 손님께서는 별 희한한 영업도 다 있다고 하셨지만 이분은 국민들의 정신건강을 위해서 자기가 타고난 신체를 바친다는 기분으로 손님들에게 매를 맞아주는 겁니다. 손님께서는 사정없이 이 사람을 두들겨 패는 겁니다. 단 이 글러브를 끼셔야 합니다만."

번개가 벽에 걸린 권투 글러브를 벗겨 자기 옆에 서 있는 사람에게 건넸다. 그러나 그 사람은 아직도 무언가 잘 믿기지 않는다는 투로 두꺼비를 우두커니 지켜보고만 있었다. 그러한 그의 눈빛에 변화가 생겼다. 두꺼비의 큰 키와 우람한 체구에 약간 질린 듯한 그런 눈빛이었다. 안경잡이는 그 사람의 속마음을 재빨리 꿰뚫었다.

"손님, 안심하십시오. 이 두꺼비 같은 사람은 손님께서 보시다시피 두 손이 묶여 있고 또 양쪽 발에도 쇠사슬이 채워져 있습니다. 그러니 도망칠 수도 또 손님을 공격할 수도 없습니다. 이 두꺼비 같은 사람은 여기 빨간 페인트로 그려진 원 안에서만 움직일 수 있을 뿐이니까요."

뱀 같은 안경잡이의 눈이 반들반들 빛나고 있었다. 그는 계속해서 입을 놀려 댔다.

"손님, 손님께서는 이미 들으셔서 아시겠습니다만 일 분에 천 원입니다. 사실, 말이 일 분이지 일 분이라면 상당히 긴 시간입니다. 매를 맞는 쪽에서 생각해 보십시오. 그야말로 일각이 여삼추죠. 어쨌든 권투를 즐기시는 기분으로 스트레스를 해소시키십쇼. 이 세상 어디에 이렇듯 실감있고 빠르고 후련한 스트레스 해소 방법이 있겠습니까? 손님께서는 이 자를 두들기면서 이 자를 직장의 상사로 생각하셔도 좋고 손님께 피해를 준 사기꾼으로 생각하셔도 좋고, 어쨌든 손님 좋으실 대로 생각하시고 마음이 후련하도록 치밀어오르는 울화통이 다 사라질 때까지 치십시오. 손님, 몇 분 동안 즐기시겠습니까?"

"즐기다뇨?"

곱잖은 눈이 안경잡이의 얼굴을 쓸었다.

"이 자를 몇 분 동안 치시겠느냐, 이겁니다요."

번개가 잽싸게 나섰다.

"오 분."

손님이 퉁명을 부렸다. 그러나 안경잡이는 손님의 퉁명에는 아랑곳도 않고 열심히 그의 손에 글러브를 끼우기 시작했다. 글러브를 끼우면서도 그의 입은 쉬지 않았다.

"매질뿐만 아니라 마구 욕설을 퍼부어도 좋습니다. 그리고 손님께서 마음 쓰시지 않도록 이 방에는 아무도 남아 있지 않습니다. 때리는 손님과 매맞는 이 자뿐입니다. 그래야만 손님께서 퍼붓는 욕설이나 푸념 따위가 비밀로 되지 않겠습니까? 아 참, 한 가지 깜빡 잊고 있었습니다만, 우리는 이 자의 귀에다 마개를 하여 틀어막습니다. 자아, 이제 글러브가 다 끼워졌군요. 그러면 정확히 오 분 후에 부저를 눌러 시간을 알려 드리겠습니다. 자아, 손님. 그럼 마음껏 즐기십시오. 미니 야구장에 가서 방망일 휘두르는 거나 공기총이나 활을 쏘아 스트레스를 해소하는 것에 비하면 여기야말로 기가 막히게 시원히 스트레스를 해소할 수 있는 곳이지 뭡니까. 다른 분에게도 이렇게 신나는 곳이 있다는 걸 많이 선전 좀 해주십시오."

"그만 하시오, 그만!"

안경잡이의 수다에 더 이상 참을 수가 없다는 듯, 손님이 버럭 소리를 질렀다. 그는 계속 퉁명을 부렸다.

"어서 나가 시간이나 정확히 재란 말이오."

손님은 글로브가 끼워진 손을 잽싸고 능숙하게 휙휙 서너 번 공중으로 날렸다.

안경잡이와 번개가 방에서 사라진 직후 뚜우뚜우, 공격 개시의 부저가 울렸다.

"네놈이 그렇게 맷집이 좋아?"

두꺼비는 손님의 목소리를 알아들을 수가 없었다. 그는 다만 손님이 여간 민첩한 사람이 아니라는 것만 느낌으로 알 수 있을 뿐이었다.

두꺼비는 사나이의 쭉쭉 내뻗는 주먹을 피하기 위하여 반사적으로 몸을 움직였으나 그를 묶고 있는 쇠사슬의 길이는 너무나도 짧았고 그와는 정반대로 그 손님의 동작은 여간 민첩하지 않았다. 왼쪽 주먹이 헤드기어를 슬쩍 건드렸는가 했을 때 벌써 오른쪽 주먹이 옆구리에 날아와 강타했다. 그러나 두꺼비는 곧은 자세를 잃지 않았다.

"허, 과연 세긴 세구나. 그러나 좋다! 어디 한번 본때를 보여주마."

손님의 왼쪽 주먹이 노련한 권투 선수의 잽처럼 날아와 서너 번 두꺼비의 눈앞을 어지럽혔다. 그리고는 오른쪽 주먹이 잽싸게 날아와 명치 끝에 붙는 것이었다. 아무리 맷집 좋은 두꺼비라 할 지라도 명치 끝을 강타당하자 그 통증을 참을 수가 없었다. 그는 자신도 모르게 헉, 하는 숨을 내뿜으며 허리를 굽히고 말았다. 손님이 그 순간을 놓칠 리 없었다. 이번에는 왼쪽 주먹이 어퍼컷으로 턱을 쳤다. 두꺼비는 비칠비칠 뒤로 물러섰다. 그러나 발에 채워진 사슬의 길이는 그를 더 이상 피하지 못하게 했다.

쓰러져서는 안 된다. 그는 이렇게 다짐하며 옆으로 피해 숨을 돌렸다. 그러나 손님의 보디블로가 두꺼비를 계속 괴롭혔다. 두꺼비는 안간힘을 다하여 몸의 균형을 잡았다. 그리고 민첩한 동작으로 계속 접근해 오는 손님의 얼굴을 바라보았다. 손님의 얼굴에는 기쁨이 넘쳐 흐르고 있었다. 마치 약한 먹이를 앞에 둔 맹수가 자신의 힘에 기쁨을 느끼면서 공격하고 있는 듯한 모습이었다.

'야, 이 친구 보통 주먹이 아니군. 이렇게 대놓고 맞다간 큰일나겠어.'

두꺼비가 이렇게 생각하고 있을 때 손님이 쇼트블로로 가슴을 강타했다. 이번에도 간신히 몸의 균형을 되찾아 뒤로 나가떨어지는 것을 면할 수 있었다.

"정말로 맷집 한번 끝내주는군!"

손님이 숨을 돌리며 외쳤다. 물론, 두꺼비의 귀에는 들리지 않는 소리였다. 사나이의 민첩하던 동작도 둔해지기 시작했다. 그 바람에 두꺼비도 약간의 여유를 찾을 수가 있었다. 그때 느닷없이 두꺼비의 눈앞에 딸아이 얼굴이 떠올랐다.

'아빠, 난 오빠가 불쌍해 죽겠어요. 야구 용구가 없어 놀이에 끼워주지 않는다고 남의 매를 대신 맞아가며 야구놀일 하는 바보가 어딨냐구요. ……오빠한테도 딴 애들이 갖고 있는 글러브나 배트, 아니면 미트나 공 따위의 야구 용구를 사주세요. 그러면 오빠는 다른 애들처럼 그 용구를 내놓고 당당하게 야구놀이에 낄 수가 있잖아요. 남이 공을 잘못 날려 유리창을 깨도 남의 매를 대신 맞지 않아도 되구요.'

두꺼비가 딸아이의 얘기를 되살리고 있는 사이, 손님은 더블 펀치로 가슴과 턱을 강타했다. 두꺼비의 맷집도 그 강타에는 물거품이었다.

얼마 후, 두꺼비가 정신을 차렸을 때 손님은 자기 손에 끼워져 있는 글러브를 뽑아내고 있는 중이었다. 두꺼비는 자기의 머리에 씌워 있던 헤드기어와 귀에 틀어막았던 귀마개가 뽑혀 있는 사실을 깨달으며 바닥에 누워 있는 자신의 몸을 일으켰다.

"얘기 그내로 굉장한 맷집입니다. 이레뵈도 내 주먹 한 방에 나가 떨어지지 않는 사람이 퍽 드문데 말입니다."

"손님, 굉장한 주먹입니다."

두꺼비는 이 짧은 한마디를 하면서도 턱이 아파 쩔쩔맸다.

"수고했습니다."

손님은 벽에 걸린 웃옷을 떼어 입고는 속주머니에서 지갑을 꺼내더니 5천 원권 한 장을 쑥 뽑아 두꺼비의 바지주머니에 찔러넣었다.

"계산은 밖에 나가서……."

두꺼비는 아픈 턱 때문에 말끝을 흐리고 말았다.

"아닙니다. 그건 내가 형씨께 드리는 거요. 계산은 밖에 나가서 따로 하겠습니다."

"아닙니다."

"글쎄 괜찮대두요. 그냥 받아 두십시오. 난 형씨 덕분에 지금 기분이 썩 좋아 있으니까요."

손님은 손을 흔들어 보이며 밖으로 나갔다. 그가 밖으로 나간 지 얼마 안 되어 안경잡이와 개발코와 번개가 우르르 몰려들었다.

안경잡이가 두꺼비의 손을 묶고 있는 붕대를 풀기 시작하며 수다를 떨었다.

"수고했다구, 두껍씨. 이젠 정말 오늘은 그만 끝내지. 생각지도 않게 파장에 손님이 와설랑……. 정말 수고가 많았소. 파장 손님 때문에 수입은 약간 더 올랐지만 그 대신 우리 '한국정신건강원' 개업 자축회가 그만치 늦어졌지 뭐야."

안경잡이의 겉 다르고 속 다른 얘기에도 두꺼비는 그저 소리없는 웃음을 날리고 있었다.

5

　'한국정신건강원' 자축회는 청산옥 뒷방에서 벌어졌다. 그들의 형편으로서는 꽤나 푸짐한 술자리였다.

　술자리가 벌어지기 전부터 시작된 두꺼비의 맷집에 관한 얘기는 술자리가 벌어진 후에도 계속되었다. 안경잡이는 물론, 번개와 개발코도 입만 벌렸다 하면 그 얘기였다. 그리고 그러한 두꺼비의 노고에 대한 보답이기나 한 듯 그들은 집중적으로 계속해 두꺼비에게 잔을 건넸다.

　술상 밑에 뒹구는 빈 소주병의 숫자가 여덟을 헤아리게 되었다. 어느 누구나 할 것 없이 상당히 취해 있었다.

　개발코가 혀 꼬부라진 소리로, 그러나 의논스럽게 얘기를 꺼내놓았다.

　"형님 말씀입니다, 아무래도 말씀입니다, 약장사는 약장사대로 하고 정신건강원은 또 그것대로 운영하는 게 어떻겠느냐 하는 게 제 생각이다 이 말씀입니다."

　"그렇게 되면 뭔가 일이 복잡하게 되지 않을까 하는 게 내 생각이다, 이 말씀이야. 말하자면 우물을 파려면 한 우물을 파라, 이 말씀이지."

　안경잡이가 개발코의 말본새를 흉내내며 익살을 부렸으므로 술좌석은 한동안 웃음 바다가 되었다.

　모두들 웃음을 거두고 다시 술잔을 한 바퀴 돌렸다. 개발코가 끈기 있게 계속 아까 그 얘기를 물고 늘어졌다.

　"복잡하긴 뭐가 복잡하냐, 이 말씀입니다. 형님께서는 좀 수고스럽겠지만 쌍나팔을 불면 된다, 이 말씀입니다."

　"쌍나팔이라니?"

　안경잡이의 눈이 똥그랗게 키워졌다.

"왜 있잖습니까! ……그러면 '소녀경'에는 사내들의 양기가 떨어졌을 때 어떻게 치료한다고 적혀 있느냐? 그 방법은 남녀가 서로 교접하되 사정을 하지 말라는 것입니다. 그러나 그것은 불가능한 얘기, 제까짓 게 무슨 부처님이라고……. 이렇게 나가시다 뱀 얘길 하시고 그 뱀 얘기가 다 끝나면 한마디 더 첨가하면 된다, 이 말씀입니다."

"첨가하다니?"

안경잡이가 거슴츠레한 눈으로 계속 개발코를 지켜보고 있었다. 그러자 개발코가 안경잡이의 약장수 흉내를 내기 시작했다.

"……그러면 배암이 만병통치냐? 그렇지도 않습니다. 배암은 양기 돋우는 데는 끝내주는 약입니다만 요즘처럼 복잡한 세상살이로 울화가 치민다든지, 하는 일이 뜻대로 안 되어 속이 상한다든지 혹은 상사에게 꾸중을 들었다 혹은 마누라가 바가지를 긁어 심사가 사나워졌다…… 이럴 때는 우리 머릿속에 스트레스가 쌓이게 마련. 그러면 그렇게 쌓인 스트레스를 풀지 않고 그냥 두면 되느냐? 천만의 말씀. 그러다가는 정신병원 신세를 지기 십상입니다.…… 이렇게 말씀하시다가 말씀입니다. 척 한마디 첨가한다, 이 말씀입니다.…… 본 독사연구소에서는 부설로 정신건강원을 개설하고 여러분을 모시고 있습니다. 이렇게 말씀하신 다음에 우리 두껍씨를 소개하며 영업 내용을 술술술 풀어놓는다, 이 말씀입니다. 이게 바로 이 개발코의 아이디어인 쌍나팔 작전이다, 이 말씀입니다."

개발코가 열을 올려 떠들어 댔지만 안경잡이의 마음을 크게 움직이게 하지는 못했다.

안경잡이는 술자리가 다 끝날 때까지도 이렇다 할 단안을 내리지 못하고 있었다. 하지만 번개와 안경잡이는 개발코의 그 의견에 깊은 관심을 가지고 생각을 거듭하고 있었다. 그러나 두꺼비만은 그러한 그들과는 딴판으로 그 따위 일에 관해서는 전혀 아무런 생각도 않고 있었다. 그의 가슴 속에는 조금이라도 빨리 집으로 돌아가 쉬어야겠다는 생각뿐이었다. 사실 그는 극도로 피로해 있었다. 그리고 또 한 가지 그의 마음을 급하게 만드는 생각은 상점들의 문이 닫히기 전에 어서 이 술집에서 빠져 나가야겠다는 것이었다. 아들녀석에게 줄 선물을 사기 위함이었다.

두꺼비는 슬그머니 바지주머니에 손을 넣어보았다. 몇 장의 지폐가 그의 손끝을 황홀하게 만들었다. 지금 그의 주머니 속에는 아까 자기를 때려 눕혔던 손님으로부터 받은 5천 원과 오늘 일당으로 받은 7천 원(전체 수입의 3분의 1에 해당하는 현금을 일당으로 받으며 일하기로 안경잡이와 약정이 되어 있었다)을 합한 1만 2천 원이 들어 있는 것이었다. 두꺼비로서는 참으로 오랜 만에 만져보는 큰돈이었다. 그래, 이 돈으로 야구 방망이도 사고, 야구 장갑도 사고, 야구공도 사자. 두꺼비의 눈앞에는 오빠가 불쌍하다며 흐느껴 울던 딸아이의 모습과 야구 놀이에 끼기 위해서 남의 매를 대신 맞고 코피를 흘렸다는 아들녀석의 얼굴이 풍선처럼 둥둥 떠올랐다.

술자리가 끝나기 무섭게 청산옥에서 빠져나온 두꺼비는 이 거리 저 거리를 경중경중 뛰었다. 그러나 그가 찾는 운동구점은 쉬 나타나지 않았다. 그래도 그는 단념하지 않고 이리 닫고 저리 닫고 하며 운동구점을 찾아다녔다. 그렇게 한참 동안 헤맨 끝에야 겨우 한 운동구점을 찾아낼 수 있었다.

상점의 벽시계는 10시 5분을 가리키고 있었다. 문을 닫으려던 점원이 두꺼비에게로 다가서며,

"어서 오세요."

라고 인사했다.

"이제 열 시가 좀 지났는데 벌써 문을 닫습니까?"

두꺼비가 점원을 향해 히쭉 웃으며 말했다.

"다른 상점과 달라서 운동구점엔 늦은 손님이 없습니다."

"……."

점원의 얘기에 일리가 있다고 생각한 두꺼비는 연신 고개를 끄덕였다.

"오늘은 많이 늦은 편입니다. 여느때 같으면 벌써 문 닫고도 한참 지난 시간이지요."

"그러니까 오늘은 우리 아들녀석 때문에 문을 닫지 않고 기다리고 있었군요."

좀처럼 소리 내어 웃지 않는 두꺼비가 너털웃음을 뿌렸다. 그는 술이 많이 취했고 기분도 또 그만치 좋았던 것이다.

"네?"

점원은 두꺼비의 말뜻을 전혀 알아차리지 못했다.

"우리 용복이가 낼부턴 코피 터지지 않게 됐다니까요."

두꺼비는 상점 안을 너털웃음으로 가득 채우기라도 하려는 듯 계속해 소리 높여 웃었다.

야구 용구 일습을 갖추어 사겠다던 두꺼비의 잔뜩 부푼 가슴이 사정없이 터져버린 것은 그 후의 일이었다. 그의 주머니 속에 든 '거금'이 배트 하나 값에도 미치지 못하는 돈이라는 것을 알게 된 것이었다.

"그러면 야구 장갑 하나하고 공이나 하나 주세요."

두꺼비의 풀 죽은 목소리가 떨어지기도 전에 점원은 또 그를 당황하게 만들고 말았다. 점원이 두 개의 글러브를 내놓았기 때문이었다. 그리고 그는 두꺼비에게 말했다. 하나는 다섯 손가락을 다 낄 수 있는 것으로 수비하는 사람들이 끼는 것이고 또 다른 하나는 미트라고 불리는 것으로 벙어리 장갑처럼 만들어진 포수용 글러브라는 것이었다.

"어떤 걸로 드릴까요?"

"애들 야구놀이할 때 끼는 거니까……."

"그래도 수비용 글러븐지 포수용 미튼지 말씀을 하셔야죠."

"우리 애녀석이 야구놀이 할 거라니까요."

"그러면 글러브가 좋겠군요. 오르기 전 값으로 드릴께요. 육천 원만 내세요."

"아니, 그렇게 비쌉니까?"

두꺼비는 눈만 꿈뻑일 뿐 다음 말을 이을 수 없었다. 그러나 야구용구 중에서는 공을 빼면 제일 싼 것이 그 글러브라는 점원의 얘기에 더 이상 망설일 수가 없어 두꺼비는 공 한 개와 글러브 한 짝을 사기로 했다.

"그러면 그 글러븐지 뭔지 한 짝하고 공 하나 주시오."

안경잡이와 개발코와 번개가 번차례로 건네주는 술잔을 덥석덥석 받아 마셔 술이 취할 대로 취해 있기도 했지만 오늘 막판에 얻어맞은 주먹 때문에 턱이 아파 그는 더 이상 길게 흥정하고 싶지가 않았다.

운동구점의 상호가 프린트된 비닐백에 글러브 한 짝과 공 하나를 담아 두꺼비에게 건네 준 점원이 쇼윈도 쪽에서 계산대로 몸을 옮기다가 잘못하여 그 근처에 걸려 늘어져 있는 권투 글러브를 이마로 들이받았다.

그때였다. 두꺼비가 갑자기 상점을 빠져나와 행길로 달음박질치기 시작했다. 점원의 이마에 부딪친 권투 글러브가 그네처럼 움직이며 거구인 두꺼비의 코앞으로 달려들었는데 그때 그는 그것이 자기 얼굴을 겨냥해 날아오는 주먹질로 착각됐던 것이다. 순간, 그는 더 이상 매를 맞으면 집에 돌아갈 수가 없다는 생각을 했고 그 외곬수의 생각이 그를 도망치게 만든 것이었다.

"도둑이야, 도둑!"

점원은 두꺼비의 뒤를 있는 힘껏 쫓아 왔다.

안돼, 더 이상 주먹질을 당하면 나는 죽고 말 거야. 두꺼비는 계속 달렸다.

"도둑 잡아라! 도둑!"

점원은 계속 고함을 질러댔다.

한 행인이 술취해 비틀거리며 달리는 그의 발을 걸었다. 그 바람에 두꺼비는 도루를 성공시키기 위하여 베이스를 향해 슬라이딩하는 주자의 꼬락서니로 포도 위에 보기 좋게 쭉 깔리고 말았다. 와아, 근처의 행인들이 두꺼비가 깔린 곳으로 모여들었다.

"도둑놈이래, 밟아! 밟아 죽여 버려!"

행인 중의 누군가가 소리치자 그것을 신호로 뭇 발길들이 두꺼비를 짓이기는가 하면 사정없이 내지르기도 했다.

점원도 행인들과 합세하여 두꺼비에게 모진 발길질을 해댔다.

'안돼, 난 집으로 가야 해. 죽어도 집으로 가야 해.'

두꺼비는 몽롱한 의식 속에서 이렇게 중얼거리며 자기 아들과 딸아이의 얼굴을 그리고 있었다. 그리고는 있는 힘을 다해 야구 글러브와 공이 든 비닐 봉지를 잔뜩 끌어안았다. (1982)

몰이

　사나이는 주소, 성명, 성별, 연령 등을 차례로 물어가며 서류에다 적어 넣은 다음 '험험' 하고 헛기침을 했다. 그리고는 또다시 질문공세를 펴기 시작했다.

　"직업은?"

　"조그만 섬마을의 촌장입니다."

　"마을의 가구 수는?"

　"한 팔십 가구 됩니다."

　"정확한 숫자를 대!"

　사나이의 언성이 갑작스레 높아졌으므로 그에 따라 촌장의 얼굴도 한층 더 짙은 긴장의 빛을 띠게 되었다. 그러한 긴장 때문인지 촌장의 입술은 굳게 다물려 있는 채로 열려질 생각도 않고 있었다.

　"어서 정확한 숫자를 대란 말이야. 촌장이라는 작자가 머저리같이 자기 마을의 정확한 가구 수도 제대로 파악을 하지 못하고 있다니."

　사나이의 경멸에 가득 찬 한마디였다.

"일흔여덟 가굽니다. 정확하게……."

촌장의 얘기를 듣기가 무섭게 사나이는 무엇인가를 서류에다 분주하게 기입하며 계속해서,

"섬의 특징은?"

하고 물었다. 그러나 잔뜩 굳어져 있는 촌장의 입에서는 이렇다할 대답이 나오질 않았다.

"섬의 특징이 뭐냐고 물었잖아!"

"글쎄요, 어업과 농업을 겸해서 한다는 것도 특징이랄 수가 있는 것이지요."

"도대체 이런 머저리 같은 새끼가 어떻게 촌장을 지내먹을까?"

"……?"

"네놈들 마을의 특징은 고양이가 득시글거리고 있다는 거야. 이제 네놈들 마을의 특징이 무엇인지 알겠어?"

사나이는 들고 있던 펜대를 서류 위에다 아무렇게나 휙 던져놓고는 의자 등받이에 잔뜩 기대며 한바탕 지루한 하품을 문 뒤, 주머니에서 담배를 꺼내어 피우는 것이었다.

"이제 알았느냔 말이야. 네놈들 마을의 특징을!"

"네, 알았습니다."

촌장은 홍당무 얼굴이 되어 아주 부끄러운 듯 다 죽어가는 목소리로 대답했다. 자기네 마을에 한 번도 와본 일조차 없을 이 사나이도 알고 있는 사실을, 마을의 토박이인 자기 입으로 대답치 못했음이 그로서는 심히 부끄러웠던 것이다.

사나이의 얼굴에 야릇한 웃음기가 떠올랐다. 그는 입에 물린 담배를 뽑아 재떨이의 홈이 패인 곳에다 끼워놓고는 테이블 왼쪽에 붙박이로 장치

되어 있는 녹음기의 스위치를 올렸다. 그리고는 "촌장님네 마을에 무슨 특징이 있다면 그게 무엇인지 말씀하시지요." 하고 갑작스레 경어를 사용해 정중한 질문을 던졌다. 때문에 촌장은 어안이 벙벙해져 대답을 하지 못하고 있었다.

"자아, 어서 대답해보세요. 그 섬마을의 특징이 무엇인지 말입니다."

사나이가 참을성 있는 태도로 자신의 질문에 대한 답변을 기다리고 있었으므로 촌장은 더 이상 대답을 망설일 수가 없었다. 그래서 그는,

"우리 마을의 특징이라면 고양이가 많다는 것이지요."

하고 대답할 수밖에 없었다.

"마을에 있는 고양이는 모두 몇 마리나 됩니까?"

사나이의 질문은 깍듯한 경어로 계속되고 있었다. 때문에 촌장은 속으로, 이처럼 싹싹한 사람이 아까는 왜 그렇게 사람 잡아먹을 기세로 야단을 떨었을까 하고 생각하게 되었으며 그런 생각은 사나이의 질문에 대한 답변을 늦어지게 만들었다. 그러자 사나이는 금방 태도를 일변시켜 피우던 담배를 신경질적으로 재떨이에다 눌러 끄고는 녹음기의 스위치를 내려, 딱 꺼버렸다. 그리고 그는 재빨리 손목을 재껴 시간을 읽고나서 연속동작으로 이번에는 테이블 오른쪽 끝에 놓여 있는 인터폰을 들고 7번 단추를 눌렀다.

"휴게실이지?"

사나이가 물었다.

"네, 뭘 배달해드릴까요?"

카랑카랑한 여자의 목소리가 수화기를 통해 흘러나왔다.

"미안, 주문을 하기 위해서가 아니야. 텔레비 권투중계가 정확히 몇 분후에 있을 것인지 그것이 알고 싶을 따름이야."

"정확하게 이십오 분 후에 있어요."

"고마워."

"천만에요."

통화를 끝낸 사나이는 다시 손목을 재켜 시간을 보았다. 앞으로 25분 후에 시침과 분침이 가 있을 위치를 머릿속에다 확실히 새겨두기 위함이었다.

사나이는 시계의 문자판에 꽂고 있던 시선을 뽑아 촌장의 얼굴로 옮겼다. 그리고는,

"나는 공연한 시간 낭비를 제일 싫어해. 내 얘기를 알아들어?"

라고 버럭 소리질렀다. 사나이는 계속해 입을 놀렸다.

"내가 묻는 얘기에 빨리 빨리 대답을 하도록, 알겠지?"

촌장은 그러겠노라는 대답을 보냈다. 그러자 그는 즉시 녹음기의 스위치를 올리고 또다시 정중한 목소리로 경어를 사용해 질문을 던지기 시작했다.

"촌장님이시니까, 마을에 고양이가 모두 몇 마리가 되는지 정확하게 파악하고 계시겠지요?"

"정확한 숫자는 파악하고 있지 못하지만……."

"그러면 어림잡아서 말씀해주시지요."

"어림잡아 백 마리는 넘으리라고 생각합니다. 한 집에 한 마리씩은 다 있고, 두 마리 혹은 세 마리까지도 기르고 있는 집이 허다하니까요. 그러니까 백 마리라는 숫자가 꼭 들어맞는 숫자가 아니긴 하지만 거의 정확한 숫자라고 할 수도 있습니다."

"그렇겠군요. 그런데 그 고양이를 맨 처음에 기르기 시작한 것은 도대체 누구인가요? 촌장님이 그러셨나요?"

"아닙니다. 제가 아닙니다."

촌장의 대답이 미처 끝나기도 전에 사나이는 잽싼 동작으로, 돌아가는 녹음 테이프를 멈추게 했다. 그러고는 자기의 질문을 부정한 촌장의 답변이 녹음된 부분을 찌이익하는 기분 나쁜 기계음을 내게 하여 지워버리고 말았다. 그리곤 촌장에게 느닷없이 주먹 뺨을 올려붙였다.

"이새꺄! 조금 전에 내가 뭐랬어. 내가 이 세상에서 제일 싫어하는 것이 뭐라고 했냐 말야!"

사나이는 부릅뜬 눈으로 촌장의 겁에 질린 모습을 잔뜩 노려보았다.

"시간 낭비를 제일 싫어한다고 하셨지요."

"그런데 어째서 시간 낭비를 하게 만드는 거야!"

"제가 무슨……?"

"왜 쓸데없이 거짓말을 시켜서 자꾸만 아까운 시간을 까먹게 만드냐 말야!"

"제가 거짓말을 시켰다구요?"

촌장의 반문에 사나이는 대답 대신 아까의 반대쪽 뺨에다 주먹 선물을 안겼다. 순간, 촌장은 중심을 잃고 비틀거렸다. 그는 곧 중심을 잡았으나 마치 넋나간 사람처럼 눈에 초점을 잃고 있었다.

사나이는 인터폰의 셋째 번 단추를 눌렀다. 그러고는 '필름 G-K를!' 이라고 보이지 않는 어느 곳의, 보이지 않는 누구에겐가 명령조로 말한 후 수화기를 요란스레 내려놓았는데 그 행동만으로도 충분히 촌장을 겁에 떨게 할 수 있었다. 그리고 사나이가 수화기를 요란스레 내려놓는 그 동작이 신호가 된 듯 실내는 그와 동시에 암흑의 세계로 뒤바뀌고 말았다.

"이 세상엔 네깐놈의 거짓말을 곧이들을 바보가 없어!"

사나이의 날선 목소리가 어둠을 헤집고 촌장의 고막으로 밀려들었다.

그러나 촌장은 무어라고 대꾸할 말이 없었다.

'도대체 내가 무슨 거짓말을 했단 말입니까? 공연히 생사람 잡는 소리 마십시오.'

생각 같아서는 이렇게 쏘아대고 싶었으나 그것은 그저 생각일 따름이었다. 그런데 촌장의 이러한 속마음을 꿰뚫고 있기라도 한 듯,

"내가 억울한 누명을 뒤집어씌우고 있다고 생각되나?"

사나이는 이렇게 내뱉었다. 촌장은 사나이의 그 목소리를 듣는 순간, 이상하게도 뱀이 연상되었고 그로 인하여 자신도 모르게 심한 전율을 느끼게 되었다.

바로 그때였다. 강력한 한 묶음의 빛다발이 한쪽 벽을 뚫고 들어와 맞은쪽 벽에 가 꽂혔다. 길게 가로눕혀진 원뿔 모양의 빛다발로 보였던 그것은 맞은쪽의 벽면에 투사된 빛의 모형으로, 길디 긴 네모뿔 모형으로 눕혀져 있는 빛다발이었음을 알 수가 있었다. 벽면에 투사된 빛이 이루어놓은 모형은 꼭 짧은 쪽을 세로로 취한 전지(全紙) 한 장의 크기만한 직사각형이었다.

"이제 조금만 있으면 네가 얼마나 뻔뻔스런 거짓말쟁이인지를 저 영사막이 증명해줄 것이다."

사나이의 이 한마디가 촌장의 마음을 무거운 연판처럼 짓눌러댔다.

사나이는 계속해서 내뱉었다.

"자아, 영사막을 봐라!"

촌장의 시선은 사나이의 지시에 의해 움직였다. 그때 영사막 위로는 뒤집힌 아라비아 숫자가 9에서 0까지 역순으로 차례차례 비치며 사라졌는데, 그것은 마치 죽기 직전의 나방이 안간힘을 다하여 발악하는 퍼득임처럼 보였다. 그리고 곧이어, 함석지붕 위를 줄기차게 때리는 빗소리를 멀리

서 듣는 것과 흡사한 소리를 내며 영사막에 화면이 비쳐지기 시작했는데, 얼마 동안 그 화면에 눈을 팔고 있던 촌장은 난데없는 불침이라도 맞았을 때처럼 소스라치게 놀랐던 것이다.

"자아, 똑똑히 봐두라구!"

"……."

"저쪽에 부동자세로 서 있는 게 바로 네놈의 모습이 아니고 뭐야! 그렇지? 분명 네놈의 모습이지?"

"네."

촌장은 분명한 대답과 함께 크게 고개까지 끄덕여보였다.

촌장의 모습이 담긴 화면은 약 2분쯤 계속되다가 끝났고, 그 뒤로부터 펼쳐지기 시작한 것은 전혀 촌장과 관계가 없는 화면이었는데, 그런 화면들이 시작되자 사나이는 인터폰으로 누구에겐가 뭐라고 지시했고, 거의 그와 동시에 실내의 상층부를 관통하고 있던 길다란 네모뿔의 빛다발이 사라지며 실내를 다시 암흑의 세계로 만들었다. 그러나 그 어둠은 그리 오래 계속되지를 않았다. 실내는 이내 눈부신 밝음으로 가득 찼다.

"다시 한번 말하지만 나는 공연한 일로 시간을 허비하는 걸 죽어라고 못 참는 성질이야."

사나이는 촌장을 곱지 않은 눈으로 쏘아보며 말했다. 그리고는,

"이제부터 내가 묻는 말에 솔직히, 그리고 빨리 대답을 해야 해. 만약 그렇지 않으면 그때는 또 다른 방법이 있으니까."

라고 위협적인 한마디를 내뱉었다.

"……."

"그 마을에서 고양이를 맨첨에 기른 사람이 도대체 누구야!"

촌장은 계속 침묵을 지키고 있었다. 사나이가 요구하는 대답을 해줄 수

가 없었기 때문이었다. 사나이는 촌장에게, 마을에 고양이를 제일 먼저 들여와 기르기 시작한 사람이 바로 촌장 자신이라는 자백을 받고 싶은 것이었다. 그러나 촌장으로서는 사실이 아닌 거짓 자백은 도저히 할 수가 없었다.

"……."

"아까 영사막에 비쳤던 새긴 도대체 어떤 놈이야?"

"……그건 접니다만……."

"그렇다면 그것은 네놈이 무엇을 하는 장면이 촬영된 것인가?"

"훈장을 받는 장면이 촬영된 것입니다."

"무슨 훈장이라는 것까지 말하라구!"

"마을을 쥐없는 살기 좋은 마을로 만들었다고 해서 받은 공로훈장입니다."

"쥐를 멸종시킨 방법은?"

"마을에 있던 고양이들이 멸종시킨 겁니다."

촌장의 대답이 채 끝나기도 전에 그의 눈두덩이에 사나이의 잽싼 주먹이 날아와 번쩍 튀기는 불꽃을 만들었다.

"그렇다면 내 질문에 대한 답변은 간단하잖느냐 말야! '우리 마을에 고양이를 들여와 기른 것은 바로 접니다' 라는 단 한마디의 대답이면 족하잖느냐 말야!"

사나이의 매운 주먹이 또 한 번 촌장의 안면에 날아가 붙었다.

"정말 억울합니다."

촌장은 부들부들 떨리는 목소리로 말했다.

"억울하긴 뭐가 억울해, 이새꺄!"

이번에는 사나이의 구둣부리가 촌장의 정강이에 가 달라붙었다.

"사실 전 그때에 훈장을 받을 생각은 눈곱만큼도 없었습니다. 그래서 전 말했습니다. 우리 마을에서 쥐의 씨가 마르게 된 것은 고양이의 덕분이라고 분명히 말했습니다. 그러자 그들은 말했어요. 쥐의 씨를 말린 공로자가 고양이라는 것은 알고 있지만 고양이 목에다 훈장을 달아줄 수야 없잖느냐구요. 그러면서 그들은 제게 말했습니다. 고양이를 대신해서 훈장받을 사람을 물색해보라구요. 그래서 전 할 수 없이 온 마을을 몇 바퀴씩이나 돌면서 알아봤어요. 그러나 고양이를 대신해서 훈장을 받겠다는 사람은 나타나지 않았습니다. 그래서 전 다시 그들에게 말했습니다. 그럴 사람이 나타나질 않는다구요."

"잠깐! 그렇다면 아무도 고양이를 일부러 갖다 기르지도 않았는데 고양이가 마을에 제 발로 걸어 들어왔단 말이지?"

"누가 마을에다 일부러 쥐를 갖다 기르지도 않는데도 제놈들이 먹고 살 것이 있으니까 수도 헤아릴 수 없이 많은 쥐가 번식되었듯이, 고양이도 제놈들이 잡아먹을 쥐가 있으니까 자연히 그렇게 많은 수효로 번식된 것이 아닐까요? 하기야 그들은 이렇게 말했습니다. 어떤 한 쌍의 쥐가, 아니면 새끼를 밴 한 암놈의 쥐가 배에 실려오는 곡식 가마나 짐짝 같은 것들 속에 숨어 있다가 팔자에도 없는 섬마을에까지 와서 수없는 자손을 퍼뜨리게까지 된 것이구, 고양이 또한 그런 경로로 이 섬에까지 흘러들어오게 된 것인데 와보니 자기네의 사냥감인 쥐떼가 무진장 있어 부지런히 새끼를 치게 된 것이라구요."

사나이는 촌장의 긴 이야기를 더 이상 듣고만 있을 수가 없다는 듯 급히 그의 입을 막았다. 그리고 '새꺄! 거짓말 좀 작작 시켜!' 라고 욕설을 끌어 부었다.

"정말로 정말입니다."

촌장은 겁먹은 눈길로 사나이의 양쪽 손을 계속해서 살피며 말했다. 그 잽싼 주먹질이 언제 자신의 면상에 와 달라붙을지 몰라 겁이 났던 것이다.

"그렇다면 어째서 놈들이 네게다 훈장을 달아주었냐 말야!"

"그들은 말했습니다. 백성들은 누구나 다 직접 간접으로 쥐로 인해 자신의 건강을 위협받구 있으며 또 재산상으로두 적잖은 피해를 입구 있다구 말입니다. 만약에 하룻밤 사이에 나라 안에 있는 모든 쥐를 일시에 없앨 수만 있다면 우리 나라는 다른 나라에서 양곡을 수입하지 않아두 된다는 것이었습니다."

촌장은 잠시 숨을 돌리기 위하여 얘기를 중도에서 잘랐다. 그러자 눈치 빠른 사나이가 처음으로 촌장에게 인정을 베풀어 담배를 권했다. 촌장은 담배 연기를 깊숙이 빨아들였다간 시원하게 내뿜으며 끊었던 얘기를 다시 잇기 시작했다.

"고맙습니다. ……그들은 또 이런 얘기두 했습니다. 쥐의 수명은 이 년에서 삼 년이지만 그 놈들은 매달 새끼를 낳을 수가 있다는 것이었습니다. 새끼를 밴 지 이십 일 만이면 낳게 되는데 한 배에 여섯 마리에서 아홉 마리를 낳는 게 보통이고, 먹을 것이 풍부하다든지 할 경우 열아홉 마리까지두 낳아서 기를 수가 있다는 것입니다. 어쨌든 쥐들은 조건만 좋으면 한 쌍이 삼 년 동안에 삼억 오천만 마리의 자손을 퍼뜨릴 수가 있다고 말했습니다. 그러니까 이 나라가 쥐의 천국이 되기 전에 쥐를 잡아야 하며 이렇게 시급한 판국이니, 전국에서 유일하게 쥐없는 마을이 우리 마을이어서, 우리 마을을 전국적으로 '쥐없는 마을, 쥐없는 살기 좋은 마을'로 널리 선전해야 하구 그러자니까 자연히 '쥐없는 살기 좋은 마을'루 만든 사람을 하나 만들어 훈장을 주구 또 그 얘기를 신문으루, 방송으루, 텔레비루 전국에 널리 알려야 한다는 것이었습니다. 그래서 어쩔 수 없이 촌장인 제가 쥐잡이에 아무런 공로두 없으면서 마을을 대표해서 그 훈장을 받게 된 것입니다. 마치 열등생이 우등상을 받은 거나 조금두 다름이 없는, 그야말로 얼굴 달아오르는 노릇이었지만 그게 모두 나라를 위해서 하는 노릇이라기에 그냥 받아둔 것인데……."

"그만!"

사나이는 촌장의 얘기를 중도에서 끊고는 녹음기에 스위치를 넣어 작동시켰다. 그리고 그는 또다시 부드러운 목소리로 경어를 사용해 정중한 질문을 던졌다.

"그러니까 결국은, 촌장님께서 고양이를 길러 쥐의 멸종에 큰 공을 세웠기 때문에 훈장까지 받은 것이 아닙니까?"

"그렇습니다. 하지만 말입니다. 아까도 말씀드렸듯이 쥐를 없앨 목적으로 고양이를 기른 사람은 아무도 없습니다."

사나이는 녹음 테이프를 거슬러 감았다. 그리고 녹음된 부분을 틀어 이어폰을 귀에 꽂아 듣고 있다가 촌장이 자기의 물음에 '그렇습니다'라고 긍정한 대목이 나오자 그 부분만을 살리고 그 이하는 깨끗이 지워버렸다. 그러나 촌장은 녹음기의 작동에 대한 지식이 전혀 없었기 때문에 사나이가 무슨 짓을 하고 있는지를 전혀 깨닫지 못했다.

사나이는 자기가 의도했던 대로 녹음된 테이프가 깨끗이 지워졌는가를 확인한 다음, 다시 녹음 장치를 해놓고 입을 열었다.

"쥐로 인한 농작물의 피해는 어땠어요?"

"우리 마을 전체 경지면적 이백십 에이커에서 나오는 곡식 중에서 줄잡아 연간 칠천이백 리터쯤 손실을 보아왔는데 지금은 그러한 피해가 완전히 없어졌으며 또 상당한 피해를 보아왔던 감자나 고구마 혹은 옥수수 같은 것두 전혀 피해를 입지 않게 되었다는 것이 현재의 상태입니다."

"촌장님께서 말씀하시기를 그 마을에 고양이를 기르지 않는 집이 한 집도 없다고 하셨지요?"

"네, 그렇게 말씀드렸지요. 그러나 따지구 보면 마을사람들이 고양이를 기른다기보다 고양이들이 각 가정으로 찾아든 겁니다. 마치 '우리가 당신네 목숨과 재산을 노리는 쥐들을 전멸시켜 이제는 잡아먹으려 해두 잡아먹을 쥐가 없게 되었으니, 당신네 사람들이 이제부터는 우리를 먹여살려야 한다' 는 투로 고양이들이 일제히 각 가정으로 파구든 것입니다."

"똑똑한 체하지 마."

사나이는 밑도끝도 없는 이런 한마디를 불쑥 내뱉고는 계속해서,

"나도 쥐에 관해서 알 만큼 알고 있어. 쥐란 놈들이 우리네 인간을 제외하고는 이 세상에서 아주 놀랍게도 현명하고 그리고 파괴적이고 사악하며 적응력이 강한 생명이라는 것을 알고 있단 말이야. 또 쥐새끼들은 놀라운 생존본능에 의해서 얼음판뿐인 극지에서도, 또 극심하게 뜨거운 사막에서도 우리네 인간들보다 훨씬 잘 적응해서 살아가고 있으며 그런 독종들이기 때문에 자칫 잘못하면 놈들에 의해서 전 인류가 전멸당할 위기에 처할 수 있다는 거야. 사실, 여태까지 쥐새끼들이 옮긴 여러 병에 의해서 죽은 사람의 수가 역사상의 모든 전쟁에 의한 전사자들을 모두 합한 것보다도 많은 숫자가 된다는 거야. 나도 쥐새끼들이 이렇게 무서운 존재라는 것을 잘 알고 있어."

길게 말했다. 멀뚱멀뚱한 눈으로 사나이의 표정을 살펴가며 그의 얘기에 귀를 기울이고 있던 촌장은 잠시 고개를 갸우뚱거렸다. 그러고 나서 잠시 후 촌장은 입을 열었다.

"그런데 어째서 내가 이곳에 와 있는지를 모르겠습니다."

"쥐새끼가 옮기는 병 종류는 삼십오 종이나 되고 그 중 제일 무서운 병

이 흑사병인데 옛날 유럽에 그 병이 나돌았을 땐 네 사람 중에 한 사람 꼴이 죽었을 정도로 그 피해가 여간 극심했던 게 아니었단 말야."

촌장은 사나이의 입술이 잠시 쉬는 틈을 타서 또다시,

"그렇다면 저의 죄는 도대체 뭡니까?"

라고 물었다. 그러나 사나이는 역시 동문서답이었다.

"나는 알고 있어. 인도 같은 나라에서는 쥐떼에 의한 곡식의 피해가 들판에서 이십오 프로가 되며 추수하여 저장한 다음은 곳간에서 삼십 프로의 피해를 입게 된다는 거야. 그러니까 농사를 지으면 사람 입에 들어가는 것이 사십오, 쥐새끼 입에 들어가는 것이 오십오 프로라는 얘기야."

"저는 지금 왜 이곳에 와 있는 겁니까?"

촌장의 목소리는 한층 더 초조로움에 들떠 있었다. 그제야 사나이는 촌장의 목소리가 귀에 들렸는지,

"뭐라고?"

반문을 던졌다.

"제가 왜 이곳에 와 있게 되었는지 그 까닭을 알구 싶습니다."

사나이는 촌장의 그 질문을 묵살해버렸다. 그리고 그는,

"촌장님네 섬마을에서 오 킬로쯤 떨어진 곳에 있는 무인도 산호섬을 촌장님은 알고 계십니까?"

하고 오히려 엉뚱한 질문을 던지는 것이었다. 사나이의 입에서 질문이 떨어지자 촌장은 더 이상 자신의 궁금증을 풀려는 노력을 하지 않았다. 전혀 공연한 신경을 쓸 필요가 없다고 생각되었기 때문이었다.

"무인도 산호섬을 알고 계시냐고 물었습니다."

"알구는 있습니다."

"그러면 거기에 이상한 쥐떼가 살고 있다는 것도 알고 있겠군요."

"이상한 쥐떼라뇨?"

"그런 얘길 못 들었단 말입니까? 천연기념 동물로 지정된 쥐 얘기를……."

"듣느니 처음입니다."

사나이는 또 녹음기의 스위치를 내렸다. 그런 뒤 버튼을 눌러 녹음테이프를 얼마쯤 되감아 이어폰을 통해 듣다가 방금 촌장의 입에서 흘러나온 '듣느니 처음'이라는 대답을 몽땅 지워버렸다. 그러고는 시뻘겋게 상기된 얼굴에 노끼눈을 만들어 촌장을 노려보고,

"이새꺄! 시간 낭비하지 말라는 얘기, 지금 몇 번째인지 알기나 해?"
라고 소리쳤다. 그 소리가 쩌엉, 천장을 울렸다.

촌장은 잔뜩 겁먹은 목소리로, '정말입니다'라고 빌 듯이 한마디 하고 나서 차근차근 얘기를 이어갔다.

"그 산호섬에 동물이 살구 있다는 얘기는 정말로 듣느니 처음입니다. 저두 한 번 가봐서 알구는 있지만……."

"가만!"

사나이는 다급하게 촌장의 얘기를 잘랐다. 그런 뒤 서둘러 녹음기를 작동시키고 나서,

"그 섬엔 가보셨군요?"
라고 촌장을 유도하기 시작했다.

"가 보았지요. 그곳은 풀두 나무두 아무것두 없는 조그마한 돌섬입니다. 그 섬에 돌 이외에 다른 것이 있다면 그것은 피로한 날갯죽지를 쉬기 위하여 잠시 앉았다가 떠나군 했던 이름 모를 바닷새들이 깔겨놓은 새똥밖에는 아무것두 다른 것이라군 없습니다. 개미 한 마리, 파리 한 마리, 모기 한 마리 없는 그런 섬입니다. 그런데 거기에 천연기념 동물이 살구 있

다니 정말 놀라울 따름입니다."

"그렇다면 내 말이 새빨간 거짓이란 얘기야?"

"……."

"내 얘기가 거짓이란 말이로군. 좋아!"

"거, 거짓말이라는 것이 아니구 제가 알구 있기루는 그 섬이 그렇다는, 그저 그런 얘기일 뿐입니다."

"그러니까 네가 알고 있기로는 그 섬엔 아무런 생물도 없다는 얘기가 아닌가?"

"그렇습니다."

또다시 사나이의 구둣부리가 촌장의 정강이에 달라붙으며 비명을 자아내게 했다.

"생물이 살고 있다는 얘긴 듣지도 못했단 말이지?"

"그렇습니다."

다시 사나이의 구둣부리가 촌장을 심하게 괴롭혔다.

"아까 내 입에서 나온 이상한 쥐 얘기도 듣지 못했다고 뻗댈 참이로군!"

사나이는 혼잣말처럼 중얼거렸다. 그리고 나서 꺼두었던 녹음기의 스위치를 올렸다.

사나이는 입을 열었다.

"천연기념 동물인 쥐 얘기를 들은 적이 없다는 촌장님의 말씀은 거짓입니다. 그렇지요, 촌장님?"

촌장의 눈길은 반사적으로 사나이의 구둣부리에 가 매달렸고, 그의 입에선 사나이의 말에 긍정하는 대답이 흘러나왔다. 그러자 사나이의 입꼬리에 이상야릇한 웃음이 매달렸다. 사나이는 손목을 재켜 시간을 읽었다. 그리고는 나직한 목소리로 '꼭 십 분이 남았군그래. 이제 우리 더 이상 시간을 낭비하지 맙시다.' 라고 중얼거린 뒤 천연기념동물이라는 그 이상한 쥐에 관한 얘기를 늘어놓기 시작했는데, 그는 그 얘기가 시작되기 전에 '촌장도 이미 다 알고 있는 얘기' 라고 몇 번이나 되풀이하여 못을 박았다.

"확실히 언제부턴지는 모르지만 그곳에 오래 전부터 한 떼의 쥐가 살고 있었지. 그런데 그 쥐들은 다른 데는 여느 쥐들과 똑같이 생겼지만 꼬리만은 달랐어. 꼬리에 털이 없고 색깔도 회색이 아닌 분홍색이었어. 그 섬에 아무런 먹을 것이 없다는 얘기는 맞는 얘기야. 그러면 그런 아무것도 먹을 것이 없는 섬에서 그 쥐들은 무엇을 먹고 살았느냐가 문제지. 정말 귀신이 곡을 할 노릇인 거야. 바로 그것 때문에 천연기념동물로 지정이 된 것이란 말이야. 바다면에 닿은 산호초 끝에 자리잡고 앉은 쥐들은 꼬리를 바닷물 속에 담그고 있는 거야. 그러니까 엉덩짝을 바다 쪽으로 두고 말이야. 그러니까 언뜻 보면 마치 홰에 나란히 앉은 새들의 꼬락서니라고나 할지, 어쨌든 그런 자세로 참을성 있게 계속 앉아 있다가 그 중에 한두 놈이 느닷없이 일 미터쯤 되는 높이로 휙 뛰어올랐다간 땅바닥 위로 떨어지며 나뒹구는 건데 그렇게 공중제비를 한 쥐의 분홍색 꼬리에는 으레 게가 한 마리씩 붙어 있게 마련이지 뭐야. 쥐들은 제 꼬리를 낚시삼아 게낚시를 하는 거야. 그리고 자기가 낚은 게를 다 먹어치우면 또다시 바닷물에 꼬릴 담그고 앉아서 게가 제 꼬리를 물기만 기다리고 있는 거야. 이렇게 매일 꼬리를 물 속에 담그고 있으니 꼬리에 털이 붙어 있을 수가 없는 거야. 그러니 자연 꼬리의 색이 분홍색일 수밖에……."

사나이의 얘기를 듣고 있던 촌장은 별안간 미친 사람처럼 요란한 웃음을 터뜨렸다. 사실 그는 사나이의 그 허황된 얘기가 조금도 우습질 않았다. 얘기 자체가 너무나도 허황된 것이어서 전혀 웃음을 자아내게끔 하질 못했다. 그러나 그는 웃지 않을 수가 없었다. 웃지 않으면, 전부터 알고 있

는 얘기여서 웃지 않는 것이 아니냐고 그렇게 의심받을 것 같았기 때문이
었다.

"아무리 약아빠진 쥐새끼기로서니……."

촌장은 배를 움켜쥐고 계속해서 억지로 꾸며대는 야단스런 웃음을 내리
쏟았다. 그런데 그러고 있는 촌장의 입에 벼락 같은 사나이의 주먹이 날아
들었다. 그 바람에 촌장의 입에서 쏟아지던 폭포 같은 웃음이 뚝 멈췄다.
그러나 그의 눈엔 사나이에게 의심을 살까 싶어 꾸민 웃음이 아직도 남아
있었다. 사나이는 그러한 촌장의 눈에다 대고,

"야, 이새꺄! 네놈 마을의 고양이 중에서 어떤 놈들이, 네놈 마을에 있는
쥐를 다 잡아먹은 뒤 더 잡아먹을 쥐가 없게 되니까 썰물 때에 물결을 타
고 헤엄쳐 건너가서는 그 천연기념 동물로 보호받고 있는 쥐들을 모조리
잡아먹고는 밀물 때에 다시 물결을 타고 돌아왔단 말이야. 바꿔 말하면 네
놈이 기른 고양이가 그 희귀한 천연기념 동물을 멸종시킨 거란 말이야. 그
런데도 웃음이 나오냔 말이야, 이 새꺄!"

사나이의 구둣부리는 촌장의 비명을 울리게 만들었다.

"뿐만이 아니야. 네놈이 기른 고양이는 우리 나라에만 있는, 그것도 네
놈이 살고 있는 그 섬에만 있는 희귀조(稀貴鳥)까지도 멸종시켰단 말이
야."

"억울합니다. 그 새가 무슨 샌지는 모르지만 또다시 그런 누명까지 쓰
게 되다니……."

"황취조(黃嘴鳥)라는 새야. 그래도 그 아가리에서 억울하다는 소리가
나올까?"

"아까 얘기한 산호도의 그 적미서(赤尾鼠)도 천연기념 동물로 지정되어
보호해야만 하는 진귀한 쥐지만 이 황취조 역시 마찬가지로 우리들이 보

호해야만 하는 진귀한 새였단 말이야. 이 새는 지난 겨울에 네놈들 섬에서 그 자취를 감춘 거야."

"그런데 그것이 어째서 우리 마을의 고양이 탓이란 말입니까?"

"증거를 대란 말이지?"

사나이는 코웃음과 함께 이런 한마디를 내뱉고는 책상 서랍을 열어 녹음 테이프 하나를 꺼냈다. 그리고 그것을 녹음기에 있던 것과 바꿔 끼우고 틀었다. 그러자 곧 그 테이프는 굵다란 중년 남자의 쉰 듯한 목소리를 토해놓기 시작했다.

"할아버지께선 이 섬마을에서 얼마나 사셨습니까?"

"내 나이 여든 하나니까 금년들어 꼭 팔십 년을 살아온 셈이지요."

"그런데 할아버지께선 이 마을에서 노랗고 긴 부리를 가진 새를 보신 일이 있으신지요? 이 그림과 같이 생긴 새 말입니다."

"보았지요."

늙은 목소리가 촌장의 고막을 울렸을 때 그는 극심한 낭패감과 함께 묘한 배반감까지도 느꼈던 것이다.

'이 대장장이 할아범아, 도대체 그런 새를 어디서 보았단 말인가?'

촌장은 자신도 모르게 두 주먹이 불끈 쥐어졌다. 그 늙은 목소리의 주인공인 대장장이 영감이 옆에 있다면 당장 달려들어 따지고 싶었다.

"혹, 마을에서 기르는 고양이들이 이런 새들을 낚아채는 것을 보신 적은 없으신지요?"

촌장은 손에 땀을 쥐고 녹음 테이프에서 다음에 풀려나올 얘기를 기다려야만 했다. '영감님, 제발 망령일랑 부리지 말아주십시오' 라고 속으로 간절하게 빌었다.

"고양이들이 가끔 산새나 꿩, 또 어떤 때는 집에서 기르는 병아리두 낚아채긴 하지만서두……."

그렇지, 그것은 어디까지나 그냥 산새일 뿐이고, 어디까지나 꿩일 뿐이고, 어디까지나 병아리일 뿐이라고 촌장은 휴우 하고 안도의 숨을 내쉬었다. 그러나 그것은 극히 짧은 동안의 일이었다. 또다시 그의 가슴으로 싸늘한 바람이 불어닥치기 시작하고 있었다.

"할아버지, 지금 말씀하신 그 산새라는 새가 이 그림과 같이 생긴 황취조가 아닌지, 이 그림을 자세히 보고 말씀해 주십시오."

"……."

"부리가 이렇게 길지 않던가요?"

"……길었지요!"

"색은 노랗고요?"

"……노랗게 보였지요."

"그러면 이 황취조가 틀림없습니다. 그런데 언제쯤 누구네 고양이가 이런 새를 낚아챘는지 말씀해 주세요."

촌장은 땅이 꺼질 듯한 한숨을 내쉬었다. 자기는 이제 꼼짝없이 이곳에서 무슨 일인가를 당하게 되고야 만다고 생각되었다. 비록 그것이 무슨 일인지 자세하게 알 수는 없지만 소름이 끼치는 끔찍한 일임에는 의심할 여지가 없다고 생각되었다.

촌장의 눈에는 한없는 시름이 담겨 있었다.

"글쎄, 정확한 날짜는 기억에 없지만서두 지난 겨울인 것만은 틀림없지요. 눈이 많이 내린 날이었어요."

절망감만이 가슴에 가득 차 있는 촌장은 이제 더 이상 대장장이 영감의 얘기 소리에 귀를 기울이고 있을 수가 없었다. 촌장은 생각했다. 눈 깜짝할 순간에 영감의 목소리가, 영감의 목소리를 듣는 자신의 귀가, 앞에 늑

대처럼 도사리고 앉아 있는 사나이가, 이 도살장같이 음험한 방이…… 눈 앞에 보이는 모든 것이 연기처럼, 물거품처럼 아무런 형체도 없이 사라져 버렸으면 싶었다. 그는 또 그렇게 되기를 간절히 빌었다.

"그런데요?"

쉰 듯한 중년 사내의 목소리가 대장장이에게 이야기의 뒤를 재촉하고 있었다.

"눈밭 위로 웬 고양이 한 마리가 어슬렁거리고 있었지요. 맨 첨에는 삵 인지 알았어요. 그러나 자세히 보니 고양이었지요."

"누구네 고양이었나요?"

"뉘집 고양인지는 모르지만 삵으로 잘못 볼 만큼 아주 커다란 고양이었 다우. 입에 뭔가를 물구 있었어요. 나는 생각했지요. 저녀석이 또 누구네 병아리를 훔쳤구나 하구요. 그래 소리를 치며 후렸지요. 그놈은 별안간 질 러댄 내 고함 소리에 놀라 혼이 나갔는지 입에 물고 있던 것을 버리고 줄 행랑을 쳤어요. 그래 그놈이 떨구고 간 것을 주워봤지요."

"그랬더니 그것이 바로 이 그림과 똑같이 생긴 황취조의 시체였군요. 그렇지요? 제 말대로지요?"

"그렇다우."

"그놈이 누구네 고양이었는지 끝까지 밝혀낼 수가 없었군요."

"그렇다우, 젊은이. 우리 마을의 고양이들은 모두 한배이기 때문에 어 느 놈이나 똑같이 흰바탕에 검정 얼룩이어서, 아니 설사 그렇지 않다더 라두 워낙 그 수효가 많아서 어느 놈이 뉘집 놈인지 분간해낼 재주가 없다 우."

"할아버지 말씀 고마웠습니다. 자아, 그럼 안녕히 계십시오."

녹음기에서 더 이상 녹음된 목소리가 풀려나오질 않자, 사나이는 스위

치를 내리며,

"누구의 목소린지 알겠어?"

하고 피로에 지칠 대로 지쳐 있는 촌장의 얼굴을 바라보았다.

"젊은 사람의 목소리는 알 수 없지만 노인네의 목소리는 알아들을 수가 있었습니다."

촌장도 사나이의 표정을 살피며 대답했다.

"어디 한번 대봐."

"우리 마을 대장간 영감님 아닙니까?"

사나이는 촌장이 옳게 알아맞추었다는 시늉을 얼굴에 지어보였다.

그리고는 잠시 후,

"가족 사항은?"

또다시 엉뚱한 질문을 해대는 것이었다.

"우리 내외하고 딸 하나, 아들 셋입니다."

"나 개인적인 얘기지만 참으로 안됐소."

사나이는 촌장에게 담배를 권하며 또다시 이렇게 알쏭달쏭한 한마디를 내뱉는 것이었다.

"도대체 그게 무슨 말입니까?"

"죄에는 벌이라는 것이 따르는 것이니까……."

"아니, 지금 그 말씀은 제가 죄인이라는 뜻이 아닙니까?"

사나이는 묵묵히 앉은 채 고개만 끄덕여댔다.

"아니, 도대체 무슨 죄를 졌단 말입니까?"

자리에서 발딱 일어선 촌장이 커다란 소리로 외쳤다.

"네가 네 죄를 인정했어!"

사나이의 목소리엔 칼날이 번뜩이고 있었다.

"제가 제 죄를 인정하다니요? 언제 그랬단 말입니까?"

"서둘지 마! 여기에 그것이 다 담겨져 있으니까."

사나이는 손에 들고 있던 녹음 테이프를 촌장의 얼굴에 가까이 갖다대며 몇 번인가 흔들어보이고 나서 그것을 녹음기에 끼워넣었다. 그 녹음테이프는 대장장이의 얘기가 담긴 테이프를 듣기 위해 잠시 빼놓았던 것이었다.

사나이의 검지가 스위치를 올리자 녹음 테이프는 서서히 돌며 사나이와 촌장 사이에 벌어졌던 문답의 내용들을 풀어내기 시작했다.

"촌장님네 마을에 무슨 특징이 있다면 그게 무엇인지 말씀하시지요."

"……."

"자아, 어서 대답해보세요. 섬마을의 특징이 무엇인지 말입니다."

"우리 마을의 특징이라면 고양이가 많다는 것이지요."

"마을에 있는 고양이는 모두 몇 마리나 됩니까?"

"……."

"촌장님이시니까, 마을에 고양이가 모두 몇 마리나 되는지 정확하게 파악하고 계시겠지요?"

"정확한 숫자는 파악하고 있지 못하지만……."

"그러면 어림잡아 말씀해주시지요."

"어림잡아 백 마리는 넘으리라고 생각합니다. 한 집에 한 마리씩은 다 있고, 두 마리 혹은 세 마리까지도 기르고 있는 집이 허다하니까요. 그러니까 백 마리라는 숫자가 꼭 들어맞는 숫자가 아니긴 하지만 거의 정확한 숫자라고 할 수도 있습니다."

"그렇겠군요. 그런데 그 고양이를 맨 처음 기르기 시작한 것은 도대체 누구인가요? 촌장님께서 그러셨나요?"

"……."

"그러니까 결국은, 촌장님께서 고양이를 길러 쥐의 멸종에 큰 공을 세웠기 때문에 훈장까지 받으신 것이 아닙니까?"

"그렇습니다."

"쥐로 인한 농작물의 피해는 어땠어요?"

"우리 마을 전체 경지면적 이백십 에이커에서 나오는 곡식 중에서 줄잡아 연간 칠천이백 리터쯤 손실을 보아왔는데 지금은 그러한 피해가 완전히 없어졌으며 또 상당한 피해를 입어왔던 감자나 고구마 혹은 옥수수 같은 것도 전혀 피해를 입지 않게 되었다는 것이 현재의 상태입니다."

"촌장님께서 말씀하시기를 그 마을엔 고양이를 기르지 않는 집이 한 집도 없다고 하셨지요?"

"네, 그렇게 말씀드렸지요."

"촌장님네 섬마을에서 5킬로쯤 떨어진 곳에 있는 무인도 산호섬을 촌장님도 알고 계십니까?"

"……."

"무인도 산호섬을 알고 계시냐고 물었습니다."

"알고 있습니다."

"그러면 거기에 이상한 쥐떼가 살고 있다는 것도 알고 있겠군요?"

"이상한 쥐떼라뇨?"

"그런 얘길 못 들었단 말입니까? 천연기념 동물로 지정된 쥐 얘기를……."

"들은 적이 없습니다."

"그 섬엔 가보셨군요?"

"가보았지요."

"천연기념 동물인 쥐 얘기를 들은 적이 없다는 촌장님의 말씀은 거짓입니다. 그렇지요, 촌장님?"

"그렇습니다."

녹음이 된 부분은 전부 끝이 났다. 그러나 사나이는 거기에 잇대어 몇 가지를 더 녹음해야 할 필요성을 느끼고 촌장을 향해 새로운 질문을 던지기 시작했다.

"적미서와 황취조가 촌장님네 마을의 고양이에 의해서 멸종이 되었습니다. 때문에 촌장님을 모시고 몇 가지 여쭈어보았습니다. 여태까지 테이프를 통해서 들은 목소리가 나와 그리고 촌장님의 목소리라는 것을 부인하시지는 않으시겠죠?"

"부인하지 않습니다. 그러나 그것은 저와 선생님 사이에 오고간 여러 가지 얘기들 중의 아주 적은 일부분이고 또 그 모든 얘기들이 뒤죽박죽이 되어 있습니다. 끝으로 분명하게 주장하고 싶은 것은 적미서나 황취조의 멸종이 진짜라 해도 그것은 저와는 아무런 관계가 없는 일이라는 것입니다."

촌장의 얼굴은 어떤 굳은 결의가 엿보이는 그러한 표정이었으며 이렇게 긴 얘기를 하는 동안 조금만치도 동요되는 빛이 없었다. 그러나 그 긴 촌장의 마지막 얘기 중에서 녹음 테이프에 담긴 것은 '부인하지 않습니다.'라는 그 한마디뿐이었다. 그것을 모르는 촌장은 계속 자신의 무죄를 주장했다.

"……죄가 있다면 고양이에게 있겠지요."

"고양이 대신 훈장을 받을 수 있는 사람이라면 고양이에게 내릴 벌도 대신해서 받을 수 있는 사람이겠지."

사나이는 이런 한마디를 불쑥 내뱉고는 밖으로 나가 그 방에 단 하나밖

에 없는 철문을 철커덕 채워버렸다. (1978)

유머, 위트 끝에 번뜩이는 진실의 비수

다양한 경향의 소설 세계

평론가 장문평은 「김문수론/동정 · 연민 · 연대감의 문학」에서 김문수 소설 세계를 다음과 같이 밝힌 바 있다.

"(전략) 김문수는 다섯 가지 이상의 다양한 경향으로 작품을 써왔다. 그 것은 ① 역사적 대사건의 영향을 밝힌 것 ② 지배계층의 박해를 밝힌 것 ③ 노인문제를 다룬 것 ④ 인간 동료 사이의 불화를 다룬 것 ⑤ 하층민의 성(性) 문제를 다룬 것 ⑥ 재수생 문제를 다룬 것, (중략)……. 어떤 경향의 작품에서든 한결같이 그리고 끈질기게 그와 동시대 하층민의 어두운 생 태를 보여준다. 즉 김문수 소설의 테마는 단 하나, 하층민의 불행이라고 하는 무겁고 괴로운 기류이다. 김문수가 보여주고 있는 중요한 하층민의 모습은 버림받은 자, 학대받은 자들의 참혹한 모습이며 그들의 불행한 삶 은 강제로 안겨진 비극이다.

김문수 작품의 주인공 또는 내레이터로 되어 있는 소설은 그 자신의 체험이 이야기되어 있는 예도 적지 않다. 이런 점은 첫째로 자기 자신의 직접적인 체험을 작품화하는 그의 탁월한 재능을 입증해주고 둘째로는 그의 작품의 진실성을 입증해주고 있는 매우 좋은 점이라 할 수 있다. (후략)"

이상과 같은 장문평이 지적한 여섯 가지의 경향에, 본 선집에 수록된 작품이 해당되지 않는 것은 없는 것 같다. 그렇게 볼 때 과연 「증묘(蒸猫)」는 어느 경향에 속할 것인가. 아마도 ①과 ⑤에 해당되는 작품이 아닌가 싶다. 그러면 본고(本稿)에서는 특별한 순서가 없이 「증묘」부터 시작하여 전 작품에 대해 여러 비평가들이 다룬 작품평을 소개함으로써 독자들의 이해를 돕기로 하겠다.

중편 규모의 「증묘」에 대해 작가에게 '대표작이냐?'고 묻자 그는 웃음부터 짓고서 '대표작 중 하나이긴 한데 모두들 김문수 대표작 =「증묘」로 알고 있고 또 그렇게 굳어져 있는데 대표작은 앞으로 쓸 것'이라고 했다. 그래서 다시 '대표작으로 굳어진 까닭'이 있을 게 아니냐고 질문을 하자 '나도 잘 모르는 일'이라고 전제한 뒤, 말을 이었다.

'이건 짐작인데 「증묘」가 영화(영화제목은 「묘녀(猫女)」)도 됐고 또 불・일・중 3개 국어로 번역되기도 했기 때문인 것 같아요. 그리고 스토리 또한 독자들에겐 강렬한 인상을 준 모양이고.'

작가는 밝히지 않았지만 자료를 조사해보니 김열규(전 서강대 교수)의, 속신(俗信)이 「삼국유사」의 특정 전승과 현대문학 일부 작품의 공통된 기층구조로 작용하고 있는 현장을 분석한 논문 '서사체와 기층구조'에, 고재석(동국대)의 연구 논문 '소설의 공간성과 서사문법 ―「증묘」를 중심으로' 등을 비롯해 여러 비평가의 작품평이 있었으나 그 분량이 넘치거나 학술논문이거나 하여 본고에서는 소개키 어려워 「증묘」 발표 당시 김치수

(이화여대 교수 · 평론가)의 간단한 월평과 정현기(연세대 교수 · 평론가)의 촌평을 소개하겠다.

죄의식과 죽음의 미학을 교차시킨 — 「증묘(蒸猫)」

어렸을 때 삼촌의 죽음을 가져오게 했던 주인공이 죄의식에 사로잡혀 죽음의 보상을 받는 이야기가 「증묘」이다.

고양이, 숙모, 그녀라는 구체적인 예를 통해서 받는 보상은 저주받은 인간의 그것이면서도 작가의 미의식(美意識)에 의해 '죽음의 미학'으로 승화되고 있다. 다른 소설 「미로학습」을 전후로 변화를 보여주었던 이 작가가 여기에서 또 다시 변모를 보여주고 있다. 이 프로이트적 세계가 어떻게 될 것인지 다음 작품이 기대된다. —김치수

김문수의 데뷔작(조선일보 신춘문예, 1961)인 단편 「이단부흥(異端復興)」과 또 그의 초기 작품에 속하는 「증묘」는 그의 소설 세계의 성격을 밝히는 좋은 길잡이가 되는 작품들이다.

이들 작품 속에 보이는 가족간의 해체문제와 근친상간은 두 개의 중요한 모티브를 이룬다. 가령 「이단부흥」의 주인공 권재호(權在浩)의 아버지가 전쟁터에 나간 뒤 소식이 없고, 그래서 최저생활 유지도 어려운 생활형편 속에 친척인, 남대문 시장 중개인으로 유명한 권씨 아저씨와 어머니가 간통하여 아기를 배게 된 사실을 하나의 소설적 문제점으로 삼으면서 가족간의 갈등 내용을 펼친 이 작품은 그의 야심작으로 보이는 「증묘」에 와

서 더욱 심화된 양상으로 드러난다.

그런데 가족들 사이에서 일으키는 갈등의 중요한 요인을 이 작가는 힘주어 밝히지 않으려 하고 있는 것처럼 보인다. 그의 작품 속에는 갈등 현상 그 자체가 있을 뿐이고, 현상의 가장 한복판에서 방황하고 부끄러워하며, 눈앞의 세계에 대한 해결의지를 갖기보다는 오히려 나약하고 소심한 성품을 지녔으므로 해서 문제 해결을 더욱 어렵게 만드는 인물이 그의 중요한 프로타고니스트로 살고 있음을 눈여겨볼 필요가 있다.

그의 이 특징은 소설을 읽는 독자들에게 그의 소설세계 속에는 낙관적 결말이든, 비관적 결말이든 간에 소설적 흥분이라든가 긴장이 없어 보이도록 유도한다. 어쩌면 소설적 결점으로 지적될 만한 점이다. 주체로서의 삶을 꾸려나가려 할 때라든지 눈앞의 세계와 대결을 벌일 때 일으키는 긴장감을 없이 한다는 것은, 한편으로는 소설적 흥미를 줄인다는 뜻과도 통할 수 있겠기 때문이다.

그러나 그럼에도 불구하고 이 작가에게 있어 이 작품들은 상당히 중요한 의미를 지니고 있음에 틀림없어 보인다. 그처럼 인척간에 저지른 불륜(근친상간) 때문에 주인공(「이단부흥」) 어머니가 낙태수술을 하였고, 단지 낙태수술이 종교적인 법칙을 범했다는 이유로 가출하여 가족관계 해체를 도발한 누나를 겁간하려고 작정하는 작중인물 권재호의 마음가짐은 어쩌면 이 작가가 지닌 사회적 분노심의 역설적 표출로 읽을 수 있겠다. 누나를 겁간하고 나서의 일이 어떻게 될 것인가 하는 진행 과정의 결말이 틀림없이 비극적인 파국(catastrophe)일 것임은, 그의 「증묘」에서 법칙을 범하고 사는 인물(숙모와 조카가 성생활을 함)이 맞는 파국으로 확증된다.

두 작품 모두 남북간의 전쟁 후유증을 보이는 작품이라는 점으로 보아

의용군에 나갔다가 행방불명이 된 아버지와(「이단부흥」) 또 국방경비대 소위였던 삼촌의 비참한 죽음(「증묘」)이 똑같이 주인공 '권재호'와 '나'를 묶는 숙명적인 덫이고, 그것이 국가적인 차원에서 벌어진 사회변동의 회오리이므로 개인이 개입해서 도저히 막아볼 수 없는 힘의 마찰로 파악했을 때 그것을 향한 내면적 울분과 분노심은 필연적으로 생기는 작가의 식일 터이다.

더더구나 너무 어려 아무 분별이 없었던 '나'의 철없는 반응(숙부가 숨어 있는 곳을 가르쳐주고 마는)이 그처럼 엄청난 결과를 초래하였고 그 초래된 결과가 또다시 '나'를 묶는 덫이 되어 이후의 인생이 떳떳할 수 없게 이어져 왔다는 진상 표명은 우리가 일상적으로 짊어짐직한 악운의 극대화에 대한 작가의 처절한 분노심의 발로에 다름 아니다. 사회적 분노심이란 다른 말로 해서 '자아' 앞에 펼쳐진 바깥 세계가, 부정하고 부조리하다는 인식에 기초한 기본 장점의 하나이다.

그런데 이 작가의 경우 이 분노심은 그렇게 자아 앞에 버티고 선 운명 앞에 과감하게 도전하는 형태로 살고 있지 않다. 오히려 어처구니 없는 사건에 휘말려, 힘없이 당하거나 회피하는 인물들이 주류를 이루고 있음을 볼 수 있다. 김문수 소설세계의 특징을 이루고 있는 성격이다. 이런 소설적 성격은 그의 다른 여러 작품에서도 명백히 드러난다. —정현기

전통적인 소설 미학과 덕목 — 「만취당기(晩翠堂記)」

── 金善鶴(동국대 · 문학평론가)

(전략) 「만취당기」는 세 개의 이야기 고리가 맞물리는 자리에 읽는 사람을 감동으로 붙잡아둔다. 삶의 바탕인 현실, 그것의 모습인 사회 그리고 그것과 관계하면서 사는 기본 단위인 가정, 즉 가족사의 소설적 접근이 그 한 고리이다.

또 다른 하나의 고리는 사람이 사는 현장인 현실의 모습이다. 그 현실의 모습은 가부장적 권위와 권력 지향적인 유교 가치관이 깡그리 지워지지 않은 채 온존하고 농경 중심의 전통적 촌락이 붕괴되는 곳이다. 그 붕괴의 자리에 산업사회의 모습이 얼굴을 내밀고 공업화라는 산업사회의 필연적 속성이 농경 중심의 촌락을 황폐화시킨다. 그 황폐화를 공해라고 할 수 있다. 말하자면 정신주의에 바탕을 둔 농경 중심의 전통적 사회의 위상이 물질 중심의 공업화를 근간으로 하는 산업 사회로 대치되면서 그 속악한 요소의 하나인 공해가 사람의 생명은 물론 정신주의의 기저에 뿌리내리고 있는 꿈과 그리움과 동경을 여지없이 짓밟아 놓는 정황이다.

마지막 하나의 고리는 세대간의 갈등이다. 아버지의 세대와 아들 세대 간의 갈등은 단지 갈등으로 끝나지 않는다. 그 갈등은 삶과 현실 그리고 역사에 대한 접근 방법의 차이에서 비롯되는 것이고 확대해서 보면 전환기 한국 사회에서의 삶을 영위하는 방법과 가치관의 차이다.

「만취당기」는 이 세 개의 고리가 서로 맞물리면서 그 공통 영역의 자리에 오늘날 한국인의 위상과 삶의 질과 현실에 대응하는 의지와 좌절 그리고 극복의 모습을 아프게 성찰하도록 한다. (중략) 흥분하지 않으면서 끈질기게 삶과 현실 그리고 역사적 항목을 다만 소설로서 말하고자 한 김문수의 작가적 표정을 「만취당기」에서는 더욱 확실하게 접하게 된다. 더욱 「만취당기」에서는 읽는 사람들을 감동으로 붙잡아매는 전통적 소설의 미학과 덕목을 통해 이제 하나의 경지에 그가 불쑥 발들여 놓고 있음을 확인할 수 있게 된다. (후략)

윗글은 김선학의 〈「만취당기」론〉에서 발췌 소개한 것인데 「만취당기」에 관한 자료는 윤재근(한양대 · 비평가)을 비롯한 많은 비평가들이 다루었다. 그러나 본고에서는 「만취당기」를 1989년도 제20회 동인문학상 수상작으로 선정한 두 심사위원의 소감을 간략하게 소개하는 것으로 매듭 짓고자 한다.

……「만취당기」의 의젓한 장인성(匠人性)이 돋보였다. 문장도 차분하고 인물 형상(形象)도 차분한 편이다. 맵고 쏘는 맛이 덜한게 흠이지만 섣부른 고함소리로 드러나지 않는 이야기야말로 때로는 가장 높기도 한 것이다.…… ―이호철

……우리 시대가 웃음을 잃어가고 있듯이 소설 속에서도 해학을 찾아보기 어려운 형편이다. 심각하게 찡그리는 작품은 많으나 해학으로 부드럽게 감싸안는 소설은 드물다는 말이다.
김문수의 「만취당기」를 읽으면서 나는 여러 번 웃을 수가 있었다. 「만취당기」는 해학을 바탕에 깔고 있는 작품이라고 할 수 있다. 만취당이라는 고가(古家)를 통해서 한 집안 3대의 모습을 그려보여 주고 있는데 아버지의 의식이 특히 해학적이다. 그리고 그 집에서 세 사람의 정승이 태어난다

는 이야기의 기본구조부터가 해학적이다. 별로 새로울 것이 없는 이야기
면서도 재미있게 읽혀지고 주제도 누구에게나 거부감을 주지 않는 보편성
을 지니고 있는 듯하다.…… ─하근찬

현대판 우화소설 ─ 「매」

─李泰東(서강대 · 문학평론가)

(전략) 일반적으로 우화는 희극적인 성격을 띠고서 도덕과 윤리, 그리고
사회적 규범과 어긋난 반인간적인 행위를 여러 가지 동물의 마스크와 해
학, 그리고 뛰어난 기지를 사용해서 고발하고 풍자한다. 그래서 우화는 인
간의 외면적인 행동규범과 그 행위를 사회적인 문맥 속에서 분석하고 비
판하며 웃음을 통해서 인간의 약점과 오류를 시정해 나가는 데 그 예술적
인 목적을 두고 있다. 때문에 이 우화적 요소는 신화적 요소와 더불어 현
대 소설의 플롯을 형성하는 데 결정적인 기능을 하고 있다. 이러한 시점에
서 볼 때, 현대판 우화소설을 쓴 김문수의 「매」는 우리들의 주목을 요구하
고 있다.

김문수의 「매」는 기계적으로 움직이는 비정스러운 현대 사회에서 실직
을 하고 살아가는 한 건강하고 선량한 사람이, 정력제로 만들었다는 뱀약
을 파는 안경잡이 '약장수 집단'에 자의반 타의반으로 끌려가 심한 외상
을 입고 폭력에 대한 환상적인 공포중에 사로잡혀 웃지 못할 희비극을 연
출하는 현실을 극적으로 나타내고 있다.

주인공 두꺼비는 우연히 뱀약을 파는 공터에 구경꾼의 한 사람으로 나

타난다. 안경잡이 약장수는 '대가리 둘에 몸뚱이 하나 그리고 꼬리가 둘'인 동물이 들어 있다는 통을 탕탕 쳤고 두꺼비가 그 통 속에 있는 것을 보여달라고 하자 영업 방해를 한다는 이유로 안경잡이의 부하 번개와 개발코에게 끌려가 심한 구타를 당한다.

그러나 거구인 두꺼비는 맷집이 좋아 꿈쩍도 않았다. 그에 약장수들은 기상천외의 기발한 발상을 하게 된다. 즉 그들은 영업이 잘 되지 않는 뱀 약장사를 그만 두고 그를 고용해서 울분에 찬 사람들로 하여금 속 시원히 때리게 하고 돈을 버는 일을 생각한 것이다.

교활한 그들이 바보스러운 두꺼비를 돈으로 유혹하자, 생활이 어렵고 야구 글러브가 없어 동네 아이들 틈에 끼이지도 못하고 공을 집어다주는 심부름을 할 뿐더러 심지어는 공이 남의 집 유리창을 깼을 때 대신 매를 맞아 주는 아들에게 충분한 운동구(運動具)라도 사주기 위해, 그들이 시키는 대로 '매맞는 사람' 이 돼 돈을 벌기로 했다.

영업 첫날, 머리에 프로텍터를 쓰고 맞았을 때 도망가지 못하게 발목에 쇠고랑을 차고, 권투 글로브를 낀 울분에 찬 고객이 만족할 만큼 심한 매를 맞게 되자 그는 자신을 지탱하지 못하고 쓰러져 죽을 것만 같았다.

두꺼비는 매를 맞아준 대가로 팁을 합해 겨우 1만 2천원을 받아가지고 이른바 안경잡이의 영업장인 '한국정신건강원' 을 나왔다. 그러나 그에겐 거금인 그 1만 2천원이, 야구 배트 하나 값도 안 된다는 사실을 알고 절망하게 된다. 그래서 할 수 없이 점원이 돈에 맞게 준 글러브와 야구공 하나를 비닐봉지에 넣고 계산대로 몸을 옮기려다 점원이 그 근처에 늘어져 있던 권투 글러브를 잘못 이마로 들이받아 그 '글러브가 그네처럼 움직이며 거구인 두꺼비의 면상을 향해 날아오는 주먹질로 착각' 하고 공포에 질려 도망치다 도둑으로 오해받아 점원과 행인들의 구둣발에 깔리는 비참한 신세가 된다. 아들에게 줄 야구 글러브와 공이 든 비닐봉지를 잔뜩 끌어안고서.

작가 김문수가 여기서 작중 인물에게 동물의 이름과 그에 준하는 지칭(호칭)만을 붙여서 사용한 것과 다른 작품에서도 가끔 그런 수법을 쓰는 것은 이들 작품이 오늘날 분단 국가의 아픔과 우리 사회의 비리와 그 세태를 아프게 풍자한 우화소설에 가까운 형식을 취하려 한 의도임을 알 수 있게 한다.

작가가 해학적인 표현을 위해서 사용한 이러한 별명 내지 이름은 해학의 범위를 넘어서 그들이 인간이 아닌 동물, 혹은 하나의 물건의 상태에서 머물고 있다는 사실을 간접적으로 시사하고 있는 듯하다.

뱀이 신화적인 문맥에서 추방당한 인간의 이미지를 상징한다면, 뱀을 잡아 정력제로 만들어 파는 안경잡이, 개발코, 번개가 분단 국가인 우리 사회에서 어떠한 종류의 인간 집단인가는 여기서 새삼스럽게 밝힐 필요도 없겠다.

그리고 그들에게 울분의 맷집이 되어 짓밟힌 결과 테러의 공포 속에 호구지책을 이어가며 사는 제물양(祭物羊)인 두꺼비가 또한 어떠한 인간형을 나타내고 있는가는 불을 보듯이 명확한 것이 아닌가. 그리고 두꺼비가 다음 세대를 살아가는 그의 아들이 매를 맞지 않게 하기 위해 야구 글러브와 배트를, 구타당한 대가로 받은 돈으로 사려고 한 것은 자기에게 날아오는 대포알과도 같은 공을 받아넘기거나 혹은 받아칠 수 있기 위한 복수와 자기 방어를 마련하기 위한 처절한 갈망에 대한 하나의 탁월한 알레고리와도 같은 것이리라.

그러나 「매」는 중편이라는 길이 때문인지 구성이 풀어지고 언어를 낭비하는 듯한 아쉬움이 없지 않다. 그래서 위에서 지적한 바와 같은 어떤 부분은 놀라운 유머와 탁월한 기지에 넘쳐흘러, 풍자적인 훌륭한 작품에서만 느낄 수 있는 웃음 속의 눈물, 즉 페이소스를 느끼게 하고 있지만 어떤 부분에서는 감정이 풀어지고 느슨해져 미학적인 차원의 페이소스보다 감상의 늪 속으로 빠져 들어가고 있다. 그 부분은 중편의 플롯을 전개시키기 위해서는 필요 불가결한 사실임을 이해할 수 있지만 어쨌든 「매」는 김문수의 개성을 십분 발휘한 작품으로 '창작불황'에 부닥친 오늘날 우리 작단(作壇)에 새로운 탈출구를 제시하고 있는 화제작이라고 아니할 수 없겠다.

그 진실성의 감동 — 「몰이」

— 宋在英(문학평론가 · 전 충남대 교수)

소설은 사건(이야기)을 중심으로 출발하지만, 그러나 이야기를 위한 이야기의 전개는 과연 어떻게 문학성을 획득할 것인가. 우리의 생각으로는 소설의 가치는 이야기의 중요성보다 그 이야기의 진실성에서 찾아져야 할 것이 아닌가 믿어진다.

김문수의 소설이 우리에게 주는 감동은 바로 이 이야기의 진실성에 있다. 그것은 그의 소설이 '그럴 듯하다'는 뜻이 아니라 그 이야기의 전개과정에서 드러나는 작가의 시점이 끊임없이 어떤 진실을 추적하고 있기 때문이다. 문학적 진실 — 우리는 이 말을 김문수의 경우에 있어 '소설의 주제'라는 말로 일단 바꾸어 생각해도 좋을 것이다. 확실히 그의 소설에는 우리가 간과할 수 없는 몇 가지의 주제가 내포되어 있다. 그러나 그는 그 주제를 체계화하거나 강력하게 노출시키기 위해 소설을 쓰는 작가는 아니다. 그와는 정반대로 그의 소설은 적어도 표면상 서민층을 배경으로 한 일종의 세태소설로 쉽게 치부될 수도 있을 만큼 작가의 시선과 사상이 작품의 구조와 공간에 은밀히 편재(遍在)해 있다고 말할 수 있다. 바로 이 점이 작가 김문수의 탁월성이라고 말해질 수 있을 것이다.

현대의 메카니즘 사회에서 당연히 고귀한 가치를 가져야 할 휴머니티가 그러나 열성적으로 어떻게 타락하고 있는가.─이와 같은 문제는 이미 예리한 의식을 가진 작가들이 자주 천착해 온 테마이기도 하다. 넓게 말해서 현대의 비극적 주제라고 말할 수 있는 이와 같은 상황은 이미 보편적인 문제로 대두되고 있다고 해도 과언이 아니다. 그러나 그것은 보편적인 문제로 확대돼 있는 그만큼 그것을 소설세계에 수용하여 예술적으로 형상화하기란 결코 쉬운 일이 아니다.

김문수의 경우 ─그의 작중인물들은 바로 이와 같은 현대 사회의 메카니즘의 희생물로 우선 유형(類型)지을 수 있을 것 같다. 그들은 자신의 정당성이 이 사회가 이룩한 제도와 법칙에 의하여 전혀 인정받지 못한다는 점에서 희생물이다. 아니, 인정받기는 고사하고 그들의 정당성이나 순수성, 더 포괄적으로 말한다면 그들의 원초적 양심이 무시당하고, 마침내는 그것으로 인하여 그들의 반격조차 희생당하고 마는 것이다.

이 작가가 이와 같은 작품세계를 가장 전형적으로 보여주고 있는 것이 「몰이」라고 할 수 있다. 얼핏 보기에는 매우 황당무계한 내용을 담고 있는 이 소설은 그러나 역설적으로 말해서 바로 그 황당무계함에 자못 심대한 의미가 내재한다고 볼 수 있다. 여기에 등장하는 수사관은 그가 간교하게 설치해 놓은 함정 속으로 촌장을 빠뜨리기 위하여 온갖 방법의 유도심문을 시도한다. 심문 내용은 장치된 녹음기에 죄다 녹음되는데, 수사관은 그것을 사실 그대로 재생하는 것이 아니라 그의 목적에 맞도록 삭제, 편집하므로써 결과적으로 촌장은 묘하게도 함정에 빠져들게 되는 것이다.

김문수에 의하면 사냥꾼들이 짐승을 몰이하고 있듯이 오늘날의 메카니즘, 그 제도는 인간을 인간성 밖으로 내몰고 있다.

「몰이」의 촌장은 누구나 다 인정할 수 있듯이 순수한 인물이다. 그들에게 죄가 있다면 변화하는 이 사회에 좀 더 기민하게 적응할 수 있는 능력이 없었다는 것뿐이다. 아니, 더 정확히 말한다면 미처 그 능력을 기를 틈이 없었고, 따라서 그 능력을 발휘하기 전에 운수 나쁘게도 그런 불행이 닥쳐왔다고 할 수 있다. 그러나 그렇다고 해서 우리는 그들을 속된 표현으로 억세게 운수 나쁜 인물로만 치부할 수 없는 것이며, 바로 이 점에 예리한 작가의 시선이 머물지 않을 수 없는 것이다.

일찍이 물리적 극한상황을 다룬 작품은 더러 있었지만 김문수의 소설은 일종의 정신적 극한상황을 부각시킨다는 점에서 특이하다. 「몰이」의 촌장이나 「증묘」의 '그'는 한결같이 쫓기는 인물이며 그들의 쫓김은 마침내 어떤 극한 상황에 도달하여 옴짝달싹 못하게 된다. 「몰이」의 촌장은 터무니없이 이상야릇한 범인으로 몰리고 그런가 하면 「증묘」의 '그' 역시 단순히 같은 골목을 여러 번 배회했다는 이유 때문에 순경에게 범인으로 몰린다. 이들 주인공들은 쫓김을 당하고 짐승처럼 몰리어 물리적으로 결정적 파국에 이르지는 않는다고 하더라도 그와 못지 않게 정신적으로 불치의 경지에 빠지고 만다.

매우 흥미롭고도 이색적인 ─ 「아론」

─ 임영천(조선대 · 문학평론가)

「아론」은 매우 흥미로운 소설이다. 약간 동화풍의 소설이라고도 할 수 있을 이 작품은 일종의 우화소설 성격을 띠고 있다고 볼 수 있겠다. '우화소설'이라고 말하지 못하고 그런 '성격을 띠고 있다'라고 표현하는 것은 그 우화적인 내용이 작품의 도중에 나타나고 있기 때문이다. 즉 소설 전체가 우화적인 내용으로 되어 있는 것이 아니라 일반 소설의 형태 속에 우화적인 내용이 샌드위치처럼 끼어들어가 있다는 뜻이다. 다시 말하면 동물(침팬지)의 이야기가 인간들의 이야기인 소설 속에 별도로 등장한다는 뜻이다.

그러면서도 그 동물의 이야기가 인간의 세계와는 무관하게 완전히 따로 전개되는 것이 아니라, 인간이 동물과 직접적으로 상대하는 그런 스토리로 전개되어 있으므로 이 작품은 매우 이색적인 소재의 소설이라고 말하지 않을 수 없다. 이야기(스토리) 속에서, 인간과 동물의 삶의 세계를 이어주는 역할을 하는 이[者]는 역시 인간 세상에 잡혀가 서커스단의 곡예사 노릇을 하며 인간 세상의 재미에 제법 익숙해져 돌아온 침팬지 '아론'이 맡고 있다.

아마도 이런 유형의 작품을 쓴 사람이 김문수 말고 따로 있겠는가 하고 묻는다 해도 별로 무리하게 느껴지지 않을 것 같기도 하다. 각도를 달리해 표현하자면, 이 소설은 이를테면 하나의 이색적인 '액자소설'의 성격을 띠고 있는 셈이다. 인간의 이야기라는 큰 틀(액자) 속에 작은 틀(그림)이라고 할 동물 세계의 이야기가 등장하고(포함되어) 있으니 말이다.

이 소설이 또 다른 방면에서 아주 특이하다고 느껴지는 것은 작품 자체 내에 이른바 생태문학적 문제의식이 내포되어 있다는 점이다. 인간이 동물인 침팬지와 일상의 대화를 하는 것으로 그려졌다는 점이다.

이처럼 요즘 소설들은 인간이 동물과 대화를 나누거나, 아니라면 최소한 어떤 교감의 경지에 진입하는 면을 보여주는 말하자면 생태학적 관심의 표명이 점차 늘어가고 있음을 보게 한다는 것이다.

만일 이 작품이 확실한 우화소설이라고 한다면 그러한 --위와 같은-- 논의는 사실상 불가능할 것이다. 왜냐하면 우화소설이라면 그 안에서 인간과 동물과의 대화는 옛날부터 많이 있어 왔기 때문이다. 문제는 이 소설이 우화소설적인 면모를 일면 지니고는 있을지언정 우화소설 그 자체는 아니라는 데 있는 것이다.

그 때문에 생태문학적 문제의식이 어느 면 엿보이는 이 작품 속에서는 동물인 침팬지의 입을 빌려 인간의 포악성이 낱낱이 고발되고 있다. 그들의 삶의 터전인 '침팬지 섬'의 자연 생태계를 파괴한 인간들과 그들의 욕망을 화자는 여지없이 까발리는 것이다. 과거 인간들이 그들의 섬('침팬지 섬')에 무기를 들고 침입해 와서는 요란한 '벼락치는 소리'를 내면서 자기네의 어린 것을 생포해 가기도 했고 사슴 따위를 죽여서 둘러메고 가기도 했었다고 말한다.

그런데 금번, 인간 세상에 나아가(잡혀가) 인간의 때를 잔뜩 묻혀가지고 돌아온 아론이란 이름의 침팬지가 '산 목숨을 끊는 무서운 연장'을 가지고 들어와 자기들을 위협하면서 새 두목으로 군림하기 시작한 것이다. 그러나 아론은 사람들에게 길들여져 서커스단에서 보낸 오랜 세월로 인해 침팬지 말을 잃어버린 처지이다. 돌아온 침팬지 아론은 침팬지 세계에서는 같은 침팬지로 인정되지 못하며 인간에 의해서는 단지 이용물로 매사에 이용당하기만 할 뿐이다.

인간이 자연 생태계를 무작정 파괴만 할 것이 아니라, 무엇보다도 그들과 조화로운 삶을 회복하는 일이 급선무란 사실을 이 소설은 우리에게 우회적으로 가르쳐주고 있는 것이다.

국장님과 고향 사람 그리고 치과의사 ─「온천가는 길에」,「그 세월의 뒤」,「덧니」

「아론」에 등장하는 흑인 하산보다도 우리를 더 한층 경악케 하는 '높으신 분'이 있다. 그 높으신 분은 「온천가는 길에」의 국장님이다. 흑인 하산은 자기 아내를 겁간하던 백인 주인을 사살하고 그 죄를 침팬지 아론에게 뒤집어 씌우려고 안간힘을 썼지만 국장님은 그보다 훨씬 더 간악한 존재이다.

차관급 고위직의 물망에 올라 있는 국장님은 바다도 메울 수 없을 지경인 자신의 권력욕과 금전욕을 채우기 위해 노환으로 죽음의 문턱에까지 이른 어머니를 여태까지 모셔온 시골 맏형 집에서 빼앗다시피 서울 자기집으로 싣고 오다 그 노모가 운명하자 날짜까지 속여 거짓 3일장을 지내며 막대한 부의금을 챙기는가 하면 자기의 충복이나 다를 바 없는 부하 직원에게 자신이 졸음 운전을 하다가 교통사고를 내고 그 죄를 뒤집어 씌운다. 영(靈)의 세계에서 신인(神人)의 도움으로 그 기막힌 사실을 알게 되는 화자(話者)의 설정 등 이 작품의 전개 방법 또한 특이하다고 할 수 있다.

이 경악을 금치 못하게 하는 국장님의 시커먼 속을 알게 되면 그야말로 '미사여구를 늘어놓아가며 시끄럽고 경박한 인간들보다 정직한 동물이 더 낫다'는 토머스 헉슬리의 경구가 떠올라 절로 고개가 끄덕여진다.

「그 세월의 뒤」의 배경이 되는 경북 영양(英陽) 땅의 들머리에 송영당(送迎塘)이라 이름 붙여진 곳이 있다. 보낸다는 송, 맞이한다는 영, 방축이라는 당인데 이는 우리 선조들의 미풍양속을 알 수 있게 하는 유적지이다. 즉 옛날 사람들은 손님들이 영양땅을 찾아오면 그 방축에까지 나가 영접했고 또 손님들이 떠날 때도 역시 그곳에까지 나가 배웅했는데 그때마다 주객이 그 방축에다 꽃자리를 펴고 앉아서 이별주도 나누고 환영주도 나눴기 때문에 붙게 된 이름이 '송영당'인 것이다.

소설의 주인공 남진규는 여행차 영양에 갔다가 고향 사람을 만나게 되고 대포잔도 나누게 됐다. 술자리에서 고향 선배를 만나 반갑다며 깍듯이 '형님'으로 예우하던 청년이 화장실에 가는 척 자리를 뜬 한참 뒤, 정복 경찰관 두 명이 와 남진규를 연행하여 조사했고 신원이 확실한 것을 알게 된 경찰관이 말했다.

"주민들의 반공정신이 투철한 고장이구나, 생각하시오. 간첩 취약 지구가 돼놔서 우리 경찰로선 그런 신고가 필요합니다."

경찰관은 다른 곳에 가게 되더라도 공연히 낯선 사람에게 술 대접하지 말라고 했고 또 다음과 같이 말하기도 했다.

"요즘은 객지 사람들이 오면 우선 수상한 눈으로 보기부터 해서 탈입니다. 특히 젊은 사람들 중에 그런 사람들이 많은데, 재수가 좋으면 일확천금을 할 수 있다, 이겁니다."

그 경찰관은 '송영당'을 지나면서 다시 말했다.

"옛날 그 아름답던 풍속은 다 어디로 갔는지 원!"

이 소설은 그저 그런 여로소설(road novel)이거니 생각하기 쉬우나 조금만 생각을 돌리면 분단된 나라와 그로 인한 폐해들을 성찰할 수 있는 격조있는 작품임을 알 수 있으리라고 생각된다.

「덧니」는 고등학교 시절 덧니의 매력 때문에 첫눈에 반해 짝사랑하다가 고백도 못해본 채 잃었던 첫사랑(짝사랑) 여인을 40대 중반에 이르러서야 환자로서 만나게 된 치과의사의 얘기다.

그 첫사랑 여인의 부패한 치수(齒髓)로 인한 역한 냄새를 맡으며 진찰을 끝낸 치과의가 말했다. 당장 썩은 덧니랑 모두 뽑고 치료를 받아야 한다고. 그러자 여인이 소녀처럼 귀밑까지 붉히며 '소시적부터 이 덧니를 모두들 매력적이라고 무던히들 부러워 했는데……' 라고 한다. 그러나 의사는 당장 치료해야 한다고 단호하게 말할 뿐이다. 그에게 있어 '홀딱 반하게 했던' 그 문제의 덧니는 이제 발치(拔齒)를 서둘러야 하는 환부일 따름이었던 것이다.

아무렇지도 않게 시작하여 슬슬 끌어나가던 소설이 결말에 이르러 독자들이 예상치도 않았던 방향으로 획 반전(反轉)을 시킨 것이다. 이 작품을 최일수(문학평론가 · 작고)는 '주관적인 테두리를 벗어나지 못하기 때문에 현실의 벽에 부딪치면 무너지고 마는 소시민의 관념을 이미 매력적일 수 없게 썩어버리고, 발치의 환부에 지나지 않는 덧니라는 환상적 관념으로써 극복해 내고 있다' 고 평하기도 했다.

밀도 있는 오랜 뒷맛 — 「심씨의 하루」

—元亨甲(문학평론가 · 전 한성대 총장)

  사회학 용어로 스티그마(stigma)란 말이 있다. 본래 죄인에게 찍어주는 낙인을 의미했던 모양인데 이젠 사회적으로 대접을 받지 못하게 된 실격 인간을 두루 가리키기 위해 쓰이는 것 같다.

  그러나 스티그마를 성흔(聖痕)의 뜻으로 생각하는 경우도 있다. 십자가 상의 예수가 갖고 있던 흉터를 가리키는데 그와 같은 성흔의 형상이 성인(聖人)들에게는 똑같이 나타난다고 해서 카리스마적 위상(位相)으로 쓰여지는 카톨릭 신학의 용어다. 또한 그 사회학적 스티그마가 카톨릭적 스티그마(聖痕)로 승화되고 있다고 말한다. 실격의 인간이 오뇌의 인간 존재로 승격하는 현상이라고 할 수 있는 것이다.

  김문수의 작중인물들은 단순한 스티그마의 인간들이 아니다. 오히려 인간이기 때문에 스티그마일 수밖에 없고, 어디까지나 스티그마를 살고 있는 존재로서의 인간을 그는 읊조리려고 하는 것이다. 따라서 김문수에 있어서는 기독교상의 이른바 원죄의 뜻도 달라지지 않을 수 없다. 싫고 나쁘다는 뜻의 원죄가 아니라, 또는 그렇기 때문에 기구(祈求)하여 신의 은총을 바라는 인간이 아니라 슬픔도 기쁨도 떠나서 원죄 그 자체를 살(生) 수밖에 없는 인간의 존재를 그는 그리고(描) 있는 것이다.

  「심씨의 하루」를 읽으면서 나도 그러한 기독교의 원죄설(說)을 바로 눈앞의 인간적 현실로 보는 것 같았다. 이제까지 관념적으로 몽롱하게밖에 받아들여지지 않았던, 또는 그렇기 때문에 때로는 강렬하게 부정하고 싶었던 원죄 속의 인간이 그 전체적인 윤곽을 드러내면서 나타난 것이다.

「심씨의 하루」는 그야말로 하루 동안에 일어난 한 소시민의 삶을 그린 작품이다. 사실 인간의 원죄는 그렇게 순간적으로도 체험되는 것이며 또한 그 책임을 가장 리얼하게 전형화(典型化)하는 것이 소설인 듯싶다. 그런 의미에서 「심씨의 하루」는 헤밍웨이의 「킬리만자로의 눈」보다도 또는 모파상의 「목걸이」보다도 강도 높은 작품이며 솔제니친을 유명하게 한 「이반 데니소비치의 하루」보다도 훨씬 길게 남을 작품이라고 생각한다. 나는 중·단편의 경우 「황토기」(김동리)나 「갯마을」(오영수), 「광야」(손창섭), 「실종」(김성일), 「익명의 섬」(이문열) 등을 세계적인 작품으로 꼽고 있는데 그 중에서도 밀도 있는 뒷맛으로는 김문수의 「심씨의 하루」를 칠 수 있지 않을까 싶다.

몇 푼 안 되는 추석 보너스로 대포 한잔을 나누고 비실거리며 아내의 목걸이를 사들고 가는 심씨, 그리고 심씨의 삶을 몽땅 빼내어 도망친 아내와 그 목걸이를 대포집의 미스 조에게 걸어주며 '사랑해'를 마음 속으로 울부짖는 심씨는, 성(性)과 돈에 대한 불만으로 도망친 아내와 더불어 그대로가 원죄의 무대에서 엮어지고 있는 인간의 모습을 적나라하게 드러내주고 있는 것이다. 그야말로 인간의 스티그마(聖痕) 속에서, 또는 스티그마에서의 낙인찍힌 인간에 있어서 흐늘거리는 인간의 아이덴티티라고 하겠다. 배우가 무대를 떠나서 존재할 수 없듯이 스티그마의 무대를 살고 있는 배우로서의 인간, 이것이 곧 김문수의 작품세계에 흐르고 있는 정열인지도 모른다.

인간 부재(不在)에의 특유한 시선 — 「종말(終末)」

'도심지 뒷골목을 분주한 발길들이 누비고 있었다. 그 속을 조금도 분주할 것이 없다는 투로 한 노인이 어슬렁 어슬렁 걷고 있었다.' 김문수의 「종말」은 이렇게 시작된다.

소설의 첫머리를 어디서부터 어떻게 시작할 것인가 하는 문제는 작가들의 공통된 고민임엔 틀림없다. 그런데 김문수는 이 문제를 '능숙하게' 해결하고 있다. '능숙하게' 라는 말 속에는 '치밀하게' 라는 의미도 포함된다. 그의 작품을 읽고 나서 보면 서두가 거기서부터 그렇게 시작될 수밖에 없게 되어 있다.

그만큼 상황 설정이나 구성이 철저하다. 그러나 그의 문장에서는 계산된 의도를 눈치챌 수가 없다. 사건 전개와 문장의 흐름이 아주 자연스럽기 때문이다.

「종말」은 한 노인을 등장시켜 이 노인의 현재와 과거를 넘나들면서 그와 그의 주변에서 일어나는 일들을 무척 리얼하게 보여주고 있다. 마치 카메라 앵글에 잡힌 영상처럼 군더더기 없이 하나의 시츄에이션에서 다음 시츄에이션으로 전이(轉移)되고 있다.

'미국에 있는 아들' 이 부쳐준 돈을 찾은 김에 오래 못본 친구들을 찾아 잡담을 즐기다가 집으로 돌아가는 길에 소나기를 만나고, 비를 긋기 위해 들른 술집에서 한잔하고 술집 주인 여자가 '자식이 아니라 웬수' 라는 청년에게 술값을 지불하고 나왔는데, 그때 노인의 지갑에 든 돈에 눈독들인 이 청년의 '낚시' 에 걸린 노인이 죽게 되는 상황에 빠진다는 것이 이 소설에 드러나 있는 플롯이다.

그런데 사실 이는 전혀 새로울 것이 없다. 노인문제라든지, 사회의 비리, 부도덕 등은 그간도 이 작가가 즐겨 다루어온 소재이기 때문이다. 문제는 오히려 이 작품 군데군데에 아무렇지도 않게 흘려놓고 있는 작가의 속셈을 읽는 일이다. 그것은 바로 '인간부재(人間不在)'라는 보다 근원적인 문제이다. 작가는 아무런 내색조차 않고 있지만, 맨앞에 인용한 이 소설의 서두에서도 그 낌새를 엿볼 수 있다.

도심지 뒷골목을 누비는 분주한 발길들은 그야말로 분주한 발길일 뿐이다. 거기에는 인간이 없다. 그저 분주함만이 있을 뿐이다. 분주함이 그대로의 삶이다. 그것은 '인간의 황폐화'에 다름 아니다. '도심지' '뒷골목' 도 결코 간과할 수 없는 많은 얘기를 함축하고 있다. 분주한 발길과 대비되는 어슬렁거리는 노인 또한 단순히 대비로 설정된 것이 아니다.

노인은 삶의 집적(集積)이다. 어슬렁거림은 여유이다. 여유는 나와 주위를 보게 한다. 거기에는 인간이 있다. 문제는 인간이다.

작가가 이 노인을 따라다니며 던지는 시선의 그 깊이까지를 독자가 속속들이 찾아 읽을 때 작가와 독자가 만나는 광장은 보다 넓어질 것이다. 그리고 이 작품이 주는 맛은 더욱 진해질 것이다.

어떤 생(生)의 실상(實相) ─ 「지문(指紋)」

─李炳注(소설가)

요즘 작품 가운데 꼭 한 편만 뽑으라고 한다면 나는 김문수의 「지문」을 내놓을 수밖에 없다.

김문수는 언제나 그러하듯 아무렇지도 않은 척한 터치로 시작하곤 끝에 가서 겁을 먹이는 게 장기다. 그런 점은 모파상을 닮았다고도 할 수 있고 포우를 닮았다고도 할 수 있다.

「지문」의 주인공 홍정표는 미장이로 그 아내와 더불어 맞벌이를 하고 사는 사람인데 그들 부부의 근면은 대단하다. 고향 충청도로부터 야반도 주하여 서울에 와서 10여 년을 알뜰하게 노력한 결과 작으나마 자기 집을 마련하고 두 아이를 기르며 단란한 가정을 꾸린다. '개미 부부'라는 별명 에 알맞게 개미와 같은 행복에 자족(自足)하고 있다.

이들 부부는 주민등록증을 갱신하기 위해 동회로 나가는 날을 기해 아 이들을 데리고 창경원 구경(주:그때는 동물원이 지금의 창경궁인 창경원 안에 있었다)을 가기로 작정한다. 촌티가 풍기게 치장을 하고 김밥을 싸 가지곤 택시까지 타는 호기까지 부려 동사무소로 나갔다. (중략)그랬는데 동사무소에서 홍정표가 지문을 찍는데 시커먼 잉크 자국만 찍힐 뿐 지문 이 채취되지 않는다. 10여 년을 줄곧 미장이로서 사는 동안 지문이 닳아 그 섬세한 무늬가 나타나질 않는 것이다.

"손가락이 모두 매근매끈하게 닳아빠졌으니 지문이 나올 까닭이 있냐 말요!"

계원이 이렇게 말할 때 그는 정말 무슨 죄라도 지은 것처럼 '죄송합니다' 하고 허리까지 굽신거렸다. 그 아내 역시 지문이 찍히지 않았다. 한 일 주일 푹 쉬고서 지문이 새로 자라면 그때 다시 오라는 말을 듣는다. 이에 대한 응수는 "선생님, 우리는 그날 벌어 그날 먹어야 하는 사람이에요. 그런데 이 손도장 때문에 쉬란 말이에요?" 이었다. 기분이 잡쳐 그들은 작정했던 창경원 구경까지 걷어치우고 집으로 돌아와 처량하게 벽을 지고 앉는다. 이렇듯 멍청한 그들 눈앞에서 두 아이는 창경원에 가서 먹으려고 준비했던 보자기를 풀어놓고 김밥을 먹느라 정신이 없다.

사람답게 살려고 바득바득 애를 쓰는 과정에서 사람으로서의 특징이랄 수 있는 지문을 잃는다는 얘기는 새삼스럽게 그 상징적인 의미를 따져들 필요도 없이 기막힌 사실로서 읽는 사람의 가슴을 친다. 그런데도 김문수는 아무렇지도 않게 어제의 날씨 얘기를 하듯 하드보일드하게 산문을 엮고 있다. 그런 뜻에서 이 작품은 단편의 교과서라고 할 수 있다.

이렇듯 김문수는 어떤 신변잡기적(身邊雜記的)인 사실과 이야기에서도 생의 진실에 육박하는 드라마를 캐고야 만다. 다달이 생산되는 수십편의 소설 가운데 과연 몇 편이 이에 필적할 수 있는 드라마를 보여주고 있을까를 생각할 때 이 작가를 아끼는 내 마음에 많은 독자들의 공감이 있을 줄 믿는다.

단 흠이라고 할 수 있는 것은 주제 의식이 너무 강하게 작용한 탓으로 종말을 향한 기승(起承)의 부분이 너무 형식적으로 짜여졌다는 점이다.

종말의 클라이막스에 중점(重點)이 있더라도 그것 없이도 독자를 끌 수 있게 사건과 묘사가 농축되어 있었더라면 훨씬 감동적이지 않았을까. 그러나 이렇게 말해보는 것도 김문수의 역량을 아는 나로서 '옥의 티'를 가려내보는 행위일 따름이다.

살기 위하여 죽어야 하는 것, 얻기 위해선 잃어야 하는 것……. 이런 것을 생의 실상이라 할 때 「지문」에서 보여준 바와 같은 주제는 다양한 베리에이션을 예상할 수가 있다.

먼저 작가 김문수에게 더욱 많은 것을 기대하고 따라서 모든 젊은 작가들의 이러한 면에 있어서의 개안(開眼)이 있었으면 한다.

한국 소설문학의 차원을 높인 ― 「파문을 일으킨 모래 한 알」

― 한만수(동국대교수 · 문학평론가)

성수대교 붕괴를 다룬 수작(秀作)이다. 수난의 대상은 가장인데 그는 죽음이라는 극단적인 피해를 입게 된다. 운전을 할 줄도 모를 뿐만 아니라 배울 생각도 전혀 없는 '신 8불출'에 속하는 '사내'. 그런 '무능한' 남편에 대해 더 이상 기대하지 않는 아내는 면허를 따고 친정언니에게 중고차를 얻어다 놓은 다음에야 우리도 차를 갖기로 했노라고 남편에게 통보한다.

어느 가을날, 비도 오는 데다가 마침 아내도 외출할 일이 있었으므로 남편은 정류장까지만 아내의 차를 얻어타기로 한다. 아내는 화장하느라 늦고, 남편은 투덜댄다. 아내는 자기 때문에 늦은 시간을 차의 속도로 벌충하려고 한다. 막 떠나는 버스를 앞질러 버스 앞에 차를 세운다. "죽고 싶어 환장했어?" 욕을 해주기 위해 버스 기사는 문을 열었고, 문이 열렸으므로 출근이 급한 사내는 자동인형처럼 버스를 탄다. 그 버스는 성수대교 붕괴 때문에 뒷바퀴가 미처 빠져나가지 못해 추락한다. 남편은 죽는다. 그 시간 친구와 만나고 있던 아내는 남편이 죽은 것도 모른 채 수다를 떤다.

파리 여행에서 돌아온 친구는 아내의 첫사랑 남자를 그곳에서 만났노라고 전한다. 퐁 네프에서 함께 찍은 사진까지 보여준다. 퐁 네프. 새 다리. 3백 년 전에 놓은 아직도 튼튼하게 버티고 선 다리. "파리 사람들은 튼튼한 물건을 말할 때 '퐁 네프처럼 오래 쓸 수 있겠다'고 말한대." 아내는 동창생과 어울려 자신의 처녀성을 바친 첫사랑 남자에 대해, 퐁 네프에 대해서 재잘댄다. 그미는 나중에야 남편의 죽음을 알고 밤마다 꿈을 꾼다. 꿈에서 남편은 당신 때문이라고 원망한다. 악몽과 알코올로 지새우는 무수한 밤들.

그리고 보면 작가는 이 부인에게 지나친 비판을 보내는 것인지도 모른다. 그미는 단지 남편이 제시간에 출근할 수 있도록 암체짓을 했을 뿐이다. 남편을 잃은 것만 해도 그 정도의 잘못에 대한 대가로서는 가혹하기 그지없는데 어쩌자고 작가는 그미를 평생 동안 악몽에 시달리도록 만드는가. 그미는 자기 잘못에 비해 너무 큰 대가를 치르는 것이 아닌가.

이런 구조의 작품은 제한자적 존재로서 인간의 운명에 주목하는 우주적 아이러니를 산출한다. 그러나 한순간 깜빡 잊고 지른 '야호!' 소리 때문에 눈사태를 만나게 되는 등반가와는 다른 의미를 그미는 지닌다.

그미의 버스 가로막기가 지니는 상징성 때문이다. 또 그렇게 해서 이 소설은 인간의 운명에 대한 존재론적 물음에 그치지 않게 된다. 김문수가 이 작품을 통해 재판정에 세우는 것은 아내가 아니라 바로 우리의 마음자리다. 앞지르기 경쟁, 남을 못 가게 만드는 경쟁 그리고 추월을 미덕으로 생각하게 만드는, 자동차를 상징으로 하는 현대 문명에 대해 그는 아프게 비판한다. 성수대교를 무너뜨린 것은, 더 많이 소유하면 더 행복하리라는 우리들 모두의 미망(迷妄)이라고 그는 힘주어 말한다. 수퇘지에게 달려가는 발정난 암퇘지의 삽화는 매우 적절하고도 아프게, 우리의 욕망과 그 충족

방식의 허망성을 드러내 보여준다.

위 비평 속의 한 대목만 인용해 '작가가 왜 그 부인을 그토록 지나치게 비판했는가? 왜 귀신까지 동원해 그토록 괴롭혔는가?' 라고 묻자 김문수는 서슴없이 대답했다. "그것은 작가의 비판도 작가가 괴롭힌 것도 아니다. 자기 때문에 추락한 숱한 버스 승객들의 원혼 때문에 그 부인 스스로가 자기 자신을 비판하고 괴롭힌 것이다. 그녀에 대해 작가는 다만 간섭하지만 않았을 뿐이다."라고.

다른 자료를 조사해보니 이 작품은 제5회 오영수 문학상 수상작(1997년)인데 그 심사경위서(유종호, 김중하, 이동하)는 다음과 같았다.

"고도로 발달한 과학 문명은 인간의 정신을 황폐하게 만든다. 인간의 인간다움과 인류의 나아갈 바에 대해 진정 고민하는 문학이 없다면 인류 역사의 전망도 밝지 않을 것이다. 더구나 선진화를 목표로 과학 발전에 몰두하고 있는 우리 나라에서 문학은 선구자적 소명의식에 투철해야 할 것임에도 불구하고 상업주의에 편승하거나 물질적 풍요에 길들여져 문학이 가벼워지고 있다는 우려의 목소리가 높다. 이러한 문학의 위기 때, 문학의 진정성을 회복하고 현실적 문제를 차원 높은 소설로 끌어 올린 김문수의 「파문을 일으킨 모래 한 알」은 한국 소설문학의 차원을 높고 단단한 자리에 세우는 데에 큰 역할을 한 것으로 평가된다."

김문수 소설의 현재와 미래

— 김선학의 「비평정신과 삶의 인식」에서

(전략) 김문수는 일상적인 삶 속에서 우리 시대가 겪고 있는 아픔을 이야기로 꾸미는 매우 드문 작가 중의 한 사람이다. 그의 소설에서 몸서리치는 아픔은 분단의 고통일 수도 있고 덧없는 삶의 무상(無常)과 그것을 감싸안아 슬기롭게 회해로써 대응해 가는 모습이 될 때도 있다.…… 언제나 강조하는 말이지만 작가의 시야와 안목은 넓고 깊게 열려 있어야 한다. 그것은 사회와 현실에 대해서, 이념에 대해서, 문학과 예술에 대해서, 역사에 대해서 그 모든 것을 포괄하는 삶의 총체성에 대해서 언제나 개방되어 있어야 한다. 작가의 시야와 안목이 한 곳으로 편향되는 것은 작가의 소설적 발전과 변화에 전혀 무익하다. 또한 그같은 작가들이 문학적 세력으로 횡행할 때 다양성과 자유와 개성이 생명인 문학의 정원은 황토(荒土)가 되고 말 것이다. 시야와 안목이란 점에서 김문수의 작가 정신이 열려 있음은 그가 일상적인 삶 속에서 그 의미를 당대적 현실의 아픔과 연결시키는 다양한 면모에서 볼 수 있다. 그것은 김문수의 소설이 다양한 제재를 선택하는 데서도 찾을 수 있게 된다. 그러나 우리의 아쉬움은 그 제재에 적합한 소설 형식에 대한 고려와 대단히 비약적인 논리 전개가 이같은 글에서 허용된다면 실험 정신에 대한 의지도 작품으로 제시할 수 있었으면 하고 바라게 된다. 그것은 그의 대부분 작품이 정통 소설 이론에 근접하고 있는 사실과 결코 무관하지 않다.

〈정리 · 편집부〉

1939년 충북 청주 출생

1961년 조선일보 신춘문예에 소설 「이단부흥(異端復興)」이 당선되어 문
단에 데뷔

1962년 동국대학교 국문과 졸업

1967년 충북문학상 수상─수상작 「반향쇄풍기(半晌曬風記)」

1972년 소설집 「증묘·미로학습(蒸猫·迷路學習)」 상재─삼성출판사

1975년 소설집 「성흔(聖痕)」 상재─한국문학사(수록작품: 이단부흥/ 노
파의 비둘기/ 개미지옥/ 안락사/ 어떤 조연/ 이상한 토요일/ 반향
쇄풍기/ 회람신문/ 수(囚)/ 낙오병 일기/ 성흔/ 모년 모월 모일/
오늘도 무사히/어떤 청첩/ 번역사/ 바꿔놓고 생각하기/ 착시도
(錯視圖)/ 아저씨, 그게 무슨 뜻인가요/ 용꿈 꾸던 날/ 눈물먹는
사마귀 등 20편)

제 21회 현대문학상 수상─수상작 「성흔」

1979년 제 11회 한국일보 문학상 수상─수상작 「육아(肉芽)」

소설집 「바람아, 이 영혼을」 상재─한마음사(수록작품: 바람아,
이 영혼을/ 지문(指紋)/ 소설거리/ 거리의 악사/ 어떤 석양/ 우남
이/ 설 노인/ 아무 것도 아닌 일/ 이상한 우리집/ 몰이/ 거신(巨
神)/ 졸밥 등 12편)

장편소설 「환상의 성」 상재─대광출판사

1980년 장편소설 「바람과 날개」 상재─갑인출판사

1982년 장편소설 「그 여름의 나팔꽃」 상재─서울

1984년 장편동화「돌을 닮는 아이」상재―금성출판사

국민대학 대학원 졸업

1986년 제 11회 한국문학 작가상 수상―수상작「끈」

1987년 제 6회 조연현 문학상 수상―수상작「물레나물꽃」

소설집「머리 둘 달린 새」―민족문화문고간행회(수록작품:얼굴/
바퀴/ 머리 둘 달린 새/ 이노인의 어느 날/ 돌연한 산행/ 병아리/
병/ 손/ 유등(流燈)/ 어떤 마흔 살/ 물귀신/내막(內幕)/ 와시당(蛙
市堂) 일기/ 급류/ 여우 등 15편)

소설집「물레나물꽃」상재 · 문예출판사(수록작품: 양복/ 심씨의
하루/ 종말(終末)/ 버릇 이야기/ 덧니/ 끈/ 만종(晚鍾)/ 매/ 물레
나물꽃 등 9편)

1988년 장편소설「서러운 꽃」상재―현대문학사

1989년 제 20회 동인문학상 수상―수상작「만취당기(晚翠堂記)」

1990년 장편소설「어둠 저쪽의 빛」상재―세계일보사 출판국

1991년 한양여자대학 문예창작과 교수로 임명

소설집「서울이 좋다지만」상재―문학아카데미(수록작품:서울
의 나그네새/ 서울이 좋다지만/ 노리개 등 3편)

산문집「가슴에 키우는 별」상재―답게

1993년 소설집「그 세월의 뒤」상재―무수막(수록작품: 스웨트 숍/ 만취
당기/ 그 세월의 뒤/ 무덤 이야기/ 탑골공원 고금(古今)/ 귀/ 돌과
나무/ 개무덤/ 유할머니 등 9편)

1995년 장편동화「민아네 집」상재―웅진출판사

1997년 제 5회 오영수 문학상 수상―수상작「파문을 일으킨 모래 한 알」

소설집「가출」상재―답게(수록작품: 가출/ 온천가는 길에/ 살아

나는 시신들/ 족보있는 개/ 파문을 일으킨 모래 한 알/ 더위/ 개아범/ 말없는 고을 등 8편)

1999년 제 31회 대한민국 문화예술상(문학부문 대통령 표창) 수상
장편소설 「가지 않은 길」 상재―좋은날

2000년 산문집 「쇠에서 난 녹이 그 쇠를 먹으니」 상재―답게

2002년 소설집 「꺼오뿌리」 상재―주류성(수록작품: 꺼오뿌리/ 아론/ 미늘 등 3편)

2003년 창작동화집 「쉬는물머리의 물총고기」 상재―푸른책들(수록작품: 쉬는물머리의 물총고기/ 돌귤과 불귤/ 처음 보는 새/ 형제나무/ 하양이네 다섯 자매/ 눈 먼 하늘다람쥐/ 알돌이의 꿈 등 7편)

2004년 현 한양여자대학 교수